The Annotated Wind in the Willows

柳林风声

诺顿注释本

[英]肯尼斯·格雷厄姆 著 [美]安妮·高杰 编著
康华 译

CTS 湖南文艺出版社
HUNAN LITERATURE AND ART PUBLISHING HOUSE

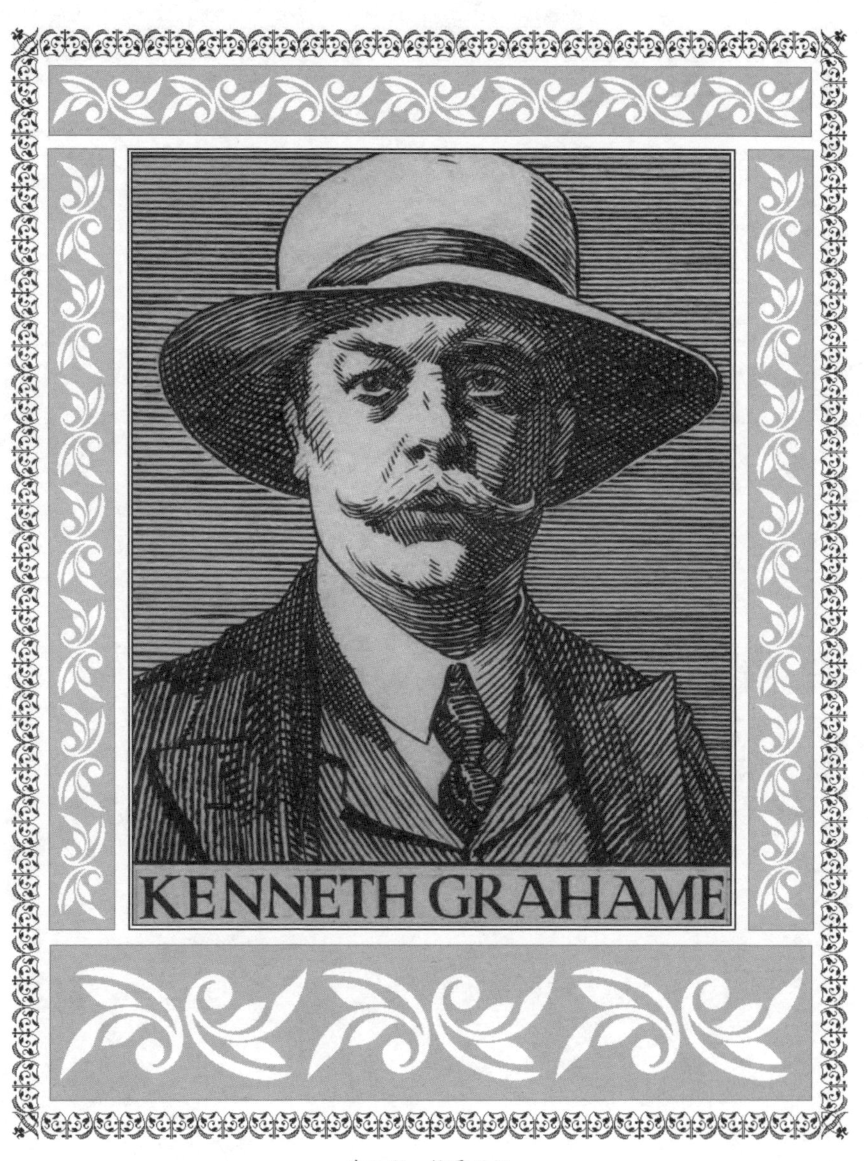

肯尼斯·格雷厄姆

野外林地

及周边区域地图

献给女孩们

女儿 麦肯齐·非凡·奥古斯特·高杰

妻子 辛西娅·比阿特丽丝·麦肯齐

我们不要忘记 L.L.G.

目　录

信件

附录

推荐序

1908年10月8日，梅休因出版公司首次出版了《柳林风声》。那一天，河水汩汩流淌。我敢打赌，水流恰似那“浑身光滑、扭来扭去的大家伙，追逐嬉笑，抓来抓去……”。是啊，肯尼斯·格雷厄姆的《柳林风声》带着逝去时代的魔力，让人如痴如醉，迷倒了一代又一代的老人和孩子。

我在斯坦利图书馆第一次与这本杰作不期而遇。斯坦利图书馆开在我的家乡，英国利物浦。它临近码头，位于格罗夫纳电影院和一家蒸汽洗衣店之间。即便当年只有十岁，我也难抵图书馆的诱惑。铺着木质地板的房间格外安静，书架塞得满满当当，有新书，也有旧书，散发出好闻的香气。一切都难以言表，让人沉迷。我手里的《柳林风声》是本不起眼的小书，没有鲜艳的插图护封，只有绿色的布面装帧，那柔和的灰绿色封面与薄薄的书脊相映衬，经窗户透过来的阳光一照，那绿色变得淡了，成为河水一样的浅绿。这本书一开头就把我给迷住了：“整整一个上午，鼹鼠都在拼命干活儿。他正在给他的小家进行春季大扫除。”这有什么不可以？鼹鼠就不可以粉刷天花板吗？河鼠就不能划船吗？獾为什么不可以坐在扶手椅上打瞌睡？蟾蜍怎么就不该乘坐各种交通工具进行欢乐大冒险？

我呸，那些蔑视拟人化动物的笨蛋，要我说啊，让他们全家都见鬼去吧。成年后，有人就我一篇重要的小说做采访时，这一感觉变得倍加清晰。一个女士（看样子受过良好教育）问我，老鼠照顾受伤的狐狸时，怎么能抬高失去知觉的狐狸的头？我直截了当地告诉她去读《柳林风声》，她就能明白蟾蜍又会骑马又会开大篷车。

肯尼斯·格雷厄姆（一个勇敢的人）总是毫不犹疑地把动物和人相提并论。我面前这本《柳林风声》配有整版蟾蜍插图。这只蟾蜍扮作洗衣妇出现在火车站售票处。她戴着蘑菇帽、围着围裙、穿着蓬蓬裙、披着斗篷置身人群之中。士兵、保姆、孩子、家长、搬运工、检票员等等，一屋子人都是维多利亚时代的装扮。对于车站里出现蟾蜍这种水陆两栖动物，没有人感到吃惊，似乎人人见怪不怪。附近有个男人在看《泰晤士报》，通栏标题正是"蟾蜍出逃！"，而看报的人却没有留意蟾蜍。要记住，这只蟾蜍实在是三生有幸。我们总是会错过一些事，对不对？我在十二岁的时候突然想起了《鸭子之歌》的歌词和旋律。我六岁上圣约翰幼儿园（利物浦柯克代尔）时就在塔格特小姐班里学过这首歌。十岁那年读《柳林风声》时——那是我第一次读这本书，我一定漏掉了这一段。我记得，两年后重读这本书时，我是何其勤勉（无疑，由于年岁增长，我放慢了速度），当我与熟悉的诗行重逢时，想一想我有多高兴吧。

人有心头好，

爱上忘不了。

头朝下，尾上翘，

鸭子玩水乐逍遥。

画面闪至河边某个小酒馆里，老鼠身边朋友簇拥。他用爪子握冒泡的啤酒杯，靠着一架立式钢琴放声歌唱。我老爱这么想，在肯尼斯·格雷厄姆的手稿里的注解中，伴着歌词出现的定然有一张曲目单。其中蟾蜍作的曲子特别欢快，想象力爆棚，但又非常好玩，他奚落牛津学子的那段尤为传神：

牛津学子真聪明，

无所不知传美名，

比起才子蟾先生，

人人都得处下风。

格雷厄姆先生让我们坚信，这张曲目单就藏在这暖洋洋的词句中。音乐在我的生命中一直占据非常重要的位置（我是说真正的音乐，而不是某些乳臭未干的小年轻的干号，那声音听起来就像一门心思拿铁锹毁掉排水管似的）。

当我在乡村漫游，我有时候喜欢在宁静的湖畔逗留，或在林中溪水边徜徉，同时在脑中勾勒《柳林风声》的音乐现场：水草在池塘绿莹莹的水面慵懒地飘摇，石蛾与蜻蛉列队巡逻；与此同时，心中奏响德彪西的《牧神午后》的背景乐。你能想象此地住着鼹鼠与河鼠吗？这两个小动物对周遭的世界毫不在乎，他们离开了这个最好的所在，心情愉悦地乘着那条蓝白色小船去野餐。他们穿过森林，来到旷野，沿河漫步，越过草场和田地。白杨树和白桦簇拥着远处教堂的塔尖。此时此地，沃恩·威廉斯的《绿袖幻想曲》的美妙弦乐轰然响起。我后来得知，暮色降临时分，那条搭载我们朋友的小船朝着家的方向开去。船尾也许挂着一盏灯，灯光一闪一闪，小船漂啊漂，渐渐地融入最后一抹深红的光束中。伴着他们回家的曲子，当数马斯卡尼《乡村骑士》的间奏曲最为适宜。我记得，他们第一次出行，终点站是河鼠那小小的家。到了那里，鼹鼠心情很不错，但随着故事的进展，这家伙老是想家，一心想回到自己简陋的住所。

我要给亲爱的平平凡凡的小鼹鼠送上一曲，那就是穆索尔斯基的《图画展览会》中的《古老的城堡》。这首曲子与鼹鼠的心情合拍：孤零零的，一点都不快乐。他不像他的小伙伴河鼠与蟾蜍打扮得那么漂亮，他称不上时尚偶像。我难免经常这样想：当河鼠评价鼹鼠的衣装的时候，难道仅仅是出于善意？“老兄，我爱死你这身衣服了。等我哪天买得起，我要给自己弄一套黑色吸烟装穿穿。”

然而，鼹鼠对于这样的评论并没留意，他更着迷于充满生机的新世界带给他的感受。自己竟然得到顶呱呱的河鼠的庇护，这不能不算是一种幸运。他根本就是个小孩子，好奇，听话，爱发问，有求知欲。在《柳林风声》的讲述中，鼹鼠始终自信而有本领，尽展英雄本色。最后一页鼹鼠的转变使我感动。黄鼠狼妈妈伸手一指，告诉孩子们：“那位是大名鼎鼎的鼹鼠先生，你们的爸爸常常说到他。”这的确是从一个具有母性的坏家伙嘴里吐出的赞歌。所有成长中的孩子都有可能是鼹鼠，从生活中吸取教训，从匹诺曹到奥利弗·退斯特，概莫能外。

我从 E.H. 谢泼德的插画（1954 年他新画了彩色版）看出，

河鼠是褐色的。我们常见这种硕鼠在水里游，它因而得了“河鼠”之名。原谅我提出这样的怀疑：老鼠不是四害之一吗？哪里有吃的，这坏家伙就在哪里啃咬；它们常常在家中的下水道里游走，容易传染疾病。为什么好好先生格雷厄姆选主角时偏偏挑了河鼠？我只能这么推断：这只河鼠不是个普普通通、鬼鬼祟祟的猥琐鼠辈，而是个角儿。是啊，Ratty 比 Rat 多出了两个字母，显得更加对人胃口。再说，他又是个老好人，一个壮小伙，正如鼹鼠初见他时那样：“一张棕色的小脸蛋，唇边长着胡须。圆圆的脸上神情严肃，眼睛闪着光芒。起初，就是那光芒吸引了鼹鼠的注意力。好看的小耳朵，又密又柔的毛。是河鼠哎！”此外，他穿着系带橡胶底帆布鞋、白衬衫、白裤子，腰上束着扎眼的红色运动腰带。单是从这一幅插图中，我们还看到抢眼的白色帽子，这种造型的帽子，或许正是喜欢在船上瞎混的家伙戴的。我们和鼹鼠怎能不对河鼠一见倾心？河鼠这个魅力无穷的密友举止完美，穿戴得体。他像是从维多利亚校园小说中走出来的男班长，人缘好，脾气好，富有同情心地把爪子搭上不知所措的新生的肩头。我给河鼠的音乐标识是明亮、欢快的，但又是精确的。《伊顿船歌》极其合适。在某种意义上，我爱把河鼠先生看作獾的宠儿。老好人獾，父亲般的东道主，智者中的智者，林中传统和规则的支持者。他忠贞不贰，热心助人。要说这个地盘谁说了算？自然是獾。

“这样的夜里，又是深更半夜的，是谁不让人睡觉？说话呀！”

“獾，请放我们进去，是我啊，河鼠，还有我的朋友鼹鼠。我们在雪地里迷路了。”河鼠喊道。

“呀，是河鼠，我亲爱的小家伙！”獾喊道，声调完全变了，“你俩快快进来。哎呀，你们一定冷坏了。在雪地里迷路，还是野外林地，又是深更半夜的，真让人难以相信。好了，你们快进来吧。”

注意，此处可没有用上小动物或者兽类等词，在肯尼斯·格雷厄姆笔下，獾自称“人类”，叫河鼠“小家伙”。野外林地是阴暗的低档地带，住的大都是黄鼠狼。獾选择此地居住，大体上是出于为地区利益考虑。真是高贵啊。什么曲子能为獾代言？布莱克的《新耶路撒冷》或者比才的《采珠人》中的二重唱——见证友情的《在圣殿深处》。

现在我们聚在獾舒适的家中，伴着熊熊炉火享用丰盛的晚宴。不再置身黑暗的林地，也躲开了暴风雪的侵袭，大家相谈甚欢，直到触到那个可怕的话题……蟾蜍！还需要我废话吗？蟾蜍！那个蔑视规矩、不顾一切的冒失鬼。蟾蜍！我们在生命的某一时刻总会遇到的特立独行的淘气包。他富有而任性，是个被宠坏的家伙。蟾蜍腰缠万贯，总是沉溺于各种奇思怪想，不管对待自己还是对待别人，做事往往不计后果。这个淘气鬼现在怎么样了？哎呀，当然是他撞车啦。

“多少？”獾郁闷地问。

“你是问多少次车祸，还是他有几辆车？”河鼠问，“噢，对蟾蜍来说反正也没啥区别。这是第七次了。至于说其他六次，你知道他那个车库吧？啊呀，全堆满了。差不多都堆到天花板了。到处是汽车碎片。哪一片都比你的帽子大！那六次只能这么解释，如果这也算解释的话。”

“他住了三次院。”鼹鼠插嘴道，“至于他要付多少罚款，想一想就吓死人了。”

从前，在没有电视的日子里，像我这样的少年爱听收音机（或者说“无线电”，这大家都知道的）。每到晚上，我们都会聚在一起收听广播剧——秘密特工迪克·巴顿的最新冒险故事。

这个广播剧的主题曲是查尔斯·威廉姆斯激情四射的《魔鬼的脚步》。此曲正好配得上蟾蜍，外加这些曲子的大杂烩：柴可夫斯基《1812序曲》、奥芬巴赫《康康舞曲》、苏佩《轻骑兵序曲》、加涅雅《刀马舞曲》……这个单子可以没完没了地列下去。随心所欲的咏叹调，献给荒唐的水陆两栖的家伙。蟾蜍是弗兰克·理查兹的比利·邦特，是里奇玛尔·克洛普顿的淘气小威廉，还是《柳林风声》中的搞笑担当。瞧瞧他第一次见到汽车时的花痴样儿：

> 蟾蜍一屁股跌坐到灰扑扑的马路中央，两腿朝前伸出去，两眼直勾勾盯着汽车消失的方向。他呼吸短促，一脸平静与满足，嘴里间或发出低低的“噗噗”声。

寥寥数语，道尽蟾蜍注定的命运。之后，他的冒险故事可谓骇人听闻。他成了偷车贼，沦落到地方法庭。越狱后扮作一名洗衣妇，上演了一出惊心动魄的蒸汽机车大追踪。仿佛这样还不够戏剧性，蟾蜍还惨遭船妇暴打，掉进河中。为了报复，蟾蜍偷走了船妇拉船的马，以六先令六便士的价格（外加一盘热乎乎的杂烩汤）卖给了一个吉卜赛人。这盘乱炖内容丰富：松鸡、野鸡、家鸡、野兔、家兔、雌孔雀、珍珠鸡，还有一两样别的东西。这样的杂烩汤足以杀死自重的素食者（令他们作呕的食物，确保了饿鬼蟾蜍的健康）。吞下这碗杂烩汤，蟾蜍振作起来，把钱装进口袋重新出发，纵声唱起这首自大狂之歌：

世上许多大英雄，
史书上面留影踪。
说到名声永流传，
蟾蜍当为第一名。

比起我前面提到的其他荒诞的唱段，这种表达尚且温和。蟾蜍身着洗衣妇的装束，继续走上他的犯罪之路。他耍花招儿、哭鼻子，厚着脸皮蹭到了顺风车。车主是两位好心的绅士。为了报答他们的善意，蟾蜍强行坐上驾驶座，猛地一踩油门，车子冲进了池塘。两位绅士都掉进了水中。蟾蜍哈哈大笑，没心没肺地再次放声歌唱：

小汽车，噗噗响，
飞快跑在大路上。
谁人开车进池塘？
当为天才蟾蜍郎！

但是，一个穿制服的司机和两个健壮的乡村警察认出了他。蟾蜍不得不再次踏上逃亡之路。

摆脱追捕者之后，淘气鬼蟾蜍站在了河鼠家门口。后来，得知祖传的蟾府已落入坏蛋的魔掌中，他沮丧不已。那帮坏家伙有野蛮的白鼬、狡猾的黄鼠狼、奸诈的雪貂——这片土地上真正的恶魔。该怎么办？考验真正朋友的时刻到了。尽管蟾蜍之前的行为应该受到谴责，獾、河鼠、鼹鼠却仍然对他鼎力相助。

智慧的獾出了个好主意。他们得走秘密隧道（噢，真欢乐）——这条密道通往蟾府。穿过吱吱作响的地板，从男总管的配餐室钻出来。他们几个带着刀剑、棍棒、手枪，外加几副手铐、一些绷带、狗皮膏药，还有保温瓶和一箱三明治。装备多么齐全！停停停，等一下。场面太过激动人心，难以用语言表述，搞得我的大脑一片混乱。

亲爱的朋友，只需要说一说我们的朋友如何势如破竹直冲蟾府就足够了。在这个胜利的日子，他们夺回了蟾府。那帮讨厌的坏东西也得到了应有的打击。伴着獾、河鼠、鼹鼠、蟾蜍像传奇战士般在野外林地勇夺家宅的事迹，出现了一个史诗般壮观而完美的结局。让人高兴的是，蟾府的主人最终告别了任性胡闹的时期。他不再抗拒过上乡绅的上流生活。正如作者向我们保证的："蟾蜍真的改头换面了！"（此处插入爱德华·埃尔加先生的《希望与荣耀之地》，再配上一小段《骑士桥进行曲》。）

《柳林风声》中很多章节我都没有提及。我只不过画出了几个主角的小速写，写出了我领略到的蟾蜍在冒险行动中孩子气的喜感。然而，正是肯尼斯·格雷厄姆故事中的这部分让我深深着迷，它是如此神秘，像谜一般充满魔力。

黎明时分的风笛手！

河鼠和鼹鼠发现，他们站在了潘神的面前。突然间，爱德华·格里格《培尔·金特》中的《晨曲》响彻黎明的林间。潘神是长着蹄子的生灵，毛烘烘的四肢短而有力，卷曲的头发里生出犄角、鹰钩鼻、含笑眼、山羊胡。他正在吹笛，笛音宛转悠扬。水獭宝宝在他面前睡得香香的。这画面将伴我终生。

肯尼斯·格雷厄姆是一位绅士，据我对他境遇的简单了解而言，他的一生并不特别幸福。读大学的意愿遭拒后，他当了一名银行职员。他失去了儿子——死于自杀。他也饱受疾病折磨。先生啊，遭受这一切的您，何以创造出如此奇妙的童话？您从鼹鼠、河鼠、獾以及无拘无束的蟾蜍身上找到安慰和友谊了吗？我真心希望，在某个地方，在一个林木葳蕤的僻静之地，您正与心爱的小伙伴吃着三明治野餐，共度宁静的好时光。普契尼《蝴蝶夫人》中的《嗡鸣合唱》留给您。我就不打搅了。最后，我要向各个时代的人推荐《柳林风声》，不管是过往的人还是未来的人。他们要么分享过您美丽的故事，要么即将分享之。谢谢您，肯尼斯。

布赖恩·雅克 博士

2007年10月于利物浦

序　言

肯尼斯·格雷厄姆出生于1859年3月8日。父亲是詹姆斯·坎宁安·格雷厄姆；母亲是贝西·英格尔斯。一家人住在苏格兰爱丁堡的城堡街32号，与小说家沃尔特·司各特爵士最后那个家隔街相望。肯尼斯·格雷厄姆把自己描述为处于“维多利亚时代中期”，自认为属于典型的“英国”作家。实际上，他出生在一个典型的苏格兰家族。家族成员多为会计和律师。他在四个孩子中排行第三。

1864年4月，刚生下肯尼斯的弟弟罗兰不久，贝西·格雷厄姆就感染了猩红热。在她去世当天，肯尼斯也染上了这种恶疾。尽管后来他康复了，但是这个男孩的余生都饱受呼吸道疾病的折磨。母亲死了，父亲因陷入悲痛而自我麻醉。四个孩子都被送到了英格兰南部跟外婆一起生活。由于无法密切监管四个精力旺盛的孩子，英格尔斯外婆（她以这个名字为人所知）在蒙特别墅周边对孩子进行散养。这幢大房子位于泰晤士河畔的小镇库克姆迪恩，那里风景如画，距伦敦只有三十五英里。

格雷厄姆家四个孩子海伦、威利、肯尼斯与罗兰在库克姆迪恩的历险记，后来为19世纪90年代格雷厄姆的畅销书提供了创作灵感。1895 年出版的《黄金时代》和 1898 年出版的《做梦的日子》里孩子们的生活状态很像格雷厄姆家的孩子，都“缺乏父母的正当管教”。[1]

在蒙特别墅住了两年之后，肯尼斯的一位舅舅劝说英格尔斯外婆不要住在这幢管理不善的大房子里了。巧的是，1865 年圣诞之前，一阵大风刮倒了一个烟囱，于是这所大房子就成了问题建筑。英格尔斯外婆跟孩子们搬到了克兰伯恩的一幢小屋里住。在爸爸来接孩子们之前，大家一直生活在那个挤挤挨挨的乡下小房子里。

把孩子们接回苏格兰的詹姆斯·坎宁安·格雷厄姆，看上去好似元神归位了。他在因弗雷里坐上了令人尊敬的阿盖尔郡行政法官助理的位子。他一门心思想要撑起这个家。可惜好景不长。显然，自从妻子死后，他从来都不曾复原。不到三年时间，他就辞去职务，又把孩子们送到了英格兰的亲戚家。他甚至退隐到法国的勒阿弗尔，并于二十年后死于酗酒并发症。

回到英格兰后，肯尼斯和威利被送进了圣爱德华寄宿学校。这所学校成立于 1865 年，位于牛津的心脏地带——新客栈街。由于慢性支气管哮喘，威利于 1871 年被迫辍学。肯尼斯继续留在学校，直到 1875 年毕业。与当时的其他学校比，圣爱德华寄宿学校的学生在空闲时间相对自由一些。如同在库克姆迪恩一样，格雷

---

1 肯尼斯·格雷厄姆，《黄金时代》。在 19 世纪 90 年代，格雷厄姆的书非常流行，引得其他出版社竞相寻求此类作者。格雷厄姆以成人视角写孩子与童年的讽刺系列，为儿童作家伊迪斯·内斯比特提供了灵感。内斯比特具有相似主题的小说有：《寻宝人的故事》《淘气鬼行善记》《五个孩子和一个怪物》《凤凰与魔毯》《护身符的故事》《铁路边的孩子》。

厄姆得以在牛津的河岸和附近小镇流连。

19世纪70年代的牛津还属于旧时代，大街上没有自行车，也没有汽车，中世纪的鹅卵石街道路上人流密集，到处都是穿着“暗色衣着”[1]的学子，满城尽是学术庆典的盛况。牛津是肯尼斯的乐园，他得以与知识分子以及社会精英一起进行研究。然而，他的人生很快就沾染上悲剧和失望。1874年的新年前夜，也就是肯尼斯毕业前的那个冬天，他的哥哥威利突然死于肺炎，悲痛不已的约翰·格雷厄姆（肯尼斯的叔叔）告诉他，从圣爱德华寄宿学校毕业后，不再送他去牛津大学读书。到牛津接受教育是进入英国上流社会的“通行证”，而肯尼斯已经习惯跟这一阶层的人打交道。格雷厄姆和他的叔叔是苏格兰中产阶级。虽然家里供得起他，可是约翰叔叔说不可能让他读牛津了。肯尼斯被送到伦敦，在叔叔所在的威斯敏斯特公司当了一名职员。这家公司属于格雷厄姆、卡里尔和斯彭斯家族。

两年后，经家人运作，格雷厄姆成为英格兰银行的一名新员工。一天晚上，他独自一人在Soho区用餐的时候，结识了学者弗里德里克·詹姆斯·弗尼瓦尔。弗尼瓦尔主编经典文学作品的学术版。他在创建新莎士比亚协会和早期英语文稿学会方面起到了积极的推动作用。他还狂热地喜欢赛艇，在泰晤士河畔开了一家工人赛艇俱乐部。弗尼瓦尔虽然不会游泳，却是一名划船冠军，还拥有特别为他设计的竞赛艇。据身为格雷厄姆几个传记作家之一的彼得·格林说，教会格雷厄姆划船的正是弗尼瓦尔。与弗尼瓦尔交上朋友之后，格雷厄姆成为新莎士比亚协会的秘书，做做

1 在正式场合和考试时，牛津和剑桥要求穿的学术袍。

会议记录，管管会费账簿。在那段日子里，格雷厄姆已经开始写散文和诗歌，他让弟弟罗兰与他同住。此后多年，罗兰一直从他手里借钱，且数额不菲。尽管都在银行工作，兄弟两人却日渐疏远。1912 年，肯尼斯又借给弟弟 200 英镑，从那以后罗兰就失踪了，那笔钱也从未归还。只有肯尼斯的姐姐海伦·格雷厄姆知道他于 1929 年 10 月去世的消息。

1884 年，格雷厄姆去了位于康沃尔郡的利泽德半岛，那里地处英格兰最南端。他的旅伴是姐姐海伦。两年后，他们再度结伴去意大利旅行，前去看望了表妹安妮。他们住在维利诺兰道的姑姑乔治娜·格雷厄姆家，距离弗罗伦萨不远。[1]

这两个地方都让肯尼斯心醉神迷。他憧憬南欧，向往温暖的地方。在他的写作中，这样的主题一再出现。1888 年，格雷厄姆在《圣詹姆斯公报》上发表了第一篇文章《在北地》。一年后，肯尼斯已经定期在《圣詹姆斯公报》和《国家观察家》上写稿，此时，他也被调到了英格兰银行的秘书办公室。他比过去有钱了，因而可以经常出去旅行。1890 年，肯尼斯三十一岁。他第一次去了威尼斯。后来，威尼斯出现在他的散文中，当然，多年后也在《柳林风声》的第九章中得以重现。每一次出行都能激发格雷厄姆写出更多的文章，短短三年时间，他的文章就得以结集出版。1893 年，《异教徒外传》由约翰·莱恩出版公司出版，受到的评论褒贬

1 1912 年，肯尼斯的姑姑乔治娜·格雷厄姆与约翰·莱恩合作出版了《在托斯卡纳花园里》，但此书并没有标明作者。约翰·莱恩档案（美国得克萨斯大学奥斯汀分校哈里·兰莎姆人文研究中心）里的读者笔记明确显示，手稿的确是格雷厄姆夫人提交的。从哈里·兰莎姆中心的读者报告看，莱恩后来不再出版此书，是因为作者喜怒无常，很难相处。

不一。

1894 年，格雷厄姆和律师汤姆·格雷格一起入住肯辛顿新月街 5 号。当年 7 月，他开始在《黄皮书》上面发表文章。《黄皮书》是份文学季刊，自 1894 年至 1897 年共出了十三期。次年 2 月，在他好评如潮的第二部集子《黄金时代》里面，重印了《罗马大道》。拿到稿酬后，肯尼斯·格雷厄姆到意大利的阿拉西奥度了春假。后来他在《柳林风声》第五章详细描述鼹园的时候，那个地方派上了用场。

1897 年末，格雷厄姆遇到了未来的妻子埃尔斯佩思·汤姆森。埃尔斯佩思与肯尼斯一样也出生在爱丁堡。[1] 她的发明家父亲在她十岁那年就与世长辞了。他取得了充气轮胎和玻璃笔尖钢笔的专利权，他的发明还包括浮船坞，最值得一提的是他发明了汽车的原型——蒸汽驱动公路车辆。埃尔斯佩思的妈妈是个有钱人，后来嫁给了一个叫约翰·弗莱彻·莫尔顿的伦敦律师。埃尔斯佩思跟莫尔顿住在一起。此人后来从政，利用埃尔斯佩思妈妈的财产爬到上诉法官的位子。埃尔斯佩思写过一篇不长的不知名的小说《阿米莉亚·简的野心》，于 1888 年用笔名克拉伦斯·盎斯洛出版。格雷厄姆的第二部传记里面是这么评价她的："她缺乏创造性，靠着接近艺术名流汲取养分，以他们的天才为自己撑场面。"（彼得·格林，《肯尼斯·格雷厄姆传》）除此之外，埃尔斯佩思几乎毫无作为。

彼得·格林推测，这对夫妻是格雷厄姆代表英格兰银行拜访弗莱彻·莫尔顿时相识的。肯尼斯应该很受时年三十五岁的埃尔

1 1862 年 1 月 3 日出生，在四个孩子中排行第二。

斯佩思的欢迎。他收入颇丰，博学多才，只比她年长三岁。第二年，也就是肯尼斯三十八岁那年，他被任命为英格兰银行秘书，记录显示，他是最年轻的一任秘书。看上去格雷厄姆是最完美的单身汉：地位稳固，有艺术细胞，在写作上名声大噪。1898 年 12 月，他出版了第三部集子《做梦的日子》。除了《一次离别》和《倔强的龙》，其他文章都在杂志上发表过。这本书获得了批评家的盛赞并赢得了读者的芳心。这是肯尼斯·格雷厄姆在文学上的第二次成功。[1] 在其中一篇《海上传奇》中，他描写要去营救的一个幻想中的公主，文笔独特，情感超然，这并非臆想的不期而遇，也许刻画的正是埃尔斯佩思：

> 我终于在船尾的特等客舱与她相遇。她的公主服外面套着一件亚麻布无袖裙，褐色卷发从背上垂下，就像——嗯，算了，她长着一头褐色卷发。上流人见面，谦恭有礼就是通行证；我并不讨厌人们彼此之间的恭维来恭维去，那是人人都认可的方式。在这种场合，口齿伶俐让我觉得尤为满意，因为我本人天生一跟女人说话就舌头打结。等终于客套完了，我们坐在桌上，晃荡着双腿，同意当彼此忠实的朋友。我给她看我刚到手的刀子：一个刀片，角质的柄，用绳子挂在我的脖子上，看着挺吓人的。她给我看船里最珍贵的宝贝。那些宝贝藏在一个最私密、最别致的储物柜中。一个音乐盒，有着玻璃顶盖，透过玻璃可以看到里面的宝物；一列火车，

1 彼得·格林写的传记中，格雷厄姆说《做梦的日子》与其说是童书，不如说是写给成人的关于孩子的书。

配有真正的铁轨和隧道；一个连着磁铁的有着锡制金属外壳的船舰，而且非常轻巧，无论从哪方面看都胜过依然横在海面上的为人称道的真实的庞然大物。

伴随着新书的成功，格雷厄姆无论在职场还是写作上都登上了高峰。然而，1899 年 4 月 3 日，他却染上肺炎和脓胸[1]。

肯尼斯在姐姐海伦的陪伴下，前往康沃尔疗养。在此期间他一直与埃尔斯佩思保持通信。与其他信件相比，肯尼斯这一时期的信写得像咿咿呀呀的儿语。这些信是用铅笔写的，传记作者艾莉森·普林斯指出，有些信件还是偷偷写下的。有一封里面写道："这一行是偷偷写下的，因为我被禁止坐起来写信。"（博德利图书馆，MS.Eng.misc.d.248）格雷厄姆用铅笔写的信都幸存下来，但却没有埃尔斯佩思的一封回信。当时，通信是一切交往的重要手段，埃尔斯佩思缺失的回信显得特别奇怪。人们不知道那些信是不是被格雷厄姆处理掉了，还是在一次搬家时弄丢了，或者是不是埃尔斯佩思毁掉了它们，以便更好地控制肯尼斯·格雷厄姆的遗产？

疗养期间，海伦和肯尼斯在托基小镇待了十天，而后去了福伊，康沃尔的一个滨海小镇。与库克姆迪恩一样，福伊到处都是船只。福伊河口离大海很近，给海港和上游带来好玩的航船。只要身体许可，格雷厄姆每天都会下床，前去海岸探看一番，经常是与亚瑟·奎勒-库奇结伴。亚瑟·奎勒-库奇是个学者，为了能

---

1 不要与肺气肿混为一谈。脓胸是肺部外面的胸腔疾病，往往是肺炎引起的并发症。

够全职写作以及划船，退休后便来到了福伊。

另外一个同行者是爱德华·阿特金森，或者说阿特奇。他是福伊游艇俱乐部会长，拥有三十多艘船。[1] 与划船伙伴建立的深情厚谊，福伊河岸上的点点滴滴，这些鲜活的回忆于八年后融入了《柳林风声》。夏季到来的时候，格雷厄姆病体康复，看似准备好开始他的新生活了。1899 年 7 月 1 日，伦敦《晨报》刊登了肯尼斯与埃尔斯佩思即将成婚的公告。两人订婚引起肯尼斯与姐姐的失和。海伦不喜欢埃尔斯佩思。看到公告后，她问过弟弟是否真的打算和埃尔斯佩思结婚。他沮丧地回答："我想是吧。我想是吧。" [2] 海伦离开福伊，搬到了利泽德半岛，此后一直住在那里。肯尼斯与埃尔斯佩思于 7 月 22 日举办了婚礼。

Q，即亚瑟·奎勒-库奇，戴船长帽的老人。牛津大学三一学院档案馆提供

埃尔斯佩思有很多文人朋友和熟人。结婚典礼过后不久，埃尔斯佩思写信给爱玛·哈代（托马斯·哈代的夫人），说肯尼斯婚后仍然频频跟划船同伴相聚，她在信中表达了自己的绝望。她也震惊于肯尼斯更喜欢跟同性伙伴在一起，而不是和她。哈代夫

1 阿特金森家族仰仗生产薰衣草露和香水发财。阿特金森公司最流行的一款产品是白玫瑰精华。

2 这是芭芭拉·尤芬·陶德向彼得·格林提供的私人信息（彼得·格林，《肯尼斯·格雷厄姆传》）。

人回信说："许许多多的妻子都经历过这样的幻灭期。"

格雷厄姆的姐姐并非唯一一个与这对夫妇疏远的女人。回到伦敦之后，格雷厄姆发现，肯辛顿新月街 5 号的女管家莎拉 · 巴斯不愿意继续受雇于他。从普林斯经过精心研究写就的传记看，巴斯"对单身汉很上心""……不能原谅埃尔斯佩思擅自一人去见肯尼斯的不当行为，因而在莎拉看来，是她故意损害肯尼斯的名誉，并迫使他娶了她"。(《肯尼斯 · 格雷厄姆：野外林地中纯真的人》)

肯尼斯接受了海伦的疏远，搬离了肯辛顿新月街 5 号，租了坎普顿山的杜伦别墅 16 号，和新婚妻子一起搬了进去。正是在这个新家，格雷厄姆夫妇即将开始养育他们的独生子阿拉斯泰尔。也正是在这里，过了几年，格雷厄姆开始给阿拉斯泰尔讲述一系列睡前故事，很久以后，这些故事成了《柳林风声》。

阿拉斯泰尔，昵称"小老鼠"，是肯尼斯和埃尔斯佩思的独生子，于 1900 年 5 月 2 日出生，距他们在福伊举办婚礼不到十个月。阿拉斯泰尔的双亲都迈向中年，埃尔斯佩思三十七岁，肯尼斯四十一岁[1]。肯尼斯资源丰富，拥有大量藏书和银行职位；埃尔斯佩思遗产在手，必要时可以请一群管家和看护。埃尔斯佩思产后经受了一段难熬的时光，曾经有三名医生为她看神经性疾病。阿拉斯泰尔的出生似乎给她带来了精神创伤，她看起来并不想再要一个孩子。格雷厄姆档案中有一封信讲到避孕——爱德华时期的英国罕有讨论的话题，指点埃尔斯佩思如何避孕。[2]

---

1 前文写两人相差三岁，此处或有误。——译者注

2 在得克萨斯大学奥斯汀分校的哈里 · 兰莎姆人文研究中心彼得 · 格林文献处，存有锡纸包裹的埃尔斯佩思的避孕药。

伦敦坎普顿山的杜伦别墅 16 号。肯尼斯·格雷厄姆 1908 年在那里撰写大量《柳林风声》的内容。奈吉尔·麦克莫里斯拍摄。牛津大学三一学院档案馆提供

等阿拉斯泰尔长大一些，可以清晰看到，他的眼睛不能聚焦。十八个月的时候，格雷厄姆夫妇带他去看了眼科专家，医生给他配了眼镜，并诊断出他右眼为先天白内障。1901 年 11 月 18 日，在写给威廉·柯林斯医生[1]的信中，肯尼斯·格雷厄姆说道，崔迪医生（格雷厄姆家看过的另外一个眼科专家）指出，白内障有可能“进展”，很可能恶化。此外，孩子的左眼也被诊断为视力不好（见第一章注释 9）。

格雷厄姆夫妇对于孩子可能出现的生理缺陷穷于应对。在一封日期不明——有可能是 1903 年 11 月末[2]——的信中，肯尼斯·格雷厄姆详细描绘了他和阿拉斯泰尔在阿尔伯特纪念馆的花园里、台阶上度过的一天，他们在台阶上“观察来往的汽车，并对它们评头论足”。这封信用的也是儿语，与他在福伊给埃尔斯佩思写情书时一样。这时的阿

---

1 威廉·柯林斯医生因在白内障领域的专业技能得以封爵。感谢大卫·J. 霍尔姆斯提供收藏的信件。

2 这封信挨着 11 月 24 日的描述英格兰银行枪击事件的一封信。两封信都来自博德利图书馆（MS.Eng.misc.e.481），日期为 1903—1905 年。

拉斯泰尔大约是三岁半，但长得很小，还坐在婴儿车里。这封信是 1907 年“我亲爱的小老鼠”系列信件的萌芽，一年后，这些信经修订后写进了《柳林风声》。

> 一次，他的嘴里塞满面包和黄油，轻轻地说：“给我讲鼹鼠的故事吧。”所以那时我就给他讲起了鼹鼠的故事。他无论在想法还是语言上都很了不起，有个故事是以鼹鼠、海狸、獾、河鼠为主角，讲着讲着我就把他们混在一起了，可是他总能把他们区分开来，总能记得住谁是谁。

由于埃尔斯佩思太虚弱，不能一直参与养育孩子，肯尼斯就给她写写便笺和信件，讲述儿子的成长。在上面同一封信里，格雷厄姆提到了他们的保姆，他们称其为“D”或者“达奇”。

> 我听到我后来对保姆说：“你知道吗阿姨，鼹鼠存下所有的钱，买了一辆汽车！好几百英镑啊！一只动物，不可思议啊，阿姨。”
>
> 你会发现，自从第一次与河鼠划船出游之后，鼹鼠先生就走上这条路了。从此他就开始在草地上赛跑啦。可怜的家伙！

杜伦别墅的生活围绕着阿拉斯泰尔转，肯尼斯好似失去了写作的兴致。他的故事和随笔写作中断了——自 1888 年起他一共写了六十九篇。这一时期格雷厄姆唯一写下的就是信件，且都是用儿语写就的。1898 年是标志性的一年。这一年，格雷厄姆出版了

《做梦的日子》和长篇《女刽子手》。之后，除了几篇随笔，他几乎什么都没有写出来。1898 年，他为尤金·菲尔德的《睡乡》作序；1899 年，为佩尔西·毕林赫斯特的《伊索寓言一百篇》写了引言。1899 年，他还写了一篇随笔《童话的结构》，发表在《每日邮报》童书评论版。格雷厄姆自始至终都在银行工作。他艺术地把自己想象成“泉，而不是泵”。[1] 博德利图书馆收藏的一系列格雷厄姆的信中，有一张便条日期为 1903 年 11 月 24 日，紧急写在了英格兰银行的信纸上。这或许可以解释，格雷厄姆的艺术创作之泉何以从 1903 年到 1908 年趋于干涸。

> 亲爱的 M.——草草写就这行字，只为告诉你，听到任何谣言或在海报等宣传品上看到任何声明都不要震惊。今天上午这里来了个疯子，举着左轮手枪“随便射击”。不过除了疯子无人受伤。麻烦过后，疯子本人也安全了。

这次枪击事件，是格雷厄姆职业生涯中遇上的一件怪事。9 月 24 日上午 11 点，一位穿着得体的绅士来找银行行长。此人名叫乔治·F. 罗宾逊。行长那天不在，因而代理秘书格雷厄姆请罗宾逊去了他自己的办公室。一进办公室，这个陌生人就掏出两卷卷起来的纸，一卷系着白丝带，一卷系着黑丝带。罗宾逊让格雷厄姆挑一卷。格雷厄姆很恼火，拒绝了他。于是，罗宾逊拔出手枪，开始射击。为了避免被打中，格雷厄姆逃出了房

1 参见埃尔斯佩思·格雷厄姆《〈柳林风声〉最初的低语》。

间。但是他的神经却受了刺激。[1] 当这一意外事故传出去以后，格雷厄姆的粉丝愤怒了。成百上千的信件寄到银行，表达同情和支持。

罗宾逊对格雷厄姆的阶级观产生了冲击，并产生了一定的文化影响。格雷厄姆本人处于上层阶级，他见过借由家族和产业拥有巨额财富的人。他在福伊交的朋友阿特金森就是这样的人，拥有河景房和停泊在水上的三十多艘船。从另外一个角度看，那些想要土地、希望改革税收的人，却希望改革能够最终波及格雷厄姆在《柳林风声》中捍卫的生活方式。格雷厄姆是文化保守主义者。毕竟，他在银行工作，每天都见到富人如何支配财富。《黄金时代》中有篇文章叫《一次决裂》，格雷厄姆在其中描述了他工作的地方："很少有人想得到，在银行的金色窗户里面，黄金是用铲子铲的。"然而，格雷厄姆同时也是1886年帕尔玛尔骚乱的见证者：两个敌对的左派组织在街头进行枪战，并砸碎皮卡迪利街上的商店门窗。难怪《柳林风声》中那么不厌其烦地讲述避开野外林地的危险，尤其是由"下层阶级"白鼬、黄鼠狼造成的危险。看来，这么写的部分原因来自罗宾逊事件带来的焦虑。

枪击事件之后，格雷厄姆就退出了公众的视线。他在杜伦别墅里塞满了玩具。他的邻居兼密友格雷厄姆·罗伯逊责备他说，这些玩具导致他文学上的歉收。在1903年枪击事件与1908年10月出版《柳林风声》期间，格雷厄姆仅仅于1905年10月15

---

1 罗宾逊后来被送进了布罗德莫精神病院，一家位于伯克郡的容纳犯罪的精神病患的医院。

日在《赫尔每周邮报》上发表了一首短诗《山间小溪》。比起写作，格雷厄姆更多地把精力花在了阿拉斯泰尔身上。他带着儿子一起从茫茫人海中撤退出去。正是那些在育儿室讲的睡前故事，使得鼹鼠、河鼠、獾和蟾蜍的故事开始成形。故事中少了人间烦恼。这个故事每天晚上都会更新。

1905 年 8 月，他们一家在因弗雷里度假，待在旅馆的时候，一位客人急着要见格雷厄姆，[1] 但他来迟了，直接到了晚间育儿室，于是，他就在门外偷听起来。肯尼斯正在讲故事，阿拉斯泰尔不时插嘴问些问题，再评论一番。在这位访客听来，就像父子两个一起在创作这个故事。

1904 年初，新年刚刚过去不久，肯尼斯·格雷厄姆开始寻找新家。在伦敦住了几乎三十年后，他希望搬到一个郊外的居所，每天乘火车来往于伦敦和家之间。他与埃尔斯佩思在阿斯科特南部伍德赛德租了房子，只是短期居住。可是，他们发现这块地方的另一头正在建造一处新的教区牧师住宅。他们决定搬离伍德赛德。

这一时期，埃尔斯佩思也遇上了麻烦。她的弟弟考陶尔德·汤姆森 [2] 开始着手调查他们爸爸 1888 年去世时留给他们妈妈的遗产。克拉拉·汤姆森是个富婆，拥有首任丈夫的发明专利权。这笔财富在她死后留给了四个汤姆森家的孩子。不过，托管人则

---

1 彼得·格林，《肯尼斯·格雷厄姆传》。格林确定，这是一封肯尼斯·格雷厄姆写给亚瑟·奎勒–库奇的信，写于 1905 年 12 月 29 日。

2 他即将成为男爵。1944 年 2 月，他签了改名契，改名为考陶尔德·格林伍德·考陶尔德–汤姆森爵士，名声大噪。1954 年他去世后，他的男爵爵位也不复存在。

是他们的继父约翰·弗莱彻·莫尔顿，这位继父还是唯一的托管人。他事先手写了一份遗嘱，让克拉拉签了字。埃尔斯佩思结婚后，理应一次性拿到大约5000英镑，或者每年拿300英镑的津贴。可是她只收到过一次250英镑的款项。

> 埃尔斯佩思第一次意识到，这么多年来，住在继父家中，拿着微薄的津贴管理他的社会项目，已经耗得她自己一无所有，没衣穿，没钱花。她理应每年从妈妈的遗产中得到300英镑，结婚并不能使之作废。她被人欠了一大笔钱。（艾莉森·普林斯，《肯尼斯·格雷厄姆：野外林地中纯真的人》）

考陶尔德代姐姐埃尔斯佩思和温妮弗雷德对继父提起民事诉讼。在肯尼斯1903年枪击事件与1905年4月案件公审期间，埃尔斯佩思花了大量时间在伍德霍尔斯帕看医生。考陶尔德算出弗莱彻·莫尔顿欠了两个继女共计一万英镑。经过一番法庭激辩，莫尔顿认输，取出6069英镑给两姐妹分。案件得以告终。可惜埃尔斯佩思得把接近三分之一的钱付给律师。

在审判结束、1905年8月全家一起去苏格兰度假前，阿拉斯泰尔的保姆达奇换成了家庭女教师娜奥米·斯托特。“D”时代没有留下只言片语；斯托特却写了大量书信。她给这个家留下了充满活力的家史；在格雷厄姆与儿子的亲子关系方面，她的书信给人提供了关键的视角。大家甚至认为斯托特立了这么一功：把肯尼斯·格雷厄姆写的“我最亲爱的小老鼠”系列信件从废物中抢救出来。原因在于，当他们一起外出时，一收到这样的信，斯托特就会大声读给阿拉斯泰尔听。

许多年里，斯托特都充当着阿拉斯泰尔的代理家长。1907 年，肯尼斯和埃尔斯佩思要带上儿子一起去度假。尽管他们支付得起一家子出行的费用，带上斯托特也没问题，但男孩最终依然和家庭教师一起留在了库克姆迪恩的家中。后来，在他的父母去康沃尔的时候，他又与斯托特一起待在海边小镇利特尔汉普顿。彼得·格林描述了 1907 年阿拉斯泰尔七岁生日后不久，大家分头度假的情景：

> 1907 年 5 月，阿拉斯泰尔与家庭教师斯托特一起到利特尔汉普顿度假七周。同一时间，他的父母去了英格兰的西南部。他们在法尔茅斯住了几天，然后回到了……福伊。6 月中旬，埃尔斯佩思就回到了库克姆迪恩与阿拉斯泰尔团聚。但是肯尼斯却去了伦敦——杜伦别墅的家成为临时落脚点。肯尼斯·格雷厄姆至少在那里逗留到 9 月，偶尔前去库克姆迪恩过过周末。(《肯尼斯·格雷厄姆传》)

从 1907 年 5 月到 9 月，肯尼斯竭尽所能要把错过的睡前故事补上。他以写信的方式描述了蟾蜍先生最近的冒险经历。斯托特于是加入格雷厄姆小团体，秘密参与了他们的睡前故事。她并没有意识到，他们于 1906 年都搬到库克姆迪恩之后，每当阿拉斯泰尔的父母不在时，给阿拉斯泰尔讲故事就成了她的分内事。正是在那一时期，小说的轮廓得以成形。但假如没有人说服格雷厄姆把故事写成一部完整的小说，那么这些睡前故事从来都不会成为

肯尼斯·格雷厄姆从福伊旅馆望出去的风景。1907年，他在这里休养了一段时间。山坡下的黄色大房子是亚瑟·奎勒-库奇的哈文馆。左边是白宫别墅和通往港口的步道。船在港口那里候着。B.W. 古尔德拍摄。福伊达芙妮·杜穆里埃文学中心提供

一本书。

1907年8月末，妇女参政论者康斯坦斯·斯梅德利前去格雷厄姆家拜访。她的借口是，她和格雷厄姆的《黄金时代》一书中虚构的女性斯梅德利小姐不无干系。1903年，斯梅德利帮忙创建了国际女子学园俱乐部[1]。她住在附近泰晤士河畔的布雷小镇，却是美国《人人》杂志的“文学星探”。她的编辑约翰·奥哈拉·科斯格雷夫秘密派她前来，看看能否说服格雷厄姆写一本新书。书的主题不重要，他说。他承诺会开出丰厚的稿酬。科斯格雷夫是新西兰人。他欣赏格雷厄姆之前的三本文集，希望这位遁世者能再

1 迄今为止，这个俱乐部还被描述为“为对艺术、科学、社会热点感兴趣并追求终身学习的女性开设”。

写出一本新的集子。无论如何，他觉得格雷厄姆哪怕写一篇文章，都会给杂志带来“英国流量”。《人人》杂志在美国非常流行，但在英国却几乎无人知晓。

斯梅德利和科斯格雷夫并不知道，保罗·里维尔·雷诺先生已经于1906年想方设法说服肯尼斯·格雷厄姆答应写一本新书。雷诺拥有美国第一文学经纪人的美名，虽然他处理伦敦出版者与代理人的业务，但他的生活和工作都在纽约。只要格雷厄姆写出像《黄金时代》《做梦的日子》那样的作品，[1]交手稿的时候格雷厄姆即可拿到一笔3000美元的预付金。他的美国新东家查尔斯·斯克里布纳父子出版公司将会以20%的版税率支付版税。1907年1月，雷诺先生向斯克里布纳夸口说格雷厄姆“已经着手写这本书了”。然而，当年8月斯梅德利前去拜访时，格雷厄姆一个字也没有写。

康斯坦斯·斯梅德利也是位小说家。给格雷厄姆写信求见后，她大吃一惊，不仅吃惊于对方迅速答复了，还吃惊于格雷厄姆说读过她四年前（即1903年）出版的小说《四月公主》。格雷厄姆起初谢绝了科斯格雷夫的请求。“他痛恨写作。这是一种生理折磨。他为什么要遭受这个？”斯梅德利在《十字军》中写道。格雷厄姆已经从银行当秘书的位子退下；他从世界退避至河边的家。斯梅德利在《十字军》中详细描述了他们的初次相见：

> 黑刺李金酒倒入小小的高脚杯……上沙拉的环节到了，格雷厄姆夫人隆重地准备了一个大篮子，里面有香草，还有

1 写信日期为1906年12月28日。普林斯顿大学斯克里布纳档案馆。

长颈瓶子装的香料。一排排布里斯托尔玻璃材质泪瓶；来自各个国家的乡土风情的玩具；成套的古旧玻璃杯和瓷器——是拿来用的，不是摆着看的。一天晚上，我记得……桌上放着盘绕着奇妙花边的高脚玻璃杯……透过玻璃杯，你看到的一切，都像拿反了看戏的小望远镜看到的情景似的……格雷厄姆夫妇看起来就像玩偶一样，遥遥坐在缩微餐桌的对面。我离开的时候，管家在厅里候着，手里拿着一个包装得特别漂亮的玻璃杯，还扎着丝带。“这是我家的惯例，”格雷厄姆先生说，“客人喝过酒的杯子送给客人。”

康斯坦斯·斯梅德利遇到格雷厄姆一家的时候

斯梅德利1908年的到访，恰好与格雷厄姆写信给“我最亲爱的小老鼠”的日期相吻合。她的女权主义政治立场以及一个人开车前来这两个细节本来会让格雷厄姆产生反感，但是她却受到了热情的款待。从格雷厄姆的信件及其他作品看，他并不认为男女平等。他的一首诗表明他不支持妇女参政。阿拉斯泰尔在肯辛顿公园扇了一个小女孩一耳光，格雷厄姆对此事件明显毫不关心，这充分表明了他对女性的态度。更明显的是，在《柳林风声》中，女性角色少之又少，这种处理带着轻视的意味。斯梅德利直率而自信，给格雷厄姆留下了深刻的印象。事实上，一得知父子间持续在讲的亲子故事，她就明白自己找到了格雷厄姆下一本书的主题。斯梅德利回忆道：

> ……这次拜访，我与小老鼠交上了朋友。他与众不同，是个吸引人的孩子。他的黑发漂亮而浓密，剪着齐刘海，眼神明亮安静……每天晚上，格雷厄姆都给小老鼠讲故事，没有结尾，是一群沿河旅行而遇上的小动物的历险记。故事只有他和小老鼠两人知道，却因着极为隐秘的睡前相见而产生联系。

当斯梅德利谈到要把信件和晚间故事改编成一本书时，小老鼠非常高兴："只有他（小老鼠）才能说服格雷厄姆先生做这件讨厌的苦差事。河鼠、鼹鼠和獾的冒险慢慢记录了下来；小老鼠易于陶醉在自己的成就中，这一特点稍具反讽地在蟾蜍先生身上体现了出来。"(《十字军》) 跟格雷厄姆谈过写本新书的事情后，斯梅德利还说服埃尔斯佩思写信介绍自己跟大隐士托马斯·哈代认识。托马斯·哈代是埃尔斯佩思的朋友。埃尔斯佩思与哈代一家通信好多年了。她乐意做这个顺水人情。她拿出自己最近写的几首诗歌，让斯梅德利亲自带去。

1907 年 12 月[1]，格雷厄姆写完了开头两章的草稿，并发给了科斯格雷夫。这新的两个章节与《黄金时代》和《做梦的日子》大

---

1 基于保罗·里维尔·雷诺写信的日期推断。普林斯顿大学斯克里布纳档案馆。

异其趣，跟雷诺1906年提议的主题完全两样。新书的名字叫《鼹鼠与河鼠》。编辑甚为喜欢，但是杂志所有者却对手稿持反对态度。他们认为此书与杂志风格不符。在斯梅德利的回忆录中，她如此评论道："读者的口味被引导了，有赖于其对戏剧效果的营造和对身居高位者罪恶的披露。"无论格雷厄姆的动物故事讲得多么动人，《人人》杂志想要的只不过是《黄金时代》和《做梦的日子》般富有情感的续篇。

1908年初，拿板球棒的小老鼠。家庭教师娜奥米·斯托特拍摄。得克萨斯大学奥斯汀分校哈里·兰莎姆人文研究中心提供

斯梅德利那一时期的信件显示，由于此书遭到原本有意向出版的杂志的拒绝，她为自己鼓励格雷厄姆写这样一本书而深感内疚。斯梅德利明白，美国非常需要格雷厄姆的著作。因此，她把他介绍给了美国文学代理商柯蒂斯·布朗。尽管布朗在美国有办公室，可他更喜欢在伦敦工作和生活。他是当时一些最好作家的代理人，比如乔治·萧伯纳、D.H.劳伦斯。即便如此，为了推出这部手稿，布朗还是煞费苦心。《鼹鼠与河鼠》与其说是像之前那样写给大人看的关于孩子的生活的书，不如说是写给孩子看的模拟成人生活的书。当初寄给出版社的时候，它甚至都没有一个恰当的书名。格雷厄姆的英国出版人约翰·莱恩曾经于19世纪90年代靠着格雷厄姆的书大赚了一笔，但是面对这部手稿一

头雾水，于是决定放弃。在1935年的回忆录《遇见》里，柯蒂斯·布朗详细描述了自己如何说服英国出版人阿尔杰农·梅休因，看在格雷厄姆之前出版作品的价值的分儿上接受这本书。“他对这本书没有足够的信心，没有预付保证金；另一方面，他却同意支付相当可观的递增版税，万一这本书实现我的梦想了呢。”梅休因认为，一开始要利用好奇心做销售，在此之后不久此书即告绝版。

如果说找到英国出版商颇具挑战性，格雷厄姆在美国为这本书寻找归宿则更费周折。柯蒂斯·布朗把这本书寄给了保罗·雷诺。[1]然后《河岸》《大路》这开头两章经雷诺之手寄给了查尔斯·斯克里布纳。在1907年12月3日的通信中，雷诺写道：“在作者的授意下，英国出版方计划找克莱顿·科尔斯洛普画插画。”这位插画家总爱把自己的名字拼成凯尔思莱普。在当时，他因画英国女性的服饰漫画而知名。看他的水彩画，很容易想象他将如何给蟾蜍先生画出洗衣妇的扮相。出乎意料的是，查尔斯·斯克里布纳的答复是不接受这本书：

> 亲爱的雷诺先生：
>
> 我们已经拜读了您上周寄来的肯尼斯·格雷厄姆的两个故事。遗憾的是，我必须告诉您我很失望。我们选择取消出版此书的约定。您应该记得，我们建议此书与格雷厄姆先生其他著作的风格保持一致。但是这本书绝非如此，完全没有

1 保罗·里维尔·雷诺（1864—1944）有个儿子，叫小保罗·里维尔·雷诺（1904年出生），1923年加入父亲的公司，后来成为这家经纪公司总裁。

人情味。近期冒出很多这样的动物故事，我想公众已经出现审美疲劳。再出一本类似的新书，前景并不美妙。对于你我而言，这一切都非常令人失望。这再次说明，在明确了解内容之前提早作出约定是危险的。（1907 年 12 月 16 日，普林斯顿大学斯克里布纳档案）

手稿于 1907 年 12 月 24 日重新回到雷诺手里。那时，雷诺好像放弃了这个项目，或者说对此失去了兴趣。1908 年 2 月，柯蒂斯·布朗写了一封信给斯克里布纳出版社，对查尔斯·斯克里布纳上次的拒绝予以回击：

亲爱的先生们：

我刚刚与肯尼斯·格雷厄姆先生作过一番长谈，他说，与其他出版公司相比，他更愿意让斯克里布纳出版这本书。他已经收到美国版权方给出的两个报价，预付 2000 美元，版税率 20%。如果你们在乎这本书，他愿意以 1500 美元的预付、20% 的版税率给你们出版。据我所知，你们第一次收回报价……是由于你们认为《蟾蜍先生》(新书将如此称呼）不可能好卖……既然格雷厄姆先生那么想让你们而非其他出版社出这本书，看来最好还是把机会留给你们——尤其是，后面的章节蕴含了越来越浓的人情味，充满幽默感并兼具对现代社会状况的温和嘲讽。

正当斯克里布纳出版社考虑到底出不出的时候，格雷厄姆收到了美国在任总统西奥多·罗斯福的回信。得知总统非常喜欢自己以前的作品，格雷厄姆就给他寄去了一份手稿的打印件。据柯蒂斯·布朗说："西奥多·罗斯福读过稿子之后说，他听说此书已经交稿，这么好的作品，斯克里布纳一定要出版。"（布朗，《遇见》）总统的支持使得斯克里布纳动摇了。柯蒂斯·布朗做出如下安排，达成了协议：

> 也许，这封信在2月27日，即周四之前就能到达你的手中。如果贵社对此书有意，格雷厄姆先生将对你们的厚爱表示非常感谢。收到这封信后，请发电报至：布朗柯特，伦敦。"格雷厄姆"，表示你们同意他的提议；"肯尼斯"，意味着你们不同意出版这本书。我把这封信的副本寄给雷诺先生，直接写信给你却不让他知道我说了什么，显得特别不公平。（1908年2月18日，普林斯顿大学斯克里布纳档案）

1908年3月2日，斯克里布纳发来电报，中间写着"格雷厄姆"。1908年3月28日，肯尼斯·格雷厄姆与斯克里布纳出版社签了合同。合同上列出的书名：蟾蜍先生。

虽然梅休因并没有指望《柳林风声》一纸风行，柯蒂斯·布朗在写给斯克里布纳的信中却说："梅休因先生不惜煞费苦心为这本书画插画。"起初，曾经问过亚瑟·拉克姆是否愿意为第一版画插画。当时，拉克姆画插画的书保证能够流行。格雷厄姆是畅销作家，他的书值得配上受人追捧的插画家的画。然而，拉克姆一直被作家、出版人、代理公司盯着，当时他又忙于为《仲夏夜之梦》画插画——这本书的插画不少于七十张。拉克姆正处于事业的巅峰期。上一年，他刚为《爱丽丝漫游仙境》画过插图，共有二十七幅全彩插画。他插画的每一本书后来都成了经典。多年以来，拉克姆都被“提前预定”，因而他不得不推掉格雷厄姆的新书——后来，他为之感到了后悔。[1]

当时大部分童书都制作精良，可梅休因出版公司最终出版了《柳林风声》的文字版，装饰寥寥。儿童文学史家彼得·亨特写道：

> 1890 年至 1914 年，毫无疑问是儿童插画的黄金时代。当时，彩色印刷的精度达到了新的标准。如今，埃内斯特·尼斯托尔（德国）发明的平版印刷的光亮工艺有时是黏性工艺，已经被更为昂贵的四色印刷取而代之……用这种技术，出版者可以做出豪华的礼品书，往往配有大量插图、线描画、彩色插画，就连环衬也富有装饰性。[2]

尽管潮流如斯，梅休因却是个保守的出版公司，依靠重版书来实现盈利。在 1908 年 10 月 8 日（即《柳林风声》在英国出版之时）与 1909 年 3 月间，梅休因出版公司在《泰晤士文学增刊》[3]上面做广告的次数，明确显示出只有其富有创新精神的竞争对手麦克米伦出版公司的一半。梅休因版的《柳林风声》只在卷首配上黑白插图，封面和书脊上用邮戳装饰。英国第一版用的是便宜的纸张，封面也平淡无奇——与后来出版的令人叹为观止的版本相比一无是处。根据印第安纳大学伯明顿校区保管的梅休因出版

1 德里克·哈德森，《亚瑟·拉克姆的作品与人生》。

2 彼得·亨特，《儿童文学插画史》。

3 从 1908 年 10 月 8 日运营至 1909 年 2 月 11 日。

公司的台账看，该公司起初只印了1500册《柳林风声》。10月9日，即英国初版本发行的第二天，阿尔杰农·梅休因给格雷厄姆写信说："我对你这本迷人的书表示祝贺——这本书十分优美，富有洞察力，我希望你能喜欢封面装帧；我喜欢的是里面的内容……我昨天给你发电报了，我们想很快出第二版。"[1]

《柳林风声》几乎是同时在美国和英国出版的，但做出来的视觉效果却大相径庭。据主要收藏英国儿童文学和时效藏品的收藏家爱奥娜和彼得·奥皮说，《柳林风声》第一个版本在美国出版，而不是英国。[2]阿拉斯泰尔读的那本上面题写着"献给阿拉斯泰尔/最亲爱的父亲/肯尼斯·格雷厄姆。库克姆迪恩，1908年10月"的是斯克里布纳版本，而不是梅休因版本。[3]布莱恩·奥尔德森和奥皮夫妇推测，肯尼斯·格雷厄姆，这位"挑剌的文人"，可能认为美国版本比梅休因版本优雅多了。然而，斯克里布纳头一个版本没有潘神、鼹鼠、船里的河鼠这一封面插图，书脊上也没有出现蟾蜍穿着开车套装的插画。斯克里布纳版的《柳林风声》呈淡绿色，只在封面上印着标题，并不尽如人意。比较起来，格雷厄姆更喜欢斯克里布纳版本实在让人费解——因为格雷厄姆·罗伯逊把最初三张插画投给了梅休因出版公司。

从普林斯顿大学斯克里布纳档案得知，斯克里布纳印了4700册《柳林风声》。档案显示，到了1908年10月10日，出版库存

1 承蒙大卫·J. 霍尔姆斯提供书信。

2 爱奥娜·奥皮、罗伯特·奥皮和布莱恩·奥尔德森，《童年宝物：奥皮收藏的书籍、玩具和游戏》。

3 阿拉斯泰尔阅读的版本是牛津大学博德利图书馆奥皮夫妇收藏品的一部分。

就消化了一半。第二版的3125册于12月8日发行。1908年2月7日又有3340册再版。如今，这本父亲讲给阿拉斯泰尔的不起眼的故事，不仅在大西洋两岸的英美成为流行，也在世界范围内取得了成功。

阿拉斯泰尔与《乐思》杂志

成就《柳林风声》的信件，在本书里全文重印了出来。这些信件大部分是写给“我最亲爱的小老鼠”的。它们是第六章、第八章、第十章和第十二章的重要组成部分。前面提到的娜奥米·斯托特保存的原始材料，现在存放在牛津大学博德利图书馆。格雷厄姆手稿第一版紧挨着这些信件存档，这一版为手写，字体工整漂亮。第二版是打印的，也是终稿，后来被梅休因拿去出版了。从信件到手稿，再到打印稿，连续几个回合，故事渐渐得以成形。多年以来，前来翻阅档案的格雷厄姆研究者络绎不绝。这一版本《柳林风声》的注释包括格雷厄姆各个系列手稿，列入d.281、e.247和e.248。

然而，迄今为止，作品的另一重要组成部分——阿拉斯泰尔和娜奥米·斯托特给格雷厄姆的回信却尚未涉及。1908年初，当肯尼斯·格雷厄姆在伦敦修改信件，并创作信件里没有写过的章节时，阿拉斯泰尔与斯托特却留在了库克姆迪恩。埃尔斯佩思也不在，她又去疗养了。双亲都不在身边，阿拉斯泰尔难免寂寞。为了把时间填满，斯托特鼓励小老鼠创办自己的文学杂志。他们给杂志取名“乐思”。它类似一个剪贴簿，每一期都有从明信片上剪下来的图片、阿拉斯泰尔的画，还有格雷厄姆一家人和其他作家、艺术家的供稿。[1]从1908年2月至1909年2月，杂志每月出一期，每期出一份。在比较出名的文章中，有一篇格雷厄姆的短篇小说《伯蒂出逃记》。这篇小说除了在《乐思》上露过脸，在格雷厄姆的有生之年，从不曾拿出去被发表过，直到他去世后才得见天日。杂志一共出了十三期，从某种形式而言就是日记。借由阿拉斯泰尔的画，从报纸、卡片、书信、快照等零零散散剪下的即时物品，以及斯托特写下的阿拉斯泰尔口述的故事，格雷厄姆一家的生活得以呈现。阿拉斯泰尔和斯托特苦心孤诣地打造出了十三期杂志，每一期都在格雷厄姆家梅菲尔德乡下大宅[2]和格雷厄姆家那些住在库克姆迪恩的好友之间传阅。

《乐思》编排在美术纸上，只用一个黄铜平头钉装订。多年来，每一期的独一份都存在彼得·格林手里。杂志上满是故事连载，比如《仙境的历史》，其中的主角侏儒和巨魔都是阿拉斯泰尔所画的。《普恩体育俱乐部历险记》和《斯芬克斯岛私人日记》都定期连载，后者是阿拉斯泰尔版的沉船奇幻历险故事——显然他喜欢这种题材，育儿室的藏书里面就有这一类书籍。《古树上的女巫》讲了一个温特山[3]上的女巫。她把阿拉斯泰尔带到了河流深处的游乐场。有一条密道通往那里。我们会发现，地下密道不仅吸引了肯尼斯·格雷厄姆，也让阿拉斯泰尔欲罢不能。《温莎客车》《拉姆斯盖特旅馆的钉子大有用处》以及《利特尔汉普顿的提示》对阿拉斯泰尔和斯托特同游时去过的地方进行了一番探索。《本杰

1 包括赫赫有名的梅·辛克莱，还有日后成为斯坦利·斯宾塞的青少年画家。
2 这所大宅现在成了库克姆迪恩的赫里斯小学。
3 温特山在库克姆迪恩是一座了不起的山。它俯瞰泰晤士河。

明的来信》与《集市上的兔子告别会》是阿拉斯泰尔写给宠物兔的赞美诗。他的兔子根据毕翠克丝·波特著作中的角色而命名。妇女参政运动也出现在了《乐思》杂志中。肯尼斯·格雷厄姆的诗歌《这个女人想要选票》和阿拉斯泰尔的《参政颂歌》就是其中两篇。

稀奇古怪的广告也贯穿杂志始末。比如那个制作“美味蛋糕”的秘诀：“一磅面粉，黄油与糖各半，两个鸡蛋，半盎司蜜饯果皮，发酵粉火药粉混合物，随后尽快跑开。”为牙医布朗博士撰写的广告是这样的：“当牙齿折磨你的时候，去找他吸笑气吧。吸笑气的时候会被搜身，百万富翁尤其难逃。”一个远房亲戚的广告是：“格雷厄姆律师：找他商谈事情，他会一直滔滔不绝。”

除了格雷厄姆写给阿拉斯泰尔的书信以及《乐思》杂志，还有别的宝贝，那就是娜奥米·斯托特写的未经发表的信件。这些信件是写给疗养中的埃尔斯佩思·格雷厄姆的。[1] 时间为1908年早春和暮冬。[2] 它们披露了格雷厄姆一家先前不为人知的生活细节。与彼得·格林以及艾莉森·普林斯相反，斯托特没有把阿拉斯泰尔描写成被父母放任过度的“淘气包”。她笔下的这个男孩随和而可爱，早熟而有创意。然而，阿拉斯泰尔·格雷厄姆却也麻烦缠身。他因对别的孩子又踢又咬而被赶出了肯辛顿公园。肯尼斯·格雷厄姆曾用儿语的语气给埃尔斯佩思写信，说阿拉斯泰尔总爱扇小女孩的耳光：“他说‘想扇’，我呢，闭嘴不谈。”（普林

1 杂志以及信件都出现在彼得·格林捐给得克萨斯大学奥斯汀分校的哈里·兰莎姆人文研究中心的文献里。

2 时间从1908年2月26日持续到5月16日。当时，肯尼斯·格雷厄姆正在把上一个夏季的信件改写为《柳林风声》。

1908年5月《乐思》杂志封面，阿拉斯泰尔·格雷厄姆绘。得克萨斯大学奥斯汀分校哈里·兰莎姆人文研究中心提供

斯，《肯尼斯·格雷厄姆：野外林地中纯真的人》）阿拉斯泰尔的家庭教师斯托特好像给他带来了平静。格雷厄姆笔下的前保姆D，习惯了被阿拉斯泰尔打脸；斯托特那里却从来没有此等劣迹的记录。阿拉斯泰尔像是在她的滋养下茁壮成长。他画的斯托特是仁慈的。他们两个成为了密友，而斯托特显然掌管大局。

和斯托特在一起的时候，阿拉斯泰尔的坏脾气尚可控制。斯托特的信远非关于男孩状况的简单汇报，她的笔下是一幅田园牧歌画卷，打开来，就是男孩在库克姆迪恩梅菲尔德的日常生活图景。

亲爱的格雷厄姆夫人：

但愿您感觉好些了。小老鼠今天过得心满意足。天气很不错。我们10:30出发，开车去了赫利。我们穿过树林。眼前风景如画。回来后，我们还有时间，就踢了足球。饭后，我们马上出去晒了太阳，和我们最信任的好朋友“小童车”一起去了库克姆迪恩。我把自己的几双靴子留在了库克姆迪恩莱斯的鞋匠那里。您也去过他的小小玻璃房。一个住在乡下小屋里的女人问候您呢。我们希望星期天能把杂志做好。这次米特（苏利文）没做多大贡献。这孩子有时候会闷闷不乐。可是小老鼠从来都没有留意这一点，依旧兴高采烈，说啊说啊，就是停不下来。她喜欢唱歌，却不加入进来。有一次，凯瑟琳也一起喝茶，米特表现得非常安静，好像是出于害羞。小老鼠拼命想让她高兴起来。

星期五。

小老鼠过得很不错，在小马萤火虫的背上当了领唱。

您真诚的　娜奥米·斯托特

1908年3月5日

于伯克郡，库克姆迪恩，梅菲尔德

米特的爸爸是个艺术家，住在库克姆迪恩。邻家女孩米特成了阿拉斯泰尔的亲密朋友。米特的爸爸为1908年2月刊《乐思》杂志画了美丽的铅笔画，画的是他们家的狗奈布。埃尔斯佩思只在《〈柳林风声〉最初的低语》中提到过女孩的爸爸是S.苏利文，并将《乐思》杂志第一版插图设计归功于他。

"斯托特小姐教小老鼠操练与忍耐……"得克萨斯大学奥斯汀分校哈里·兰莎姆人文研究中心提供

信中提及的这片树林叫作采石场林，是格雷厄姆作品第三章那片野外林地的原型。萤火虫则是阿拉斯泰尔的小马，住在紧挨着小黑猪伯蒂的围场里。伯蒂是阿拉斯泰尔的宠物。实际上，这个家里到处都是宠物。斯托特披露，1908年4月，肯尼斯·格雷厄姆于复活节送给阿拉斯泰尔一对兔子。男孩给它们取名本杰明和彼得，正如前面提到的，这是依照毕翠克丝·波特的《彼得兔》系列而命名的。

信件持续往来，斯托特给雇主提供了丰富的素材，简直让人怀疑她心怀文学抱负。斯托特的很多评论都与格雷厄姆的终版手

照片名为“小老鼠与佩吉”，与叫作本杰明的兔子在一起。很有可能佩吉就是米特，斯托特1908年写给格雷厄姆夫人信里的孩子。大卫·J. 霍尔姆斯提供

1908年3月12日，“小老鼠拿着铁环跑”。娜奥米·斯托特拍摄。得克萨斯大学奥斯汀分校哈里·兰莎姆人文研究中心提供

稿有相似之处。这并不是说格雷厄姆剽窃或者借用了家庭教师的文字——远非如此，因为没有人能写得出格雷厄姆那样的东西。但是，斯托特不管是要把当时发生的事情向埃尔斯佩思汇报也好，还是为《乐思》杂志投稿也罢，在《自然笔记》和《散记》中，她对库克姆迪恩生活的各个层面进行了连续记载。很容易看出，她讲述身边的生灵时精准的描述和搞笑的笔触，如何影响了肯尼斯·格雷厄姆。

《散记》

娜奥米·斯托特

我们最常去的地方是花园。怪不得花儿和鸟儿把这里当作欢乐地。

彼得和本杰明在网球场嬉戏。我们静坐不动，打量这两只兔子，偶尔被扰，也只在他们彼此侵犯或是逃得

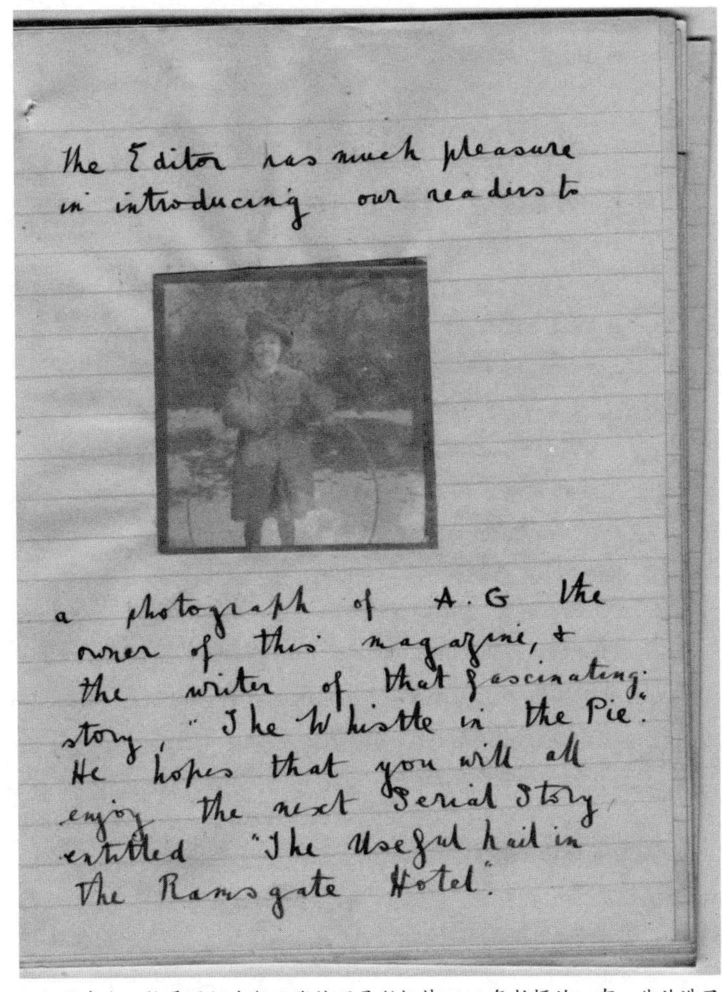

The Editor has much pleasure in introducing our readers to

a photograph of A.G the owner of this magazine, & the writer of that fascinating story, "The Whistle in the Pie." He hopes that you will all enjoy the next Serial Story entitled "The Useful Nail in the Ramsgate Hotel".

阿拉斯泰尔·格雷厄姆少数几张快照是斯托特1908年拍摄的，有一些放进了杂志里面，比如1908年5月《乐思》刊头页上的照片。得克萨斯大学奥斯汀分校哈里·兰莎姆人文研究中心提供不知所踪，再或者该上床睡觉的时候。

……

鸟儿啾啾抱怨：黄色怪兽闯进了房间。一周前，伦敦小猫受了挫折。他又是爬树，又是在灌木丛里扑腾，让黑鸟有了骂他的借口。伦敦小猫说：乡下猫比城里猫自由多了。他希望，不要再打着为他好的旗号，给他找个城里的窝。

……

猪舍里最近添了新丁——还是一头猪。原来的那位只在白天利用猪舍。这一位后来者却日夜等着访客到来，他想一辈子住在这里。他不想换地方。

……

（一则广告）梅菲尔德的小马凯蒂想要收集糖果。一切块状的统统接受。

这头猪就是伯蒂，偶尔会逃跑。它为格雷厄姆的短篇小说《伯蒂出逃记》带来了灵感。这些旧事，与《柳林风声》里的段落有相似处。“出逃”不仅仅是指鼹鼠出逃，也包括鼹鼠夫人出逃。斯托特写的下一个圣诞节报告，听起来像是书里第五章《回家真好》中的圣诞庆典活动。当然，斯托特的记录也体现出了当时参加圣诞庆典的人数。

1908 年的圣诞节，阿拉斯泰尔·格雷厄姆是快乐的。两个哑剧演员受邀来到餐厅表演，欢快的歌声铭记在了阿拉斯泰尔心中。那一天吃早饭之前，这样的一幕映入阿拉斯泰尔的眼帘：送礼者画的画装点了巨大的蓝白相间的袜子，玩具铺天盖地。早饭时间，到处都是包裹和卡片。上午没有出去，就留在室内。圣诞大餐是在餐厅吃的，主要有火鸡、甜点、脆饼。爸爸妈妈都分享了欢乐。饭后，短暂拜访了卢克夫人。回来后，大厅里的圣诞树闪闪发亮。拿到了礼物，很多人都很高兴。喝完茶后，访客带来了更多礼物，来者多为爸爸妈妈们，当天最后的福利是唱诗班唱圣诞颂歌，还有提着灯笼，站在书房窗外的黑暗中唱《好国王温塞拉斯》。圣诞树上灯光闪烁，大厅里，人们看着圣诞树唱完最后的颂歌。阿拉斯泰尔把几瓶糖果发给唱诗班的小男孩之后，方才上床睡觉。

阿拉斯泰尔·格雷厄姆画的家庭教师娜奥米·斯托特画像。在这张画像里面，斯托特待在他们一起种的开满花的园子里。园子就在小猪伯蒂的猪圈旁边。得克萨斯大学奥斯汀分校哈里·兰莎姆人文研究中心提供

圣诞前夕，阿拉斯泰尔·格雷厄姆到英皇剧院看了一出戏《小指和仙女》。现在他对表演和剧场有了一定的认识。圣诞节后，他在库克姆迪恩看了一场童话剧《巴利罗特皇厨》，现在，他写的童话剧可以在德鲁里巷皇家剧院演出了。

阿拉斯泰尔显然很喜欢斯托特，他们一起玩的时候，他常常给她画像。他给大部分画作取了名字，或者用家庭教师可识别的手写评论。小老鼠和斯托特举杠铃的那幅，标题是“斯托特小姐教小老鼠操练与忍耐”（见第43页）。这幅画给人的感觉是，阿拉斯泰尔自身是聪明伶俐的。他和斯托特两人是幽默二人组，而斯托特是给阿拉斯泰尔这个活宝当配角的。

阿拉斯泰尔曾经去寄宿学校上学，在那里，他不能发挥画画和写作的优势。学校的功课机械而重复。阿拉斯泰尔不适合上公立学校。他天生视力不好，因而行动不敏捷，这导致他不适应公立学校的文化氛围，在那里运动男孩才吃香。他先去了拉格比，后去了伊顿，但都以情绪问题被劝退。除了社交方面的挑战之外，阿拉斯泰尔也应付不来必修课的考试，总是考几次才通过。1918年，他甚至去上了牛津大学，可是大学生活他也不适应。这让做父亲的大失所望。肯尼斯·格雷厄姆本人对入读牛津特别渴慕。阿拉斯泰尔尤为不幸的是，当时牛津大学涌进来一批从“一战”战场回来的年轻人。牛津似乎充斥着这些最光鲜的天之骄子，而阿拉斯泰尔无力与之抗衡。

1920年5月7日，在大学用过餐，阿拉斯泰尔要了杯葡萄酒——“高桌晚餐”以及大学社交场合饮用。然后，他去了牛津外面的波特草场，肯尼斯·格雷厄姆小时候打板球的地方。那里的火车轨道不计其数，进出牛津的很多车辆都在这里交会。晚上的某个时候，阿拉斯泰尔被火车撞死了。他父亲在写给亚瑟·奎勒-库奇的信中指出，男孩可能因为视力不好迷失了方向。这一点很好理解。然而验尸报告显示，情形很像一个人躺在铁轨上等着火车撞过来。尽管阿拉斯泰尔身首异处，四肢都遭到碾轧，但还是被裁定为意外事故。

阿拉斯泰尔的过早离世摧毁了肯尼斯和埃尔斯佩思。一个月后，格雷厄姆夫妇在布卢伯里旧物拍卖市场变卖了许多家产，包括阿拉斯泰尔所有的衣物。他们意在抛掉那些勾起回忆的物件，那些物件会让他们想起活生生的阿拉斯泰尔。当年 8 月，格雷厄姆当东道主，招待到牛津一游的费城来客——普维斯五兄弟。[1] 尽管满怀悲痛，但格雷厄姆仍然为他们订了房间，带他们看了牛津他熟知并热爱的角角落落。不久之后，格雷厄姆夫妇租掉布卢伯里的房子葆汉馆，去了意大利。他们在国外一待就将近四年。[2] 再回到英国，是在卖掉葆汉馆之后。他们在泰晤士河畔另一个镇子潘博尼安顿下来。房子很大，叫“教堂小屋”。正是在这个居所，他们两个一直住到生命的尽头。住在那里时，肯尼斯可以像往常一样走动，看看“漂亮的船只”。

阿拉斯泰尔对于他父亲而言是一个谜一样的存在。他脾气不好，身有残疾，然而创意非凡、聪明有趣。格雷厄姆曾经是个有天分的年轻人，一个成功的银行业人士，一个当年人们心中的文学偶像；然而，后人为格雷厄姆作传的时候，却说阿拉斯泰尔令格雷厄姆大失所望。借由重印的《乐思》以及娜奥米·斯托特的

---

1 五兄弟的父亲奥斯汀·普维斯曾经是肯尼斯·格雷厄姆的密友。他们 1907 年夏天于福伊相遇。当时，阿拉斯泰尔和娜奥米·斯托特正在利特尔汉普顿。尽管有格雷厄姆给儿子写信的事实，但普维斯一家总是说《柳林风声》的部分灵感来自他们与格雷厄姆去往格兰特小镇的一次船游。奥斯汀·普维斯于 1915 年意外死去。五兄弟直到“二战”爆发都没有再回到英国。

2 1923 年 9 月 1 日，肯尼斯·格雷厄姆写信给 A.A. 米尔恩，提出租给他房子。据格林说提议没能实现，因为米尔恩虽然正在找房子，不过，是买而不是租。

通信，加上这本格雷厄姆的经典之作的注释版，我希望再次重申阿拉斯泰尔对这本小说的重要性。好的睡前故事不仅仅由讲述者所创造，它也离不开具有创造性的倾听者。《柳林风声》多亏了阿拉斯泰尔·格雷厄姆——此书的首任编辑和合著者。有了他，在一百多年前，做父亲的那个男人才得以开始讲述有关鼹鼠、河鼠、蟾蜍、水獭、獾的故事。这个故事，是他对儿子的私语。

1908年5月1日，家庭教师娜奥米·斯托特拍的小老鼠。大卫·J. 霍尔姆斯提供

《柳林风声》：不同插画家的不同版本及其他

想想吧，为《柳林风声》插画！

你何不试试到泰姬陵吹口哨啊。

——马克斯菲尔德·帕里什写给儿童图书馆倡导者

安妮·卡罗尔·摩尔，1934年2月23日

（感谢纽约公共图书馆）

W.格雷厄姆·罗伯逊和最初三幅插画

第一版《柳林风声》有三幅 W. 格雷厄姆·罗伯逊的插画。他是肯尼斯·格雷厄姆的好友，曾经就读于伊顿公学。他撰写并插图的昵称叫宾基的女宝宝系列书，由约翰·莱恩出版公司出版。罗伯逊还是艺术家、剧作家，他的儿童剧《小指和仙女》于 1908 年 12 月公演后大受欢迎。然而人们记得最清楚的，却是他收集的威廉·布莱克的手稿和画稿。威廉·布莱克的藏品非常重要，因而 1952 年，费伯与费伯出版社推出一本书《格雷厄姆·罗伯逊收集的布莱克藏品集》。这本册子里包括一百四十件物品，包含罗伯逊本人对布莱克藏品及这些物品的前主人巴茨家族何以得手的所有细节的描述。罗伯逊显然深受布莱克的影响，因为在他本人的

作品中，类似幻想世界中的人物比比皆是。

在伦敦，格雷厄姆和罗伯逊是邻居。格雷厄姆搬去库克姆迪恩之后，两人一直保持通信。可惜，为了不让格雷厄姆的信件在他死后出版，罗伯逊毁掉了他们所有的信件。他写信给格雷厄姆的遗孀埃尔斯佩思："几个月前，我为了销毁那些积攒了四十多年的信，差点把房子烧了。萧伯纳信件的公开出版让我明白，遗嘱执行人靠不住。"幸运的是，埃尔斯佩思不仅留下了丈夫所有的信件，而且找回了副本。肯尼斯·格雷厄姆死后，埃尔斯佩思在报纸上登广告，请求读者，不管是哪一封信都手抄了寄给她。随着时间的推移，手抄信像雪片一样飞来。格雷厄姆·罗伯逊写于1908年夏天的信，留下了关于第一版《柳林风声》的几个细节。有个事实最值得注意：罗伯逊是早就读过手稿的人。

> 那个书名啊！我会叫它"顺流而下"——我认为很过时，以前有过那样的书名。"与河同在""莎草丛中""潘神的花园"，统统不好。（博德利图书馆，MS.Eng.misc.d.529）

虽然格雷厄姆没有接受朋友建议的书名，但是显然两人在持续交流观点。罗伯逊多次献上书名，包括"大河奔流、流水潺潺、欢乐河畔（布莱克）、水上市集（布莱克）、芦苇的私语、莎草丛中、桦木下、芦苇和灯芯草、河中芦苇、河流的传说"。（帕特里克·R. 查莫斯，《肯尼斯·格雷厄姆》）在美国，手稿也几易书名："鼹鼠先生和他的伙伴""大地上的生灵"以及"蟾蜍先生"。1908年月6中旬，格雷厄姆与查尔斯·斯克里布纳最终定下了"苇塘风声"这一书名。然而，很快就有人向阿尔杰农·梅休因指出，

老年格雷厄姆·罗伯逊与他的短尾牧羊犬理查德在一起的签名照。罗伯逊有一群牧羊犬：鲍勃、小胖子、本和理查德。小胖子是格雷厄姆笔下小水獭的灵感来源，小水獭出现在第七章。罗杰·奥克斯提供

诗人威廉·巴特勒·叶芝曾经出过一本诗集《苇间风》。在一封落款为 1908 年 9 月 2 日的信中——此时距《柳林风声》出版还有五个星期——梅休因对格雷厄姆说："很遗憾又要改书名了。我觉得'柳林风声'听上去更迷人一些，有种湿润的气息。如果你不以书面形式提出反对，我们将采用这个书名。"[1]

罗伯逊与格雷厄姆非常亲密。所以他给奥特的狗宝宝取名的时候以罗伯逊的其中一只爱犬小胖子命名。小胖子又大又肥，黑白相间，在罗伯逊家里，这只小狗是全家人的注意焦点。罗伯逊详细陈述了他和格雷厄姆做邻居的好日子：

罗伯逊的牧羊犬理查德狗狗选美赛海报。海报是罗伯逊为奇丁福尔德选美赛选手设计的

他那时住在坎普顿山的杜伦别墅，而我住在阿盖尔路，就在拐角处。我们相距不过两分钟的路程，很快，那条小路就成为一条旧道。他位于 16 号的家别具一格，特征鲜明，看起来像个幼儿园。里面当然有书，但玩具更是不计其数。那些玩具有趣而迷人。它们不利于学习，某种程度上会影响到主人的文学产出。他的家里塞满玩具；我的家里到处都是狗。

1 信件承蒙大卫·J. 霍尔姆斯提供。

我们发现，对方家里的环境相当正常，令人满意。（查莫斯，《肯尼斯·格雷厄姆》）

罗伯逊写给格雷厄姆的信里，大都提到了狗，因为狗显然是他家的核心成员。格雷厄姆于1933年去世后，罗伯逊给埃尔斯佩思写信说："我很高兴《柳林风声》里还是用的小胖子这个名字。"

由于罗伯逊的信很少写上日期，我们很难知道封面插画、扉页插画和书脊插画，他是什么时候交稿的。不过，罗伯逊倒是写了一封劝说格雷厄姆采用他的插画的信：

我很高兴封面设计得到喜爱。梅休因当然不会喜欢。不过我不在乎。可是万一奇怪的事情发生，他确实采用了我的插画，也许我最好看到校样。有时候，出版人的奇思怪想会与我的想法相左。

我无法打破他们的习惯（比如需要给出灰色与黄色的设计时），需要提交鲜紫与暗红，橙色与天蓝，同样还有赤褐与猩红让我选择。

格雷厄姆·罗伯逊画的卷首插图。瑞奇·格兰特拍摄。大卫·J. 霍尔姆斯提供

那时，罗伯逊熟知图书插图复制事宜[1]，因而对格雷厄姆产生了相当大的影响。在作者接受了其封面设计之后，罗伯逊又推出了自己的卷首插画：

> 我给你寄去了一幅小图，是为卷首页设计的，也许有些简化了。
>
> 如果你觉得这个设计还可以，你会提交给出版社吗？如果不喜欢，那不用理它就是。
>
> 我敢说，即便值得重新作出修改，现在也已经没有时间了。
>
> 我觉得这个设计一点都不高明。事实上，我确信它不怎么样。但我还是寄给你了。
>
> 你真诚的　格雷厄姆·罗伯逊

这幅卷首插画画了三个小孩，他们与河鼠、水獭一起在瀑布边嬉戏。图片上的文字说明引用了《圣经》第一部分《创世记》第二章第十节："有河从伊甸流出。"罗伯逊和格雷厄姆都明白这句话暗合了弥尔顿《失乐园》卷4第223行中"大河穿过伊甸向南奔流"一句。《柳林风声》中并没有讲到孩子，图中反常地出现孩子，乃插画家自行添加的。

1933年，在接受肯尼斯·格雷厄姆第一个传记作者帕特里克·R.查莫斯的采访时，罗伯逊对自己最初的插画表达了欣喜之情：

1 参见罗伯逊一些图画书书目。

格雷厄姆·罗伯逊与鹦鹉合照。1907 年 4 月 17 日他与肯尼斯·格雷厄姆为邻时拍摄。大卫·J. 霍尔姆斯提供

我记得很清楚，第一次读了手稿后，我非常欢喜，满腔热情。能够成为此书欢乐面世的见证者，甚至起到些微助力，是一件美妙的事。然后，谈到由我提供插画。但是时间有限，我也错估了我的力量，我不能把水獭或是河鼠归入我熟悉的事物中……不过我也不能彻底放下出手相助的荣誉，所以我就画了，画得匆忙又糟糕。（查莫斯，《肯尼斯·格雷厄姆》）

阿尔杰农·梅休因接受罗伯逊的插画后，他自然很高兴，马上给格雷厄姆写了信：

……“伊甸”插图要用在书中，听闻此事，我很得意，难以自制。并不该这样子，尽管如此，我还是非常高兴啊。明知梅休因讨厌这幅画，可听他说出它很讨喜，感觉真好。出版人不喜欢我的孩子——他们更喜欢这种（画有小天使的多愁善感的画）。也许有一天，这本书达到多恩的印量，我们可能还要多配上一些插图。我现在明白了，可以画一系列风景（宁可仿照威廉·布莱克的画风）。小小建议：要有动物在风景中钻来钻去。但是眼下是第一版，我希望封面及时出炉。（博德利图书馆，MS.Eng.misc.d.529）

罗伯逊的三幅插图在梅休因前几个版本里都有出现，但是自从1913年10月起，这三幅插图不再和格雷厄姆的文字一起出版。在美国，斯克里布纳出第一版的时候，并没有使用罗伯逊的封面插画，不过确实用了卷首插画。正如前面指出的，除了罗伯逊的

罗伯逊常常画孩子，其中包括这一张像卷首插画里面孩子的裸体图。大卫·J.霍尔姆斯提供

插画，《柳林风声》也出过纯文字版。欧美两洲的读者都对格雷厄姆的语言和叙事能力感到满意。在1913年保罗·布兰瑟姆画第八版之前，书里的主角和场景早已经深入公众的内心。或许正因如此，后来的插画家开始改变画风，从画大自然中的生物，变成画住在人类的家中、穿着浮华的卡通动物。

由于经不同的插画家之手配图，《柳林风声》甚至还由A.A.米尔恩于1929年以“蟾府的蟾蜍”为名搬上舞台。这本书与插画的联系，也就变得与它跟语言的关系一样密不可分。罗伯逊和布兰瑟姆早期插画之所以如此重要，是因为它们传递出格雷厄姆的所思所想：对日渐消失的自然界的生物的担忧、对永恒青春的狂热，还有对爱德华时代和维多利亚晚期新异教潘神的忧思。

格雷厄姆·罗伯逊《宝宝日记：写给一个四岁的小妇人》里面的钢笔画。标题为“海石竹”。画风类似他为格雷厄姆《柳林风声》第一版画的卷首插画

在第一次世界大战之后，所有这一切都从流行文化中消逝了。

格雷厄姆和罗伯逊共同经历了这种迷思。他们创作的作品有着赞美自然界的倾向。彼得·格林评论道：格雷厄姆与罗伯逊在伦敦居住期间，工商业压制了大自然的节奏。他们的爱好是在周

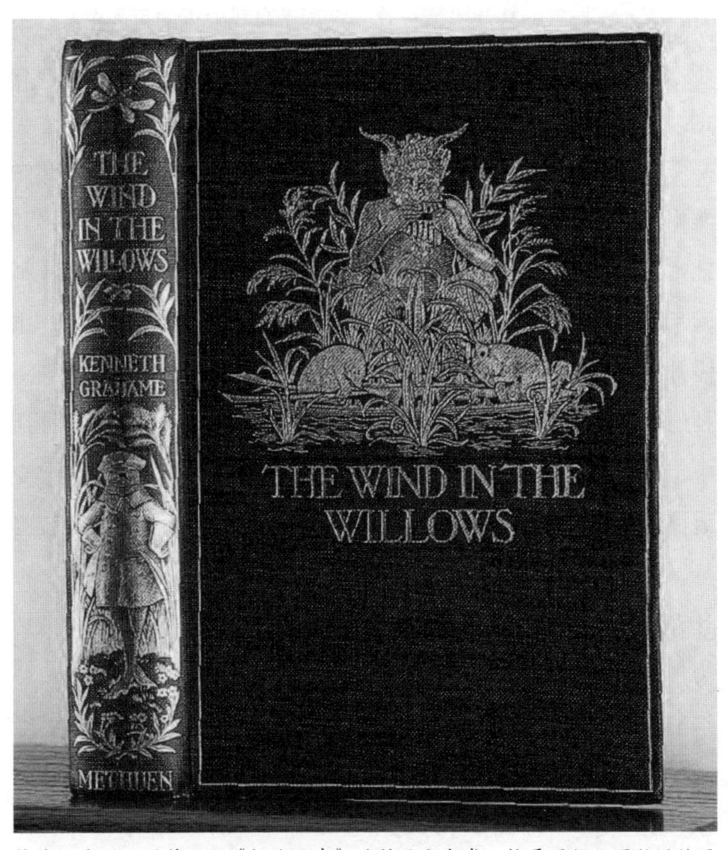

梅休因出版公司第一版《柳林风声》的封面和书脊。格雷厄姆·罗伯逊绘于1908年。大卫·J. 霍尔姆斯提供

末的时候，把四处漫游当作逃离贫乏的城市生活的消遣。格林写道："他们看到男人的职业生涯与消遣之间存在着深深的鸿沟，在不得不做什么与想要做什么之间深深的鸿沟。"（《肯尼斯·格雷厄姆传》）因而，艺术家、美学家、作家转而投身"心灵的国土"，或是扑向酒精和毒品。格雷厄姆喜欢周末和朋友们一起散步，并为之陶醉不已。像阿莱斯特·克劳利这样的魔法巫师、神秘学学

者、诗人、作家，喜欢纵情狂欢、沉溺于自我毁灭的行为中。1922年，《柳林风声》出版很久之后，克劳利出版了《吸毒恶魔的日记》，描述他过度吸食海洛因、可卡因和大麻的丰富经验。

19世纪80年代和90年代，新的运动开始在伦敦的文学沙龙中成型。那些给《黄皮书》和《国家观察家》供稿的作家和艺术家在这些沙龙里面得以聚首。这两份出版物及其撰稿人都因反社会习俗而赫赫有名。除了对毒品的放纵，新异教还尊重潘神的理念。尽管我们是在维多利亚晚期的文学作品中看到潘神的不同版本的，但其实潘神存在的历史更为悠久。在希腊神话中，他是赫尔墨斯的儿子，是牧神，人身羊腿。后来罗马人接受潘神为自然之神。最著名的潘神般的角色是莎士比亚《仲夏夜之梦》中的精灵帕克。许多新异教徒尊崇潘神为半人半兽——一种让人惊叹并引起恐慌的生物。格雷厄姆把潘神视作野性而仁慈的力量。

到了20世纪20年代，关于潘神的插画和书籍才变得通俗化。潘神曾经出现在《山上的音乐》这个故事里，作者是萨基，又名赫克托·门罗。潘神曾经出现在E.M.福斯特的《惊恐记》中，还出现在J.M.巴利的儿童剧《彼得·潘》中，它于1904年首度公演。其小说版《彼得与温迪》于1911年出版。巴利初次刻画的彼得·潘出现在他1902年的小说《小白鸟》中。美国诗人罗伯特·弗罗斯特也写过一首题为“潘神与我们”的诗歌，收在他的第一本诗集《孩子的意愿》中。

在《柳林风声》中，潘神以神的形象出现在第七章，救了迷路的小胖子。无论这本书是什么时候进行删节的，《黎明时分的风笛手》总是最先被删掉的。阿尔杰农·梅休因于1924年去世后，梅休因出版公司从重版书目中出版了一系列删节本的图书，目标市场是小学生的课堂。然而，格雷厄姆对于删减持有不同的想法。[1]不过在迪士尼从《柳林风声》以及其他儿童文学中抹去新异教主义之后很长时间，潘神至今在历史书中仍然保有一席之地。的确，现代读者想到《柳林风声》，想象中是一派乡村牧歌图景，而不是异教神明。对于格雷厄姆而言，二者是彼此唤醒、相互交替的。梅休因出版公司的第一版封面上，格雷厄姆·罗伯逊画的是潘神，这一版封面或许可以更好地体现出野草丛生的河岸边那著名的野餐场景，这是自 1913 年保罗·布兰瑟姆画的环衬之后，几乎每个画家都会画的场景。

然而，由于格雷厄姆·罗伯逊画过潘神，格雷厄姆的早期读者马上就会与潘神联系起来。对于格雷厄姆及其读者而言，潘神代表着回归荒野、体验自然。

格雷厄姆的传记作者帕特里克·查莫斯留意到："无论评论者对格雷厄姆的新书表示赞扬还是遗憾，他们都会一致把这本书称作寓言，而且他们几乎都预言：《柳林风声》要想获得成功，必须找一位插画家。"（查莫斯，《肯尼斯·格雷厄姆》）但是，艺术家该如何为《柳林风声》中的动物们画像？河岸生灵鼹鼠、河鼠、水獭、獾、蟾蜍在文中第一章就出现了，读者注意到，他们差不多同样大小，也就是说，这群朋友只有细微的区别——在身高方面的变化是几英寸，体重上的差别是几磅。"这两个动物你看看我，我看看你，大笑起来。"水獭和河鼠看着远处的蟾蜍划赛艇时，格

1 见埃莉诺·格雷厄姆撰写的肯尼斯·格雷厄姆谈删节问题的文章。第九章《天涯旅人》一般是要删第二节。另见莫林·达夫《千变机缘：梅休因出版史》。

雷厄姆这么写道。真正的水獭和獾身材接近小型或中型犬，体重有 20—25 磅；但是河鼠可就相对小多了，最多 4 磅。鼹鼠和蟾蜍身材差不多，体重只能以盎司计。格雷厄姆赋予笔下的角色以自然习性，把他们归入野生动物的范畴，但他们几乎都一样大小。在第九章中，獾与鼹鼠可以用一样的家具。蟾蜍先生的吉卜赛人大篷车与人类造的汽车一样大小。蟾蜍胆敢偷马、两次偷车，还能与火车工程师相互配合，把煤块铲进蒸汽机炉膛里。蟾蜍先生真的是一只蟾蜍吗？是，也不是。每个动物的身材都与周遭环境相合。为了配合环境和场景，每个角色的体形又会发生改变。正如彼得·格林发现的那样，格雷厄姆很清楚个中矛盾："当有人明确地问他（就火车逃跑而言），蟾蜍是现实生活中的体形，还是火车那么大，他回答说：两者都是，又两者都不是。蟾蜍是火车那么大，火车是蟾蜍那么大。因而不应该有插画。"（彼得·格林，

保罗·布兰瑟姆 1903 年所绘环衬，模仿莫奈《草地上的午餐》

《肯尼斯・格雷厄姆传》)

保罗・布兰瑟姆，1913年

第一个给《柳林风声》全本配插画的是个美国人。1913 年，保罗・布兰瑟姆画了十幅全彩插画，通过彩色石印术[1]再现出来。布兰瑟姆是个自学成才的艺术家，他通过在华盛顿国家公园画动物学到了画画的技艺。1910 年，他为杰克・伦敦《野性的呼唤》画了插图；1932 年，他为吉卜林《原来如此的故事》画插图。回顾一下，布兰瑟姆对河岸生灵的诠释是独一无二的，因为他画的动物都是出现在自然生活环境中的。河鼠临水的小巧居所实际上就是一个洞，而不是一个精美的房屋。只有在第九章中，河鼠才穿上人类的衣服。与后面不同版本的艺术家相比，布兰瑟姆的动物更为原始。蟾蜍就是蟾蜍，一点儿都不古怪。他不穿衣服，看来也不会骑马，更不用说从一群人手里偷车了。书出版之后，布兰瑟姆受到了批评："……画的几个角色都和大自然中的动物一样逼真……对我们来说，这位艺术家好像彻底丧失了欢乐浪漫的精神。"[2]

布兰瑟姆为斯克里布纳版《柳林风声》画的富有装饰性的封面，缺少格雷厄姆的角色身上拥有的趣味性。反而，这个封面布

1 彩色石印刷术从平版印刷术发展出了多色印刷。一次可用多达 10 块石版。插图画好后，每块石版要依据不同的颜色和形状上墨。然后，纸张从一块石版移到另一块石版选色。

2 引自《工作室》杂志第 60 卷第 249 页，见西蒙・郝夫，《英国图书插画和漫画家词典，1800—1914》。

保罗·布兰瑟姆为《最后的海獭》画的插画。该书作者是哈罗德·麦克拉肯

面上的五色印章令人想起英国的工艺美术运动[1]。这幅插画也可以与莫奈 1896 年的《清晨的塞纳河》系列相媲美。柳枝从画幅的顶端垂到河水中，干干净净，在书名之间打着结。远处，水面倒映着对岸的树影。这个封面唯一一个能暗合内容的地方，就是在作者的名字下面露出小蟾蜍的脑袋。封面上的蟾蜍是卡通形象，然而插画中的蟾蜍却有着合乎科学的准确性。布兰瑟姆的封面与他那个时代的流行技术相比有所不同。那个时代的高雅艺术，即工艺美术，被转化为可识别的图案，以便出售工业制造的产品。当布兰瑟姆插图版被寄到肯尼斯·格雷厄姆手中时，他给版权代理柯蒂斯·布朗写了回信：

保罗·布兰瑟姆 1913 年为斯克里布纳版本画的封面

> 看到书里面没有圆顶硬礼帽，没有格子马甲，我不由得如释重负。我也非常喜欢这样的绘画，有魅力，有尊严，并且兼具好品位。我想这本

---

1 工艺美术运动于工业革命时期由约翰·拉斯金在英国发起。拉斯金相信，工人应该与自然之美以及实用性物品息息相关。布兰瑟姆的封面反映出自然装饰图案与成品的结合——或说设法做到了。这一艺术运动（大约）从 1880 年持续到 1910 年。

书的销量会令人满意。（1913 年 10 月 17 日，普林斯顿大学斯克里布纳档案）

为了赶销售旺季，梅休因出版公司与斯克里布纳出版公司都及时发行了《柳林风声》。1913 年 10 月 5 日，斯克里布纳出版公司为宣传最新出版的《柳林风声》，在《纽约时报》上投放了醒目的广告，内容如下：

肯尼斯·格雷厄姆最美的书

《柳林风声》

保罗·布兰瑟姆全彩插画

再也找不到比《柳林风声》更加难以诠释的作品了，因为这本书幽默、柔软、讽刺、浪漫并存，同时异想天开，有种抒情诗般的优美——散文或许能做到这点。这些特性密不可分，彼此相融。但是，长着明亮小眼睛的鼹鼠，闲逛的灰色河鼠，圆滚滚的、痴迷汽车的快乐先生蟾蜍，还有伟大的潘神，在黎明之门吹笛，这些都是保罗·布兰瑟姆所画。这位艺术家眼里的不单单是他们身上的幽默，也不单单是其他别的特质，而是把这些互补的特征视为一体，以巧妙的运营、优雅的技艺将它们进行调和，达到完好如一。

净值 2 美元，邮资另付

为了与格雷厄姆·罗伯逊版的插图保持一致，布兰瑟姆画的吹笛的潘神也作为卷首插画出现。在后来相继出现的版本中，潘

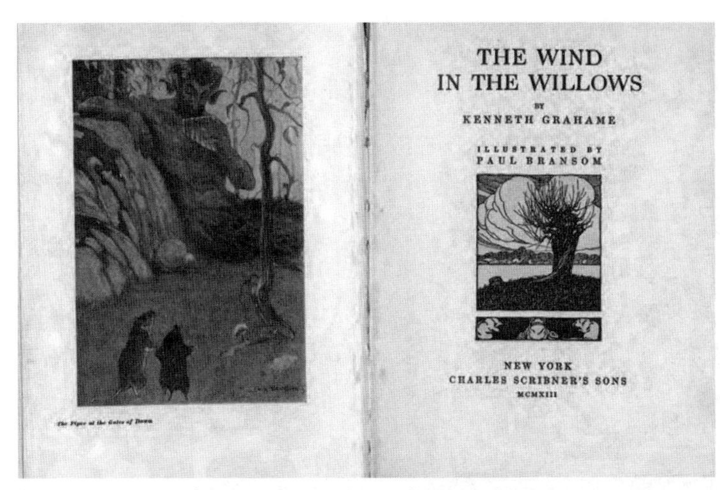

布兰瑟姆于1913年画的扉页和卷首插画

神这一形象才不那么显著。[1]

南希·巴恩哈特，1922年

第二个插画家南希·巴恩哈特也是个美国人。她画的《柳林风声》在美国和英国都得以出版了。关于巴恩哈特，留下的文字记载特别有限，加上她的专业作品也不多，因此很难拼凑出她生活和工作的样貌来。[2]在她的主要传记《〈号角书〉杂志童书插画家》里面，她被误认为是《柳林风声》的首任插画家。我们知道，这个殊荣属于布兰瑟姆。关于这本她最喜欢的书，巴恩哈特

1 按照米歇尔·帕特里克·赫恩的说法，保罗·布兰瑟姆的原画于20世纪80年代重现于斯克里布纳第五大道办公室的储藏室。当时斯克里布纳出版公司还没有被西蒙与舒斯特出版公司收购。

2 南希·巴恩哈特插图的其他书包括她本人的《耶和华是我的牧者》和《圣经故事》、米尔德莱德·克里斯·麦克古金的《小白菜》以及露西·撒切尔与玛格丽特·威尔金森的《听话的孩子》。

罕见的伊迪斯·莫里斯设计的护封，1933年梅休因版。护封环绕着这一廉价版本，夸口道："彩色卷首插画出自南希·巴恩哈特之手。"罗杰·A.奥克斯提供

是这么说的："这本书见证了英美文化的融合……在垂暮之年，插画能够被人接受，真是令人高兴啊。"1933年，梅休因出版公司发行的《柳林风声》版中，只用了巴恩哈特一幅卷首插画，以及现在已经很难见到的护封——伊迪斯·莫里斯设计。这一版本别无其他装饰。

从莫林·达夫关于梅休因出版公司百年历史的《千变机缘》一书可知，伊迪斯·莫里斯和南希·巴恩哈特版本的护封上标的定价为5先令，比1908年第一版的价格还少1先令。低价版有可能是在阿尔杰农·梅休因1924去世后出版的。当时的英国，无数重版书经过删节后进入课堂。后面这个版本缺少巴恩哈特版本的蓝色封面——这个封面上是一枚黑色的邮票，画面是河鼠坐在树下读书。与布兰瑟姆版的封面相比，巴恩哈特画的河鼠穿上了运动衣，像人类一样盘腿而坐。继布兰瑟姆的原始画作之后，在第五版中，河岸的生灵们变得愈发人性化。

温德姆·佩恩，1927年

当温德姆·佩恩于1927年为《柳林风声》画插画时，他还

是一个年轻人。佩恩是图书设计师、插画家。他为 C.W. 博蒙特工作。博蒙特既是作家，又是出版人，其作品有《缅甸文布利大火》和《神秘玩具店》。除了他在 20 世纪 20 年代为几本寂寂无名的童书画过插画之外，关于佩恩的文字寥寥无几。尽管他把河岸的生灵们描述成了戴圆顶礼帽的花花公子——属于格雷厄姆急欲规避的那种插画，但格雷厄姆却于 1927 年 10 月 26 日发出向佩恩索要签名本的请求。他写道："我觉得你的小画画得生机勃勃，特别有趣。希望这一版大获成功。我看到它在每一个橱窗都陈列着。"

这是第二十五版的《柳林风声》。白色护封上画着鼹鼠、蟾蜍与河鼠。他们坐在像小岛一样的地方。蟾蜍先生坐在鼹鼠与河鼠之间，左拥右抱，是河岸生灵中的核心角色。他们三个都衣冠楚楚，身着休闲西装，打着领带。蟾蜍的头顶是一棵长着脸庞的树。1940 年亚瑟·拉克姆版本的《柳林风声》章节页插画中也重复了这一创意画面。树枝好像茂盛的头发，与罗伯逊的第一版封面中的潘神相似。这棵拟人化的树误导了人们，让人以为作品中有这么一棵树。《柳林风声》中没有会说话的树，这棵树也只是在封面上出现，以独立的姿态存在。

在拉克姆的版本中，说话的树在第一章、第三章、第八章、第十章和第十一章章节页上出现。佩恩和拉克姆的树为作品增添了新的维度——仿佛除了格雷厄姆笔下的动物之外，自然界的树木也有感觉、能行动。两位画家都把树画得与河岸的生灵一样活生生的。这个意象有其出处，来自丁尼生那首诗歌《会说话的树》，也来自一本名叫"教堂缪斯群像"的 17 世纪的书——书中，三棵树化身为三个女性。

温德姆·佩恩画的封面，1927 年

当佩恩得知格雷厄姆的死讯后，他写了一封信给埃尔斯佩思：

亲爱的夫人：

我刚从国外归来，就看到了您 7 月份改寄到此处的信件。应您的请求，我怀着愉悦的心情连忙准备您提及的信件副本。对于您已故的夫君写信给我一事，我满心感激，无须赘言。他亲笔签名的《柳林风声》是我最为珍贵的礼物。

您真诚的　温德姆·佩恩

1933 年 4 月 20 日

欧内斯特·谢泼德，1931年，1933年，1953年

最容易与《柳林风声》一书产生联系的插画，是出自欧内斯特·谢泼德之手的钢笔画。第三十八版的《柳林风声》出版于 1933 年。当梅休因出版公司向谢泼德提供这份工作时，他已经因为替 A.A. 米尔恩的几本书画插画而声名远扬。这几本书包括《当我们很小的时候》《小熊维尼》《现在我们六岁》《阿噗角的小屋》。谢泼德在《笨拙》漫画杂志做固定的插画工作。起初，他拒绝为格雷厄姆的这本经典小说画插图。他为 1953 年的纪念版写的序言中说：“有一些书永远都不应该配插图……我曾经认为

拉克姆《跳舞的树》，第一章章节页插图

《柳林风声》即属于此类书。也许，如果不是曾经配过插图，我也不会屈从于自己也要试一试的想法。当机会来临的时候，我很高兴我刚好抓住了它。”

谢泼德画的《小熊维尼》受到赞誉，但他并没有版税，而是一次性拿了一笔钱。当时，他成了带着两个孩子的鳏夫。因而当为《柳林风声》画插画的机会摆在他的面前时，他同意了。但是他的条件是要拿三分之一的版税。格雷厄姆接受了这一条件。虽然这份合同对于谢泼德和他的孩子们而言是一份厚礼，做起来却也并不容易，因为长达二十二年之久，《柳林风声》都是孩子们喜爱的畅销书。1930年早秋，谢泼德前去潘伯尼的教堂小屋拜见作者。对于自己和上了年纪的肯尼斯·格雷厄姆会面的情景，谢泼德做了这样的描述：

由于他对这本书新的插画家不了解，所以当我告诉他我希望怎么画的时候，他说："我喜欢这些小人儿，对他们好一点儿。"他就是那么说的。他坐在椅子上，身体朝前倾斜，靠在把手上；他的头转向一边，看起来像古代的维京人一样。带着一种暖意，他跟我讲了附近的小河，讲春日的上午，鼹鼠钻出草地，河鼠的家所在的河岸，水獭藏身的水池，还有通往河岸上方小山的野林……（《为〈柳林风声〉画插画》）

在为《柳林风声》画好一组插画后，谢泼德再次前去拜访了格雷厄姆。格雷厄姆是挑剔的，但他最后还是这么说道："我很高兴你把他们画活了。"格雷厄姆在这一版本面世之前就已撒手人寰，一次都没有看到过谢泼德版的《柳林风声》。

谢泼德画的护封。斯克里布纳父子出版公司，1933 年

查尔斯·斯克里布纳四世在谢泼德版本《柳林风声》二十周年版序言中写道：

谢泼德插图的《柳林风声》印刷了无数次，印刷板都用坏了。我的父亲斯克里布纳三世决定推出新版本《柳林风声》，彻底重排，还请艺术家重新画了六幅插图。结果，谢泼德保留着第一次为此书画插画的笔记本。他在第一版没有用到的那些材料的基础上，创作出了我们认为最好的插画。

如今，大多数重新发行的谢泼德版《柳林风声》，都包含八幅彩版、一个全彩封面以及几幅用到 1953 年的钢笔画。谢泼德插画的 1933 年美国版本带有护封，这个护封像醒目的报纸漫画，画的内容是河岸生灵们打算重新夺回蟾府。而梅休因出版公司的早年版本则相对保守，以第二章中的吉卜赛大篷车插图作为封面。在美国，第一个谢泼德版《柳林风声》每本 1.50 美元，所有的插画都是黑白的。1953 年，出版社让谢泼德画彩色插画，他画了一幅散发着《柳林风声》气质的彩色护封。即便如此，这幅画也不是出自书中的某个特殊场景。由于像不同场景的大杂烩，这幅画看起来像电影海报一样。

谢泼德画的最为出名的一张插图，是鼹鼠与河鼠躺在河岸上，他们两个之间铺满了野餐的食物。拉克姆同一主题的全彩插图画了河以及远处的两岸。拉克姆的背景是天堂一般的乡下美景，鼹鼠与河鼠居于画面的中心位置。保罗·布兰瑟姆版本《柳林风声》的环衬也画了同样的场景。野餐场景的画面，很多与莫奈早期的《草地上的午餐》相似。画这幅巨幅绘画时，莫奈一贫如洗。他画画的初衷是吸引像格雷厄姆及其同类那样周末逃离城市的中产阶级。格雷厄姆早期的插画家笔下以及莫奈画中的人物，全都衣冠楚楚。莫奈画中的人物是时尚样板；拉克姆画笔下斜躺着的河鼠则穿着休闲阶层的浅色衣服。

亚瑟·拉克姆版野餐，1940 年

画宁静乡村环境中的精致都市人，成为绘画作品长期以来的一个传统。莫奈本人就打算对朗克雷 1740 年的画作《狩猎图》进行改良。《柳林风声》中的午餐场景就由相同元素组成：河岸上聚集着周末来划船的人——由于人太多了，因而在格雷厄姆笔下，看到密集人群的獾逃走了；摆放食物的野餐布铺展开来；周遭是自然生长的树木。布兰瑟姆赋予格雷厄姆书中角色以动物的本来面目。

谢泼德在画面边缘画上了柳树。在格雷厄姆笔下一个田园诗般的时刻，他把潘神的居所说成是“垂柳环抱的岛”，画面是一派富饶的自然图景。莫奈和格雷厄姆是同一时代的人。他们都痴迷于水，都想水边有动植物。面对工业化

欧内斯特·谢泼德版野餐，1931 年

的逼近，法国的莫奈和英国的格雷厄姆想方设法从现代世界的需求中脱身。[1]艺术家和作家都聚焦于特定的意象：莫奈画池中睡莲；格雷厄姆写河岸风光。两人都受到约翰·拉斯金观点的影响：普通人应该在都市之外有个容身之地，像植物一样亲水而生，快速生长。

谢泼德画的鼹鼠和野餐篮

1908年，格雷厄姆写出《柳林风声》时，莫奈准备再度画水面倒影。格雷厄姆的插画师注意到他痴迷于水和水的画面，他们就从莫奈名画的精致构图中汲取灵感。在莫奈1903年画的早期的一幅睡莲中，他把柳树也一并画了进去，以示画作并非抽象画，而是画的水面。周边的柳树烘托了画作的背景。

亚瑟·拉克姆，1940年

亚瑟·拉克姆在他那个时代，是个很吃香的英国插画家。他为很多作家的作品画插图，并为之增色。[2]他还一直和崇拜他的人频繁通信，其中有很多是孩子。在1909年10月26日的一封信

---

1 1891年，莫奈让埃普特河流入他画的吉维尼的池塘。尽管他的画里面没有现代生活细节，但是铁轨却把艺术家及其家人的正屋与池塘和花园一分为二。莫奈要出去画画，必须穿过轨道。他非常清楚火车要一天四次穿过他家的家园。

2《柳林风声》出版后，拉克姆成为畅销插画家。那个时期，他插画的主要作品有《格林童话》《瑞普·凡·温克尔》《彼得·潘在肯辛顿花园》《爱丽丝漫游仙境》《仲夏夜之梦》《水仙女》。

中，拉克姆透露，他是格雷厄姆的粉丝：

> 亲爱的贝蒂、琼和吉尔伯特：
>
> 非常感谢你们友好的来信。我最开心的是，你们读《柳林风声》的时候想到了我。
>
> 说来也巧，我还差点为这本书画插图呢。出版商找我画，但是当时要得太急，而我正为《仲夏夜之梦》画插图。
>
> 但是《柳林风声》这本书很棒，对吧？小田鼠唱起圣诞颂歌的时候，与其他事物融为一体。我特别喜欢他们烤冻疮直到烤得刺痛的场景（也许你们从来都没有长过冻疮？嗯，不要长）。
>
> 蟾蜍特别厉害，对吧？
>
> 我猜，你们知道《柳林风声》卷首插画的绘者，和撰写《碧琪和精灵》那出戏的聪明家伙是同一个人。你们看过这出戏，或者即将看到。

1936 年夏天，乔治・梅西代表纽约限量版图书俱乐部前去拜访亚瑟・拉克姆。这家出版俱乐部让拉克姆为《一坛金子》画插图。当时，拉克姆已经上了年纪，接下来也没有别的安排，于是提出再画一本书。当梅西建议拉克姆画《柳林风声》的时候，梅西注意到他感动的样子："他解释说，多年以来他都衷心希望能够为这本书画插图，大约三十年前，他拒绝了肯尼斯・格雷厄姆以及出版商的邀约，为此他一直感到后悔不已。"[1] 拉克姆在身体每况

---

1 德里克・哈德森，《亚瑟・拉克姆的作品与人生》。

愈下的状态下，决定先为《柳林风声》画插图。

为格雷厄姆的经典童书配插图，成为拉克姆的绝唱。他没能活到这本书出版的时候。对参与各方而言，这次配图都是为爱而战。显然，拉克姆需要乔治·梅西的诸多鼓励才能完成插画。在接下这个任务，并在潘伯尼见过埃尔斯佩思·格雷厄姆六个月后，他写道：

亲爱的梅西：

千万要原谅我此前没有给你写信。也请你一定要宽恕我，如果我说我宁肯不让任何人看到我为《柳林风声》做了什么。

我深陷其中，太过具有实验性，以至于我不想给人看我的作品。我还没有画出多少。我也不会废掉已经画好的画，但对此我并不确定。卡壳、实验性、放弃画错的线条，对于我来说并非什么不同寻常的事，以我的经验，我知道我有可能陷入一团混乱，继而像是赶上房子着了火。

我沿着泰晤士河畔走下去，在林中四下徘徊，去找寻书中提到的运河驳船以及所有其他事物。

我不知道你能在这里待多长时间，但是在你离开之前，我可以向你汇报一下眼下的进度。如果不行，我保证在下次见面时再跟你说。

但是请你一定不要把事情朝坏里想。

1937年7月11日

于萨里郡，林普斯菲尔德，斯泰尔盖特

从拉克姆写给梅西的信来看，他8月份就病了。这一年来他工作起来相当吃力，更不用提完成插图了。后来，拉克姆在病床上勾勒了章节页插画的所有线条。考虑到完成《柳林风声》的插图之后，拉克姆还有另外一个任务要做，梅西于1939年4月14日写了如下这封信：

> 事实上，我目前无法明智而全面地跟你讨论出版情况，因为限量图书俱乐部是按照年度系列的进度出版，每月出一本。你一年前做出给《柳林风声》插图的承诺，因而我们去年宣布要出版此书。但是你无法把画作交付给我们，出于不得已，我们已经发布推迟出版的消息，用那个系列的另外一本书代替。
>
> 即将到来的一年，我们的目录里面没有《柳林风声》，因此，可能两年后再做出书预告。因而我无法明确告诉你制版过程、由谁操作以及何时开始。
>
> 这种不确定性，让我不可能现在跟你讨论另外一本书的事情。

到这一版《柳林风声》打算付印之际，书其实已经售罄。印量达2020册的精装版《柳林风声》由沃波尔印刷公司印制，定价低一些的版本由遗产插图书架公司推出，稍后发行。[1]

---

1 乔治·梅西有限公司档案，得克萨斯大学奥斯汀分校哈里·兰莎姆人文研究中心，第109盒，22—23号文件夹。

迪士尼与特瑞·琼斯、A.A.米尔恩《小熊维尼》系列以及《蟾府的蟾蜍》

在格雷厄姆时代之后，《柳林风声》的忠实粉丝A.A.米尔恩成了英国最伟大的童书作家。他在早期以伦敦西区剧作家的身份而知名；如今人们因为《小熊维尼》而记住了他。这一事实令他在20世纪20年代晚期感到后悔。1921年，为了把《柳林风声》改编为剧本，格雷厄姆的文学代理柯蒂斯·布朗联系了米尔恩。米尔恩1921年就写好了剧本，但是考虑到要符合河岸生灵们生活的世界，他们的体形让舞台设计变得复杂起来。直到很多年过去，才找到一个愿意把米尔恩改编的剧本搬上舞台的制片人。寻找制片人一找就找了七年。米尔恩的《蟾府的蟾蜍》在英国利物浦开排。十年之后，米尔恩在拉克姆文化遗产特别版《柳林风声》序言中写道："许多年以来，我一直都在谈论这本书，引用并推荐它。我曾经在早期的一篇赞美的文章中说：'有时候我觉得是我写了这本书，并且推荐给了肯尼斯·格雷厄姆。'"

1929年12月21日星期六，《蟾府的蟾蜍》全本在利物浦剧院首次公演。两日后，《纽约时报》上出现了一篇评论：

米尔恩动物戏上演

英国孩子乐开怀

12月22日讯，A.A.米尔恩的一出新戏……昨晚在舞台首度上演。这是一个有趣的儿童剧，改编自肯尼斯·格雷厄姆的著作……与米尔恩的诗集《当我们很小的时候》而非其

早期的《蟾府的蟾蜍》剧照，日期不详。承蒙彼得·格林经由得克萨斯大学奥斯汀分校哈里·兰莎姆人文研究中心提供

惊悚的侦探故事更为契合。

所有的角色都是动物——蟾蜍、鼹鼠、河鼠和獾，这出戏剧情清楚明白，昨天晚上的观众里面最小的孩子都看得懂，毫无障碍。

从保存在哈里·兰莎姆人文研究中心的彼得·格林手稿注释来看，下一场演出“在利里克剧院，演员是温蒂·托伊、弗里德里希·巴特维尔、理查德·古尔登以及诺儿·巴美阿德”。理查德·古尔登在长达五十年里都在不同的制作中扮演鼹鼠一角。《蟾府的蟾蜍》也曾“在萨沃伊剧院上演，演员有诺娃·皮尔比姆，它还在皇家剧院上演（1934年12月）”。后来，阅读轮演剧院制作了这出戏（1945年12月31日）。在演出的时候，萨沃伊剧院对欧内斯特·H.谢泼德与梅休因出版公司允诺在中场休息的时候，展示环衬上的地图缩略图，表示了感谢。这出戏后来一直是伦敦西区的传统剧目，在圣诞节时为孩子们上演了无数个后场。

当迪士尼决定制作动画版的时候，他们同时买下了《柳林风声》以及《蟾府的蟾蜍》两个版权。在柯蒂斯·布朗于1939年3月13日写给查尔斯·斯克里布纳孙子的一封信中，布朗的律师请求斯克里布纳的律师让第一位插画家保罗·布兰瑟姆签订弃权声明书，准予迪士尼在动画片中对原始图片进行再制作。住在上纽约州的插画家心不甘情不愿地签了弃权声明书。十年之后，迪士尼发行了一部两段式动画片《伊卡博德老师和蟾蜍先生的大冒险》。这部动画原本叫《一对妙人》。这两个动画短片合辑看上去与任何一版《柳林风声》的插图都毫无关系。《伊卡博德老师和蟾蜍先生的大冒险》是迪士尼于战争期间制作的一系列"打包影片"中的一部，这类电影把几个短故事串联起来，拍成达到正片应该具有的长度。按照迪士尼的惯常风格，他们与肯尼斯·格雷厄姆、A.A.米尔恩以及华盛顿·欧文签订了文本创意许可协议。在影片中，角色的名字改了。在《蟾蜍先生》那一部分，安格斯·麦克獾告诉河鼠和鼹鼠，必须对J.撒迪厄斯·蟾蜍的败家子行为采取措施。显然，这对罗伊·迪士尼而言是个讽刺——罗伊经常向动画师抱怨自己的哥哥华特花钱大手大脚。河鼠戏称蟾蜍痴迷于"疯狂摩托车"。一年之后，"疯狂摩托车"这一名词就成了七分钟的"高飞狗"动画片标题。

其他商业制作也跟着出现了。在迪士尼"打包影片"出现前三年，BBC把《蟾府的蟾蜍》改编成了电视节目，由迈克尔·巴瑞执笔、布莱恩·贝尔执导，于1946年12月29日发行。这部电视节目长度为90分钟，像别的同时期的电视节目一样拍成了黑白片。

在第一次挺进专业剧场时，伊恩·麦克莱恩在1961年于考文垂的贝尔格莱德剧院上演的《蟾府的蟾蜍》里扮演黄鼠狼一角。像大多数圣诞特制一样，这出戏也从12月23日一直演到1月12日。在其办公网页上，伊恩·麦克莱恩如此回忆道：

> 我为自己没能扮演鼹鼠或者河鼠感到失望。这种角色都落在了更有经验的演员头上。他们也深受贝尔格莱德剧院的观众喜爱。我签订了按照“角色形象演”的协议，从不记得曾经生出足够的勇气去抱怨。我还是为自己能够以专业演员的身份谋生而感到欣喜。
>
> 演过黄鼠狼（我在舞台上出演的第一个坏家伙）之后，英国《卫报》报道说我演的黄鼠狼是“最引人入胜的表演之一”；《考文垂电讯晚报》则评论我是个“非常可恨的黄鼠狼”——这真是善意的批评！

1971年10月1日，在佛罗里达的奥兰多，迪士尼世界引人注目的“蟾蜍先生的狂野之旅”开放；1997年10月22日，《奥兰多前哨报》——迪士尼世界的消息来源处，却披露了一个计划：即将关闭“蟾蜍先生的狂野之旅”，取而代之的是与维尼熊及其朋友一起穿越百亩林地。整整一年，为了抗议这迫在眉睫的变故，“蟾蜍先生的狂野之旅”的粉丝筹备了“蟾蜍照片墙”，并开发了网站：savetoad.com。可惜，尽管粉丝们爱意涌动并付出了行动，迪士尼却坚决不肯让步。1998年9月7日，这个旅行主题公园关闭，被“小熊维尼历险记”所取代。

《柳林风声》其中一部尤其让人难忘的改编电影，是特瑞·琼斯1996年拍的讽刺电影。这部电影于美国发行，名字叫作“蟾蜍先生的狂野之旅”或者“乡间野趣”，演员是艾瑞克·爱都（扮演河鼠）、特瑞·琼斯（扮演蟾蜍）。在“蒙特·派森飞行马戏团”的盛名之下，这部电影得以脱离原来的文本，进一步探索了格雷厄姆时代的新兴科技。鼹鼠被黄鼠狼从他地下的家里驱逐出去，因为黄鼠狼从有钱人蟾蜍先生手里买下了这片土地。鼹鼠与河鼠通过战斗夺回了家园，重新过上了原来的生活。影片在田园诗一般的苏塞克斯拍摄，结尾是蟾蜍搭乘飞机——在1908年英国南部，出现飞机这种科技发展比出现汽车更非同寻常，而我们现在已经知道，当父亲写作《柳林风声》的时候，阿拉斯泰尔正在梦想着飞行器。在《乐思》杂志最后一期，阿拉斯泰尔进一步描述了飞船的模样，以及它会在什么样的环境下出现：

> 看，托马斯·汤普森先生的飞船机舱。他来自19__年，虽然不懂如何制造飞船，却渴望拥有它。他的爸爸是个有钱人，但是不会给他出钱制造飞船。爸爸死后，托马斯·汤普森继承了他的钱。他付钱给伍德先生，让他来造飞船。他让伍德先生当了总工程师。他娶了妻子，生了一个男孩、一个女孩。飞船上有男管家塞缪尔·克瑞特，他烧饭；还有女管家。飞船像房子一样大，有很多卧室，还有客厅和厨房。房屋都吊挂在机舱下面，用贴条系在一起。当工程师想打盹儿或吃饭时，塞缪尔·克瑞特先生有时候会去顶班。

文本注释

下面是肯尼斯·格雷厄姆四本主要传记作品：

帕特里克·R. 查莫斯，《肯尼斯·格雷厄姆》，伦敦，梅休因出版公司，1933 年

彼得·格林，《肯尼斯·格雷厄姆传》，克里夫兰，世界图书出版公司，1959 年

彼得·格林，《野林深处：肯尼斯·格雷厄姆的世界》，纽约，档案出版公司，1983 年

艾莉森·普林斯，《肯尼斯·格雷厄姆：野外林地中纯真的人》，伦敦，埃里森与巴斯比有限公司，1994 年

这四本书在首次出现时用的是完整的标准格式注释，后面是缩略注释。

詹姆斯·嘉佑和玛丽·珊娜这两位“战友”也为此书做出了重大贡献。詹姆斯·嘉佑在下面的章节中不吝提供注释材料或是注释文本：第一章注释 10，第二章注释 70，第三章注释 9，第五

章注释 1、15、16，第七章注释 12、16、17，第八章注释 22，第九章注释 55，第十二章注释 10。这些注释都标上了他姓名的首字母 “J.J.”。波士顿马萨诸塞大学教授玛丽・珊娜为第四章注释 18 关于獾家中舒适的生活方式的内容提供了精髓部分。

与英国版《柳林风声》不同的是，格雷厄姆总是在手写稿件和打印稿件中使用双引号。这一版本恢复了双引号以及格雷厄姆原本使用的标点符号，同时列出了早期四个手稿的文本变化。这些手稿与大量和肯尼斯・格雷厄姆相关的材料存放在牛津大学博德利图书馆，编目如下：

Ms.Eng.misc.d.281	写给阿拉斯泰尔・格雷厄姆的亲爱的小老鼠系列信件，1907 年
Ms.Eng.misc.d.247	鼹鼠与河鼠手写稿
Ms.Eng.misc.d.248	鼹鼠与河鼠手写稿
Ms.Eng.misc.d.524	手稿的打印件
Ms.Eng.misc.d.282	信件以及《伯蒂出逃记》手稿

当此书引用那些信件时，博德利图书馆要求使用标准格式进行引用，然而为了简洁明了，我在提到手写稿时是这么使用的：e.247，e.248。

柳林风声

第一章　河岸

整整一个上午，鼹鼠都在拼命干活儿。[1] 他正在给他的小家进行春季大扫除。他挥动扫帚扫一扫，拿起掸子掸一掸；他举着一把刷子，拎着一桶石灰水，又是爬梯子，又是踩椅子；灰尘呛了喉咙迷了眼，黑色皮毛溅满了石灰点；鼹鼠直干到腰痛臂也酸。春天的气息弥散在空气里，涌动在地下，在鼹鼠的周围飘荡，甚至还带着一股天然的不满[2]和渴求钻进了他黑咕隆咚的低矮小屋。鼹鼠把刷子猛地朝地上一扔，一边说着“讨厌”“我呸”“见鬼吧，春季大扫除”，一边连大衣都不穿就冲出了家门。这没什么奇怪的，因为头顶上有种迫切的气息在召唤他。他朝着陡峭而狭窄的地道奔去。地道连通着地面的碎石子车道，车道自然为住家通风、朝阳的

谢泼德所画的鼹鼠粉刷墙壁

拉克姆所画的插图，出自 1940 年收藏版

动物们所有。鼹鼠又是挖又是抓，又是扒又是挤，接着，又是挤[3]又是扒，又是抓又是挖。鼹鼠的小爪子忙个不停，嘴巴里咕咕哝哝：“我们要上去啦！”“我们要上去啦！”最后，“噗”的一声，他的小鼻子钻了出来，沐浴在阳光里。他发现自己正在暖烘烘的大草坪上打滚儿。

“太好啦！这比刷墙好玩多了！”他自言自语地说。阳光暖暖地晒着他的皮毛，[4]微风吹拂着他热乎乎的眉毛。在地窖[5]神隐了太久，鼹鼠的听力都变得迟钝了，就连小鸟欢快的歌声，听上去都像大喊大叫似的。面对生活的喜悦、春天的欢乐——加上不用大扫除，他四蹄欢腾，一路向前，蹦跳着穿过草地，一口气跑到尽头的篱笆旁。[6]

“站住！”篱笆豁口的一只老兔子喊道，[7]“私家通道过，留下买路钱。六便士。”鼹鼠很不耐烦，一副轻蔑的样子，倒是马上吓了老兔子一大跳。鼹鼠一边沿着篱笆一路小跑，一边戏弄着别的兔子——那些兔子正急急地从洞里探头探脑，想看看外面吵什么。“洋葱酱！洋葱酱！”[8]他嘲笑地冲他们叫着。兔子们还没有想出特别满意的回骂，鼹鼠已经跑得没影了。这些兔子纷纷开始互相埋怨起来：“你真笨，干吗不说……”“喂，你为什么不说他……”“你真该给他提个醒……”七嘴八舌，总是这副老样子；可是，再埋怨也晚了，总是这副老样子。

一切都太美好啦，简直不像是真的。鼹鼠匆忙地越过草地，贴着矮矮的树篱跑跑，再钻过小灌木丛。他东跑跑，西转转，到处都是鸟儿筑巢、花儿含苞、叶片生长的欢乐美景，一切都生机勃勃，没有什么是闲着的。鼹鼠感受不到良心的刺痛，也听不到良心的耳语：“去粉刷吧！”看着大家都在忙碌，而自己是唯一的“懒狗”，鼹鼠只觉得无比快活。毕竟，放假最妙的地方并不在于自己得到了休息，而是看到别人都在忙碌地工作着。

鼹鼠漫无目的地闲逛，突然就站在了一条河水丰沛的大河边，此刻他简直觉得快乐极了。他长这么大还没有见过一条河呢。这浑身光滑、扭来扭去的大家伙，[9]追逐嬉笑，抓来抓去，逮住什么就咯咯咯，松开时又哈哈哈，而后又扑向新的玩伴。新玩伴刚甩开身体，又被一把抓住。[10]它周身颤抖，波光闪闪，哗哗地泛起漩涡，并吐着泡泡低语。鼹鼠看得心醉神迷，一时间竟发了呆。[11]他沿着河边一路小跑，就像一个小小孩黏在一个会讲故事的大人身边——那故事把他迷住了。等到终于跑累了，他在河岸上坐下来，河水依然对着他窃窃私语，讲述着世界上最动人的故事。这好听的故事来自大地深处，最终要讲给大海听，而大海怎么都听不够。[12]

温德姆·佩恩所画的插图，配上说明文字：“放假最妙的地方……看到别人都在忙碌地工作着。”这句话与杰罗姆·K. 杰罗姆的《懒人闲思录》里面的一句话相似：“你无法彻底享受懒散，除非有人忙忙碌碌。”

当鼹鼠坐在草地上朝河对岸望去的时候，他发现对岸有个黑洞，刚好在水面上方不远处。[13] 鼹鼠不由得梦想着：对于一个没什么追求、喜欢小巧精致[14] 且水涨不淹、远离尘嚣的临水住宅的动物而言，这个洞简直太舒适了。就在他凝视的时候，洞口正中央有个亮晶晶的小东西闪烁着，然后消失不见了，继而又闪了一下，像是一颗小星星。不过，那种地方不可能出现星星啊，但要说是萤火虫也不对，萤火虫不会那么亮那么小。鼹鼠正在看时，那小东西冲他眨了眨，原来是一只眼睛。眼睛周边渐渐现出一张

谢泼德画的河鼠的家，1931 年

小脸，就像给一幅画装上了画框似的。

一张棕色的小脸蛋，唇边长着胡须。

圆圆的脸上神情严肃，眼睛闪着光芒。起初，就是那光芒吸引了鼹鼠的注意力。[15]

拉克姆画的传递午餐篮，1940年。配有文字说明：“‘推到你脚底下去。’河鼠把篮子递过去，对鼹鼠说。”

谢泼德画的传递篮子，1931 年

好看的小耳朵，又密又柔的毛。

是河鼠呃！

接着，两个小家伙都站了起来，谨慎地互相打量着。

“嗨，鼹鼠！”

“嗨，河鼠！”

“你想来这边吗？”河鼠马上问道。

“你说得倒是轻巧。”鼹鼠气呼呼地说。[16] 他是第一次见到河，还不了解河边的生物，也不知道如何在河畔生活。

河鼠也不说话，弯腰解开一根绳子，再一拉，轻轻跨进一只小船。鼹鼠刚才没有留意到那里有船。这只小船外面漆成蓝色，里面漆成白色，正好够两个动物坐上去。[17] 虽然鼹鼠还不大明白它的用途，但是他整颗心立刻飞到了小船上。

保罗·布兰瑟姆 1913 年画的插图：河对岸河鼠的洞穴

河鼠手脚麻利地把船划[18]到对岸，停稳之后，见鼹鼠小心翼翼地上船，就伸出前爪搀住他。“扶好，”河鼠说，“现在轻轻朝前走。”鼹鼠惊喜交加，自己的确坐在了一条真正的小船的船尾！

“今天太棒了！”河鼠撑船离岸并划起桨来的时候，鼹鼠说话了，“我这辈子还从来没坐过船呢。”

“啊？”河鼠张大嘴巴叫起来，“从来没坐过……你从来没有……呃……那你这辈子都干什么啦？”

“坐船有那么好吗？”鼹鼠不好意思地问。尽管当他斜靠在座位上，仔细观察坐垫、船桨、桨架以及所有让人神往的东西，并感觉着小船在身下轻轻摇晃的时候，他是准备好了相信这一点的。

“有那么好吗？这是世界上唯一值得做的事情。”河鼠一边俯身划着桨，一边严肃地说，“相信我，年轻的朋友，世界上再也没有一件事情——绝对没有一件事情——有坐船这么值得，连一半都比不上，除了乘船闲逛，什么都不干。[19]乘船闲逛，”河鼠继续梦呓般地说，“乘船闲逛；闲逛……”

“河鼠，当心前面！”鼹鼠突然喊起来。

太晚了。小船“砰”地一声撞上了河岸。[20]那个边做美梦边快活地划船的家伙，一下子四脚朝天摔倒在船底。

“坐船游荡——或是随波逐流，”河鼠哈哈大笑地爬起身，神色镇定，继续侃侃而谈，“无论是在船里还是船外，都没有关系。没有什么是大不了的，这才最有意思。无论你是否去往别处，还是哪里都不去；无论你是抵达了目的地，还是到了另一个地方，或者你根本哪里都没有到，你总是忙忙碌碌，可是又从来都不曾特意去做什么；一件事情做完了，还有另外的事情等着你，想做就做吧，不过你最好不要做。喂，要是你今天上午手头没事情做，我们就一起划船去下游，玩上一整天怎么样？”

鼹鼠快活极了，不由得扭动脚趾，挺起胸膛，发出满意的叹息。他往柔软的靠垫上一靠，喜滋滋地说："今天真是我的好日子！我们马上出发吧。"

"稍等啊！"河鼠说。他把缆绳[21]系到码头上的系船环上，爬

温德姆·佩恩所画的插图，配有文字说明："船全速撞向了河堤。"

进了上面的洞里。转眼间，他就出来了，由于提着个满当当的柳条午餐篮，走起路来一摇一摆。

“推到你脚底下去。”河鼠把篮子递过去，对鼹鼠说。然后，他解开缆绳，拿起船桨。

“里面是什么呀？”鼹鼠好奇地问，身体忍不住一扭一扭的。

“有冷鸡肉，”河鼠简略作答，“冷口条冷火腿冷牛肉腌小黄瓜沙拉法式面包卷水芹三明治罐头肉姜汁啤酒柠檬汁苏打水……”[22]

“哎呀呀，好啦，好啦，”鼹鼠狂喜地大叫，“太多啦！”

“你真觉得多了？”河鼠严肃地问，“我平日里短途旅行的时候都是带这么多的，别的动物总说我是小气鬼，带的东西刚够吃。”

河鼠说的话，鼹鼠一个字都没有听到。他沉浸在刚刚开始的新生活里，为闪闪的波光、涟漪、芳香、声响和阳光感到陶醉。他把一只爪子伸到水里，做起了长长的白日梦。河鼠可真是个好同伴，只管稳稳地划着桨，不去惊扰鼹鼠的好梦。

“老伙计，我太喜欢你这身衣服了。”[23]大约半个小时后，河鼠才开口，“等我哪天买得起了，我要给自己弄一套黑色吸烟装穿穿。”

“你说什么？”鼹鼠一番挣扎，这才醒过神来，“你肯定认为我很无礼；但是，一切对我来说都太新鲜了。原来，这……就是……一条河啊。”

“这条河。”河鼠纠正道。

“那你真的是生活在这条河边？太开心了吧。”

“我住在河边，与河同在，我在河上，也在河里。”河鼠说，“这条河就是我的兄弟姐妹、我的三姑六姨[24]、我的同伴；我吃它的喝它的，在里面洗洗涮涮；它就是我的整个世界，别的世界我不需要。它不曾拥有的，都不值得拥有；它不知道的，都不值得知道。老天，我与这条河一起过得多快活啊。无论春夏秋冬都有好玩的事，真让人兴奋。二月涨潮的时候，我的地下室灌满了水，这可真糟糕，棕黄色的河水从我最好的卧室窗前哗哗流过；等到退潮后，一块块泥地裸露出来，散发出葡萄干蛋糕的味道，灯芯草等杂草淤积了河道，我就可以在大部分河床上闲逛，鞋子也不会被打湿。我不仅能找到新鲜的食物吃，还能发现粗心的人从船

E.H. 谢泼德所画的鼹鼠插图，出自《伯蒂出逃记》。大卫·J. 霍尔姆斯提供

上落下的东西。”

鼹鼠斗胆问道：“不过，就只有你和这条河，都没有一个人可以说说话，偶尔也会有点无聊吧？”

“没有一个人……呃，不能对你要求太高，”河鼠耐着性子说，“你还是个新人，自然不会懂得。眼下，河岸上的居民已经很拥挤，很多人都搬走了。[25] 唉，过去可根本不是这样子。水獭、鱼狗、水鸭、松鸡，大伙儿整天都在这里兜兜转转，总是要你做这做那的，好像别人都没自己的事情要打理似的。”

“那一片是什么？”鼹鼠抬起爪子，指着一片林地问道。那片林子黑黢黢的，包围着河那边的水草地。

“那里？哦，那里就是野外林地啊。”河鼠简短地回答，“我们河边居民很少去那里。”

“他们，那里的居民，不是好人对吗？”鼹鼠有点紧张地问。

“呃，”河鼠回答，“让我想想哦，松鼠还可以。有的兔子不错，但是，兔子有好也有坏。[26] 当然那里还有獾。他就住在林子正中央，就算你给他钱他也不会住到别的地方。亲爱的老獾！没有人去打扰他。最好不要打扰他。”河鼠意味深长地加了一句。

“为什么？谁会去打扰他呢？”鼹鼠问道。

河鼠犹疑了一下，解释道：“嗯，当然，还有别的家伙：黄鼠狼、白鼬、狐狸等等。他们一般来说还可以——我和他们是很好的朋友，见面了会在一起玩上一天，但仅此而已。不可否认，他们有时候会突然发火，呃，事实上，你无法真正信赖他们。”[27]

鼹鼠很清楚，老是谈论有可能出现的麻烦，哪怕只是暗示一下，都不合乎动物界的规矩，因而他换了话题。

“野外林地的另一边又是什么呢？”鼹鼠问道，“那边蓝莹莹、暗沉沉的，看上去像山又不像山；有点儿像城里的烟[28]，或者只是浮云？”

“野外林地的那一边就是广大的世界。”河鼠说，“那里跟你我都没有关系。我从来没有去过那地方，也永远都不会去；如果你不糊涂，你也不会去。[29]请不要再提那个地方了。喂，终于到了咱们的回水湾。午饭就在这里吃啦。”

他们两个离开了主河道，把船划进一个一眼看去像个湖泊的地方，那里四面被陆地环抱。周围是绿意盎然的草坡。幽静的水面下，蛇状的褐色树根清晰可见。前方是一道拦河坝[30]，那里银浪腾起，泡沫翻飞。与拦河坝比肩而立的，是一个滴滴答答不停转动的水车。水车上方是灰山墙的磨坊[31]。空气中满是咕咕哝哝声，沉闷、单调却抚慰人心，间或传出几声清脆欢愉的说话声。一切都如此美妙，鼹鼠激动得喘不过气来，不由得举起前爪，感叹：“天哪！天哪！天哪！”

河鼠划船靠岸，停稳之后，扶着依然笨手笨脚的鼹鼠安全上了岸，然后把午餐篮拖了出来。鼹鼠央求河鼠赐给他一个独自打开午餐篮的机会；河鼠很乐意满足他，自己则在草地上摊开手脚休息，任他激动不已的朋友抖开台布，铺好，再将那一包包神秘的食物一样一样地取出，依次摆好，每当发现新品种，照旧感叹着：“天哪！天哪！天哪！”等食物全都摆好之后，河鼠开腔了：“开动吧，老伙计！”鼹鼠乐得恭敬不如从命。那天早上，他很早就按部就班地开始做春季大扫除，都没停下来吃一口饭喝一口水。后面他又经历了很多事情，现在看来，那天早上已经显得很远了，好像已经过去了好多天。

“你在看什么？”过了一会儿，河鼠问道。他们的饥饿感已经不那么强烈，鼹鼠的目光也多少可以从台布上移开一些了。

“我在看一串顺着水面往前跑的水泡，真好玩啊。”鼹鼠说。

“水泡？啊哈。”河鼠快活得吱吱叫，小模样煞是诱人。

一个宽宽的嘴巴闪着光亮在岸边冒出水面，一只水獭钻了出来，抖了抖皮毛外衣上的水。

“贪吃的家伙！”他边说边凑向食物[32]，“鼠兄，为什么不请我啊？”

“这次是临时想起的，”河鼠解释道，“顺便介绍一下，这是我的朋友，鼹鼠先生。”

“幸会幸会。”水獭说。这两个动物马上成了朋友。[33]

“哪里都吵死人。”水獭继续说道，“今天，好像全世界的人都到河上来了。我本想到回水湾这边清静一会儿，不料又碰到你们这两个家伙。[34]至少——对不起啊——要知道，我不是那个意思。”

他们身后响起一阵沙沙声，是从挂着去年叶子的矮树丛那边传来的。探头探脑看过来的，是一个条纹脑袋，那脑袋后面高耸着两个肩膀。[35]

“过来，老獾！”河鼠喊道。

獾朝前迈了一两步，嘟囔一句“哼，一群人”，转身走掉了。

“这家伙总是这副德行。”河鼠失望地说。“他痛恨社交。今天我们别想看到他了。喂，跟我们说说，到河上来的都有谁？”

“蟾蜍是一个。”水獭回答道，[36]“驾着崭新的赛艇[37]，穿着崭新的衣服，什么都是新的。”

鼹鼠与河鼠你看看我，我看看你，哈哈大笑起来。

河鼠说：“有一阵子他只玩帆船，等玩腻了以后，又开始玩平底船[38]。他天天撑船，一玩就是一整天，除此之外，什么都无法取悦他。他光是撑船就惹出很多大麻烦。去年他又换了游艇。我们都得到他的游艇上陪他，假装喜欢待在那里。他下半辈子就要在游艇上过了。可他喜新厌旧，无论迷上什么都不会长久。”[39]

“人嘛倒也是个好人，”水獭沉思道，“就是老爱变来变去，见到船更是这样。”

从他们坐着的地方，目光越过一个小岛，就能看到主河道。正在那时，一只赛艇掠过，划船的家伙矮小结实，只见他卖力地划啊划，一时间水花四溅，他也在船里滚来滚去。河鼠起身欢呼，可是蟾蜍——就是划船的家伙——却摇摇头，只管专心划船。

E.H. 谢泼德所画的蟾蜍先生在一艘赛艇上的插图

“他要是再那样滚来滚去地划，马上就会滚到水里去。”[40]河鼠说着又坐下身去。

“当然会滚出去。”水獭咯咯笑着说，“我给你讲过那个好玩的故事吧，就是蟾蜍和那个水闸管理员的故事？[41]是这样的，蟾蜍……”

一只不走寻常路的蜉蝣[42]，突然一个转身，摇摇摆摆地横穿水流——这是年少轻狂的蜉蝣生活中惯常的自我陶醉的方式。只见水面漩涡翻卷，“啵”的一声，蜉蝣忽地消失了。

水獭也没影儿了。

河鼠低头去看。声音明明还在耳边，可是那片他四仰八叉地躺过的草地上已是空无一人。他举目望去，看到天边也不见水獭的身影。

可那河面上又泛起一串水泡。

河鼠哼哼唧唧地唱起了歌。鼹鼠想到了动物界的礼节：假如朋友突然消失，不管是出于什么原因，哪怕什么原因都没有，你都不能说三道四。[43]

“好啦，好啦，”河鼠说，“我想我们该走了。不知道我们俩谁来打包午餐篮？”听他说话的口气，好像他并不怎么想插手这份美差。

“噢，请让我来吧。”鼹鼠说。河鼠当然依了他。

打包午餐篮的幸福感，来得不如打开篮子那么强烈。从来都是这样。但是鼹鼠干什么都乐滋滋的。他刚把篮子装好扎紧，就看到草地上还有个盘子盯着他看。等他把盘子装好，河鼠又指向一把谁都应该看到的叉子。瞧，最后还漏掉了一个芥末罐，鼹鼠一直坐在它上面，屁股却没有一点感觉。不管怎样，午餐篮最终还是打包好了，鼹鼠倒也没发火。

下午的太阳渐渐落山，河鼠轻轻摇着桨，朝回家的方向划去。他的神情像在做梦一样，嘴巴里还嘀咕着诗文，都没怎么搭理鼹鼠。鼹鼠呢，午饭吃得饱饱的，又满足又得意，加上他觉得船也坐得自在了，因而有点静不下来，他突然说：“鼠兄，我想划划船，现在就要划。”

河鼠微笑着摇摇头，说道：“现在还不行，小朋友。等你学几次再划吧。[44]划船不像看上去那么简单。”

鼹鼠安静了一两分钟。他越来越嫉妒河鼠。看着河鼠划得那么带劲又那么轻松，鼹鼠的自尊心开始作怪，仿佛在对他窃窃私语，说他也能划得跟河鼠一样好。他跳起身来，一把抓住双桨。这个动作太突然啦，正盯着河面念诗的河鼠冷不丁被吓了一跳，仰面跌下座位。他又一次摔了个四脚朝天。鼹鼠赢了，一屁股坐上河鼠的位子，自信满满地握住了双桨。

“住手，你这蠢货！”河鼠躺在船底大叫，“你不会划，你会翻船的。”

鼹鼠把双桨[45]猛地一甩，朝水中狠狠挖了一记，可他根本没有碰到水面。他一脚踩空，头朝下摔倒在河鼠身上。他一害怕，伸手去抓船舷，结果，“扑通”一声！

船翻了。鼹鼠在河水中挣扎。

天哪，水真冷啊！天哪，浑身湿透！他一直沉沉沉，水一直嗡嗡嗡。等冒出水面，他又是咳又是吐，太阳多么明亮讨喜；当他下沉时，他感到了深深的绝望。就在这时，一只有力的爪子抓住了他的后颈。是河鼠。显然，这家伙在笑——鼹鼠感觉得到。河鼠的笑，从胳膊到爪子，一路下行，一直到达鼹鼠的脖子。

河鼠抓起一支船桨，架在鼹鼠的胳膊底下，然后把另一支塞进他另一条胳膊下面。他在鼹鼠身后游着，把这无助的家伙推到岸边，拖出水面放到岸上。鼹鼠湿乎乎、软塌塌，可怜巴巴地缩成一团。

河鼠在鼹鼠身上搓了搓，挤了挤，说道：“好啦，老伙计，沿着纤道[46]来回使劲跑，跑到身上暖、衣服干。我下水去捞篮子。”

外面水淋淋，心里羞羞羞。鼹鼠低眉顺眼地一路小跑，跑得皮毛差不多干了；河鼠再次跳进水里，找回小船，给它翻好身，系牢之后，又一件一件地把漂在水上的东西捞到岸上。最后，他潜到水中，顺利地捞起午餐篮，哼哧哼哧地游回岸上。

一切准备就绪，又要出发了，垂头丧气的鼹鼠一瘸一拐地坐回到船尾的老位子上。开船的时候，他都崩溃了，低声说："鼠兄啊，我大度的朋友！我真是又愚蠢又讨厌，真是太对不住你了。一想到美丽的午餐篮差点弄丢，我的心都要碎了。说真的，我就是头蠢得不能再蠢的蠢驴。我明白这一点。你能不能高抬贵手，饶我一次？我们还像过去那样，好不好？"

"没什么大不了的。祝你好运。"河鼠欢快地回答，"对于河鼠来说，湿湿身是小意思。大多数日子里，我待在水里比待在外面的时间长。不要再胡思乱想了。听我说，我真觉得，你最好来跟我一起住住。我家普普通通，有点简陋，要知道，跟蟾蜍的家不能比，但你还没到我家看看呢。我会让你过得舒舒服服的。我还会教你划船，教你游泳。你很快就能跟我们一样，在水上灵活自如啦。"[47]

河鼠善解人意的话令鼹鼠大为感动，一时连话都说不出了，只能用手背擦去一两颗泪珠。河鼠又体贴地把目光投向别处。鼹鼠很快便缓过神，当一对黑水鸡[48]嘲笑他湿漉漉的模样时，他甚至都可以立刻回嘴了。

到家以后，河鼠在客厅里生起火，给鼹鼠拿来睡衣和拖鞋，让他坐进扶手椅，正对着熊熊火光，然后给他讲河上的故事，一直讲到该吃晚饭了才停下来。[49]河鼠讲了拦河坝、突发的洪水、跳出水面的狗鱼，还有乱扔硬瓶子的汽船[50]——至少，确实扔瓶子了，因此大家推测那是从汽船上扔下来的。对于像鼹鼠这样住在陆上的生物来说，这些故事非常吓人。河鼠又讲了苍鹭，他们说起话来很是挑剔；还讲到下水道历险、夜间与水獭一起钓鱼，以及和獾一起去野地远足。[51] 晚饭吃得很是欢快，可是刚吃过晚饭，鼹鼠就昏昏欲睡了。体贴的主人把他送到楼上最好的一间卧室。鼹鼠的脑袋一挨到枕头，内心就感到安宁而满足。他知道，他刚找到的大河朋友，正在拍打着他的窗台。[52]

这是第一天。解放了的鼹鼠接下来要度过很多这样的日子。万物成熟的夏季就要来临了，日子变得一天比一天长，也一天比一天更为好玩。鼹鼠学游泳，学划船，与流水同欢。[53] 他把耳朵凑近芦苇秆，隐约听得到风儿不休的低语。[54]

---

1 第一章一开始，鼹鼠就干起活儿来。他既没有仆人也没有老婆帮他做春季大扫除。一个比较富裕的男性，比如格雷厄姆本人，有可能会雇人帮他刷石灰水。《柳林风声》中谁工作谁不工作的议题，折射出 1908 年阶层与变化的阶层的结构。

在格雷厄姆为《乐思》写的故事《伯蒂出逃记》中，鼹鼠先生是有鼹鼠夫人的。格雷厄姆努力在《柳林风声》中“消除性别之争”——正如他为梅休因出版公司通告单上写的一段描写那样。他的河岸动物，他哪个都不给老婆。

2 鼹鼠对春天的向往映照了格雷厄姆渴望逃离伦敦英格兰银行秘书一职的现实。格雷厄姆早期的童年生活，在新奇有趣的河边小镇库克姆迪恩度过。那是最幸福的时光。后来，他和妻子、儿子回到那里居住。

他在给约翰·莱恩——他 19 世纪 90 年代的系列作品《异教徒外传》《黄金时代》《做梦的日子》的出版人所写的信中，这么写道：

> 我们在库克姆迪恩度假三周，刚刚回来，我花了点儿时间选了个小别墅。我们把小男孩和他的家庭教师留在了那里。等白天变长的时候，希望我们也回去，在那里度过一年的大多时候。
>
> 那段日子，我的“副手”刚刚再次离开我，花上三个月向南航行，说这样有望使他彻底恢复健康，在此期间，我必须待着不动，肩负起“白种人的负担”。人手不够，等在前面的都是忙忙碌碌的日子。
>
> 这一切都意味着，如果还能有业余时间，我做自己事情的业余时间也比以前少了。这迫使我更要节约使用所剩无多的空闲时间。(1908

年1月8日，博德利，MS.don.e.27）

信里面“白种人的负担”来自鲁德亚德·吉卜林写于1899年的一首诗歌《白人的负担》。在美国参议院正式批准《巴黎条约》两个月之后，这首诗歌发表在了《麦克卢尔》杂志上。《巴黎条约》终结了美西战争，使菲律宾、关岛、波多黎各处于美国控制之下。诗歌集中描写了帝国主义令人疲惫不堪的行为。虽然格雷厄姆没有亲自参与菲律宾政治，但是他在英格兰银行的工作，把他与英国社会19、20世纪的帝国主义联系在了一起。下面就是这首诗的开头八行：

肩负起白种人的负担，
送出你们最好的品种，
绑了你们的儿子放逐出去，
去替你们奴役的人服务，
肩负起白种人的负担，
套上沉重的挽具，
伺候刚被抓到的焦虑野蛮愠怒的
半是恶魔半是孩子的人。

春天的到来也是一曲《春日颂》，是从又一个冬天幸存下来，一年中泛出绿意的时候，人们开始重新进行春季大扫除的仪式。

3 格雷厄姆写鼹鼠的时候，脑海中是都市里的伦敦人。这群人被工作困在城市里。维多利亚晚期，由于工业烟尘和国内燃煤炉引起的煤烟，伦敦污染严重。从字面意思看，鼹鼠是把自己从自己家里的煤烟中挖出来的。

4 在《柳林风声：破碎的桃花源》中，彼得·亨特指出，鼹鼠出现在阳光中，让人联想到华兹华斯《序曲》的开头：

轻风带着祝福，
当这访客拂上我的面颊，
从碧绿原野，从湛蓝天空，
仿佛带来沉醉的喜悦。

格雷厄姆从鼹鼠不怎么样的家着手，通过鼹鼠的视角，从他熟悉的家把我们向上挪移。对于鼹鼠和蟾蜍而言，《柳林风声》是一部成长小说，一部主角在其品德和心理方面成长的小说。鼹鼠一开始是在家里，然后离开，开始了新生活，然而，他将在河鼠的陪伴下回家，并在贯穿十二个章节的过程中发生改变。

5 原文中的“cellarage”，即地窖。1602年在莎士比亚的《哈姆雷特》(第一幕第二场第一百五十一行）中开始使用该词。地窖是指地下室的空间，主要用作贮藏。

就像哈姆雷特时刻留意鬼魂的声音一样，鼹鼠一直聆听着地面的说话声。鼹鼠做的事情就是具有中等资产的伦敦人爱做的——为了丰茂的草地而选择离开。

6 1919年，伦敦大学植物学教授、格雷厄姆·罗伯逊的朋友G.T.希尔写信给肯尼斯·格雷厄姆，询问鼹鼠不在的时候，什么人照管鼹园。在日期为1919年9月24日的一封埃尔斯佩思手迹的信中，格雷厄姆如此回答：

> 尽管鼹鼠没有结婚，并且显然一贫如洗，但是，比方说，每周外出两次还是可以承担得起的……也许他有个搞清洁的老鼠，做上几小时，管她几天饭，这只动物呢，会敷衍了事地收拾好他刷墙后留下的烂摊子，随后发现她微薄的薪水没有到位，自然而然就会到别的地方去干活儿，但是，出于好心，她也会顺便照看一下金鱼。(博德利，MS.Eng.misc.d.529）

至于说格雷厄姆对于阶层、仆人、鼹鼠与河鼠之间的区别，则是：

> 或许故事提到或要求一些角色的出现，但是，如果作者并非马上就用得上他们，他就会忽略他们的存在。就家政服务这个问题而言，不管鼹鼠的家财多么贫薄，显然，河鼠是舒舒服服离开的。事实上，我强烈怀疑他有个男管家、一个厨子。而蟾府，熙熙攘攘，净是好吃懒做的仆人。(出处同上）

阿拉斯泰尔1920年5月自杀之后，格雷厄姆要么用打字机写信，要么让埃尔斯佩思为他写信。阿拉斯泰尔死去的时候，格雷厄姆患了手控制不住颤抖的毛病。“原谅我打字写信，我的手废掉了。”1920年5月15日，他写信跟亚瑟·奎勒-库奇说道（伦敦大学三一学院档案馆，DD36)。由于后面很多信件是埃尔斯佩思手写的，我们吃不准到底是谁撰写的。

7 拉克姆是早期唯一一个画出鼹鼠与兔子互动的艺术家。由于场景出现在格雷厄姆文本的第一页，因而这幅画用作卷首插图是合适的。图片说明文字是从文本中节选的：“‘洋葱酱！洋葱酱！’他嘲笑地冲他们叫着。兔子们还没有想出回骂，鼹鼠已经跑得没影了。”“回骂”之前的“特别满意的”省略了。拉克姆的版本有必要加上图片说明，因为很不幸，他的插图与格雷厄姆的文本不一致。

8 兔子出现的时候，鼹鼠通过威胁他们开了个玩笑——洋葱酱一直是烤兔子的配料。格雷厄姆自始至终都把兔子描写成傻乎乎的样子。A.A. 米尔恩于20 世纪 20 年代出版的《小熊维尼》系列书里面，延续了傻瓜兔这一主题。在《小熊维尼和老灰驴的家》里面，灰驴屹耳顺流而下时，他们的对话表明了兔子的愚蠢：

> “屹耳，你在那里干什么呀？”兔子问。
>
> “兔子，我让你猜三次。在地上挖洞？错。在小橡树的枝条上跳来跳去？错。等人把我从河里救上去？答对了。给兔子时间的话，他总会答对的。”

温德姆·佩恩画了第二十五版梅休因出版的《柳林风声》。这一版本于1927 年出版。1930 年出了第三十三版。佩恩为第一章节画的插画，并没有精确描画文本内容：鼹鼠斜躺在地上，仰慕着上面鸟窝里面的鸟儿。在格雷厄姆的文本中，鼹鼠只是“匆忙地越过草地……东跑跑，西转转”。鼹鼠刚刚从要收费的兔子那里冲过。尽管这一狄更斯式的笼中鸟的主题三次出现在《柳林风声》中——第二章、第五章和第八章，但是佩恩在第一章中就加上了鸟窝。

在 1931 年 12 月 17 日的一封书迷来信中，玛格丽特·斯图尔特向格雷厄姆抱怨了新的谢泼德版本插画：“我年纪尚幼时就疑惑，何以艺术家们不读一读他们要插图的书。”这封信的回信是埃尔斯佩思手写的：“没错——这的确令人愤怒。这些艺术家们都是些十分讨厌的家伙。他们全都这么干！”（MS. Eng.misc.d.531）

9 这条一瞥之下新鲜又激动人心的河，来自鼹鼠的看法，是奇怪的，因为鼹鼠差不多就是瞎子。鼹鼠被定义为穴居食虫动物，长着小小的眼睛，耳朵是隐藏起来的，主要靠着感觉、嗅觉和触觉存活。按照《牛津英文词典》，鼹鼠往往“视力非常差（或没有视力），柔滑的皮毛可以拂向任何方向，前腿短而强壮，脚趾宽宽，长着爪子，适合挖掘”。

在一封 1901 年 11 月 18 日写给威廉·柯林斯医生的信中，格雷厄姆汇报，根据崔迪医生（格雷厄姆家看过的另外一个眼科专家）所说，白内障有可能“进展”，很可能恶化。此外，孩子的左眼也被诊断为视力不佳……在不损伤聚焦功能的情况下，就是手边的物体也无法聚焦（承蒙大卫·J. 霍尔姆斯收藏此信）。由于看不到附近的东西，看远处的东西时会眯起眼，医生给这个十八个月的小男孩配了眼镜。在 1908 年 4 月 11 日的一封信里面，格雷厄姆的家庭教师娜奥米·斯托特如此描述阿拉斯泰尔的视力：“他又有眨眼的趋势了。头发不是太长，不需要束到后面，但是在室内也对他造成了困扰。在室外，他的帽子可以帮忙，使头发离开眼睛。”（彼得·格林文献，得克萨斯大学奥斯汀分校哈里·兰莎姆人文研究中心）

其实，阿拉斯泰尔·格雷厄姆就跟鼹鼠一个样儿，差不多是个瞎子。2002 年 12 月，彼得·格林推测，阿拉斯泰尔的先天缺陷是由于遗传性梅毒。在 1994 年的肯尼斯·格雷厄姆传记里面，艾莉森·普林斯写了格雷厄姆一家如何对付阿拉斯泰尔的缺陷：

> 通常，（他眼瞎的）灾难是格雷厄姆一家不愿意面对的。埃尔斯佩思特别否认这一苦恼……宣称小老鼠是完美的孩子，不仅正常，而且天资聪慧到惊人的程度……对她而言，他就是一个……只能由天才父母才能制造出来的聪慧美丽的男孩。肯尼斯也无法接受儿子的缺陷。（《肯尼斯·格雷厄姆：野外林地中纯真的人》）

在《〈柳林风声〉背后：传记和自传解读实验》里，迈克尔·史泰格表明，阿拉斯泰尔·格雷厄姆就是一个举止得当的鼹鼠与双重人格的蟾蜍的典型合体。史泰格认为，格雷厄姆给予鼹鼠视力，从而忽略阿拉斯泰尔近乎全瞎，以此拒绝承认儿子的缺陷。

> 阿拉斯泰尔小的时候，绰号是“小老鼠”，除了这一事实之外，那时，他瞎了一只眼，另外一只眼视力很差。当有人认为鼹鼠——真实生活中差不多是个瞎子——视力似乎没有毛病，这些事实就很有暗示性了。这纯属猜测。但是，格林用令人信服的案例说明格雷厄姆夫妇拼命否认儿子不正常，也向阿拉斯泰尔否认他不正常。让鼹鼠拥有视力，当然听起来像是否认的象征。[《维多利亚时代研究》第 24 期，no.3（1981 年春），322.n.27]

肯尼斯·格雷厄姆写给柯林斯医生的信揭示出他对儿子小时候的生活是多么的在意。也许，赐予鼹鼠视力并非出于否认，而是出于对阿拉斯泰尔重获视力的希望。

10 这条河是故事里面的重要角色。此处格雷厄姆将它拟人化。其他把河作为角色的伟大英文小说有乔治·艾略特的《弗洛斯河上的磨坊》、查尔斯·狄更斯的《我们共同的朋友》。

在希腊神话中，精灵——通常是女性，叫宁芙——栖息在各样自然环境中。河之宁芙，就像格雷厄姆这里描绘的玩伴，叫那伊阿得斯。

——J.J.

11 泰晤士河——流经牛津时叫作伊希斯河——与查韦尔河水道幽深狭窄。作为新旅馆礼堂街上圣爱德华寄宿学校的一名学生——该学校19世纪70年代位于牛津的中心——格雷厄姆有足够多无人监管的时间，可以在河岸上玩耍，打发大段时光。如今，查韦尔河与伊希斯河既可以游泳，又能让小型自航船只诸如方头平底船、双桨赛艇、皮划艇等航行。这两条河都很温驯，对游泳者不会造成威胁。格雷厄姆这么说到他的少年时代：

E.W. 海斯勒哈斯特画牛津查韦尔河上的游客。出自F.D. 豪《美丽的英国：牛津》

> 那里令我沉迷并影响了我——至今这影响还在：一是优质的灰色哥特建筑，二是泰晤士河——青春的泰晤士河的这一段流域，在抵达喧闹、带状法兰绒般的愚人桥之前，清清凉凉，不受打扰，与世隔绝，蜻蜓出没……但是这些部分，包括经典作品、哥特建筑、原始的泰晤士河抚育了我，也许，还有异教徒的发端……（查莫斯，《肯尼斯·格雷厄姆》）

愚人桥的照片。蒙奈杰尔·麦克莫里斯拍摄，肯尼斯·格雷厄姆协会提供

12 这条河的背景也可能是康沃尔郡的福伊河。福伊河的起源是博德明沼地分水岭，最后在洛斯特威西尔镇汇入大海。

13 保罗·布兰瑟姆创作出1931年版《柳林风声》的全部插画，迄今为止仍然是最接近格雷厄姆的文本的艺术家。在第一章的这幅插画中（见第8页），从河对岸瞥到河鼠，他正从一个肮脏的洞里出来。格雷厄姆的文本中只字未提这所房子——他只把河鼠的家描写成小巧精致的临水住宅，此外再无别的话。在布兰瑟姆提交的场景里，河鼠看上去像是坏家伙，他的洞被树叶和弯弯曲曲的树根环绕。

在谢泼德的插画里，河鼠出现时没那么吓人。这个动物的小脸从一个方形门口露了出来，而不是从洞口出现。在他右边，有个小窗户，由四块玻璃构成。

拉克姆则在1940年的版本中对河鼠的家做了进一步修改。树根被打桩的通向河岸的码头所取代。

尽管有了变化，但是拉克姆的插画与谢泼德1931年的钢笔画创作差不多是相似的。这是拉克姆画最后的插画。完成这些画作时他已经病入膏肓，但是当他的女儿指出他没有画船桨的时候，他又回过头去用不透明的白色颜料加了上去。船桨与谢泼德的如出一辙，也是架在船上。拉克姆在这一版本的《柳林风声》出版前就去世了。

14 原文为"bijou"，指小、精致、受到高度赞扬的一件工艺品。法语"珠宝"之意。用作形容词来描绘房子不够严谨。《牛津英语词典》对它下的定义是："小，精致，且极为舒适。"在乔治·沃什伯恩·斯莫利与托马斯·海伊·斯威特·埃斯科特的《新统治时期的社会》里面，这个术语是这么用的："伦敦的临时公寓，包括梅费尔小巧精致的居所。"河鼠的家是个称心如意的居住地，鼹鼠毫不犹豫就住了进去，成为这个家里的一分子。

15 1876年，在伦敦第一年的年末，格雷厄姆与弗里德里克·弗尼瓦尔交了朋友。弗尼瓦尔兴趣广泛，给他介绍了基督教社会主义和文学研究，填补了格雷厄姆人生中的智力空白。弗尼瓦尔酷爱划船。他的邻居杰西·柯里这么评价他："我来给你介绍弗尼瓦尔博士。他会问你会不会划船，如果你说'不会'，他就带你下

爱德华·阿特金森和他的表亲及管家玛斯顿夫人的照片。出自彼得·格林《野林深处：肯尼斯·格雷厄姆的世界》

河教你划；如果你说‘会’，他就带你下河让你练。不管怎样都会带你下河。”(格林，《肯尼斯·格雷厄姆传》)

那时候，格雷厄姆就像一只伦敦的鼹鼠终于遇到玩伴。弗尼瓦尔很可能是格雷厄姆笔下河鼠的灵感来源之一。另一个河鼠的原型可能是格雷厄姆的朋友爱德华·阿特金森，一个财产可观的单身汉。他坐拥三十多艘船只，住着康沃尔郡福伊河口的美丽河景房，当着福伊游艇俱乐部会长，攒了成抽屉的机械玩具。

在1957年写给彼得·格林的一封信中，戴尔·普维斯写出了童年时对阿特金森的印象。这在朋友之间人尽皆知：

> 阿特金森在福伊河畔有套全年住宅，因坐落在河岸上，因而叫作“玫瑰河岸”。阿特金森过着高度文明的隐居生活。我想，他有个管家。但我确信他是个单身汉或是一个鳏夫。不管怎样，房子就在河畔，里面非常漂亮。我记得，有个船梯通往楼上。确切地说，那是一个男人的隐居地。我完全想象得到——我的确想象了一下，阿特金森先生扮演“河鼠”，格雷厄姆先生扮演“鼹鼠”。我不想让你白费力气，《柳林风声》指的很可能是泰晤士河畔，但也很可能是指福伊河的福伊，向福伊港口后面延伸开去，纯粹的“柳林风声”式的乡下。你真该找个时间到那里去……福伊那地方是船屋之家，是个河湾。(给彼得·格林的信，得克萨斯大学奥斯汀分校哈里·兰莎姆人文研究中心)

16 鼹鼠和河鼠之间的交流是相互呼应的。此处的“presently”和“pettishly”这两个单词形成了押韵。

在这段引用中，鼹鼠和河鼠之间还有着直接的阶级差异。代表着中产阶级河堤居民的河鼠，出于高贵的义务感礼貌地作了自我介绍。而鼹鼠对河鼠那套处事方式十分陌生；当他表现得“气呼呼”的时候，他将自己摆在了一个与河鼠的社会地位相冲突的位置。

17 在这里格雷厄姆引用了一个大家都很熟悉的主题：大小的矛盾性。河鼠的行为举止像是一名人类，然而他有多大？他的船是谁造的？格雷厄姆说这艘船“正好够两个动物坐上去”。这两个动物到底是和人一样的大小还是和老鼠一样的大小？起初，他们是以动物的大小登场的——然而之后蟾蜍先生会驾着一辆吉卜赛大篷车，去偷马匹和车辆，会试图去买火车票，也会与人类交谈，就好像他们一样大小。

18 此处的“Sculled”这个词的意思是划船。河鼠天生具有好水性。

19 此处原文为“simply messing about in boats”，是《柳林风声》中——也是在整个英国文学中——被引用得最多的语句之一。

20 温德姆·佩恩在第一章里面的第二张插图就是河鼠和鼹鼠划船。

谢泼德也采纳了这个主题。他不但画了一幅他们在船上的插图，而且船还翻了。然而，佩恩错误地画了一只蜻蜓。格雷厄姆所写的应该是一只蜉蝣，一种完全不同种类的昆虫。蜉蝣是一种短命的昆虫，常用作钓鱼的鱼饵。在野餐时，水獭也吃了一只蜉蝣。谢泼德也没有画蜉蝣，而是画了一只蜻蜓。

弗尼瓦尔的画像。出自彼得·格林《野林深处：肯尼斯·格雷厄姆的世界》

1907年夏天，格雷厄姆一家还在康沃尔郡福伊镇时，他们遇到了来自美国费城的普维斯一家。后来五个普维斯家的男孩告诉彼得·格林这位在1959年给格雷厄姆写传记的人，河堤的背景一定就是他们回忆中的福伊，并且，第一章所描写的野餐，是受到他们顺着上游“到一个叫戈兰的小村庄”旅行的启发写出来的。（格林，《肯尼斯·格雷厄姆传》）

在福伊河边的戈兰。出自彼得·格林《野林深处：肯尼斯·格雷厄姆的世界》

然而肯尼斯·格雷厄姆对福伊并不陌生。他从1899年3月21日起开始写情书给埃尔斯佩思，并且一直持续到他们7月22日在福伊的圣菲姆巴鲁斯教堂举行婚礼。在这些信里，他描述了他对这个小镇以及这条河的痴迷。格雷厄姆去福伊是为了摆脱在伦敦的压力和社交，他用儿语夹杂着当地方言书写的信件讲述了那个夏天的愉悦。曾经是伦敦社交名媛的埃尔斯佩思主动追求格雷厄姆，后来成了他的看护者。这些信件记述了格雷厄姆的康沃尔郡时光。他歇息——一天睡

康沃尔郡，福伊的风景明信片，约于1908年。大卫·J. 霍尔姆斯提供

九到十个小时，然后一整个下午都在划船。

福伊酒店。星期四。我亲爱的叽喂（一只小船的名字，这艘小船曾经带我去佩恩顿，另一艘船叫伊赛尔）。我喜欢这个地方，似乎远离尘嚣。昨天晚上，当河口、船只与灰扑扑的小镇映入眼帘时，我甚至有种从托基寄宿学校回到家中的感觉。虽然还没到外面玩耍，但望过去风景不错。（博德利，MS.Eng. misc.e.480）

奥斯汀·普维斯，格雷厄姆家的一位朋友，到布卢伯里参观葆汉馆。约于1911年

格雷厄姆对划船的热情不仅

在《柳林风声》里可见一斑，在这些信件中也有所流露：

> 昨天我们做了一笔好买卖，恰好启动了搁置的计划……今天早上11点，我上了R.& E.号（一艘叫理查德与伊丽莎白的船），沿河划船上行，继而顺流而下，我优哉游哉，愉快地过了一早上。如果风力减弱，5点左右可能又去划船了。晚上天气不错。但是好像风更大了，把船吹得东倒西歪……星期三——也就是昨天，划着R.& E.号去了亚伯河口。那里波浪翻涌，煞是美丽。归来时，一路激流险滩洞穴。（同上）

亚瑟·奎勒-库奇爵士的照片。出自彼得·格林《野林深处：肯尼斯·格雷厄姆的世界》

埃尔斯佩思开始讨厌格雷厄姆的朋友Q，或者说亚瑟·奎勒-库奇，因为在他们结婚不久后，她发现，格雷厄姆更喜欢与他相伴，而不是她。他在大多数的信件里都提及了Q："现在我必须说再见……因为Q先生刚刚叫我去出海……"（同上）就像河鼠先生一样，格雷厄姆认为，完美的一天少不了无休止地划船。

1930年，在一封写给粉丝的信中，格雷厄姆写道："我非常高兴你喜欢这些书，并且我希望你在《柳林风声》中多多少少辨认出'福伊'来。"（博德利图书馆，MS.Eng.misc.d.531）

21 原文中的"painter"指用来牵引或固定船只的绳子。

22 这个长长的食品清单是一种戏仿，统统列举出来，就像是约翰·弥尔顿《失乐园》里的堕落天使或者荷马《伊利亚特》里的勇士。

人们往往要求或者期待儿童文学作家的作品能够远离性和暴力。彼特·亨特曾经说过，在性和暴力被移除之后，剩下来的就是食物。亨特曾提到格雷厄姆没有能力表达大人的情感，其幻想世界中每一个重要的时刻都被食物"不时地打断"。[《肯尼斯·格雷厄姆书中的奇妙食物》《艺术中的奇幻杂志》，第7期，no.1（1996年），第5—22页]。格雷厄姆似乎计划这场特别的盛宴有些时日了。在《伯蒂出逃记》中，他草拟了一个关于这个场景的早期版本：小猪伯蒂计划闯进格雷厄姆家突袭厨房：“相信我，至少你应该有冷鸡肉、冷口条、压缩牛肉、果冻、果酱松糕和香槟；或许更多。”（博德利图书馆，MS.Eng.misc.d.282）

23 “穿着黑色吸烟装的小绅士”这个措辞有着政治性和历史性的含意。1702年，威廉三世的马在汉普顿公园里被一个鼹鼠丘绊倒，国王被甩了出去，一命呜呼。此后，威廉的敌人詹姆斯二世党人为鼹鼠举杯，称其为“穿着黑色吸烟装的小绅士”。

在《〈柳林风声〉最初的低语》中，埃尔斯佩思·格雷厄姆讲述了鼹鼠先生的由来，称其源自他们在库克姆迪恩的生活：

> 这是一桩为人所知的肯尼斯和鼹鼠走到一起的古早事件。他，肯尼斯有一天晚上要为晚餐换衣服（鼹鼠作为一名总是“穿着吸烟装”的绅士已经为他迟到的晚餐装扮停当），当他瞥了一眼窗外夕阳西下的天空时，他察觉到草坪尽头的几棵树后面，某种骚乱从下面腾起……他转瞬间下了楼，出了门，一场令人震惊的戏登场了：一只知更鸟和一只鼹鼠为了抢夺一餐满汉全席——一只体积庞大的蠕虫——而展开了恶斗。

肯尼斯·格雷厄姆留下了这只鼹鼠。但它逃走不久之后，就被格雷厄姆的管家布朗特女士抓住杀掉了。她“力图弥补她所犯下的不幸的错误，对肯尼斯这样说道：‘噢，但是，先生，难道在您给小主人阿拉斯泰尔写的故事里，就不能将鼹鼠放进去吗？’”。

24 格雷厄姆对三姑六姨的态度请参见第八章注释17。

25 1908年，铁路已经延伸到英国的所有乡村地区。这使得许多人的出行变得轻松。让格雷厄姆感到焦虑的是，潜滋暗长的工业化正在摧毁农业生活，而他认为农业生活是英国特性不可或缺的部分。随着一大群人蜂拥至城市中心去找寻工作，沿着泰晤士河流域涌现出许多郊区，像格雷厄姆一样被城市生活所压迫的人们逃往了曾是乡村的地方，硬要让乡村接受他们。

汉弗莱·卡彭特说，河流在维多利亚时代晚期的集体心理中扮演了重要角色：

> 19世纪中期，英国的河流，特别是泰晤士河，被一系列水闸和堤坝所阻拦，老式商业驳船流量的下降（先是被运河吞没，然后又

被铁路吞没）使河流前所未有地畅通无阻，为任何一个愿意捡起一对船桨的人提供了一个舒适的场地。(《秘密花园：儿童文学黄金时代的研究》)

格雷厄姆周末的划船冒险经常新手云集。杰罗姆·K. 杰罗姆如此描述周末沿河的人群：

在一个晴朗的星期天，它几乎整天都呈现出这个样子，有的人在上游，有的在下游，躺在那里等着轮到他们，在入口外，更多的小船排成一排；船在附近驶来驶去，因而，阳光明媚的河……装点着黄色、蓝色、橙色、白色、红色和粉红色……这是我所知道的这沉闷的伦敦老城附近最快乐的景点之一。(《三人同舟不谈狗》)

26 我们之前已经遇到兔子了。他们并不完全如作者所言那般愚蠢，因为他们机智到强行在路上收取过路费。当然，鼹鼠享有蔑视他们的资本，因为他的社会阶层要比他们更高一级。

27 河鼠表现出一种优越感。这里他所提到的“他们”指的是下层阶级，许多和河鼠为同一阶级的维多利亚时代的人认为，这些下层阶级的人处于无政府革命的边缘。

28 这里所说的“城里的烟”指的是从地平线升起的工业烟雾。

29 不像蟾蜍先生，河鼠知道和人类交往的风险。河鼠还借由严苛地将鼹鼠摆在他的位置以及拒绝人类世界来揭示自己的社会地位。奇怪的是，在《柳林风声》中，人类全部都是下层阶级。

30 原文中的“weir”，指河流中的屏障或水坝，用来限制水流及调节其流向。

横穿河流建造而成的拦河坝在泰晤士河沿岸十分常见，它还可以用来提高水位来驱动磨坊。格

位于潘伯尼（这是格雷厄姆一家最后居住的镇子）的一道拦河坝、水闸与闸门管理人的房子

雷厄姆大概非常喜欢它们，因为它们阻碍驳船和轮船交通，使乘着小船的人离开了河流的主航道。在他们要野餐的地方附近一派寂静，第七章《黎明时分的风笛手》里鼹鼠和河鼠登上潘神的岛屿之前，拦河坝安静平和，是这寂静的回声。

康沃尔郡，福伊的上游，戈兰的一个17世纪锯木厂。奥斯汀·普维斯的五个儿子认为这就是第一章里所描写的那个磨坊。尽管现在的磨坊可追溯到1729年，但该遗址的历史可以追溯到11世纪。据目前的所有者说，工厂在20世纪初的某个时候停止了运转，在第二次世界大战期间，废弃的水车轮连同拖拉机一起被美国士兵埋在河中。如今这栋建筑物被用作锯木厂录音室。文章中所提到的磨坊的另一个可能的灵感来源是在梅普尔杜伦之家中的水磨坊，此磨坊至今仍在生产高质量的石磨面粉。蒙奈杰尔·麦克莫里斯拍摄，肯尼斯·格雷厄姆协会提供

31 磨坊这一简单、古老、环保的机械不用汽油，也不会产生机械排气或者排放化学试剂来污染河流或者空气。这是肯尼斯·格雷厄姆希望坚守的田园农业生活方式的一种象征。

32 河鼠打点了适合人类享用的盛宴，然而水獭将其称为食物（provender）——《牛津英语词典》将这个词定义为饲料：家畜的干粮。

33 彼得·亨特深入地介绍了《柳林风声》中的社会阶层："水獭对所有阶级的从容熟悉，也许标志着他是格雷厄姆笔下万物中最接近贵族的……因此，（鼹鼠和水獭的）友谊不是三言两语就能断言的。"

34 水獭的栖息地被外来者侵略了。尽管他试图避开人群，并且似乎对见到同为河堤居民的同伴感到意外，但他很高兴找到了他们。

35 獾是跖行类四足动物，学名"Meles vulgaris"，大小和浣熊差不多，强壮，穴居。有八种不同种类的獾，分布在欧洲、亚洲、美国西部的大草原以及加拿大。然而，由于《柳林风声》、毕翠克丝·波特《托德先生的故事》、C.S. 路易斯

公共假日里的库克姆迪恩船闸，约于1885年。出自彼得·格林《野林深处：肯尼斯·格雷厄姆的世界》

《纳尼亚传奇》诸如此类书籍的出现，獾在英国要比在美国更加是集体意识中的一部分。

在《柳林风声》出版后约四十年，路易斯这么描述格雷厄姆的獾先生："考虑到獾先生是一个集地位崇高、举止粗俗、脾气暴躁、羞羞答答、大好心肠于一身的特别混合体，曾经与獾先生见过面的孩子此后会对人性和英国社交历史有深刻的认识，而这是通过其他任何方式都无法获得的。"

E.W. 海斯勒哈斯特画的撑着学院驳船的船夫和愚人桥的插图

36 格雷厄姆介绍了这本书里出现的所有主要角色。獾来了又走了，然而读者已经见到了他。尽管蟾蜍从未参与野餐，但作者也远远地指出了他。

37 原文中的"wager-boat"，指单人双桨竞赛中使用的轻型船。

38 平底船是平底长船，船首和船尾都呈方形，用长杆推进，也是用长杆将船推入河中。平底船在牛津和剑桥很常见。要想将这种平底船推入水中，需要集中注意力、保持持续的平衡感，而这些品质蟾蜍并不具备。

歌德斯托船闸

39 河鼠讲的蟾蜍的趣闻轶事，顿时揭示出蟾蜍的富有，因为，纵容自己对新潮事物一时心血来潮，然后甩手去做别的事情，他承担得起后果，并且，他得有闲暇有闲情去玩他那些昂贵的玩具。

40 即使蟾蜍在格雷厄姆的文字中并未翻船，而是被描述为"一时间水花四溅，他也在船里滚来滚去"，但谢泼德却让他翻倒了。

41 1923 年 7 月 10 日，年轻的托马斯·伍德曼给肯尼斯·格雷厄姆写信，询问水獭口中蟾蜍和水闸管理员的故事到底是个什么故事。埃尔斯佩思回的信，肯尼斯签了名："恐怕我不能告诉你，事实是，他们都发了脾气，说了些他们事后非常后悔的话。他们现在重新成了朋友，所以我们都赞成不再谈论此事。”

然而，水獭透露，蟾蜍曾一度迷恋上了水闸管理员的女儿，这就像后来蟾蜍和狱卒的女儿一起经历的冒险。在1893年出版的文集《异教徒外传》中的一篇故事《永生之所》里，格雷厄姆写道：“在寂静时刻去照料水闸管理员的花坛，是多么的幸福啊——或许，是在向他的女儿表示爱意。”水闸，就和拦河坝一样，是运河系统中的一部分。水闸是运河内部的一个隔板，在其两端都有闸门，用于将船从河流的一段或升或降至另一段。

另一部涉及水闸和拦河坝的英语儿童文学作品是E.奈士比特的经典作品《淘气鬼行善记》，这部作品的出版时间比《柳林风声》早了七年。在标题为“自来水厂”的一个章节中，淘气鬼巴斯塔布尔家的孩子们打开了所有水闸，不小心将他们的避暑别墅冲到了下游。《泼墨杂志》聘请E.奈士比特创作过儿童故事，与格雷厄姆1895年写的《黄金时代》和《做梦的日子》里的故事类似。等到格雷厄姆抽出时间开始创作《柳林风声》的时候，他已经熟知奈士比特的故事路数，熟知她酷爱写孩子们在河里玩耍。

42 蜉蝣一旦到了成熟期，就只能再存活几天时间了。蜉蝣的特征是尾部长着分节的长丝状尾须。它们的幼虫阶段很长，都在水下度过，在那里，它们很容易成为鱼和其他小型动物的盘中餐（见本章节注释20）。涉及蜉蝣的内容暗示了《柳林风声》这个故事开始于5月。

43 水獭属于贵族，因此他没有义务等待河鼠和鼹鼠。他可以随意来去，不必打招呼问好或是说一句再见。

44 鼹鼠不会划船，在河堤居民的休闲生活中，谁不懂划船谁就是局外人。凭着经验丰富这一优势，河鼠负责划船并拥有主导权。

45 此处的桨是一种不到10英尺长的小桨，在船尾使用，以推动船只前进。

46 在英格兰的运河和河岸沿线都建造了纤道，有的已经磨损。在格雷厄姆的时代，它们的存在要比现在更加普遍。因为拦河坝和水闸阻挡了水运，并且在20世纪10年代早期，引擎还不算常见，所以为了去上游，人们会把马套在船上，让船逆流而上，抵达目的地。如今，往日的纤道一般都成了河边步道。

关于如今的一条纤道和一艘驳船的照片

47 这段文字读起来就像是在向格雷

厄姆的划船发烧友弗尼瓦尔致敬。他曾在伦敦指导过年轻时的格雷厄姆。

48 黑水鸡，学名“Gallinula chloropus”，秧鸡科水禽，身体结构与鹤很相像，但是个头要比鹤小，通常栖息在福伊的水域。它们长着红喙和非常长的趾，可以在软乎乎的泥淖里奔跑。当内陆的河流在冬天结冰时，黑水鸡通常会迁徙到潮汐水域。《牛津英语词典》将黑水鸡定义为“雌红松鸡”。与鼹鼠相比，它们非常优雅。它们在河堤土生土长。河堤可比鼹鼠那简陋的鼹园要高级。

雌禽，也可定义为“爱挑剔的中年妇女”。格雷厄姆用“雌红松鸡”让鼹鼠感到格格不入这种写法，暗示他本人与那些喜欢去他经常光顾的游艇俱乐部的女士们不和。在他 1903 年 6 月 11 日写给 A. 奎勒-库奇的一封信中，格雷厄姆问道，是否能帮他的一位朋友弄到福伊游艇俱乐部的临时会员。“我的一个朋友……他明天准备来福伊（和他那位我并不认识的妻子）。”（剑桥大学三一学院档案，DD36）格雷厄姆信中的遣词小心翼翼，用的是鼹鼠对河鼠说话时一样的语气。他强调他并不认识他朋友的妻子，暗示这位妻子和埃尔斯佩思 · 格雷厄姆一样是个和船毫无瓜葛的人物。福伊皇家游艇俱乐部直到第二次世界大战之后才容许女性进入。女性访客会被赶往露台。对于包括鼹鼠在内的河堤居民来说，最好容忍女性角色。在河上，真正的满足少不了同性的社交伙伴。

49 河鼠给鼹鼠讲故事，就和本章鼹鼠与河流偶遇时河流给他讲故事一样。讲故事对这部作品的情节发展不可或缺。格雷厄姆是根据他寄给儿子的信来撰写这本书的。他精心编织了 12 章中每一章的篇幅，以便适合睡前故事。

50 这里的“汽船”指的是那些沿水路旅行的观光汽船。格雷厄姆借由指出河上航行者随便往船外扔喝光的空瓶子和垃圾这种行为，来发表他的生态声明。

51 格雷厄姆以与男同伴徒步穿过伯克郡丘陵地区而闻名。他曾经带头从斯特雷特利的一个小河镇走了 20 公里，到了山坡上异教白垩岩构造的阿芬顿白马刻像那里。从那里出发，他和同伴沿着古老的小道走到韦兰铁匠铺，一个经常被拿来和巨石阵做比较的史前陵墓。这些旅途灵感使他早期写出了《游荡》和《浪漫之路》这样的文章。

这一次，格雷厄姆 · 罗伯逊是这样描述肯尼斯 · 格雷厄姆的：

> 他曾住在伦敦，在他眼中，那里的一切都不对劲——也就是说，不对劲到让人难以直视。当他大步走在人行道上的时候，给人的感觉

宛如一条巨大的圣伯纳德犬或纽芬兰犬，渴盼被带往旷野，好摆脱狗链随意闲逛。他看上去十分的快乐，像狗一样竭尽全力做好每一件事，然而伦敦容不下他，伦敦似乎不是他的命定之所。（格林，《肯尼斯·格雷厄姆传》）

就《柳林风声》中的五个主要角色而言，獾先生的举止和性格体现出了格雷厄姆的大部分性格。作为一个古老的乡村庄园主，獾即是肯尼斯·格雷厄姆的理想生活的象征。

52 请留意鼹鼠搬进河鼠家后是多么舒适。如果这是一部写给大人的小说，鼹

伯克郡白垩路的照片

鼠和河鼠可能会深情款款地进一步升华他们之间的关系。相反，正如彼得·亨特所指出的那样，格雷厄姆集中描写了食物，“晚饭吃得很是欢快”；随后，鼹鼠就陷入昏睡，不得不把他塞到床上。本章以鼹鼠离开自己的家到一个新家、遇到新的伙伴并开展新的冒险为结尾。

53 不同版本，e. 247 和 d. 524：鼹鼠学游泳，学划船，与流水同欢，尤为尊敬并欣赏他那位褐色带胡须的朋友河鼠身上的优良品质。

54 这本书的最初书名为“苇塘风声”，但这个题目与 W.B. 叶芝在 1899 年所著

诗集《苇间风》十分相似。格雷厄姆·罗伯逊提醒格雷厄姆，这两个名字太像了。然而，直到这本书付印前一周，梅休因出版公司宣传此书时，用的都是“苇塘风声”这个书名。

当阿尔杰农·梅休因意识到两本书的名字实在太相似的时候，他在最后一刻将格雷厄姆的书名改为“柳林风声”，但是仍保留了潘神、鼹鼠和河鼠在芦苇间的封面插画。1908 年，斯克里布纳出版社秋季虚构类新书介绍上仍称此书为“苇塘风声”。

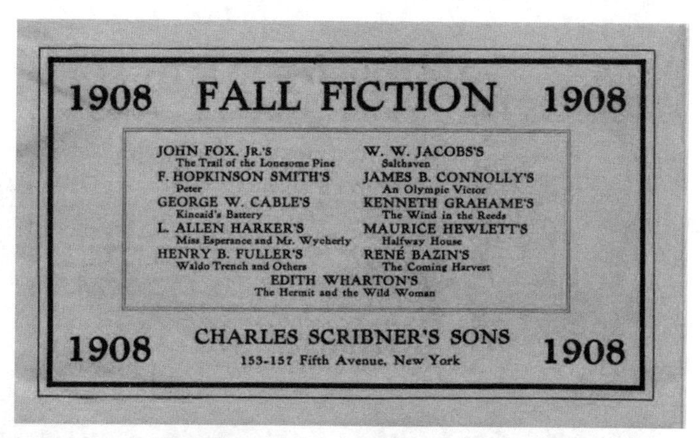

斯克里布纳出版社的广告。大卫·J. 霍尔姆斯提供

第二章　大路

夏天的阳光明晃晃的。一天，河鼠突然说："鼠兄，我想求你帮帮忙。"

河鼠正坐在河岸上哼唱小曲儿。[1]这是他新创作的曲子，所以唱得很投入，没有留意鼹鼠以及周遭的一切。一大早，他就和鸭子朋友们一起游泳了。[2]鸭子喜欢头朝下扎进水里，每当鸭子玩倒立的时候，河鼠总是潜到水下去挠他们痒痒，正挠在下巴那里——如果说鸭子有下巴的话。鸭子被逼无奈，只好匆匆钻出水面，气得嘎嘎大叫，冲他拍打羽毛。脑袋浸入水中的时候，不可能把所有的不爽说出来。最后，他们恳求河鼠走开，大家各玩各的。于是，河鼠就走开了，坐在河岸上晒着太阳，编了一首关于鸭子的歌，[3]河鼠给这首歌命名为"鸭子之歌"：

鸭子之歌[4]

回流湖长长，

灯芯草高高，

鸭子戏水，

尾巴翘翘。[5]

公鸭尾，母鸭尾，
黄脚向天颤，
黄嘴隐入水，
玩水不觉累。

水草绿，
鳊鱼游，
美味水里存，
凉凉，满满，暗暗。

人有心头好，
爱上忘不了。
头朝下，尾上翘，
鸭子玩水乐逍遥。

高高蓝天上，
雨燕飞又叫。[6]
下来戏水，
尾巴翘翘！

“鼠兄，我不知道这首小曲儿有多好。”鼹鼠小心翼翼地说。他自己不是诗人，别人懂不懂他也不放在心上。他还性格直爽，实话实说。[7]

“鸭子也不觉得有多好。”[8]河鼠欢快地说，“他们说：‘人家高兴做什么的时候，为什么不让人家高高兴兴做，却一直坐在岸上盯着，又是说闲话，又是编小曲？还编得乱七八糟的！’鸭子就是这么说的。”

“对对对。”鼹鼠真心赞同鸭子的话。

“不对，不对！”河鼠生气地大喊。

“好好好，不对，不对。”鼹鼠安慰道，“可我想问问你呀，你就不能带我去拜访蟾蜍先生吗？[9]我听了很多他的故事，很想跟他认识认识。”

“为什么不能？当然可以带你去。”好脾气的河鼠说着一下子跳了起来，一整天都不再想他的小曲了。“把船弄出来，我们马上就划过去。[10]去蟾蜍家拜访，什么时间都合适，不管早晚，他都没什么两样，一直是个老好好。你来，他高高兴兴；你走，他依依不舍。”

“他一定是个特别和善的动物。”鼹鼠评价道。他一边说一边上了船，拿起了双桨。[11]河鼠舒舒服服地坐到了船尾。[12]

“他确实再好不过了，”河鼠回答，“非常单纯，非常温良，非常重感情。或许他不太聪明——不可能人人都是天才；他或许爱吹牛，还有点自大。但小蟾蜍也有大优点。”

绕过一个河湾后，一幢漂亮、贵气、色泽柔美的红砖老房映入了眼帘，[13]修剪得整整齐齐的草坪一直延伸到河边。

“那就是蟾府。”河鼠说，“左边有条小溪，那里有个广告牌，上面写着：‘私家住宅，不许上岸。’这条小溪通往他的船库。我们就在那里下船。右边是马厩。你正看着的是宴会厅，年代很久了。你知道的，蟾蜍很有钱，他的房子确实是这一带最好的房子

谢泼德画的从水上看蟾府的插图

之一，但是我们当着蟾蜍的面从来不这么说。”[14]

他们的船顺着小溪往前滑行，一到大船库的影子下面，鼹鼠就把桨收进了船舱。[15]他们在这儿看到了很多漂亮的小船，有的挂在横梁上，有的被拖上了船台[16]，但是没有一只船是在水里的。这个地方好像从未派过用场，散发出一股被废弃的气息。

河鼠四下里张望一番。“我懂了，”他说，“玩船宣告结束。他玩腻了，不再玩了。不知道他现在又迷上了什么新玩意儿。[17]走吧，我们去看看他。一切很快就要揭晓啦。”

他们上了岸，款款穿过缤纷的鲜花装点的草坪，前去寻找蟾蜍。他们很快就遇到了蟾蜍。他正窝在一把柳条编的庭院座椅上，盯着膝盖上摊开的那张大地图出神。

“耶！”看到来客，蟾蜍跳起来大喊，“这可真是太棒啦！”[18]不等河鼠介绍鼹鼠，他就热情地跟他们两个握了握手。“你们太好啦。”他边说边围着他们团团转。“河鼠，我正打算派船去接你，我反复叮嘱，不管你在干什么，马上把你接过来。[19]我非常需要你——你们两位。现在你们要吃点什么？进去吧，吃一点儿东西。[20]你们恰好这时候来，你们都不知道你们有多幸运。”

“我们安静地坐一会儿吧，小蟾蜍。”河鼠说着，一屁股坐进了安乐椅里。鼹鼠坐到了另外一把上面。出于礼节，他们就蟾蜍“令人愉快的住宅”夸赞了几句。

“整条河一带最棒的房子。”蟾蜍呱呱大叫。“哪里都找不到这么好的房子。”[21]他忍不住又补充一句。

正在这时，河鼠用胳膊肘碰了碰鼹鼠。不巧，蟾蜍看到了他的小动作，[22]顿时羞红了脸。大家难堪地沉默了片刻，蟾蜍马上哈哈大笑起来。“好吧，河鼠，”他说，“你懂我的，我就这副德性。再说，这房子并不是多差劲，对吧？要知道，你本人也很喜欢它。听着，我们醒醒神。我正需要你们两个。你们得帮帮我。没有比这事更重要的啦。”

“我猜，又是划船的事情。”[23]河鼠假装什么都没发现，说道，“你划得很不错啦，就是水花溅得猛了一点。只要足够耐心[24]，多加训练，你就可以——”

“我呸，划什么船呀！”蟾蜍打断了河鼠的话，显得极其反感，“小孩子玩的愚蠢把戏。我早就不玩了。划船纯粹是浪费时间。你们本该明白，看到你们把全部精力漫无目的地浪费在划船上，我是多么难过。[25]不，我已经发现了一件真正有意义的事，唯一一件值得干一辈子的事。我打算把后半生都献给它。过去那些年白白浪费在琐事上，我真是后悔莫及。过来，亲爱的河鼠，还有你那可爱的朋友，如果他乐意的话。不远，走到马厩那儿，你们就能看到要看的东西啦。”

于是，蟾蜍领着他们朝马厩走去。河鼠一脸狐疑跟在他身后。到了那里，他们看到了一辆吉卜赛[26]大篷车，它被人从马车房拖到了露天的地方。这车通体簇新，闪闪发光，漆成了金丝雀黄，再以绿色衬托，车轮是红色的。[27]

“看看吧。”蟾蜍叉开双腿，舒展身体，大声喊道，“那辆小车意味着你真正要过的生活。宽阔的大路，扬尘的公路，荒原，公共用地，灌木树篱，起伏的丘陵，营地，村庄，小城镇，大都市！[28]今天去这里，明天到那里，到处旅行，变换地点，有趣而激动人心。地平线不停变幻，世界就在你面前。听好了，这辆车子是同类车子中最好的一辆，没有例外。坐进去看看内部设施，都是我亲自设计的。是我！”

鼹鼠的兴趣被勾了起来，他激动不已，紧跟在蟾蜍的屁股后面，踩着踏板急急地钻进了篷车里。河鼠只不过哼了一声，双手[29]深深插进口袋里面，待在原地不动。

车里确实非常紧凑舒适：有小小的卧铺，一张小桌子靠墙折叠起来；炉子、柜子、书架、鸟笼一应俱全，鸟笼里面有一只鸟；[30]此外，还有大小各异、形状不同的瓦罐、煎锅、水壶和茶壶。[31]

“应有尽有！”蟾蜍得意扬扬地说着，拉开一个小柜子，“看吧，有饼干、罐头龙虾、沙丁鱼，你想要什么就有什么。这里有苏打水，那里有烟草[32]，还有信纸、火腿、果酱、纸牌、多米诺骨牌。你们会发现——”他们走下踏板的时候，他还在喋喋不休，

“你们会发现，等下午出发的时候，一样东西都没有拉下。”

“对不起哦，”河鼠嚼着一根干草慢吞吞地说，“我好像听到你说什么‘我们’‘今天下午’‘出发’？”

“嗨，亲爱的好老鼠啊，”蟾蜍央求道，“别再用那种生硬傲慢的语气说话了，因为你明白，你不能不来。[33] 没有你我简直寸步难行，所以请把这事定下来，不要再争论啦，我受不了。你总不会一辈子死守着你那条乏味发臭的破河，整天住在河岸上那个洞里，或者老是划船吧？ 我想让你看看世界去。伙计，我会把你打造得像模像样。”

“我可不在乎，”河鼠认死理，“我不会去的，这事没商量。我就是要一辈子死守着我那条乏味发臭的破河，整天住在河岸上的那个洞里，或者老是待在船上。而且，鼹鼠也会跟我在一起，和我做一样的事。对吧，鼹鼠？”

“当然啦。”鼹鼠一片忠心，“我会一直跟你在一起，河鼠。你说什么就是什么——必须是这样。可是，要知道，他说的那些听起来好像——呃，蛮有趣的。”鼹鼠惆怅地补上一句。可怜的鼹鼠！冒险生活对他而言尤为新奇刺激，因为那股新鲜劲儿太诱人了，自从第一眼看到这辆金丝雀黄的篷车，他就爱上了。

河鼠看透了鼹鼠的心思，也动摇了。他讨厌让别人失望。[34] 他喜欢鼹鼠，只要他高兴，几乎什么事情都愿意为他做。蟾蜍密切关注着他们两位。

“进屋进屋，吃些午饭。”蟾蜍圆滑地说，“我们再商量商量，用不着匆匆忙忙做决定。[35] 当然，我真的无所谓。我只不过想让两位乐一乐。‘为别人而活’是我的人生格言。”[36]

午餐自然极好。[37] 蟾府的东西都是极好的。席间，蟾蜍大谈特谈，他把河鼠晾在一旁，只管像拨弄竖琴般逗弄没有经验的鼹鼠。他天生就爱高谈阔论[38]，又总是沉湎于幻想，因而他把这趟旅行的前景、露天生活和路上的乐趣吹得天花乱坠。鼹鼠激动得在椅子上都坐不住了。说着说着，三位很快就达成一致，理所当然地确定了这趟旅行。尽管河鼠还是心怀疑虑，但他的好脾气终归压倒了个人的反对意见。他的两位朋友已经开始深入地制定方案，展望未来几周每天如何消遣。河鼠可不忍心让他们失望。

等一切准备得差不多了，获胜的蟾蜍领着他们到了马场，吩咐前去捉拿那匹灰色的老马。[39]由于蟾蜍事先没有征求老马的意见，就指派他顶着漫天灰尘跑一趟，这让老马怒不可遏。他坦率地说宁愿留在马场，因而经过好一番折腾之后才抓住他。趁此机会，蟾蜍又往柜子里塞了更多必需品，并在车厢底下挂上几只草料袋、几网兜洋葱、几捆干草以及几个篮子。老马最终被拿下，并套在车上。他们出发了，他们马上叽里呱啦，各说各的。他们有的跟在车旁走，有的爬到杠[40]上坐，高兴怎样就怎样。那天下午，阳光是金色的；扬起的灰尘带着香味，令人满足；[41]大路两旁茂盛的果园里，小鸟欢快地招呼他们，还吹起了口哨；善良的路人经过时，或是向他们问好，或是停下来夸一夸他们美丽的马车；兔子坐在树篱下自家的门口，举起前爪，反复感叹："天哪！天哪！天哪！"[42]

天很晚了，他们已经离家几里远，疲惫却快活。[43]他们在一个偏僻的公地[44]停了下来。这里远离人烟。他们解开马具，好让老马去吃草。他们坐在车旁的草地上，吃着简单的晚餐。蟾蜍夸夸其谈，说着未来几天要做的所有事情。在他们四周，星星越来越密，越来越大；尤其是，还有一轮黄色的月亮不知从哪里突然

巴恩哈特于1922年画的大篷车。这是南希·巴恩哈特版本中四幅钢笔画插图中的其中一幅。巴恩哈特并没有将马画进图里，以此来避免马匹、大篷车以及河堤居民之间的比例问题

悄悄冒出来，前来陪伴他们，听他们聊天。终于，他们爬上篷车的小卧铺。蟾蜍把腿从被子里踢出来，睡意蒙眬地说："好啦，晚安伙计们，这才是绅士要过的真正的生活。说说你那条破河吧。"

"我才不讲我的河呢，"耐心的河鼠回答。"蟾蜍，你知道我不会讲的。但我老是想着那条河，"他又加上一句，声音低沉而感

拉克姆所画的吉卜赛大篷车

伤，“我老是想着那条河，一直都在想着。”[45]

鼹鼠从毯子下面伸出爪子，在黑暗中摸索到河鼠的爪子，捏了一下。“你喜欢什么我都会去做的，河鼠。”鼹鼠轻声说，“明天早上，一大早，我们就跑路，回到河上那个亲爱的旧洞里，好不好？”

“不，不，我们要坚持到底。”河鼠也悄声说，“特别感谢你。不过我要支持蟾蜍，陪他走完全程。他一个人不安全。不会太久。他爱上什么，都是三分钟热度。晚安。”

旅行的确很快就结束了——比河鼠预料的还要早。

带着满怀的兴奋，加上一路户外奔走，蟾蜍睡得很香。第二天早上，无论怎么摇晃都不能把他叫醒，于是鼹鼠与河鼠果断而安静地干起活儿来。河鼠照料马儿，生火，洗净昨晚的杯盘，并且备好早餐需要的东西；鼹鼠走了老远的路，去最近的村子买牛奶、鸡蛋，当然，还有蟾蜍忘记带的各种必需品。[46]干完这些累人的活计，鼹鼠与河鼠这两个家伙筋疲力尽。他们休息的时候，蟾蜍露面了，神采飞扬，快快活活。他评论说，把令人操劳的家务抛在身后，大家现在过得多么轻松愉快啊！

这一天，他们在绿草坡上漫步，在羊肠小道穿行，照旧在公地上夜营。不过这一次，两位客人坚持让蟾蜍分担一些活儿。结果，到了第二天早上要动身的时候，蟾蜍不再为这简单的原始生活感到狂喜。他很想在卧铺上继续睡大觉，却被强行拉了起来。他们的行程依然是穿越乡间的羊肠小道，到了下午，他们才上公路。[47]这是他们抵达的第一条公路。正是在那里，预想不到的灾祸轰然落到他们身上。这对于他们的旅行而言是重大的灾难；对于蟾蜍来说，这场灾祸却轻而易举颠覆了他的后半生。

当时，他们正沿着公路慢悠悠地走着，鼹鼠和马儿并排而行，跟马儿说着话，因为那马儿抱怨说自己备受冷落，大家丝毫都不在意他。[48] 蟾蜍与河鼠跟在马车后面聊天——至少是蟾蜍在说，河鼠偶尔插上一句："是啊，确实是这样，你跟他说什么了？"可他心里一直想着别的事情。正在这时，他们远远地听到身后传来警告的声音，嗡嗡嗡，像是一群蜜蜂在远处叫。他们回头一看，只见后面腾起一股烟尘，正中央那个转动的黑点以令人难以相信的速度冲向他们，从烟尘中还传出低沉的"噗噗"声，像一头情绪失控的动物在痛苦地呻吟。[49] 他们没怎么在意，接着聊起来。一眨眼间，现场的宁静被打破了。伴着一阵狂风和一串轰鸣，那家伙向他们扑过来，把他们逼得跳到最近的沟渠里。[50] "噗噗"声 [51] 刺激着他们的耳膜，透过光亮的玻璃 [52]，他们看到里面华贵的摩洛哥皮革 [53] 一闪而过。这是一辆豪华的汽车，一个脾气不好惹的庞然大物，看上去让人胆战心惊。驾驶员集中精神握紧方向盘，一瞬间，这辆汽车就成了天地间的主宰，[54] 腾起的大团烟尘将他们团团笼罩。他们什么都看不到了。然后，它"嗖"一下缩成远处的一个黑点，又变回了一只嗡嗡叫的蜜蜂。[55]

那匹灰扑扑的老马正步伐沉重地缓缓前行，梦想着他那宁静的马场。忽然碰上这种以前没有遇到过的突发状况，老马不由得迷失自我，恢复了自然本性。[56] 他又是往后退，又是朝前冲，接着一直倒退，全然不顾鼹鼠怎样拼命地拉住缰绳，也听不进鼹鼠让他感觉好过一些的动听话语，只管把车倒进路旁的深沟里。车子晃了晃，接着发出令人揪心的咔嚓声，那金丝雀黄的篷车——他们的骄傲和快乐，就那么侧翻到沟里毁掉，再也无法修复了。[57]

河鼠在公路上面上蹿下跳，气得要死。"你们这帮恶棍！"他挥舞双拳大喊，“大坏蛋！臭强盗！你们——你们这些猪头司机！[58]我要去告你们！我要去告发！我要一遍遍地送你们上法庭！”他的思乡病消失了，此时他俨然成了那金丝雀黄船只的船长。这只小船由于敌方船只的横冲直撞而搁浅了。曾经骂过的最为尖酸刻薄的话一股脑儿涌上心头，过去他经常这么痛骂那些汽船[59]小老板，因为当他们太靠近岸边，汽船划过的水流总是淹没河鼠家客厅的地毯。

蟾蜍一屁股跌坐到灰扑扑的马路中央，两腿朝前伸出去，[60]两眼直勾勾盯着汽车消失的方向。他呼吸短促，一脸平静与满足，嘴里间或发出低低的“噗噗”声。[61]

鼹鼠忙着让马儿平静下来，过了一会儿，那马乖顺下来了。他接着去看侧翻沟底的篷车。场面真惨啊。门板和窗子都摔碎了，车轴弯得不可救药，还掉了一个轮子，沙丁鱼罐头滚了一地，笼子里的鸟哭得可怜巴巴的，闹着要出来。

河鼠过来给鼹鼠帮忙，可是他们两个的力气哪里能扶起车子。“喂，蟾蜍！”他们叫道，“过来搭把手，行不行啊？”

蟾蜍一言不发，一动不动。鼹鼠与河鼠只好走过去，看他到底出了什么事。只见蟾蜍神情恍惚，脸上挂着幸福的微笑，眼睛仍然盯着那团毁掉他们篷车的家伙卷起的烟尘。时不时地，还听得到他咕哝着“噗噗！”。

河鼠摇了摇他的肩膀。“蟾蜍，你到底来不来帮忙啊？”他严厉地问道。

“多么壮观！多么激动人心！”蟾蜍嘟囔着，根本没打算起身。“这是动感的诗歌！真正的旅行方式！唯一的方式！今天还在这里，明天就到达下星期到的地方！穿过乡村，越过大城小镇，总是飞驰在别处的地平线上！多么有福气啊！噗噗！天哪！天哪！”[62]

布兰瑟姆于1913年画的马。布兰瑟姆所画的动物按照其他动物和人类的比例接近真实尺寸。尽管直立行走，但它们保留了驼背的模样。布兰瑟姆所画的河堤居民都没有穿衣服，不像之后的那些插画家花费心力来打扮河堤居民

佩恩所画的翻车，1927 年

“蟾蜍，别再傻里傻气了！”鼹鼠绝望地大喊。

“想想看，我竟然不知道有这样的家伙。”蟾蜍的声音还是如同做梦般一成不变。“我这么多年算是白过了，我一无所知，一无所梦，可我现在知道了，我什么都明白了。从此以后，前方的道路多么美丽啊，一条一条地，就在我面前铺开。当我不顾一切飞速前行，身后腾起云朵般的灰尘，我才不会小心什么马车；当我威风凛凛大驾光临，所有马车都掉到了沟里。人见人烦的马车，普普通通的马车，金丝雀黄的马车！”

“我们该拿他怎么办啊？”鼹鼠问河鼠。

“一点办法都没有。”河鼠断然说道，“因为的确拿他没有办法。要知道，我一直都了解他。他现在着迷了。他又迷上了新东西。他一迷上什么，一开始总是这副样子。[63] 他会一连好多天都这么走火入魔，宛如梦游，一点都派不上用场。不要管他了。我们还是去看看拿那辆车子怎么办吧。”

经过仔细检查，他们发现，就算他们两个能把车扶正，它也不能继续前行了。车轴没有修好的希望，掉下的轮子也摔成了碎片。

河鼠把缰绳在马背上打好结，一手牵着马，一手拎着鸟笼，笼中鸟已经吓得歇斯底里了。“走！”河鼠神情严肃地对鼹鼠说，“到最近的镇子也有五六里地，我们只能走着去，越快动身越好。”

“蟾蜍怎么办？”他们两个一起出发的时候，鼹鼠焦急地问，“我们不能把他一个人丢在路当中吧，他那副魂不附体的样子不安全。万一那东西又来了呢？”[64]

“噢，烦人的蟾蜍，”河鼠凶巴巴地说，“我跟他绝交啦。”[65]

然而，他们没有走出多远，就听到身后传来“吧嗒吧嗒”的脚步声。蟾蜍追上来了。他伸出爪子，一边一个，挽住他们的臂弯。[66] 他仍然呼吸急促，眼神空落，发着呆。

“喂，蟾蜍，你给我听好了，”河鼠厉声说道，“我们一到镇上，你就直接去警察局，问问他们知不知道那辆汽车，车主是哪位，再告上一状。[67] 然后，你要去铁匠铺或者车匠铺，[68] 找人把篷车拉过去修好。修车要花不少时间，但是好在车子还没有坏到不能修的地步。我和鼹鼠去小旅馆，找几个舒适的房间，我们要住下来，等到车子修好、你的大脑恢复原样再走。”

“警察局！告状！”蟾蜍梦呓般嘟囔，“要我去告那赐予[69] 我天堂美景的东西？修理篷车？我和篷车永远再见啦。我再也不要看到它，也不想再听人提到它。噢，河鼠啊，你能同意和我一起旅行，我都想不出要怎么感谢你。你不来，我也不会动身，我就永远看不到那——那只天鹅！那道光束！那道霹雳！ [70] 我也永远听不到那迷人的声响，闻不到那醉人的气味。这一切都是你的功劳啊，我最好的朋友。”

河鼠绝望地扭过脸。“你看到了吧？”河鼠隔着蟾蜍的脑袋对鼹鼠说，“他无可救药啦。算了，一到镇上，我们就去火车站，运气好的话，我们也许能赶上一班火车，今晚就回河岸[71] 那里。走着瞧吧，我再也不跟这个让人恼火的家伙玩了。”他哼了一声。接下来的那段路，走得又累又没意思，河鼠只跟鼹鼠一个人说话。

一到镇上，他们直奔火车站而去，把蟾蜍安排到二等候车室里，并出了两便士请一个搬运工看好他。然后，他们把马寄存在一家小旅馆的马厩里，[72] 对篷车和车上的物件尽可能做出了安排。最后，一列慢车把他们带到离蟾府不太远的一个车站。他们把魂不守舍宛如梦游的蟾蜍护送到家门口，把他推进门，吩咐管家[73] 给他吃点东西，帮他脱掉衣服，让他上床睡觉。他们从船坞里划出小船，一路朝家的方向划去。直到很晚了，他们才在舒适的临河客厅里坐下吃晚饭。此刻，河鼠特别快活，大为满足。

第二天傍晚，睡了个大懒觉又悠闲自在了一整天的鼹鼠正坐在岸边钓鱼。[74]河鼠从朋友家聊天回来，漫步走向鼹鼠。“听到新闻了吗？”他说，“整条河上都在谈论这件事情：蟾蜍一大早就乘火车到城里去了。他订购了一辆汽车，超级大，超级贵。”

---

1 河鼠乃吟游诗人；《柳林风声》有12章，可谓一部微型史诗。在古代，吟游诗人在部族中的职责就是撰写、背诵、记录英雄及其事迹的诗句。希腊的吟游诗人口头传唱史诗，从而形成了口头咏唱的传统；就像18世纪晚期的浪漫主义作家一样，身为浪漫主义吟游诗人，河鼠也会写诗。

在第一章，首次提及河鼠拥有吟游诗人般的才能：划船时，河鼠分心了，因为他正在“嘀咕着诗文”。

2 格雷厄姆关于河鼠的一个灵感，包括第二章的开头，很有可能来自奥斯卡·王尔德。王尔德的《忠实的朋友》讲述的就是一只河鼠结识了一群鸭子：

> 一天早晨，老河鼠从自己的洞口里探出头来。他有着明亮的眼睛和硬挺的灰色胡须，尾巴像是一条长长的黑橡胶。小鸭子们正在池塘里游来游去，看上去就像一群黄色的金丝雀。鸭妈妈身体雪白，腿儿鲜红，正想方设法教小鸭子头朝下在水中倒立。
>
> “除非你们学会倒立，否则就别想着能进入上流社会。”她总是对他们这样说，并时不时做一下示范。但小鸭子把她的话当作耳旁风。他们还太小，小到根本无法理解上流社会的好处是什么。

3 河鼠从容地取笑鸭子。鸭子和野林中的兔子以及更具威胁性的白鼬和黄鼠狼一样，都是外人。事实上，如果格雷厄姆的确从王尔德的童话中取材，那么，相比王尔德对那些高雅行为的讥讽，他是有过之而无不及的。

有趣的是，不像王尔德故事里的鸭妈妈，格雷厄姆的鸭子没有性别。尽管在格雷厄姆的文本里面，男伴价值仍是心照不宣的普遍真理，其笔下的河鼠，却与王尔德笔下显然是同性社交的河鼠很相像：“‘啊！我对父母的感情一无所知，’河鼠说道，‘我不是一个居家的人。事实上，我从未结过婚也从不打算结婚。爱情一切都好，但是友情更胜一筹。’”

彼得·格林恰当地描述了格雷厄姆对于完美世界的想法："在那里，没人在乎结婚与否，是否需要去工作；在那里，忠诚才是至善，物质享受紧随其后。"(格林，《肯尼斯·格雷厄姆传》)

4 事实证明，这首诗非常受欢迎，经常被收入选集。肯尼斯·格雷厄姆去世后，这首诗每印刷一次，埃尔斯佩思都会收到一小笔费用。据柯蒂斯·布朗的版权报告所述，1939年5月，《鸭子之歌》用作美国印第安学校孩子们的英语读物，埃尔斯佩思收到了一笔来自朗文·格林出版社的版税预付款。1941年的3月，这首诗将收入《儿童趣诗选》，她又收到了一笔版税。1942年，爱德华兄弟将这首诗刊登在《无厘头诗集》里面。

《鸭子之歌》直到如今都还很受欢迎。潘伯尼中心有个小咖啡厅名为"鸭子之歌"，就是对这位当地作者的致敬。

5 尽管格雷厄姆在《柳林风声》中极力克制去写性方面的事情，但是据迈克尔·史泰格所言，"尾巴翘翘"(Uptails all)这个短语在很长时间里就是描述性交的俚语。在《俚语与非常规英语词典》第六版中，"Up tails all"的定义是"屁股，1640年至1750年间的常见表达方式"。这个短语还是一首诗的标题，这首诗由罗伯特·赫里克于1648年发表。

赫里克是格雷厄姆喜爱的诗人之一。格雷厄姆有可能熟知赫里克毫不隐晦的性诗。格雷厄姆并没有将和性有关的这首《尾巴翘翘》收入他1914年编的《剑桥儿童诗集》，而是另收了赫里克的其他五首诗。

尾巴翘翘

先亲一个吧，
亲完再继续，
就这样，就这样，就这样
交叠一起。
唇儿碰碰，
两两相吸。

放松玩耍吧，
忍了好久了，
越来越想要，
他说这就是爱，
他的尾巴翘翘，
好戏就要开演了。

《尾巴翘翘》这首诗的第一个书面记录可以追溯到本·琼森的《人各有癖》。其他释义涵盖于旧纸牌游戏（可追溯到17世纪）以及对狂欢者和快乐伙伴的描述中。

6 雨燕样貌平平，和蜂鸟同为雨燕目，但是与燕子更为相似。

7 在格雷厄姆的时代以前，当时的习俗是，出身好的人才拥有诗歌。鼹鼠之所以如此坦率，是因为诗歌并非他日常生活的一部分。诗歌的力量将逐渐收服他。

8 在格雷厄姆的时代，中上层阶级往往漠视语法。尽管听上去不学无术，但河鼠的三重否定（Nor don't the ducks neither）的确标明了他的真实阶层。见第十一章《他的眼泪像夏日暴雨》中獾说的"学学他们"(learn'em)，以及那一章的注释24。

9 在这里我们再次看到，社交上，鼹鼠依靠河鼠的引荐。

10 河鼠把鼹鼠当仆人一样使唤，再次微妙地彰显了他的上流社会地位。

11 E.H. 谢泼德的插画主题出自玛格丽特·斯图尔特·萨默维尔于1931年12月17日写给肯尼斯·格雷厄姆的一封信。

> （那些插画）非常适合给成年人看。但我正在给我的孙辈们看这本书……我读了第29页"鼹鼠……拿起了双桨。河鼠舒舒服服坐到了船尾"！翻到下一页。看看欧内斯特·谢泼德干了什么好事？他将船上的朋友——从现在起也是我们的朋友——调换了位置。插画里河鼠拿着双桨，而鼹鼠舒舒服服地坐在船尾。
>
> 我的天哪！
>
> 我年纪尚幼时就疑惑，何以艺术家们不读一读他们要插图的书。谢泼德先生的不够准确，证明他没读河鼠在第24页"我会教你划船"摆出的美丽姿势，错过了他成功的教学。
>
> 我在此重申一遍我要对孙辈们说的话。（博德利图书馆，MS.Eng. misc.d.531）

格雷厄姆和谢泼德意气相投，关系十分融洽。在付印之前，格雷厄姆似乎已经认可了谢泼德的插画。不过埃尔斯佩思用散漫的字迹回了一封信，肯尼斯·格雷厄姆签的字。从笔迹看，好像开头就是埃尔斯佩思写的。剩余部分语气诙谐，非常像是格雷厄姆的口吻。这封信很可能是格雷厄姆写的，在他去世之后，埃尔斯佩思手抄了一份。

1931年12月20日

亲爱的小姐，

没错——这的确令人愤怒。这些艺术家们都是些十分讨厌的家伙。他们全都这么干！

我不知道该如何建议您跟孩子讲述这一点。或许您可以说，动物们的位置显然只是“互换”了一会儿，从蟾府的窗子往外看，一切尽收眼底，这么说，免得蟾蜍真朝窗外看后问河鼠：“你那位张牙舞爪的朋友是谁啊？”因为可怜的鼹鼠划船还划得不好。但是我承认这听起来毫无说服力。我们希望，他们可能不会注意到这点（不过，他们会的！）。

您非常忠实的，

肯尼斯·格雷厄姆

（博德利图书馆，MS.Eng.misc.d.531）

12 鼹鼠学会了划船，划得很不错，足以让河鼠放宽心。就像第一章中打包和重新装好午餐篮那样，河鼠再次安排鼹鼠来伺候他。

13 泰晤士沿岸的许多城镇四周全是红黏土，包括库克姆迪恩——肯尼斯创作《柳林风声》时，格雷厄姆一家曾住过的地方。因而，那里很多房子都是红砖砌成的。

蟾府是不同建筑风格的杂糅，都是格雷厄姆喜欢的元素，包含哈利福特庄园、古老的梅普尔杜伦屋和克里维登。从格雷厄姆童年时期在库克姆迪恩的居所，可以看到克里维登这座豪宅。

14 至于蟾蜍的钱从哪里来，格雷厄姆从未给出合理的解释。关于蟾蜍，汉弗莱·卡彭特曾经这么说过：“显然，他的家族不止一代人居住在蟾府中；然而从叙述来看，蟾蜍一直给人一种暴发户的印象，让人觉得是他的家族将其领进地主阶级，而不是他继承了现有的地位。”（《秘密花园：儿童文学黄金时代的研究》）

梅普尔杜伦屋。出自格林《野林深处：肯尼斯·格雷厄姆的世界》

奥斯卡·王尔德的审判、入

从教堂墓地拍摄的梅普尔杜伦屋

克里维登。蒙奈杰尔·麦克莫里斯拍摄，肯尼斯·格雷厄姆协会提供

狱以及死亡深深地困扰着格雷厄姆。像奥斯卡·王尔德一样，蟾蜍也是一名唯美主义者。蟾蜍的家、花园和一切物品都必须是壮丽的。1906年，格雷厄姆返回库克姆迪恩居住。据彼得·格林推测，格雷厄姆可以从家门口看到几英里远的瑞丁监狱。王尔德曾于19世纪90年代中期被监禁在那里。1898年，其赫赫有名的《瑞丁监狱之歌》出版。借由蟾蜍，格雷厄姆以不同方式向王尔德致敬。

15 原文里的“shipped”，指的是为了准备靠岸将桨收进船内。不同版本，e. 248：他们的船顺着小溪往前滑行，一到大船库的影子下面，（鼹鼠就把桨收进了船舱）。

16 船台是指向下延伸至水里的斜坡，作为船只通往水道的出口或入口。

17 格雷厄姆这是在为即将登场的鲁莽蟾蜍做铺垫。

18 蟾蜍的性格和獾先生的性格正相反。他渴望持续的关注，而獾先生更情愿自己一个人。

19 目力所及，一名仆人都没有，然而，一定有人照管蟾蜍的家以及“修剪得

整整齐齐的草坪”，也会有人——可能是一名仆人，开船去接鼹鼠和河鼠。

20 《柳林风声》的痕迹贯穿在A. A. 米尔恩所著的两本《小熊维尼》中。小熊维尼最爱说的话就是想吃上“一点儿”。

21 格雷厄姆对古物煞是沉迷，随着年岁渐长，他开始四处寻找年代久远的房子。1910年，格雷厄姆一家卖掉他们在库克姆迪恩的房子，搬进了一间老鼠横行的农舍。这间农舍建于都铎时期，地处布卢伯里的村庄之外，离迪德科特这座城市并不太远。这座伯克郡丘陵边缘的房子叫葆汉馆。格雷厄姆唯一要做的就是走出家门，很快便置身于山脊上。他非常喜欢和妻子一起在这条古老的白垩岩小道上散步。在写给康斯坦斯·斯梅德利的一封信中，他描述了这个地方：

> 我多想带你看看阿尔弗雷德大帝的国度里，伯克郡这个很可能如同千年前一样的古怪（原文如此）角落。不远的地方住着个农夫，他的家族一千年前就待在这里。他们是真正的撒克逊人。他们和一只幽灵生活在一个可爱老旧的农舍里。所有的房子真的都很老旧。他们没有建造那种涌现在库克姆迪恩周围的可怕的红房子。（查莫斯，《肯尼斯·格雷厄姆》）

1910年，阿拉斯泰尔·格雷厄姆经常不去寄宿学校，肯尼斯·格雷厄姆决定，是时候退出库克姆迪恩的新移民大潮了。格雷厄姆为那些一生致力于攫取物质财富的人所扰，渴望过上更为简单的家庭生活，一种受农业生活的节奏所支配的简单生活，而非受制于全天候都呼啸穿过小镇的通勤火车的时间表。布卢伯里的村庄房舍古雅老旧，至今仍然保有旧农业地区的感觉。

22 格雷厄姆通过写作讽刺同时代的富人们，以此疏解些许挫折感。从彼得·格林笔下可知，蟾蜍的部分性格色彩来源于霍雷肖·博顿利，一个“精神饱满、派头十足、喋喋不休的暴发户”。（《肯尼斯·格雷厄姆传》）1906年，当格雷厄姆和他的儿子分享着持续发展的睡前故事时，博顿利是一位自我鼓吹的记者，出尽风头。他也是一名政客、金融家、赛马主和企业家。博顿利在伦敦有一套公寓，随着财富的增长，他家升级为东苏塞克斯的小别墅，最后，他坐拥一处大而无当的豪宅，名叫迪克尔，可容纳20至30名宾客参加周末聚会。他逐步购买周围的土地，创建观赏性湖泊、花园和网球场，以此增加房屋和地产价值。八名园丁照料这些土地；大批用人照顾博顿利和他的妻女。由于他那不正当的商业交易，博顿利为贵族和大部分与他共事的国会议员所不齿。尽管两次宣布破产，但他总是过着自

在布卢伯里时的肯尼斯·格雷厄姆，约摄于1910年，可能由奥斯汀·普维斯所摄。大卫·J. 霍尔姆斯提供

霍雷肖·博顿利的照片。出自格林《野林之外》

由格雷厄姆的朋友奥斯汀·普维斯所拍摄的照片，拍了在布卢伯里那宁静街道另一边的白垩山丘。大卫·J. 霍尔姆斯提供

命不凡且入不敷出的生活。(阿伦·海曼,《霍雷肖·博顿利的人生沉浮:一个骗子的传记》)

23 在格雷厄姆的手稿 e.248，句末有一个问号；而在打字的原稿 d. 524，以及之后出版的文本中，问号省略了。这个问号使对话风格更为风趣；缺少这个问号令整个句子平淡无奇。很有可能是打字员把这个问号给遗漏了。

24 耐心是蟾蜍缺乏的品质。许多学家认为，在蟾蜍的其他原型中，有一个就是格雷厄姆那爱乱发脾气的儿子阿拉斯泰尔。

25 蟾蜍所追求的种种一贯漫无目的。讽刺的是，他斥责了鼹鼠和河鼠。

26 吉卜赛人学者伊恩·汉考克深入地探讨了吉卜赛（Gypsy）一词的拼写：

> 吉卜赛（Gipsy/Gypsy）一词源自“Egyptian”这个词。16—17世纪，人们用各种不同的方式来拼写“Egyptian”这个词，如Egipcian、Egypcian、'gipcian、'gypcian。那些省掉大写首字母E的拼写，是“吉卜赛”(gypsy）一词的由来……这一点在英语中尤为重要：英语用大写的首字母写专有名词，而将“Gypsy”写成“gypsy”，只不过强化了我们是由行为而非种族来界定的民族这一普遍看法。
>
> 如今，使用“i”来拼写“吉卜赛”(Gipsy）这个词非常罕见。最初致力于研究我们这类人的组织——吉卜赛学协会，创立于1888年。他们选择用”y”来拼写“吉卜赛”(Gypsy)，而这个拼法也成了最常见的拼法。(《我们是吉卜赛人》)

27 1905年5月，阿拉斯泰尔收到了一辆让他着迷的吉卜赛大篷车。这是他的5岁生日礼物。他把车上的刷子和篮子卖给他的父母，就连路过的人也不放过。(格林,《肯尼斯·格雷厄姆传》)

第二章的大篷车和蟾蜍生活方式的转变，另有一个更早的来源，即格雷厄姆在《流亡的波希米亚人》这一故事中那个名叫福瑟吉尔的虚构角色。福瑟吉尔这个角色是以一名伦敦银行职员为原型创造的。他放弃城市，只为过一把吉卜赛马车的冒险生活。虚构的福瑟吉尔在伯克郡丘陵附近快活地流浪了三年，然后从他的阿姨那儿继承了父亲的遗产。他搬进父亲的房子后，将马赶到牧场上，把马车安置在马厩里。尽管得到了财产，他却发觉自己变得无所事事。福瑟吉尔选择重启流浪生活，他重操旧业，开始上路推销样品和酿造啤酒，还替人占卜，干起了流浪马车上与吉卜赛人相关的一切营生。

格雷厄姆如此这般描述福瑟吉尔的马车和启程：

福瑟吉尔买了一辆中等大小的“先进”(马车)，还配备了一头驴；他将其漆成白色，再以绿色衬托——是说手推车而不是驴子。一切布置停当之后，全班人马在马厩里度过了布鲁姆斯伯里之夜。第二天，在天边的第一抹红消逝之前，一场逃亡上演了……福瑟吉尔坐在车辕上拐进牛津大街……他沿着贝斯沃特大路，从我们的生活中消失了……(他的马车)并不是一辆时髦的吉卜赛马车，它更像是带轮子的船屋。

随后，在第十章《蟾蜍历险后记》中，会出现大篷车以及蟾蜍与吉卜赛人之间的插曲。这是作者有意对乔治·博罗维多利亚时期的作品《拉文格罗》《圣经在西班牙》和《罗曼·罗依》的戏仿。这些书构成了怀旧乡村运动的一部分，在那些生活、工作在工业城市的群体中大肆流行。

28 蟾蜍性格两极分化。谈起宽阔的大路，他的言论看似轻松，充满希望，却透露出狂热的气息。

29 这一刻，河鼠的两只爪子变成了双手，使得河鼠更像人类而非鼠辈。

30 这辆金丝雀黄的车子既象征着宽阔大路的自由，又象征着家的束缚。在接下来的第九章《天涯旅人》中，尽管河鼠感到很想出行，但蟾蜍的车子却限制了他的欲望。

笼中鸟是《大卫·科波菲尔》一书中人所共知的狄更斯式主题。《柳林风声》中也会出现两只笼中鸟：在第五章《回家真好》中，鼹鼠和河鼠通过一扇人类住户的窗观察一只笼中鸟：“紧靠白色窗帘……轮廓清晰可见。每一根铁丝、栖枝以及小附件都映入眼底。”在第八章《小蟾蜍的大冒险》中，狱卒的女儿养了一只金丝雀，“金丝雀的笼子就挂在上面，吵得那些饭后想打一会儿盹儿的犯人苦恼不已”。在这三个场景里，格雷厄姆都选了常见的家养宠物作为被囚禁的野生动物的象征。那鸟一直木呆呆的，直到车子一溜烟跑路，独留鸟儿“可怜地哭，大喊着要出去”。(见第五章注释7和第八章注释6)

31 蟾蜍的车上不太可能配备“大小各异、形状不同的……茶壶”，因为它们会占据太多空间。瓦罐和煎锅既是蟾蜍无节制的例证，也是格雷厄姆夸张的例证。

32 原文中“Baccy”为俚语，是“tobacco”一词的缩写。

33 请注意格雷厄姆在这里斜体的“got”。在接下来的两个句子中，他也突出了蟾蜍的遣词。这个短句“你不能不来”暗示了蟾蜍不会接受否定的答案。蟾蜍用强调的语气说了“住在那个洞里……划船吧?”。这种语气伤害了河鼠的感情。

34 再一次，河堤居民被称作“人”，尽管先前他们还被唤作“动物”。

35 蟾蜍在引诱鼹鼠和河鼠。一旦他将他们请进门，举止得体加上好吃的伺候，他知道，他就会争取到他们。

36 如我们所见，格雷厄姆的蟾蜍效仿了好几个人——阿拉斯泰尔·格雷厄姆、奥斯卡·王尔德、霍雷肖·博顿利，甚至很有可能还有格雷厄姆的生父坎宁安·格雷厄姆。这位父亲在孩子的母亲去世后抛弃了肯尼斯和他的手足。就像蟾蜍先生一样，他太过夸张，太自我中心，以至于妈妈不在了，他就无法供养自己的孩子。传记作者艾莉森·普林斯是这样描写坎宁安·格雷厄姆的：

> 从父母双方家族上溯，坎宁安·格雷厄姆的血统可追溯到斯图亚特王朝，甚至是苏格兰国王罗伯特一世。他继承了贵族般的自信，再加上他不太能忍受乏味，因而他对日常生活中的世俗细节感到不耐烦。他张扬卖弄，追求享受；他是名诗人，挥金如土；他是个受人欢迎的红葡萄酒鉴赏者，比起他毫无热情从事的律师事业，这给他带来了更多的朋友。(《肯尼斯·格雷厄姆：野外林地中纯真的人》)

像格雷厄姆的父亲一样，蟾蜍不太可能“为别人而活”，因为他以自我为中心，挥霍无度。

37 这是《柳林风声》中的第二顿大餐。

38 原文“voluble”，意为健谈的，爱说话的。

39 当 A.A. 米尔恩写《蟾府的蟾蜍》时，他给那匹马取名为阿尔弗雷德，给他配上一副悲观的嗓音。米尔恩笔下的阿尔弗雷德的原型是格雷厄姆那匹不讨喜的马。

> 河鼠：（看到吉卜赛大篷车）那么，这就是最流行的啦！我懂了。划船他是划够了。玩腻了就不再玩了。
>
> 阿尔弗雷德：不要怪我。根本没人问过我；如果有的话，我肯定会说划船。坚持划船。

米尔恩笔下的阿尔弗雷德是《小熊维尼》系列里屹耳的早期版本。屹耳还有个特征，就是被形容为“老灰驴”。

> 屹耳，一头老灰驴，驻足在河边，看着他自己映在水中的倒影。
>
> “真悲哀，”他说，“这就是事实。真悲哀。”(《小熊维尼》第六章)

鼹鼠、河鼠和蟾蜍抓马这一场景同样引发了比例问题——如前所述的问题，这个问题使《蟾府的蟾蜍》的出版推迟到1929年。到底那匹老灰马是和鼹鼠一般大小，还是鼹鼠、河鼠和蟾蜍都是如马一般大小？

格雷厄姆提及“灰色的老马”，指明随着英格兰农村地区汽车的兴起，马匹很快就会被淘汰。

40 这里的杠，指的是两根长木之间的任何一根，而马被拴在这两根长木之间的车辆上。

41 拉克姆在他1940年所绘的吉卜赛大篷车插画中解决了比例问题。鼹鼠打扮得像人一样衣冠楚楚，戴着帽子，穿着鞋子和大衣，还系了一条宽松的围巾。他和之前那匹跑掉的马关系不错。而那匹马似乎是带着感情将脑袋倾向鼹鼠。没有任何迹象表明，马会失足误踩他们中的任何一个。河堤居民大约是吉卜赛大篷车高度的三分之二。这十分符合他们所处的这个世界。穿着考究的蟾蜍走在最后面，看起来比车轮要高。每当拉克姆绘制诸如椅子、蔬菜、门廊、短桨和室内装饰等物品时，他总会在尺寸上与人类使用的物品相关联。

42 在第一章中，鼹鼠打开野餐篮子的时候，也反复喊出相同的感叹。兔子代表工人阶级。兔子没有私宅，不像鼹鼠有鼹园，河鼠有河堤，蟾蜍有蟾府，獾先生有野外林地地下的居所。他们露宿街头，眼睁睁看着河堤居民从家门口经过。

43 “大路”的背景是伯克郡丘陵地区的白垩岩山脊路。格雷厄姆在英格兰银行的一位同事西德尼·沃德曾在信里追忆起他们相互陪伴着在那一地带徒步旅行的故事：

> 一个朋友借给他（肯尼斯·格雷厄姆）一幢坐落于（斯特雷特利）大街上的14世纪的小屋。我们沿着山脊路走了整整二十英里，这是（格雷厄姆所写的）《浪漫之路》的主题。即便那天我们俩谁口出妙语，也都忘掉了。我们疲惫但快乐地回到家中，买了一些排骨，从酒吧拿了一大罐啤酒。我们用篝火烹饪了晚餐。那些排骨真是美味极了！（查莫斯，《肯尼斯·格雷厄姆》）

44 公地是公共开放区域，属市政当局所有。“公共”（common）一词源自“commonwealth”或“commonweal”，这是14世纪用于定义民众公益的资源。如第一章中的野餐场景，河堤居民找到了一个对公众开放的地点停了下来。那里人迹罕至。

奥斯汀·普维斯和肯尼斯·格雷厄姆在布卢伯里散步的照片，约摄于1910年。
大卫·J. 霍尔姆斯提供

45 肯尼斯·格雷厄姆曾写信给埃尔斯佩思：“你喜欢人。你对他们感兴趣。但我对地方感兴趣。”原因在于，格雷厄姆曾上过牛津的圣爱德华寄宿学校，假期都是在不同的叔叔阿姨家里度过的。他没有自己称之为家的地方。这样的日子一直持续到他成年。彼得·格林在他1959年撰写的格雷厄姆的传记里写道：

> 这（与任一地方都缺少联系）造成的后果是，（格雷厄姆的）作品中反复出现这样一种心理特征：一种强烈但未经分析的归家本能，这个家是理想中的，实际上从未存在过。这种本能抵消了格雷厄姆同样强烈的旅游欲望。（格林，《肯尼斯·格雷厄姆传》）

由于置身陆地，河鼠渴盼着他的家和他的河。然而，家中并没有任何一个人在等着河鼠——他就是想回到他想回的地方。不过，在大路上，他就会忘掉这个念想。他要看管着狂热的蟾蜍。

46 读者马上就面对了更多比例矛盾所带来的问题。是谁住在鼹鼠长途跋涉前往的那个村子里——人类还是其他小动物？那些鸡蛋是和鼹鼠一样大小，还是说鼹鼠和人类一样大小？最终，鼹鼠是如何付钱买到鸡蛋和牛奶的呢？

47 格雷厄姆在《柳林风声》中不用“直到”(untill）这个词；他总是使用半个单词“till”。

在英语中，“high road”这个词语1709年才出现，意思是公路或是最便捷的道路。在格雷厄姆的时代，尽管很多人途经公路，但大部分公路都尚未铺平。

48 在格雷厄姆的文本中，这匹马一直没有名字。但在这里，这匹马第一次人性化了，“抱怨”没有进入河堤居民的内部圈子。他依然是圈外人，主要职责是拉车，而不是参与到冒险的乐趣中。

49 1896年，当汽车最早在英格兰开阔的道路上行驶时，由于十分罕见，几乎没有针对驾车者的敌意。但短短十年，情况迅速发生了变化。肯尼斯·理查森在《1896—1939年的英国汽车工业》一书中指出：

> 1906年3月31日为止，英国有23192辆私家车。驾车往返于伦敦和巴斯的旅行成了常见的周末消遣方式。道路扬起了烟尘。这些道路从未计划过给那些新型交通工具使用。灰尘覆盖了绿色的树篱。路边积了一层厚厚的灰粉。关键是还出现了交通事故，双方都有责任。行人缺乏训练，无法对车辆远近作出判断——如今已经习惯了。然而，由于无法鉴别汽车的正主是谁，驾驶者往往臣服于速度所带来的兴奋感。这对蟾蜍先生来说具有灾难性。

50 彼得·格林评论这一章节涉及机械化进程战胜了乡村传统主义。“在（第二章）里面，格雷厄姆描写了一场完整的社会革命……大篷车被既不人道又总那么骇人的汽车摧毁，而格雷厄姆笔下的大篷车象征着自由自在的乡村波希米亚主义。”(《肯尼斯·格雷厄姆传》)

就在汽车将他们从大路上赶跑的那一刻，格雷厄姆时代遍及世界的现代主义打破了河堤居民世外桃源般的梦幻世界。

51 “噗噗”声指的是汽车喇叭的嘟嘟声，有时也说成嘀嘀声。这声音来自发动机中四个汽缸的运动。当汽油和空气从汽缸中推出时，会突然发出爆裂声。那个阶段随着汽车加速，声音便会消失。如果汽油和空气的混合物太浓，爆裂声就会变大，甚至像枪声一样响亮。

52 1907—1908 年，格雷厄姆创作《柳林风声》的时候，汽车还是少数人才能拥有的奢侈品。那时有九家不同的汽车制造商：阿尔比恩（Albion）、阿吉尔（Argyll）、奥斯汀（Austin）、亨伯（Humber）、纳皮尔（Napier）、罗孚（Rover）、阳光（Sunbeam）、沃克斯豪尔（Vauxhall）和沃尔斯利（Wolseley）。1906 年时，有 3749 辆汽车是在英国生产制造的。到了 1913 年，已经有 29 个制造商，年产量达到 32000 至 34000 辆汽车。较早的汽车都为敞篷车，并且很大可能被存放在谷仓中。（詹姆斯·福尔曼-派克、苏·鲍登和艾伦·麦金莱，《英国汽车工业》）格雷厄姆在文中表明，河堤居民偶遇的第一辆汽车有挡风玻璃以及可关闭的窗户。在所有早期的插画家中，只有欧内斯特·谢泼德绘制了这辆车的插画。

53 一种用漆皮鞣制的山羊皮制成的皮革。根据《牛津英语词典》，该皮革原产自摩洛哥，特别用于书籍装订及家具装饰。

54 和格雷厄姆同时代的鲁德亚德·吉卜林对驾车出行很是狂热，他从 1897 年起开始自驾游。吉卜林将汽车称作"汽油小怪物"。1904 年，他写信给一位早期汽车杂志记者 A.B. 菲尔森·杨。信中描述了他早年驾驶的经历，当他驾车出行时，他体会到了"痛苦、羞辱、延误、愤怒、寒冷、酷热、徒步、汲水、烧伤和饥饿"。（《吉卜林杂志》）吉卜林之后还写道："任何傻瓜都能发明一切，因为可以等到发明尽善尽美，所有傻瓜再去购买。"（出处同上）

55 其他版本，d. 524：再次变成了一只嗡嗡叫的蜜蜂。

56 1896 年 11 月 14 日通过的公路轻型机动车法案取消了对机动车上路的禁令，并规定了新的限速：每小时 12 英里。在英格兰，汽车曾被禁止使用，因为汽车引擎会使马匹受到惊吓。不习惯机械噪声的动物很容易在受到惊吓的时候掀翻拉载的货物。

在汽车出现之前，蒸汽牵引发动机旨在作用于农业。1865 年的机动车法案将限速设置为每小时 4 英里，并要求始终有一个挥舞着红旗的男人走在车前。但在 20 世纪初，没有什么可以阻止非马拉车的兴起，因为和铁轨不可分离的火车不同，汽车可以穿行在乡村的任何地方。到了 1910 年，诸如极速跑车之类的汽车的最高巡航速度为每小时 35 英里。（理查森，《1896—1939 年的英国汽车工业》）

57 公众渐渐变得更为易于接受汽车及其带来的一切危险。1904 年，在一幅刊载于《笨拙》漫画杂志的漫画中，一名参加家庭聚会的宾客高兴地问另一名宾客："运气怎样？撞死什么了吗？"另一个参加聚会的人对此苦涩地回答道："没有，你呢？"阿拉斯泰尔·格雷厄姆深受汽车崛起的影响，在 1908 年绘制了一幅类似的撞车图。

由阿拉斯泰尔所画的马与车的碰撞。《乐思》(1908 年)未注明日期的版本。
得克萨斯大学奥斯汀分校哈里·兰莎姆人文研究中心提供

58 最初，在格雷厄姆的亲笔手稿 e. 248 中用的不是“猪头司机!”(road-hogs!)一词，而是“股票经纪人!”(stockbrokers!)。之后，“股票经纪人”(stockbrokers)一词用黑色墨水笔删去了，在旁边的空白处写上了“猪头司机”。似乎格雷厄姆将汽车的兴起与暴发户的粗心联系在了一起。

59 一种蒸汽驱动的船。蒸汽机于 1751 年发明出来，“汽船”于 1814 年问世。在维多利亚 / 爱德华时期，遍布全英国的火车也使用蒸汽机。

60 在不同版本的《柳林风声》中，最为杰出的插画之一就是布兰瑟姆在 1913 年版本里面画的河鼠牵马图。这幅图描绘的是大篷车翻车后的一刻。河鼠从残破被弃的大篷车中收回鸟笼。布兰瑟姆画的马很大，不像之后的那些插画家将河堤居民画得大到可以骑马，还可以和人类彼此交往。画家在插画上方截掉了马的头。其结果是，与小鼹鼠和牵着马的缰绳的小河鼠相比，马溢出了页面且看起来很不祥。

14年过后，佩恩于1927年画的蟾蜍先生目瞪口呆地坐在路边的树桩上，对过往车辆发出的声音心醉神迷。佩恩对格雷厄姆的文本进行了一些改动：文本中并没有出现树桩——蟾蜍也不见得是坐在“灰扑扑的马路中央”。从蟾蜍身上的浮夸服饰可以辨别出，这是佩恩画的蟾蜍；布兰瑟姆画的倒地的蟾蜍则是大自然的造物，时刻准备一起一落。

在佩恩画出人性化的蟾蜍之后仅过四年，谢泼德便将蟾蜍描绘得像个肥胖的中年男子，完全就是霍雷肖·博顿利的类型——一个超级金融大亨，对新鲜玩意儿有着贪得无厌的欲望。

61 蟾蜍陷入魔咒之中；这个魔咒是汽车的声音。

62 蟾蜍的感叹，就像是浪漫主义时期文学中的修辞手法——呼语。呼语常用于跟抽象概念——“极乐”——或者自然界元素进行对话，就像拜伦诗中“滚吧，你这幽深湛蓝的大海，滚”。(《拜伦勋爵诗全集：回忆录和原著》)

63 罗杰·C.施劳宾认为，格雷厄姆应该非常熟悉罗伯特·路易斯·史蒂文森的《化身博士》。这部作品首次出版后六个月里，就在英国售出了超过四万册，被“那些从未读过小说的人阅读……成为宗教报纸头条新闻话题”。据施劳宾所言，蟾蜍先生有着杰科博士/海德先生一样的人格，而汽车就像是《化身博士》里的药水一样，能将蟾蜍变成危险的海德先生。(《〈柳林风声〉中的危险与强迫：或者，蟾蜍与海德最终合体》)

64 像1900年左右在英格兰乡村的许多人一样，鼹鼠从未见过汽车，也不知道该怎么称呼它。他将神秘的汽车称为“东西”(Thing)，并且首字母大写。格雷厄姆还讽刺了哥特文学里的怪物。弗兰肯斯坦博士制造的神秘又恐怖的怪物已被汽车所取代。

65 “烦”(bother)，这个感叹词在《柳林风声》中重复了四遍。A.A.米尔恩深受格雷厄姆的影响，他让维尼在《小熊维尼》漫画间隔中不断重复“哦，真烦”或是“烦死了”。

66 其他版本，e. 248：蟾蜍追上来了。他伸出爪子，~~挽住他们的每一个~~，一边一个，挽住他们的臂弯。

67 那时，汽车不需要行驶证，司机不需要驾驶证。

68 铁匠(Blacksmith)：与铁或者深色金属打交道的铁匠，有别于与锡或浅色金属打交道的锡铁匠(Whitesmith)(《牛津英语词典》)。车匠(Wheelwright)：制造车轮和带轮子的交通工具的人(《牛津英语词典》)。

69 原文为“vouchsafed”，往往以亲切或恩赐般的方式给予；通过答复的方式给予；授予特权或特殊恩惠。

70 文中所提的这三样东西是宙斯的三种形态。宙斯是古希腊神话中的奥林匹斯众神之王，曾化作天鹅引诱丽达，使其诞下海伦和波吕丢刻斯，也曾化作光束诱惑达娜厄，令其诞下珀耳修斯。在古代，宙斯的主要标识就是雷电。他善妒的妻子赫拉说服他的一个情人塞墨勒，要宙斯赐她完成一个心愿。塞墨勒要宙斯向她展示真实的自己，当然结果就是雷电。她死了。宙斯从她的子宫里救下他们的孩子狄俄尼索斯，将他缝在自己的大腿里。

——J. J.

太阳神（Sunbeam）也是一个自行车制造商的品牌名，后来转而进入汽车行业。该制造商坐落于英国的胡弗汉顿，从 1899 年到 1935 年一直从事汽车生产。

他们生产的第一辆汽车是 Sunbeam-Mabley。这辆车看起来像一个装了轮子的维多利亚时期的沙发。它由单缸发动机提供动力，可以斜着开，最多可容纳 4 人。1902 年至 1905 年，根据法国贝利埃汽车的设计，12 马力的太阳神汽车制造出来了。1904 年至 1907 年，六缸发动机也小露了一脸。欲知更多详情，请见链接：http：//www.localhistory.scit.wlv.ac.uk/Museum/Transport/Cars/Sunbeam.htm。

71 在格雷厄姆的文本中，河岸是一个实际存在的火车站。

72 这是我们最后一次听说马的下落。我们并不知道这匹马是否回到蟾府或者是如何回到蟾府的。

73 搬运工和管家是《柳林风声》中出现的两个无名仆人。

74 除了划船、乘船，鼹鼠还学习了如何钓鱼。从吉卜赛大篷车到汽车，继大路上的伟大冒险之后，第二章在开头的地方——也就是河岸，落下了帷幕。

MS.Eng.Misc.d.524：打字稿由不同部分构成。肯尼斯·格雷厄姆自信流畅地写了从第一章到第二章的开头，回过头来又用黑笔将打在章节末的“待续”划掉了。前两章用的是绿色墨水打印；《野外林地》这一章是用黑色墨水打在了质量更好的纸上。

第三章　野外林地[1]

鼹鼠早就想认识獾了。人人都说，獾是个重要人物，虽然极少露面，却让这一带的人都受到了无形的影响。但是，每当鼹鼠提出这个愿望，河鼠总是如此搪塞一番："没问题，獾总有一天会出现的——他经常出来，到时候我就介绍你们认识。獾可是个大好人哪。不过，獾就那副样子，见了他，你不但要将就他，还要装作是偶然遇到他。"

"你不能请他到这里来——吃顿晚饭什么的吗？"鼹鼠问。

"他不会来的，"河鼠简短地回答，"獾痛恨社交、请客吃饭之类的事情。"[2]

"那我们去拜访他呢？"鼹鼠提议。

"噢，我敢肯定，他根本不喜欢有人拜访他。"河鼠吃惊地说，"他非常害羞，这么做会得罪他的。我跟他都那么熟了，都没敢去他家拜访过。再说，我们也去不了，根本不可能，因为他住的地方，远在野外林地的深处。"[3]

"就算是住在那里又怎样？"鼹鼠说，"你要知道，你跟我说过，野外林地也还好啦。"

"嗯，我知道，我知道，是还好啦。"河鼠躲躲闪闪地回答，

“不过我想，我们现在还是不去为好。现在不要去。路很远啊，再说，一年中的这个时候，他也不在家。总有一天他会来的。你就安心等着吧。”

鼹鼠只好安心等着，可是獾一直都没有来。每天却也自有乐趣。就这样一直到夏天过去很久，天气冷起来了，又是霜冻，又是泥泞，他们大部分时间只得留在家里。河水涨了，从他们窗前奔腾而过，水流之快，使划船出行显得好笑。此刻，鼹鼠发现，自己又死心眼儿地对那只孤独的灰獾[4]念念不忘了，他远在野外林地深处的洞穴过活，一个人孤零零的。

冬季了，河鼠早早睡觉，迟迟起床，煞是能睡。在短短的白天里，他有时候胡乱写写诗[5]，有时候做点零碎家务活儿。当然，总是不乏来客上门聊天[6]，因而也就有了很多关于过去那个夏天的故事，大家彼此也就种种事情交换了意见。

回顾夏天发生的所有往事，那可真是绚丽多姿的篇章，还配以大量色彩鲜亮的插画！河岸的盛景一幕幕推进，展开一幅又一幅富丽堂皇的风景画。紫色对叶莲[7]最早露面，在镜子般的河水边沿抖动着团团簇拥的花朵；而镜中的脸又冲着花儿笑。柔肠百转的柳草，宛如一抹粉色的落霞，也款款出场了。紫色和白色的雏菊手挽手，悄悄地向前方蔓延，在河岸也占据了一席之地。最后，在一个早晨，姗姗来迟的野蔷薇含羞登上舞台，宛若弦乐以庄严的和弦滑向一曲加沃特[8]那样，宣告着六月终于来临。还有一个角儿在等待——他就是仙女们追求的牧羊少年，是淑女们倚窗等待的骑士[9]，是要吻醒沉睡的夏天来相爱的王子[10]。当温文尔雅、气味芳香、身着琥珀色紧身衣[11]的绣线菊优雅地走到人群中时，好戏就要开场了。[12]

南希·巴恩哈特，1922年。“他有时候胡乱写写诗。”

那是一出何等精彩的戏啊！当风雨吹打着门窗，昏昏欲睡的动物躲在舒适的洞里，[13] 回想日出前一小时清冽的早晨，白雾还未散去，低低地笼罩着水面。然后，当太阳又来到身边，灰色变成金色，色彩重生，地球再次变得缤纷多姿。早早跳入水中多么刺激；[14] 在河岸上蹦来跳去多么欢喜。大地、空气和水变幻多姿，光芒四射。他们想起：炎热的正午，在绿色灌木丛下懒洋洋地睡大觉，阳光穿过绿色，洒下金色的小斑点；下午划船、游泳，在尘土飞扬的小路上闲逛，穿过金黄的玉米地漫游；最后，凉爽的傍晚来了，这段时间长长的，于是各种线索都搜集好了，彼此的友情加深了，明天的种种冒险计划也出炉了。冬季，白天是短的，大家围炉闲谈，总是说个没完。鼹鼠仍然有大把的空闲时间。于是在一个下午，河鼠躺在扶手椅里烤火取暖，时而打盹儿，时而试着编些不押韵的诗，鼹鼠下定决心要独自出门，去野外林地探探险，或许还能结识獾先生呢。

鼹鼠悄悄溜出暖洋洋的客厅，到了外面。那个下午寒冷而寂静，头顶是冷冽的铅灰色天空，周围是光秃秃的原野，一片树叶都没有。在那个冬日，鼹鼠觉得，他从来没有看得这么远，从未如此亲近地把万物看个透。当时，大自然正进入一年一度的休眠期，看上去好像把全身上下的衣服都踢掉了。[15] 矮林、幽谷、石坑以及各种不为人知的地方，在枝叶繁茂的夏天，都是探险者神秘的风水宝地，如今却可怜兮兮地把自己以及自己的秘密暴露在外，好像求他看一眼自己衣衫褴褛的穷酸相，而后，到了它们又能像过去那样肆意乔装自己的时节，它们还会用老一套的骗术，哄骗他，诱惑他。某种程度上这是可怜的，但也是鼓舞人心的，甚至是令人兴奋的。鼹鼠喜欢原野这种褪去华服、不事修饰的贫瘠模样。[16] 他已经深入原野，触到它裸露的骨骼，它们美好、强壮而素朴。他不要热情的幸运草，也不想跟结籽的青草玩耍；树篱 [17] 形成的小屏障最好闪开，榆树和山毛榉波浪般翻滚的帷幕也躲远点儿。鼹鼠欢天喜地朝野外林地一路前行。林地就横在眼前，低矮而吓人，像在水波不兴的南海中耸立起的一块黑色礁石。

刚一进入野外林地，鼹鼠什么都不怕。枯枝在脚下咔嚓咔嚓响，断木头绊他的腿，树桩上长的菌菇像漫画一样[18]，由于和某个熟悉而遥远的东西神似而吓他一跳。但是一切都好玩，令人兴奋，牵引着他一步步深入到几乎没有光的地带。树木越来越近，好似蹲伏着扑来，两边的洞穴冲他张开丑陋的嘴巴。

天地无声。暮色迅速朝他身前身后逼近，直到将他包围。光亮如同潮水般退去。

就在那时，一张张脸浮现出来。

就在他肩后。他第一反应是模模糊糊地看到了一张脸；一张邪恶的 V 形小脸，从一个洞口看向他。当他转过身面对着它时，那东西却消失了。

他加快了脚步，欢快地告诉自己不要胡乱幻想，不然就会没完没了。他又经过了一个又一个洞口，而后，是！不是！是！的确是一张窄窄的小脸，长着一对冷漠的眼睛。那小脸在一个洞口一闪而过。他犹疑了一下，拼命鼓起精神，继续朝前走。突然，或远或近的每个洞口齐齐钻出几百张小脸，好像他们一直都在那里，忽而出现，忽而消失，[19]每一对眼睛都冷漠、邪恶又尖锐，全都带着恶意和憎恨盯着鼹鼠。[20]

如果离开土堆中的这些洞口，就不会再看到那些脸了。[21]这么一想，他转身离开小路，踏入了林中没有人走过的地方。[22]

突然响起了呼哨声。

那哨声非常微弱，却又非常刺耳，在身后远远响着，莫名地催促着他急急前行。接着，哨声又跑到他前面很远的地方，依旧微弱、刺耳。他不由得停下脚步，想要往回走。正当他迟疑不决的时候，哨声突然从两边响起，此起彼伏，穿过整个林地，直到最边缘的地方。不管他们是什么，显而易见的是，他们都已经警觉起来，准备好了挺身应战。可他却孤身一人，赤手空拳，无人相助。夜色已经将他包围。

接着，是“啪嗒啪嗒”的轻响。

那声音轻轻细细，起初鼹鼠以为是落叶的声音，然后声音变大，带着有规律的节奏感。鼹鼠明白了，这声音不是别的什么，而是小脚发出的啪嗒啪嗒啪嗒声，不过离他还很远。是在前面还是在后面？听起来像在前面，再一听又像在后面，接着好像前前后后都是那声音了。鼹鼠焦虑地左听听右听听，声音变得越来越大，越来越密，直到从四面八方将他重重包围。他静立不动，竖耳倾听，突然一只兔子穿过树林朝他急急奔来。他等待着，希望兔子放慢脚步，或者急转弯，朝别的地方跑。可是兔子却从他身边飞奔而过，几乎蹭到他身上。兔子绷着脸，瞪着眼，说：“闪开，你这笨蛋！闪开！”鼹鼠听到兔子咕哝着绕过一个树桩，然后滑入树桩旁的一个洞，不见了。

“啪嗒啪嗒”的声音越来越响亮，如同突然降落的冰雹，敲打在鼹鼠四周的干树叶上。整个林子好像都在奔跑，拼命地跑，好似在围追堵截什么东西——也许是什么人？鼹鼠害怕极了，也开始奔跑起来，[23]漫无目的地跑着，他也不知道要跑向哪里。他跑啊跑，时而撞到什么东西，时而摔倒在什么东西上面，时而掉到什么东西里面，时而冲到什么东西下面，时而躲避着什么东西。[24]后来，他藏到一棵老山毛榉树下一个深深的黑洞里——这是个藏身处，又是个避难所，不过谁又说得准呢？他太累了，跑不动了。

他只能蜷缩在被吹进洞里的树叶下面，期望获得一时的安全。他躺在洞里，又是喘又是抖，听着外面的哨声和啪嗒声，终于彻底明白了，原来别的田野间和树篱下的小动物在这儿遇见的可怕事物——大家公认的最暗黑的时刻，就是河鼠白费力气劝他躲开的可怕事物——野外林地的恐怖！

此时，河鼠正暖暖和和、舒舒服服地坐在炉边打盹儿。那写上一半诗文的稿纸从他的膝头滑落，他的脑袋向后仰着，嘴巴张着。梦中，他正在碧绿的河岸漫游。然后，一个煤块滑落下来，炉火噼里啪啦响，“噌”地一下腾起了火焰，把河鼠给惊醒了。他想起了刚才在做什么，弯腰捡起地上的诗文，打量了一会儿，然后转过头来找鼹鼠，想问问他有什么押韵的词语。

可是鼹鼠不见了。

他侧耳倾听了一会儿，屋子里听上去很安静。

接着，河鼠大叫几声“鼹鼠”，但是没人回答。他起身出去，走进了门厅。[25]

平日挂帽子的帽钩上，鼹鼠的帽子不翼而飞。他往常摆放在伞架旁的靴子也不见了。

河鼠走出家门，仔细察看外面泥泞的路面，想找到鼹鼠的足迹。足迹明摆着就在那里。鼹鼠的靴子是新买来过冬的，鞋底上凸起的痕迹清晰可见。[26]河鼠发现，泥地上的脚印径直通往野外林地。

河鼠表情严肃，站着思索了一会儿，然后又回到屋子里，在腰间扎上皮带[27]，别上两把手枪，从门厅角落里抓起一根粗棍，快步朝野外林地奔去。

当河鼠到达第一行树那里的时候，天已经暗了下来。河鼠毫不犹豫地步入林地，焦急地四下张望，想要发现朋友的踪迹。到

保罗·布兰瑟姆所画的鼹鼠，1913年。“鼹鼠害怕极了，也开始奔跑起来。”

处都是从洞里探出来的邪恶小脸，但是一看到勇猛的河鼠、他的手枪，还有他手握的吓人木棍，顿时又缩了回去。刚一踏入林地时听得清清楚楚的呼哨声和啪嗒啪嗒声，也渐渐听不到了。一切都静悄悄的。河鼠迈开雄赳赳的步伐，穿过整个林地，一直走到尽头。然后，他舍弃所有的小路，横穿林地，不辞劳苦地查遍所有地带，同时一直不停地大声呼唤："鼹鼠，鼹鼠，鼹鼠！你在哪里？是我啊，老河鼠！"

河鼠在林地里耐心地搜寻了一个多小时，最终听到了一个小小的声音在应答。河鼠不由得大喜。循着这声音，他穿过浓重的夜色，来到了一棵老山毛榉树下。树下有个洞，从洞里传出微弱的声音："河鼠啊，真的是你吗？"

河鼠爬进树洞，找到了鼹鼠。鼹鼠累坏了，而且抖个不停。"噢，河鼠啊！"鼹鼠叫道，"你想不到我有多害怕。"

"噢，我懂你的感受。"河鼠安慰道，"鼹鼠，你真不该离开家来到这里。我拼命阻拦过你。我们河堤居民几乎从不独自到这里来。一定要来的话，也会找到做伴的，这样就没事了。再说了，还要懂上百种门道。这些门道我们都知道，你却不知道。我说的是口令、标记、暗语，口袋里要有装备，嘴巴里要念经文，还要会玩快闪、会耍花招儿。[28]你都了解了，一切也就简单了。身为小动物，你必须懂得这些，不然就会惹上麻烦。如果你是獾或者水獭，那当然是另外一回事了。"[29]

"勇敢的蟾蜍先生一定不怕一个人来这里吧？"鼹鼠问道。

"蟾蜍老儿？"河鼠哈哈大笑起来，"他才不会一个人到这里露面呢，就是给他一帽兜金子，他也不干。"[30]

听到河鼠无忧无虑的笑声，看着大木棍、闪闪发亮的手枪，鼹鼠大受鼓舞，不再瑟瑟发抖。他觉得胆子大了，多多少少恢复了一些正常。

"喂，"河鼠马上说，"趁着还有一丝亮光，我们真得打起精神，动身回家了。你知道，在这里过夜可是千万使不得。就说一

温德姆·佩恩，1927 年。河鼠像福尔摩斯一样："河鼠在腰间扎上皮带。"尽管在格雷厄姆的文章中并没有出现"河鼠"一词，但出版人在说明里把这个词给加上了。

点吧：太冷啦。”

“亲爱的河鼠，”可怜巴巴的鼹鼠说道，“非常抱歉，我实在是累坏了，千真万确。如果真的要回家，你必须让我在这里多歇一会儿，恢复一下体力。”

“好吧。”好脾气的河鼠说，“歇着吧。反正天也差不多黑透了，等一会儿，应该会有点儿月光。”

于是，鼹鼠使劲地钻进树叶里面，伸展开胳膊腿，马上就进入梦乡。他睡得断断续续，心烦意乱。河鼠也拿树叶盖住身上，尽可能让自己暖和一点儿，然后躺在地上，耐心地等鼹鼠醒来，手里还握着一把手枪。

鼹鼠终于醒了，精神好多了，又像平日那样神气了。河鼠说：“好啦，我先去外面看看是不是没有什么动静了，然后我们真的必须离开啦。”

河鼠来到藏身的洞口，把头伸了出去。接着，鼹鼠听到他轻轻地自言自语：“喂，喂，这下子遇到难关啦。”[31]

“怎么了，河鼠？”鼹鼠问道。

“起雪了，”河鼠简短地说，“或者不如说，下雪了。雪下得很大。”

鼹鼠也钻出洞，在河鼠身旁蹲下。他向外望去，只见那把他吓得要命的林子已经彻底变了模样。洞穴、树洞、池塘、陷阱，还有令路人胆寒的东西统统消失了。到处都蒙上了一层仙境中才有的毯子，看上去非常精致，叫人不忍心把粗鲁的脚踏上去。漫天飘着细细的粉末，在脸上轻轻一吻[32]，有点儿麻酥酥的，黑乎乎的树干仿佛被来自下面的光照亮了，显得很醒目。

河鼠想了一会儿，说：“哎呀呀，没办法。我看，我们还是走吧，碰碰运气。最糟糕的是，我不知道我们现在在哪里。这场雪，让一切看上去都不一样啦。”

的确是这样，鼹鼠简直认不出这就是原来的那片林地。不过他们还是勇敢地上路了，走着看上去最有希望走出去的路线。他们手挽手，拿出天下无敌的抖擞劲儿，每遇上一棵阴森静默的树，都假装认出了老朋友，或者在看到单调得毫无二致的白色雪地和黑色树干时，假装发现了熟悉的空地、缺口或者通道。

过了一两个小时——他们已经丧失了时间概念，停了下来。沮丧，疲惫，无望而迷惘。他们在一棵倒下的树干上坐下，喘口气，想一想接下来该怎么办。他们累得全身酸痛，摔得到处是伤；他们几次掉进洞里，浑身湿透。雪太深了，他们几乎拔不出他们的小短腿。树木越来越茂密，彼此越来越相似。林地看上去没有起点也没有终点，到处都一个样，最糟糕的是，没有可以走出去的路。

“我们不能在这里坐太长时间，”河鼠说，“我们要再加把劲儿，看看有没有什么办法。天冷得吓人，雪很快便会越积越深，我们会走不出去的。”他四下里看看，思索一会儿，接着说道：“听我说，我有个主意：在我们前方有一片谷地，地面上看起来就像鼓起很多小圆丘。[33]我们就去那里找个地方躲一躲。地面干燥的洞穴就能遮风挡雪。我们要好好休息休息，然后再想办法回去。我们都累坏了。再说，说不定雪会停下来，车到山前必有路嘛。”

于是，他们再次迈步前行，费力地向谷地的方向走去。他们要在那里找个洞穴或干燥的角落，好避开刺骨的风和飘飞的雪。正当他们勘察河鼠提到的小圆丘时，突然鼹鼠尖叫一声，摔了个狗啃泥。

“天哪，我的腿！我可怜的小腿！”他大喊着坐起身，用两只前爪护住自己的腿。

“可怜的鼹鼠老儿！”河鼠同情地说，“你今天好像不太走运，对吧？我来看看你的腿。”他一边跪在地上检查鼹鼠的腿，一边继续说道，“是的，你的小腿真的划破了。你等等，我拿手帕给你包扎一下。”

“肯定是雪盖住的树枝或者树桩绊了我，”鼹鼠可怜兮兮地说，“哎呀呀！哎呀呀！”

河鼠又仔细看了一下，说道：“伤口很整齐，绝对不是树枝或者树桩绊的。看起来像是锋利的金属划破的。真奇怪。”河鼠琢磨了一会儿，接着去察看周围的小丘和斜坡。[34]

“好啦，管他什么划的，”鼹鼠痛得忘了语法，“不管是什么划破的，都是一样痛啊。”[35]

不过，河鼠用手帕仔细包扎好鼹鼠的腿之后，就离开他，忙着在雪地里挖起来。他四蹄[36]并用忙个不停，又是扒，又是铲，又是看。鼹鼠等得不耐烦，不时地来一句：“噢，快一点啊，河鼠。”

突然，河鼠大叫一声：“太好啦！”随之是一串连声的“太好啦！好啊，好啊，好啊”。然后，身体虚弱的他，竟然在雪地里跳起爱尔兰吉格舞来。

“河鼠啊，你发现什么了呀？”鼹鼠问道，仍然护着自己的腿。

“过来看看。”河鼠欣喜若狂，一边跳舞一边说。

鼹鼠一瘸一拐走过去，仔细看了看。

最后，他慢吞吞地说：“嗯，我看好了。我以前见过这种东西，见过很多次。我管它叫日常物件。门口的蹭鞋垫！喂，有什么了不得的？干吗围着一个蹭鞋垫跳舞？”

亚瑟·拉克姆，1940 年。河鼠和鼹鼠就像是福尔摩斯和华生。“河鼠琢磨了一会儿，接着去察看周围的小丘和斜坡。”

“可你不明白它意味着什么吗？你——你这个榆木疙瘩。”河鼠不耐烦地喊道。

鼹鼠回答说：“我当然明白。这表明有个非常马虎健忘的家伙，把自家门口的蹭鞋垫落在野外林地里了，正好落在人人都会绊倒的地方。要我说啊，他就是没脑子。回家后，看我不找人告他一状。不告才怪！”

“噢，我的天哪！我的天哪！”河鼠对于鼹鼠如此迟钝感到绝望，不由得大喊起来。“好啦，闭嘴吧！过来跟我一起挖。”说完他又干起来，挖得白雪四处飞扬。

他没有白干，努力挖了一阵子后，挖出了一块破旧的蹭鞋垫。

“瞧瞧吧，我怎么跟你说的？”河鼠得意地欢呼道。

“这算得了什么呀。”鼹鼠正儿八经回答。“好吧，”他继续说道，“你好像又找到了一个日用杂物，用坏了，丢掉了。我觉得你高兴极了。如果你非要跳舞的话，快去围着它跳你的吉格舞吧。跳完了，也许我们就能继续赶路，不用再把时间浪费在破烂的东西上。蹭鞋垫能吃吗？能盖着睡觉吗？能坐在上面滑雪回家吗？你这个让人恼火的东咬咬西啃啃的家伙！”

“你的意思是，”河鼠激动地大喊，“你真的没弄明白这块蹭鞋垫告诉了你什么？”

“真的，河鼠，”鼹鼠气呼呼地说，“我觉得，我们蠢透了。谁听说过蹭鞋垫会告诉人什么？蹭鞋垫又不会说话。它们不是那类角色。蹭鞋垫知道自己是什么。”

“听我说，你，你这个笨蛋。”河鼠非常生气地回答，“不要再说了，一个字都不要说了。如果你想今天晚上睡在干燥暖和的地方，只管挖吧——挖也好，抓也好，掘也好，翻也好，特别是在小圆丘的四周。[37] 这是我们最后的机会了！”

河鼠满怀热情地对着一个雪堆发动了进攻，先是举起棍子到处乱戳，然后发狂似的挖呀挖；鼹鼠也不停地扒拉着，不为别的，纯属听河鼠的话。在他看来，他的朋友已经头脑发昏了。

经过十分钟的苦战，河鼠的木棍尖敲到了什么东西，听上去是空的。他接着挖，直到爪子可以伸进去。他摸了摸，然后叫鼹鼠过来帮忙。他们两个一齐动手，最终他们的劳动成果赫然在目，一直表示怀疑的鼹鼠不由得惊呆了。

在看上去像是一个雪堆的一旁，出现了一扇漆成深绿色的坚固小门。门边挂着门铃的铁拉绳，拉绳下面有个小小的铜牌，上面刻着整整齐齐、方方正正的几个字。借着月光，他们认出了这几个字：

獾先生。[38]

鼹鼠又惊又喜，仰面倒在雪地上。“河鼠！”他懊悔不迭地喊，“你真是个奇才呀！没错，真正的奇才！我现在全明白了。从我摔伤了小腿那一刻起，你就用你的聪明大脑，一步一步把事情搞清楚啦。你一看到我的伤口，你那了不起的头脑马上就想到了‘门口的蹭鞋垫’，然后你就去找，割伤我的蹭鞋垫真被你找到了。你就此罢休了吗？没有。别人可能就这样满足了，但是你偏不。你继续开动脑筋，你对自己说：‘要是再找到一块蹭鞋垫，我的推理就成立了。你当然找到了蹭鞋垫。你太聪明了，我相信，你想找什么都能找到。你说：‘好啦，那扇门明明就在那里，就像我看到了一样，接下来不用做别的，只要把门找出来就行。’好吧，这种事我只在书里读到过，但在现实生活中，我以前还没有碰到过。你应该去非常赏识你的地方。和我们这样的家伙在一起，就是浪费人才。如果我有你那个脑瓜，河鼠——”

“可是你没有，”河鼠很不客气地打断了他，“我看，你是打算在雪地上坐上一夜，说个没完没了啦？[39]快站起来。我来敲门，你去拉门铃拉绳，使劲拉，有多大劲使多大劲。”

河鼠用棍子“砰砰”砸门的时候，鼹鼠一跃而起，飞身抓住拉绳，两脚离开地面，吊在上面荡起了秋千。很远很远的地方，隐隐响起低沉的铃声。

南希·巴恩哈特，1922年。为梅休因版本所画的章节补白用图，画了拽着绳子的鼹鼠

---

1 在娜奥米·斯托特致肯尼斯·格雷厄姆的一封未注明日期的信中（大英图书馆，MS5085S，《1909年复活节汽车旅行》子文件夹），有着像是《柳林风声》第三、第四章简要概述的内容。斯托特的信中描述了一个场景，这个场景是阿拉斯泰尔·格雷厄姆讲给她听的。1908年出版的《乐思》里可能包含了摘要。就像许多给阿拉斯泰尔的杂志投的稿件一样，信纸上并未注明日期。斯托特的信件内容如下：

> 鼹鼠和河鼠去了獾在野外林地的住宅。半路上，暴风雪来了。他们迷路了。
>
> 鼹鼠被一个硬硬的东西绊倒，受了伤，原来那东西是门阶门口的蹭鞋垫。然后，他们找到了一扇门。河鼠（此处似系写信者笔误，按文意应为“獾”。——中文版编者注）的管家说道：“你们什么意思？你们要走前门。”她抱怨着，最终还是让他们从后门进去了。獾先生给他们提供

了衣服和晚餐。大家都度过了愉快的夜晚。第二天他们离开了。

> 如果你能答出我的暗示性问题，我可能随随便便就能得到更多信息。小老鼠只提供了这些我写下来的少量信息。
>
> 娜奥米·斯托特

格雷厄姆在情节上另外添加了细节：分心的河鼠编写诗句；无聊的鼹鼠前去拜访獾先生并且迷了路；鼹鼠被少数人居住的野外林地的粗暴一面吓坏了；冒险家水獭在第四章结尾登场，并安全带领他们回到了河岸。娜奥米·斯托特给河鼠配备了一名管家，并写进章节里面。格雷厄姆故意删掉了这个多余的细节。

2 在19世纪90年代，格雷厄姆是一位畅销书作家。约翰·莱恩是格雷厄姆的编辑和出版商，在鲍利海出版社工作。他经常邀请格雷厄姆共进晚餐和午宴。从他们之间的通信看，比起接受莱恩的邀请，格雷厄姆拒绝的次数更多。

即使是在他给季刊《黄皮书》供稿的时候，格雷厄姆也对社交场合深恶痛绝。格雷厄姆给同为《黄皮书》作者的伊芙琳·夏普写了许多诙谐的信件，一再拒绝她喝茶、看戏、看水彩画展和听讲座的邀约。肯尼斯·格雷厄姆离世后，夏普写了如下这封信（1933年4月16日）给埃尔斯佩思：

> 也许，他与陌生人共处时会比较害羞。如果他发现你正在看他，他会忙不迭地转移视线。他讨厌被人吹捧，但如果他知道你是他的支持者，却又不会对他的作品赞不绝口，他倒是很乐意就此谈谈……他只在有话要说时才开口，很少废话连篇。他从不说任何人的坏话，也从不对任何人口出恶言，除非在不得不说真话的时候。（彼得·格林，《肯尼斯·格雷厄姆传》）

在格林笔下，獾这一角色，有着肯尼斯·格雷厄姆最为鲜明的自传色彩：

> 但是和鼹鼠的情况一样，獾身上较大一部分特征就是自传色彩。在社交界，感到尴尬和格格不入的人是格雷厄姆，"想要食物的时候，就变得低落沮丧"的人当然是格雷厄姆。马虎的穿着，精良的装备；漠视时尚，在意舒适。獾代表了格雷厄姆对自己作为仁慈乡绅的看法。（出处同上）

3 河鼠传达的不仅仅是与獾先生在情感上比较远，獾的不同凡响之处在于，他生活在一个已然成为危险区域的中心地带。獾先生和别的河堤居民不一样，他无所畏惧，丝毫没有离开祖宅的意图。

4 獾先生到底是灰色还是长着条纹？第一章里面是这么描述他的："探头探脑看过来的，是一个条纹脑袋，那脑袋后面高耸着两个肩膀。"

5 我们已经看到，布兰瑟姆宁愿将河鼠画成真的住在河岸的老鼠洞里。南希·巴恩哈特是第二位给《柳林风声》配图的插画家。她给河鼠画了一个更人性化的环境。她画的河鼠看起来有些装模作样。他衣冠楚楚，住在人类的房子里，用羽毛笔写字。他手指长长的，像人类的手那样，指甲又大又吓人。巴恩哈特的插画里，并没有格雷厄姆文本中温暖舒适的"动物巢穴"的一丝迹象，反之，她的河鼠有一张小边桌，桌上放着书和笔墨。她更为关注无关紧要的细节——条纹墙纸、条纹扶手椅、全家福和老鼠的服饰。一切似乎都是静态的，仿佛她要想方设法把河鼠画成一位吟游诗人。

另外，欧内斯特·谢泼德用小小的钢笔画传达出了更多意思。这幅画呈现的是鼹鼠去了野外林地之后的场景。虽然大约只是巴恩哈特整页全彩插图的八分之一那么大，说来也怪，谢泼德的小插画却看起来栩栩如生。烟火在昏暗的午后唤起一种温暖的感觉。没有把手的时钟放置在壁炉架上。烟火和时钟给人这样一种感觉：声音伴着画面，燃烧的木柴噼噼啪啪，转动的时钟嘀嘀嗒嗒，读者沉湎其中，与河鼠的状态颇为相似。

6 格雷厄姆可能不大确定第三章的发展方向。第一份亲笔手稿里的标点符号，与最终出版的文本里的标点符号大不相同。不像写在纸上的前两章几乎没有什么错误，《野外林地》的开头的大段文字里面插入了很多内容。其他版本，见 e. 248：这一段落的第二部分也马上写了出来：

> 然而鼹鼠有着大量的空闲时间，在一个下午，当河鼠坐在火炉前的扶手椅上时而打盹儿时而试着编些不押韵的诗时，鼹鼠下定决心要独自出门，去野外林地探探险，或许还能结识与獾先生相识的人呢。

格雷厄姆另起一段继续讲述："这一个章节内容丰富……"

7 紫色对叶莲是一种开花水草，与莎草一起沿着河岸生长。拉丁语学名为"lythrum salicaria"（属千屈菜科），长得又高又尖。

8 "加沃特舞曲这个名字，是普罗旺斯人给阿尔卑斯山地区居民起的。这是一种类似于小步舞曲的舞，但比小步舞曲的动作更需活力。通常给跳这种舞时的伴奏音乐速度适中，由两个部分组成，每个部分都会重复，往往构成组曲中的一个乐章。"（《牛津英语词典》）

9 格雷厄姆将历史上三个浪漫幻想合而为一。第一个是牧羊少年，出自公元前 3 世纪的希腊田园诗人狄奥克里塔的诗；第二位是具备中世纪浪漫和骑士精神的骑士；第三位是出自童话《睡美人》/《野玫瑰公主》的王子，拉斐尔前派画家爱德华·伯恩-琼斯于 1890 年将其描绘进四幅名画之中。

——J.J.

10 格雷厄姆将主题加以混合。他用了“夏天”一词，而不是应该使用的单词“公主”或是“美人”。牧羊少年和骑士都与女性角色无关。

杰拉尔丁·珀斯写道：

> 劳伦斯·勒纳描述了传说中阿卡迪亚人适应两性的两种方式。第一种是提供欲望的满足；第二种是彻底灭除欲望。但是，在后一种情况下，若人物角色必须有意识地做出努力来克制或否认实际感受到的欲望，那么他们正在经历的便是禁欲主义的严峻考验。(《阿卡迪亚史诗：〈柳林风声〉中的田园生活》)

比起沉湎于异性恋象征意义的可能性，格雷厄姆转而关注完美自然的美学。对于自然的关注，有助于防止出现女性洞察男性的情况。

11 文中“紧身衣”(jerkin)指的是一种紧身的外套，通常用皮革制造。16世纪和17世纪时期的男人常穿这种外套。男性化的隐喻强化了格雷厄姆的直觉：大自然母亲实则是大自然父亲。

12 本章在鼹鼠的冒险大戏之前所提及的河岸边的盛典——一场好戏——很可能指的是莎士比亚的典故：“这个广大的宇宙的舞台上，还有比我们所演出的更悲惨的场景呢。”(《皆大欢喜》第二幕第七场)

13 此处我们可以看到自然界和玩偶屋的奇妙组合：洞穴有门。

14 在河里游泳或是洗浴是格雷厄姆笔下另一个反复出现的主题：在之前的章节里，河鼠曾经从河里捞起午餐篮，救了鼹鼠；在野餐场景里，水獭曾游进游出。

15 只要大自然依然沉睡，格雷厄姆就会将大自然归类为女性；一旦出现活跃的迹象——即，把衣服都踢掉了，在这一刻，他就把大自然的性别归为了中性。

亚瑟·拉克姆，1940年。为第四章所画的标题图。

16 从这一点看，拉克姆为第四章《獾先生》所画的主题插图可能更为适合文本。这幅图特别精巧真实：在一个普通的冬天的场景里，鼹鼠小小的脚印通向林地。

17 原文为“quickset”，插在地面上的活的植物的枝条；尤其是用来制作树篱的山楂或其他灌木枝条。(《牛津英语词典》)

18 其他版本，e. 248 及 d.524：生长在树桩上的菌菇如同漫画一样。

19 鼹鼠误入了一群危险的无产者暴民之中。学者们争辩说，野外林地的黄鼠狼和白鼬象征着爱德华时代的工人正成为一种社会力量。当代文学中最为普遍的情形，是阿瑟·柯南·道尔笔下的夏洛克·福尔摩斯的伦敦地下世界。在格雷厄姆创作《柳林风声》的时候，道尔已经出版了四十多个福尔摩斯的故事。

但如果我们追溯此前的文学时代，野外林地也可视作是向查尔斯·狄更斯时代兴盛的犯罪避难所的致敬。描写狄更斯称为“苦难现实”的城市贫民的《雾都孤儿》，发起了废除监禁穷人的穷人法运动。

早在狄更斯之前，亨利·菲尔丁就对圣吉尔斯的出租屋做出了这样的描述：

> （不论男女，穷人都可以在那里找到）两便士一晚的地方住，一张双人床的价格也不超过三便士……这些房子全都布置妥当，从地窖到阁楼都设有简陋的床铺。(《抢劫犯及其相关著作近期增加的原因的调查》)

圣吉尔斯的贫民窟挤在大罗素街、圣吉尔斯大街和夏洛特街（后为布鲁姆斯伯里街）之间的一个街区里。像鼹鼠这样的陌生者，很容易迷失在这由狭窄的车道和通道组成的迷宫般的贫民窟。1847 年，新牛津街穿过这片区域的时候，贫民窟最糟糕的一段被拆除了。

格雷厄姆应该熟悉福尔摩斯推理小说以及《雾都孤儿》一书中不可或缺的下层社会，在亲眼目睹了 1885 年蓓尔美尔街的暴动并于 1903 年遭到无政府主义者在银行的袭击以后，格雷厄姆亲身经历了剧烈的政治骚乱。

20 其他版本，e. 248 和 d. 524：所有人都怀着恶意和仇恨看着他。

21 这些洞口可能是善意的，也可能具有威胁性。在第一章里，鼹鼠探索河鼠的洞穴，是善意的：“就在他凝视的时候，洞口正中央有个亮晶晶的小东西闪烁着，然后消失不见了，继而又闪了一下，像是一颗小星星。”值得注意的是，河鼠的洞穴是他自己的单人住所，而野外林地里那数百个被占据的洞穴里，挤满了那些窜进洞穴后就消失在视野之外的居住者。

22 鼹鼠偏离小路，跑进了一个更加漆黑的地方。在那里，野外林地的居民令他害怕，而他的胡思乱想同样让他害怕，甚至更为可怕。野外林地里幽深隐蔽的地方，就像《荒凉山庄》里那条破旧的街道“汤姆独院”。同样，地处伦敦圣吉尔斯一带的汤姆独院，对于不知情者来说就是危险的大杂院。狄更斯笔下的孩子乔与天真的鼹鼠相似。

23 在第一版插图本里，保罗·布兰瑟姆的画面是，惊慌失措的鼹鼠在林地里奔跑，光秃秃的树枝追赶着，似乎想要抓住他。在洞穴里，在树木间，可见长着尖耳朵的头颅的轮廓；无数双眼睛扫视着他的一举一动。鼹鼠看起来像是混合了人类和动物的特点，他直立奔跑，但他的手上长着可怕的爪子，似乎会在他跑动的时候切割空气。除了一双平底靴，鼹鼠什么都没穿——这个细节颇不和谐，只不过，在格雷厄姆的文本中，河鼠很快会注意到鼹鼠的新靴子和帽子都不见了。

在谢泼德比较晚的版本中，画里的鼹鼠徘徊于林中。他在谢泼德的版本里看起来更温和，更平静。尽管他的背上积着雪，但他穿着大衣，似乎能阻挡严寒。大树高高耸立于鼹鼠头顶，大树根下是小到几乎看不见的一双双眼睛。谢泼德所绘版本的动人之处在于，画家把对比鲜明的两张图放在了一起——就在下一页，两张图并列放在了一起：一张是寒冷恶劣的天气，鼹鼠独自在林中；另一张则是河鼠舒适温暖的客厅。

24 彼得·格林假定库克姆迪恩的采石场林为野外林地的背景。在《三人同舟不谈狗》里，杰罗姆·K. 杰罗姆描述了采石场林的光与暗：

> 亲爱的老采石场林！往上爬的小道比较狭窄，林间的小路有点弯曲……你那有着幽灵般笑脸的幽暗风景何其鬼气森森！当落叶的窃窃私语，轻轻传来年深月久的声音！

25 河鼠的洞穴看上去就像人类的房子，有门厅、雨伞架以及不知去向的靴子和帽子。

26 为了寻找鼹鼠，河鼠用上了福尔摩斯的演绎推理法。鼹鼠靴子上的“凸起的痕迹”，有可能是格雷厄姆的笔下比较出名的一个细节。此时此刻，河鼠扮演的是夏洛克·福尔摩斯的角色。

27 尽管格雷厄姆从未提及文学里赫赫有名的侦探，但他成功地模仿了他。通过给河鼠穿上夏洛克·福尔摩斯本来会穿的冬装，佩恩、谢泼德和拉克姆进一步深化了这一角色。沉迷于男人服饰的温德姆·佩恩画的河鼠在带镜子的帽架前换衣服。这幅画看起来非常像1893年西德尼·佩吉特为阿瑟·柯南·道尔的《回忆录》第八篇故事《驼背人》所画的插图。

4年以后，谢泼德插画中的河鼠更为受欢迎，令人毫无戒心。画里的河鼠穿得温暖舒适。在7张像挂坠一样大的小图画中，有4张里的河鼠穿得像夏洛克·福尔摩斯一样。

28 这段文字暗示了河鼠精通异教经文。艾莉森·普林斯将异教经文与格雷厄姆这样的城市就职者必须遵循的潜规则联系起来：

> 作为一名都市男人，格雷厄姆很清楚地知道，说出的话，那些“消息灵通者”听来可能全然不是那个意思。就他在银行的级别而言，他无疑会接触到共济会及其礼节和秘密，但即使是在正常的日常生活中，无论是送还是收烟酒，都等同于“口袋里的装备”，并且城市的“玩快闪和耍花招儿”构成了正常商业生活的基础，至今依然如此。(《肯尼斯·格雷厄姆：野外林地中纯真的人》)

西德尼·佩吉特于1893年为《驼背人》画的插图，专为《海滨杂志》创作，引用的台词是：“那么，我就占用帽架上的一个空挂钩了。”

29 獾和水獭在社交上毫无目的。见本章节注释3，獾在危险的野外林地里过着舒适的生活。

30 文中的金子指的是金几尼，是英国从1663年起到1813年为止曾使用过的金币。一枚金几尼价值20先令（从《牛津英语词典》得知，21先令等于1.05英镑）。1663年，皇家造币厂接受授权铸造金币，供给和非洲进行贸易的英国皇家探险者公司使用。该硬币由几内亚产的黄金制成，以上面的小象图案闻名。几尼这一名字几乎立刻就沿用了，因为人们打算在与几内亚开展贸易时使用它们。后来，具有相同内在价值的硬币继续沿用这一名称。面值20先令的金镑于1817年首次发行。(《牛津英语词典》)

1908年，金几尼大幅增值。一帽兜金几尼可是一笔巨大的财富。

31 一种混乱或尴尬的状况。原文中“ Hullo! hullo! here—is—a—go！”是遇到令人惊讶的事情时的措辞。雪花飘落，覆盖大地，鼹鼠和河鼠难以回到河岸。

32 我们再一次看到了物种的矛盾性：是吻了人类讲述者的脸颊，还是鼹鼠和河鼠丢失皮毛变成了人类？

33 肯尼斯·格雷厄姆迷恋英格兰乡村的古老历史，尤其是罗马人与丹麦人之间的战争。尽管彼得·格林设想的野外林地的背景是库克姆迪恩的采石场林，但肯尼斯·格雷厄姆用的词语“小圆丘”，证明野外林地的背景有可能是在伯克郡的农村地区。

> 伯克郡的地形虽然总体看来是平坦的，但到处都被小圆丘所覆盖。这些小圆丘是丹麦人堆成的——天知道他们是在几个世纪以前堆的。在丹麦当地，这些小圆丘被称为坟冢。有一天，我们坐在上无片瓦的丹麦坟头，吹着风畅谈。(《〈柳林风声〉最初的低语》)

34 在1953年出版的第一百版里，谢泼德加了一幅整页全彩插图。图中，鼹鼠和河鼠正在寻找獾先生的家门。该图看起来温暖迷人。另外还有一张单独的图，在他们的下方，獾先生从床上坐了起来。读者可以看到獾在第四章开头走去开门之前就已经醒来。谢泼德画里的河鼠，不像佩恩所画的河鼠那样拿着一根短棒，而是合乎情理地拿着一根拐杖。拉克姆对这同一个场景的处理更令人困扰：并没有确凿的意象表明獾就在附近，画面上只有光秃秃的巨大树木和积成“小丘和斜坡”的雪。

彼得·亨特认为，野外林地的这段情节与夏洛克·福尔摩斯的故事之间有着以下关联：

> 尽管是供成人阅读，主要读者也是成人，夏洛克·福尔摩斯在孩子和青少年间也深受追捧……不管故事的内容是涉及恐怖还是谋杀，几乎所有的故事都是我们首选的叙事类型：问题总能解决。而无所不能、近乎神迹的福尔摩斯这一符号，及其贝克街上那与充满威胁的雾都伦敦形成鲜明对比的舒适住处，使得“问题总能解决”得以强化。无论怎样的成人问题“摆在那里”，站在孩子般的华生医生身边，我们都可以自信且轻松地面对，因为我们知道，我们可以毫发无伤地回家。(《柳林风声：破碎的桃花源》)

35 疼痛之下，鼹鼠用回了他这个阶级所用的不完美的语法。河鼠不太可能会说出“管他什么划的”这样的话。

36 河鼠再一次变成了四足动物。

37 挖这个动作，让人回想起鼹鼠在第一章时往上爬的情形：“鼹鼠又是挖又是抓，又是扒又是挤，接着，又是挤又是扒，又是抓又是挖。”

38 在格雷厄姆的亲笔手稿里，他只在这一页中间写下“獾先生”。多年以来，不同的出版商都在此处添加了标点符号或文本框。

39 在彼得·格林所著的《肯尼斯·格雷厄姆传》出版3年后，大卫·斯基恩–梅尔文在《夏洛克·福尔摩斯杂志》上刊登的一篇文章中指出，格林彻底错过了福尔摩斯系列：

> 朋友的能力给鼹鼠留下的印象，比福尔摩斯给华生留下的印象更加深刻。有人认为，鉴于鼹鼠对河鼠的溢美之词，河鼠可能对鼹鼠更加友善一点，但像福尔摩斯这样的人却无法理解为什么别人不能像他那样去推理。华生曾在某个场合说：“我什么都看不出来。”福尔摩斯则反驳道：“正相反，华生，你看到了一切。然而，你没能从你看到的东西中做出推论。”河鼠说的“可你不明白它意味着什么吗”与鼹鼠罗列出的蹭鞋垫为何存在的简单回答，与福尔摩斯和华生之间的对话相呼应。鼹鼠是华生那一型；河鼠则是福尔摩斯那一款。“你知道我的方法的，华生，去用吧。”我们可以听到福尔摩斯这样说。而在发现房门之后，鼹鼠的所作所为，用的就是河鼠之福尔摩斯方法。在鼹鼠的阐述中，归功于河鼠的推理过程，除了来自福尔摩斯，并没有其他出处。

感谢莱斯利·S. 克林格让我留意了这篇文章。

第四章　獾先生

他们耐心地等着，似乎等了很久很久。为了让脚暖和一点，他们不停地在雪地上跺着脚。终于，他们听到缓慢的拖着脚走路的声音。脚步声由远及近来到门口，[1]就像鼹鼠对河鼠说的，听上去像是有人穿着地毯拖在走，鞋子太大，后跟都磨破了。鼹鼠真聪明，描述得分毫不差。

拉门闩的声音响了。门开了一道几寸宽的缝，刚好露出一个长鼻子，还有一对困倦地眨巴着的眼睛。[2]

一个粗哑而多疑的声音说："喂，下次再遇上这种事，我会非常生气。这样的夜里，又是深更半夜的，是谁不让人睡觉？[3]说话呀！"

"獾，请放我们进去，是我啊，河鼠，还有我的朋友鼹鼠。我们在雪地里迷路了。"河鼠喊道。

"呀，是河鼠，我亲爱的小家伙！"獾喊道，声调完全变了，[4]"你俩快快进来。哎呀，你们一定冷坏了。在雪地里迷路，还是在野外林地，又是深更半夜的，真让人难以相信。好了，你们快进来吧。"

由于急着进屋，两个动物挤作一团，滚倒在地上。听到背后的门关上了，他们都非常高兴，松了一口气。

獾穿着长长的睡袍，拖鞋的脚后跟果然破了。他手里拿着一个平底烛台，大约在他们叫门的时候，他正要上床睡觉。[5] 他亲切

温德姆·佩恩，1927 年。獾先生：“这样的夜里，是谁不让人睡觉？”

地低头看着他们，拍拍他们的脑袋。“这样的夜晚，小动物不适合出门。”他像慈父一般说道，“河鼠，恐怕你又在捣蛋了。[6]来吧，到厨房来。那里炉火很旺，还有晚餐，什么都有。”[7]

獾趿拉着拖鞋，举着蜡烛走在前面，河鼠和鼹鼠紧随其后。他们两个满怀期待，用手肘你推推我我推推你。他们走过一条又阴暗又破败的长长过道，来到一个中央大厅模样的房间，从这里隐约可以看到其他几条隧道一样的长长通道，[8]非常神秘，看不到尽头。但是看上去很舒适的大厅里也有几个门，结实的橡木门。獾推开其中一扇门，他们马上发现自己置身于一间炉火熊熊的温暖厨房。[9]

红砖铺就的地板已经磨得很厉害。宽大的壁炉里烧着木柴，[10]两个迷人的壁炉角深深嵌入墙壁，一丝冷风都吹不进来。一对高背椅[11]隔炉相望，非常便于坐着交谈。正中央摆着一张长桌——架在支架上的素色木板，两边放着长凳。[12]长桌一端，扶手椅已经回归原处，桌上却还摊着獾吃剩的晚餐。饭菜普普通通，品种却很丰富。厨房尽头的柜子里，架子上摆放的干净碟子在闪闪发光。头顶的椽子上吊挂着一根根火腿、一束束的干草、几网兜洋葱，还有一篮又一篮的鸡蛋。这地方，看上去适合英雄们凯旋摆庆功宴；[13]疲劳不堪的庄稼人可以成群地围桌而坐，又唱又笑，欢庆收割完毕[14]；口味简单的三两好友也能随意坐坐，舒服而满足地吃吃饭、抽抽烟、聊聊天。[15]红砖地板对着烟雾缭绕的天花板微笑；橡木凳坐久了，闪着光亮，高兴地你看我我看你；橱柜上的碟对着架子上的锅咧嘴笑；炉火快活地闪烁着，“普照”着屋内的一切。

好心的獾一把将他们按到高背椅上烤火，让他们脱下湿衣

欧内斯特·谢泼德的插图，1931 年

服、湿靴子。接着，他给他们拿来睡袍和拖鞋，亲自用温水给鼹鼠清洗小腿，并在伤口处贴上橡皮膏[16]，直到它看上去恢复了原样。沐着光明和温暖，他们终于暖和干爽了。他们架起累坏了的双腿，背后的餐桌那里传来引人遐想的摆盘发出的叮叮当当声。两只遭暴风雪驱逐的动物进入避风港，现在安全了。虽然刚刚逃出生天，但那片寒冷且无路可走的野外林地仿佛已经离他们很远很远，他们在那里所遭遇的一切，也好像成了一个快要忘掉的梦。

等到他们烤得周身暖烘烘了，獾把他们请到桌旁。经过一通忙乎，他已经准备了一桌饭菜[17]。他们早就饿得厉害，但是最后真的看到晚餐铺展在眼前，却好像遇到了一道难题：每一盘食物都那么诱人，不知先从何处下筷，吃了这一盘，其他好吃的会不会一直等着，直到被他们发现？他们好长时间都没法说话，等到慢慢能开口了，又因为嘴里塞满食物，使得谈话很费劲。獾根本

不在乎这种事情，根本没留意他们是不是把胳膊肘撑在桌上，也不在意彼此是不是抢着说话了。他本人不参加社交，也就认为这

南希·巴恩哈特，1922年。獾先生家房子的装饰及文字说明：“口味简单的三两好友也能随意坐坐。”

种事情无关紧要。[18]（我们当然知道他错了，眼界太窄，这类事情还是要紧的，但是解释起来太浪费时间。）[19] 獾坐在主座的扶手椅上，听两个动物讲他们的经历，不时神色庄重地点点头。他对一切都不觉得奇怪，也不觉得震惊。他从来不说“我跟你们讲过的”“我一直都这么说的”，也不指手画脚说他们该干什么不该干什么。[20] 鼹鼠开始对他产生了好感。

晚餐终于吃完了。每个动物都感到肚皮鼓胀，同时又相当安全，现在无须计较任何人、任何事了。[21] 他们围坐在熊熊燃烧的一大堆琥珀色的柴火边，心想：吃得饱饱的，睡得迟迟的，又没人管没人问，真是太开心啦。他们大致聊了一番之后，獾真心真意地说道：“好了，给我说说你们那边的新鲜事吧。蟾蜍那个老家伙怎么样啦？”

“哎呀，越来越糟啦。”河鼠沉重地说。此时，鼹鼠正靠在高背椅上烤火，脚翘得比脑袋还高。他假装悲痛地说：“就在上个星期，又出了一次车祸，撞得很惨。你瞧，他非要自己开车，可他开得很差劲。如果他雇一个沉稳得体、训练有素的动物，给他一份好工钱，把一切都交给他，一切都会好好的。可他不这样想，他认为自己天生就是司机的料，谁都教不了他什么。所以，不幸就接二连三来了。”[22]

“多少？”獾郁闷地问。

“你是问多少次车祸，还是他有几辆车？”河鼠问，“噢，对蟾蜍来说反正也没啥区别。这是第七次了。至于说其他六次，你知道他那个车库吧？啊呀，全堆满了。差不多都堆到天花板了。到处是汽车碎片，哪一片都比你的帽子大！[23] 那六次只能这么解释，如果这也算解释的话。”

“他住了三次院。”鼹鼠插嘴道，“至于他要付多少罚款[24]，想一想就吓死人了。”

“没错。这还只是一部分麻烦。”河鼠接口道，“蟾蜍有钱，这我们都知道，可他不是百万富翁。[25]作为司机，他简直糟透了，根本就不顾法律、无视规则。不是送命就是破产，迟早的事儿。獾啊，我们是他的朋友，难道不该为他做些什么吗？”

獾苦苦思考了一会儿，最后严肃地说：“听着，你们当然知道我现在没有什么办法吧？”

两位朋友没有异议。他们非常明白他的意思。依照动物界的规则，在隆冬淡季，不能指望任何动物去做费力的事情，去充当英雄，就是适度的活动都不能进行。所有动物都昏昏欲睡——有些真的沉沉睡去。所有动物多少都由于天气的缘故待在室内；所有动物都停下没日没夜的劳作歇息下来。在那些劳作的日子里，他们全身的肌肉都经受了严峻的考验，他们的体力也消耗一空。

“那么，就这样吧。”獾继续说下去，“不过，等真的到了转年，夜晚变短，睡到半夜就醒，坐立难安，想着天一亮就起来做事——恨不得天不亮就起来。你们懂的！”

两只动物都庄重地点点头。他们懂！

“好吧，到那时候，”獾接着说，“我们——你，我，还有我们的朋友鼹鼠，我们要好好管一管蟾蜍，我们绝对不让他乱来。我们要让他长长脑子，必要时就强制执行。我们要把他变成一只理智的蟾蜍。我们要——喂，河鼠，你睡着啦！”

“我才没有！”河鼠猛然一惊，醒了。

“吃好晚饭以后，他都睡过去两三次啦。”鼹鼠哈哈大笑着说。[26]他本人倒是很清醒，甚至精力充沛，他也不明白为什么会这样。这当然是因为他天生就是地下动物，在地下长大，獾的家所处的位置让他称心如意，如在家中。而河鼠呢，每晚睡觉的卧

亚瑟·拉克姆，1940年。“獾的过冬储备的确随处可见，占据了半个房间。”彼得·亨特曾指出，在一个食物取代性欲的世界里，这一刻充满了性的意味。獾将客人留宿在了一个放满食物的房间里。

室，敞开的窗户正对着微风徐徐的河，自然觉得这里的空气静止而沉闷。

“好了，我们都该上床睡觉啦。”獾说着站起身，拿起平底烛台。“二位，跟我来吧。我带你们去你们的房间。明天早上不用急

南希·巴恩哈特，1922年。“两张白色小床，看上去软软的，很是诱人。”

着起床，早饭几点吃都行。”

獾把他们两位领进一个长长的房间，看上去半像卧室，半像贮藏间。獾的过冬储备[27]的确随处可见，占据了半个房间，有成堆的苹果、萝卜、土豆，满篮的坚果，成罐的蜂蜜。空出来的半间屋，地板上摆放的两张白色小床，看上去软软的，很是诱人。[28]床上的铺盖虽然粗糙，却干干净净，散发出好闻的薰衣草香味。[29]鼹鼠与河鼠不到半分钟就抖落身上的衣服，“嗖”地一下钻进被窝，满心欢喜，大为满足。

遵照好心的獾的指令，两只困倦的动物第二天睡到很晚才下来吃早饭。[30]厨房里炉火熊熊，两只小刺猬[31]坐在餐桌边的凳子上，正吃着木碗里的麦片粥。见他们两个进来，刺猬放下勺子，站起身来，毕恭毕敬地朝他们低头致意。

“好啦，坐下，坐下，”河鼠高兴地说，“接着吃你们的粥吧。你们两个小家伙从哪里来呀？我猜，是在雪地里迷了路？”

“是的，先生。”年龄大一点儿的刺猬有礼貌地说，“我和这个小比利，我们去找上学的路——天气这么糟糕，妈妈还要我们去学校，我们自然就迷路了。先生，比利年龄小，胆子也小，吓得哭起来。[32]最后，我们碰巧来到獾先生家的后门那里，就鼓起勇气敲了门。獾先生是个好心的绅士，人人都知道——”[33]

“我知道。”河鼠说着，从一块熏肉旁边给自己切下薄薄几片；鼹鼠往平底锅里打了几个鸡蛋。“外面天气怎么样了？你不用老是‘先生’‘先生’地叫我。”河鼠又补上一句。

“天哪，简直太糟糕了，先生，雪深得吓人。”刺猬说，“像你们这样的先生，今天可不能出门。”

“獾先生去哪里了？”河鼠一边在火边热咖啡，一边问。

温德姆·佩恩，1927 年。“刺猬毕恭毕敬地朝他们低头致意。”

“主人去书房了，先生，”刺猬回道，“他说，他今天上午特别忙，绝对不能打扰他。”

对于这个解释，在场的每一位都特别明白。事实上，正如前面所说，如果一年里有半年过的是紧张忙碌的生活，剩下来的半年又处于半睡或者昏睡不醒的状态，那在后面半年里，家里来了客人或者有事要做的时候，你总不能老是找太困的借口。这样的

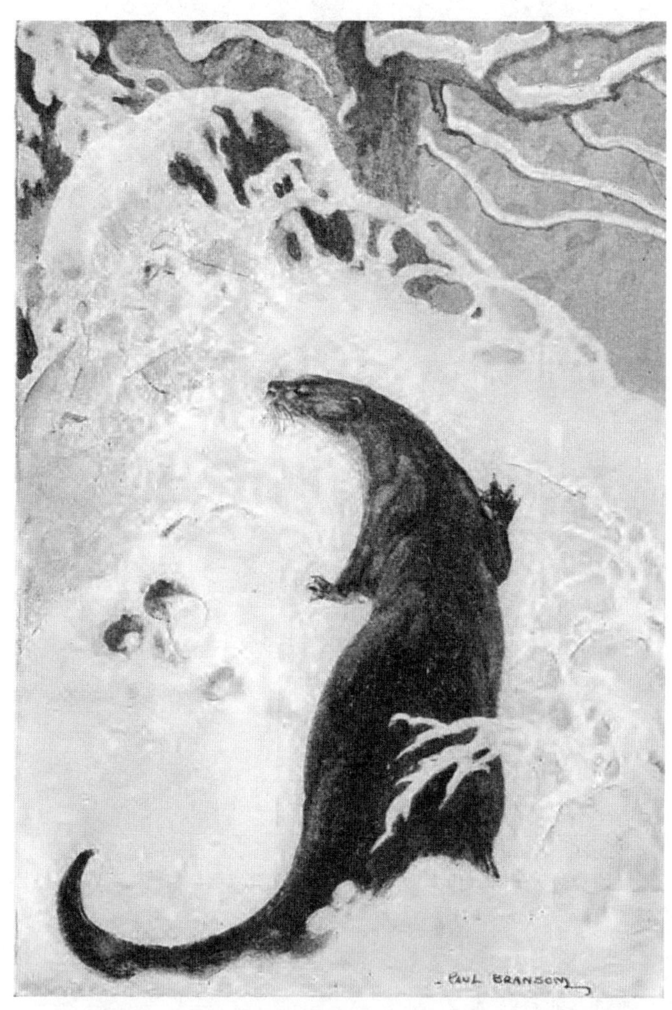

保罗·布兰瑟姆，1913年。水獭“钻林子、过雪地”。布兰瑟姆捕捉到水獭那爱玩的天性：水獭就像喜欢在水中一样喜欢在雪里嬉戏。

托辞太老套了。几只动物心里都明白，美滋滋地吃完早饭后，獾就回到书房，窝进扶手椅，两腿架到另一把椅子上，脸上盖着红色的棉手帕，去忙他一年中这个时节通常要忙的事了。[34]

前门的门铃轰然响起。河鼠正吃着黄油吐司，满嘴油汪汪，就派那个小一点的刺猬比利去看看是谁来了。厅里响起咚咚的脚步声，比利回来了，后面跟着水獭。水獭扑到河鼠身上拥抱他，亲热地大声向他问好。

“下来！”河鼠嘴巴塞得满满的，嘟囔着。

“我知道准能在这里找到你们。”水獭欢快地说，“我今天早上到河岸去了，那里乱作一团。他们说，河鼠整夜都不在家，鼹鼠也不在——准是出事了，可怕的事。当然，大雪掩盖了你们的足迹。可我知道，遇到麻烦时，人们八成要去找獾，要不然就是獾知道发生了什么，所以我钻林子、过雪地，直奔这里来了。[35]哎呀，穿过雪地的时候，红彤彤的太阳升起来，阳光照在黑色的树干上，别提多美啦！路上静悄悄的，一个人走着走着，时不时地，大团大团的雪突然‘啪嗒’一声从树枝上掉下来，吓人一跳，赶快找地方躲起来。一夜之间，不知道从哪里冒出那么多雪堡、雪洞，还有雪桥、雪阶和雪墙。我真想跟它们玩上几个小时。[36]雪沉甸甸的，到处都是被压断的大树枝。知更鸟飞到上面，蹦蹦跳跳，神气活现，高高在上，好像树枝都是他们压断的。一排队形凌乱的大雁从头顶掠过，高高地飞上灰色的天空。几只乌鸦[37]在树梢上方盘旋，视察一遍后，露出满脸的嫌弃，扑打着翅膀飞回家去了。我想打听点消息，可就没碰到一个有脑子的动物。大约走到一半路的时候，我遇上了一只兔子。他坐在树桩上，正用爪子洗他那张傻乎乎的脸。我从他背后悄悄爬过去，前爪重重地朝他肩膀上面一搭，可把他给吓坏了。我只好在他脑袋上拍了两巴掌，这才让他稍微回过点儿神来。[38]最后，我好歹算是从他嘴里套出话来，他说昨天晚上是有一只兔子在林子里看到了鼹鼠。兔子在洞里闲聊的时候，说到了河鼠那位特别的朋友鼹鼠遇到大麻烦啦。他迷路了，而'他们'出来追捕他，把他追[39]得团团转。'你们为什么不拉他一把？'我问，'你们可能没走运到脑袋聪明，可你们有成百成千个，都是又大又壮的家伙，肥得流油。四面八方都是你们的洞。[40]你们原本可以带他进洞里，保他安全、舒服，不管怎么说，总可以试试吧。''你说什么？我们？'他只是说，'拉他一把？我们兔子？'我又给了他一巴掌，然后离开了他。没有什么办法，不过我总算从他那里得到了一点消息。可惜我运气不够好，没有碰到兔子说的'他们'中的任何一个，不然我就能打听到更多消息——或许他们能打听到。"

"你一点都不……紧张吗？"鼹鼠问。提到野外林地，昨天那恐怖的一幕幕再次袭上心头。

"紧张？"水獭哈哈大笑，露出坚固的白牙，亮晶晶的。"谁胆敢在太岁头上动土？看我不吓死他们。[41]喂，鼹鼠，你是个好小伙，帮我煎几片火腿吧。我饿坏了。我有很多话要跟河鼠说。我好久没见过他了。"

于是，好脾气的鼹鼠切下几片火腿，打发两只刺猬去煎，自己又转头吃起早饭来。水獭与河鼠头抵着头，急切地说着河边居民的悄悄话，[42]没完没了，就像潺潺河水流淌不休。

一盘煎火腿吃光了，盘子送回去再加的时候，獾走了进来，一边打哈欠一边揉眼睛，轻声向大家问好，简单而温和。他对水獭说："一定是到吃午饭的时间了，你最好留下来跟我们一起吃。

今天上午这么冷，你肯定饿了。”

“好饿啊！”水獭一边回答，一边朝鼹鼠眨眨眼睛，“看到馋嘴的小刺猬大吃特吃煎火腿，我简直饿得受不了啦。”

两只小刺猬刚吃过麦片粥，就忙着去煎火腿了，眼下他们又开始感到饿了。他们胆怯地抬头看着獾先生，因为太害羞了，什么话都没有说出口。[43]

“好啦，你们两个小家伙该回去找妈妈了。”獾温和地说道，“我会派人去送你们。我敢肯定，你们今天不用再吃饭了。”

獾给了每只刺猬六便士，拍了拍他们的小脑袋。两只刺猬恭恭敬敬地挥挥帽子、碰一碰额发就离开了。[44]

大家马上就坐下共进午餐了。[45] 鼹鼠发现自己的座位紧挨着獾先生，而那两位仍然沉浸在河边的家长里短上，毫不分心。鼹鼠抓住时机，告诉獾他觉得在这里多么舒适，如在家中。他说：“只要回到深深的地下，你就绝对知道自己人在哪里。什么事情都不会发生，什么事情都不会遇上。你完完全全自己做主，不用请教别人，也不用在意别人说什么。头顶上一切都是老样子，随它们去，不必操心。要是想管，那就上去，一堆事情等着你呢。”

獾冲他微微一笑，回答道：“这正是我要说的。除了地下，哪里都不安全、不太平、不清静。如果你主意大了，想扩充地盘，嗨，挖一挖，掘一掘，不就搞定了嘛！如果你觉得你的家太大了点儿，堵上一两个洞，你就又搞定了呀。[46] 没有建筑工人，没有工匠，没有人爬墙头说三道四，最重要的是，管它什么天气呢。瞧瞧河鼠吧，河水上涨几寸，他就得搬到出租屋里，不舒服，不方便，外加贵死人；再说说蟾蜍，蟾府嘛，倒是没的说，是这一带最好的房子。可万一失火了，蟾蜍到哪里去？万一瓦片被风吹落了，墙壁倒塌或是裂开了，窗子给打破了，蟾蜍到哪里去？万一屋里灌进冷风——我最恨冷风——蟾蜍到哪里去？到地面上，走出家门逛逛或者谋点生计都相当不错，但最终还是要回到地下——这就是我对家的看法。”

鼹鼠打心眼儿里赞同他的说法，因而獾也就对他非常友好。他说：“吃过午饭，我带你参观一下我的小窝。你一定会喜欢的。你明白家庭建筑应该什么样，你懂的。”

午饭过后，当那两位窝在壁炉边热烈地讨论鳗鱼的时候，獾点亮提灯，叫鼹鼠跟他走。他们穿过大厅，沿着一条主隧道朝前走。灯光摇曳，照亮两边大大小小的房间。有些只不过是小小的储藏间，有的宽敞壮观，好像蟾蜍家的餐厅。拐了个九十度的弯，一条狭窄的通道把他们带到另一条长廊。同样的场景再次出现。这里规模浩大，曲径通幽，昏暗的通道长长的，塞满物件的储藏室的拱顶牢牢的，廊柱、拱门、路面，到处都是砖石结构。鼹鼠不由得看呆了。最后，他说：“獾，你到底哪儿来的时间和精力干完这些活儿的？太惊人了！”

“如果是我干的，那确实是太惊人了。”獾简单地说，“事实上，我什么都没干。我只是在需要的时候清理一下通道和房间罢了。周围还有很多这样的洞穴。我知道你不明白。我必须给你解释解释。嗯，在很久很久以前啊[47]，这片野外林地生长的地方并没有树，也不是现在的样子，而是一个城市——一个人类的城市。他们就住在我们现在站着的地方，走路，说话，睡觉，做着他们的营生。他们在这里喂马设宴，从这里骑马出发去打仗，或者赶车出去做买卖。他们强大，富有，还是伟大的建筑师。他们的建筑可以永远流传下去，因为他们以为，他们的城市会一直存在。”

“可他们后来怎么样啦？”鼹鼠问。

“谁知道呢？”獾说，“人类来了，住上一段时间，兴旺了，于是大兴土木，然后走了。[48]人类总是这样。可是我们一直留在这里。我听说，早在这个城市形成以前，这里就有獾。现在这里还是有獾。我们是有耐心的群体，我们也许会出去一阵子，但我们会耐心等待，然后再回来。永远都会是这样。”

“嗯，那些人类最终走了，然后又怎样了？”鼹鼠问。

“那些人类走了以后，”獾继续说道，“狂风刮个不停，大雨下个不停，年复一年，没完没了。这里落入风雨的魔掌。也许我们獾也以自己的方式为风雨助力了，谁知道呢？一切都在往下陷，陷啊陷，逐渐变成废墟，夷为平地，消失不见。然后，又一点一点地往上长，长啊长，就像种子长成幼苗，幼苗长成大树。荆棘和蕨类植物也钻出来帮忙。腐叶堆高高堆起又消失了。冬季涨潮时，河流席卷着泥沙，淤积起来覆盖了一切。随着时间的推移，我们的家再次准备停当，我们搬了进去。在我们头顶的地面上，同样的事情也在发生。动物们来了，喜欢上这里，住下来不走了，然后不断地繁衍兴旺。他们不为过去烦心——从来都不。他们太忙了。[49]这里地势高低起伏[50]，当然也有很多洞，不过这倒是大有好处。他们也从不操心将来——将来，人类说不定会回来，住上一段时间，很可能是这样。现在，野外林地住满了动物，照例是有好有坏的，还有不好不坏的——我就不说他们的名字了。世界是由各种各样的动物构成的。不过我想，这次的经历也让你对他们多少有所了解了。”

“的确如此。”鼹鼠说着，微微一抖。

亚瑟·拉克姆，1940年。獾之家之旅。“他们穿过大厅，沿着一条主隧道朝前走。”

“好啦，好啦。”獾拍拍他的肩膀说，“要知道，这是你第一次跟他们打交道。他们其实没有那么坏。我们要活下去，也要让别人活下去。不过，我明天要给他们传个话，我想你就不会再遇到麻烦了。在这里，我所有的朋友都要来去自如。不然，我倒是要去了解一下是什么原因了。”[51]

他们又回到厨房的时候，河鼠正焦躁不安地走来走去。地下的气氛压抑，让他神经紧张，他好像真的觉得自己不在河边照看的时候，那条河会跑掉。于是，他穿上外套，把手枪重新别到腰带上。河鼠一看到他们出现，马上焦急地说：“走吧，鼹鼠。趁着还是白天，我们走吧，别又要在野外林地过上一晚。”

“没事的，我亲爱的朋友。”水獭说，“我跟你们一起走。就是闭着眼，我也认识每一条小路。[52]如果哪个家伙不怕挨揍，交给我好了，看我不胖揍他一顿。”

“河鼠，你真的不用发愁，”獾平静地来了一句，“我的通道比你想象的要长得多。我还有好几个藏身的地方[53]，从不同的方向通到林子边缘。不过，我并不想让人人都知道。你真要走的话，你可以抄近道走。现在，安下心来，再坐一坐。”

但河鼠还是急着要走，好回去照看他的河。于是，獾又拿起了提灯，在前面带路，沿着一条潮湿、憋闷的隧道朝前走。隧道弯弯曲曲、高低不平，一部分有穹顶，一部分从坚硬的岩石里开凿出来。这段路很是累人，有几里长。最后，透过挂在隧道口乱蓬蓬的草木，终于看到了朦朦胧胧的日光。獾匆匆跟他们告别，迅速把他们推到外面，用藤蔓、灌木和枯叶掩好洞口，什么痕迹都看不出，然后就转身打道回府了。[54]

他们发现自己站在了野外林地的边缘，身后的岩石、荆棘和树根乱七八糟地堆在一起，缠作一团；眼前是大片寂静的田野，成排的树篱在白雪的映衬下黑黝黝的，给原野镶了边。举目远眺，那条古老的河流闪闪发光，冬日的阳光红彤彤地垂挂在地平线上。水獭熟知每一条小道，他带领大家抄近路直奔远处的栅栏台阶而去。[55]他们在那里停了片刻，回头一望，无边无际的白色原野里，那片密密匝匝的险恶林地显得煞是可怕。他们同时转过身，飞快地往家赶，飞快地奔向炉火和火光照耀下的熟悉事物，奔向窗外欢快流淌的河流。他们熟悉那条河，信任那条河，不管它是何种脾性。那河从不作怪恐吓他们。

鼹鼠脚步匆匆，一心想早点到家，和熟悉并喜爱的东西待在一起。此刻，他才清晰地领悟到，自己这样的动物，属于耕地和灌木篱墙。[56]与他紧密相连的是犁沟，是经常光顾的牧场，是晚上闲逛的小路，是栽培过的园地。严酷的气候、顽强的耐力、与狂暴的大自然斗法，还是交给别人吧。他必须学聪明，乖乖待在划给自己的舒适地盘，那里自有种种奇遇，足够他玩上一辈子。

南希·巴恩哈特，1922 年。
梅休因版本，关于刺猬的补白用图

1 另一版本，e. 248：终于，他们听到了缓慢的拖着脚走路的声音。(脚步声)~~听起来~~由远及近来到门口。

2 到目前为止，獾的家是唯一一个有锁的房子。他可能会出于自我保护的目的而一直把门闩插上。由于住在野外林地的核心地带，过冬的时候，他需要保护好自己。獾对开门也感到犹豫，在他给人进门的机会之前，他会偷偷瞥一眼，看看门外是谁。

埃尔斯佩思·格雷厄姆记录道，居住在库克姆迪恩高地的原住民多为吉卜赛人和“一群不受拘束的动物”(《〈柳林风声〉最初的低语》)。如果獾的家设置的背景的确是采石场林的话，那么格雷厄姆可能对他那些流浪的邻居心怀戒备。

3 獾的语气听起来像是已经做好了打斗的准备。然而，插画家并非总是能注意到格雷厄姆所给的暗示。温德姆·佩恩插图里的獾先生要比谢泼德所画的更精于打扮，更具有郊区居民的特性。铅条玻璃窗让这扇门更容易受到野外林地里黄鼠狼和白鼬的入侵。与格雷厄姆的文章相反，图里的獾先生在狂风大作的晚上将房门大开；房子内部似乎非常明亮，就像是佩恩给獾先生家通了电一样。

谢泼德画的那扇不易被察觉的门更加贴近格雷厄姆的原文。那没有镜子的帽架提醒着我们，坏脾气的獾并不注重外表。在图的最左边，我们看到雪花飘落到鼹鼠与河鼠身上，因而他们冻得瑟瑟发抖。谢泼德画起恶劣天气得心应手——他在《小熊维尼》里也画了一幅大风天的插图。

4 当獾发现站在门边的是他的朋友时，他的态度就变了，语气也变成了家长式的。19世纪晚期的小说家理查德·杰弗里斯对格雷厄姆的文章设定和人物形象产生的影响，彼得·格林和彼得·亨特都写过。据他们的研究，獾先生与杰弗里斯的作品《集市上的艾玛莉莉丝》中的两个人物极其相似：主人公的父亲和她那90岁的爷爷，老艾登先生。和獾先生一样，小艾登先生也是不断挖地。尽管他的大衣袖口已经磨破，胳膊下面各有一个洞，尽管他还自己种土豆，但是杰弗里斯告诉我们，艾登先生并不像他表现出来的那么粗鲁：

> “啊，是的。”艾登边说边将左手放在下巴上——这是他思考时的习惯。突然间，他改变了之前和村民及劳工一样的发音，在他们之间，他专注于使用被教育过的正确的口音……
>
> （艾玛莉莉丝）对他有时会非常粗暴感到震惊，惊奇于他为什么与劳工交谈，为什么穿着一件破烂的外套。在别的心情下，他充满智慧，他的谈吐、思想和举止都透露出他是一名完美的绅士。

5 和刺猬不一样，獾并不冬眠。他们在秋季的几个月里增加体重，以便度过蚯蚓和蛆（具有代表性的獾的饲料）少得可怜的冬季的几个月。冬天，他们的睡眠要深一些，久一些。遇上恶劣的天气，他们会一连在地下待上好几天。

6 为了保持同性社交的主题，《柳林风声》里面只有慈父般的良师益友，慈母般的人物形象与本书不符。到目前为止，我们目之所及的是，河流之于鼹鼠是父亲般的存在；河鼠之于鼹鼠、鼹鼠和河鼠之于蟾蜍，以及此处獾之于河鼠和鼹鼠，也是父亲般的存在。獾先生的权威必须服从。

彼得·亨特写道：

> 獾代表的是父系社会：他是拥有权力的老地主，通过字面上的意思和比喻能看出，野外林地下面即他的权力场。同时，他还是叔叔或是爷爷的形象，可以让河鼠在他的地盘留下来，并且他常常把其他人当作孩子对待。(《对话和辩证法》)

7 鼹鼠和河鼠获得了奖励，因为他们经受了食物、良伴以及野外林地里里外外的安全考验。在《柳林风声》中，厨房和准备好的饭菜乃代表稳定下来的因素。

8 獾的家更像是一座地下城。若要解开其神秘古老的历史，得为《柳林风声》写个完整续篇。相反，只是暗示这个地方可能是什么样子，反而为这本书，也为獾这一权威且如父亲般的角色增添了神韵。

鼹鼠和河鼠跟着獾走到位于他家中央位置的温暖炉边。獾的家同样位于野外林地的中央。

9 汉弗莱·卡彭特在《秘密花园：儿童文学黄金时代的研究》一书里详尽描述了獾的厨房的重要性：

> 与河流一样，厨房也是一种普遍的象征。它的魅力在于多样性。对于格雷厄姆这一代人来说，厨房也一定具有威廉·莫里斯特色的暗示，暗示着更早期的前工业化的理想社会，在这样的社会中，分配食物的时候，阶级的区别似乎并不重要，各阶级的人们坐在领主大厅或自耕农的壁炉旁。与当今的读者相比，对于爱德华时代的读者而言，这个观点更为强烈，暗示着要重返童年时代。格雷厄姆这一代人大多数都是在家仆的照料下度过大部分早年生活的，因此，小孩常在厨房里逗留，观看大炉灶或是烤肉扦子上正在烹饪的锅子和肉块。

和《柳林风声》一样，厨房场景也出现在维多利亚和爱德华时代的其他重要儿童文学作品中，如查尔斯·金斯利的《水孩子》、乔治·麦唐纳的《公主与柯迪》、刘易斯·卡罗尔的《爱丽丝梦游仙境》、毕翠克丝·波特的《格洛斯特的老裁缝》以及《迪基·温克尔太太的故事》。

10 如彼得·亨特所写的，“獾的厨房哪里都不含糊。也许，在《柳林风声》中引用得最多的部分里，我们看到了格雷厄姆对田园生活的颂扬”。(《柳林风声：破碎的桃花源》)

11 高背椅是一种带扶手的木板凳，靠背高高的，座位下面是封闭的，可用作箱子。高靠背能阻拦气流，在火炉边放置高背椅可以保暖。常见于英式酒吧。

12 獾厨房里的桌子也很像人们面对面吃正餐的牛津和剑桥大学餐厅里的桌子。在《哈利·波特》系列里的任何一个有关餐厅的场景里都可以看到这种当代就餐范例。

13 卡彭特还评论道，獾的厨房"暗示了《贝奥武夫》这类诗歌里的饮宴大厅。格雷厄姆说，在这里，'英雄们凯旋摆庆功宴'，这个短句所用的头韵法令人隐约回想起盎格鲁撒克逊的诗句"。

獾的厨房就和《贝奥武夫》里的大厅一样，是人们在战争和比赛前后聚集、庆祝和狂欢的地方。

> 希夫顿的儿子该进宴会厅了，因为国王本人希望参加宴会。他们说到丹麦人举止从不曾如此文雅，也从不曾在君王面前如此群情激昂。地位高的人们在长凳上坐下，尽享一道道盛宴。赫罗斯加和他英勇的侄子赫洛苏夫在宴会厅里用蜂蜜酒互相敬酒。鹿宫里挤满了朋友。(《贝奥武夫》)

14 "欢庆收割完毕"(Harvest Home)的定义为："最后一批作物收割进仓的真实情况、场所或时间；收割完毕……庆祝收获完成时的呐喊和歌唱……为庆祝玉米成功收割完毕的节日狂欢，这个节日在苏格兰被称为'收获节'(the Kirn)。"(《牛津英语词典》)格雷厄姆最喜爱的诗人之一罗伯特·赫里克 1648 年创作了诗歌《"飞毛车"或丰收歌》，其中写了传统的英国乡村节日："来吧，戴上玉米穗做成的王冠 / 伴着管乐，唱起丰收歌。"

15 南希·巴恩哈特插图中的獾先生家的壁炉非常昏暗。獾坐在火边，举起爪子，就像是他在讲故事一般。獾、鼹鼠和河鼠都穿上厚厚的长袖衣服来保暖，唤起一种寒冷冬夜的感觉。然而，巴恩哈特对文本进行了改变：图中只有一把高背椅，河鼠正在上面坐着；鼹鼠看起来仿佛是坐在地板上的靠垫上。

梅休因出版社和斯克里布纳出版社负责巴恩哈特版本的编辑们在图片说明里删减了格雷厄姆的文本，因此，读者不会马上注意到鼹鼠、河鼠和獾在参与成年人的活动：吸烟。

查尔斯·狄更斯的《雾都孤儿》里面较为著名的一个场景便是孩子们聚在一起吸烟。为了突出这一点，乔治·克鲁克香克特意给这个场景画了插图。事实上，狄更斯笔下的孩子们在纵容他们的成年人（费金）的陪伴下"抽着长长的陶烟斗，喝着烈酒，宛若中年人"，这在 19 世纪 40 年代的社会是不正确的行为。

经历重重磨难，得以在獾的壁炉和厨房愉悦地歇息。这种愉悦也是作者的自叙。我们知道，格雷厄姆喜欢和男同伴一起去伯克郡的偏远地区徒步旅行，在远足期间，寻找前撒克逊人用来出租的住所。在格雷厄姆笔下，獾的家老旧到没有人知道是什么时候建成的，颇似格雷厄姆喜爱的那类自前罗马时期起元素叠加的独特建筑。

巴恩哈特的插图顶部比较暗，留下了想象的空间。就我们所知，壁炉架上方可能有一条秘密隧道。阴影部分加深了环境的幽深和神秘感，让人感觉这座地下房屋是异教式、罗马时期、中世纪时期和维多利亚时期建筑的混合物。

16 “橡皮膏”（sticking-plaster）是早在格雷厄姆时期使用的一种创可贴。

它是一种“用于覆盖和闭合表皮伤口的布。这种布由亚麻、丝绸或任何其他织物组成，上面涂有黏性物质”。（《牛津英语词典》）

17 原文中的“repast”一词如今并不常用。该词原意就是一餐饭。

18 举止是否得体常常取决于礼仪的实施者，即女人。在獾这个单身汉家的大厅里可以举止散漫，对鼹鼠和河鼠而言环境宜人。

19 这是格雷厄姆对阿拉斯泰尔和其他小读者说的悄悄话，是格雷厄姆为数不多的一句说教。

20 另外版本，e. 248：他从来不说什么我跟你们讲过的，或是什么我一直都这么说的，也不谈起~~对他们说~~他们应该怎么做。

21 和巴恩哈特的插画不同的是，谢泼德占据页面三分之一的插图并不需要图片说明。鼹鼠和河鼠面对面坐着，从他们的姿态可以看出他们吃得很饱，心满意足。尽管这是一幅黑白插图，桌子周围却有发光的感觉，像是生着炉火，但是并没有炉火，不过是獾先生椅子背部的一圈白色光晕而已。

22 尽管那时有很多汽车俱乐部可供加入，也有许多专门应对汽车保养的出版物，但在1911年的《米其林大不列颠群岛指南》上并没有提到过驾驶员教育课程，也没有刊登过相关广告。更常见的做法是，那些不懂驾驶的人雇个男仆开车并给车子做保养，类似雇个马夫来照看马匹和马车。男仆需要获取驾照，并在每年的一月末进行更新。

23 对于成年读者来说……汽车就像迷倒奥德修斯的塞壬的歌声。这位荷马史诗中的英雄采取的预防措施是用蜡封住船员的耳朵，这样，听到歌声就不会沉船。（《奥德赛》第十二卷）而当蟾蜍坐上驾驶座的时候，他看起来更迷恋撞车。因此，正如塞壬的岛屿是用水手的骸骨来装饰的一样，蟾蜍的车库积攒了堆成山的汽车碎片。（玛丽·德弗雷斯特，《柳林风声：一个故事，两种读者》）

24 根据1911年版的《米其林大不列颠群岛指南》，超过每小时20英里的速度时，第一次罚款10英镑，第二次罚20英镑，“之后再犯，处以不超过50英镑的罚款”。指南里还说道：“但根据本条规定，不得仅仅只根据一名证人对速度的判断，就给驾驶速度超过20英里的人定罪。”

在《米其林大不列颠群岛指南》中关于“驾驶法”的部分，标题为“违规”的文章表明，“违规第二次或更多次的情况下，可处以为期三个月的有期徒刑”。

1903—1904年的汽车法案推出了交通法、驾驶执照、制动要求和可直接粘或涂在车上的车牌号。这部法案还采用了车尾的红色刹车提示灯。然而，只要他/她填写好表格并在当地邮局交付费用，谁都能拿到驾照。这是第一次，汽车法案允许控告危险驾驶这一违规行为。

至于蟾蜍先生，法律会要求他向当局登记他的每一辆汽车。如果他是在伯克郡的雷丁镇做的登记，他的驾照或是注册码由该区域的代码“BL”打头，代表这辆车是登记在伯克郡的雷丁镇。或者，如果蟾蜍将汽车登记到牛津郡牛津镇，他的注册码则以“BW”开头。

25 蟾蜍继承了父亲留下的遗产。他的父亲很有可能是名实业家。尽管他获赠了一大笔财富，但由于他的冲动和无节制，这笔财富很快就被挥霍一空了。彼得·亨特说道：“蟾蜍代表

— 507 — CIRCULATION

SPEED, PROHIBITION, AND CAUTION SIGNS.

The following are the signs employed on highways :—

1. For 10 miles or lower limit of speed, a white ring 18 inches in diameter, with plate below giving the limit in figures.

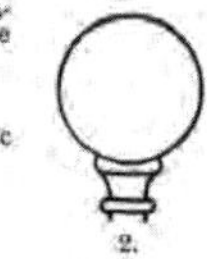

2. For prohibition, a solid red disc 18 inches in diameter.

3. For caution (dangerous corners, cross roads, or precipitous places), a hollow red, equilateral triangle, 18-inch sides.

4. All other notices under the Act to be on diamond-shaped boards.

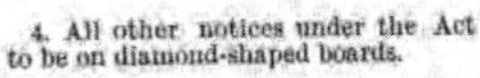

The above signs are placed on the near side of the road facing the driver, with their lower edges not less than 8 feet from the ground, and about 50 yards from the spot to which they apply.

CIRCULATION.

SPEED LIMITS.

No motor car may be driven at a speed exceeding twenty miles per hour, and, where an order of the Local Government Board has been obtained, at a greater speed than that stated on conspicuous notice boards or plates.

If any person acts in contravention of this provision he shall be liable, on summary conviction in respect of the first offence, to a fine not exceeding £10, and in respect of the second offence to a fine not exceeding £20, and in respect of any subsequent offence, to a fine not exceeding £50, but a person shall not be convicted under this provision for exceeding the limit of speed of twenty miles merely on the opinion of one witness as to the rate of speed.

Where a person is prosecuted for an offence under this section, he shall not be convicted unless he is warned of the intended prosecution at the time the offence is committed, or unless notice of the intended prosecution is sent to him or to the owner of the car as entered on the register within such time after the offence is committed, not exceeding twenty-one days, as the court think reasonable.

RULES OF THE ROAD.

(1) On meeting a vehicle approaching from the opposite direction, keep to the left.

(2) On overtaking a vehicle proceeding in the same direction, pass on the right or off side.

(3) Tramcars may be met or overtaken on whichever side of the road is the more safe.

(4) Pass a led horse on the side on which it is led.

(5) Whenever necessary, warning of approach must be given by sounding a horn, bell, or other instrument.

(6) On the request of any police-constable in uniform, or of any person having charge of a horse, or if any such constable or person shall put up

1911年的《米其林大不列颠群岛指南》上发布的路标：“1. 对于10英里或更低速度的限制，会有一个直径为18英寸的白色的环，环下面有一块板子，上面写了具体的数字限制。”

了反叛者、暴发户、幻想家和‘被宠坏的婴儿的化身’。”(《语言及阶级》)

26 这段对话让人想起《爱丽丝梦游仙境》第七章《发疯的茶会》里的一个片段：“这时候，睡鼠已经闭上眼打起盹儿来，但是它被帽匠捅了一下后，尖叫着醒来，继续下去。”

另外的版本，e. 248：“吃好晚饭以后，他~~时不时地~~睡了过去（两三次）。”鼹鼠哈哈大笑着说。

27 拉克姆关于这一主题的插画缺少巴恩哈特画里的神秘及深度。众所周知，獾的家是在地下，而在拉克姆的画中，室内装饰十分明亮；房子是木制的，方方正正，就像刚刚出自一个木匠之手——关键的地方却被疏忽了：这所房子实际上十分古老，并且有许多的附属建筑和隧道。如果獾家里的角落是暗的，读者无法弄清楚阴影里是什么东西，这会更有神秘感。拉克姆为数不多的关于比例的一个矛盾是他画的蔬菜。在最左下角，堆满的到底是西瓜那么大的黄瓜还是巨型大葱？

28 巴恩哈特版插画再一次缩短了说明，将“空出来的半间屋，地板上摆放的两张白色小床，看上去软软的，很是诱人”改成了“两张白色小床，看上去软软的，很是诱人”。撇开这点变动，这幅插画是巴恩哈特比较成功的一幅。谢泼德在第一章末尾模仿这幅画，画了鼹鼠在河鼠家里上楼的场景。巴恩哈特画里的卧室看起来像一个地下巢穴，诱人的床铺上方的空间是昏暗的，似乎是圆顶，就像是穴居动物挖出来的一样。贮藏间神神秘秘，然而，鼹鼠拿着蜡烛带领读者进入插画，使这个画面变得引人入胜。鼹鼠就像獾一样，在地下待着最为舒适。他彻底躲过了上方野外林地里的雷电。

29 无论是干燥后的还是新鲜的，薰衣草的茎和花都会永远散发芬芳。将薰衣草与有段时间不用的铺盖或衣服储放在一起，可以完好保存布料数月之久。薰衣草（学名 Lavendula vera）是一种原产于南欧和北非的植物。尽管在较冷的气候下生长困难，但在英格兰南部，薰衣草多产而常见。薰衣草可用来做成随身携带的小香囊，或者是夹在要洗的衣服之间。在 20 世纪以前，文学作品里常把薰衣草（lavender）这个词用成洗熨（launder），因为，这种植物就是用来洗洗刷刷的。(《牛津英语词典》)

通过描写獾家里的充足储备、期盼的休息以及薰衣草，格雷厄姆可能是在暗指约翰·济慈的诗《圣亚尼节前夕》。这首诗是基于《罗密欧与朱丽叶》创作而成的：

> 而她仍蔚蓝的眼睑低垂，沉进深深梦乡，
> 雪白的床单光滑如镜，伴有淡淡紫香，
> 这时他从壁橱走出，带来一堆食物。
> 有蜜饯的苹果，榅桲，杏子，葫芦；

> 绵柔的果酱胜过滑腻的牛乳，
> 透明的糖浆带着肉桂的色泽；
> 商船从费兹运来了海枣和甘露；
> 美味的芳香，各来自远方，
> 从丝绸的撒马尔罕到雪松的黎巴嫩。

30 格雷厄姆在亲笔手稿 e. 248 里在这个段落的开头和上一个段落之间留了一段空白。

彼得·亨特在《柳林风声：破碎的桃花源》一书中题为“食物和厨房”的部分记录道：

> 无须大量分析即可看出，所有的这些餐点都意味着庆祝一次冒险的结束，是有益健康、安抚人心且令人满足的决定。在吃过苦头冒过险的地方，例如暴风雪天迷失在野外林地，能吃上一顿饭就会信心满满，就和在獾家中吃上一顿有粥、培根、煎火腿和鸡蛋的早餐一样。

31 “刺猬（Hedgehog）：其因偏好树篱（hedgerow）且口鼻部与猪（hog）相像而得此名。刺猬可以将自己的身子蜷成一个球，而它那短而硬的毛发则刺向周围。”(《牛津英语词典》) 在《爱丽丝梦游仙境》里，刺猬被当作槌球游戏里的球。另一个当代文学作品里的刺猬出现于毕翠克丝·波特所著的《迪基·温克尔太太的故事》。

32 彼得·亨特把这两只刺猬设定为穷人家的孩子。(亨特，《语言及阶级》) 因此，当鼹鼠和河鼠进来的时候，他们马上恭恭敬敬站起身来。亨特还指出，阶级之间的交流在语言上也有所表明，比如在这一段。

维多利亚时代早期的英格兰，许多孩子都从未去过学校，特别是穷人家的孩子。因此，人口中绝大一部分仍旧是文盲。富人家常常会请保姆和家庭教师来照看孩子，直到男孩到了可以去伊顿公学或拉格比公学上学的年龄为止，而女儿则留在家中学习钢琴、唱歌和缝纫。然而，1870 年，议会通过并颁布了《初等教育法》(《福斯特法案》)，要求所有 5 到 12 岁的儿童必须去上学。然而，由于这类学校大都需要交学费，所以并不是所有孩子都能去上学。许多孩子往往要去做劳工以补贴家用。通常，更小一点的孩子会去读妇孺学校——小型私立学校的通称——不到工作年龄的孩子们在那里学习读写。妇孺学校通常是由老妇人开办的，不受管制，起到的不过是保姆的作用罢了。直到 1891 年，学校的收费被废止，全英国的所有孩子按规定才能都去上学。学校里一个班级最多容纳 70 到 80 个孩子。

另外，格雷厄姆强调说，是母亲让刺猬走进暴风雨里，而不是父亲。

33 肯尼斯·格雷厄姆尽管像獾先生一样寡言少语，但很受孩子们和动物的喜爱。在《〈柳林风声〉最初的低语》里，埃尔斯佩思·格雷厄姆是如此描述丈夫与镇上的孩子们之间的互动的：

> 两个小兄弟总是称呼格雷厄姆为“糖人”，母亲问他们为什么这么称呼，因为她从来不知道他给过他们任何糖果，当时他们回答道：“因为他是我们认识的人中最甜蜜的人！”如果他们来的时候格雷厄姆不在家，他们就会落泪。

34 这个描写獾打盹儿的场景与理查德·杰弗里斯写的《集市上的艾玛莉莉丝》一书里的某个场景非常相似：凌晨 4 点开始工作的日子里，艾登先生吃完午饭后总会在炉火前打个盹儿。

35 插画家们很喜欢第四章，因为在这一章里有许多事情发生：失而复得的房子、恶劣的天气、舒适的场景、大量的出口和入口。迷路的刺猬们找来并留了下来，过了不久，水獭到了。他是一名与福尔摩斯的哥哥迈克罗夫特非常相像的侦探。布兰瑟姆画的水獭走进野外林地去找鼹鼠和河鼠的插图，呈现出了没有拟人化的自然的水獭形象，如果需要的话，他甚至可以成为可怕的黄鼠狼。

在这一章节末尾，从谢泼德关于鼹鼠、河鼠和水獭的插图可以看到，鼹鼠和河鼠穿戴整齐，像人一样用双腿直立行走；线条优美的水獭先生仅仅在脖子处系了条围巾，仍然像动物一般爬行前进。在谢泼德 1953 年版的封面上，所有的河堤居民都像有风度的英国绅士般穿着考究，然而水獭则一丝不挂地游向船只。

36 文中的“rampart”是一种作为碉堡用而建造成的宽阔的路堤，通常被护墙围住。

37 文中的“rook”指的是秃鼻乌鸦，一种黑色的、声音聒噪的群居鸟类。其体型及颜色与美国乌鸦类似。(《牛津英语词典》)

38 另外的版本，e. 248：我只好在他脑袋上拍了两巴掌，这才让~~他~~它稍微回过点儿神来。

格雷厄姆再次表达出，兔子在社会秩序中乃愚蠢多产的物种、可有可无的存在，问个问题都要拍一巴掌才能交流。格雷厄姆在这一版本里还是称之为“它”，而不是“他”。

39 文中的“追”(chivvy)指的是持续用不痛不痒的攻击来戏弄或惹恼他人。

40 A.A. 米尔恩在《小熊维尼》里反复描述兔子近亲繁殖的多产家庭这一主题：“‘嘘！’屹耳用可怕的声音对野兔所有的朋友和亲戚说道。随后，‘嘘！’他们飞快地一个接一个地把这句话传了下去，直到传给了最后的那个人。”

41 另外的版本，e. 248：“紧张?”水獭哈哈大笑，露出坚固的白牙，亮晶晶的。“~~他们中~~谁胆敢在太岁头上动土？看我不吓死他们。”

对于鼹鼠和水獭之间的友谊，彼得·亨特是这样描写的：

> 水獭很少受到关注，但在他为数不多的几次露面中，他的角色设定十分明确。他出现在野外林地，无畏于任何人，“认识每一条小路”；在《黎明时分的风笛手》这一章里，他作为担忧的父母间接登场；在蟾蜍的晚宴上，他身着整洁的晚礼服露了一下面，让人很难不注意到他。尽管，弗雷德·英格利斯在《幸福的承诺：儿童小说中的价值与意义》中认为，这四个主要人物摇身一变，成为当时的杰出悬疑作家笔下世故的俱乐部街英雄，如约翰·巴肯、萨珀以及 P.G. 伍德豪斯笔下的角色。有种观点认为，不妨将水獭这一角色也视为一个例证——似乎格雷厄姆并不认为他是中产阶级，而将之视为真正的上流社会。就算路过的刺猬称他为“大人”，人们也不会感到惊讶。(《柳林风声：破碎的桃花源》)

42 就像鼹鼠和獾同为穴居动物那样，河鼠和水獭乃天然的伴侣，因为他们都栖息在同一条河流。亨特继续发表他关于水獭的评论：

> 所以问题转向了格雷厄姆如何描述鼹鼠和水獭之间的“友谊”。答案只能是不确定的……格雷厄姆用语言进行伪装，也用语言进行交流。水獭是友善的，但他的问候却带着某种不屑……鼹鼠当然清楚自己的位置（至少比刺猬要高出那么一点）。鼹鼠虽然为理想社会所接受，但也是有条件的，至少最初是这样。（出处同上）

43 在 1908 年 5 月刊《乐思》中，娜奥米·斯托特在她的专栏《自然笔记》里对来访的刺猬做出了以下评论：

> 一个潮湿的下午，我们在梅菲尔德的托儿所前门看到了一只刺猬，便带着他到室内度过了一个下午。我们给他准备了一个大大的敞口盒子。他跑得可欢了。他在盒子里发现了美餐：牛肉末和黑面包。很快，他舒展开身子，开始咂吧嘴。他胡吃海塞，能吃多快吃多快。喝完下午茶后，他重获了自由。他经过草坪，走进灌木丛，自那以后，我们就再也没有见过他了。

44 两只刺猬来自农民阶级。传统上，农民并不戴帽子，他们用碰额发来替代脱帽，以示对地主绅士阶级的敬意。

45 这是鼹鼠与河鼠在第四章里享用的第三顿盛宴。请记住，他们是在前一天晚上到达的，享受了晚餐，起床后还吃了早餐。

46 彼得·格林曾写过，獾先生精心设计的房子可能参考了第五代波特兰公爵建造的隧道和地下室，因为德鲁斯案件的细枝末节常常见诸1907年的报端。第五代波特兰公爵威廉·约翰·卡文迪许·本廷克–斯科特住在诺丁汉郡的威尔贝克大修道院的家族宅第里，一生中大部分时间都在想方设法不让别人一睹真容。他叫停使用富丽堂皇的修道院（最近一次使用是在1943—2005年，国防部在此训练英国军队），并下定决心去地下生活。旁人给这位第五代波特兰公爵起了个昵称“温顺的鼹鼠”。他雇用了上百个当地男人挖隧道，挖了大约15英里，条条相连。

诸多大地下室中，有好几间图书馆，大大的台球室足以放下一打标准尺寸的台球桌，还有个旱冰场兼宴会厅，可容纳两千人。这个带有拱形天花板和玻璃圆天窗的空间，长55码，宽22码，没有支撑梁，畅通无阻，是当时英国最大的楼层。这片地下大宅里还有个巨大的马厩和一所骑术训练学校。训练学校顶部是玻璃的，专为训练马儿打造。广阔的通道里间隔摆放着照明的煤气灯；很多走道都可以三个人肩并肩走。瓦索普火车站附近有条通往地面的隧道，宽到可以容纳一辆马车。第五代波特兰公爵建造这条隧道，为的是在他往返伦敦时不为当地人所察觉。这个想法与獾先生所想的不谋而合。獾先生也挖了许多通往野外林地边缘的隧道。

在1907年，G.H. 德鲁斯对这座庄园提出的无耻要求，使威尔贝克大修道院和第五代波特兰公爵的怪癖成了万众瞩目的焦点。故事内容如下：

一个名叫托马斯·查尔斯·德鲁斯的二手家具商死于1864年，享年71岁，下葬于海格特公墓里的家族墓穴中。1896年，德鲁斯的儿子沃尔特的遗孀安娜·玛丽亚·德鲁斯坚称自己是公爵夫人，并声称她公公的葬礼已举行，然而棺材里不是摆着尸体，而是放满了铅块。她坚持说，托马斯·查尔斯·德鲁斯这个人是由第五代波特兰公爵虚构出来的，事实上从来都不曾存在过。据报纸报道，安娜·玛丽亚声称公爵捏造了另一个自我，托马斯·德鲁斯，为的是体验一番作为商人的平凡生活。她还声称，从卡文迪许广场的房子到德鲁斯家具店，挖了一条隧道，这样他就可以在从一个地方到另一个地方的途中变换角色。安娜·玛丽亚·德鲁斯死后，她的儿子G. H. 德鲁斯继续进行这项指控，并于1907年向公爵的庄园和威尔贝克大修道院提出索赔。为了处理这个案件，主持法官命令掘墓开棺。事实上，当棺材打开时，里面的确是一具尸体。看来是德鲁斯夫人捏造了这个故事。

1990年，第九代波特兰公爵维克多·弗雷德里克·威廉·卡文迪许–本廷克去世，没有留下继承人，至此，公爵的爵位也就终止了。

47 托马斯·休斯是肯尼斯·格雷厄姆最喜欢的作者之一，其成名作是《汤姆·布朗的求学生涯》。该小说是系列作品中的第一部，旨在向年轻的绅士们展现就读于寄宿学校和大学的感受。在休斯的其他作品中，有一部作品是格雷厄姆读了一遍又一遍的，名为《漫游白马山》或《一个伦敦职员的假期悠游》。1913 年的 12 月，格雷厄姆在邀请奥斯汀·普维斯来伯克郡时写的信中参考了这部作品。

该作品以伯克郡和牛津郡的乡村为背景，记载了一位"穿着黑丝绒套装"的伦敦职员的到来。他无疑是来参加 1857 年 9 月 17 日和 18 日在白马山举行的音乐节的。

与《古舟子咏》及《柳林风声》第九章《天涯旅人》的文风十分相似，在《漫游白马山》里的一个地方，有位老人引起了年轻伦敦职员的注意力。那个老人跟职员讲了白马山的战争史及周边的人。就像獾先生的家一样，从前的文明印记也将阿芬顿附近的白马山一分为二。

> "对这个城堡，我还拿不定主意，"他没有注意到我，继续说道，"从两侧看，它像是普通的古罗马兵营，还散布着古罗马遗骸；然而，从其他侧面看去，很明显不是古罗马式的。留意到这一点的最好的考古学家说这是丹麦人的东西。总的来说，我认为它一定是暂时被各国统治者不断占领，每个成功的占领者都或多或少地留下了自己清晰的烙印。"

48 獾是《柳林风声》中的固定角色。就像他野外林地里的洞穴一直都在那儿一样，他周围的人在变，他本人却没有经历过任何改变，他也不会离开他那一成不变的家去远方旅行。

49 格雷厄姆指的是那些工作的穷人，例如兔子，他们无休止地繁殖，忙于应对家庭生活，几乎无暇沉思片刻，更别说汲取历史教训了。枯萎的树林标志着城市的萧条，令格雷厄姆这一阶级的河堤居民感到焦虑。那些既不了解历史又不关心未来的人注定要侵占那片历史造就的神圣土地。像休斯和杰弗里斯一样，对于古罗马及异教徒道路和地标的消失，格雷厄姆感到忧心忡忡。

50 原文中的"humpy and hillocky"，指小山，或小丘，或土堆石堆；一切表面上大的隆起物、凸块、包块或突出物。(《牛津英语词典》)

51 对于那些住在野外林地的人来说，獾担当着乡绅的角色。那些违规的人必须对他做出交代——这是最不愉快的交锋。

52 如果水獭来自贵族阶层，那他可能还是一名有身份的探险家，就像理查德·伯顿爵士一样。整个 19 世纪 90 年代，理查德·伯顿爵士都四处旅行，会使用多种语言。水獭也有可能是暗指另一个牛津男人 T.E. 劳伦斯。就像受过良好教育的旅行者一样，水獭是个合格的向导，因为他拥有丰富的经验，可以适应不同的习俗和文化。

53 “藏身的地方”(Bolt-hole)有两个与格雷厄姆的文章相符的定义：1. 一切未知的洞穴，人们可从这里进出家门；2. 兔子逃跑用的洞口。(《牛津英语词典》)獾的房子有着许多不同的隐蔽出入口。据莱斯利·S. 克林格所言，夏洛克·福尔摩斯在伦敦不同地区至少有五处避难所。他可以到那里歇歇脚，乔装打扮一番。獾的秘密藏身所也有异曲同工之妙。尽管獾先生管理着野外林地，他也能借由整个地下通道避开其他居民。福尔摩斯在需要的时候也会采取这种逃跑战术。

54 獾用与第一章撞上河堤居民野餐时的相同方式出场、离场。当格雷厄姆关注自然中鼹鼠和河鼠周围的茂密叶子时，獾通常反其道而行之，用枯死的叶子来伪装自己。

55 文中“stile”指布排好的栅栏台阶，一次只容一人穿过栅栏，牛羊则无法通过。

56 尽管鼹鼠和河鼠一起住在了河边，但这次去拜访过獾以后，他再次确定了在地下生活才是他的天性。耕地和树篱在这里指的是土地，精耕细作后用来种植农作物。它同时也是一个暗喻，指的是智慧的养成，以及鼹鼠与其他河堤居民之间加深的友谊。他突然意识到与河鼠同住在河上会疏远本真的天性，这种顿悟激发了他对回家的渴望。这种渴望引领他在第五章里重返被遗弃的鼹园。

灌木篱墙（hedgerow）：一排灌木形成树篱（hedge），其间有树生长；一列树篱形成灌木篱墙。(《牛津英语词典》)灌木篱墙在英国十分常见，常常用来划分房屋院落以及田地。根据安德鲁·马丁的《柯林斯·兰布勒奇特恩斯与里奇韦指南》，可以通过有多少植物物种在其间生长来确定灌木篱墙的年代。有两种植物——通常是山楂树和黑刺李——的灌木篱墙，年代为 19 世纪。新的物种大约以每世纪一个品种的速率跻身树篱之中。若树篱中添加了榛树、枫树、白蜡树、榆树、山楂树和梾木等六个树种，则其历史可追溯至 13 世纪或 14 世纪。

第五章　回家真好[1]

鼹鼠与河鼠说说笑笑，兴冲冲、急匆匆地经过羊群。当时，羊群正挤挤挨挨地撞击着栅栏，狭小的鼻孔喷着气，纤细的前蹄跺啊跺，脑袋向后仰去。拥挤的羊圈上方，淡淡的水汽袅袅升起，飘向寒冷的空气里。他们正穿过田野回家。[2]一整天，他们都和水獭混在一起，在广阔的高地又是打猎又是探险。这片高地[3]是注入他们那条大河的几个小溪流的源头。冬天白日短暂，暮色正向他们袭来，可他们还有一段路要走。正当他们在耕地中胡乱地行走的时候，他们听到了羊群的动静，就走了过去。现在，他们发现羊圈那里踏出了一条通道，这样走起来就轻松多了。而且，他们凭着所有动物骨子里就有的感觉，做出了准确的判断："不错，一点儿都不错，这条路可以回家。"

"看起来，我们是到了一个小村庄。"鼹鼠放慢脚步，迟疑地说。通道先是变成小路，然后扩宽了，变成巷子，最后把他们带到了金属铺就的路上。[4]动物才受不了村庄呢。他们常走的路远离教堂、邮局或者酒馆[5]。

"噢，没关系的。"河鼠说，"这个季节，大家都太太平平地窝在家里。这会儿，男人、女人、小孩还有猫猫狗狗都围着炉子

佩恩于1927年画的鼹鼠和河鼠。“他们正穿过田野回家。”

烤火呢。我们悄悄溜过去就行啦，不会打扰别人，也不会搞得不痛快。如果你乐意，我们可以从窗户那里瞄一眼，看看他们在干什么。”

他们轻轻地走在薄薄的雪粉上，来到这个小村庄。正是十二月中旬，夜幕已经迅速降临，将村庄笼罩。除了街道两旁昏暗的橘红色方格，几乎什么都看不见。透过那一个个窗格，每户农舍里的炉火和灯光都流溢到外面的黑暗中。那些低矮的格子窗大多没有窗帘，屋里住着的人围坐在茶桌旁，沉浸在手工活儿里，或者打着手势聊着天，一边哈哈大笑。那快快乐乐的样子，是有经验的演员最想达到的——完全意识不到观众的存在，才是最自然的样子。[6]鼹鼠与河鼠这两个远离家园的人，像看戏一样把屋内的情景尽收眼底。他们从一个剧场走到另一个剧场。看到猫咪有人爱抚，有人抱着困了的孩子上床，或是疲倦的男人伸伸懒腰，在冒烟的木柴一头磕着烟斗，他们不由得流露出渴望的眼神。

有一扇拉上窗帘的小小的窗，在夜色中只显出透明的空白。这扇窗带来的家的感觉最为强烈；墙内那个窗帘垂挂的世界，把外面自然界中那个紧张的世界拒之在外，将它遗忘，这种感觉让人激动。紧靠白色窗帘的地方挂着一只鸟笼，轮廓清晰可见。每一根铁丝、栖枝以及小附件都映入眼底，就连昨天那块舔得缺了边角的方糖也看得清清楚楚。[7]在笼子中央那根栖枝上，毛茸茸的鸟儿把脑袋藏进羽毛里面，看上去离他们很近，好像只要一伸手，就能轻易摸到。那蓬开的羽毛的精致羽尖，清晰地勾勒在光亮的屏幕上。就在他们观望的时候，那睡意昏沉的小东西微微动了动，带着不安醒过来，抖抖毛，昂起了头。他们看得到它大张着尖细的嘴，无聊地打了个呵欠，再四下里看看，又把脑袋扎进了后背，蓬开的羽毛缓缓收拢，一动不动了。这时，一阵刺骨的寒风吹到他们后脖颈上，一串冰凉的雨夹雪落在皮肤[8]上，他们如梦初醒，这才意识到脚趾冰凉，双腿沉重。他们的家还远着呢，还要好好走上一阵子。

一出村庄，农舍就消失了。道路两边田野的亲切气息，穿过黑暗向他们袭来。他们打起精神踏上了最后一段路程——归家的路程。这段路程总会走到头，伴着门闩的咔嗒声和突然亮起的炉火，熟悉的物件也像迎接久违的远洋归客一样迎接他们。他们两个各怀心事，迈着沉重的步伐，一直默默地朝前走着。鼹鼠一心想的都是晚饭。天黑透了。对他来说，这是个全然陌生的地方，因而他乖乖地紧跟在河鼠屁股后面，任凭他当向导。河鼠稍微走

E.H. 谢泼德画的村庄的窗户那“光亮的屏幕”。谢泼德将鼹鼠和河鼠鼻子上方的空间留白了。这个留白的部分看起来像是蒸汽。插画家还成功地捕捉到了人和河堤居民的尺寸上的比例。人类小屋的门非常大，门上有着一个门把手，位于插图的顶部，其长度约为鼹鼠或河鼠身高的一半

在前面一些，照常是拱起肩膀，眼睛紧盯着前面的灰色路面，所以他没有留意到可怜的鼹鼠。而当时，鼹鼠如遭电击般，突然感受到了某种召唤。

我们人类早已丧失了身体的微妙感受，甚至找不到合适的词汇来形容一只动物与他周遭环境之间的互动和交流——不论有生命还是无生命的。比如，动物的鼻孔日夜不停地呼呼哧哧，那全套细微的颤动传达出呼唤、警告、鼓动、拒绝，可我们只会用“闻”这一个词来概括。这种神秘的仿佛来自仙境的呼唤从虚空中传来，是那么熟悉，它在黑暗中骤然击中了鼹鼠，令他激动不已。[9]但是，他一时还无法清楚地想起来那是什么。他不由得停下了脚步。他用鼻子四处嗅来嗅去，拼命想重新捕捉那细微的游丝般的呼唤，那股强烈击中他的电流。[10]不一会儿，他就捕捉到了。这一次，所有的回忆潮水般向他涌来。

家！那抚慰心灵的呼唤，空气中飘送的轻柔触摸，还有看不见的小手朝着一个方向又拉又扯，无不传递着家的信息。此刻，老家一定近在眼前。那天，当他第一次看到那条河，他就匆匆地抛弃了那个家，再也没有寻找过它。现在，老家派侦查员和信使来捉拿他了，要把他带回去。自从那个阳光明媚的早上逃出家门，他几乎不曾想过那个家。他一心沉浸在新生活里，沉迷于新生活带来的欢乐、惊喜，还有新鲜感和迷人的经历。如今，往事潮涌而来，在黑暗中，家仿佛就在眼前。他的家确实简陋、狭小，陈设也少得可怜，但那是他亲手建造的家园，[11]是结束一天劳作之后欢天喜地回去的地方。家，有了他，也就有了欢乐。它显然在思念他，想要他回去，并且借着他的鼻子告诉他这一点，[12]带着悲伤、嗔怪，但是没有痛苦，没有怒气；只是哀怨地提醒他，家就在那里，希望他回去。

这呼喊清清楚楚，这召唤明明白白。他必须马上服从，回家。“河鼠！”他叫道，喜悦而激动，“等一等！回来！快，我需要你。”

“噢，走吧，鼹鼠，走！”河鼠兴致勃勃地回答，仍然一步一步朝前走。

“河鼠，请你停一停。”可怜的鼹鼠心里痛苦，哀求道，“你不明白！这是我的家，我的老家。我刚刚闻到了家的味道，就在附近，真的很近。我必须回去，必须回去，必须回去！噢，河鼠，回来吧！求你了，求你回来！”

此时，河鼠已经远远走在前面了，太远了，他听不清鼹鼠在喊什么，也听不出那苦苦哀求的尖锐声调。他一心想着天气，因为他也嗅到了某种可疑的气息——好像要下雪了！

“鼹鼠啊，说真的，我们现在可不能停下。”他喊道，“不管你发现了什么，我们明天再来看。现在，我可不敢停下。天晚了，马上又要下雪。我还吃不太准是不是走这条路。鼹鼠，我需要你的鼻子，快点过来吧，[13]我的好人儿。”不等鼹鼠回答，河鼠又奋力向前走去。

可怜的鼹鼠孤零零地站在路上，心被撕成了碎片。呜咽在他身体深处某个地方积聚，越积越大，正在上涌，他知道自己马上就要“哇”地一声哭出来。即使在这样的考验下，他对朋友的忠诚依然坚定，一刻都没有想过抛下他。与此同时，老家那里又传来声声请求，阵阵低语，召唤他，最后断然向他发号施令。他不敢在那个魔法阵里多作逗留。他猛然挣断心弦，抬起脸看着前面的路，乖乖地跟在了河鼠的后面。此时，那丝气味依旧若隐若现地飘向它的鼻头，责怪他有了新朋友，狠心地把家给忘记了。

鼹鼠费力赶上了不明真相的河鼠。河鼠兴致勃勃地聊着他们回去之后要做的事：客厅里生起火来多么开心，晚饭要吃什么。河鼠一点都没留意到同伴的沉默寡言和忧心忡忡。他们走了很远一段路，经过路边矮树丛旁的一些树桩的时候，河鼠终于停了下来，友好地问道："喂，鼹鼠，老伙计，你好像累坏了。你一句话都不说，你的腿像灌了铅一样拖拖拉拉。雪到现在还没下，路也走了一大半，我们坐下来休息休息。"

鼹鼠可怜兮兮地一屁股坐到树桩上，想要控制住自己，[14]因为他觉得自己确实要哭出来了。他压抑许久的呜咽再也压不下去了，一点儿一点儿地往上涌，一声又一声，然后是一连串的呜咽。最后鼹鼠不再挣扎，索性当着河鼠的面，无助地号啕大哭起来。他知道，一切都完了。他那很难说已经找到的东西，也失去了。

河鼠被鼹鼠突然爆发的悲伤惊呆了，好一会儿都不敢说话。后来，他充满同情地轻轻问道："老伙计，怎么啦？究竟出什么事了？跟我说说你有什么麻烦事，看我有没有什么办法。"

可怜的鼹鼠胸口一下一下地剧烈起伏着，他发现自己几乎说不出话来，一开口就被噎回去。[15]最终，他抽抽搭搭、断断续续地说道："我知道……那是个又脏又破的小地方……没有你的住所舒服……没有蟾府漂亮……也没有獾的房子宽敞……但那里是我小小的家……我喜欢它……离开家后，我把它忘得一干二净……可我忽然闻到了它的味道……就在路上……我叫你可你不理我，河鼠啊，突然，所有的一切轰隆一下回到心里……我想要我的家！天哪，天哪，河鼠，你却不肯回来！虽然我一直闻得到它的味道，我也只好离开……我觉得我会心碎的……我们本来可以回去看一眼，河鼠，就看一眼……它就在附近……可你偏偏不肯回头，河鼠，你偏偏不肯回头！天哪！天哪！”

回忆带来新的悲伤，一波又一波。他呜呜咽咽，又说不下去了。

河鼠呆呆地看着前方，一言不发，只是轻轻拍着鼹鼠的背。过了一会儿，他沮丧地开口了：“我现在全明白了。我刚才就是头蠢猪！一头猪——那就是我！就是一头猪，实打实的猪！”[16]

等到鼹鼠的抽泣不再那么激烈，渐渐平缓下来，带着点儿节奏感了；等到最后鼹鼠只是抽着鼻子，时不时抽搭两下，河鼠这才从树桩上站起来，漫不经心地说：“好啦，老伙计。我们还是动身吧。”河鼠重新上路之后，却是返回辛苦走过的原路。

“河鼠，你到底（呃）要去哪里呀（呃）?”眼泪汪汪的鼹鼠惊慌地抬起头，喊叫着。[17]

“老伙计，我们回去找你的家呀。”河鼠开心地回答，“你最好快点跟上，要好好找一找呢，少不了你的鼻子。”

“噢，回来，河鼠，回来！”鼹鼠一边喊，一边起身追赶河鼠。“我跟你说，这样可不好。太晚了！天又这么黑！那地方太远。马上要下雪！我从来没打算让你知道我对那地方的感觉，这是个意外，是个错误！想一想河岸，想一想你的晚饭吧！”

“去他的河岸！去他的晚饭！”河鼠真心实意地说，“告诉你，我这就要去找你的家，找一夜也要找。老伙计，打起精神，挽着我的胳膊，我们很快就能回到原地。”

鼹鼠仍然抽着鼻子，央求着，不情不愿地被朋友强行拖着往回走。一路上，河鼠神采奕奕地说个不停，还讲了一个又一个故事，拼命想给鼹鼠鼓劲，同时让乏味的行程显得短一些。最后，河鼠觉得好像到了那段路——鼹鼠当初“逗留”的地方，他说：

“好了，不要说话了，办正事。集中精力，用你的鼻子好好闻。”

他们默默地朝前走了一小段路。突然，从鼹鼠挽住他的胳膊那里，河鼠微微感觉到鼹鼠周身传来一阵触电般的震颤。他立刻松开手臂，后退一步，全神贯注地等着。

佩恩于1927年画的在搜寻家的信号的鼹鼠。“鼹鼠一动不动站了一会儿，翘鼻子微微抖动，在空气中嗅着。”

信号传来了。

鼹鼠一动不动站了一会儿，翘鼻子微微抖动，在空气中嗅着。[18]

接着，他快速向前小跑几步，不对，停下，退回去，然后又有了信心，缓缓地稳步前行。

河鼠心情激动，紧紧地跟在鼹鼠身后。鼹鼠像梦游一般，在昏暗的星光下跨过一条干涸的壕沟，爬过一道树篱，一路用鼻子嗅着，穿过一片人迹罕至的光秃秃的旷野。

突然，鼹鼠说都不说一声，一头扎到地下去了。可是河鼠很机警，马上紧跟着钻了下去。鼹鼠那可靠的鼻子把他们带到了地道里。

地道狭窄，憋闷，泥土味儿很大，河鼠觉得钻了好长时间才到达尽头。他这才直起腰，舒展一下四肢，抖动抖动身子。[19] 鼹鼠划了一根火柴。就着火光，河鼠看到他们正站在一片空地上。地面打扫得干干净净，铺了一层沙子。鼹鼠家小小的前门就在面前。门旁挂着门铃拉绳，拉绳上方漆着艺术字“鼹园”。[20]

鼹鼠从墙上的一根钉子上摘下一盏灯，点亮了；河鼠环顾四周，发现他们置身前庭。门的一侧摆着一张花园座椅；另外一侧是个碾轧机。鼹鼠在家时爱整洁，受不了别的动物把他家地面踢得一道一道的，最后变成小土堆。墙上挂着铁丝编的篮子，里面插着羊齿植物，篮子与篮子之间是一个个托架，上面摆放着石膏像，[21] 有加里波第[22]、童子撒母耳[23]、维多利亚女王以及意大利现代英雄们[24]。前庭的一边有个九柱戏场，周围摆着长凳和小木桌，桌上印着一些圆圈，看来是摆放啤酒杯时留下的印迹。[25] 庭院中央有个圆圆的小池子，里面养着金鱼[26]，池子四周镶着扇贝的壳[27]。池子中央耸起一个奇怪的东西，镶着更多扇贝的壳，顶端是个银色的巨大玻璃球[28]，反射出的一切都变了样子，特别搞笑。

看到所有这些亲切的物件，鼹鼠面露喜色。他催促着河鼠快点进门。他点亮厅堂里的灯，环顾了一下自己的老家，发现所有东西上面都蒙上了厚厚的灰尘，长期疏于打理的房子荒凉无趣，空间狭小，陈设破败。[29]鼹鼠一屁股瘫到椅子上，用两只爪子捂住鼻子，凄凉地哭道："河鼠啊，我为什么要这么做？这么晚了，我为什么要把你带到这个又冷又小又穷酸的家来？你本该回到河岸，在熊熊炉火边烤着脚指头，身边还都是好东西。"

河鼠不去理会鼹鼠那些自责的丧气话。他跑来跑去，打开一扇扇门，视察一间间屋子，查看一个个柜子。他点亮灯盏和蜡烛，摆得到处都是。"多好的小家啊！"他开心地大喊，"极简！设计巧妙。什么都不缺，该在哪里在哪里。今天晚上，我们痛痛快快地过。我们首先得生一炉旺火。交给我好了——找东西，我最在行。那么，这就是客厅啦？非常漂亮！嵌在墙上的小卧铺，是你自己设计的吧？[30]太棒啦！我这就去拿木柴和煤块。找块抹布，鼹鼠，就在厨房那个桌子的抽屉里，把家里擦干净点儿。快去吧，老伙计！"

河鼠的话鼓舞人心，鼹鼠大受激励，不由得振作，站起身来，又是擦又是抹，干劲十足。河鼠跑前跑后，一次次抱来木柴、煤块，很快，火焰欢快地腾起，呼呼呼地蹿上烟囱。他叫鼹鼠过来取暖，可鼹鼠马上又闷闷不乐[31]起来，一屁股坐到沙发椅上，沮丧地把脸埋进抹布里面，呻吟道："河鼠啊，你晚饭吃什么？你真可怜，又饿又冷又累。我却没东西给你吃，什么都没有，连点儿面包渣都没有。"

"你这家伙，怎么那么爱投降啊？"河鼠责备地说，"哎呀，刚

E.H. 谢泼德是早期插画家中唯一一位将鼹园院子内的细节描绘成画的人。然而，他将雕像的顺序画错了。谢泼德将维多利亚女王像摆放在了加里波第雕像和祈祷的童子撒母耳中间，实际上，女王的雕像应该摆放在这两座雕像的后面。谢泼德并没有将近代意大利的英雄们描绘进插图里，不过有了加里波第的小幅画像就应该足够了。在加里波第和他同伴的插图中，他们经常以同样的站姿出现，手叉着腰，或是穿着风格失调且一模一样的制服，将手塞进夹克的翻领里

才我明明在橱柜上看到一把沙丁鱼罐头起子。是个人都知道，有起子的地方就有罐头。打起精神来，跟我去找找吧。”

于是，他们翻箱倒柜到处找吃的，结果不太尽如人意，但毕竟也没让人绝望。他们找到了一罐沙丁鱼、几乎一整箱“船长饼干”[32]，还有一根用锡纸包裹的德国香肠。

“都好给你开个宴会了！”河鼠一边摆桌子一边说，“我是知道，今天晚上，有些动物如果能跟我们一起吃饭，是会不顾一切的。”

“没有面包！”鼹鼠悲伤地呻吟道，“没有黄油，没有……”

“没有鹅肝酱，没有香槟！”河鼠笑嘻嘻地接口道，“我倒是想起来了，过道那头的小门怎么回事？当然是你地窖的门啦！你家

里所有好东西你都藏在了那里。你稍等。”

河鼠钻进地下室的门，很快就出来了，他身上蹭了点儿灰尘，两只爪子抓住两瓶啤酒，两个腋窝下面也各夹了一瓶。[33]“鼹鼠啊，你好像挺会哭穷嘛，”他评价道，“不要再说自己啥都没有了。待在你这小屋里比在哪里都让我开心。喂，那些画你到底是从哪里搞到的？有了这些画，这里的确更像个家了。怪不得你那么喜欢这里。跟我说说，你是怎么布置成这样的？”

接下来，河鼠忙着拿盘子刀叉，往鸡蛋杯里调芥末；鼹鼠呢，虽然由于刚才的情感波动胸膛仍然一起一伏，也开口讲述起来。他起初还有点不好意思，说得起劲了，也就自在多了。他讲了这里是怎么设计的，那里是怎样琢磨的，这个是如何从姑妈那里意外得手的，[34]那个又是奇遇的便宜货，另外一样则是省吃俭用、辛辛苦苦攒钱买来的。[35]最后，他的情绪完全平复了。他要去抚摸一番自己的财物。他提着一盏灯，向客人夸耀着它们的好处，不厌其烦，就连两人急需的晚饭都抛之脑后了。河鼠都饿坏了，却拼命掩饰自己，一本正经地点着头，皱着眉头仔细打量，在需要发表观感的时候，不时说声“绝了”“真棒”。

最后，河鼠总算把鼹鼠引到饭桌前，打算正儿八经地把沙丁鱼罐头打开，突然，从前庭那里传来了一阵声响，像小脚丫踩到砂砾上面的窸窸窣窣声，伴着隐隐约约的窃窃私语声。断断续续传来这样的话语：“好啦，大家站成一排……汤米，把灯举高一点儿……先清好嗓子……我说完一二三就不许咳嗽了……小比尔在哪儿？嗨，过来，快点儿，我们都等着呢……”

“怎么回事？”河鼠停下手里的活儿，问道。

“我想准是田鼠来了。”鼹鼠回答，带着点儿得意，“每年这个

亚瑟·拉克姆，1940 年。“河鼠钻进地下室的门，很快就出来了，他身上蹭了点儿灰尘，两只爪子抓住两瓶啤酒，两个胳窝下面也各夹了一瓶。”

E.H. 谢泼德所绘制的圣诞贺卡，他将河堤居民们绘制成乐队成员而不是唱颂歌的人。谢泼德夫妇将这张贺卡赠送给了他们的朋友。大卫·J. 霍尔姆斯提供

E.H. 谢泼德所画的插图，修订后给了女童子军协会。大卫·J. 霍尔姆斯提供

时候，他们照例都会上门唱圣诞颂歌。[36] 在这一带，他们可是大名鼎鼎。他们从来都没有漏掉过我——他们的终点站就是鼹园。我总是给他们喝点热饮，要是管得起，有时还会请他们吃顿晚饭。[37] 听到他们的声音，就像又回到了从前。”

“我们去看看！”河鼠大喊着一跳而起，向门口跑去。

门猛地一下打开了，映入眼帘的是一派节日盛景。[38] 前庭里，在牛角灯幽暗的光线照射下，八到十只小田鼠站成半圆，脖子上都围着红色羊毛围巾，前爪深深地插进口袋，还跺着小脚丫取暖。他们晶亮如珠的眼睛带着羞涩，你看看我我看看你，偷笑两声，吸溜一下鼻子，再用衣袖好好擦上一番。门一打开，年纪大的提灯田鼠喊了声：“听好啦，一、二、三！”空气中随即响起他们尖细的嗓音，唱着一首旧时的颂歌——他们的祖先在冰冻的休耕地里，或是被积雪困在壁炉边时创作而成，流传下来，在圣诞时节

温德姆·佩恩所画的唱颂歌的人，1927年。“前庭里，八到十只小田鼠站成半圆”。佩恩所画的欢唱颂歌的人还带有爵士的元素，一只傻笑的波希米亚鼠在弹低音提琴，还有一只穿着风格不太统一的服装的老鼠在吹着小号

站在泥泞的[39]街上对着亮灯的窗子吟唱。

圣诞颂歌

父老乡亲们，

天寒地冻时节，

把门大大敞开。
尽管
风雪会溜进屋[40]，
我们待在炉边，
到了早晨，
你们会感到快乐。

我们站在冰天雪地里，
哈着手指跺着脚，
我们来自远方，
带来节日的问候。
你们坐在炉边，
我们站在街头。
祝福你们
明早快乐！

午夜就要到来，
忽然出现一颗星，
指引我们前行。
福运从天而降，
祝福明天
祝福未来的日子，
祝愿每个早晨，
快快乐乐！

义人约瑟夫
雪地跋涉，
看见马厩上方
垂挂一颗星，
玛利亚无须再前行，
上有茅草屋顶，
下有干草产床，
到了早晨乐无穷。

天使的声音
传入耳中，
谁先唱出了
圣诞颂歌？
马厩里，
所有生物齐歌唱。
他们住在这地方，
到了早晨喜洋洋。

歌声停止了。歌手们羞羞答答的，却也面带微笑。他们用余光交换了眼神，随之是一片死寂。但这寂静片刻就被打破了。从地面上，远远传来微弱的音乐声。铃儿叮当，在远处奏响欢快的乐曲。

“唱得太棒啦，孩子们！”河鼠热情地喊道，“快点进来吧。你们都进来烤烤火，吃点热乎的。”[41]

“对啊，进来吧，田鼠。”鼹鼠热切地说，“真像过去一样啊。

“进来吧，田鼠。”鼹鼠热切地说，“真像过去一样啊。”南希·巴恩哈特画于1923年的关于田鼠的插图

“父老乡亲们，天寒地冻时节。”E.H.谢泼德画的田鼠在鼹园唱颂歌时的插图。尽管画中的角色本应该是在地下鼹园的前院里，但在插图的左上角可以看到开阔的天空在下雪的场景

关上门，把长椅拖过来。好，你们等一下，我们去——噢，河鼠！”他绝望地叫道，一屁股坐下去，眼泪都快流出来啦。“我们到底在干什么呀？我们没东西给他们吃。”

“你统统不要管了，”河鼠反客为主，说道，“喂，那个提灯笼的，你过来一下，我有话问你。跟我说说，晚上这个时候，还有店铺开门吗？”[42]

“嗨，当然有啦，先生。”田鼠毕恭毕敬地回答，“每年这个季节，我们的店铺白天晚上都开门。”

“那么，你听好了，”河鼠说，“你马上提着灯走一趟，给我买……”

接着，他们嘀嘀咕咕说了一阵子。鼹鼠只听到只言片语，比如：“记住，要新鲜的……一磅就够了，一定要巴金斯的，[43]别的我不要……不，只要最好的……要是那里没有，就到别的地方看看……当然，要手作的，不要罐头……好的，尽力去办吧。”接着，硬币丁零当啷地从一个爪子递到了另一个爪子上。一个大购物篮也递了过去。提灯田鼠提着灯匆匆离去。

别的田鼠在长椅上坐成一长溜儿，小腿荡来荡去，舒舒服服烤着火，直烤得冻疮微微刺痛。[44]鼹鼠想带着大家轻松自在地聊天，却以失败告终。话题只好围绕家史展开。鼹鼠让田鼠们一个个报上他们众多弟弟的名字，看来由于年幼，弟弟们没能获准出门唱圣诞歌，不过有望在不久以后，家长就会放行。

此时，河鼠正忙着查看其中一瓶啤酒的标签。“我看，这是老伯顿牌[45]。”他赞道，“鼹鼠有脑子呀！好酒啊！现在，我们可以调热甜酒喝啦！[46]鼹鼠，备料！我来开酒。”

不多时，酒已调好，锡制暖壶也深深插进了红彤彤的火焰中。很快，每一只田鼠都呷着酒，又是咳又是呛（因为，喝一点热甜酒，后劲都很大）。[47]他们擦着眼泪，哈哈大笑，都不记得这一生曾经挨过冻了。

“这些小家伙还会演戏呢。”[48]鼹鼠对河鼠解说道，“戏都是他们自编自演的。他们演得也非常棒。去年，他们为我们演了一出好戏，讲的是一只田鼠在海上被巴巴里海盗[49]捉住，被迫去桨帆船上划桨。等他逃回家乡，他心爱的姑娘已经当了修女。嗨，你！你参加过演出，来给我们背上一段。”

被叫到的田鼠应声而起，害羞地咯咯笑着，环顾了一下房间，却仍然张口结舌。他的同伴给他打气；鼹鼠哄着他，鼓励着他；河鼠甚至抓住他的肩膀摇晃起来。可是不管怎么做，还是没办法让他不怯场。大家全都围着这只田鼠忙得团团转，就像一群水手依照皇家溺水者营救协会[50]的规章，前去抢救一个溺水很久的人。正在此刻，门“咔嗒”一声开了，提灯田鼠回来了。篮子沉甸甸的，压得他步履蹒跚。

篮子里面那些实实在在的东西一倒在桌上，就再也没有谁提演戏的事儿了。河鼠指挥着大家，每个人都没闲着，有的干这件事，有的拿那个东西。几分钟的工夫，晚饭就准备停当了。坐在上首的鼹鼠像做梦似的，看着刚才还空荡荡的桌面一转眼就摆满美味佳肴，看着他满面红光的小朋友们急不可待地大吃起来。鼹鼠自己也饿坏了，对着变魔术般变出来的美食，敞开肚皮一顿猛吃，心里还想着，这次回家竟然如此欢乐。他们一边吃一边谈论往事。田鼠把最新的八卦讲给鼹鼠听，努力地回答着他提出的上百个问题。河鼠基本上不说话，只管照顾好客人，让每一位都吃到想吃的，吃得饱饱的，好让鼹鼠心无旁骛，什么事都不用操心。

最后，田鼠们道不尽的感谢，说不完的祝福，上衣口袋里满当当地装着带给弟弟妹妹的纪念品，叽叽喳喳地离去了。等到送走最后一个客人，关上大门，等到提灯细微的叮当声渐渐消失，河鼠和鼹鼠拨旺炉火，朝里拉拉椅子，给自己特地调好一杯睡前甜酒，谈着这长长一天里的种种事情。最后河鼠打了一个大大的哈欠，说道：“鼹鼠啊，老伙计，我要累趴下啦。困，不足以形容我的感觉。你的床铺是在那边？那好吧，我就睡这张床啦。这小屋简直太妙了。什么都那么方便。”

河鼠爬进床铺，用毯子裹紧自己，马上就睡熟了，就像一捆大麦跌进收割机的怀抱。[51]

疲惫的鼹鼠也很想赶紧上床睡觉。很快，他就欢喜、满足地一头倒在了枕头上。不过，在眼睛合上之前，他又扫视了一遍自己的旧居。在炉火的照耀下，房间的色彩柔和起来。火光一闪一闪的，照在他熟悉而亲切的物件上。不知不觉中，这些物件早已成了他的一部分，如今它们微笑着迎接他的归来，一句怨言都没有。他现在的心境，切入了机灵的河鼠不声不响为他创造出的状态。他清楚地看到，这里的一切是那么平淡简陋，空间是那么狭小，但他也清楚地明白这里对他是何等重要。在人的一生中，这样一个停泊的地方多么有价值啊。他并不想抛弃新的生活和美好天地，不想拒绝阳光、空气和它们赐予的一切爬回家、待在地下。地面世界的一切都很强劲，就是在地下，也能听到来自地面的无声呼唤。他知道，他必须回到那个更大的舞台。但是，想到他有个地方可以回来，总是很好的。这里彻底属于他。[52] 再次见到他，这里的物件都会满心欢喜，并且总是会这样一心一意地欢迎他。

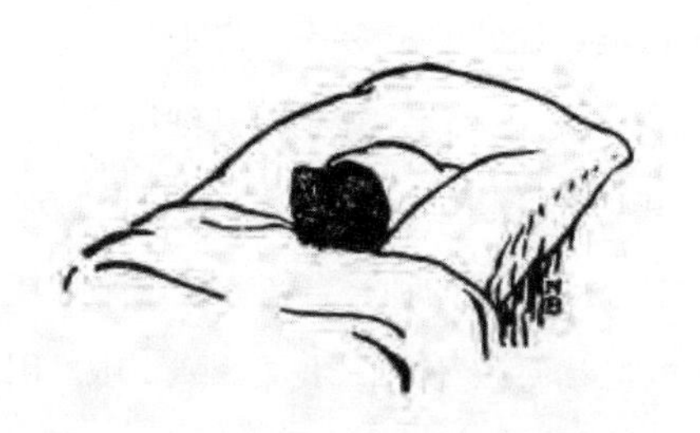

南希·巴恩哈特，1922年。梅休因版本，
关于鼹鼠“一头倒在了枕头上”的补白用图

1 原文为“Dulce Domum”。Dulce：令人愉快的，迷人的，甜美的；dulcis：甜饮。Domum：房屋，建筑物，家，家庭。

“Dulce Domum”字面上的意思是“家，甜蜜的家”；格雷厄姆可能是用拉丁语来避开老套的说法，也避开了经过漫长冒险后回家的那些感性观念。这个标题如今虽不常用，但在当时另外两部 19 世纪的作品中有着突出的作用。沃尔特·司各特爵士的作品《威弗利》中第四十一章的标题就是“回家真好”，另有诗人 T.W.H. 克罗斯兰德根据这个标题写了一首诗，包含如下诗行：

奇怪的回忆在房屋里弥漫，
老天哪，简直古怪至极
幽灵悲悲切切，
影影绰绰，
并未打扰她……

画家们也着手围绕这个主题创作。拉斐尔前派画家约翰·阿特金森·格里姆肖认为其画作《回家真好》是他画得最好的一幅画之一。这幅画于 1885 年完成。他在画作背面这样写道：“大都于困难重重之下而画。”

伦敦皇家艺术学院将格里姆肖的画作和克罗斯兰德的诗作了比较：“如果说《回家真好》这幅画在细节上很出色，那么格里姆肖在描绘场景和唤起情感之间所取得的平衡也非同凡响。”同样，格雷厄姆不遗余力地将鼹鼠的家渲染得既熟悉又陌生，这两种感觉的强烈混合，产生了圣诞节短暂回归时的情绪激荡。

伦敦皇家艺术学院对此是如此阐释的：“克罗斯兰德想象着这位年轻的女人——画中人——未受打扰，沉入虚空。但如此解读似乎是误读了这幅画。这位年轻的女人在聆听身后的钢琴伴奏，而我们则受邀对她随音乐而变幻的冥想、情绪和白日梦进行想象。”就像许多那个时代的英国人一样，格雷厄姆笔下的鼹鼠也试图控制自己的情绪，但是，甜蜜的回忆将他从冰天雪地中拽回家门。

《回家真好》还是温彻斯特公学的一首节日歌曲。这首歌据说是由一名在温彻斯特圣玛丽学院（旧时温彻斯特公学的名称）就读的男孩（用拉丁语）创作的。在复活节后的第七个星期日，即五月下旬庆祝的圣灵降临节期间，这个男孩因其行为不端而被拘留。据说，其中一条惩罚是把他绑在柱子上。在圣灵降临节开始的前一天晚上，“上述学院的教师、学者和唱诗班的成员要列队绕着‘柱子’走，边走边反复吟唱这首六小节的歌曲”。1796 年 3 月号的《绅士杂志》刊登了这首歌曲的译文，署名为“J. R.”：

家，家，欢乐的家！
欢乐的，欢乐的，欢乐的家！
为欢乐的家欢呼！
家，家，欢乐的家！
欢乐的，欢乐的，欢乐的家！
为欢乐的家欢呼！

——J. J.

格雷厄姆偶尔会给章节和故事取拉丁文标题，有出现在《笨拙》漫画杂志中、后收入格雷厄姆《异教徒外传》文集里的 *Non Libri Sed Liberi* 和 *Deus Terminus*，《黄金时代》里的 *Exit Tyrannus* 和 *Lusisti Satis*，还有《做梦的日子》里的 *Dies Irae* 和 *Mutabile Semper*。

2 第五章开头就是鼹鼠和河鼠踏上很棒的旅程。据彼得·格林所言，散步的习惯“集合了从哈兹里德到莱斯利·斯蒂芬爵士的数量惊人的文学爱好者”。(《肯尼斯·格雷厄姆传》)在格雷厄姆早期的故事《铁路罗曼史》里，当火车和汽车将偏僻的地方变成容易到达的目的地时，格雷厄姆写了步行的重要性：“时空可以湮灭，但人们的步伐仍是测量距离的真正标准，一个永恒不变的衡量标准。”

在 1913 年版的插图版里，保罗·布兰瑟姆并没有为第五章画插图，但温德姆·佩恩为 1927 年版的第五章画了三幅全页插图。

佩恩经常通过角色的服饰来捕捉《柳林风声》中同性社交的元素。在鼹鼠和河鼠挽着臂走在田间时，他们打扮得尤为衣冠楚楚。但请注意，鼹鼠这时候穿的是在前面章节里河鼠曾穿过的外套。根据佩恩所画的插画，鼹鼠在跟河鼠一起生活后，拥有了一个衣橱。在第五章里，他们继续开启探险，并成为了一对儿。佩恩在文中解释说，鼹鼠和河鼠是一对喜欢配件的同伴，两个人打着不同图案的领带，戴着帽子，骑马裤配高筒靴，手持不同的手杖。

3 “高地”(upland)是城镇以外的乡村地区或农村的一部分；地势高的地方或绵延的高地。(《牛津英语词典》)鼹鼠和河鼠很有可能是在伯克郡的丘陵地区走着，或许是山脊路。托马斯·哈代因描述乡村生活而闻名。他在描述英格兰的乡村时常常使用“高地”这个词：“眼下，他们在高地上的速度一点儿都不慢”(《德伯家的苔丝》)；“它又小又过时，坐落在一片起伏不平的高地的山坳里，毗邻北威塞克斯丘陵”(《无名的裘德》)。

4 格雷厄姆提到的小路可能是山脊路：

我们脚下的这条路是全英国最古老的路之一。这条路曾经通到多远的地方，谁建造了这条路，没有人知道。不过，你可以沿着丘陵的山脊朝那里放眼望去，事实上，大约还有60英里没有开垦。但我担心，不会搁置太久。就我记忆所及，其中有好几英里的路已经开辟出来。先生，上帝的意思是将这些丘陵用作牧羊场，而我们的祖先就是这么做的。(休斯，《漫游白马山》)

原文中用了“Well-metalled road”，因为手推车的车轮是铁制的，所以道路经常由金属铺成，以支撑交通的重量。鼹鼠和河鼠现在就置身于铺好的路上。提到铁路时也可以用这个词。(《牛津英语词典》)

5 文中的“酒馆”(public house)指被许可提供啤酒、红酒和烈酒的小旅馆。它还为旅行者和公众提供食宿、饮料和小食。如今酒馆被称为酒吧。对肯尼斯·格雷厄姆来说，最有名的酒吧是“红狮”(见第六章注释31)。现如今，英国各地有数十家名为“红狮”的酒吧。

6 在这个场景里有与查尔斯·狄更斯的《圣诞颂歌》相呼应的地方：

一道光从小屋的窗户射出。他们迅速朝着光前进。他们穿过泥泞的石头墙，发现了一群欢乐的人聚集在火光周围。一位年纪很大的老头和一位老妇人和他们的孩子、他们孩子的孩子以及再下一代的人，全都快乐地穿戴着节日盛装。老头以一种几乎无法抵抗的不毛之地上呼啸而过的狂风的声音，给他们唱着圣诞歌曲。

除了狄更斯之外，格雷厄姆很可能对罗伯特·路易斯·史蒂文森的作品《内陆航行》也非常熟悉。这部作品叙述了从安特卫普到布鲁塞尔的一段内陆航行经历，途经工业城镇和村庄。史蒂文森的文字生动地描述了在满是轮船、驳船和其他河流交通工具的河流中航行的危险性。每天晚上夜幕降临时分，史蒂文森便和同伴穿过不同的村庄寻找住处和给养。天气总是十分恶劣，读者意识到旅行者都是局外人，是在异国他乡的陌生人，很像河鼠和鼹鼠置身无名村庄的感觉。“最后，第二道门对我们放行了。进入城镇，亮着的窗户看上去让人愉悦，抚慰人心的饭菜的香气弥漫在空气中。”

与此同时，天上下着雨；夜越来越暗，窗户越来越明亮。我们步履艰难地穿梭在拉费尔的大街上；我们看到了商店和私人住宅，私家住宅里，人们在大吃大喝；我们看到了马厩，里面堆满了马的饲料和干净稻草。

彼得·格林十分感谢大卫·戴希斯，因为他说出了史蒂文森喜欢凝望窗内人们的家庭生活。（格林，《肯尼斯·格雷厄姆传》）

7 在所有早期插画家中，只有 E.H. 谢泼德画了关于村庄里的窗户场景。窗子里的鸟笼是一个在《柳林风声》中出现了三次的狄更斯式主题，分别是在第二章的大篷车里、第五章的村庄窗户里和第八章的监狱里——属于狱卒的女儿（见第二章注释 30 和第八章注释 6）。

谢泼德笔下的鼹鼠和河鼠表明了格雷厄姆的想法——他们像是在剧场看戏。然而，谢泼德画的场景，仿佛鼹鼠和河鼠是在电影院里，而不是在剧场里看舞台演出。1931 年，谢泼德画画的时候，电影这种艺术形式在美国和英国都盛行起来。自 1930 年起，特别是美国电影，从无声的黑白作品发展为有声全彩。根据伊恩·沃西克·安德鲁所著的《儿童电影：历史、思想、教学与理论》，1930—1945 年，美国有八千万人，也就是将近一半的人口，每周都会去电影院。尽管格雷厄姆至死都一直对技术保持警惕，他所写的“光亮的屏幕”却预言了一种注定会变得普遍的艺术形式。谢泼德当然了解这一概念。仿佛这是格雷厄姆的一种暗示，暗示着总有一天，以书本和直观性的剧院为娱乐方式的维多利亚时代的观众，会被全情拥抱电影院的新一代所取代。

8 在这一时刻，格雷厄姆笔下的鼹鼠和河鼠拥有的是皮肤而不是毛发。在这一时刻，他们是彻头彻尾的人类，而不是动物。

9 肯尼斯·格雷厄姆这一代人不仅对新异教着迷，还对招魂术和降神会以及无形的迹象着迷。1908 年，在格雷厄姆创作《柳林风声》的时候，他的朋友格雷厄姆·罗伯逊也忙于创作儿童剧《小指和仙女》。该剧于 1908 年 12 月 19 日在伦敦国王陛下剧院开幕（该剧献给“5 岁的女人”玛丽昂·“宾基”·梅尔维尔，她是罗伯逊的邻居，画家亚瑟·梅尔维尔的女儿，罗伯逊曾将许多作品献给他）。像天真的鼹鼠一样，在罗伯逊的戏中，只有孩子才能发现仙女的魔法。对于鼹鼠而言，仙女的呼唤则是家的魔力。

罗伯逊讨论了仙女在他和格雷厄姆的关系中的作用：

> 我们对仙境的共同兴趣是我们之间的另一条纽带，我们能够有权威地去讨论那里的行为举止与风俗习惯。如同那些非常理智的人在讨论最新牌价、午餐欠账以及杯赛决赛时所展现出来的那样，我们能够带着热忱去讨论当地居民的观点、癖性以及祖先。
>
> 对我们来说，童话故事里的人都是真实的历史人物，我们一直试图对他们的感受抱有共情。（查莫斯，《肯尼斯·格雷厄姆》）

10 尽管格雷厄姆是一个技术恐惧者，但他在使用技术隐喻时从不犹疑。不过，在格雷厄姆出生的时候，电报已经是一种过时的发明。依据《牛津英语词典》，原始的电报装置是克劳德·沙普于1792年在法国发明的，用于跨距离传输消息。它由一个带有活动臂的立柱组成。信号以双臂预先编好的代码发出。在1805年特拉法尔加海战开始之前，霍雷肖·纳尔逊勋爵曾给他的舰队发了一条赫赫有名的电报："英格兰期望每个男人都尽到他的责任。"在这场特拉法尔加海战中，拿破仑的舰队被击败，法国—西班牙联军一共损失了22艘战舰。

11 格雷厄姆意欲使鼹鼠成为河堤居民中最穷的那个。鼹鼠仰仗河鼠给他提供庇护所、衣食，并靠他引荐打进河堤居民的社交圈。更重要的是，鼹鼠第一次被带去了富丽堂皇的蟾府以及獾先生那古老的洞穴，两者都各具特色，风格与简陋的鼹园截然相反。

12 格雷厄姆将鼹鼠的家拟人化了——与《柳林风声》中写的其他房子一样，这意味着每一处住所都扮演着无言的角色。

13 敏锐的嗅觉是鼹鼠具备的一项杰出才能，其他河堤居民统统没有。当然，鼹鼠生来就几乎什么都看不见，靠着嗅觉，他们在地上和地下都能找得到路。

14 在《柳林中的浪漫主义启示》一文中，理查德·吉林写了济慈、柯勒律治和华兹华斯对肯尼斯·格雷厄姆的散文所产生的影响。吉林写道，假设格雷厄姆那些维多利亚时期的主要读者熟悉浪漫主义经典作品如《秋颂》《夜莺颂》《古舟子咏》以及鼹鼠孤苦时刻及与河鼠结伴归园前的心曲：

> 对此超验时刻的独特描绘，与格雷厄姆描述的他及其前辈之间心灵成长更为普遍的差异相吻合，他在《回家真好》这一章里让鼹鼠回到了自己的洞穴，以此来强调对家居生活的热爱……

从将充满想象力的月光浪漫化，可以看出华兹华斯和柯勒律治对他的影响。在月光下，鼹鼠借以想象，看见了他"常去的老地方"换了"衣装"和"新装"。当月亮一升起，世界不再令人不安地暧昧："一扫神秘和恐怖，光灿灿如同白天。"

15 鼹鼠的渴望映照出《奥德赛》第五卷开头奥德修斯的渴望：

> 如今他被困岛上承受悲痛，
> 被神女卡吕普索强留在其洞府，
> 他无法动弹，无法重返故土，

因为他没有船只。

——J. J.

16 格雷厄姆意指河鼠一直以自我为中心，但他也可能是在暗指《奥德赛》第十卷：住在埃埃亚岛上的女妖锡西用食物款待了奥德修斯的部下，然后将他们都变成了猪。

> 她将他们带到家中，让他们一一落座，随后用混合了奶酪、蜂蜜和普拉姆尼葡萄酒的大杂烩款待了他们。为了使他们忘记家乡，她在食物里下了毒药。当他们醉了的时候，她一挥魔杖，将他们变成猪，并关进了猪圈。
>
> ——J. J.

17 打嗝表达了鼹鼠深深的忧虑。彼得·格林对鼹鼠剧烈的情感作出如下评论：

> 《柳林风声》一书中最为奇妙（且最少被评论）的一个特征乃人物沉迷于剧烈、古怪及近乎病态的情感或行为的频率。这种心理上的骚动与乡村的环境和宁静形成了鲜明的对比。我们期望鼹鼠和河鼠在行为举止上至少能有“英国人的自我约束”；然而一点也没有。鼹鼠在嗅到他的旧居时便开始歇斯底里地抽泣。(《肯尼斯·格雷厄姆传》)

18 尽管温德姆·佩恩和 E.H. 谢泼德都为这一场景画了插画，但两者的插画都不大合适。河鼠对思家的鼹鼠说的是：“太晚了！天又这么黑！那地方太远。马上要下雪！”在佩恩的插画中，清澈的夜空中挂着一轮新月；而谢泼德画的是风雪刮过鼹鼠的场景，给人一种感觉：这幅画应该画的是第三章鼹鼠迷失在野林之中的场面。如果两位艺术家都忠实于格雷厄姆的文字的话，那么插画里只会是阴云密布。

19 这一系列河鼠跟随鼹鼠的场景与《爱丽丝梦游仙境》第一章《掉进兔子洞》里的一个场景很相像：

> 爱丽丝蓦地站了起来……然后，她十分好奇地穿过田野，紧紧追赶着（那只兔子），刚好撞见兔子跳进了树篱下一个大大的兔子洞里。
>
> 爱丽丝也紧跟着跳了进去，丝毫都没想过究竟如何才能重见天日。
>
> 兔子洞像隧道一样笔直向前，然后骤然下降。这实在太过突然，爱丽丝连片刻思考的时间都没有。

20 其他的版本，e. 248：鼹鼠家小小的前门就在面前。门旁挂着门铃拉绳，拉绳上方漆着（艺术）字“鼹园”。

没有人知道为什么格雷厄姆要给鼹园加上艺术字这样一个细节。我们通过看手稿可以得知，这个细节是事后添加在句子上方的。这是文中出现的第二个门牌（第一个是在第三章文末出现的獾先生家的门牌）。在英国，哥特体经常在印刷德文时使用，也用来替代罗马体或意大利斜体。大约在17世纪的英格兰，一贯复杂且精致的哥特字体也叫“黑体字”或是“黑体铅字”，几乎人人都在使用。在一些公文中可以找到这种字体，譬如议会法案和皇家宣言。它也是《圣经》和角帖书上使用的刻字样式。角帖书是一种较硬的纸张，将字母、数字和主祷文等内容印在上面，通常其上覆盖有角片。这种角帖书曾用来教儿童识字。

众所周知，格雷厄姆是一名藏书家，拥有一个巨大的私人图书馆。他极有可能是被看到的字体深深迷住，进而将其转用至美丽且不拘一格的鼹园。彼得·格林相信，在1946年埃尔斯佩思逝世后，格雷厄姆的图书馆被处理掉了。1920年阿拉斯泰尔逝世后，格雷厄姆为了出国而卖掉葆汉馆里的物品时，有可能放弃了很多藏书。不管怎样，格雷厄姆藏书的完整书目已经不得而知。有一项记录是确实存在的，那就是阿拉斯泰尔·格雷厄姆在1911年左右制作的书籍清单（见附录1）。还有一份确实存在的目录，是格雷厄姆最后一所房子的所有物清单。格雷厄姆的最后一所房子名为“教堂小屋”，位处潘伯尼。这一份清单是在肯尼斯·格雷厄姆逝世十五年后制作而成，其上标有日期：1947年3月20日，星期四，并且贴有标签“家具及财物”。这份清单上列有一项“大量的书”，但并没有给出更多关于图书馆所有物的任何细节。

21 这里的石膏像应为原作的廉价复制品。鼹鼠家里那花费不高且不拘一格的装潢，将其列入模仿上流社会并渴望进入这一阶层的人之流。对鼹园细节的强调，与19世纪90年代最受欢迎的一本书相互映照。这本书是《小人物日记》，一开始是以连载的形式刊载于著名漫画杂志《笨拙》。该书由乔治·格罗史密斯撰写，书上的插画由他的弟弟威登绘制，讽刺了小职员普特尔先生和他妻子卡丽的主张与价值观。关于普特尔一家和鼹鼠先生，彼得·亨特如此写道：

> 鼹鼠有时候被视作上层阶级的另一面。尽管他有可能退休，甚至有可能正值中年，但本质上，他是乔治和威登·格罗史密斯《小人物日记》中不朽的普特尔先生的同类，永远的住别墅的小职员类型。这从鼹鼠对雕像的品位就能确定无疑。或者，他甚至可能是英格兰银行的一位高级官员。(《〈柳林风声〉中的语言及阶级》)

格罗史密斯兄弟用本应形容一个庄园或是大礼堂的语言来嘲讽普特尔先生的敏感。尊名为月桂居的新家是一栋位处郊区的排屋。格雷厄姆将新郊区视为“大城市的集体宿舍”。他不喜欢新式建筑，选择居住在布卢伯里就因为“那里的人不会建造那种涌现在库克姆迪恩周边的可怕的红房子”。(查莫斯,《肯尼斯·格雷厄姆》)格罗史密斯兄弟最初以演员及艺人的身份而闻名。他们创造了一个毫不留情的滑稽模仿作品来猛烈抨击中产阶级的自负做作。月桂居不过就是一个鼹园罢了，只是将多数人弃之不顾的东西整整齐齐摆在了一起。

威登·格罗史密斯《小人物日记》中所画的月桂居插图。这栋排屋后面有着工业革命的所有痕迹：输电线、快速行进的火车和滚滚浓烟。渴望着成为比现有社会地位更高一层存在的平凡小职员，正是格雷厄姆在鼹鼠从河鼠舒适的河岸洞穴回到鼹园内时所想到的

格雷厄姆本人以喜爱雕塑而闻名。他和他的单身律师朋友汤姆·格雷格在伦敦肯辛顿新月公寓5号合租的时候（从1894年起，一直到1899年他娶了埃尔斯佩思为止），他曾修复了在客室窗户之间的墙上挂着的德拉·罗比亚《圣母与圣婴》饰板。他在参观佛罗伦萨的时候得到了这块饰板。彼得·格林曾引用格雷厄姆的表妹安妮·格雷厄姆写给埃尔斯佩思的信，信中写了他家客厅里出现的这一非英式艺术品：

> （这个艺术品）成了一种地标，让人们能够第一时间找到这间屋子。对于意大利街头的手风琴师来说，它还担当了圣地的角色。肯尼斯曾说过，这些街头艺人过去经常前来，并在饰板前表现出他们的热爱，然后，他们走进房屋向巴斯小姐（肯尼斯和格雷格的管家）索取施舍，然而，巴斯小姐（曾独自一人游玩意大利）对他们一视同仁，严厉地拒绝给他们任何东西。他们只好离去，嘀嘀咕咕，骂骂咧咧，

还向她挥舞拳头。(格林,《肯尼斯·格雷厄姆传》)

22 朱塞佩·加里波第是一名意大利爱国者、士兵，也是意大利复兴运动的领导人之一。该运动造成19世纪意大利的统一。意大利复兴运动是一个以文化民族主义和政治激进主义为标志的时期。从1859年到1860年，在意大利王国从北部的皮埃蒙特到南部的那不勒斯和西西里岛的开疆辟土中，加里波第发挥了重要作用。从那不勒斯驱逐弗朗切斯科二世之后，加里波第在1862年和1867年组织了对罗马的远征，但未取得成功：教皇的座位仍未被征服。1870年，加里波第指挥了一支法国军队对抗德国。

在格雷厄姆时期，加里波第是世界级人物，经常现身报端，图像也被复制在小配饰上，席卷全欧。在《加里波第和他的敌人》的一篇序言中，克里斯托弗·希伯特写了加里波第纪念品的流行：“从那不勒斯到蒙得维的亚的100个不同的城镇中，都有以他的名字命名的街道和广场。他的小雕像、半身像、圆形浮雕和瓷雕在曼彻斯特、米兰、波士顿和博洛尼亚遍地开花。刻画他救世主特征的花里胡哨的明信片以百万计售出。你可以喝一杯加里波第红酒，穿一件加里波第罩衫，看一部加里波第音乐剧，吃一块加里波第饼干。”对鼹鼠来说，找到一座加里波第的雕像不难，而且有可能那雕像并不贵。实际上，加里波第的确于1864年4月到访过福伊。亚瑟·奎勒-库奇的未婚妻波莉是围观者中有幸与他握手的一个幸运儿。

23 在《圣经·旧约·撒母耳记》中，一位名为哈拿的不育女人生下了撒母耳。尽管哈拿曾多次向上帝祈祷并恳求，但她大部分青春年月里都没有怀孕。在她终于怀胎并诞下一子后，她将其命名为撒母耳，意为“这是我从耶和华那里求来的”。在这个婴儿断奶后，哈拿带着他去见耶和华殿的祭司以利，在那里将他献给了上帝。后来，撒母耳成了以色列的一名伟大先知。

童子撒母耳成了维多利亚时期广受人们欢迎的形象——那个时期的人们十分崇拜孩子和青年。其早期较为著名的一幅画像是由约书亚·雷诺兹爵士于1776年创作的。这幅挂在伦敦泰特美术馆的画作，画的是一个跪着祈祷的小男孩。1853年，詹姆斯·桑特画了一个广受欢迎的版本。桑特在1871年成为维多利亚女王的常任画家。他那感情丰富且富有感染力的肖像画在贵族圈内备受追捧。在《泰晤士报》上刊登的他的讣告（1916年7月13日）道出了他所画的《童子撒母耳》的含义：“这是个非常英式的撒母耳，它满足了英国中产阶级的需求，并且与他们每个星期天去听低教会布道的习惯完全相合。”

格雷厄姆崇拜青年且本人晚来得子，他会在鼹园里摆上一个童子撒母耳的石膏像，并不足为奇。

24 格雷厄姆可能是从维多利亚时期的诗人阿尔弗雷德·丁尼生的引文中收集到了他的"英雄们"。1864年，加里波第访问英国，根据《泰晤士报》上的一段描述，他受到了群众"热情洋溢的欢迎"。尽管加里波第几乎不会说英语，但《泰晤士报》的记者发现，英国人向他们的意大利客人所展现出的那非同寻常的热情"几乎难以形容"。加里波第前去拜访了在怀特岛上的丁尼生。这位诗人后来写道：

> 我期待看到一个英雄。我并没有失望。与其说他谦恭，不如说他庄严。他的行为举止中透着某种非凡的质朴。我在这座岛上的岛民中，至少在男性身上，从未见证过这样的举止……他否认自己是出于任何政治目的而来。他仅仅是为了感谢英国人对他的好意而来，为了他们对他本人以及意大利的种种兴趣而来。(哈勒姆·丁尼生编，《丁尼生作品集》)

25 九柱游戏是一种英国游戏，在木框上的正方形中放置有9个木制瓶柱，与玩家呈一定角度。玩家要设法以尽可能少的次数掷球将其击倒。英国九柱游戏的滚球槽等同于美国保龄球的滚球槽。

彼得·格林详尽描绘了鼹园的布置。在《黄金时代》于1895年2月出版后不久，格雷厄姆去了意大利：

> 春天……由于版税不断地稳固增加，格雷厄姆一年一度候鸟般迁徙的冲动得以满足。他一路往南，去了意大利的海滨度假胜地阿拉西奥。这个地方给他留下了深刻的印象。他在接下来的三年里至少打算再来两次。
>
> 那时，阿拉西奥还不像如今这样成为流行的度假胜地。那时，它还是一个风景如画、未受干扰的渔港。格雷厄姆并没有在整洁光鲜的旅馆投宿，而是和一家利古里亚人一起住在他们的旧式家宅中。诸如卧铺包厢式床铺及保龄滚球道等奇特的装修风格使他称心如意，因此，他后来将这些特征大都移花接木到了鼹园之中。(《肯尼斯·格雷厄姆传》)

26 见第一章注释6中G.T.希尔教授在1919年写的信。他询问了鼹鼠外出时由谁来打理并照料鼹园和金鱼。

27 扇贝是一种双壳类软体动物；它的壳由凸出的有辐射状棱纹的瓣膜形成；是一种常见的可食用欧洲双壳贝。

这个扇贝镶边是鼹鼠家里廉价装潢的另一部分。在英格兰南部任一江河入海的河口处的任一潮汐盆地里，这种贝壳都很容易沿着潮汐盆地聚集在一起。

28 银色玻璃球常常指“女巫球”。起初，这种玻璃球是英国内尔西的一家玻璃工厂制造的。内尔西在布里斯托以西几里的地方。从1788年到19世纪70年代，为了运送圣水，人们吹制出大量短瓶颈的球形玻璃瓶。之后，家家户户门上都挂上了女巫球，借此来击退女巫或是削弱她们的力量。后来，在制造女巫球时会在内部漆上反光的银色涂料，这样的女巫球经常会将一切事物都映得上下颠倒，如此，就像民间传说一样让女巫无法进入房子。它现在叫作反光球，成了好运的象征。球的内部用一种制剂镀银。制剂“由两份铋、一份铅、一份锡和四份汞组成。将铅、锡和铋熔化在一起，并在混合物几乎冷却的时候添加汞。然后将其倒入球体中。缓缓旋转球体，液态混合物便形成一层薄膜粘附于玻璃上”。（L.G.G. 拉姆齐编，《古董简明百科全书》）

肯尼斯·格雷厄姆喜欢玻璃制品。我们从康斯坦斯·斯梅德利的回忆录中可以得知，格雷厄姆曾给了她一个意大利高脚酒杯。这个酒杯是她在1907年参加格雷厄姆的重大晚宴时用过的杯子。我们还从中得知，格雷厄姆收藏有大量的玻璃擀面杖，这些擀面杖也都是在内尔西制造的。尽管玻璃擀面杖如今看起来像是令人难以理解的物体，但在拿破仑战争期间，盐税是盐本身价格的30倍，它们是作为装盐的容器而造的。当玻璃擀面杖不再是偷运或盛盐的必需品时，它们最终成了好运的象征，在英国很多厨房中随处可见。最终，格雷厄姆的财产清单中，绿色、红色、蓝色布里斯托玻璃制品赫然在列，其中包括圆形玻璃瓶。

29 与河鼠、蟾蜍和獾先生在一起那么久，鼹鼠突然看到自己的家，相较之下，它破旧不堪，堆满各种零碎物件。当鼹鼠归来时，他的家酷似《小人物日记》里普特尔先生的家。和河堤居民们不一样，人到中年的普特尔先生甚至都不曾拥有月桂居。尽管他已步入中年，且有着20年的稳定工龄，普特尔仍然将就用着前租客遗留下来的破旧装潢。鼹鼠就和普特尔先生一样，所有的家装都是他亲力亲为，例如第一章开头时的粉刷活计。而当普特尔先生发现楼梯上的旧地毯不够宽，无法与台阶两侧的油漆相接时，他决定重刷一遍油漆，而不是去买一块新地毯。普特尔开始乱刷一通，他荒唐地拿着刷子刷浴缸内部，还给仆人卧室里的放煤槽和盥洗台上了漆。其他河堤居民都没有参与任何形式的家务。（在第六章的开头，鼹鼠与河鼠在为赛船季做准备。他们给船上漆，修理船桨。然而，赛船是一项休闲活动，文中从未提及有何必要去维修河鼠的家。）

30 早期的插画师都没有画过小卧铺的插图，然而在21世纪晚些时候出版的版本中，小卧铺却成了最受插画家欢迎的主题。详见1996年英格·莫尔插图本删减版——删减得不可饶恕，以及附录 3 里面肯尼斯·格雷厄姆对于删减部分的观点。

31 鼹鼠患有忧郁症。忧郁症是 18 世纪文学作品里经常出现的主题，该主题还延续到了维多利亚时代。

"闷闷不乐"(fit of the blues) 这一措辞出现在杰罗姆·K. 杰罗姆的讽刺作品《懒人闲思录》中。它嘲弄了忧郁症热潮：

> ……人们能从彻头彻尾的痛苦中获得极大的满足；但没有人会喜欢闷闷不乐的感觉……忧郁所带来的影响可能和牙痛、消化不良外加伤风感冒三者一同袭来后的症状类似。你会变得脑子不好使，坐立不安且易怒……还会变得笨手笨脚、多愁善感、喜欢吵架；所有人都讨厌你，就连你自己也不例外。

这个主题在乔治和威登·格罗史密斯的《小人物日记》里也有所涉及。普特尔先生发现，他那住在家中的已经成年的儿子在某个晚上出门了：

> 我有点恼火，因为我发现卢品昨天晚上并没有看书，而是去礼堂看了一场低俗的娱乐表演。我表达了我的看法，说这样的演出不值得体面人前去光顾。他却回答说："噢，只不过是'仅此一晚'罢了。我当时闷闷不乐的，想着该去看看'英格兰的特别火花'波莉·普赖斯怀尔。"

32 根据罗伯特·威尔斯所写的烹饪书《面包饼干烘焙与熬糖指南》，船长饼干是由水、黄油、面粉和牛奶做成的，通常批量制造而非手作而成。这样一盒饼干就像是今天的一盒苏打饼干。船长饼干通常供长途旅行食用，因为它们坚硬、干燥且不会变质。虽然并非理想的美味佳肴，但是鼹鼠外出时，他橱柜里的船长饼干仍保存完好，还可以吃。

船长饼干

7 磅精白粉
6 盎司黄油
1 夸脱水或牛奶

将黄油与面粉一起搓成很小的碎块，在面粉中间部分捏出一个凹槽，将水或是牛奶倒入其中，然后将其揉成生面团，生面团制成后将其分开，切成或用模具分成所需大小，每个为4或5盎司。用擀面杖将每个小面团擀为直径5英尺左右，正面朝上放进烤盘中。等可以烤了，在快速烤箱中烤至棕褐色。这种饼干很少会是手作，因为使用机械制造饼干要比手作速度更快、卖相更好、质量更高。

33 亚瑟·拉克姆所画的关于鼹园的插图附上了同样的文字说明。

34 这是格雷厄姆在河岸居民语境之外，唯一一次提到鼹鼠的生活和亲戚。读者并不知道这意外之物是什么，尽管我们知道鼹鼠会“抚摸”自己的财物，会带着并不习惯地下生活的河鼠来一次鼹园游，并且再参观一遍他的物件。这次参观和第四章里獾先生领着参观他的地下住宅相似。

鼹鼠有家族关系的证据，使人想到格雷厄姆早期创作的故事《伯蒂出逃记》。故事里，一只鼹鼠操作一架逃生电梯。尽管这只鼹鼠对这次行动而言并非至关重要，但说过当他想要回家的时候，家里有一位鼹鼠夫人等着他（见第一章注释6，鼹鼠生活中其他角色的证据）。

35 正如《小人物日记》里所写的，鼹鼠就像普特尔先生一样，他拼命工作，想方设法将家里布置得兼收并蓄，但大部分装饰布局都绕不开现成物和常见的折扣品。尽管我们已经见识过其他河堤居民家里的物件及陈设，如河鼠那“小巧精致的临水住宅”，獾先生的地下洞穴和蟾蜍的蟾府，但将私人物品展示给他人时，鼹鼠是唯一一个明显感到难为情的人。

36《伯蒂出逃记》里出现了唱颂歌的人，当时，阿拉斯泰尔的宠物兔正和格雷厄姆的黑猪伯蒂在外面唱歌。这只猪不久前刚因为逃离猪圈而出名。下文是动物们准备颂歌时的内容：

> “好极了！”伯蒂说道，“现在，我们直接去那栋房子，在客厅的窗户下欢唱迷人的颂歌。斯通先生很快就会出来称赞我们，拍着我们的脑袋说我们是亲爱的聪明的小动物，还会请我们进门。这意味着餐厅里有晚饭有香槟，痛快啊！”（博德利图书馆，MS.Eng.Misc.d.282）

在童年玩伴中，陪伴着阿拉斯泰尔的兔子彼得和本杰明的，是佩吉（“米特”）·苏利文。在1943年9月30日的一封信里，埃尔斯佩思·格雷厄姆道出米特的父亲就是艺术家S.苏利文（《〈柳林风声〉最初的低语》）。娜奥米·斯托特在1908年拍摄的阿拉斯泰尔和一个小女孩的照片背面就写着“小老鼠和佩吉”。这张照片曾为奥斯汀·普维斯所有，现在是大卫·J.霍尔姆斯的藏品。

37 鼹鼠承认不如同伴富有，这是其中一个例子。然而，他拥有一颗慷慨大方的心，是慈父般有益他人的鲍勃·克莱切特的角色担当，与《圣诞颂歌》里面小蒂姆那努力奋斗的父亲一般无二。鼹鼠可能没有很多的财产，但他将会一直尽其所能地慷慨解囊。

38 各种慈善机构和募捐会经常请求 E.H. 谢泼德复制他的插图，例如那张给女童子军协会的未注明日期的卡片。

佩恩所画的唱颂歌的人看起来如成人一般，还有一名穿着晚礼服和戴大礼帽的大师指挥；巴恩哈特所画的田鼠看起来就像青少年一样；谢泼德所画的欢唱颂歌的人看起来则像孩子一样。

这个场景已经在这一章节前面部分出现过——当鼹鼠与河鼠在回家的路上注视村民们的窗户时。

39 指泥泞或是湿软的土地。由于下雪或是下雨，街道湿漉漉的。

40 由于鼹园的前院在地下隧道的尽头，所以人们怀疑风会随着田鼠的到来而溜进屋内，更不用说雪了。

41 在第九章的开头，河鼠将邂逅田鼠。田鼠所拥有的财物比河鼠少，甚至比鼹鼠都要少。他们真正是为晚饭而歌唱。

在这个场景里，对话的语气一直比最终拿去出版的草稿里的更为强烈。上面这段话删减后，被用作巴恩哈特的版本里面的插图说明文字。

42 河鼠与田鼠之间的这段交流，与《圣诞颂歌》里的一个场景相似：改变后的斯克鲁奇在圣诞节的早晨醒来，叫住了街上路过的一个男孩：

> “你知道下一个街角的那家卖家禽的店吗?”斯克鲁奇问道。
>
> “我想我是知道的。”小男孩儿回答道。
>
> “多么聪明的孩子啊!”斯克鲁奇说道，“多么杰出的孩子啊！那你知道他们有没有把橱窗里那只标了价的火鸡给卖掉？不是小的，而是大的那只?”
>
> “什么，那只像我一样大的火鸡?”男孩反问道。

1898 年，肯尼斯·格雷厄姆写信给他姐姐的好朋友玛丽·理查森，邀请她参加一场即兴的盛宴。

> 1898 年 12 月 27 日
>
> 肯辛顿新月公寓 5 号，W.
>
> 我亲爱的理查森小姐
>
> ……
>
> 我与罗莉、琼一起过的圣诞节。我刚从她们那儿回来。罗莉和我一起回来了，打算借宿一两晚。我的重点在于，有人送了我一只火鸡，这只火鸡是你见过的火鸡里面最大的之一，你甚至无法想象它有多大。这只火鸡明天就要被吃掉，如果没有什么别的事情要做，你可以在

7:30过来，帮我和罗莉一起吃掉它。你无须打扮，因为没有其他人在！听起来可能没什么，但是火鸡会很棒！一定要来啊！

你非常诚挚的，
肯尼斯·格雷厄姆

43 关于格雷厄姆使用“巴金斯的”(Buggins's)这个词的文章非常少。格雷厄姆很有可能是在开玩笑说，当地商店里唯一可找到的食物平淡无奇。“巴金斯的”一词出自词组“轮流任职”(Buggins's turn)，该词组指的是轮流上岗而非依据长处提供工作的准则。由于河堤居民轮流去对方家中做客，河鼠才勉强接受了鼹园里低标准的饭菜。河鼠在吃的方面自诩优越，而这附近的商店迎合的却是普通田鼠的口味，因此，“巴金斯的”这个词的使用可能是暗示河鼠认为商店里不会有特别的东西。彼得·格林写道：“关于‘巴金斯的’这个词，我的第一感觉是，肯·格（肯尼斯·格雷厄姆）只是将其用作一般商家的通行商标，被视为这么一个通用的名字。常用的短语‘轮流任职’似乎可以证实这一点。”(彼得·格林，致作者的邮件，2004年10月)

根据《柳林风声：破碎的桃花源》的作者彼得·亨特所言：

> 我认为你可以提一下“轮流任职”，将其视为巧妙的安排。尽管《布留沃英文成语与寓言词典》一书似乎认为这是个相当新式的词，但我总认为这个词仅仅是表示了河鼠对食物的自我优越感，而巴金斯(Buggins)是为高级商品而编造的名字（就像库珀的果酱或是哈姆利的玩具，或是哈罗德的……）。我认为，它还具有时代气息，暗含“滑稽人物”，也有可能是“职业”，就像格罗史密斯笔下的普特尔先生一样。在那时，“Juggins”一词是常见的俚语，意为傻瓜。于我而言，对于食物的自我优越感（“非罐装食物”）就和整个怀旧、回顾乡村世外桃源的气氛一样。就像汽车一样，罐头是那个时代的标志。如今，“家庭自制”……意味着，嗯……家。(彼得·亨特，致作者的邮件，2004年10月)

44 冻疮是皮肤上面肿胀的红色小伤口。它们经常发炎，会变干并破裂，使皮肤容易感染。它们常常出现在手或脚上，潮湿的居住环境会使它们更加恶化。冻疮会变得越来越瘙痒和疼痛，会让足部产生灼热感。裸露在外的皮肤上容易长冻疮。当冰冷的肢体升温太快时，比如当田鼠被邀请至炉火前暖脚时，就会出现冻疮。在20世纪初期的英国和欧洲，冻疮更为常见，因为当时大多数住宅和建筑物都没有中央供暖系统。

1909年10月26日，插画师亚瑟·拉克姆在给几个孩子写的信中，就田鼠和他们的冻疮发表了评论。尽管直到1939年职业生涯的尽头，他才为《柳林风声》画插图，但很明显，他老早就非常喜欢这本书：

> 亲爱的贝蒂、琼和吉尔伯特：
>
> 非常感谢你们友好的来信。我最开心的是，你们读《柳林风声》的时候想到了我。
>
> 说来也巧，我还差点为这本书画插图呢。出版商找我画，但是当时要得太急，而我正为《仲夏夜之梦》画插图。
>
> 但是《柳林风声》这本书很棒，对吧？小田鼠唱起圣诞颂歌的时候，与其他事物融为一体。我特别喜欢他们烤冻疮直到烤得刺痛的场景（也许你们从来都没有长过冻疮？嗯，不要长）。

45 传统的老伯顿啤酒是在特伦特河畔伯顿镇酿造的。该镇位于伯明翰东北部的斯塔弗德郡，坐落于特伦特河和特伦特与默西运河边上。该镇的酿酒传统于1002年由伯顿修道院的本笃会修士开创。伯顿啤酒之所以出名，在于酿酒时使用的当地的水的质量。从特伦特河谷充满石膏沉积物的深井中抽出的水，富含天然硫酸钙，特别适合酿造，使啤酒具有独特的风味。富含硫酸钙的啤酒令饮酒者更易胀气。也许，格雷厄姆选择老伯顿酒的原因就是为了嘲弄这一状况。

老伯顿啤酒最早为人所知是在1295年，1630年在伦敦上市，18世纪中叶开始商业化生产。自从1708年班杰明·普林顿成为伯顿镇上第一位啤酒商人后，镇上出现了两百多家啤酒厂。

特伦特河畔伯顿的啤酒生产业在工业时代后期达到了顶峰，当时有数十家啤酒厂在运营，错综复杂的铁路网络贯穿该镇，以便向全英国供应啤酒。

A.E. 霍斯曼在当时闻名英国的诗集《西罗普郡少年》第六十二首诗中提及了特伦特河畔伯顿。尽管霍斯曼和格雷厄姆是同时代的人，但他们直到1913年才彼此相见。第五章中鼹鼠和河鼠之间的交流与霍斯曼第六十二首诗的内容相似：

> “特伦斯，这些诗写得真蠢，
> 你吃你的食物吃得可真猛；

看你喝啤酒喝得那样起劲，
明摆着你这人并没有毛病。
可是老天啊，你写的这些诗，
让人看了真会生一肚子闷气。”
哎呀，如果你要跳舞，
自有比诗歌轻快的乐曲。
你说，啤酒花圃是何意，
伯顿为何建在特伦特上？
啊，英格兰有多少人酿酒！
琼浆玉液胜缪斯，
令人兴奋；
麦芽要比米尔顿更能
宣扬上帝如何待人。
啤酒，男人，
啤酒给伤心人喝。
从白镴壶中看世界百相，
把这世界看成个四不像。

不幸的是，在20世纪90年代，特伦特河畔伯顿的许多老牌酿酒厂与更大的集团进行了合并。老伯顿啤酒最新出现的生产商因德库普啤酒厂被嘉士伯泰特雷啤酒厂收购，后者一直在逐步淘汰该产品。小型酿酒厂——波顿桥啤酒厂则在继续酿造自己真正的麦芽啤酒，但没有哪一家可以担得起“老伯顿啤酒”这一独特的头衔。

根据马丁·康奈尔的著作《啤酒：品脱的故事》所写，位于伦敦西南部旺兹沃思的杨氏啤酒厂酿造了自己的老伯顿啤酒。1971年，杨氏将其更名为冬季啤酒。尽管缺乏了那使老伯顿啤酒出名的硫酸钙所带来的冲击，但这款季节性桶装啤酒的酒精含量足足有5%。

老伯顿啤酒的另一种现代版变形是森美尔冬季节庆啤酒。这款古老且酒劲强烈的啤酒是在约克郡最古老的啤酒厂塔德卡斯特酿造而成的，酒精含量高达6%，其所带来的刺激更为强劲。

46 考虑到烫酒要追溯到中世纪，在鼹园嘛，就放在炉火上加热吧。添加糖和香料使酒的口感变甜，让酒变得更适宜小田鼠入口——有时候会导致他们喝得太多，偶尔也往热甜酒里打一个鸡蛋黄，使其变得浓稠。酒精也会使冻疮恶化。早在1908年，加热老伯顿啤酒就已十分普遍，而且大多数家庭手头都有香料。下文是热甜酒的简单秘方：

热甜酒

配料：
2品脱麦芽啤酒
1茶匙白糖
1撮丁香粉
1撮肉豆蔻粉
1大撮生姜粉
将配料混合物煮至近乎沸腾，然后添加：
8盎司朗姆酒或白兰地。
然后尝一口，看是否还需要更多的糖或是调味料。
若味道正好，将其装入啤酒杯中并插上一根肉桂条。

47 田鼠的年龄不清楚——鼹鼠和河鼠对待他们理所当然地像家长对待孩子一般。田鼠体型极小，坐在长椅上“小腿荡来荡去”的，然而他们又年长于弟弟们，“由于年幼，弟弟们没能获准出门唱圣诞歌，不过有望在不久以后，家长就会放行”。就像鼹鼠和河鼠在獾先生的住宅里抽烟一样，格雷厄姆再一次允许角色打破童年的规矩。尽管田鼠是未成年饮酒者，但他们不会冒巨大风险发生事故，因为他们集体步行而来，并没有任何人开车。

格雷厄姆曾经向他的儿子许诺，如果他能克制饮酒就给他100英镑。在《黄金时代》一书里面的《他们所谈之事》中，格雷厄姆写了酒精对于门外汉的影响：

“年轻人，你最好小心一点！”他的哥哥严厉地看着他说道，“你还记不记得那些戏子在这儿喝热红酒的那个晚上，他们走了以后，你转来转去，干掉了所有杯子里的酒？”

“噢！我确实觉得那天晚上很好笑，”哈洛德轻声笑道，“房子晃来晃去，感到就要塌了；整个楼梯都在摇摆，玛莎不得不扶我上床！”

48 哑剧表演的传统于18世纪在英国流行起来。在重要的节假日特别是圣诞节期间，人们戴上面具或是乔装打扮好后前往私人住宅，通过表演换取食物和饮料。哑剧表演中通常还会引用其他作品中的片段。肯尼斯·格雷厄姆在《黄金时代》的《为雪所困》这一章中写了这项传统：

第十二个夜晚来了又去了，第二天早晨，生活似乎平淡无味、毫无意义。但是昨天那个晚上那些哑剧演员还在！他们大步跨入古老的厨房，把俗艳衣服里面的雪撒遍红砖地板，又是跺脚，又是乱窜，又是慷慨陈词，最后，所有人都在打转、喊叫、狂欢作乐。

G.K. 切斯特顿写了这项圣诞传统活动以及哑剧演员的起源：

平安夜的前一晚，我突然听到一阵阵的音乐声，声音如此之近，就像他们有可能是在屋内而不是屋外。所以我从屋里请求他们，希望他们能离得远一点。然后，我意识到他们是圣诞节的哑剧演员，他们每年都会到乡村地区来表演圣乔治、土耳其骑士和贪心鬼医生等古老圣诞节戏剧中相当老一套的片段。（G.K. 切斯特顿，《杂人》）

49 巴巴里海盗一般是指来自北非巴巴里海岸阿尔及尔、摩洛哥、的黎波里或突尼斯的北非海盗或是私掠船。在十字军东征期间，海盗掠夺了商船以及载有基督教十字军和朝圣者的船，将许多人卖为奴隶。因而，田鼠被迫划船的故事在当时是很普遍的。

这出哑剧很可能是根据奥斯曼土耳其帝国海军上将图尔古特·雷斯的故事而来的。1538 年，他应召前去与热那亚人安德烈亚·多里亚进行战斗，正是后者将法国人赶出了科西嘉岛。在多里亚被击败并返回意大利后，图尔古特·雷斯在海上称霸，征服了那不勒斯王国和西西里海岸，俘获了约 7000 名士兵，并将他们变成了奴隶。

1540 年，当他本人被科西嘉岛上的安德烈亚·多里亚俘虏并带到热那亚时，他的命运发生了变化。他遭到监禁，并被海军上将的侄子吉安内蒂诺·多里亚强迫去划船。图尔古特·雷斯通常被称为“出鞘的伊斯兰之剑”。他作为罪犯被监禁了四年，而后，由海雷丁从热那亚的洛美里尼·多里亚手中赎回，并得以获准返回家中。

“巴巴里”（Barbary）一词来自昵称“巴巴罗萨”（Barbarossa，意指“红色胡须”），16 世纪希腊裔海盗兄弟奥鲁奇和海雷丁因胡须的颜色而得此名。兄弟俩创立了巴巴里海盗。海盗主要是在地中海南部航行的法国水手或私掠船船员。

50 皇家溺水者营救协会于 1774 年创立，创立人是两名伦敦的医生：威廉·霍斯和汤马斯·科根。他们通过使用心肺复苏术来拯救溺水的人。为了那些冒着生命危险而抢救他人的人，这项具有争议的新医疗技术——心肺复苏术被授予奖牌、证书，最终还有金钱。冬天，该协会派善于在冰上行走的人到伦敦的公园内，以防有人掉到冰面下。该协会如今依旧活跃，且每年为见义勇为者颁奖10次左右。

51 另一个技术隐喻。

52 从某种意义上说，鼹鼠从洞穴中出来，加入了一个更令人向往的社会。然而，通过回到简陋的出生地，他意识到自己已经走了太远。彼得·亨特将其进行了简略概括：“这是《柳林风声》里的秘密叙事，来源并不确定。它说出了成人和孩童身上的典型部分——家庭和经验的循环，即，找寻新的道路，并在老地方达成和谐。”(《柳林风声：破碎的桃花源》)

第六章　蟾蜍先生[1]

这是初夏一个阳光明媚的早上。河岸重现往日的面貌，水流复归往常的流速。热辣辣的太阳好像牵着一根绳，把地下的一切——碧绿的，茂密的，高耸的，全都拔出来拽向自己。鼹鼠与河鼠黎明时分就起床了，一直忙活着和船以及赛船季有关的事情，忙着给船上漆，修理船桨，修补坐垫，寻找遗失的带钩的船篙，等等。在小客厅里，他们很快吃完早饭，正热烈讨论着一天的计划时，突然听到了“砰砰”的敲门声。

“真烦啊！”河鼠塞了一嘴鸡蛋，[2]说道，“鼹鼠，好小伙，你已经吃完了，过去看看是谁来了。”

鼹鼠走过去开门。河鼠听到他惊叫了一声。接着，客厅的门开了，鼹鼠郑重宣布：“獾先生大驾光临！”

獾竟然正式前来拜访他们，这可是一桩妙事。他竟然真的出门拜访别人了！一般来说，如果你急着见他，你得在一大早或深夜趁他匆匆经过树篱时堵住他，不然就要到他位于野外林地深处的家里寻他。[3]想要见他，可不是件轻而易举的事。

獾“咚咚咚”走进屋。他停下脚步后，表情严肃地看着两只动物。河鼠嘴巴张得大大的，鸡蛋勺都掉到了桌布上。

谢泼德为第六章所画的标题图

“时候到了！”獾说得极其庄重。

“什么时候到了？”河鼠不安地问，瞥了一眼壁炉台上面的钟。

獾回答道：“你应该问‘谁的时候到了’。哎呀，是蟾蜍的时候到了！蟾蜍的！我说过，等冬天过去了，我就要管一管他[4]的事。今天，我就要去管他啦。”

“当然，是该管管蟾蜍了！”鼹鼠快活地喊道，“万岁！我想起来啦！我们要教育教育他，让他长长脑子。”

獾在一把扶手椅上坐下，继续说道：“我昨天晚上听到了可靠的消息，又有一辆超大马力的新车要开进蟾府，买还是不买，就在今天上午了。说不定这会儿蟾蜍正在往身上套制服[5]。他爱死那套丑陋不堪的衣服了。穿上那套衣服，漂亮的蟾蜍就变成怪物[6]啦。哪个爱体面的动物见了他都会晕过去。我们必须立刻行动，不然就来不及了。你们两个马上跟我去蟾府。我们必须成功挽救蟾蜍。”

“你说得对！”河鼠跳起来喊道，“我们要去救救那个不幸的可怜虫，让他改正错误。[7] 他要彻底改变，变回过去那只蟾蜍，不然我们就不理他。”

他们肩负着做好事的使命出发了。獾在前面带路。动物们结伴前行时会排成一列纵队，这种走法既得体又明智。[8] 他们不会横占整条马路，那样会在突然遇到麻烦或危险的时候，派不上用场或者无法互相支援。

果然，事情不出獾所料，他们一踏上蟾府的行车道，就看到房前停着一辆闪闪发光的汽车。车子很大，漆得红艳艳的（蟾蜍最喜欢的颜色）。[9] 他们走到门口的时候，门猛然打开了。蟾蜍摇摇摆摆地走下台阶。只见他戴着防风镜、鸭舌帽，穿着长筒靴和超大号大衣，边走边往上拉着他那副长手套[10]。

“嗨，来吧，伙计们！”看到他们，蟾蜍兴冲冲地叫道，“你们来得正是时候，跟我一起去快活快活……去快活……呃，快活……”

看到他的朋友们都沉默不语，严肃地紧绷着脸，蟾蜍结结巴

亚瑟·拉克姆所画的剪影插图

巴，满腔热情无法继续，邀请的话语说到半截就停下了。

獾大步走上台阶。“把他带进去。”他厉声对同伴说。蟾蜍又是挣扎又是抗议，可还是被塞进了门。獾转身面向开来新车的司机。

谢泼德所画的穿着驾驶服的蟾蜍

“恐怕今天不需要你了。”他说，[11]“蟾蜍先生想法变了。他不想要这辆车了。你要明白，这是最后的决定。不用等了。”说完，他跟着前面几位进了屋，关上了大门。

当他们四个聚在前厅后，獾对蟾蜍说：“行了，先把你那身搞笑的玩意儿脱掉！”

“不脱！”[12]蟾蜍气呼呼地说，“你们如此无礼！如此恶劣！我要你们马上作出解释。”

“那好，你们两个，给他扒下来。”獾简洁地下达了命令。

蟾蜍又是踢打，又是痛骂。他们两个只得把他按倒在地，只有这样才方便动手。接着，河鼠坐到蟾蜍身上，鼹鼠一点一点地把那身汽车制服剥下来，然后才让蟾蜍站起身。卸了那一等一的盛装[13]之后，蟾蜍那嚣张的气焰也烟消云散了。既然他不再是公路“骇客”[14]，而只不过是小小的蟾蜍，他只能无力地咯咯笑着，用哀求的眼睛看看这个，又望望那个，好像非常明白当下的处境。

梅休因初版书的书脊。格雷厄姆·罗伯逊画的穿着驾驶服的蟾蜍，1908年

“你知道，早晚会有这一天的。”獾严厉地说，“我们一次次地警告你，你全都不理不睬。你一直挥霍你父亲留下的财产。[15]你飙车、撞车，还跟警察吵架[16]，在这一带，你坏了我们动物界的名声。独立自主是非常好的，但是我们动物绝对不许朋友当傻瓜，不许他越界，而你已经越界了。其实，你在很多方面都表现不错，我也不想对你太过严格。我会再做一次努力，让你恢复理智。跟我到吸烟室去[17]，我要跟你摆摆事实、讲讲道理。我们要看看，等你从那个房间出来以后，你是不是会变成一个不一样的蟾蜍。”

獾一把抓住蟾蜍的手臂，把他带到吸烟室，然后关上了身后的门。

“没什么用的，”河鼠不屑地说，“跟蟾

蜍讲道理，治不好他的毛病。他呀，说的比唱的都好听。”

他们在扶手椅里舒舒服服地坐定，耐心地等着。隔着紧闭的

巴恩哈特画的獾先生的干预，1922 年

房门，他们都能听到獾低沉的声音嗡嗡不绝，时高时低。过一会儿，他们注意到，时不时地，獾的教训声会被拖长的呜咽所打断，那哭声显然发自蟾蜍的内心。[18]这家伙心肠软、重感情，不管谁说什么，都能轻易改变他——暂时如此。

大约过了三刻钟，门开了，獾牵着蟾蜍的手走了出来。獾神色凝重；蟾蜍垂头丧气。他的皮肤松松垮垮地垂挂着，他的两腿摇摇摆摆地打着战，他的面颊上泪痕纵横，那是被獾感人的话语激发而出的。

"坐下吧，蟾蜍。"獾指着一把椅子，亲切地说。"朋友们，"他接着说道，"我很高兴地告诉你们，蟾蜍终于明白他错了。他为过去的所作所为感到非常抱歉，下定决心再也不玩汽车了。他对我发了誓。"

"这真是个好消息。"鼹鼠严肃地说。

"的确是个好消息，"河鼠迟疑地说，"除非，除非……"

河鼠这么说的时候，眼睛直勾勾地盯住蟾蜍。他心里一动，感到在蟾蜍残留悲伤的眼睛里闪现出一丝暧昧。

"还有一件事情要做。"心满意足的獾说道，"蟾蜍，当着你朋友的面，我要你重复一遍刚才在吸烟室里答应我的话，严肃点儿。一，你为过去的行为感到抱歉，你明白那有多蠢了，对吧？"

好长时间没有声音。蟾蜍绝望地看看这一位，看看那一位。其他几位都不说话，严肃地等着。最终，他还是开口了。

"不！"蟾蜍面带一丝愠色，强硬地说，"我不感到抱歉。一点儿都不蠢！感觉太棒啦！"

"什么？"獾大为震惊，大声说道，"你这家伙说话不算数，刚才，就在里面，你不是跟我……"

“对，对，在里面跟你说了，”蟾蜍不耐烦地说，“在里面，我把一切都跟你说了。亲爱的獾，你口才那么好，说得那么动听，那么有说服力，你所有的观点都头头是道，太可怕啦——你知道，在里面你可以随便对付我。可我回头一想，把我做过的事情梳理一遍，我发现我一点儿都不抱歉，一点儿都不后悔。所以，那么说我没啥用，是不是?”

獾说：“那么，你是不打算承诺再也不碰汽车啦？”

“当然不！”蟾蜍断然说道，“恰恰相反，我发誓，只要我看到一辆汽车，噗噗，我就坐上去开走。”

“我跟你这么说过了，对吧?”河鼠对鼹鼠说。

“那好，”獾站起身，坚定地说，“既然你不听劝，我们就要动用武力了。我一直担心会走这步棋。你总是说，让我们三个来你漂亮的家里住住。好吧，我们打算住下来了。哪天把你改好，我们哪天走，改不好我们不走。你们两个把他带到楼上去，把他锁在卧室里。我们几个再商量一下怎么办。”

蟾蜍被两个忠实的朋友拖上台阶的时候，踢打着，挣扎着。“要知道，如今都是为了你好。”河鼠善意地说，“想一想吧，等你战胜这个——这个讨厌的毛病，大家还像过去那样在一起，多好玩啊。”[19]

鼹鼠说：“蟾蜍，在你彻底好了之前，我们会全心全意替你照看一切。我们要看护好你的钱财，不像过去那样浪费掉。”

“不能再给警察添乱了，那么做太可悲了，蟾蜍。”他们把蟾蜍推进卧室的时候，河鼠说道。

“不能再住院了，一住就是几个星期，还被几个女护士呼来喝去的，蟾蜍。”鼹鼠锁门的时候，补了一句。[20]

他们走下楼梯。蟾蜍对着锁孔朝他们破口大骂；三个朋友开会商议如何应对当前情形。

獾叹息道："这件事情有的搞了。蟾蜍是铁了心。我从来没见过他这样。不管怎么说，我们都要坚持到底。我们轮流陪他，分分秒秒严加看守，直到他戒掉车瘾为止。"[21]

佩恩所画的楼梯上的场景，1927 年

于是，他们排了值班表。晚上，大家轮流到蟾蜍的卧室里陪夜，白天分时段轮值。一开始，对于几位小心翼翼的监护者而言，蟾蜍自然不好对付。当他的毛病剧烈发作[22]时，他会把卧室里的椅子摆出汽车的模样，蹲伏在最前面的椅子上，弓着腰，眼睛死死盯着前方，叫声粗野可怕。玩到高潮处，他一个大跟头翻倒在椅子上。椅子被压得东倒西歪；蟾蜍于片刻间得到极大的满足。[23]然而，随着时间一天天过去，这种可怕的发作渐渐不再那么频繁了。朋友们拼命想把他的注意力转移到新的事物上面，可是他对别的事情好像没有兴趣。他的情绪明显低落下去，显得很疲惫。

一个晴朗的早上，河鼠上楼接替獾，发现獾坐立不安，急着要出去。他要沿着他的野外林地逛一逛，再到地下洞穴里兜一圈，舒展舒展腿脚。他在门口对河鼠说："蟾蜍还没起床。他只会说，'噢，不要管我。我什么都不要。也许很快就好啦。到时候会好的。不要太担心'。别的什么话都套不出来。你要当心点儿，河鼠。每当蟾蜍变乖，安静下来，装得像主日学校得奖的主角，就是他最狡猾的时候，他肯定会搞鬼，我了解他。好啦，我得走了。"

"老伙计，今天过得好吗？"河鼠走到蟾蜍的床前，愉快地问道。

等了好几分钟，他才听到一个虚弱的声音回答道："亲爱的河鼠，非常感谢你。多谢问候。你真是太好了。不过，请先告诉我，你本人好不好？了不起的鼹鼠好不好？"

"噢，我们都好着呢。"河鼠回答，接着漫不经心加上一句，"鼹鼠打算跟獾一起出去溜达溜达，吃午饭的时候回来。所以啊，今天上午就你和我在一起，我们开心开心。我会尽力让你高兴的。现在，我的好伙伴，快起床吧。这么大好的早晨，不要愁眉苦脸

谢泼德所画的楼梯上的场景，1931 年

躺着嘛。”

“亲爱的河鼠，你真好啊，”蟾蜍咕哝道，[24] “你是不大了解我的情况啊。我现在又怎么能‘起床’呢？难啊。不过，不要为我烦心。我讨厌成为朋友的负担。我不希望再拖下去了。我真不想这样子。”

“是啊，我也不想这样子。”河鼠发自内心说道，“这段时间以来，我们为你操碎了心。我很高兴听你说，就要结束了。这样的好天气！赛船季就要开始了！蟾蜍，你太糟糕了。不是我们嫌你烦，为了你，我们错过了一大堆好玩的事。”

“可是，你恐怕还是嫌我烦吧。”蟾蜍无精打采地说，“我非常理解这一点。不用说也是这样嘛。你一直为我操心，都厌烦了。

谢泼德所画的维多利亚时期临终床的场景，1931 年

我一定不会再要求什么。我知道，我就是个万人嫌。”

“没错，”河鼠说，“可我告诉你，只要你能明智起来，在这世上为你操什么心我都愿意。”

“如果是这样，河鼠啊，”蟾蜍更为虚弱地喃喃道，“那我最后一次求你——也许是最后一次，尽快去村子里跑一趟——就是现在去恐怕也来不及了，去请个医生来。不过算了，不用操心了。太麻烦了。也许，还是听天由命的好。”

“哎呀，你要请医生来干什么？”河鼠问道，同时凑近一些，细细查看起来。蟾蜍直挺挺地平躺在床上，声音更加微弱，样子也大为不同了。

“当然，你已经留意到来不及了……”蟾蜍小声说，“不不，你为什么要留意到？留意什么是很麻烦的。真的，也许到了明天，你就会对自己说：‘噢，要是我早一点留意就好了。要是我有所行动就好了。’不不，那样多麻烦。不要紧的，我求你的事，还是忘掉吧。”

“听我说，老兄，”河鼠说着心慌意乱起来，“如果你真的需要医生，我当然会去帮你请过来。可是你还没到请医生的份儿上。我们聊聊别的吧。”

蟾蜍露出悲伤的笑容，说道：“亲爱的朋友，恐怕‘聊聊’并不能解决我的问题，恐怕医生来了也没有用。可是，哪怕是最细的稻草，也总想抓住呀。顺便说一句，既然你打算去请医生——我恨自己又给你添麻烦，可我突然想起，你会经过律师家门口，能请你把律师也叫来吗？这样我就方便了。某些时候——也许我应该说这一刻，总是要面对不愉快的事。在这一刻，不管怎样，总是要死撑最后一把。”

“叫律师来！噢，他一定是真的病重了。”河鼠吓坏了，自言自语了一句，就匆匆离开了房间。他倒是没有忘记仔细锁好房门。

走到外面，河鼠停下脚步，思考了一番。那两位都在远处。他找不到人商量。

“最好还是保险一些，”想了一会儿后，他说道，“我知道，以前，蟾蜍也会无缘无故把自己的病想得很重，可我从来没听说过他

佩恩所画的蟾蜍先生的出逃，1927 年

要请律师呀。如果他确实没大碍，医生会骂他是个老蠢货，会给他鼓劲儿，也算没白跑吧。我还是迁就他一下，跑一趟吧，用不了多长时间。”于是，他向村子跑了过去，去办这件行善的差事了。

一听到钥匙在锁孔里转动的声音，蟾蜍就轻轻地跳下床，从窗户那里急切地望着河鼠，直到他从行车道上跑得不见踪影。接着，蟾蜍朗声大笑起来。他找出最漂亮的衣服，飞快地套在身上，又从梳妆台的一个小抽屉里拿出钞票，塞满所有的口袋，然后把床单全部打好结，再把这临时编好的绳子的一端系在中间的窗棂上。那漂亮的都铎窗子是他卧室的一大特色。[25] 蟾蜍爬出窗子，轻轻落到地上。[26] 然后，他欢快地吹着口哨，迈着轻松的步伐，朝着河鼠的反方向走去。

獾与鼹鼠终于回来了。这顿午餐，河鼠吃得没劲透了。他不得不在饭桌上对着他们讲述他那让人难以相信的悲惨经历。可想而知，獾说出了怎样一番尖酸刻薄的话，近乎粗暴姑且不说；河鼠心痛的是，鼹鼠虽然尽可能站在朋友这边，也忍不住说：“河鼠啊，这次你有点儿犯傻[27]了。蟾蜍更是傻到家了！”

“他也太会装啦！”河鼠灰溜溜地说。

“他把你玩得团团转！”獾怒气冲冲地说，“不过，再说这些也没办法弥补了。他现在绝对跑远了。最糟糕的是，他自高自大，自以为聪明，什么傻事都干得出来。唯一让人宽慰的是，现在我们自由了，不必浪费宝贵的时间替他站岗[28]了。不过我们最好还是在蟾府再多住一段时间。蟾蜍随时都可能回来——要么是被一副担架抬回来，要么是被两个警察押回来。”

獾话虽这么说，却也不能预测未来的祸福，[29] 无法预料要经历多长时间的漂泊，要历经多少世事的艰辛，蟾蜍才能回到祖传的府邸。

那个不靠谱儿的蟾蜍可乐开了花。此时，他正迈着轻快的步子走在公路上，已经离家几里地了。起初，他专挑小路走，穿越了一片片田野，中途还变过几次路线，唯恐被追上。现在，他觉得不再有被抓住的危险了。太阳冲着他快乐地微笑，万物纷纷齐声合唱，与他在心里唱给自己的赞歌交相呼应。他满足极了，得意极了，一路上几乎是舞向前方。

“这一招儿真漂亮！”他咯咯笑着对自己说，“用智慧对付暴力，智慧胜出——这是注定的。可怜的老河鼠！天哪，獾回来后，还不痛骂他一顿？河鼠这人啊，可敬是可敬，优点也多，就是有点笨，完全没有受过教育。总有一天，我要手把手地教教他[30]，看看能不能教出个名堂来。”

满脑子充斥着这般自高自大的想法，蟾蜍鼻孔朝天，大步向前。他来到了一个小镇。主街中央悬挂着一个标牌：红狮饭店。[31]蟾蜍这才想起还没有吃早饭。走了那么远的路，他简直饿极了。他走进店里，点了马上就能端上来的最好的午餐，坐在咖啡室里吃了起来。

饭刚吃到一半，蟾蜍就听到一个极其熟悉的声音，从大街上由远及近地传来。他心头一震，浑身颤抖。“噗噗”！声音越来越近。车子开进饭店的院子后停了下来。为了掩饰内心的翻江倒海，蟾蜍只好紧紧地抓住桌子腿。[32]不一会儿，车上那帮家伙走进了咖啡室。他们饥肠辘辘，却一片欢声笑语，不停地说着那个上午的经历，聊着那辆座驾的好处——一路开过来，顺畅极了。蟾蜍竖起耳朵[33]，迫不及待地听了一会儿，终于按捺不住了。他不声不响地溜出房间，在柜台结了账，一走出来就悄悄兜到院子里。“我

谢泼德所画的蟾蜍先生的出逃，1931 年

谢泼德所画的红狮饭店，1931 年

只不过看一眼，不会有什么危害的。”他对自己说。

汽车停在院子中央，无人过问，司机和随从都在吃饭。[34] 蟾蜍围着它慢慢转，仔细看，评点一番，沉思不已。

他随即自语道：“不知……不知这种车子好不好发动？”[35]

转眼间，不知怎么回事，他发现自己已经握住方向盘转了起来。当熟悉的声音突然响起，蟾蜍被往日的激情骤然击中。他全身心都被牢牢控制了。好像做梦一样，蟾蜍发现自己不知怎的坐上了驾驶座；好像做梦一样，他一拉排挡，开车在院子里兜了一圈，然后开出了拱门；好像做梦一样，什么对与错，什么害怕后果，一时间全都被抛在脑后了。[36]他加大马力，汽车冲出街道，奔向公路，越过田野。他只有一个念头：蟾蜍又是那个蟾蜍了，是最佳高人，是凶神恶煞，是马路车神，是小径王者。见了他，任谁都得乖乖让路，不然就被撞得不复存在，再也见不了天日。[37]他一边飞驰一边高歌。汽车轰轰隆隆，与他的歌声你呼我应。一里又一里，车轮绝尘而去。蟾蜍飞速向前，却不知去往何方。只要本性得到满足，活在当下，管他明朝会发生什么。

“照我看来，”主审地方法官兴冲冲地说，“这个案子的案情非常清楚，唯一的困难就是，蜷缩在我们面前被告席上的这个不可救药的无赖、铁石心肠的恶棍，我们怎样才能狠狠惩罚一下。让我想想，他是有罪的，证据确凿：第一，偷了昂贵的汽车；第二，违反交通法规驾车；第三，对地方警察放肆无礼。书记官先生，能不能请你告诉我们，对于这几条罪行，最严厉的处罚分别是什么？当然，绝对不能假定被告无罪，因为绝无任何可能。”

书记官用钢笔蹭了蹭鼻子，说道：“有人认为，偷汽车是最大的罪行，确实如此；但是，对警察放肆无礼无疑判刑最重，的确应该。如果说偷车判处一年监禁，这是轻微的；疯狂驾驶判处三年，这是宽大的；对警察放肆无礼则要判处十五年。[38]从证人席的证词看，哪怕只是像我一样只听信十分之一的证词，他的放肆无礼也到了非常恶劣的地步。把这三个数字加起来，一共[39]十九年……”

布兰瑟姆所画的监狱里的蟾蜍，1913 年

“妙极了！”主审法官说。

“……您最好给他个整数：二十年。这样比较保险。”书记官总结道。

“这主意太棒啦！”主审法官称赞道，“被告，定一定神，站直了！这次判你二十年。记住，如果你再犯在我们手里，不管因为什么被指控，我们一定会狠狠处罚你。”

一群“法律的忠仆”[40]凶巴巴地向倒霉的蟾蜍扑去，给他戴上镣铐，把他拖出了法庭。蟾蜍一路尖叫着，哀求着，抗议着。穿过市场的时候，闹哄哄的民众一齐奚落他，又是扔胡萝卜，又是喊流行口号。他们对通缉犯怀抱同情并提供帮助，但对已经定罪的犯人却残酷无情。蟾蜍被拖着经过一群喝倒彩的学童，他们看到绅士落难，天真的脸庞上就洋溢着愉悦。拖过吊桥，吊桥发出空洞的回响；穿过城堡铁齿森森的吊闸[41]，又经过阴冷的古堡里森严的拱道，只见其古塔楼岿然耸立；经过了警卫室，里面都是下班了的士兵，他们龇牙咧嘴地笑着；经过哨兵面前的时候，哨兵咳出嘲讽而吓人的声音，值勤的哨兵最多也只敢这么表达对罪犯的鄙视和厌恶；走上陈旧不堪的旋转楼梯，路过身穿铠甲[42]的武士，他们从假面[43]里投射出可怕的眼神；走进院子的时候，体型巨大的猛犬[44]扯紧皮带、爪子腾空向他进攻；走过衰老的狱卒面前，他们把长戟[45]靠在墙上，正对着一个肉馅儿饼和一大瓶[46]棕色麦芽酒打瞌睡；走啊走啊，经过拷问台和拇指夹刑具室；[47]走过通往秘密断头台的转角，最终在监狱最深处最阴森的地牢门口停下了脚步。一位年老的狱卒坐在门口，手里摆弄着一大串钥匙。[48]

“老怪兽[49]！”警官边说边摘下头盔，擦擦额头，“你醒醒，老笨蛋[50]，把这坏透了的蟾蜍关起来。这个罪犯罪行深重，狡猾奸诈，没人能比。灰胡子，用尽一切办法严加看管。千万当心，要是发生任何意外，拿你的脑袋是问。两个该死的东西[51]！”

狱卒绷着脸，点点头，干枯的手搭上可怜的蟾蜍的肩头。[52]生锈的钥匙在锁孔里“嘎吱”一响，巨大的牢门就“咣当”一声在身后关上了。在整个其乐融融的英格兰[53]，蟾蜍成了无依无靠的囚犯，关在最为隐秘的地牢里，地牢在看守最严的监狱里，监狱在最为坚固的城堡里。

南希·巴恩哈特，1922年为梅休因版本所画的章节补白用图。“在整个其乐融融的英格兰，监狱在最为坚固的城堡里。”1928年，巴恩哈特完成了为小说《小卷心菜》所画的钢笔画插图。在该书第二十一页，有一幅关于诺曼城堡的钢笔画插图，这幅插图与《柳林风声》第六章的章节补白用图十分相似。

---

1 在格雷厄姆的亲笔手稿中，e. 248，第六章起初出现时是第四章。四这个数字用铅笔划去了，意味着肯尼斯·格雷厄姆在第三章《野外林地》和原来

的第四章《蟾蜍先生》之间增加了《獾先生》及《回家真好》两个章节。

在所有章节中，第六章是首次围绕肯尼斯·格雷厄姆1907年写给阿拉斯泰尔的信展开情节的章节。全书共有五个章节始于书信，即第六章、第八章、第十章、第十一章和第十二章。几乎所有的这些书信都是描述蟾蜍和他的冒险事迹的。在5月10日的第一封信中，格雷厄姆称阿拉斯泰尔为“我最亲爱的小老鼠”。而在1907年7月17日的第五封信中，格雷厄姆的问候语变为了“我亲爱的罗宾逊”。显然，格雷厄姆是应阿拉斯泰尔的要求而做出了这样的改变，即使罗宾逊正是1903年在银行向肯尼斯·格雷厄姆开枪的那个人的名字。相应地，阿拉斯泰尔开始在他的信上署名为“你的坏男孩”。

这些病态的昵称可能反映出了更深层的紧张关系。《柳林风声》的书信往来从1907年5月持续到9月，在此期间，阿拉斯泰尔一再请求他的父母前来探望他。在从利特尔汉普顿写给父亲的信中，阿拉斯泰尔写道：“你们周末必须过来和我一起挑选一块上好的牛骨。”在他的下一封信中，他写道：“我没法儿写信选骨头。”再下一封信中，他这样写道：“你们周末能不能下来这里（原文如此）？请一定来哦！”然后，再一次写道：“周末不过来和我一起挑骨头了？什么意思吗？”也许，他要父亲以行刺者的名字来称呼他，是一种尽管心存报复但孤独而受伤的尝试，不过是为了表达父母缺席的沮丧。

艾莉森·普林斯写道：

> （1903年）想在银行射杀肯尼斯的那个人的名字叫罗宾逊，这一事实有些骇人。当时，这个名字一定在家里提到过，即使这个名字是小老鼠信手拈来，但他坚持自己使用这个名字，还是有些可怕。（《肯尼斯·格雷厄姆：野外林地中纯真的人》）

从肯尼斯描述蟾蜍的冒险和阿拉斯泰尔的回应这两组信件中可以清楚地看出，肯尼斯和埃尔斯佩思忽略了7岁的阿拉斯泰尔的探望请求，时间越长，这个男孩就变得越愤怒。整个夏季，肯尼斯·格雷厄姆的信件变得不那么私密。他略过了惯常的问候和新消息，全文都在详述蟾蜍那滑稽可笑的举止。每一位肯尼思·格雷厄姆的传记作者都对这些信件的动态进行了推测。艾莉森·普林斯这样写道：

> 在查莫斯写于1933年的传记里，他将阿拉斯泰尔·格雷厄姆描述成一位才华横溢的男孩，说他感觉敏锐、天资聪颖、机智风趣且与众不同。26年后，格林却在传记里面拒绝使用这段描述。他认为，这段

描述像是为了实现埃尔斯佩思的愿望而捏造出的无稽之谈。他声称，小老鼠一直处在他雄心勃勃的父母给予的难以忍受的压力之下，与其说他聪明，不如说他是学习上的白痴。他艰难地努力着，试图克服弱视带给他的障碍，以至于无力顾及其他。

这两段描述都不太准确。毫无疑问，还是个小宝宝的时候，小老鼠受宠、放纵，为人所称赞。自然而然地，他形成了所有被宠坏的孩子都会有的不讨喜的性格。但是，如果他意识到父母的欢喜宠溺背后是有条件的，而在当时，这个条件并不是需要有多好的学术成果……就像困惑、震惊但仍充满保护欲的河堤动物一样，那些动物试图将蟾蜍从他日益糟糕的放肆行为中拯救出来，格雷厄姆夫妇也以常人无法理解的方式，为阿拉斯泰尔尽了全力。（出处同上）

2 当獾先生来拜访的时候，河鼠塞了满满一嘴巴鸡蛋，正处于一种尴尬的状态。

3 獾先生不想猝不及防地与人相见，否则简直一团混乱。獾先生的冷淡性情映照出第五代波特兰公爵的安静怪癖（见第四章注释46）。尽管天性孤僻，但是獾先生非常关心他人，关心到会上门拜访，虽然他可能更倾向于走进去补一个上午觉。

4 “管一管他”（take him in hand）这个短语具有双重意义。最重要的是家长角色。蟾蜍的父亲安排獾先生去引导蟾蜍成年。“管一管他”这个词还有身体上的含义。如果一个年轻人不能举止端正、礼貌行事，那么成年人可能会对他或她实施身体上的约束或体罚——这也正是即将发生在蟾蜍身上的事情。獾先生之所以探访此地，看来是想获取鼹鼠和河鼠的支持。在狄更斯的小说《远大前程》第二章里，这个短语被改写为“亲手带大”（brought up by hand）。尽管“亲手”（by hand）一词原本指的是孩子用奶瓶而不是母乳哺育的，但书中这个词的意思是年轻的皮普经常被比他大20岁的姐姐殴打至屈服。尽管獾先生已经担任了导师和父亲的角色，但无论他使用何种力量，他的干预注定会适得其反。蟾蜍本性就爱自吹自擂，稍后他会说他要去管一管河鼠。

5 “制服”（Habiliments）是指适合于任何办公或正式场合的服装、礼服或成衣，也指人们穿戴在普通衣物外面的战争用配件。

当蟾蜍准备去开车时，他打扮得像一个参加骑术比赛的骑士。他盛装打扮是为找寻其他车手做准备。他希望能找到愿意向他迎面冲来的车手。实质上，蟾蜍想玩的是懦夫博弈。

格雷厄姆使用了早已过时的语言，并选取了“制服”一词，意在唤起人们关于亚瑟王时代那些浪漫主义英雄的记忆。在《亚瑟王之死》一书里，马洛礼用了“制服”这个词的另一个版本：“形形色色的服饰（abylement），以备战时之需。”而在拉乌尔·勒菲弗的《伊阿宋的历史》里提及了骑士的配饰这个词：“拥有骑士的外形和服饰（habylement）。”顺便提一句，《伊阿宋的历史》是1477年在英国本土由威廉·卡克斯顿印刷的第一本书。

6 请注意，格雷厄姆将“怪物”（Object）这个词的首字母大写了。在应对技术上的未知问题时，格雷厄姆采用了哥特式的随意大写。在格雷厄姆创造的世界中，汽车所带来的疯狂将蟾蜍和其他车手从体面人（或蟾蜍）转变成抽象的怪物。格雷厄姆借鉴了以前哥特式作品的语气，在那些作品里，技术和科学代表着可怕而不可知的未来。格雷厄姆展示的这辆车就像是“化身博士”调制的药水一样。

7 河堤居民们相信一夜之间就可以让蟾蜍洗心革面，因而颇具宗教热情。獾先生那令人不安的语气其实是滑稽的，因为没有一个河堤居民认为，蟾蜍的破坏性习惯会持续一辈子。

8 在最后一章里，当大家一起前去夺回蟾府时，獾先生也会这样带领河堤居民们参战（见第十二章注释3）。亚瑟·拉克姆所画的剪影插画，正是河堤居民列队前行的典范之作。

9 1907年至1908年间，在英国，只制造了阿尔比恩、阿吉尔、奥斯汀、亨伯、纳皮尔、罗孚、阳光、沃克斯豪尔和沃尔斯利这九款汽车。在那期间，格雷厄姆创作了《柳林风声》（见第二章注释52）。

根据杨·尼德勒在1981年所写的续集——《野外林地》，蟾蜍先生钟爱一款1907年生产的汽车，名为阿姆斯特朗哈德卡斯托八号特别版。（D. 斯科特·蒙克利夫，《元老时代和爱德华七世时期的汽车》）

10 “长手套”（gauntlet）通常指的是由皮革制成的手套，上面覆盖有钢板，通常作为中世纪盔甲的一部分佩戴。这种长手套后来演变为可覆盖手和手臂，骑行、驾驶、击剑或板球守门时使用。蟾蜍出场时，浑身上下无一处不像骑士。长手套是骑士服装里的传统配件。

这句特定的台词出现在查尔斯·梅杰的《多萝西·弗农》第三十八章。这本小说在格雷厄姆的时代十分有名，在大西洋彼岸也出版过。梅杰在印第安纳州的印第安纳波利斯出生并长大，曾是一名律师，并且在伊丽莎白时代创作小说。那个时代的读者对这本书十分着迷，后来这个故事还在1924年被改编成由玛丽·璧克馥主演的电影。

“长手套”还出现在沃尔特·司各特的作品《湖上夫人》中：“谁也遭受不了这样一击／哪怕他身穿武士的铠甲戎服。”

在早期插画家中，画出身穿整套驾驶服的蟾蜍的，格雷厄姆·罗伯逊是唯一一位。在初版书的书脊上，罗伯逊的钢笔画是最早的一幅蟾蜍插图，其风格与罗伯逊画的封面图及卷首插图截然不同。

谢泼德所画的蟾蜍出版于20世纪30年代，1953年被再次用作封面。

11 在《柳林风声》一书中，仆人顶多是跑龙套的角色。司机甚至还没能张嘴说话就被打发走了。在《〈柳林风声〉中的语言及阶级》中，彼得·亨特指出，在杨·尼德勒所写的《野外林地》中，车夫在獾先生解雇他时深受影响：

> "如果蟾蜍都没有权力解雇你，那他们（河堤居民）能拥有什么权力？气焰也太嚣张了吧！他们会在乎什么？他们会在乎你的工作吗？会在乎你的妈妈和你的姐妹兄弟吗？"

插画家们遵循了格雷厄姆不让仆人登上舞台的指示，不把司机画进插图。

12 "不脱"（Shan't）如今很少使用。这个词还让人回想起J.M.巴利的《彼得·潘》第二章里小迈克尔耍脾气的场景：

> "我不睡，"他喊道，就像坚信这事儿他最终说了算的人那样，"我不，我不。娜娜，这还没到6点呢。噢，亲爱的，噢，亲爱的，我不再爱你了，娜娜。我跟你说了我不洗澡，我不，我不！"

13 "盛装"（panoply），一套完整的古代或中世纪盔甲，华丽，多彩，当作战利品穿戴。

14 在格雷厄姆创作《柳林风声》期间，像G.西德尼·帕特诺斯特所写的《飞车海盗》这样的汽车悬疑小说人气激增。尽管《飞车海盗》由L. C. Page & Company于美国波士顿出版，这本书却以英格兰伯克郡的乡村为背景。飞车海盗穿着从头包到脚的皮衣、戴着护目镜，和蟾蜍随后的打扮差不多。他快速穿过伯克郡，使周边乡村和城镇的人非常害怕；他抢掠其他车手，从他那异常快速的船型车上向他们射击。该车的特点是它的车速可以高达时速50英里。帕特诺斯特的书标志着"路怒症"及劫车在小说中首次出现。

1906年，继《飞车海盗》之后，帕特诺斯特出版了《飞车海盗续集：征服者巡游记》。其《开蓝色汽车的夫人》是一本浪漫悬疑小说，讲的是一位年轻人追求一名美丽少妇，而少妇却开着蓝色汽车跑了（让人回想起年轻的康斯坦斯·斯梅德利驱车前往库克姆迪恩的往事）。《犯罪大师》在伦敦由霍德 & 斯托顿出版社以另一个书名"搅局者之手"再版。1916年，这本书被制作成无声电影并改名为《在搅局者之手》。

尽管格雷厄姆从未提及这些书，然而他可能很熟悉它们，因为在编辑这些书的时候，他会定期帮约翰·莱恩读手稿。无论格雷厄姆是否以手稿的形式阅读或了解过这些书，在格雷厄姆撰写蟾蜍的荒唐行为之前的几年，公众对更快更好的汽车的着迷程度以及对汽车悬疑小说的喜爱程度都在上升。（见第十章注释 1）

15 汉弗莱·卡彭特（《秘密花园：儿童文学黄金时代的研究》）推测，蟾蜍的父亲是通过“棉花贸易或是一些不太正派的事情”发了大财。无论如何，蟾蜍的父亲是一名实业家，并不是那些继承了土地及头衔的旧乡绅阶层中的一员（乡绅阶层是地主、土地所有者或乡绅的总和；乡绅所属的阶级，在政治或社会影响方面尤为受尊敬）。

《飞车海盗》和《开蓝色汽车的夫人》的封面图。

16 这里的“吵架”（rows）指骚动、动乱或是争执，激烈而嘈杂。这个词通常在英国而不是美国使用，与“browse”押韵。

17 老式的大房子和礼堂通常设有吸烟室，尤其适合人们饭后去那里抽支烟。吸烟室通常也被男人们用作躲避女伴的场所。

18 巴恩哈特将獾先生叱责蟾蜍挥霍无度及不负责任的场景画入了黑白插图中。在獾先生替代蟾蜍那不知所踪的父亲时，格雷厄姆从未透露过老蟾蜍先生到底出了什么事。在第七章《黎明时分的风笛手》里，孩子与父母分离的主题再次出现。也许，肯尼斯·格雷厄姆本人四岁时与母亲的分离是这一典型情节的本源。同样地，在阿拉斯泰尔与他父亲的信件来往中，当阿拉斯泰尔非常需要他的时候，格雷厄姆仍保持着距离。

獾干涉蟾蜍，要画成插画并不容易，因此除了巴恩哈特，别人都没有画过。根据格雷厄姆的描述，一部分困难在于这个场景是从鼹鼠和河鼠的视角看的，他们只能看到紧闭的门，而看不到门后的獾先生或蟾蜍。

19 温德姆·佩恩在 1927 年画了河鼠和鼹鼠拖着蟾蜍上台阶的插图，四年后，欧内斯特·谢泼德也同样画了一幅。相比谢泼德画的矮矮胖胖、中年模样的河堤居民，佩恩画的动物更为年轻，体魄更加强健。

20 在 1908 年，肯尼斯·格雷厄姆及其作品往往映照出人们对待女性角色的态度。在维多利亚时期及爱德华时代的英国，大多数女性在社会上的地位比河堤居民的还要再低一级。她们通常是仆人、洗衣妇或是看护小孩的保姆。

就算是上层阶级的妻子或女儿，也是关在家中学习诸如音乐、缝纫等，而男孩子都会被送去学校。身为年轻女子，埃尔斯佩思·格雷厄姆仍然留在继父家，她尽管是当家人，却从未接受过能使她与丈夫和同龄人处于同等知识水平的正规教育。

1899年，肯尼斯·格雷厄姆肺炎复发期间，由他的姐姐海伦和他的伦敦管家莎拉·巴斯看护。这段时候，埃尔斯佩思·汤普森努力想与格雷厄姆结成正果，一直追随格雷厄姆追到康沃尔——他的夏日休养地。他们于7月底结婚。也许，格雷厄姆对于自己依赖他人的这几个月心怀怨愤，并借由蟾蜍被迫关在家里康复的情节表达出了这种怨愤。

21 伊夫林·沃的《故园风雨后》1945年出版，比《柳林风声》晚了将近四十年，尽管如此，前者似乎深受后者的影响。沃的小说采用了与《柳林风声》相似的主题：有钱的主角沉湎于酒精，忠诚的家人和朋友虽然支持他们，却未能成功阻止。

在《诗意的樊笼：伊夫林·沃和他的作品》一书中，杰弗里·M.希思描绘了沃在写出其杰作之前与学生之间的关系：

> 从1925年9月至1927年2月，沃在白金汉郡的阿斯顿·克林顿当教师，“一所差生扎堆的学校”。那时候，校长因为他酗酒而炒了他。他对他的几个学生产生了感情。很快，他不再叫他们“疯子”和“穷疯小子”。他邀请他们去他家喝茶，和他们一起游泳、打网球，还给其中一位学生读了《柳林风声》这本书。

沃一定非常喜欢这本书。另一位传记作者则写了沃曾在1932年前往苏格兰的火车旅行途中，给他的朋友戴安娜读了《柳林风声》。（道格拉斯·莱恩·佩蒂，《伊夫林·沃的一生》）

22 “发作”（paroxysm）一词指的是病情间发性的加剧或加重；一种剧烈又短暂的突发，或是由大笑、暴怒或激动而引起的抽搐。

23 就这一段，弗洛伊德本该洋洋洒洒地阐释一番。彼得·格林详细地评论了蟾蜍的装腔作势：

> 如果……蟾蜍这个角色有部分意图是要讽刺阿拉斯泰尔本人，那么他的那些哭号、踢腿以及拒绝安慰的举动，就可以解释为纯属孩子气……不过这很难用来解释蟾蜍的所有行为，在大多数情况下，他的行为表现出不可抗拒的成人躁郁症。他的整个人生就是一连串激情的借口，随之而来的是忧郁、哀伤和绝望。他所表现出的典型症状有不

负责任、追求时尚、耽于浮夸的幻想以及流着泪的片刻忏悔。甚至A.A.米尔恩在写《蟾府的蟾蜍》时也对此有所发现：在蟾蜍某次相当莫名其妙的爆发之后，那匹名叫阿尔弗雷德的马对河鼠说：“臆想，这才是他想要的评价，而不是博识。”（《肯尼斯·格雷厄姆传》）

24 另外的版本，e. 248：“亲爱的好河鼠！”蟾蜍咕哝道。格雷厄姆原本将句子里的逗号删去了，加上了感叹号，使得事态听上去好像更紧急的样子。

谢泼德是唯一一位注意到格雷厄姆模仿狄更斯临终场景的插画师。在谢泼德的版本里，蟾蜍在獾先生夺走他的汽车后崩溃了。谢泼德将这个想法延伸至插画中，将蟾蜍画得像克鲁克香克于1850年画的《大卫·科波菲尔》的插图里的巴基斯先生一样，“我发现巴基斯先生就要跟潮水一道去了”。蟾蜍躺在他的临终床上，而河鼠将爪子放到脸上，眼看着这糟糕的剧情上演。

克鲁克香克画的“我发现巴基斯先生要跟潮水一道去了”。

25 这一幕是整本书的发端。格雷厄姆在1907年5月10日写给儿子的第一封信里详尽地描述了这次出逃。

我最亲爱的小老鼠：

这是一封生日贺信，祝愿你这一天过得非常愉快。我真希望我们能一直在一起，但我们很快会再见面的，我们到时大吃一顿。我给你寄了两本图画书：一本是爸爸买的《兔子布莱尔》，另一本关于其他小动物，妈妈买的。我们还给你寄了一艘漆成红色的小船，带桅杆和船帆，可以在风车边上的圆池塘里航行。妈妈送了你一根船钩，好在船靠岸的时候钩住它。妈妈还送了你纸牌和一些在沙子里玩的沙滩玩具。

你听说过蟾蜍？他根本就没有被强盗俘虏过。这都是他玩的可怕的卑劣把戏。他给自己写了封信，信上写道，必须将100英镑放进树洞里。然后，他在某天清晨早早地翻出窗子，并动身前往一个叫作布格尔顿的小镇。随后，他去了红狮饭店。他在那里发现了刚从伦敦驾车而来的人在开派对。当那些人吃早饭的时候，蟾蜍走进马厩院子里，找到他们的汽车，然后开着车跑了，甚至连声“噗噗”都没有说！而现在他消失不见了，包括警察在内的所有人都在找他。我恐怕他是一只卑劣的坏动物。

再见，

爱你的爸爸。

肯尼斯·格雷厄姆给了他的儿子一本《兔子布莱尔》，这十分重要。长久以来，《兔子布莱尔》都是格雷厄姆最喜欢的一本书。这本书是寓言故事，在书里，动物们穿着衣服，举止像人一样，还说着美国南部的方言。在这本书于19世纪80年代出版后，格雷厄姆假期时带着它去拜访表妹安妮。肯尼斯死后，安妮·格雷厄姆在信中提到格雷厄姆经常引用这本书里的话。南部方言很难理解，有点像格雷厄姆在恋爱期间写给埃尔斯佩思的情话。

“窗棂”(mullion)，通常指把窗户上的玻璃一块一块分隔开的竖杠，常见于哥特式建筑，通常是用石头制成的。关于格雷厄姆和权威，埃莉诺·格雷厄姆如此写道：

> 格雷厄姆本人遭受了他那个时期大多数孩子都会遭受的所有小小不公、恶行和羞辱，但是，他在回顾这些的时候奇迹般地并没有生气，也没有自怨自艾，还摆脱了多愁善感。在他年轻的时候，他一次又一次地击败权威，以至于他对权威毫不尊重。作为惩罚，他经常被反锁在他的房间里。他学会了爬窗而逃，并在解禁时间到来之前，轻而易举地算好返回的时间。他经常不给吃饭就上床睡觉，总是会有好心的女仆从后面的楼梯爬上来，拿来冷布丁，给他以抚慰。(《肯尼斯·格雷厄姆》)

26 蟾蜍出逃这一场景可能起源于格雷厄姆早期的一部未署名作品。该作品于1890年11月19日在《圣詹姆斯公报》上发表。据艾莉森·普林斯所言：

> 格雷厄姆通过一部讽刺帕内尔的作品取得了偶然的成功。在公众心里，帕内尔之所以离婚，与他从奥谢夫人家的卧室窗户滑稽出逃不无干系。格雷厄姆以排水槽和阳台之间对话的形式（被猫偷听到）重述了这一事件，由于前一天晚上帕内尔的出逃，它们俩都受了点儿磨损。排水槽若有所思地谈论道：“曾经有个小偷顺着我爬下去过，还有一两个小男孩爬下去过，但还从未有任何一个肩负国家希冀的偶像从

我身上爬过……”

这篇未署名的作品之所以能流传下来，仅仅因为西德尼·沃德将其保存在一个文件夹中：“未出版的旧事”……在与肯尼斯本人的对话中，沃德谈道：“我说，格雷厄姆，你看了昨晚的《圣詹姆斯公报》了吗？阳台和排水槽的对话棒极了。”“当然，”格雷厄姆说道，“我写的！”(《野外林地中纯真的人》) 查尔斯·斯图尔特·帕内尔是爱尔兰议会党的创建者，以爱尔兰无冕之王而著称。当他爱上了已婚贵族凯瑟琳·奥谢时，他的政治生涯即告垮台了。这两位后来结为了夫妻。

27 原文中的“犯傻”(duffer) 一词，口语中指没有实际能力的人。在业务上无能、无效率或无用的人；业务娴熟或有能力的人的对立面。傻子。

28 原文中“站岗”(sentry-go) 这一术语指的是武装士兵或海军陆战队士兵在指定地点站岗，未经许可的人员不得放行。站岗是为了防止奇袭，密切注意野外的敌人。在这里，河堤居民们一直在轮流站岗，确保蟾蜍一直被关禁闭。

29 在手稿里面，e. 248，这段话单独放在一页上。在所有的早期版本中，这段话都是和文本中的上一个段落放在一起的。

30 见本章注释 4。

31 “红狮”是全英国的旅店和机构常用的名字。然而，在与库克姆迪恩隔河相对的泰晤士河畔亨利镇，有一家独特的红狮饭店。这家饭店比它俯瞰的 18 世纪的那座桥还要古老 250 年。自 15 世纪起，它为英国三位国王提供过住宿。

在写给阿拉斯泰尔的第一封信中，格雷厄姆将那个普通小镇称为布格尔顿，这与他在第五章里“巴金斯的”(Buggins's) 一词的用法十分相似。

格雷厄姆在《黄金时代》第十二章《罗马大道》里面，也提到了红狮：

> 我试图去想象，我抵达时它的样子……想象不出来的，便通过那个每年都要去理两次发的灰色小集镇来拼凑。于是，记忆中那条泥泞的小路边，维斯巴西安圆形剧场便赫然在望了。那里还有红狮饭店和蓝野猪酒店，而在它们的前面，则是“大人物的种马”。

像在《回家真好》一章中鼹鼠和河鼠透过窗户看向鸟笼的插图一样，谢泼德通过抽着烟的蟾蜍趾高气扬地走进红狮酒吧的插图来设法模糊了比例。蟾蜍仅高有一英尺，但他看上去如此自负，使得他看上去比实际的还要大。

32 奥德修斯用绳子将自己绑在船的桅杆上，以免受到塞壬歌声的诱惑。同样地，蟾蜍紧紧地抓住桌子腿，直到抵挡不住为止。玛丽·德弗雷斯特指出："汽车戏仿了令奥德修斯着魔的塞壬的歌声。这位荷马史诗的英雄采取的预防措施是，将船员的耳朵用蜡封起来，以便他听歌的时候不会……沉船。"(《柳林风声：一个故事，两种读者》)

33 蟾蜍没有外耳，但它们的眼睛后面确实有鼓膜。

34 随着汽车的兴起，对马厩、打理马厩的人和铁匠的需求减少了，对汽车车库和机械师的需求骤然增加。许多从事与马相关工作的人转行进入了与汽车相关的新职业。

35 尽管并没有证据表明蟾蜍是用车钥匙来发动汽车，但如福特A型车（1903—1905年左右）这样的普通汽车都需要钥匙去转动点火开关。蟾蜍启动汽车时转动的手柄很有可能是手摇曲柄启动器。很有可能，去饭店的客人把钥匙留在了点火开关上，在蟾蜍转动手柄之前，点火开关就已经打开了。不管怎样，主人不在场时，蟾蜍能够转动钥匙，然后摇动汽车前面的手柄，随后启动了汽车。

36 在《翌晨，他哀伤且智慧：肯尼斯·格雷厄姆〈柳林风声〉中的浪漫主义回响》中，莱斯利·威利斯指出，这段话与柯勒律治的《古舟子咏》第七章相似："迅疾如同梦境 / 此身已在舟中。"

37 格雷厄姆不关心汽车或像蟾蜍这样的车手，对于汽车、车手以及热爱新兴技术的那些人的文化也知之甚少。格雷厄姆的小舅子考陶尔德·汤姆森在牛津大学拿到一个平淡无奇的学位后，决定去设计汽车。他创建了双门轿跑车公司，设计并出售"支撑良好的"四轮大马车。该马车配备的是其继父弗莱彻·莫尔顿发明的轮胎。考陶尔德·汤姆森还通过在阿拉斯加设立公司将业务开拓至国外。(普林斯，《肯尼斯·格雷厄姆：野外林地中纯真的人》)

38 在《桃源史诗：〈柳林风声〉中的田园世界》中，杰拉尔丁·珀斯指出，如果蟾蜍在监狱服满判决的20年刑期，那么这一期限将具有传奇性，"……在雅典娜获得宙斯的许可，将他从卡吕普索那里解救出来之前，奥德修斯离家的时间与蟾蜍的刑期一样长"。

39 原文中的"tot."是合计的意思。

40 此处对警察带有贬低的意思。蟾蜍现在身陷广阔世界危险的社会机制中，在那里，河堤居民无法保护他。

41 "吊闸"(portcullis)，由垂直和水平方向的木杆或铁杠打造而成的坚固的门。用链条吊着，使其在通道两侧的垂直凹槽中上下滑动，垂直方向的杆下面是尖头的，有入侵者的时候可以快速关闭闸门。"吊闸"一词是在14世纪第一个十年期间才被纳入英语词汇的。弥尔顿在《失乐园》第二卷第874行中使用了这个词："向着大门转动她的兽尾，将巨大的格子吊闸高高吊起。”

42 “铠甲”(casquet and corselet)，指不蒙面的轻型头盔。corselet 通常指除四肢外覆盖全身的紧身服装。

43 “假面”(Vizards)，指的是面具或头盔上的面甲。

44 这里的“猛犬”(mastiff)指的是马士提夫獒犬，一种庞大有力的犬类，其头部较宽，耳朵与嘴唇均下垂，通常用作守卫犬和战斗犬。前面注释提到过，格雷厄姆·罗伯逊是格雷厄姆创作《柳林风声》时的隔壁邻居。他养了三只大型牧羊犬。罗伯逊家的小胖子尽管与强壮的马士提夫獒犬相比略小，但在不被约束的情况下也同样难以对付：

> 某一天，我站在家门口，有个年轻人骑着自行车慢慢爬坡。小胖子紧跟在后面快步跑着，脸上的表情异常专注。我对这种表情既熟悉又害怕。突然，他后腿立起，牙齿轻轻咬住骑手的外套下摆，猛地一拽。年轻人向后倒去，小胖子则消失在树篱中。这次飞来横祸，一切都无法解释。(格雷厄姆·罗伯逊，《昨日时光》)

45 长戟是矛和战斧的合体，15、16 世纪常用。它主要是一种军事武器，长 5—7 英尺，有锋利的刀刃，末端为尖头。

46 “flagon” 指的是大玻璃瓶，通常带有金属旋盖，可以容纳几乎两倍于普通瓶子的量。这种瓶子在精心酿制葡萄酒的欧洲南部更为常用，其金属旋盖表明，瓶子会被反复注满。“pasty” 是一种肉馅儿饼，馅儿饼皮内包裹着调好味的肉和蔬菜。这是康沃尔地区的一道风味佳肴。

由于喝了很多酒，年老的狱卒很可能在用餐完毕之前就睡着了。格雷厄姆本人对酒精的影响有着切身体会。在他的母亲去世后，肯尼斯·格雷厄姆的父亲渐渐染上了酒瘾。由于再也无法胜任阿盖尔郡代理司法行政官一职，他去海外度过了他人生中的最后 20 年。1887 年，他在法国勒阿弗尔的一间廉价出租屋去世，名下仅有 15 法郎。肯尼斯·格雷厄姆出国参加了父亲的葬礼，并整理了他一生留下的些微遗物。这个场景很可能唤起了关于他父亲在阿盖尔郡当值时醉酒的回忆。

47 这座“阴冷的古堡”到处都是进行各种刑讯的房间。拷问台指的是将囚犯绑于其上的铁架子。拇指夹是用螺丝夹紧并碾轧拇指的刑具。据彼得·格林所言，格雷厄姆一定很熟悉托马斯·巴宾顿·麦考利勋爵的作品《詹姆斯二世即位后的英国历史》，这部作品里提及了“使用拷问台和拇指夹是为了强迫囚徒去指控自己”。(《肯尼斯·格雷厄姆传》)

48 20 世纪时，监狱和狱卒的标准拼写为“jail”和“jailer”，尽管如此，格雷厄姆却倾向于使用更为古老的拼法：“jaoler”。钥匙，是狄更斯作品里的一个重要意象，尤其是在包含监禁情节的作品中：《雾都孤儿》和《大卫·科波菲尔》。

49 “Oddsbodikins”是一个未被收录进《牛津英语词典》的单词。

J.K. 罗琳在她的第三本书《哈利·波特与阿兹卡班的囚徒》第十二章中，曾经将这个词用作口令。哈利·波特为了进入公共休息室，向卡多根爵士轻声说了口令“奇身怪皮”(Oddsbodikins)。在与编辑的通信中，罗琳办公室的一位助手写道，很遗憾，她不记得在哪里听到过这个词了。

1911 年版的《大不列颠百科全书》只给出了关于这个单词起源的少许提示：“在英格兰，以上帝的身体（body）和伤口（wounds）发出的古老诅咒转变成了‘oddsbodikins！’和‘zounds！’。”

50 在这种情况下，老笨蛋（loon）指的是一文不值的人；无赖、流氓或懒汉。蟾蜍入狱，接触到了危险和贫困的人，这些人与《柳林风声》中乐善好施的男性人物相去甚远。

这名警官做作的发言是对哥特式风格的戏仿。汉弗莱·卡彭特在《秘密花园：儿童文学黄金时代的研究》里，将这段话与畅销小说家哈里森·安斯沃斯 19 世纪 40 年代的历史小说作比。彼得·亨特也做了同样的比较。

> 优秀的哥特式小说，如霍勒斯·沃波尔的《奥特兰托城堡》和安·拉德克利夫的《奥多芙的神秘》开创了一种新风尚，这种新风尚经由像哈里森·安斯沃斯（其在 19 世纪 40 年代以《老圣保罗：瘟疫与火灾的故事》而闻名）这样的作家们而得以幸存，并在世纪末成为“低俗怪谈”流行文化的一部分。(亨特，《柳林风声：破碎的桃花源》)

51 这位警官是在诅咒老狱卒和蟾蜍先生。尽管文中“murrain”是诅咒之意，但它还指通过牛、家禽或是牲畜传播的传染病，以及通过庄稼传播的枯萎病。

52 老狱卒似乎是在戏仿柯勒律治诗中的年迈水手，包括用干枯的手抓住婚礼宾客亦是。

> 他用枯手抓住他，
> 说：“有一艘船。”
> “走开，撒手，你这老疯子！”
> 他随即放手不纠缠。

老狱卒在管教蟾蜍，准备给他讲警世故事——老水手的船，变成了蟾蜍先生的毁灭性汽车。

53 据《牛津英语词典》，“Merry England”这一用语源自“想象消逝的黄金时代（常认为与伊丽莎白时期为同一时期）”。使用时，是带讽刺意味的，例如，罗伯特·布拉奇福德就此撰写了系列随笔《快活英格兰》，向工人阶级解释了何为社会主义。一名新闻记者转向费边社会主义者，布拉奇福德的文章转载于这位记者创立的周报《号角》上。这是自《北极星报》大批量发行并自给自足以后的第一份工人阶级报纸。19 世纪中叶发行的《北极星报》关注社会时事，让统治阶级感到害怕。截至 1900 年，《快活英格兰》已售出 75 万册。格雷厄姆很可能熟知这本书。

第七章　黎明时分的风笛手[1]

柳莺[2]藏身在黑暗的河岸边[3]，展开细小的歌喉呢喃着。虽然已经过了晚上十点，白天已经过去，天空中却依然残留着几缕眷恋不去的余晖。仲夏夜短，带着凉爽，在这凉意的触碰下，下午那经久不息的热浪滚滚散去。鼹鼠摊手摊脚地躺在河边。从黎明到黄昏，一整天都晴空万里，熬过热辣辣的一天后，他到现在还在喘息。他在等朋友回来。为了让河鼠自由自在地和水獭会面——他们相约很久了，鼹鼠一直和几个伙伴待在河上。他已经回过一次家，屋里黑灯瞎火，空空荡荡，没有河鼠的影子。他一定是在老伙计家待得晚了。屋子里面仍然燥热，鼹鼠就躺在凉凉的叶子上，想着过去的一天，还有这一天做过的事情。大家过得多么开心啊。

不一会儿，耳边响起了河鼠轻轻的脚步踏过干草的声音。“噢，真是太凉快啦！”他说着坐了下来，若有所思地盯着大河，陷入了沉思。

“你当然是留下来吃晚饭了，对吗？”鼹鼠立刻问道。

“只能吃啊，”河鼠说，“我说要走，他们不听我的。你知道的，他们一直这么好心。和过去一样，直到我离开，他们都让我高高兴兴。可我一直觉得他们很可怜，虽然他们拼命掩饰，但是他们很不快乐。鼹鼠，我觉得他们遇到麻烦了。小胖子[4]又丢了，你知道他爸爸多想他的，[5]虽然他从来不说什么。”

“什么，那孩子丢了？”鼹鼠轻声问道，“嗯，就算是这样，有什么好担心的？他经常跑丢，然后又会回来。他喜欢冒险，也没有受到什么伤害。在这一带，每个人都认识他、喜欢他，就像大家认识并喜欢老水獭那样。放心吧，会有动物遇到他，把他好好带回来的。嗨，我们也在离家几里远的地方看到过他呢，他还挺沉着冷静、快快活活的。”

“是啊。不过这次比较危险。”河鼠严肃地说，“他已经失踪几天了。水獭们爬高爬低到处找他，可是一丝踪影都没见到。方圆几里地的动物都问过了，大家都一无所知。水獭明显非常焦虑，他只是不承认罢了。我听他说，小胖子还不怎么会游泳呢。我看得出，他心里想着那个拦河坝。每年这个时候，那里水流都很大，小孩子喜欢去那里玩。你知道，那里还有陷阱什么的。[6]不到这个时候，水獭从来不担心自己任何一个儿子。[7]现在，他着急了。我走的时候，他跟着我出来了，说他要透透气，舒展一下腿脚。可是依我看并不是这样的，所以我把他拉了出来。盘问过他之后，我什么都知道了。他今天晚上要去那里守着，就是造桥以前，那个老渡口[8]，你知道的吧？”

“我非常清楚，”鼹鼠说，“水獭为什么要选那个地方守着？”

“嗯，好像他就是在那里第一次教小胖子游泳的，”河鼠接着说，“就在岸边的一个浅水滩。以前，他也经常在那里教小胖子钓鱼。小胖子的第一条鱼就是在那里抓到的，他别提有多得意了。那孩子很喜欢那个地方。水獭觉得，不管他从哪里晃荡回来，也许他会走到喜欢的渡口，或许他偶然路过，会想起那里，然后停下来玩一玩。这时候，要是这可怜的小家伙还在晃荡就好了，不管是在什么地方。所以，水獭每天晚上都去那里守着，碰碰运气，你知道，只是碰碰运气。”

他们沉默了一会儿，脑中都是同一个画面：一只孤独伤心的动物，蹲在渡口边守着，长夜漫漫，他在等着碰运气。

随即，河鼠说道：“好了，好了，我想我们该进屋了。”但他并没有动。

鼹鼠说：“河鼠，就算好像没什么要做的，可我就是不能什么都不做就进去睡觉。我们把船拖出来沿河划过去。大约一个小时月亮就升起了，我们就能好好地找找啦——不管怎样，总比什么都不干就上床睡觉好吧。”

“跟我想到一块儿去啦。”河鼠说，“反正今天晚上不适合睡觉；很快就要天亮了。我们一路过去，遇到起得早的，还能打听一下小胖子的消息。”

他们把船拖出来，河鼠握住船桨，小心地划了起来。在河水中心地带，有一道狭窄的清澈水流，隐隐映出一丝天色，别的地方全都密不透光，岸上的阴影笼罩着河面，灌木丛和树木密密匝匝，与河岸的阴影别无二致。因而，鼹鼠只能凭感觉掌舵。夜色沉沉，渺无人迹，却又满是细微的嘈杂声、唱歌声、闲聊声，伴着窸窸窣窣声，表明那些忙碌的小居民都没有睡觉。他们走来走去，一整夜都在干着各自的营生，直到太阳照在身上，这才觉得捞够了本，可以睡上一觉了。水流声也显得比白天更为响亮，咕噜咕噜，扑哧扑哧，那突如其来的声响仿佛近在咫尺。时不时地，好似突然真切地听到了一个清晰的嗓音，把他们吓了一大跳。

E.H. 谢泼德所画的关于水獭搜寻小胖子的草图（1931 年）。“所以，水獭每天晚上都去那里守着。”大卫 · J. 霍尔姆斯提供

地平线与天空截然分明，在某个特定的地方，一片银色的磷光冉冉升起，弥散开来，衬得地平线黑黢黢的。最后，在等候良久的大地边缘，一轮月亮徐徐升起，然后彻底飞离地平线，自由自在地高悬于天际。地面的一切再次清晰可见——广阔的草地、安静的花园以及两岸之间的河流，全都静静地展露出容颜，一扫神秘和恐怖，光灿灿如同白天，但又与白天大不相同。常去的老地方向他们表示欢迎，只是换了衣装，好像悄然溜走了，等到焕然一新，又悄悄地回来，微微地笑着，羞涩地等在那里，要看换了新装后是否还有人认出它们来。

两个朋友把船系到一棵柳树上，踏上静谧的银色王国，在树篱、树洞、细流、隧道、沟渠和干涸的河道[9]耐心地搜索着。然后，他们重新登船划到对岸，就这样沿河一路寻找。天空没有云彩，明月高高挂起。月亮尽管离得很远，却竭尽所能地帮助他们搜寻。直到时辰到了，她才不情不愿地向地面坠去。[10]月亮一离开他们，神秘又一次笼罩着田野与河流。

接着，慢慢发生了变化。地平线变得明朗起来，田野和树木更加清晰可见，而且是以不同的面目示人。神秘的气息再次退去。一只鸟儿突然尖叫一声，接着又无声无息了；一阵微风吹来，吹得芦苇[11]和菖蒲沙沙作响。鼹鼠划着船，河鼠坐在船尾，突然他挺直身子，神色激动，聚精会神地聆听着。鼹鼠一面轻轻划桨，一面盯着仔细查看两岸，只让船只缓缓前行。见状，他不由得好奇地看向河鼠。

"听不见了！"河鼠叹息着说，又一屁股坐了回去。"多美妙啊！多新鲜啊！[12]可惜很快就听不到了。我真希望从来没有听到过。它勾起了我心中的渴望，痛苦的渴望。多想再次听到那声音，永远听下去，别的一切好像都毫无意义了。它没有消失，它又来了。”他喊着，再次侧耳倾听，如痴如醉，久久说不出话来。

“现在又要消失了，我又听不到了。”河鼠随即又说，“噢，鼹鼠，那声音多美妙啊！远处的笛声婉转而喜悦，那笛声发出了纤细、清脆、欢快的呼唤。我做梦都没想过能听到这样的音乐。音乐是甜美的，但那呼唤更为浓烈。往前划，鼹鼠，划呀！那音乐，那呼唤，一定是专门让我们听到的。”[13]

鼹鼠大感诧异，却还是照河鼠的吩咐做了。“除了风吹芦苇、灯芯草和柳条的声音，我什么都没有听到。”[14]

就是真的听到了鼹鼠的话，河鼠也没有作答。他听得如痴如醉，浑身激动得颤抖，全身心都臣服于这美妙而新鲜的音乐声。他的灵魂为之迷恋，无从抗拒，摇摆着，晃动[15]着，宛如柔弱幸福的婴儿，被久久拥在强有力的怀抱里。

鼹鼠默默地不停划着船。很快，他们到了河流一分为二的地方，一道长长的回流向一侧分流出去。河鼠早已放下船舵，只见他把头微微一抬，指示鼹鼠划向回流的地方。天色一点一点地亮了，此时，他们已经可以看清点缀河岸的鲜花的颜色了。

“笛声越来越近、越来越清晰了，”河鼠高兴地喊道，“现在你肯定听见了！啊，我看得出来，你终于听到啦！”

流水般欢快的笛声浪潮般向鼹鼠涌来，席卷了他，彻底将他占有，他忘了划船，屏住呼吸，一时呆住了。看到同伴[16]面颊上的泪水，他垂下头，领会了一切。有好一阵子，他们都停在那里一动不动，任凭岸边的紫色鸢尾花轻轻地抚摸着他们。接着，醉人的旋律和统领一切的召唤齐齐压来，鼹鼠被操控了似的，又弯腰呆呆地划起桨。天越来越亮了，但黎明到来时惯常听到的鸟鸣却消失了。[17] 除了那天籁般的笛声，一切都出奇地安静。

船继续向前滑行，在那个早晨，两岸丰美的草地显得格外新鲜和青翠。他们从来没见过玫瑰开得如此鲜艳，柳兰长得如此恣肆，绣线菊如此香气四溢。[18] 等离水坝近了，空中回荡着它的喃喃细语。他们意识到即将抵达终点，不管前方是什么，它一定正在等候他们的到来。

巨大的拦河坝从此岸到彼岸把回流拦腰截断，但见波光闪闪，明晃晃的绿水拱起，形成一道宽阔的半圆形，翻腾着泡沫，[19] 把平静的水面搅起无数漩涡和一道道泡沫，又用它那庄严且抚慰人心的隆隆声，盖过所有的声响。在水流当中，拦河坝张开闪闪发光的臂膀，一座小岛静卧其中。[20] 小岛四周密布着柳树、白桦和赤杨。它寡言少语，羞羞答答，却又意味深长，把它拥有的一切都掩藏在一层面纱后面，等时辰到了，才让经过甄选并召唤过来的客人一睹真颜。

两只动物怀抱着庄严的期待之情，毫不迟疑地慢慢把船划向波浪起伏的喧闹水面，把船停泊在小岛鲜花盛开的岸边。他们悄悄地上了岸，穿过开满花朵的芬芳的草地和灌木丛来到平地，最后，站在一片青翠欲滴的草坪上。草坪四周，是大自然自己的果园，长着花红树、野樱桃树、野刺李树。[21]

“我梦里的曲子就在这个地方，那演奏给我听的风笛声，就来自这里。”河鼠恍恍惚惚地悄声说，“如果有一个地方能找到他，那就是这个神圣的地方。在这里，我们一定能找到他。”

就在那时，河鼠突然生出巨大的敬畏之情。这种感觉顿时使他肌肉软绵绵的，脑袋耷拉下来，双脚在地上生了根。那并不是一种惊恐 [22] 的感觉——事实上，他觉得异常平静、异常快乐——

而是一种突然袭来的敬畏感，将他牢牢控制住。不用看，他也知道这意味着某个令人敬畏的存在[23]就近在咫尺。他好不容易转过身，想要找他的朋友，却见他就在身边，像遭到重击般惊恐不安，浑身剧烈地颤抖着。在他们周围，枝头栖满鸟儿，却依然寂寂无声；天色越来越亮了。

笛声停了，可是那召唤仍然强烈，不容抗拒，不然，或许鼹鼠永远都不敢抬起眼皮。他无法拒绝那种召唤，哪怕下一秒就死掉，他也要用肉眼打量一下那藏匿着的东西。[24]他服从内心的意愿，战战兢兢地抬起谦卑的头颅。就在破晓时分那无比明澈的天光里，大自然的脸色红艳艳的，好像屏住呼吸等着这件大事。鼹鼠直视着那位朋友和救主[25]的眼睛。他看到一对弯弯的犄角向后卷曲着，在越来越亮的晨光中闪闪发光；他看到一个冷峻的鹰钩鼻夹在一双和善的眼睛之间，那眼睛正风趣地俯视着他们；长着胡子的嘴巴，嘴角处似笑非笑；他看到一条肌肉凸起的胳膊横在宽阔的胸前，那柔软修长的手正持着一支潘神笛，那笛刚刚离开他依然张开的嘴唇；他看到毛烘烘的线条漂亮的双腿，尊贵而舒适地摆放在草地上；[26]最后，他看到依偎在老牧神两蹄之间的，正是圆鼓鼓、胖乎乎、娇嫩嫩的小水獭，他正睡得香喷喷的，非常安静，非常满足。就在屏住呼吸的紧张瞬间，他在晨曦中目睹了这鲜活的一幕。他看到了这一切，可他还活着。正因为还活着，他感到吃惊。

“河鼠！”鼹鼠好不容易才缓过气来，悄声问，“你害怕吗？”[27]

“害怕？”河鼠眼里泛着无法言表的爱意，喃喃道，“害怕！害怕他？噢，一点都不怕，一点都不！不过，不过，没错，鼹鼠，我害怕！”

南希·巴恩哈特1923年所画的插图，图片说明为“直视着那位朋友和救主的眼睛”

说完，两只动物屈膝在地，低头膜拜起来。

突然之间，他们面对着的地平线上，升起一个圆圆的金光闪闪的大太阳，壮观极了。第一道阳光照在水草地上，照进两只动

保罗·布兰瑟姆所画的插图，图片说明为“黎明时分的风笛手”。这张插图在1913年版的书中被用作卷首插图

物的眼睛里，晃得他们眼睛都花了。等他们能够再看东西的时候，刚才那一幕已经消失了，只有鸟儿迎接黎明的欢唱回荡在空中。

他们茫然地举目凝望，心里说不清道不明地越来越痛楚。他们慢慢意识到，他们看到的一切已经全部失去了。此时，一阵微风飘飘忽忽地掠过水面，吹动了白杨[28]树梢，摇晃着露水打湿的玫瑰，爱抚地轻轻吹上他们的面庞。在微风的轻拂下，他们立刻把一切都忘掉了。那好心的半人半神考虑周到：他显身相助后，送出的最好也是最后一件礼物就是遗忘。送出这份礼物，只为不让那令人敬畏的记忆存活，给欢乐蒙上过重的阴影；不让那伟大的记忆久久萦回，毁坏从困境里救出的小动物的余生；只为他们还能像过去那样无忧无虑地快乐生活。

鼹鼠揉揉眼睛，一边盯着茫然四顾的河鼠看，一边问："对不起，你说什么，河鼠？"

河鼠缓缓答道："我想我只是要说，正是这种地方，如果说哪里能找到他的话，我们就该在这里找到他。看！哎呀！他就在那里，那个小家伙！"河鼠欢呼一声，朝酣睡的小胖子跑去。

可是鼹鼠却静静地站了一会儿，陷入了沉思。就像一个人突然从美梦中醒来，拼命去回忆那个梦，却什么都不记得了，只是模模糊糊地感觉到那梦境美不胜收！接着，这种美好的感觉也转瞬即逝，做梦的人只好接受梦醒后的残酷而冰冷的状态，接受一切后果。就这样，鼹鼠在苦苦回忆一阵之后，伤感地摇摇头，尾随河鼠而去。

小胖子醒来后，快活地哼唧一声，看到爸爸的朋友后，高兴得身体连连扭动——这二位过去经常跟他一起玩。然而，仅仅片刻工夫，他的脸上就露出茫然的样子，接着开始团团转，哼哼唧唧地哀呼着四处找寻起来。就像在保姆怀里甜甜入睡的小孩子，醒来发现自己孤零零待在一个陌生的地方，[29]于是就开始到处寻觅，看罢一个又一个角落，查完一个又一个柜子，又从一个房间跑到另一个房间，心里越来越绝望，小胖子也是这样。他一门心思地搜寻着，不知疲倦地把整座小岛翻了个遍，直到彻底绝望了方才罢休，然后坐在地上伤心地大哭起来。

鼹鼠连忙跑过去安慰这只小动物；河鼠却徘徊不前，狐疑地久久盯着踏在草地上的深深蹄印。

“有个——巨大的——动物——来过这里。”河鼠若有所思，缓慢地低声说。他站在那里苦苦思索，心里乱乱的，感觉很奇怪。

“过来啊，河鼠！”鼹鼠喊，“想一想可怜的老水獭吧，他还在渡口守着呢。”

他们答应小胖子，让他乘河鼠先生的船好好游玩一番，不一会儿就哄好了他。两只动物把他带到水边，上船后，他们让他安稳地坐在他们中间，顺着回流划船离去。这时，太阳已经升得很高了，暖洋洋地照在他们身上，鸟儿自由自在地放声歌唱，两岸的鲜花冲着他们点头微笑。可是不知道怎么回事——两只动物心想——比起他们好像记得最近在某处见过的花儿，这些花的颜色总觉得没那么艳丽夺目，丰富多彩。他们想不起来那个地方究竟在哪里了。

又到了主河道了。他们调转船头逆流而上，向着朋友水獭独自守夜的地方划去。离熟悉的渡口越来越近了，鼹鼠把船划到岸边。他们从船上举起小胖子，把他放到纤道上，给他下了开步走的指令[30]，并在他背上拍了拍，算是友好的道别，然后把船划到了河中央。他们看着那个小家伙摇摇摆摆地顺着小路朝前走，一副志得意满的样子，直到他突然抬起嘴巴，大声哼唧着，并且加快了步伐，从摇摇摆摆的步履变成笨拙的小步，身体扭动着，急着与人相认。他们朝河上游望去，只见老水獭一跃而起，腾地一下蹿出他耐心蹲守的浅水滩，神情既紧张又严肃；只听他一路又惊又喜地啊啊大叫，连蹦带跳地钻过柳条，跑到小路那里。[31] 这时，鼹鼠猛地划动船桨调转了船头。搜寻小水獭的结局是美满的。河水汤汤，随便它将他们冲往何方。

“河鼠，真怪啊，我觉得很累。”鼹鼠说。他疲倦地斜靠在船桨上，一任船儿随水漂流。“你也许会说是一夜没睡的缘故。但这

温德姆·佩恩所画的水獭和小胖子的重聚，1927 年

不算什么。每年这个时候，我们每星期都有一半时间整夜不睡。不对。我感觉好像刚刚经历过相当可怕又非常兴奋的事，可是没有什么特别的事情啊。”

“也可以说是非常意外、非常精彩、非常美好的事情。”河鼠仰靠着，闭着眼睛说，“我跟你感觉一样，鼹鼠，我也快要累死了，还不单单是身子乏。真幸运啊，河水可以带我们回家；[32] 真开心啊，又晒到太阳了，暖到骨子里啦。听，风吹芦苇沙沙响。”

“像音乐一样，遥远的音乐。”鼹鼠睡眼惺忪地点着头说。

“我也这么觉得。”河鼠做梦似的，没精打采地咕哝道，“是舞曲——节拍轻快，一直都停不下来——还有歌词，一会儿有，一会儿没有——听得断断续续，然后又是舞曲，接下来，什么都听不到了，只有芦苇细细的沙沙声。”

“你耳朵比我好使，”河鼠伤心地说，“我听不见歌词。”

“让我试着念给你听吧。”河鼠眼睛仍然闭着，轻声说，[33] “现在歌词又出现了，声音不大，不过很清楚：为了不让敬畏留存心头——不让欢乐变烦忧——相助时刻看到我的力量——过后还是忘了吧！现在是芦苇的声音：忘了吧，忘了吧，芦苇叹息着，继而渐渐变弱，沙沙沙沙，沙沙沙。然后，歌词又来了——

“为了不让四肢红肿开裂——我打开设好的陷阱——当陷阱松开时，你们可以看到我——因为你们一定会忘记！鼹鼠，把船划近些，离芦苇近一些，歌词很难听清楚，声音越来越弱了。

“我是救助的人，我是疗伤的人，我很高兴——潮湿林地里，小小流浪儿，我找到在林地迷路的小动物，我为他们包伤口——我让他们全忘记！鼹鼠，划近些，再近些！不行，没用了，歌声消失了，只剩芦苇沙沙沙。”

“可是，歌词是什么意思呢？”鼹鼠疑惑地问。

“那我就不知道了。”河鼠简单地说，“我一听到就告诉你了。啊！又来了，这一回又完整又清楚。这次终于是真的了，绝对错不了，简单——热情——完美——”

“好吧，我也来听听吧。”鼹鼠说。他已经耐心地等了几分钟，在烈日下都快睡着了。

可是没有任何回答传过来。鼹鼠一看，领会了这种安静。脸上挂着幸福的微笑，聆听的神情也没有散去，疲倦的河鼠就那么沉沉地睡去了。[34]

南希·巴恩哈特所画的章节补白用图

---

1 风笛手指的是潘神，他是古希腊神话中的神。潘神半人半羊，是掌管田野、牧场、牧民和树林的神。赫耳墨斯之子潘神在阿卡迪亚的兽型神中最广为人知。兽型神以其兽形而被崇拜。在罗马时期，潘神被看作是自然之神。

在维多利亚和爱德华时期，潘神在许多文学作品中出现。在格雷厄姆第一本书《异教徒外传》其中的一章《乡村的潘神：四月随笔》里，“扭来扭去的鼹鼠”遇见了“他的义兄弟黑水鸭和水鼠”。整篇随笔见附录4。其他兽型神出现在最后面的随笔：《迷路的人头马》和《俄里翁》。潘神在这部集子中也非常突出，加之格雷厄姆对非工业世界的崇敬，所以第一版扉页上的插图，很有可能就是潘神。

潘神出现在萨基所写的短篇小说《山上的乐声》中，也出现在E.M.福斯特早期的短篇小说《恐慌的故事》里面。詹姆斯·马修·巴利所写的儿童戏剧《彼得·潘》在1904年第一次上演，剧本改写为小说《彼得和温蒂》后，于1911年出版。巴利初次描述彼得·潘，是在他1902年写的小说《小白鸟》中。美国诗人罗伯特·弗罗斯特将诗作《潘神与我们在

奥博瑞·比亚兹莱为《异教徒外传》的扉页所画的插图

一起》收录进了他的第一部作品集《少年的意志》中。

格雷厄姆笔下的风笛手可能是受了罗伯特·勃朗宁在1842年所写的诗《哈默林的花衣吹笛人》的影响。1888年，费德里克·沃恩出版了这首诗的精装版，由凯特·格林纳威绘制插图。勃朗宁的诗想象了一座出现鼠患的小城，一名穿花衣的吹笛人吹响了笛子，把这些老鼠引诱到河里淹死，随后引诱了哈默林小城里所有的孩子。格雷厄姆笔下的风笛手召唤鼹鼠和河鼠，给予他们祝福，并使鼹鼠、河鼠与酣睡的小水獭相聚。

1967年8月5日，摇滚乐队平克·弗洛伊德发行了他们的第一张专辑。作为创始人、主唱和吉他手的西德·巴勒特将该专辑命名为“黎明时分的风笛手”。显然，巴勒特觉得格雷厄姆那梦幻的第七章为录制唱片创造了气氛。据CD Universe透露，这张专辑是：

> 在英国伦敦的艾比路录音室里录制的。平克·弗洛伊德的初试啼声的这张专辑是基于西德·巴勒特的想象录制而成的。巴勒特是一名艺术生，他的世界为音乐、神秘主义和大量的致幻剂所环绕……同一时间，披头士在艾比路录音室灌制了《佩珀军士孤独之心俱乐部乐队》。《黎明时分的风笛手》，迷幻的即兴演奏和活泼的流行片段的前卫混成曲——音乐边界的模糊化，是几个录音室之外的披头士的作品远不能及的。（www.cduniverse.com）

在专辑《治疗的游戏》中，范·莫里森收录了一首可爱的曲子，名为“黎明时分的风笛手”，表达的就是第七章的内容。

2 外观和习性上与鹪鹩相似的小鸟，也叫欧柳莺。

3 原文中的“selvedge”，指边缘地带、边界或是边沿。奥利弗·哥德史密斯在《自然史》里这样描述这个词：“在四周布满莎草的溪流或是四周长着灌木丛的池塘之处。”

4 格雷厄姆以格雷厄姆·罗宾逊所养的一只短尾牧羊犬的名字来命名走丢的小水獭。

> 我那3只短尾牧羊犬第一时间将他（肯尼斯·格雷厄姆）视作朋友，无论他什么时候出现，它们都会激动地欢迎他。其中有一只叫小胖子，《柳林风声》中走失的小水獭就以此命名，从而使这个名字得以不朽。“我希望你别介意，”他对我说道，“不过我必须叫他小胖子，因为——嗯，这就该是他的名字。我还能叫他什么呢？”（查莫斯，《肯尼斯·格雷厄姆》）

关于小胖子，罗伯逊眷恋地回忆道：

> 欢乐，壮实，不负责任……心情轻松，眼神欢快，乐天知命，天生的满不在乎的小丑性格……作为一只小狗，小胖子让人无法抗拒，肉肉的，圆圆的，乐呵呵的……可怜的小胖子，他是不幸的孩子，总是受伤，总是出些小事故。各种各样的灾难永无止境地突然降临到他头上，但这永远无法粉碎他那高昂的情绪，也不会使他乐天派的天性变坏。(罗伯逊，《昨日时光》)

5 小胖子的妈妈在哪里？为什么她不出来寻找她的儿子？在寻找小胖子的过程中，没有提及他的妈妈。实际上，“妈妈”这个词在《柳林风声》中只使用了6次；然而，“爸爸”这个词却提到11次，次数几乎是“妈妈”一词的两倍。

6 陷阱是从广阔世界入侵的危险。尽管格雷厄姆提到了小胖子会有遇到人身危险的可能性，但对此他从未进一步深入。彼得·格林和彼得·亨特都写过，格雷厄姆无疑了解理查德·杰弗里斯19世纪80年代那些“松散的”自然主义小说。在《森林魔法》中，杰弗里斯创造了一个汽车出现之前的自然界，美好却又十足残酷。在书里有一段关于一只鼬掉进“陷阱”被捕获的详尽描述。这里的陷阱指的是进行捕捉活动时用的器具或圈套。这个陷阱通过脚踩弹簧解锁，当脚踩上去的时候，它就会启动。河鼠和鼹鼠害怕小胖子会在某个地方被同样的陷阱捕获。

在《伦敦郊外漫笔》里，理查德·杰弗里斯描述了泰晤士河畔的捕捉水獭运动，另一个无名的危险。

> 人们为了消灭水獭想尽了一切办法。水獭如果胆敢下河，马上就会碰到陷阱、罗网、猎狗、叉子、砖块、各种发射物，各种下流的摧毁炮弹，这些都会让他掉脑袋。如果我没记错的话，曾经有一只水獭刚落入陷阱，旋即就被铲子或是耙子敲死了……我想，很少有伦敦人意识到这一事实：在古英格兰昔日的自然与现代的高度文明之间，水獭是最后的纽带之一。

7 格雷厄姆从未透露过水獭有多少个孩子，但是，如果水獭像格雷厄姆的邻居格雷厄姆·罗伯逊一样，那么，他的孩子很有可能和罗伯逊的牧羊犬一样多——那时是4只。水獭也可能像格雷厄姆的美国朋友奥斯汀·普维斯那样，有5个小男孩，他们都很喜欢划船，喜欢在水里游玩。

奇怪的是，当格雷厄姆与普维斯一家在划船探险的时候，他自己的儿子却和他的女家庭教师待在利特尔汉普顿。今天，孩子和父母之间的持续分离几乎是不可想象的。然而，纵观格雷厄姆家庭成员的家族历史，不难发现他们选择分离的原因。在他母亲去世以及父亲的逝世之后，肯尼斯任由他那些叔叔阿姨摆布。埃尔斯佩思·格雷厄姆的弟弟考陶尔德·汤姆森曾经回忆了19世纪六七十年代父母和仆人的角色：

> 24小时里，我们23.5个小时是由我们的苏格兰保姆照看的。大约晚上6点，在洗干净耳根之后，我被迫穿上一套大量上浆的白色珠地面料西装，头发抹上厚厚的润发油——我想我就是因此而过早地成了秃子。穿戴好全套礼服后，我们来到客厅，看到我们的父母就在那里。于是乎，我们就这样见了面，这是一天里的第一次相见。
>
> 在“孩子们的时间”之后，实则也就30分钟左右，保姆轻轻敲门问道：“我们的小绅士好了吗？”然后，检阅结束，我和我的哥哥姐姐一起回到了像“兵营”一样的地方。除了这样的会面以及我们的母亲偶尔视察一下育婴房之外，我们很少见到父母。放假期间，我们会和保姆或是家庭教师一起被送到海边。

8 渡口指的是河流或是水域的浅滩处，人们可以从那里涉水而过。在这种情况下，近来修建桥梁导致河水水流推高了河口的沙洲。

在库克姆有好几座桥。最易辨认的是由锻铁铸成的库克姆大桥。这座桥于1867年进行了改建，是从大约建于1840年的早期木桥改建到了圆柱形铁墩上。装饰性的铁制建造物是现代的产物，很有可能会在河中形成浅滩。库克姆船闸桥中心处的桥高只有12英尺6英寸，是泰晤士河奥斯内下游河段上最矮的一座桥。这座桥提供了从福尔摩沙岛通往库克姆船闸的路径。

简称为马洛桥的一座悬索桥，从库克姆横跨泰晤士河通向马洛，从桥上可以俯瞰河流的壮丽景色，尤其是水坝和船闸的景色。船只可通过水坝和船闸在河中航行。马洛桥由蒂尔尼·克拉克于1832年建成，其“洁净、天使般的闪亮白色和光环，给人们带来一种幻象：看到没有困苦的田园诗般的世界通途”（见 www.the-river-thames.co.uk）。雪莱一家和T.S. 艾略特都住在马洛。

9 文中“runnel”指的是小股的水流；细流、小水流、小溪或涓流。

10 另外的版本，e. 248：直到时辰到了，她才不情不愿向地面~~坠去~~缓缓下沉。

11 “芦苇”（bulrush）也被称为“猫尾香蒲”（cattail）或是“香蒲”（reed mace）。在《圣经》里，婴儿时的摩西被放在水上一个芦苇制成的摇篮里。天真无邪的小胖子将由潘神护佑着。据《牛津英语词典》解释，“芦苇”在《圣经》里也叫“埃及纸莎草”(papyrus)。

12 格雷厄姆引用了马修·阿诺德《多佛海滩》中的第32行：

> 啊，亲爱的，让我们赤诚相见！
> 世界如梦幻之境展现眼前，
> 如此美丽多姿，又如此新鲜。

——J. J.

13 这可能是一个典故，来自莎士比亚《第十二夜》第一幕第一场：“假如音乐是爱情的食粮，那就演奏下去吧/越久越好，对于爱情，我愿饱食终日。”

14 原书名是来自这句话。在快要出版之前，阿尔杰农·梅休因将“芦苇”(reeds)改成了“柳林”(willows)。

15 “晃动”(dandle)这个词并不常用。它指的是将怀里或膝上的孩子轻轻地上下颠动，以示关心、宠爱和深情的爱抚。

16 “同伴”(Comrade)一词来源于西班牙语的“camarada”，意为兵营伙伴。而西班牙语的词汇则源自拉丁语的“camera”，意思为房间。除了更为普遍的含义“社会主义者”之外，长期以来，这个词还暗指同性恋。沃尔特·惠特曼提到爱慕男人的男性时，特意用了这个词(“我所歌唱的人的灵魂，要在同志之间，方得欢愉”)；A. E. 豪斯曼在他翻译的贺拉斯《颂诗集》第四部第九首中，也用了这个词(“忒修斯将庇里托俄斯锁于链中/他们的同志情牢不可破”)。从这个意义上讲，这个词可以追溯到斯巴达军队中的士兵。这个军队里面都是成对的恋人。

——J. J.

17 根据约翰·济慈《无情的妖女》中第四行和第四十八行的诗句改写而成：

> 骑士啊，你受了什么困扰
> 独自沮丧地游荡？
> 湖中芦苇枯萎了，
> 也没有鸟儿在歌唱！
> ……
> 我因此留在这里，
> 独自沮丧地游荡；
> 虽然湖中芦苇枯萎了，
> 也没有鸟儿在歌唱。

——J. J.

18 柳兰是一种容易蔓延的水草，长在近水处，多年生植物，有长而窄的叶子，类似于柳树的叶子，花色从紫色渐变到玫瑰色。也被称作紫色珍珠菜。

绣线菊，另一种多年生草本植物，长得高高的，在潮湿的草地、沟渠和沼泽以及溪流旁可以见到，开着一簇簇奶油色小花，香气十足。就像紫色珍珠菜的花一样，绣线菊的花期也是从6月持续到8月。绣线菊是古代凯尔特人德鲁伊使用的三种最神圣的草药之一（另外两种是水薄荷与马鞭草），杰弗雷·乔叟在其《骑士传说》中也提到了绣线菊。约翰·杰拉德在其《草本志》中、尼古拉斯·卡尔佩珀在其《英国医生》中都对绣线菊进行了描述。见美国植物学委员会的 Herb-Ed-Web™。

19 这是一个拦河坝，用作屏障或水坝，用以阻挡水流。为了提高水位以便驱动水车，拦河坝通常建在河流或运河上，用于保持和调节河流的流量。

在1957年4月10日写给彼得·格林的信中，格林的姐夫莱恩·史密斯推测，梅普尔杜伦大坝便是小胖子所在的拦河坝。梅普尔杜伦船闸，正是悠游一日的理想距离，不仅适合第一章中的野餐场景，而且适合夜晚去上游探幽。史密斯还推测，河岸边的红砖别墅——梅普尔杜伦屋，就是蟾府。（见第二章注释13）

20 莱恩·史密斯推测，潘神的岛位于坦普尔船闸，马洛上游1英里远的地方："坦普尔与潘神之间的联系似乎过于明显了。这本书的描述十分恰当，那里就是水獭待的浅水区。"岛可以被锚固定住的想法，暗喻潘神的出现将是何其短暂。

在《再访蟾府》里，洛伊丝·库兹涅茨写了圆形意象的重要性，它是通往潘神的路。

> 他的天堂般的岛屿以圆形的意象出现：拦河坝是一个"宽阔的半圆形"……"在水流当中，拦河坝张开的闪闪发光的臂膀"环抱小岛……它的四周"密布着柳树"；其上的草坪四周"是大自然自己的果园"。

库兹涅茨引用了加斯东·巴什拉的《空间的诗学》评论道："圆形意象倾向于'帮助我们汇聚到自身之中，许可我们赋予自己最初的结构，帮助我们从内心最深处认可我们的存在'。"

21 三种水果的形状都是圆的，味道都是很酸的，并不是郊游的人想要寻获的那种水果。野刺李是长在黑刺李灌木丛上的小李子。在野外自由生长的黑刺李长得非常密集，其枝干上长出的大刺使得灌木丛密不透风。两到三英尺长的刺起到了屏障的作用，可阻拦动物和人类等入侵者。这种深紫黑色的李子被用来酿造金酒。许多人认为，耶稣被钉在十字架期间头上所戴的荆棘之冠便是由黑刺李制成的。黑刺李保护着潘神及其岛屿不受外来者入侵。

22 尽管在讲述希腊神的语境中很少这么用，但是在16世纪，“惊恐”（panic）被用作为英语时，首字母是大写的。对古希腊人来说，“panic”意味着处于潘神变幻莫测的影响之下。

23 了不起且明智的存在，激发出尊贵又堂皇的威严。“august”（令人敬畏的）一词来自第一任罗马皇帝的名字，奥古斯都·恺撒。他生于公元前63年，死于公元14年。

24 在其1981年的文章《〈柳林风声〉背后：传记和自传解读实验》里，迈克尔·史泰格评论说，潘神是将母亲和父亲集于一体的化身：

> 动物对父母的响应，兼有对养育之母的崇敬和对无所不能却善良的父亲的顺服。也许某种程度上出于无意识，我觉得（并且现在仍然感觉）鼹鼠和河鼠在第七章中的经历非常性感，从最初陶醉于旋律，到看到“那藏匿着的东西”时剧烈的战栗，当爱、恐惧和崇敬混在一起，强烈的感受达到了顶峰。随后，情绪逐渐减弱（因为动物们开始遗忘），以至于身体疲惫，鼹鼠“在烈日下都快睡着了”“疲倦的河鼠……沉沉地睡去了”。

25 在《旧约·诗篇》第五十四篇第四句中，“救主”（helper）一词象征着宗教上的神：“神是帮助我的，是扶持我命的。”

彼得·格林写了格雷厄姆其中一个“年纪更大，性情更古怪的朋友，弗尼瓦尔博士”：

> 弗尼瓦尔也提供了潘神在《黎明时分的风笛手》中出场及相关场景的见地。利文斯通·洛斯教授描述道：“一个星期天的下午，在泰晤士河上的一座岛屿上，（弗尼瓦尔）习惯于斜倚着树，像一个长着白卷胡子的古英国河神般光芒四射。”（《肯尼斯·格雷厄姆传》）

26 另外的版本，e. 248：他看到毛烘烘的线条漂亮的~~侧腹和~~双腿，尊贵而舒适地摆放在草地上。

格雷厄姆在手稿中将“侧腹”（flanks）一词划掉了。这个词的定义是“动物或人的肋骨和臀部之间的肉质或肌肉部分”。（《牛津英语词典》）它强化了格雷厄姆关于潘神是一个多毛、肌肉型野兽的描述。草地是一张床。格雷厄姆通过划掉“侧腹”一词，将场景稍作弱化。

格雷厄姆笔下的潘神有一点儿同性恋气息。这是格雷厄姆在手稿的其他地方回避的部分。格雷厄姆很有可能是19世纪80年代和90年代纵酒狂欢的新异教文学爱好者中的一员，但他选择了彼得·格林所说的“对纯真的迷恋”，而不是自我毁灭的道路。然而，在1900年1月7日的一封给约翰·莱恩的读者通信中，格雷厄姆对弗雷德里克·巴伦·科沃的手稿（后来名为“以他为模”）给予了好评。科沃创作同性艳情散文。他最感兴趣的是青春期男性。他也是约翰·莱恩的《黄皮书》杂志的供稿人，在上面发表了六篇文章。后来，这六篇文章收入作品集《托托讲给我的故事》再度出版。格雷厄姆的信证实了他对异教的迷恋，对男性形态和男性陪伴的偏爱，然而这也证明了，但凡见到与奥斯卡·王尔德称为“不敢说出口的爱”有丝毫相像的文字，他都会神经质。1895年，王尔德被判在瑞丁监狱服两年苦役，于1897年5月被释放。1900年，公众仍对王尔德的审判记忆犹新，因而在支持同性艳情文学时，格雷厄姆更为小心谨慎。他甚至在酒店的信笺上方写下“机密的”一词。

1900年1月7日

亲爱的莱恩：

我通读了一遍科沃所写作品的手稿。毫无疑问，这个人吹出了独属于他的笛声——与众不同，旋律真切。有时微弱——确切地说是经常，但从不“难听”。我知道，根本没有人在写同样的作品。你的职能一直都是去发现并给这样与众不同的作品一个安排。我认为，你出版这些作品——且始终如一，是正确的。《滨河杂志》的读者以及读战争故事的人不会读这部作品，但仍旧有许多喜爱意大利的人和中世纪研究者会欣然受之。

转而说说细节：这是关于异教到新兴宗教本质的延续性最有趣的阐述。我们都知道事情是这样的，直到清教徒来袭，杀光了异教徒——取代了犹太教，但我不知道另一种关于这件事的论证，好像仍然能在意大利南部找到……

还有一句话要说。作品里有许多男孩——男孩之间强烈的爱。有男孩的柔软四肢、男孩的细微曲线、男孩的黄褐色皮肤等。

几年前，我应该会说管它呢。但是现在一切都过去了。坦白地说，这里一点不洁或暗示都没有，更重要的是，这几乎是必然的。因为这是旧异教，而不是晚期帝国，所以他们就和所有艺术家一样，知道雄性动物要比雌性动物更美好。

这个标题不行。他必须找一个更具体、更突出的。如果我手头上有书，那么我或许能提一些建议。手头没有书，我发现这是个艰巨的任务。明天我会返还那些手稿。

你十分真诚的　肯尼斯·格雷厄姆

（约翰·莱恩出版公司文件。得克萨斯大学奥斯汀分校，

哈里·兰莎姆人文研究中心提供）

27 似乎，博德利图书馆（e. 248）的手写稿页码装订有误，e. 248 中的手稿中，这一行就是结尾。而第七章《黎明时分的风笛手》的文本，在手稿 e. 247 的第 17 页呈现如下：“‘害怕？’河鼠眼里泛着无法言表的爱意，喃喃道，‘害怕！害怕他？噢，一点都不怕，一点都不！不过，不过，没错，鼹鼠，我害怕！’”

28 白杨，白杨科的树。树上有叶子随风晃动。

29 请看本章节的注释 23 和 24。这是另一个比喻，在神面前，将肉体凡胎的河堤居民们比作无助的婴儿。1908 年，保姆照理来说都是女性。《柳林风声》很少出现女性担当仁慈角色，这是为数不多的几处中的一处。

30 这是上级的要求军队离开的命令。解散的意思。

31 当小胖子与穿戴整齐的父亲重聚的时候，佩恩将小胖子画进了插图里，但他没有把潘神画进去。就像佩恩在第一章画的有关鼹鼠和河鼠的插图一样，小胖子和水獭的帽子都离开了他们的脑袋。他把这一时刻画得喜感，而不是试图去传达格雷厄姆的文本中潜在的准神秘主义。

这是在最后一个章节的派对之前，最后一次在《柳林风声》中见到老水獭。他在派对上出现的时候，并没有提到小胖子、水獭夫人或是他的家庭。他作为一个单身汉到场了。獾先生在第十一章提到了水獭：“‘我最近发现了一两

格雷厄姆·罗宾逊将这张崇拜太阳的封面图提供给了帕特里克·查莫斯 1933 年写的《肯尼斯·格雷厄姆》

个状况。’獾继续说道，‘我让水獭扮成清扫工，扛着扫帚敲开后门，说要找活儿干。’”

32 关于莱恩·史密斯推测潘神的岛屿在坦普尔岛上游，见这一章节的注释20。彼得·格林竭尽所能地写了河，将其作为全书令人信服的象征。在《异教徒外传》中《永恒的不知处》里面，格雷厄姆贴切地称呼这条河为“通往西方的无声液体公路”。

33 此乃河鼠是诗人的另一个例子。他在第二章写了首《鸭子之歌》，在第三章开头也“胡乱写写诗”。在他与航海鼠一起出游之后，当鼹鼠递给他半张纸和一支铅笔写诗的时候，他得救了，不再绝望。

34 无论醒来还是梦中，还有让鼹鼠和河鼠看到潘神幻象的模糊歌词，都与汤姆·休斯的《漫游白马山》中的异教徒所看到的潘神幻象没什么不同。

来自《漫游白马山》的插图。身形巨大的老天使将漫游者护在膝头。随后，他留下这些小不点离开了

第八章　小蟾蜍的大冒险[1]

蟾蜍发现自己被关进了一个阴冷恶臭的地牢里。他知道，这座中世纪暗沉沉阴森森的城堡让他与世隔离了。外面阳光灿烂，碎石公路铺设完好，前不久他还在公路上撒欢儿呢，就好像他买断了全英国的公路似的。想到这里，他扑倒在地上，流下痛苦的泪水，彻底陷入绝望之中。[2]“一切都完了！”他说，“至少，蟾蜍的这辈子是完了，怎么说都是一回事。人人喜欢、英俊潇洒的蟾蜍，多金又好客的蟾蜍，自由自在、无忧无虑、风流倜傥的蟾蜍，总之是完了。偷了人家的漂亮汽车，简直胆大包天；又大大戏弄了那帮红脸膛的胖警察一番，[3]简直厚颜无耻；判我坐牢哪里不公正了？怎么还能指望再放我出去呢？”说到这里，他哽咽了。“我真蠢啊！如今，我肯定会烂在这个地牢里，到时候，连曾经以认识我为荣的人，也会忘记蟾蜍这个名字。老獾多智慧！河鼠多聪明！鼹鼠多理智！你们都能明辨是非，待人接物又那么通透。噢，不幸的蟾蜍啊，被遗弃了！”他日夜不停地哀叹着，就这么过了几个星期。尽管那位阴沉沉的老狱卒知道蟾蜍口袋里装满了钱，经常指点他，只要愿意出高价，就可以从外面搞进来很多舒适的东西，还有真正的奢侈品，[4]可是蟾蜍就是拒绝吃饭，也不吃点心。

老狱卒有个女儿，她是位好心肠的可爱女孩，在监狱里帮父亲干点儿轻活儿。[5] 她特别喜欢动物，养着一只金丝雀。监狱厚厚的墙上有一枚钉子，白天，金丝雀的笼子[6] 就挂在上面，吵得那些饭后想打一会儿盹儿的犯人苦恼不已。晚上，笼子则用罩布[7] 罩起来放在餐桌上。除了金丝雀，她还养了几只花斑[8] 鼠和一只不停转圈的松鼠[9]。这位好心的女孩同情蟾蜍不幸的遭遇。一天，她对父亲说："看着那可怜的家伙那么难过，一天天瘦下去，我真受不了，让我来管他吧，你知道我有多喜欢动物。我要让他从我手里吃东西，我要让他坐起来，去干各种各样的事。"

她的父亲回答说，她爱怎么对他就怎么对他。他已经烦透了蟾蜍。他整天气呼呼的，爱摆臭架子，还是个小气鬼。于是，那天，女孩怀着善意走马上任，去敲蟾蜍的牢门了。

"喂，打起精神来，蟾蜍。"她一进门就好言相劝道，"坐起来，擦干眼泪，做一只懂事的动物吧。试着吃点饭，你瞧，我给你带了些我的饭菜，刚出炉的，还热乎着呢。"

在两个盘子之间，扣着香喷喷的油煎菜肉，香味在狭小的牢房飘散，钻进蟾蜍的鼻孔里。他正四脚朝天躺在地板上，闻到香味后，一时觉得生活也许并没有他想象的那么空虚、绝望。但他还是蹬着腿哀哀地哭，拒绝她的安慰。于是，聪明的女孩暂时离开了，但热乎乎的卷心菜[10] 的香味，自然是留在了牢房里。蟾蜍一边抽泣一边闻着，脑筋也开动起来，渐渐想到了激励人心的新念头。他想到了骑士的品质，想到了诗歌，还有等待他去完成的丰功伟绩；他想到了宽阔的牧场，牛群沐着阳光，吹着微风，在草地上吃草；他想到了菜园和它四周整齐的药草，[11] 还有飞满蜜蜂的暖色调的金鱼草；他还想到了蟾府餐桌摆盘时好听的叮叮当当声，大伙儿就餐，将椅子拉向餐桌时，在地板上发出的刮擦声。狭小的牢房里，空气中好像呈现出了玫瑰色。他开始想他的朋友，他们一定不会对他撒手不管的；他想到了律师，他们一定不会对这个案子不感兴趣。没有请几个律师来可真是蠢到家了；最后，他想到自己聪明绝顶、智慧超群，只要他花心思，没有他做不成的事。想毕，他几乎得到了彻底的治愈。

过了几个小时，女孩回来了。她端着托盘，一杯芳香的茶冒着热气，一盘热乎乎的黄油吐司堆得高高的、切得厚厚的，两面都烤得焦黄，融化的黄油透过面包的孔洞流下来，一大滴，一大滴，就像蜂房滴下的蜂蜜。黄油吐司的香味仿佛向蟾蜍发起一场聊天，一点儿都不含糊：聊起温暖的厨房，聊起晴朗结霜的早晨吃的早餐；或者，冬日黄昏漫步归来，穿着拖鞋的双脚架到壁炉的围栏上，舒舒服服地在客厅烤火；聊起心满意足的猫的呼噜声，昏昏欲睡的金丝雀的啾啾声。[12] 蟾蜍再一次挺身坐起，擦干眼泪，抿一小口茶，咬一大口面包，接着自在地聊起了他本人、他的房子，他在那里干了些什么，还说到了自己是何等重要，他的朋友如何想着他。

眼见这个话题和茶一样对蟾蜍大有裨益，狱卒的女儿鼓励他继续说下去。

“跟我说说蟾府吧，”她说，“听上去是个美丽的地方。”

蟾蜍骄傲地说：“蟾府是一座上流人士的宅邸，设备齐全，称心如意，独一无二。部分建于十四世纪，但里面都是现代化的方便设施。有最新式的卫生设备。五分钟就到教堂、邮局和高尔夫球场。适合……”

“我的天哪，你这个动物。”女孩哈哈大笑着说，“我又不想

南希·巴恩哈特画的插图："噢，不幸的蟾蜍啊，被遗弃了！"巴恩哈特所画的蟾蜍已经彻底拟人化了。他更像是一个与蟾蜍经历相似的愚昧滑稽的人。与布兰瑟姆所画的天然的裸体蟾蜍不同，巴恩哈特的蟾蜍穿着一整套格子西装，配红色马甲，打着蝴蝶领结，鞋子还套着鞋罩，打扮得极为讲究

布兰瑟姆所画的狱卒的女儿，1913 年

买房子。跟我说点实在的。不过先等等，我再去给你拿些茶水和吐司。”

她快步走开了，马上又端来一盘吃的。蟾蜍贪婪[13]地大吃特吃起来。他情绪恢复如常，跟她讲起船坞、鱼塘、带围墙的菜园，讲到猪圈、马厩、[14]鸽舍和鸡窝，讲了牛奶棚、洗衣房、瓷器柜和衣物柜（她尤为喜欢），还讲到宴会厅以及大家在一起多么好玩：别的动物围桌而坐，蟾蜍则神采奕奕，又是唱歌又是讲故事，大体如此。然后她想要他说说他的动物朋友们。蟾蜍谈了动物们怎样生活，怎么打发时间，女孩听得津津有味。当然，她不会说出自己喜欢动物是拿他们当宠物，因为她觉得这么说会大大触怒蟾蜍。[15]女孩给他的水罐倒满水，为他抖松干草，跟他道了晚安，此时蟾蜍又变回原来那个自鸣得意的乐天派了。他唱了一两首曲子，就是他在宴会上经常哼唱的那种小曲，在干草上蜷起身体，甜甜地睡了一夜，还美美地做了几场梦。

乏味的日子一天天过去，从那以后，他们常常一起聊天，很有意思。狱卒的女儿越来越同情蟾蜍。她觉得，由于犯了看似微不足道的小错，这个可怜的小动物却被关在监狱里，简直是奇耻大辱。蟾蜍呢，虚荣心作怪，认为她之所以对自己感兴趣，是来自她与日俱增的柔情蜜意。社会地位的差距，令蟾蜍不由得心生遗憾，因为她是个好看的小女孩，而且明显对他爱慕不已。[16]

一天早晨，女孩显得心事重重，答话的时候心不在焉的。蟾蜍谈吐机智，妙言妙语，可他觉得女孩并没有仔细听。

很快，她开口道："蟾蜍，你听好了。我有个阿姨，是个洗衣妇。"

"得啦，得啦，"蟾蜍亲切地说，"没关系的，不要放在心上，我有好几个阿姨应该也会当洗衣妇。"[17]

"你安静一会儿吧，蟾蜍。"女孩说，"你的话太多了。这是你的大毛病。我正要好好想想，可你吵得我头痛。我是说，我有个

E.H. 谢泼德所画的拿着吐司的狱卒女儿

阿姨是洗衣妇，给这个城堡里所有的犯人洗衣服。你明白的，我们总想把这种赚钱的活儿留给自家人。星期一，她会把要洗的衣服带走，星期五晚上再送回来。今天是星期四。听着，我是这么想的，你非常有钱，至少你是这么告诉我的，而她很穷。几英镑对你来说是不算什么，对她来说却是一大笔钱。如果能跟她好好疏通一下——我相信你们动物用的字眼是收买——那么可以这么安排：你穿上她的裙子，戴上她的帽子啥的，你就可以扮作洗衣妇从城堡里逃走了。你们两个很多地方都非常相似，特别是身材。”[18]

“我们不像，”蟾蜍气呼呼地说，“作为一只蟾蜍来说，我的体型是很美的。”[19]

“对于一个洗衣妇来说，我阿姨的身材也很完美。随你便吧。

我为你难过，想办法帮你，可你这动物又讨厌又骄傲，还不领情。”

“好好好，对对对。真的太感谢了。”蟾蜍忙不迭地说，“不过，你听着，你不会真的让蟾府里的蟾蜍先生扮成洗衣妇满世界跑吧？”

“那好，你就待在这里当你的蟾蜍吧。”女孩没好气地说，“我看，你是想坐着四马大车出去！”

诚实的蟾蜍总是乐于随时认错。“你是好女孩，善良又聪明。”他说，“我这只蟾蜍确实骄傲又愚蠢。你愿意的话，就把我介绍给你可敬的阿姨吧。我敢肯定，我跟这位出色的女士会谈好条件，让双方都满意。”

第二天晚上，女孩把她的阿姨带到了蟾蜍的牢房，把他一星期要洗的衣服用毛巾包好，再用针别牢。这位老妇人事先已经对这次会面有了心理准备。蟾蜍仔细包好的金币就放在桌子上，看得一清二楚。几乎不用谈判，交易就达成了。蟾蜍花钱换来一件

E.H. 谢泼德所画的蟾蜍和洗衣妇

印花棉布长袍、一条围裙、一条披肩和一顶黑色破帽子。老妇人提出的唯一条件是把她捆起来，塞住她的嘴巴，将她丢到墙角。她解释说，这个诡计不大可信，她自己还会编一套天花乱坠的说辞。虽然事情显得可疑，但她希望不要砸了饭碗。

蟾蜍乐呵呵地答应了这个提议。这样出狱还算有格调，也不会辱没他孤注一掷的冒险家英名。他马上帮着狱卒的女儿，尽可能把她的阿姨伪装成了失控场面下的受害者。

“现在轮到你了，蟾蜍。”女孩说，“脱掉外套和背心，你已经够胖了。”[20]

女孩一面笑得浑身乱抖，一面给蟾蜍套上棉布印花长袍，勾好领钩[21]，再把披肩围上，还根据洗衣妇的样子打了个褶，然后把那个破帽子的带子系到他的下巴上。

“你跟她太像啦！”女孩咯咯咯地笑，“我敢肯定，你这辈子从来都没有这么体面过，一半都没有。[22]好了，蟾蜍，再见吧。祝你好运。沿着来时的路一直走，要是有人跟你搭话——他们可能会的，男人嘛，你可以跟他们开两句玩笑，但是你要记住，你是个寡妇，在这个世界上孤零零一个人，随时都会丢掉名声。”

蟾蜍心脏怦怦跳，努力迈出了第一步。他就这样出发了，踏上看似最轻率最冒险的征程。很快，他就惊喜地发现一切是那么轻而易举。但是，一想到这份声望以及达成这声望的性别实属另一个人，他多少感到有点儿惭愧。洗衣妇胖墩墩的身材和那让人眼熟的印花棉布长袍宛如通行证一般，所经之处，每一扇插上门闩的小门、每一道阴森森的大门都一一敞开。在他犹豫不决、不知道该朝哪个方向拐弯的时候，下一个守门人甚至会帮他忙，大

谢泼德画的蟾蜍出逃，1931 年

佩恩画的蟾蜍出逃，1927 年

声招呼他赶快过去。他急着去用茶点，可不想整晚在那里等着。他的主要危险是要听一些俏皮话，当然还不得不马上做出大家预期中的回应。蟾蜍是个自尊心很强的动物，那些俏皮话在他听来既低劣又愚蠢，一点儿都不幽默。虽然很不容易，但他还是克制着自己的脾气，回嘴的时候既要符合对方和自己假扮的角色，又要极力保持一定的品位，而且不越界。

蟾蜍穿过最后一个院子的时候，好像已经走了几个小时一样。他谢绝了最后一个门岗发出的恳切邀请，躲开了最后一个看守伸长的手臂，此人假装热情要来一个告别的拥抱。[23] 最后，他听到最外面一道大门的边门在身后“咔嗒”一响，[24] 感到外面世界的新鲜空气拂上了焦虑的前额，[25] 他知道自己自由了！[26]

这次大胆的冒险轻而易举地获得了成功，这让蟾蜍一阵眩晕。他朝着镇子的灯光快步走去，对于下一步该怎么办一点头绪都没有。他一门心思只想着尽快离开这一带，因为他被迫乔装成的那位太太在这里无人不知，是个很受欢迎的人。

他一边走一边想，突然注意到不远处镇子的一侧有红绿灯一闪一闪的。火车头“噗噗”地喷着热气的声音、转轨“哐当哐当”的声音一并传入耳中。“啊哈！”他想，“真走运！这一会儿，火车站是我在这个世界上最渴望的地方。而且，不需要穿过镇子就能到那里。不必再为了演好这个丢脸的角色[27] 唇枪舌剑地跟人周旋，虽然很有用，但是也太伤自尊啦！”

于是，蟾蜍向火车站走去。看看时刻表，他发现有一列差不多开往他家方向的火车，再过半小时就要出发。“运气更好啦！”蟾蜍说。他精神为之一震，马上到售票处买票去了。

他报出离蟾府所在地最近的一个站名，想也不想就把手指伸进背心口袋去掏钱。但是那件棉布长袍还华丽地套在身上，而他却没心没肺给忘记了。那件袍子挡住了他的手指，好像抓住了他的手。他拼命撕扯那个怪家伙，却不停地遭到嘲笑，只落得徒劳一场。后面排成长队的旅客等得不耐烦了，有用或没用地提着建议，严肃或无关痛痒地对他评头论足。最后——不知怎么回事，他肯定也搞不明白是怎么回事——他突破障碍，达到了目的，手指终于伸到了平日装钱的地方。但他发现，那里不但没有钱，就连口袋也没有，甚至连背心都没有！

他惊恐极了，这才想起他把外套和背心都落在牢房里了。一同落下的还有记事本、钱、钥匙、手表、火柴、铅笔盒。有了这一切才有活下去的价值，这一切使一只拥有很多口袋的动物[28]——万物之灵——有别于只有一个口袋或一个口袋都没有的劣等生物，这些家伙只能勉强蹦跶两下、四处游荡一番，根本没有装备参加真正的比赛。

为了应对这一局面，可怜兮兮的蟾蜍只能孤注一掷。他重又摆出旧日的老样子，那种混合着乡绅与学究的举止[29]，说道："喂，听我说。我发现我的钱包忘记带了。拜托给我一张票，好不好？我明天把钱寄来。我在这一带名气很大的。"

售票员盯着他还有他那顶褪色的帽子看了一会儿，哈哈大笑。"如果你一直要这套鬼把戏，我相信你在这一带确实名气很大。好了，夫人，请离开窗口。你妨碍其他乘客了。"[30]

一位老先生一直在他背上捅来捅去，此刻猛地把蟾蜍推开了。更糟的是，还把他称作"我的好太太"，这让蟾蜍尤为生气，比那天晚上发生的任何事情都让他气愤。[31]

蟾蜍束手无策，绝望而茫然地走到停着火车的站台，眼泪顺着鼻子两边流了下来。他想，已经差不多安全了，几乎就要到家了，却因为没有那几个该死的先令，因为售票员的吹毛求疵[32]和不信任而泡汤了，真不容易啊。很快，就会有人发现他越狱了，追兵马上就要到来，他会被抓住，被人臭骂、戴上镣铐、拖回监狱，再次过那种面包白水加干草的日子。他会被严加看管，刑期也会翻倍。噢，那女孩该怎么嘲笑他呀！该怎么办呢？他的小短腿跑不快，他的矮个子不幸又很容易辨认，是不是可以钻到火车座位下面？他看到一些小学男生就这么干过。他们把用心良苦的父母给的旅费派了别的更好的用场。正当他苦苦思索的时候，他发现自己走到了火车头跟前。一个粗壮的司机一手持着油壶，一手抓着棉纱团，正给火车头上油、擦拭，百般爱抚，一往情深。

"您好，大妈，"火车司机说，"出什么事了吗？你看上去不怎么高兴啊。"

"哎呀，先生，"蟾蜍说着又哭了起来，"我可怜啊，我是个不幸的洗衣妇。我的钱全丢光了，没钱买火车票，可我今天晚上怎么着也得回家。我不知道我该怎么办。噢，天哪！噢，天哪！"

"确实糟糕，"火车司机思索着，说道，"钱丢了，不能回家了，我敢说还有几个孩子等着你吧？"

"一大群孩子，"蟾蜍抽泣着说，"他们会饿的，还会玩火柴，打翻油灯，那帮小家伙天真着呢。他们还会吵架，吵个没完没了。噢，天哪！噢，天哪！"

"好吧，我给你出个主意。"好心的火车司机说，"你说，你是个洗衣服的？那很好，那就这样吧。你也看到了，我是个火车司机。不可否认，开火车是脏活儿。我穿脏了一大堆衬衣，我老伴儿都洗得烦透了。如果你到家后能给我洗几件衬衣，然后给我送来，我就让你搭车回去。这么做违反公司的规定[33]，不过在这种偏僻的地方，也没那么苛求。”

蟾蜍转悲为喜，急忙爬进驾驶室。当然，他这辈子都没有洗过衬衣，就是想洗也不会洗，所以他根本不打算洗。不过他是这么想的：“当我平安回到蟾府，便又有了钱，有了装钱的口袋，我会送给火车司机好多钱，够他洗一大堆衣服的。这还不一个样？说不定还更好呢。”

乘警挥了挥那面深受欢迎的旗子，火车司机欢快地鸣笛回应。火车开出了站台。[34]车速越来越快，蟾蜍看到两边真真切切的田野、树木、树篱、牛马飞速闪过。他不由得想着，每过一分钟，他就离蟾府更近一些，离性情相投的朋友更近一些，口袋里会有叮当作响的钱币，柔软的床在等他睡上去，还能吃到美味佳肴。他的历险故事和过人的聪明会获得大家的交口称赞。想着想着，蟾蜍不由得上蹿下跳，大呼小叫，断断续续地唱起歌。火车司机大为震惊，他以前也碰到过洗衣妇，可是这样的洗衣妇他是头一遭见到。

一里又一里，火车驶过了很远的路程。蟾蜍已经开始考虑到家后吃什么晚饭了。突然，他注意到火车司机脸上露出疑惑的表情，探出身子仔细聆听着。接着，他看到司机爬上煤堆，越过车顶向后望去。他回到车上时，对蟾蜍说道：“真奇怪，今天晚上，我们是这条线上最后一班车，可我敢赌咒，我听到后面又有火车开过来。”

蟾蜍马上停下轻浮可笑的举止，变得严肃而沮丧起来。脊椎骨的下部传来一阵钝痛，一直传到了两条腿那里。他只想坐下，极力不去想种种可能出现的状况。

此时明月当空，火车司机在煤堆上站稳了。他顺着后面的铁轨，清清楚楚地看出去很远。

他立刻叫道："我现在看得清清楚楚！是火车！就在我们的轨道上，飞快地开过来了！看上去像是在追我们。"

可怜的蟾蜍蜷缩在煤灰里，拼命想着如何脱身，但成功的希望却很渺茫。

"他们快追上我们啦！"火车司机喊道，"车上挤满了奇奇怪怪的人，有的像年老的看守[35]，挥着戟；有的是戴着头盔的警察，挥舞着警棍[36]；还有穿得破破烂烂、戴着大礼帽的人，就算离这么远，也能一眼就看出是便衣警察，准没错，挥舞着手枪和手杖。他们全都挥着家伙大喊着同一句话：'停车！停车！停车！'"[37]

这时，蟾蜍突然跪到煤堆上，两只爪子交叉握着，苦苦哀求："救救我吧，只求你救救我，亲爱的好心的火车司机先生，我会向你坦白一切。我不是你看上去的这个普普通通的洗衣妇，我也没有孩子等着我，不管是天真的还是别的什么样的。我是一只蟾蜍——大名鼎鼎、受人欢迎的蟾蜍先生。我拥有地产。[38]我被仇家投进令人憎恨的地牢，因为非常大胆、非常聪明，我刚刚从地牢里逃了出来。如果那辆火车上的人再次抓住我，我这可怜的、不幸的、无辜的蟾蜍便又会被戴上镣铐，去过那种面包白水加干草的悲惨日子啦。"

火车司机凶巴巴地低头看着他说："现在，你老老实实地告诉我，你到底为什么坐牢？"

"不是什么大不了的事，"可怜的蟾蜍脸涨得通红，说道，"我不过是在主人吃午饭的时候，借了一辆汽车开开。他们吃饭的时候用不到汽车。我没想着偷车，真的。可是人们——尤其是地方官员却把我不过脑子、一时兴起的举动看得那么严重。”

火车司机神情极其严肃地说：“恐怕你真的是一只坏蟾蜍。你冒犯法律，我有权把你交给法官制裁。不过，你现在显然遇到大麻烦了，在你危难的时候，我不会抛下你不管。首先，我不喜欢汽车；其次，我在自己的火车上不能容忍警察发号施令。看到一只动物眼泪汪汪的，我会不舒服会心软。嗯，精神点儿，蟾蜍！我会尽力的。我们也许能打败他们。”[39]

他们拼命地堆，疯狂地铲，煤入炉膛，炉火呼呼响，火星飞溅，火车头上下跳动，左右摇摆，可是追击的车轮还是渐渐逼近了。火车司机叹息一声，用废面纱擦擦额头，说道：“恐怕没用了，蟾蜍。你瞧，他们的空车轻，跑得快。他们的火车头更好。我们只有一个办法了，这也是你唯一的机会。所以，你给我好好听着。前面不远的地方，有一条长长的隧道。过了隧道之后，铁路会穿过一片茂密的林子。[40]听好了，过隧道的时候，我会能开多快开多快；后面的家伙害怕出事，自然会减速。一过隧道，我就关闭蒸汽，来个急刹车，到了车速安全的时候，你必须马上跳车，到林子里躲起来，免得他们穿过隧道看见你。然后我会再次全速前进，他们想追我就追好了，爱怎么追怎么追，想追多远追多远。现在注意，做好准备，我叫你跳你就跳。”

他们又添了更多的煤，火车飞速地钻进隧道，向前直冲，轰隆隆、哐当当，冲出隧道，冲进新鲜的空气里，冲到宁静的月光下。铁轨两侧，黑黢黢的林子映入眼帘，它静卧着，等着帮这个忙。司机关闭蒸汽，来个紧急刹车。蟾蜍站在了踏板上。当火车慢得跟步行的速度差不多的时候，他听到司机一声大喊：“现在就跳！”

蟾蜍跳了下去，滚下短短一段路堤，从地上起身后毫发无伤，便爬进林子里藏了起来。

偷眼望出去，蟾蜍看到火车又一次提速，飞一般地消失在远方了。随之，追击的火车从隧道冲了出来，鸣着汽笛呼啸而过。车上各色人等挥舞着各式武器，大喊：“停车！停车！停车！”等到他们过去之后，蟾蜍开怀大笑——自从被投进监狱以来，他还是头一次笑得如此欢畅。

但是很快他就笑不出来了。因为他突然想到，此时天色很晚了，黑黢黢，冷飕飕，他身在一片陌生的林子里，既没有钱，也吃不上晚饭，依旧远离家园和朋友。火车的轰隆声消失后，四周一片死寂，令人心惊胆战。他不敢离开藏身的树林，但又想远离铁路，越远越好，于是一头扎进密林深处。

这几个星期以来，由于都是在高墙深处度过，蟾蜍发现林子既陌生又不友好，一副要取笑他的样子。欧夜鹰[41]喉间无休无止的单调的颤音，使蟾蜍感觉林子里全是搜索他的看守，他们正从

谢泼德画的狐狸，1931 年

四面八方包抄而来。一只猫头鹰无声无息向他扑来，翅膀扫到他的肩膀，[42] 吓得他跳了起来，以为是一只手搭上了肩头。接着，猫头鹰像飞蛾般轻快地掠过，“吼吼”地低声笑着，蟾蜍觉得这声音里透着恶趣味。他还遇到了一只狐狸。狐狸停下脚步，带着嘲讽将他上上下下打量一番，[43] 说道：“喂，洗衣妇，这个星期少了一只袜子、一个枕套，下次当心点儿！”说完，他窃笑一声，大摇大摆地离去了。蟾蜍四下里张望，想找块石头砸过去，却连一块石头都没有找到，可把他气得够呛。最后，他又冷又饿，疲倦极了，他找到一个树洞藏了进去，再用树枝和枯叶铺了一张床，尽可能铺得舒舒服服的，然后呼呼大睡，一觉睡到了大天亮。

蟾蜍在售票处。巴恩哈特为第八章所画
的章节补白用图

1 起初，格雷厄姆给阿拉斯泰尔寄有关蟾蜍的信件时，阿拉斯泰尔正和他的家庭教师娜奥米·斯托特在利特尔汉普顿度假。后来，格雷厄姆在伦敦的杜伦别墅修订信件，阿拉斯泰尔、埃尔斯佩思和斯托特则留在库克姆迪恩。（普林斯，《肯尼斯·格雷厄姆：野外林地中纯真的人》）汉弗莱·卡彭特将蟾蜍系列事件比作“18世纪的流浪汉小说”，并将“蟾蜍比作标准民间故事典型中的亲切骗子”。（《秘密花园：儿童文学黄金时代的研究》）流浪汉小说指以骗子或惹是生非者等人的冒险生涯为题材的文学作品，主人公为流浪汉或漫游者。

第八章的内容由第二封、第三封和第四封写给“我最亲爱的小老鼠”的信构成，分别写于1907年5月23日、1907年5月28日和1907年5月

31 日。信中还详细写出了格雷厄姆一家生活中的小事。

2 基于蟾蜍先生是模仿奥斯卡·王尔德的想法，他悲伤痛苦的泪水与奥斯卡·王尔德的《自深深处》开篇的信件极为相似。此信是王尔德还被关押在瑞丁监狱时写给爱人波西的：“假如信中有那么一段话能让你涌出眼泪，那就哭吧，像我们狱中人一样尽情痛哭吧，监狱的白天和夜晚都是留给泪水的。”王尔德的诗歌《瑞丁监狱之歌》也证明了他的悲伤：

> 痛苦驱使之下，
> 他发出了悲鸣。
> 声声懊悔，滴滴血汗，
> 无人如我般深知：
> 谁过着不止一种人生，
> 死亡也就不单是一死。

瑞丁监狱。据彼得·格林所言，“从库克姆迪恩的外面能看到远处那数英里外的瑞丁监狱”

3 格雷厄姆好像不喜欢太胖的人，就像他不喜欢女人一样。他使用了六次“肥胖”这个形容词来描述次要人物。“红脸膛”(red-faced)(可能是生气且喝了酒)和“胖”(fat)这两个词，意指警察所在阶层比蟾蜍低很多。在《格调》中，保罗·福塞尔评论道，肥胖就是对社会阶层的广而告之，“炫耀肥胖是贫民的又一标志，似乎旨在向较高阶层进行最大程度的美学冒犯，从而达到某种形式的报复”。在整本书中，格雷厄姆都是将那些次要人物放在了该放的位置：

“你们可能没走运到脑袋聪明，可你们有成百成千个，都是又大又壮的家伙，肥得流油。”——水獭

“你这平庸下贱的胖船妇！”（蟾蜍）喊道。

“鼹鼠，”獾摆出一贯干巴巴而平静的样子，说，“我看，你用一根小指头去想事情，也胜过某些动物用整个肥胖的身体去想。”

蟾蜍对此极力反对，坚持说他就是老天爷派来惩罚那个胳膊上长斑的胖女人的，谁让她见到一个真正的绅士，竟然有眼无珠认不出。

4 在维多利亚时期的监狱里，债务人和有钱人可获准用钱换取特别优待。像蟾蜍先生这样的囚犯可以用钱换取纸张、毛巾、寝具、食物、家具、煤炭，当然还有穿私服和洗衣服的特权。在狄更斯的《大卫·科波菲尔》中，密考伯一家被关进王室法庭债务人监狱（又名马夏尔西监狱），将他们家里的便利设施都带了进去。更多关于债务人监狱的内容参见特雷·菲尔波茨的《狄更斯书系之 9:〈小杜丽〉》。

5 狱卒女儿的灵感来源可能是威廉·莎士比亚和约翰·弗莱彻的《两贵亲》。该书复述了乔叟《骑士传说》的故事。《两贵亲》里面有一位狱卒女儿，因单相思而发疯。她帮着心上人，也就是囚犯帕拉蒙逃到附近的森林中，并助他活下去。我们知道，格雷厄姆本就熟悉弗莱彻的戏剧，因为他加入了弗尼瓦尔的新莎士比亚学会。该学会于 1876 年出了一版《两贵亲》。格雷厄姆在 1877 年 6 月与表妹安妮一起加入了学会，并在 1880 年成为了干事。直到该组织在 1891 年解散之前，他一直都在替学会保管分类账簿。（格林，《肯尼斯·格雷厄姆传》）

6 这是《柳林风声》中第三次出现“笼子里的金丝雀”这一意象。第一次出现在第二章的吉卜赛大篷车里，第二次出现在第五章人类村庄的窗户里。见第二章注释 30 和第五章注释 7。

7 通常指覆盖在垫子、沙发或椅子上的遮盖物，用来保护它们免受毛发中油脂的影响；也用作装饰品。

8 指的是一种混合颜色，通常为黑白两色。文中这种情况，指的是花斑鼠。这个词常被用来形容马。

9 就像松鼠在笼子里的转轮上不停地转圈一样，维多利亚时代 / 爱德华时代流行的一种惩罚手段是将囚犯送上刑用跑步机。奥斯卡·王尔德曾遭受过这种惩罚。

10 与在蟾府吃的那些涂了黄油的吐司和其他佳肴美馔相比，卷心菜散发着难

闻的味道。众所周知，这是平民常吃的食物。

保罗·布兰瑟姆画出了《柳林风声》出版以来最讨人喜欢的女人插图。他所画的狱卒的女儿，长着漂亮的脸蛋，是个可爱的年轻女孩。她低头凝视着四脚朝天躺在地上哀叹命运的蟾蜍。不像后来的插图，布兰瑟姆画的河堤居民们不仅与动物的原本大小相接近，还保持了生理结构上的准确性，且不会和人类那样受到诸如衣服等的束缚。布兰瑟姆的蟾蜍可能是个3磅重的家伙。

11 烹饪一直是《柳林风声》里所有家庭的主题，在格雷厄姆一家的生活中也是如此。在娜奥米·斯托特写给埃尔斯佩思的信中以及《乐思》里面名为“自然笔记”的片段中，斯托特经常提到库克姆迪恩梅菲尔德周围的园子。药草园和菜园是厨师的重要食材来源。甚至，阿拉斯泰尔·格雷厄姆也拥有一个园子。斯托特在1908年4月版的《乐思》中做出如下观察：

布兰瑟姆所画的狱卒女儿与沃尔特·克莱恩为《青蛙王子》画的插图有着不可思议的相似之处，约1890年

> 阿拉斯泰尔开始做起园丁，撒下了香豌豆和旱金莲的种子。他现在的主要工作是清理花坛的石头。所有去观赏园子的访客，只会看到一片褐土和几根棍子。6月，他可能会看到另一番景象。

《乐思》中的一则广告：

> **招聘**
>
> 梅菲尔德现招一名厨师，想做饭的人优先。提供炉火，但她一定得愿意时不时拨旺炉火，添加煤块。

12 在第五章的开头，出现过昏昏欲睡的金丝雀。见第五章注释7。

13 文中“贪婪”(Avidity)意为“贪婪，贪心”(Greediness)。

14 这个地点的确听起来像是梅普尔杜伦屋。像许多有着中世纪历史的庄园一样，梅普尔杜伦也有一个用来养活其住户的精心放养的鱼塘。

格雷厄姆一家在库克姆迪恩有一个猪圈，养了一头名叫伯蒂的了不起的黑猪。他们还有一匹名叫萤火虫的小马。阿拉斯泰尔经常在梅菲尔德的小围场里骑着萤火虫。动物和园了都由管理员金先生照料。娜奥米·斯托特在信中照例会提到他以及他身为管理员的职能。

15 尽管《柳林风声》被假定的阶级特权分了阶层，但格雷厄姆却允许所有男性角色败给狱卒的女儿。因其种族而非性别，这个女儿才在社会阶层中占了上风。

16 彼得·亨特如此论述了《柳林风声》中蟾蜍先生和女性之间的关系：

> 狱卒女儿对蟾蜍“动物朋友”的兴趣，可能恰恰等同于女工对贵族的兴趣，但是读起来更像是爱丽丝在俯视眼泪湖里的生物：这不过被视为奇想罢了……
>
> 另外，狱卒的女儿被描述得善良又温柔。她准备的黄油吐司，使人感到关怀备至，心满意足。从某种意义上说，这种“富有同情心的处女”形象对女性也是一种压迫，但其中可能蕴藏着格雷厄姆的根本渴望：渴望在无性关系里面，女性是体贴入微的。(《柳林风声：破碎的桃花源》)

17 格雷厄姆以对阿姨、叔叔的权威了解知名，他在早期作品里面写过有关他们的暴政，始于《黄金时代》的开篇：

> 在往日的大门于我身后关闭之前回望一下，我现在可以看到，对于那些拥有像样父母的孩子来说，这些事情本来就是另一回事，但是，对于那些最亲的人是叔叔阿姨的孩子来说，可能需要有一种特殊的心态。的确，对于我们的肉体，他们是以足够的善意相待，在此之外，则是漠不关心（我意识到，这种漠不关心无疑是愚蠢所致）以及与之相随的老生常谈，断言你的孩子仅仅是动物而已。

18 蟾蜍化身为洗衣妇的冒险经历，与《温莎的风流娘儿们》中福斯塔夫的不幸遭遇非常像：当时，培琪大娘帮忙将福斯塔夫打扮成布伦特福德家的一名胖女人。

> **培琪大娘**
>
> 天哪，我可不知道去哪里找那么大的女人的袍子，他能穿上的！

> 要不就给他戴上帽子，披上披肩，裹上头巾，就这样逃走。（第四幕，第二场）

19 蟾蜍和那个阿姨之间有个相同点——他也是胖子。尽管他通常会否认自己的体格，但是当他遇到洗衣妇时，他对这一真相感到震惊。E.H. 谢泼德恰好抓住了这一瞬间，画出了蟾蜍和年长的洗衣妇在一起的画面。

这个场景的原型还有可能来自毕翠克丝·波特的《迪基·温克尔太太的故事》。受到名叫凯蒂·麦当劳的苏格兰洗衣妇的启发，迪基·温克尔太太是“一个圆圆的滑稽小老太，颜色像棕色的浆果，裙子穿了一层又一层”。毕翠克丝·波特的第六本书《迪基·温克尔太太的故事》围绕一个细心的洗衣妇洗完成捆的衣物展开。最后，她脱下制服，跑上山去，既没有得到报酬也没有得到感谢。当时，小露西意识到“为什么！迪基·温克尔太太只不过是只刺猬罢了”，这个场景和船妇发现洗衣妇只不过是一只蟾蜍几乎毫无二致。

20 蟾蜍承受了对自我的双重打击：他必须穿女人的衣服；穿上以后，他显得很胖。

21 原文中“hook-and-eye”这个短语，指的是给一个人穿上束身衣——通常指裙子。“eye”是指钢丝圈，而“hook”是由双层扁钢丝制成，钩子勾在上面。

22 根据杰拉尔丁·珀斯所写的《阿卡迪亚的史诗：〈柳林风声〉中的田园生活》，蟾蜍的逃脱让人想起《奥德赛》里雅典娜帮奥德修斯重获自由的场景。

> （蟾蜍）服役的这段时间漫长又艰难，与奥德修斯离家的时间一样长——雅典娜获得宙斯许可后才将他从卡吕普索处解救出来。蟾蜍得以逃脱，同样经由一个女人的努力安排……就像雅典娜那样（也可能是瑙西卡？），她向父亲乞求怜悯，并独自设下计谋，用洗衣妇的衣服掩蔽蟾蜍的贵族身份，得以让他溜走，正如奥德修斯被乔装成一名年老的勇士遁形，得以重返伊萨卡。

这个场景还有一个《荷马史诗》的原型，即在《伊利亚特》一书中。正如《柳林风声》中的蟾蜍通过扮作一名洗衣妇来越狱，为避免去特洛伊参战（未能成功），《伊利亚特》中的阿喀琉斯也在母亲的坚持下，试图扮成一名年轻女性。

——J.J.

23 几乎所有的插画师都通过各种不同的努力，试图描画这一场景。温德姆·佩恩画了蟾蜍打扮成洗衣妇离开监狱的场景；谢泼德画了同样的画面，只不过画的是蟾蜍的背影。佩恩还添加了起哄的守卫，但他们并没有让人产生蟾蜍处于险境的感觉，也没有给人他“躲开了最后一个看守伸长的手臂”的印象。佩恩所画的蟾蜍穿过了并不可怕的哨兵——他们远比格雷厄姆所形容的要更为友好。谢泼德画了蟾蜍走出没有看守的监狱大门，他消除了格雷厄姆文本中存在的来自厌女者的恐吓，插画着眼于大门之外的城市，反而缓和了蟾蜍逃跑的紧张局面，使其免遭来自性别的伤害。谢泼德所画的蟾蜍还拉起了裙子，看上去准备要“咔嚓”一声立正，这让逃跑看起来易如反掌。

24 在格雷厄姆写给阿拉斯泰尔的原始信件中，一名守卫殴打了蟾蜍，因为他错将蟾蜍当成了故意少送回来衣服的洗衣妇。为了能够脱身，蟾蜍接受了挨打。在修订时，格雷厄姆删去了殴打的场面，但笔下的守卫仍然可恶又可怕。

25 这是格雷厄姆那封写了蟾蜍被打的信件。当娜奥米·斯托特和阿拉斯泰尔收到这封信的时候，他们正待在利特尔汉普顿。彼时，肯尼斯·格雷厄姆在康沃尔写信。

绿岸旅馆
法尔茅斯
1907 年 5 月 23 日

我最亲爱的小老鼠：

非常感谢你的来信，写得十分地有趣又信息满满。我通读了好几遍。希望这时候你那边的天气又暖和一些了。住在看得见沙滩的地方，却整天都不能去挖挖挖，这真令人难受。毫无疑问，自从蟾蜍被警察和治安官拖进监狱之后，你一定遇到过一些动物，听说过蟾蜍的历险故事。起初，他扑倒在地上，流下痛苦的泪水，彻彻底底陷入了绝望之中，因为，他是这么说的：“我怎么能指望着再被放出去呢。判我坐牢是多么公正啊，谁让我那么爱偷，那么爱偷……”他哽咽得没办法说完整个词。我真是只卑鄙的动物（他说）；噢，不幸的蟾蜍被遗弃了（他说）；我肯定会烂在这个地牢里，直到人们忘记蟾蜍这个名字（他说）。他日夜不停地哀叹着，拒绝安慰，拒绝吃饭，也不吃点心，直到某一天狱卒的女儿——一个热心肠的女孩，对他产生同情，说道：“打起精神来，蟾蜍！试着吃点儿饭。”但是，蟾蜍躺在地上哀号着，不愿意吃晚饭。然后，狱卒的女儿去端了一杯热茶回来，外加一些热乎乎的黄油吐司，吐司切得厚厚的，两面都烤得焦黄，融化的黄油透过面包的孔洞流下来，一大滴，一大滴，就像蜂房滴下的蜂蜜。闻到黄油吐司的味道，蟾蜍挺身坐起，擦干眼泪，因为他极其喜欢黄油吐司。

狱卒的女儿安慰了他。他喝了茶，又吃光另外一盘吐司。然后他们商讨逃离地牢的计策。狱卒的女儿说道：“我的阿姨是监狱的洗衣妇，她明天会过来，将你们一周的换洗衣物带回家。到时候，我给你穿上她的衣服，你就可以扮作洗衣妇逃出去。”于是，当洗衣妇穿着亚麻衣服来的时候，她们给蟾蜍穿上她的衣服，给他戴上一顶帽子。如你所愿，他就这样穿过狱卒走了出去。当他经过其中一名狱卒面前时，那人说：“喂，洗衣妇大妈，你为什么没把我上周日那件衬衫送回来，你这懒惰的老母猪?”他拿起棍子，将“她”痛打一顿。蟾蜍气得发疯，因为他想冲着他的眼睛来上一拳，但他控制住了自己，跑出了大门。大门“砰”的一声在他身后关上了。他自由了。这就是我目前所听到的。

爱你的，
爸爸

26 到目前为止，故事都来自格雷厄姆写给“亲爱的小老鼠”的第一封信。在1907年5月28日的下一封信中，故事得以继续。在两封信之间，肯尼斯和埃尔斯佩思搬去了福伊。

福伊旅馆
福伊，康沃尔
1907年5月28日

我最亲爱的小老鼠：

得知你的感冒好了，能去池塘里划船了，我很高兴。现在我敢说，你想听到更多蟾蜍先生那令人难过的不幸遭遇。嗯，当他发现自己出了监狱大门的时候，天已经很黑了。他置身一片陌生的土地，没有~~没有~~朋友。他很害怕，不知道该怎么做。但是，他听得到从不太远的地方传来蒸汽火车的噗噗声。透过树木，他看到了一些红色和绿色的光。他对自己说道：“那一定是个火车站，如果我要回家，首先要做的就是登上一列去那儿的火车！”于是他向火车站走去。他进了售票处，要买一张票。售票员问：“去哪儿?”蟾蜍告诉了他。这个男人说道：“需要5先令。”蟾蜍朝口袋摸去，要找他的钱。他心头一震，沮丧极了，他竟然一个口袋都没摸到！因为他穿上了洗衣妇的衣服。然后，他想了起来，当他急匆匆换衣服的时候，他把钱、钥匙、铅笔、手表以及所有的一切都落在脱下的衣服口袋里了。就这样，他在离家很远很远的地方，穿得像一个洗衣妇，身上还没有一分钱。蟾蜍先生流下了苦涩的泪水，对售票员说道：“求求你了，我的钱丢光了，求你行行好，免费给我一张票吧。”但这个男人只是笑笑，说道：“滚开，老女人！我们的铁路不免费运载洗衣妇！”于是，蟾蜍哭着离开了。他在火车旁边的月台上徘徊，思考着他该怎么办，一直转到火车头那里。火车司机看到他在哭，笑着问道：“怎么了，大妈?”蟾蜍回答道：“我很想回家，可我的钱都丢光了，买不成火车票。”火车司机是个好心人，他说道：“看这儿，~~ee~~ 洗衣妇！开火车是非常脏的活儿，我穿脏了一大堆衬衣，我的老伴儿都洗得烦透了。如果你下周能帮我洗两件衬衣，我就让你现在搭车回去，这样，你就可以免费到家啦！”蟾蜍大喜过望，极为高兴地上了火车。当然，他这辈子都没有洗过衬衣，就是想洗也不会洗。不过他想：“一回到家，就有了钱，我会送给火车司机好多钱，够他洗一大堆衣服的。这还不一个样儿。”不一会儿，火车司机鸣了笛，火车慢慢开出了站台。很快就“噗噗噗”喷着气，“哐当哐当”，很快地穿过乡村。蟾蜍开心极了，上蹿下跳，心想，他很快就能回到家了。

突然，火车司机开始聆听。过了一会儿，他说：“太好笑了，我确定，我听到后面有火车在追赶我们。”蟾蜍开始感到紧张。明月当空，接着，火车司机向后望去，他能顺着铁轨看到远处。最后，他大声喊道：“没错！我看到了火车！它飞快地开了过来，像是在追赶我们！”蟾蜍开始感到十分紧张。过了一会儿，火车司机又看了一次，然后，他大喊：“他们就是在追赶我们！我现在可以清楚地看到他们！火车在追我们！上面挤满警察，都挥舞着手枪，大喊：‘停车，停车，停车，停车，停车!!!!’”

这是到现在为止的全部新内容。

爱你的，
爸爸

27 在爱德华时代，火车站是一个繁忙的商业场所，不断有人进进出出。这是一个完美的场所，可以让蟾蜍将自己的身影淹没在人群之中。铁路开始代替四轮大马车，而火车站成了它们所服务的村庄及城镇的枢纽，“是个新闻、八卦和意见中心，是书报亭和电报局之家”。(杰弗里·理查德斯和约翰·M. 麦肯基，《火车站的社会史》)创建于1792年的W.H. 史密斯旗下特许经营的文具店、书店和报刊亭遍布英国各地的火车站。它们在查尔斯·狄更斯成为小说家这一过程中起到了重要作用，因为他的第一本书就是以连载的形式出售的。

铁路的兴起伴随着运河船和驳船的消亡。从18世纪90年代到1840年左右，运河在英国各地建造，成为运输煤炭等重型货物的更为轻松、经济的运输方式。

28 原文中“多口袋的动物”（many-pocketed animal）或“万物之灵”（lord of creation）指的是男性所享有的权利。1908年，妇女被排除在大多数企业和商务之外。能于婚姻限制之外拥有社会权利或是拥有一份洗衣妇之类的服务性工作，是很罕见的。康斯坦斯·斯梅德利是促使格雷厄姆将他那些“亲爱的小老鼠”系列信件写成《柳林风声》的人，她是个罕见的例外，曾担任美国《人人》杂志的文学星探。

29 这两者皆在英国社会中享有权威的地位。乡绅指的是乡村绅士，通常是地主。在某种情况下，他是一个村庄或地区主要的土地所有者。

格雷厄姆梦想成为一名大学教师。刘易斯·卡罗尔是牛津大学基督教堂学院的教师，同时作为数学家和作家得到了认可。（阿拉斯泰尔·格雷厄姆成了基督教堂学院的一员，在1920年5月7日他自杀之前，有人看见他在学院大厅里面吃饭。）

30 伦敦及西北铁路公司站长及职员第二十五条规定如下：“各车站所有乘坐火车并预订座位的人员应向职员出具车票，任何人都不得在不出示车票的情况下前往月台。”（F.B. 海德，《司炉工与拨火棍——伦敦及西北铁路》）

按照德里克·哈德森所著的《亚瑟·拉克姆的作品与人生》中的说法，1939年版插画中售票柜台后的职员，乃拉克姆的自画像。

31 欧内斯特·谢泼德画的不停催促的老先生拿一把雨伞去捅蟾蜍，给格雷厄姆的文本增了色。八年后，亚瑟·拉克姆有样学样，画的老先生也拿着雨伞。

这里的“老先生”（gentleman）根本不绅士（gentle），因为他的社会阶层要比洗衣妇高，所以他的行为是可以接受的。最为讽刺的是，蟾蜍甚至要比老先生的社会阶层更高。实际上，蟾蜍本不需要为公共交通而操心，回到蟾府，有许多辆车可供其使用。

32 原文中的“Pettifogging”，指因小而琐碎的问题而争执，吹毛求疵。

33 用洗衣服这一服务来换免费乘车这个交易，违反了伦敦及西北铁路公司职员的规定：任何职员“不得私收民众的酬金，违者以解雇论处”。

第五部分“警卫条例”第二十二条规定更加简洁：“除非已预定，否则警卫人员不得让任何旅客乘车，也不得运送任何包裹；若其合理推测出有乘客并未持有车票，或是未在正确的车厢，则其必须要求该乘客出示车票。”

34 格雷厄姆并没有像谴责汽车这样的现代发明一样谴责火车。穿过城镇的铁路，将英格兰乡村的人和伦敦大都市的人联结了起来。当然，格雷厄姆也依靠火车往返英格兰银行。在早年，尽管火车是工业革命的产物，火车依然是格雷厄姆的逃离工具：往返苏格兰，往返牛津的学校，后来，成为他于库克姆和伦敦之间的通勤火车。

> 对我本人来说，对于那穿透夜空的审慎而遥远的鸣笛声多愁善感，可能是我拥有的独一无二的弱点，正如有的人偏爱风笛的声音。当街道还不似如今这般比比皆是，让人厌烦，或者说，当曾经那金黄色的道路随意地通往荒野和广阔天际，在夏季闷热的夜晚，我醒着躺在床上，想着住在野外溪边的幸运的朋友，听着某个车站传来的火车鸣笛声，不啻"仙境笛声，隐隐约约地吹响"。而后，是一个幽灵似的乘客。我已在一班幽灵般的火车上就座，一步一步地快步穿越地图，一点一点地重复着旅程：穿过高温的中部地区前行，直至黎明的灰色微光升起，树篱被石墙取而代之，两边隐隐出现人群，直至太阳照亮奔涌的溪流和紫色的石楠花，北方清澈凛冽的空气从车窗灌进来。返程说实话更是不快。就像牧羊少年恩迪弥安，"大地初次的触摸，差点儿让我送了命"。但也只能插上想象的翅膀再次匆匆北上，从尘土与燥热奔到清新的山间空气里。（格雷厄姆，《异教徒外传》）

35 原文中的"Ancient warder"，指的是守卫入口或瞭望塔的年长士兵。在书里这种情况下，是指老狱卒的同伴。

36 文中"Truncheon"指的是一种短而粗的棍棒；从矛上断下来的一截棍子，换句话说，即临时凑数的武器。

37 在写给小老鼠的信中，故事从这个情节重又续上了。

38 原文中的"Landed"，指拥有土地或大片私有土地的人；"Proprietor"，指拥有财产或拥有该财产专有权的人。

39 这名火车司机既没有属于他所在阶级的口音，也没有相应的边界感，并且他毫无所求地帮助蟾蜍。可能他单纯只是个乐意帮助囚犯的平民——特别狄更斯式的感悟。

可以肯定的是，火车司机和蟾蜍之间的便利合作是为情节而设定的：一种简单的逃跑手段。彼得·亨特在《〈柳林风声〉中的语言及阶级》中写道：

> 角色在戏仿正常或"真实"的说话方式与作者让其传达语言的方式之间摇摆，这种不稳定性使得文本回避了强烈的语言阶级区分，也回避了间接处理诸多社会问题的这本书中存在的潜在冲突。

40 隧道在《柳林风声》中起着重要的作用。在书的第一页，鼹鼠通过鼹园的一条隧道爬到了地面上；獾的家里布满了通往野外林地另一边的隧道。在

第九章里，田鼠为准备过冬而打地道。而后在第十二章中，獾会透露，在蟾府下面有着类似的地下通道，隧道通向“配餐室，紧挨着宴会厅”。

格雷厄姆痴迷于地道和它们潜在的秘密性。我们知道，1908 年，第五代波特兰公爵的地道故事经常出现在新闻里。在 1908 年 4 月，阿拉斯泰尔和娜奥米·斯托特为《乐思》写了一个故事，里面有一条通往河底游乐场的隧道：

> **老树的女巫**
>
> 某一天晚上，女巫在温特山上拥有了暗黑树的小树林。她有时候会去看看的那棵树近旁，全都用灯装饰了起来。当月亮明晃晃地照耀时，你觉得会发生什么？将会有一个派对，所有客人都将在那里碰面，一条地下通道将他们带到了她的河底游乐场。（1908 年 4 月，得克萨斯大学奥斯汀分校哈里·兰莎姆人文研究中心提供）

格雷厄姆对穿过库克姆的火车一清二楚。娜奥米·斯托特的一封信证实了这一点：

> 于梅菲尔德 / 库克姆迪恩，伯克郡
> 1908 年 3 月 21 日
>
> 亲爱的格雷厄姆夫人：
>
> 来信收到。我会转告帕西小姐龙虾和黑啤的事情。小老鼠准备好了一堆消息要说。昨天我们在外面度过了美好的一天。在马什农场附近，我们穿过田野，来到了一条通往库克姆铁路桥的小路上。为了看 11 点 10 分那班火车从桥下通过，我们在桥上停了下来。
>
> （得克萨斯大学奥斯汀分校哈里·兰莎姆人文研究中心提供）

41 欧夜鹰是一种夜行性的食虫候鸟，为欧洲、东亚和中亚的当地物种。它们在 5 月中旬抵达英国，于 9 月或 10 月再次向南方迁徙。在欧洲，欧夜鹰常常在牲畜附近筑巢，那里的昆虫往往比较充足。其学名为“Caprimulgus europaeus”（夜鹰科），即为“在山羊四周”的意思，故而欧夜鹰也被称作“goatsuckers”（suck，吮吸），这个名字源于人们误以为它们从哺乳期的山羊身上吸奶。

欧夜鹰拥有一身所谓的“保护色羽毛”，这使它们易于隐蔽在周围环境中。它们通常在低矮的灌木植被中隐蔽的小块裸露地面上养育两窝鸟，每窝为一到两只雏鸟。它们因独特的“颤鸣”声而著名。在文中这种情况下，它们的叫声使林子更加令人毛骨悚然。

42 亚瑟·拉克姆画了猫头鹰，以及必定是夜鹰的动物，它们“发出机械的声响”，但这幅插图用作了第八章的章节图，并非放在本章结尾这些动物出现的地方。同样，格雷厄姆第八章里最后一封给亲爱的小老鼠的信中，包含了一段很像第三章中鼹鼠发现自己被盯着时的内容：“就在那时，一张张脸浮现出来。就在他肩后。他第一反应是模模糊糊地看到了一张脸；一张邪恶的V形小脸，从一个洞口看向他。”格雷厄姆有可能将原始信件中的内容进行修改后，用在了第三章和第八章：“一些小动物从洞里偷偷打量他，对着他指指点点，取笑他。”

拉克姆为第十章所画的章节图，1940年

43 谢泼德为这一章节所画的最后一幅插图，即蟾蜍在野外林地遇见了狐狸。就像这一章里出现的其他男性，遇到洗衣妇就对其发号施令，狐狸揭示了在格雷厄姆这本书所处的爱德华时代背景下，女性要生存是多么困难。在第三章，河鼠告诉我们：“他（蟾蜍）才不会一个人到这里（野外林地）露面呢，就是给他一帽兜金子，他也不干。”然而，这里的蟾蜍穿得像个致命美人，面对着一只抽烟喝酒并且很可能会反复无常的狐狸。

虽然拉克姆画的蟾蜍在树桩里的插图用作了第十章的章节图，但是这幅插画实际上属于第八章的结尾。蟾蜍在空心树的树根里睡觉时，狐狸出现了，朝树洞里面的蟾蜍望去，他那像人类的手一样的爪子不祥地抓住了树根。而在第十章的开头，狐狸早就离开了。

第九章　天涯旅人[1]

河鼠坐立不安，他也说不准到底是为什么。表面上的一切无不显示出，夏日盛景仍然无与伦比，虽然耕地上的绿色已经转为金黄，花楸树[2]也变红了，林子东一片西一片骤然显露出浓烈的黄褐色，但光线、温度和色彩依旧没有减弱，一年到了现在，丝毫没有转冷的征兆。不过，果园和树篱那里传出的永不停歇的大合唱已经变得微弱，只剩几个不知疲倦的歌手偶尔来一曲晚祷[3]时的吟唱。知更鸟又开始卖弄歌喉了。空气中弥漫着一股变化和离别的气息。杜鹃当然早已不声不响了。几个月来，在这熟悉的风景画和小小的社团里，其他诸多长羽毛的朋友一直都是其中一部分，但是渐渐地，也不见了他们的踪影。一天一天地，鸟类好像越发少见。河鼠一直都在关注着鸟儿们的动向。他看到他们每天都在向南迁徙。甚至夜晚躺在床上，他觉得也听得出鸟儿热切地拍打着羽翼[4]，掠过头顶的黑夜，为了那不容抗拒的召唤而飞向南方。

自然界大饭店和别的大饭店一样，也有旺季和淡季。客人一个接一个地收拾行囊，结账后离去。每过一餐，公共餐桌[5]旁的座椅就要撤掉一批，让人痛心。一套套房间关上了，地毯卷起来了，服务生被辞退了。那些寄宿[6]的客人则会留下来，等着来年再次客满。他们眼看着大家纷纷搬走，彼此道再见，热切地讨论着接下来的计划、路线和新的居所，心情多多少少都会受到些影响，开始心神不宁，情绪也低落起来，总想发脾气：为什么那么渴望变化？为什么不能像我们一样安静地留下来，快活地过下去？你不知道，这家饭店过了旺季的样子，你不知道，我们这些留下来的小伙伴，一起度过有趣的一整年是多么好玩的事。要走的那些人总是回答：当然，千真万确。我们十分羡慕你们——也许，来年会留下来吧，不过我们如今已经约好了，公共汽车[7]就等在门口。时间到了！于是，他们微笑着，点点头离去了。我们思念他们。我们愤愤不平。河鼠是种自给自足的动物，扎根在这片土地上，无论谁走，他都不会走的。即便如此，他也难免留意到气氛的异样，并从骨子里感受到了这一影响。[8]

告别无处不在。要想正儿八经地定下心来，是很不容易的。河畔的灯芯草长得又高又密，浅浅的河水缓缓流淌。河鼠离开河岸，游荡到田野里。他穿过一两块一片焦土的牧场[9]，钻进一望无际的金黄色麦田[10]。麦浪翻滚，沙沙沙，沙沙沙，安静地摇荡，轻轻地诉说。河鼠喜欢常到这里逛逛[11]，穿过大片茁壮笔挺的麦秆。头顶上方就是麦秆撑起的金灿灿的天空，这片天空一直在舞动，闪着光亮，柔声细语着。有时，一阵风起，它猛地一斜；风过，它一甩头，开怀大笑着复归原状。在这片麦田里，河鼠交了许多小友，他们自成一个小社会，过得充实而忙碌，但是总能偷得片刻余闲，和来访的客人讲一讲八卦、交换一下消息。然而，今天田鼠与禾鼠尽管非常有礼貌，但好像心事重重。[12]他们很多在挖个不停，忙着开通隧道；其余的则分成小组，聚在一起研究

温德姆·佩恩所画的插图，配有简略的文字说明：“……堆得山山海海，随时准备运走。”

一套套小居室的规划图，既要满足要求，又要紧凑合用，还要离仓库近一些。有的正把布满灰尘的大箱子和女士旅行箱[13]拖出来，有的已经埋头打包自己的财物。小麦、燕麦、大麦、山毛榉坚果、干果堆得山山海海，随时准备运走。[14]

“河鼠老兄来啦！”一看到河鼠，他们就大喊起来，“过来帮一把手，河鼠，别在那里没事人一样站着。”

“你们在玩什么游戏呀？”河鼠一脸严肃地问，[15]“你们知道，还没到考虑冬季住哪里的时候，还早着呢。”

“是啊，我们知道。”一只田鼠有点儿害臊地说，“不过，早做准备总归没错，对吧？我们必须赶在那些可怕的机器在田野里咔咔响之前，[16]把所有的家具、行李和储备的东西运出去；而且，你也知道，如今好房子很快就被占掉了，如果迟一步，只能随便将就了，[17]在搬进去之前，还得好好修补一下。当然，我们知道，我们下手早了些，不过我们也才刚开始干。”

“开始干什么呀，真操心！今天天气这么好，一起划划船，到树篱边散散步，到林子里野餐，或者干点别的去。”

“这个，我看今天就不去了，谢谢你。”田鼠急忙回答道，“要不改天吧，等我们有空了。”

河鼠不屑地冷哼一声，转身要走时被一个帽盒给绊倒了，他不顾颜面地骂了几声。

一只田鼠尖酸刻薄地说：“要是小心点儿，看着路就不会伤到自己，[18]不会忘乎所以。河鼠，当心那个手提箱！你最好找个地方坐坐。再过一两个小时，也许我们就有空陪你了。”

“我看得出，你所说的‘有空’，在圣诞节前是不会有的。”河鼠气呼呼地回嘴道。说完，他小心翼翼走出了麦田。

他垂头丧气地回到了河边。这条古老的河忠心耿耿，奔流不息，从来都不会打包离开，寻找一个过冬的居所。

他看到有一只燕子栖息在河边的柳树上，很快来了第二只、第三只。燕子们在枝头上坐立不安，压低声音热切交谈着。

河鼠信步朝他们走去。“怎么，已经这样啦？这么着急干什么？要我说啊，这简直太可笑啦。”

“噢，你是说走啊，我们还没走呢。”第一只燕子回答，“我们只是计划计划，安排安排。你知道，我们要先聊聊今年要走哪条路线啦，在哪里歇脚啦，等等。这也挺好玩啊。”

“好玩？”河鼠说，“我还真搞不懂啦。如果你们非要离开这个可爱的地方，离开想念你们的朋友，离开你们刚安顿好的舒服小窝，我毫不怀疑，时间一到你们就会勇敢地飞走，去面对一切麻烦、不适、变化以及新奇的事物，还要假装过得高高兴兴。可是，还没真到该走的时候，你们就谈论起来，考虑起来……”

“你自然是不懂。”第二只燕子说，“首先，我们感觉到心里不安，一种甜蜜的不安。接着是一幕又一幕的回忆，就像信鸽一样飞来。夜晚，它们在我们的梦里拍打翅膀；白天，它们和我们一起盘旋。当各种气味、声音以及早就忘记的地名渐渐回到心头，并且向我们发出召唤时，我们就很想互相打探、交换信息，确保一切都是真的。”

“你们今年就不能留下来吗？”河鼠留恋地说，“我们会尽力让你们过得舒舒服服。你们飞到了远方，哪里知道我们在这里过得多开心。”

“有一年，我试着留下来过。”第三只燕子说，“我越来越喜欢这个地方，所以到了该走的时候，我让别的燕子走了，我留下了。开头几个星期挺好的，但是后来，天哪，夜可真长啊！白天也没有太阳，冻得我直哆嗦。空气潮湿冰冷，方圆一亩地找不到半只虫子。不，再留下来可不大妙，我丧失了勇气，在一个风雨交加的寒冷夜晚飞走了。东风一阵紧过一阵，乘着风，我在内陆飞得挺好的。但是当我挣扎着飞过大山的山口时，雪下大了，经过一番苦战，我才飞过去。当我飞速俯冲到碧蓝而宁静的湖面[19]，再次晒着暖融融的太阳，吃到第一只美味的虫子时，我永远都忘不了那种幸福的感觉。过去就像一场噩梦；未来就是快活的假日。一个星期又一个星期，我不停地向南飞，轻轻松松，懒懒散散，只要不怕，想停多长时间就停多长时间，但我始终留意着南方的召唤。[20]不行，我受到过教训，再违抗一次？想都不要想。”

“啊，没错，南方的召唤，南方的召唤！”另外两只燕子做梦般啾啾叫，“那歌声，那色彩，那闪亮的天空。噢，你记得吗……”他们忘记了河鼠的存在，沉浸在热切的回忆里。河鼠听得入了迷，一颗心火烧火燎的。他心里明白，那根没有拨响的心弦最终也不易察觉地颤动起来。单单是这几只心系南方的鸟儿的闲聊，那苍白的二手谈资，就强烈地激发了他狂野的新感受，令他战栗不已。如果真真切切地体验一下，沐着南方热情的阳光，吹着南方柔和的香风，该是什么感觉呢？他闭上眼睛，有那么一刻，放任自己大胆地沉湎于梦想中。等他再张开眼，河流似乎变得冷冰冰的，绿色的田野也暗淡无光了。他那颗忠心耿耿的心，似乎在冲着他软弱的自我呐喊。

“那么，你们为什么还要回来呢？”他嫉妒地问燕子，“这小破穷的乡下，有什么地方吸引你们？”

第一只燕子说：“到了适当的时节，你以为，那丰饶的草地、湿润的果园、满是虫子的温暖池塘不向我们发出另一种召唤？你以为，那吃草的牛群、翻晒的干草、环绕农舍的完美屋檐[21]，不向我们发出另一种召唤？”

第二只燕子接着问道："你以为，只有你是唯一一个渴望再次听到杜鹃歌唱的活物吗？"

第三只燕子说："到了适当的时候，我们会想家，想念晃动在英国溪水上的睡莲。不过，今天，这一切都显得苍白贫瘠，无比遥远。眼下，我们的血液随着另一种音乐起舞。"

燕子们再次扎堆叽叽喳喳起来。这一次，他们痴迷地谈论着蓝色的大海、金黄的沙滩以及爬满壁虎的围墙。

河鼠心神不宁地再次走开了。他爬上河北岸平缓的斜坡，躺下身来极目眺望着南方，视线却被连绵的丘陵挡住了。在此之前，这道丘陵就是他的地平线、他的月亮山[22]、他目力的极限，至于更远处能看到什么、了解什么，他并不在意。今天，当他凝望南方的时候，他的内心翻腾着新的渴求。那绵延低矮的丘陵上方的朗朗晴空透着令人心动的希望；今天，看不到的意味着一切，未知的就是生活的真谛。在山的这一边，如今真真切切一片虚空；在山的另一边，是一幅全景图，那里人潮汹涌，五彩缤纷。河鼠的内在之眼将这一切看得清清楚楚。那一边，大海一望无际，碧波翻腾，浪花滔天！海岸沐浴着阳光，白色的度假别墅在橄榄林的映衬之下闪闪发光。宁静的海港停泊着不计其数的漂亮船只，准备开往盛产美酒和香料的紫色岛屿。那些岛屿隐隐凸起在水平如镜的海面上。

河鼠站了起来，再次朝河岸走去，接着改变了主意，向尘土飞扬的小路摸索过去。到了那里之后，他躺了下来。在茂密阴凉、缠缠绕绕的灌木篱墙的掩蔽下，他可以对着那条碎石子路沉思默想，想着它通往何等奇妙的世界；[23]他还可以对着走在石子路上的旅人陷入冥想，想着他们前去追寻的或不期而遇的好运气或新奇的事就在那里，在远方，远方！

一阵脚步声传到河鼠的耳中。他看到了一个走得有点疲惫的身影。那是一只老鼠，一只满身灰尘的老鼠。这位过客来到河鼠身边时，彬彬有礼地行了个礼，透出一股异国他乡的气息。[24]他迟疑片刻，愉快地微笑着走下石子路，来到阴凉的树篱下，在河鼠身边坐了下来。他好像很累，河鼠什么都不问，只管让他休息。他多少明白老鼠的心思。他也知道，对所有动物而言，有时当疲倦的肌肉松弛下来，当大脑进入放空状态，无言的陪伴显得弥足珍贵。

这位远足的老鼠瘦瘦的，脸尖尖的，双肩弓着，爪子细长，眼角布满皱纹，灵巧优美的耳朵上戴着一副小小的金耳环。他蓝色的针织衫褪色了，裤子也是蓝色的，上面打着补丁，而且满是污渍。他随身携带的那点财物用一块蓝色棉布手帕包着。

休息了一会儿后，这位外来的老鼠叹了一口气，嗅了嗅空气，朝四周看了看。

“那是三叶草，微风一吹，阵阵暖香。”他说，“听，牛在背后吃草，吃几口就轻轻喷一下鼻息。远处是收割的声音。林子那边升起了一缕蓝色的炊烟。河流就在附近阵阵流淌，因为我听到了红松鸡的声音。从你的体格看，你是一位内河水手。[25]一切都像在沉睡，一切又一直都在运行着。朋友，你的生活过得不错。只要你够强大，就这样过下去，你过的肯定是世上最好的生活。”

“是啊，这就是生活，唯一值得过的生活。”河鼠像做梦一样回答，声音里却没了平日里坚定的信念。

“我不全是那个意思。”外来的老鼠小心翼翼回答，“不过，这肯定是最好的生活。我试过了，所以我知道。我已经尝试了六个月了，我知道什么是最好的生活。你瞧我，脚走得酸痛，肚子也饿了，却追随那古老的呼唤，离开这种生活，一步一步朝南走，回到以前的生活中。那是我自己的生活，不肯放我走。”

“这么说，他也是其中一个，要去南方？”河鼠沉思着。

“你从哪里来？”河鼠问道。他没敢问老鼠要到哪里去。答案是什么，他好像知道得一清二楚。

“一个可爱的小农场。”过路的老鼠简短地回答。“就在那边，”他朝着北方点了点头，“不用在意的。我想要什么就有什么，只要是我有权从生活中得到的一切，我都得到了，甚至更多。可我来到了这里。我还是很高兴来到这里，我很高兴来到这里。我一路走了那么多里，离我心里渴望的地方又近了，近了好多个小时。”

他闪闪发光的眼睛凝望着地平线，像是在聆听什么声音，那是内陆地带不曾有的声音，虽然内陆不乏牧场和农庄的欢快乐音。

“你和我们不是同类，”河鼠说，“你不是农庄里的老鼠，照我看，你也不是这个国家的老鼠。”

“没错，”外来的老鼠回答道，“我是一只航海鼠，我原本从君士坦丁堡[26]港口起航，不过我在那里也是一只外来鼠。朋友，你应该听说过君士坦丁堡吧？那是个美丽的城市，古老而辉煌。自然，你也听说过挪威国王西居尔一世[27]吧？他率领六十艘船只到了那里，他和随从们骑马过街，为了表示对他们的敬意，满街都搭了紫色和金色的顶棚。皇帝和皇后驾临，上船与他一起欢宴。西居尔一世回国时，他带来的许多北方人留下来进入了皇帝的卫队，我有一位出生在挪威的祖先也留了下来，[28]一起留下的还有西居尔一世赠给皇帝的船只。我们从此成为航海鼠不足为奇。对我来说，从君士坦丁堡到伦敦泰晤士河[29]的每一个可爱港口，都

拉克姆所画的与航海鼠的相遇，配有简略的文字说明："这位过客彬彬有礼地行了个礼，透出一股异国他乡的气息。"

和我出生的城市一样，都是我的家。我对它们无所不知，它们对我也一样。随便走上哪一个码头或海滩，我都是回了家。"

河鼠来了兴致，说道："我想，你经常出海远航，好几个月都看不到陆地，食物不够吃的，[30] 水也是定量的，可你的心一直与浩瀚的海洋同在，想的全是海洋之类的事，对吗？”

“绝对不是这样，”航海鼠坦率地说，“你描绘的生活不适合我。我干沿海贸易，很少有看不见陆地的时候。岸上的快乐时光和航海一样吸引着我。噢，那些南方的海港！那气味，那夜晚的停泊灯，多么迷人啊。”

“嗯，也许你选择了更好的生活方式。”河鼠说，不过心里相当怀疑。“那么，如果你愿意，跟我说说你的沿海贸易吧。一只有灵魂的动物希望从那里收获什么带回家？日后，在炉火边回忆光辉往事的时候，会让他觉得温暖。我嘛，坦白说吧，如今想来，我活得很狭隘，活在了条条框框里。”

航海鼠开口了：“我上次出海，是很想在内陆开办农场，于是我就登陆了这个国家。这次航海是我航海生涯的典范，实话说吧，是我缤纷多彩生活的缩影。照常是由于家庭纠纷引发的。家庭风暴降临[31]之后，我登上了一艘小商船，从君士坦丁堡起航，驶过那些著名的海洋，每一个浪头都让人至死难忘。船一路开往希腊群岛和地中海东部。[32]那些日子里，白天阳光灿烂[33]，夜晚温暖舒适。船只不停地进港出港，到处都是老朋友。炎热的白天，我们睡在凉快的庙里或者废弃不用的蓄水池[34]里。太阳落山以后，我们就在镶满星星的天鹅绒般的天空下面大吃大喝、放声歌唱。接着，我们掉头开往亚得里亚海岸。海岸上，空气中弥漫着琥珀色、玫瑰色和蓝绿色。我们把船停泊在陆地环抱的开阔海港里，去古老而壮丽的城市游荡。后来，有一天早上，太阳在背后庄严地升起，我们沿着金灿灿的航道把船开进了威尼斯。噢，威尼斯这个城市真妙啊，在那里，老鼠可以随便闲逛、尽情欢乐！[35]如果逛累了，晚上可以坐在大运河边和朋友们一起大吃大喝。音乐飘荡

南希·巴恩哈特，1922年，“阳光灿烂的日子”

在空中，头顶是满天星星。平底小船贡多拉摇啊摇，铸钢船头亮晃晃，灯光闪啊闪。小船一只挨着一只，踏着小船，可以从这岸到那岸。再说说美食，你喜欢贝类吗？得了，得了，我们还是少

温德姆·佩恩，1927年。“噢，威尼斯这个城市真妙啊，在那里，老鼠可以随便闲逛、尽情欢乐！”画中的吟游诗人是佩恩想象出来的人物，他并没有出现在格雷厄姆的文本中

谈为妙。”[36]

他沉默了一会儿。河鼠也痴痴地一声不响，他乘着梦幻之舟随波漂浮；依稀听见歌声在雾气缭绕、海浪拍击的灰墙间响起。

航海鼠接着说：“最后，我们又朝着南方开去，沿着意大利海岸航行，一直开到巴勒莫[37]。到了那里，我离开航船，在岸上高高兴兴地过了很长一段时间。我从来不会跟一艘船死磕下去，那会让人头脑狭隘，带有偏见。再说了，西西里岛是我最喜欢的一个好地方[38]，那里的每个人我都认识。他们的生活方式也让我称心如意。我跟内地的朋友一起在岛上快活地度过了几个星期。等到闲不住了，我又搭上一艘开往撒丁岛和科西嘉岛的商船。我非常高兴，能够再一次吹到新鲜的海风，再次体味浪花溅到脸上的感觉。”

“下面那个，你们管它叫货舱的地方，不是又闷又热吗？”河鼠问。

航海鼠疑惑地看着他，眼睛眨巴了一下。“我可是老手，”他简单明了地说，“船长舱对我来说够好了。”

“人人都说航海是很苦的。”河鼠喃喃地说着，陷入了沉思。[39]

“对于水手来说是苦。”航海鼠严肃地回答，再次微微眨巴了一下眼睛。

他继而说道：“我从科西嘉搭乘了一艘船，是把葡萄酒运到大陆的船。傍晚的时候，我们到了阿拉西奥[40]。停好船之后，我们拖过酒桶扔到水里，用长绳把它们穿在一起，然后登上小船，一边向岸边划去，一边唱着歌，小船后面拖着一长串酒桶，一上一下地起伏，像一队一英里长的海豚。马匹在沙滩上等着，嗒嗒嗒一路小跑，拖着酒桶冲上小镇陡峭的街道。运好最后一个酒桶，

保罗·布兰瑟姆1913年画的与航海鼠的相遇：“‘人人都说航海是很苦的。’河鼠喃喃地说着，陷入了沉思。”

我们就去休息，补充体力。我们和朋友们一起喝酒，一直坐到深夜。第二天早上，我就去了大橄榄树林，在那里歇上一段时间。这时我和岛屿没啥关系了，海港啊航运啊也够多了，便和农民混在一起，懒懒散散地打发日子，躺着看他们干活儿，或者四仰八叉地躺在高高的山坡上，在我的视野下方，远处就是蓝色的地中海。最后，我有时步行，有时乘船，走走歇歇，一路来到马赛。我见到了船上的老伙计，参观了远洋巨轮，再一次大吃大喝起来。这不，又要说到贝类了。要说为什么，有时候我梦到马赛的鲜贝都能哭醒！”

“这倒提醒了我，”礼貌的河鼠说，“你刚好说到你饿了，我该早说的。你当然会留下来和我一起吃午饭，对吗？我的洞穴离这儿不远。现在已经过午了，欢迎去我家，随便吃点什么。”

“你真是好心，真够哥们儿。”航海鼠说，“我坐下来的时候是真的饿了，自从我无意间提到贝类[41]，我简直饿得受不了。不过，你能不能把午餐拿到这里来？不是逼不得已，我是不喜欢到洞穴里去的。我们一边吃，我一边接着跟你说我的航海故事、我的快乐生活——至少，对我而言是快乐的。你听得那么投入，我敢说你也爱听。如果我们进屋去，我百分之九十九会马上睡过去。”

“这可真是个好主意。”河鼠说着，急匆匆回了家。他一到家就取出午餐篮，把简餐装了进去。想到外来客的出身和喜好，他特地又放进去一根一码长的法式面包、一根蒜香扑鼻的香肠、一些平躺在篮子里流着油的奶酪、一个干草裹着的长颈瓶，[42]瓶子里装着从远处的南山坡收获的阳光葡萄美酒。篮子装满后，他飞快地跑了回去。他们一起打开篮子，把好吃的一样一样取出来，摆在了路边的草地上。听着老海员夸奖他的口味和见地，河鼠高兴得满脸通红。

等到饥饿感稍微缓和，航海鼠接着讲他最近一次航海的经历，把他的听众带到西班牙一个又一个港口，登陆里斯本、波尔图[43]和波尔多，来到康沃尔郡和德文郡的可爱港口，再沿着英吉利海峡上行，抵达最后一个码头。他顶着凄风苦雨在恶劣的天气下逆风航行了很久，终于在那里上了岸，捕捉到了又一个春天的迷人迹象。这点燃了他的热情。他经过长途跋涉匆匆奔到内地，满心渴望体验宁静的田园生活，好远远逃离海上的风吹浪打。

河鼠听得如痴如醉，激动得浑身颤抖。他跟着这位冒险家，一程又一程，越过风雨交加的海湾，穿过拥挤的泊船处，行过潮水汹涌的港口沙洲，沿着蜿蜒曲折的河流上行，在一个急转弯处，掩藏着繁忙的小镇。当航海鼠在那个沉闷的内陆农庄驻扎下来，河鼠遗憾地叹了一口气，关于这座农庄的故事，河鼠可丝毫都不想听。

饭吃完了。航海鼠来了精神，恢复了力气。他声音响亮，眼睛闪着光，像是远处灯塔的光亮映照了进来。他朝玻璃杯里倒满鲜红透亮的南方美酒，向河鼠靠了过来，说话时迫使他看着自己，以便控制他的身心。[44]他的双眼呈现出变幻莫测的灰绿色，如同波涛翻飞的北方海洋。玻璃杯中的红酒闪耀成热烈的红宝石，宛如南方的心脏，为有勇气与它脉搏合拍的人而跳动。这两道光芒——变幻的灰绿色与恒久的红色，攫住了河鼠。他牢牢定住，心醉神迷，浑身绵软。光线之外的世界渐渐远去，不复存在，只余航海鼠美妙的说话声不绝于耳。仅仅是在说话吗，还是不时变成歌声，变成水手升起湿淋淋的铁锚时的号子，桅索在凛冽的东北风[45]中的浅唱低吟，太阳落山时分橘黄色的天空[46]下渔夫拉网的歌谣，来自在贡多拉平底小船或帆船[47]奏响的吉他和曼陀罗声？或者，这话音又化作风的怒号，先是哀伤，后来声音变大，变成生气的尖叫，继而升高为凌厉的呼啸，再低沉下去，变作风帆的后缘在空中鼓起时细细流淌的乐音？河鼠听得痴迷，捕捉到了所有的声音，伴随这些声音的，还有海鸥饥饿时的悲鸣、浪花飞溅时的轻柔轰响、鹅卵石抗议的呼喊。然后，又切换为说话声。河鼠的心怦怦直跳，跟着这位冒险家神游了十几个海港，打架，逃脱，集会，交友，英勇的事迹；或者，去岛上寻宝[48]，在环礁湖垂钓，在白沙滩打一天盹儿。河鼠听他讲深海捕鱼，一里长的渔网捞起银白色的大鱼；听他讲突发的危险，没有月亮的夜晚大浪喧哗，雾锁海面的时候，头顶耸起巨轮的船头；听他讲回家多么甜蜜，绕过海岬就是海港通明的灯火；码头上人影绰绰，大家都在欢呼，缆索[49]溅起飞沫；艰难地爬上陡峭的小街，走向挂着红色窗帘的窗子，走向窗内舒适的灯光。

最后，在白日梦里，河鼠好似看到那位冒险家站起身，仍然不停地讲着，仍然用他海水般的灰色眼眸死死盯着他。

他轻声说道："现在，我又要上路了。一路风尘朝西南走，要走上好多天，直到最后到达那个灰扑扑的海滨小镇。它就在海港的峭壁上。[50]我对它非常熟悉。在那里，从黑暗的门口朝下面望，可以看到一段石阶披挂着一簇簇粉红色的缬草，一直通向光闪闪的蓝色海水。系在古老海堤上的铁环和立柱上的小船漆得色彩绚丽，就像我小时候爬进爬出的小船一样。鲑鱼随着潮起潮落上下跳跃；成群结队的鲭鱼闪闪发光，嬉闹着游过码头和海滩；白天和夜里都有大船从窗前经过，开到停泊的地方，或者开向大海。所有航海国家的船只迟早都要开到那里。在那里，到了一定的时候，我要选的船只就会抛锚。我不急，我会等待时机，直到我看中的那一艘恰好在那里等我。船上的货物装得满满当当，把船身压得低低的，船首的斜桅对着海港，大船就这样开向大海。乘小舟也好，攀缆索也罢，我会溜到船上去。[51]就这样，某天早上，等我醒来，耳边就是水手的歌声和脚步声、绞盘[52]的叮当声以及锚索欢快的咔嗒声。我们将会扬起三角帆和前桅的大帆。[53]大船起航后，海港旁边白色的房子将会慢慢滑过视线，[54]航海就这样开始啦！船只向海岬驶去，全身披挂着白帆。等到终于开了出去，浩瀚的碧波拍击着，她迎风破浪，一直向南方开去。”

“还有你，你也要来呀，小兄弟。时间一去，永远不会再来。南方还在等着你呢。听从召唤去冒险吧，机不可失，失不再来。[55]你只要“砰”一声关上身后的门，只消迈出可喜的[56]一步，你就走出了旧生活，踏上了新征程。某一天，很长时间以后的某一天，酒杯干了，戏收场了[57]，高兴的话，你再笃悠悠地回到这里的家。然后，你坐在安静的河边，就拥有了满满的美好回忆。你可以轻轻松松地追上我，因为你年轻；而我老了，走得慢了。我会慢慢走，回头望，我敢说，我最后肯定能看到你匆匆赶来，高高兴兴，满脸都写着去南方！”

航海鼠的声音轻下去了，听不到了，仿佛昆虫的小喇叭弱下来，而后就无声无息了。河鼠瘫坐在那里，目光直勾勾的，最后只看见白色的路面上，远远的，有个小点。

河鼠木呆呆地站起身，不紧不慢、仔仔细细地把东西摆进午餐篮。他木呆呆地回到家，把一些小件必需品和他喜欢的特殊宝贝聚拢在一起，然后装到背包里。他从容不迫地干着，像个梦游者一样在屋子里走来走去，张开嘴巴倾听着。他把背包甩到肩膀上，精挑细选了一根粗棍，为自己的远行做准备。他不紧不慢，但也毫不迟疑地一脚跨过门槛。恰在此刻，鼹鼠在门口出现了。

“喂，河鼠啊，你这是要去哪里呀?”鼹鼠大惊失色地问，一把抓住了河鼠的胳膊。

“去南方啊，跟大家一起去。”河鼠看也不看鼹鼠一眼，说梦话一样干巴巴地喃喃着。“先去海边，再乘船，到呼唤我的海岸去。”

河鼠果断地朝前走，依旧不紧不慢，但是目的明确，鼹鼠却彻底慌了神。他挡住了河鼠的去路，朝他的眼睛深处看去，只见河鼠目光呆滞，眼珠定牢，变成不安和游移的灰色——这不是他朋友的眼睛，而是别的动物的眼睛！鼹鼠用力抓住他，把他拖进屋，扔到地上，紧紧按住。

河鼠绝望地挣扎了一阵，然后好像突然没有了力气，静静地躺在地上，筋疲力尽，眼睛紧闭，瑟瑟发抖。鼹鼠马上扶他起来，让他坐到椅子上。河鼠瘫坐在那里，缩成一团，身体剧烈地抖动着，过了一会儿，又歇斯底里地干号起来。鼹鼠关紧房门，把背包丢进抽屉锁好，安静地坐在朋友身旁的桌子上，等着这阵奇怪的发作过去。渐渐地，河鼠沉入不安的睡梦中，不时悸动一下，口齿不清地嘟囔着稀奇古怪的外国的事儿。鼹鼠听得一头雾水。[58]后来，河鼠就沉沉睡去了。

鼹鼠心焦气躁，暂且离开河鼠，忙了一阵子家务活儿。等他回到客厅，天已经黑了。河鼠还待在原处。他已经彻底醒了，倦怠、沉默而沮丧。鼹鼠连忙去看河鼠的眼睛。他满意地发现，那双眼睛又和原来一样是清澈的深褐色了。鼹鼠坐下来，想让河鼠打起精神，讲一讲到底发生了什么。

河鼠尽力想一点一点地做出解释，可是本来多半是联想出的一切，冰冷的语言又怎么能说透？他又如何能对着另外一个人回忆出大海迷人的歌声？航海鼠那成百件旧事，他怎么才能进行二手的复制？即便是对他自己来说，在魔咒打破、魔法消失之后，他发现，几个小时以前看似无可避免的独一无二的那件事，现在也难以自圆其说了。所以，他没有明白无误地向鼹鼠传达出他那天的经历，也就不足为怪了。

对于鼹鼠而言，有一点是清楚的：尽管这件事让河鼠受了刺激，情绪低落，但是那场发作，或者说侵袭毕竟已经过去了。河鼠重又恢复了神志。但是，似乎一时间，他对日常生活的种种彻底丧失了兴致，对于季节变换必然带来的时节和活动的变化方面的可喜预示，也毫无兴趣可言了。

鼹鼠故作不经意并且看似淡然地转换了话题，说到正在收割的庄稼、高耸的运货马车、奋蹄而行的马匹、越堆越高的草垛[59]，还说到冉冉升起的大月亮，照耀着一捆捆庄稼点缀其上的光秃秃的大地。他讲到周围的苹果都红了，坚果变成黄褐色，讲到果酱、蜜饯和酿制甜酒[60]。他就这样从从容容地说到冬季过半，冬天里由衷的快乐、家里的温暖生活。说到此处，他纯粹是在抒情了。

渐渐地，河鼠坐起来加入这场谈话了。他痴呆的眼睛亮了，那副侧耳倾听的神情也消退了一些。

机灵的鼹鼠马上溜走了。再回来的时候，他拿着一支铅笔、几张只有半页的纸，放到朋友胳膊肘旁边的桌子上。[61]

“你好久都没有写过诗了，”鼹鼠说，“今天晚上，你可以试着写一写，总比一直闷在心里好。我认为，你要是写出几行——哪怕只是几个韵脚，你都会感觉好得多。”

河鼠厌倦地把纸推开。鼹鼠心里明白着呢，就借机离开了。过了一会儿，他从门缝里偷看的时候，河鼠已经全神贯注，两耳不闻窗外事了。他时而涂写两笔，时而咬住铅笔头。说实话，他咬铅笔头的时间远比写的时间多，不过令鼹鼠高兴的是，至少他的疗法开始奏效了。

南希·巴恩哈特画的做梦的河鼠，1922 年

1 原文中“wayfarers”指公路旅行者，尤其是指徒步旅行者。

第九章是最后加进手稿里的一个章节。在 1908 年 7 月 11 日写给斯克里布纳的一封信中，柯蒂斯·布朗列出了章节顺序。《天涯旅人》这一章遗漏了，布朗还在注释里写道：“（格雷厄姆）会送来 6 到 7 篇额外材料，达到 6 万字。”

2 这种树还被称为“mountain ash”。

3 “晚祷”（evensong），指通常于接近日落时分进行的祈祷仪式（也称作“vespers”）。

4 原文中“pinions”，指鸟翅的远端或末端部分。

5 原文用的是“table-d’hôte”，指旅馆或饭馆给客人提供的公用餐桌，在规定时间内，公用餐桌那里会以固定价格提供公用餐。

6 原文中的“en pension”，指寄宿者在寄宿处的状况。

7 格雷厄姆将“公共汽车”（autobus）简写成了“bus”。根据《牛津英语词典》的阐释，“autobus”于 1895 年收为英语词汇，1914 年，身为古典学者和牛津大学发言代表人的 A.D. 戈德利写了一首诗《公共汽车》，J.R.R. 托尔金在 1927 年为其绘制插图。

轰隆隆隆是什么？
会是大汽车吗？
味难闻，声难听，
正是公共汽车这废物。
穿过农田和高地，
吓得我哟！
发动机轰鸣，
斗转星又移，
与格，离格，
只是让我们活着。
受害的逃向何方？
公共汽车啊，饶了我们吧，
饶了我们吧！
我这么唱着。
成群结队的公共汽车
近在咫尺，
充斥市场。
公共汽车啊，
那些可怜的人儿
如何像我们一样活着？
苍天保佑，
不要公共汽车！

8 肯尼斯·格雷厄姆渴望不受家庭的或职业责任感的束缚前去旅行。在1933年的一封信中，格雷厄姆·罗伯逊回忆了他和肯尼斯·格雷厄姆以及埃尔斯佩思·格雷厄姆之间的友谊，还回忆了肯尼斯有多么喜欢在他妻子的陪同下旅行："说来奇怪，肯尼斯·格雷厄姆几乎没有朋友（他是一个非常有魅力的人）。他只是不想有朋友。他会若有所思地对他的妻子说：'你喜欢人。他们令你感兴趣。但我感兴趣的是地方。'"（W.格雷厄姆·罗伯逊，《格雷厄姆·罗伯逊的来信，1908—1948年》）

9 原文中的"pasturage"，指有草或别的牧草的牧场，人们可以在那里放牧。

10 原文用的是"great sea of wheat"。到布兰瑟姆为止的早期版本里，都用了"海"（sea）这个词；后期如巴恩哈特、佩恩、谢泼德和其他人的版本，用的都是"疆域"（realm）这个词。

11 彼得·亨特就格雷厄姆爱走路发表了如下看法：

> 彼得·海宁［《通往河岸的小径》（*Paths to the River Bank*）］认为，1895年7月，格雷厄姆为《黄皮书》写的那篇名为“漫游者”的散文，乃《天涯旅人》——书里被引用得最多的章节——的预兆。（海宁的说法是，文章名为“漫游者”，而格林则认为那篇散文叫“长长的逆旅”。）在这篇文章里，作家在沙滩上漫步，聆听一位伦敦商人的故事，这位商人“勇气罕见……大获全胜后宣布不再比赛”。（《柳林风声：破碎的桃花源》）

河鼠游荡的地方，肯尼斯·格雷厄姆都喜欢去：福伊、库克姆、康沃尔，当然包括威尼斯海边小镇周围的牧场。福伊及其周边的农田被认为是格雷厄姆写《天涯旅人》这一章节的缘起之一。在1899年的一封信中，格雷厄姆写道：“我的姐姐说，她沿着峭壁下到一个小海湾，当她坐下的时候，有一只大老鼠跑出来，坐在她旁边吃滨螺！”

12 亚瑟·拉克姆的一幅插图的图注就是这段文字。画中的老鼠全都瘦瘦长长的，长长的脚，长长的爪子，尾巴乱蓬蓬的。他们全都穿着人类的衣服，这使他们看起来更加奇异怪诞。

13 原文中的“dress-basket”，指装女人衣物的旅行箱。

14 温德姆·佩恩画了满满一页为过冬打包做准备的配角田鼠们。尽管田鼠顶上的小麦似乎使他们显得更加矮小了，但佩恩还画上了小型家具：一个完美的圆洞看起来像是用机械而不是用爪子挖出来的，还画了形状不错的梯子。四只成年鼠穿戴整齐，其中一只戴着高顶礼帽，穿着黑色燕尾服；一只穿着黑色晚礼服，戴着圆顶硬礼帽；一只穿着运动游艇裤、格子外套，戴着水手帽。还有三只干活儿的田鼠正卷着袖子搬钢琴。如前所述，格雷厄姆起初并不希望他的角色穿得太考究。1913年布兰瑟姆版本出版后，他写信给柯蒂斯·布朗：“如果没有圆顶礼帽和格子马甲，我会感到更加释然。”然而15年后，格雷厄姆对温德姆·佩恩这位年轻插画家亲切起来——他始终如一地将河堤居民们诠释为注重衣着修饰者。

在写给格雷厄姆的信中——由嘉里克文学俱乐部于1927年10月26日转交——佩恩写道：“为您一部作品的最新版本画插图，是我的殊荣……冒昧地问一下，您能否为我在随函所附的书上签个名呢？”

格雷厄姆在1928年1月13日回应道：

> 昨天去镇上，发现你那本《柳林风声》和你的信已经在嘉里克躺了好久了，这让我甚是不安。目前，只有的确有事的时候，我才会去伦敦，碰巧，最近很长一段时间都不需要去……

> 我觉得你灵动的小插画非常有趣，很期待这个版本能大获成功。我发现每个橱窗都摆上了。

15 在《对话和辩证法：〈柳林风声〉中的语言及阶级》中，彼得·亨特指出，河鼠将田鼠正在干的活儿视作一种游戏。

> 因此，在《天涯旅人》这一章中，当河鼠遇到为过冬做准备的田鼠时，我们能看到上层阶级对下层阶级说话的样子。大概是因为乡村的穷人对格雷厄姆并不构成威胁，这个场景显得就像大人在对小孩说话一样。

16 第五章结尾处（见注释51）河鼠睡着的时候，格雷厄姆运用了一个脱粒机的比喻："河鼠爬进床铺，用毯子裹紧自己，马上就睡熟了，就像一捆大麦跌进收割机的怀抱。"

拉克姆忽略了格雷厄姆文中出现的小麦，而佩恩和拉克姆之后的很多插画家都非常重视这个细节（如帕特里克·本森所画的版本）。成熟的小麦正是田鼠必须搬走、租用其他公寓的原因。他们急匆匆地要躲避脱粒机。动物正被机器从栖息的地方挤走，这里的机器之于田鼠，正如汽车之于1908年的英国乡村来说是新事物一样。

17 河堤居民全都住在各自的房子或者洞穴中；资源更少的田鼠则过着一种游牧的生活：他们夏天在此暂住，冬天则搬进合租房或公寓里。

谢泼德也忽略了小麦，在他所画的插画里，田鼠们围着一则广告，广告词是"安家计划"。

18 田鼠赋予了河鼠人性，将其视作人类。

19 在到达意大利湖区之前，燕子很可能在冬天飞越了阿尔卑斯山脉。也许，在所有湖泊中——尤其是在浪漫主义诗人笔下，最有辨识度的就是科莫湖。这个湖在华兹华斯的诗《序曲》中被提到过，从第721行开始：

> 最终，月亮离开我们眼前，
> 依旧高挂在天穹。
> 在如此一个夏夜，
> 这些是我们的食物。
> 月光照耀科莫湖的黄金岁月，
> 环绕湖畔的一切，
> 带给我们
> 无上的美丽、温柔和欢喜。

20 以往的传记作者推测，肯尼斯·格雷厄姆的朋友阿特奇——福伊游艇俱乐部的会长，是河鼠和航海鼠的原型。1904 年 9 月，肯尼斯不顾埃尔斯佩思的想法，与阿特奇一起冒险南下法国，前往西班牙。格林推测，格雷厄姆可能在那个时候就考虑离开埃尔斯佩思了。可阿拉斯泰尔患上了腹膜炎，病情危重，这场旅行被迫中断了。(普林斯,《肯尼斯·格雷厄姆：野外林地中纯真的人》)

21 有足够大的屋檐的理想住所，可保护来访者免受恶劣天气的影响。访客可以坐在屋外，有屋檐遮挡就淋不到雨。

22 该短语“Mountains of the Moon”源自非洲中部白雪皑皑的群山，现已确认是指位于乌干达和扎伊尔之间的鲁文佐里山山脉，据称，雪山融水注入了几个湖泊，乃尼罗河的源头。

理查德·弗朗西斯·伯顿爵士是第一个冒险前往非洲中部去寻找月亮山来源和尼罗河源头的欧洲人。伯顿的冒险编进了《非洲中部的湖区》。伯顿爵士的冒险始于 1855 年，即伯顿和约翰·汉宁·斯皮克结伴从桑给巴尔岛前往坦噶尼喀湖的时候。他们是第一批见到这个湖的欧洲人。由于病得无法继续前行，伯顿留了下来，而斯皮克继续寻找另一个湖——他将其命名为维多利亚湖。维多利亚湖才是尼罗河的真正源头。尽管肯尼斯·格雷厄姆不能经常去旅行，阿拉斯泰尔所在育儿室的图书馆里却摆满了冒险书籍。阿拉斯泰尔在《乐思》上摹写了其中的冒险故事，如《斯芬克斯岛》与《海盗日记里的树叶》。

《牛津英语词典》里也将月亮山定义为“一个非常遥远的地方，远到超出人的想象，远在天涯海角处”，是鸟类迁移的精确距离。

大约在 1911 年，阿拉斯泰尔将他的完整书单列入了学校的分类账簿。这个书单里包含大量冒险类书籍。这份完整书单收录在附录 1 中。

1990 年，三星影业推出了《尼罗河之旅》这部电影，记录了理查德·弗朗西斯·伯顿和约翰·汉宁·斯皮克两个人在寻找尼罗河源头的旅途中的紧张关系。这部冒险 / 历史电影由威廉·哈里森担任编剧，罗伯·拉斐尔森担任导演，讲述了两个男人相遇的故事，描写了他们在困苦中的友情以及回到英国后的疏远。

23 这句话取自于谚语“条条大路通罗马”。该谚语可以追溯到罗马帝国时代，当时所有的道路确实是以罗马为中心向外扩张的。当尤利乌斯·恺撒侵占英格兰时，英格兰南部遍布罗马人于公元前 55 年后修建的道路。道路要修建得尽可能平直并做到点对点连接，以便更好地让士兵通行以及进行贸易往来。最有名的是惠特灵大道。这是一条又长又直的道路，如今仍在使用。这条道路始于肯特海岸，穿过伦敦至莱斯特，随后通往威尔士。之所以修建这条路，是为了让罗马军队一到达就能尽快长驱直入英格兰。

在1920年阿拉斯泰尔自杀之后，埃尔斯佩思和肯尼斯最终南行，去走了这些罗马人修建的道路。他们从1922年的2月起住在意大利，一直住到1924年的春天。

24 1911年，阿特奇溺水而亡。这之后，格雷厄姆给费城的普维斯一家写信追忆阿特奇：

> 我爱阿特奇——也许最主要是出于自私，因为他身上一切特别的“激情”都如此吸引我：划船、波希米亚主义、勃艮第葡萄酒；徒步远足、长途旅行；书籍、绘画；同时我希望并相信，主要也是因为他平和温柔的天性……
>
> 一次又一次，我在想象中走到白宫的台阶，登上我的船只，顺着海堤向河的上游划去，海鸥在上空大声叫着。经过俄国和挪威停泊的高高船只后，到达了美克斯托皮尔。我把船桨放在小小的石头码头，看到阿特奇已经在台阶上等我了。他瘦瘦的，穿着蓝色哔叽衣服，留着伊丽莎白一世时代的发型。你知道，他正在通往上面小房子的小路上溜达。他一直滔滔不绝，带着法式的随心所欲。就在几周前，我收到了他的一封信，讲他们刚刚用过游艇晚宴，他显然还担任会长，还像往常一样心情愉悦。（查莫斯，《肯尼斯·格雷厄姆》）

白宫的台阶就在奎勒-库奇哈文馆旁边的街对面，在福伊旅馆下方很远的地方。

25 彼得·亨特指出，河鼠遇见航海鼠，与《笨蛋俱乐部》里一群在内河航行的孩子遇见一名海上水手相似。该书是创作了《燕子号与亚马逊号》系列丛书的亚瑟·兰瑟姆的第五本书。海上水手向孩子们展示了许多不同打法的航海绳结，就像航海鼠向河鼠讲述所有他曾到过的地方以及游遍各地者的游历文化一样。亨特写道：“当海上鼠说‘从你的体格看，你是一位内河水手’时，他是在承认他们之间深厚的兄弟情。”（《柳林风声：破碎的桃花源》）

26 在1923年之前，土耳其的伊斯坦布尔这座城市曾被叫作君士坦丁堡。这座城市是由罗马皇帝君士坦丁一世在拜占庭（位于色雷斯的希腊殖民地）这个早期殖民地（公元330年）重建而成的。

27 西居尔一世（1103—1130年在位）是斯堪的纳维亚王朝第一位参加十字军东征的国王。1107年，他航海前往巴勒斯坦，途中访问了英国、法国、西班牙和西西里岛。他于1110年抵达巴勒斯坦，受到了耶路撒冷国王鲍德温一世的接待。西居尔一世帮助法兰克人占领了西顿，并把自己的舰队留在君士坦丁堡，将其作为礼物赠送给了拜占庭皇帝亚历克赛·康尼努斯（1081—1118 年在位）。西居尔一世于 1111 年经陆路回到了挪威。

28 另外的版本，e. 247：我有一位（出生在挪威的）祖先，也一道留了下来。

我们可以从手稿上看出，格雷厄姆是很晚才在编辑过程中加上了航海鼠的祖先是挪威人这一事实。据牛津大学沃尔森学院的贾尔斯·E.M. 加斯珀所言，格雷厄姆的航海鼠灵感来自威廉·莫里斯与艾里库尔·马格努森合译的挪威萨迦《耶路撒冷行者西居尔一世的传奇》，而不是来自此前被认定的《沃尔松格的西古尔德》。《耶路撒冷行者西居尔一世的传奇》被列入 1891 年出版的六卷译本中。格雷厄姆在《国家观察家》报写了一篇关于萨迦的文章（1892 年 11 月 5 日）。加斯珀写道，《耶路撒冷行者西居尔一世的传奇》的译文和航海鼠的故事完全一致。在第三章里，西居尔一世率领"60 艘船的船队"离开挪威，当他抵达君士坦丁堡时，"国王西居尔一世告诉他的随从，要昂首阔步进入这个城市，不管看到什么新鲜事物，都要若无其事。他们照做了"。（加斯珀，《肯尼斯·格雷厄姆的〈柳林风声〉和威廉·莫里斯的古挪威译本》）

29 原文中"London River"，指的是泰晤士河。

30 另外的版本，e. 247：好几个月都看不到陆地，~~允许~~食物不够吃。

可能出典于《古舟子咏》：

> 水啊水，到处都是水，
> 船舷全都干缩了；
> 水啊水，到处都是水，
> 没有一滴可以喝。

31 原文中"storm-cone"指为警报大风而升起的锥形帆布。鲁德亚德·吉卜林在 1932 年发表了一首诗，名字就叫"风暴来临"。

32 原文中"Levant"指的是地中海东部沿岸诸国和岛屿。

33 巴恩哈特标题为"阳光灿烂的日子"的彩色插图，是其《柳林风声》版本里最为有名的一幅插图。没有一位画家复制过其画面或色彩。画中场景生机勃勃。画家掌握了分色的技能，使得色调更加丰富。巴恩哈特画的河鼠与布兰瑟姆画的很相像。两个版本的航海鼠都戴着耳饰，穿着打补丁的裤子。

34 原文中"cistern"指的是用来储水的人造蓄水池。

35 佩恩画的航海鼠穿着海军制服，坐在威尼斯的一个咖啡店里，在那里，一名男性吟游诗人向他表演了小夜曲。

关于格雷厄姆在威尼斯所度过的时光，彼得·格林写道："大约在

1890年，格雷厄姆第一次去了威尼斯……某一个夏日，他在利多那一波一波的浅沙滩上赤脚涉水，满脑子想着尤利西斯。格雷厄姆遇见了一个移居海外的英国人。这个人给格雷厄姆一篇最奇怪、最具有启发性的故事提供了素材。”(《肯尼斯·格雷厄姆传》)

这位游历甚广的长者带有“齐普赛街的标志”，是个去过全世界所有集市的男人。他通过传播旅行和海外冒险故事来指导年轻且缺乏经验的人。

36 格雷厄姆写信给费城的普维斯一家时，经常把在福伊的开心事和欧洲南部的乐事混在一起。格雷厄姆狂爱龙虾，在好几封信里都提到过，并且总会向普维斯家的一位仆人杰里致以问候，显然，杰里曾为他们煮过龙虾。

> ……代我问候杰里，我每个周日午餐都会吃一只~~冷的~~龙虾，我会忧伤地想，如果你们全都来这一边会怎样。龙虾可便宜了。(1908年11月3日)

> 随函附上的龙虾是给杰里的，纪念过去那些死得其所的龙虾。哎呀，我现在在这个内陆村庄(布卢伯里)，连一只龙虾的影子都看不到。如果遇上个在丘陵散步的人，我会喜极而泣，上前拥抱他。我会亲切地领着他回家，我们再也不会分开，永远不会，永远不会。(1911年5月15日)

> 请向罗恩小姐致以我们最诚挚的问候，我总是把她与红色的缬草和雷德马尼海湾联系起来。我们也希望向杰里诚挚地问好，如果他知道我有多久没见过龙虾了，他一定会哭的！(1915年2月18日)

福伊北街上的楼梯。“从黑暗的门口朝下面望，可以看到一段石阶披挂着一簇簇的粉红色缬草，一直通向光闪闪的蓝色海水。”

在她的大量来往信件中，斯

托特小姐告知了厨师帕西小姐肯尼斯·格雷厄姆有关龙虾的讯息。

于梅菲尔德，库克姆迪恩，伯克郡
1908年3月21日

亲爱的格雷厄姆夫人：

来信收到。我已转告了帕西小姐龙虾和烈黑啤的事。小老鼠准备了一堆消息要说。昨天我们度过了美好的一天……

关于龙虾和烈黑啤：如果在水里加入一份十二盎司的啤酒用来蒸贝类，会大大提高其风味。

37 西西里岛上的一座城市，以雪利酒闻名，这种酒也叫作巴勒莫。

38 原文中“Happy hunting grounds”是美国原住民用的一种修辞手法，意思是来世或死后的天堂乐土，那里猎物富足，容易狩猎。据《牛津英语词典》阐释，这个短语最早是在19世纪的文学作品中出现的。它出现在詹姆斯·费尼莫尔·库柏所著的《最后的莫希干人》中，钦加哥在他的儿子死后这样说道：“我的弟兄们为什么悲伤？我的女儿们为什么哭泣？一个年轻人是去天堂乐土了呀。”

39 这幅插图是奇怪的，因为两只老鼠明明是同一种族，然而，一只看起来像人类一样，另一只却像啮齿动物。为了使插图具有极佳的质感，布兰瑟姆在树枝和树干下面画上了阴影。缠绕的藤蔓给画面增添了神秘感，暗示有某种看不见的力量抓住了河鼠，使他留在原地。这是因为他怀着渴望，逐渐被酷爱旅行的航海鼠的故事所吸引。

40 在格雷厄姆年轻的时候，阿拉西奥是意大利里埃维拉一个古色古香的小渔村。据彼得·格林所言，在出版《黄金年代》后的1895年2月，格雷厄姆第一次去了阿拉西奥，并在1900年之前至少两次再度光临此地。

41 格雷厄姆在写“shellfish”这个词的时候，既会写在一起，也会分开写。而他的出版商保留了这个不一致性，或者是并没有注意到这一点。

42 另外的版本，e. 247：一根蒜香扑鼻的香肠，（一些平躺在篮子里流着油的奶酪，）一个干草裹着的长颈瓶。

43 葡萄牙沿海城市。波尔图以其最著名的波尔图葡萄酒闻名。

44 航海鼠与柯勒律治笔下年迈的水手很相像：

他目光如炬将人锁，
婚礼宾客悄然停下脚，
好似三岁孩童听他说，

老水手得偿所愿喽。

45 原文中“North-Easter”指的是从东北方位吹来的风或强风暴，多发于美国东部，在那里，通常叫东北风。据《牛津英语词典》释义，“northeaster”这个词是经由L.卡特1770年保管的日记而收录进英语词汇中的。

46 有一句渔民的谚语，可能是源自《马太福音》第16章第2—3节：“夜空红彤彤，水手兴冲冲，早晨天色红，水手心忡忡。”莎士比亚在《维纳斯和阿多尼斯》里运用了这一意象：“就像红色的朝霞 / 预示海上船要沉，地上风雨至 / 鸟儿会悲鸣，羊倌会伤心 / 凄风苦雨将侵害牧人和牧群。”太阳升起时天空呈现红色，意味着太阳正在反射来自西方的暴风雨裹挟而至的空气中的尘埃和水。夜晚的红色天空表明来自西边的高气压和稳定空气。正如格雷厄姆文中所说，好天气很可能会随之而来。

47 原文中的“caique”指轻舟或小帆船，由一名或多名桨手来划动。

48 当阿拉斯泰尔12岁的时候，肯尼斯·格雷厄姆给他写信描述了一次寻宝。信的全文见“信件”部分里面的《寻宝记》。

49 原文中的“hawser”指用来系泊较大的航海船只的粗绳或细缆，由任意纱织的纱线均分后捻成三股粗线。

50 这个描写听起来像是在形容格雷厄姆去度假的那个福伊镇。在写给奥斯汀·普维斯的一封信（1911年5月15日）中，格雷厄姆详细地描述了这个小镇：

> 乍一见，眼前便是小镇自身、港口以及河流古色古香的魅力。比以往都大的汽船开到这么个脏乱的地方。这一天电能满满，不分白天黑夜地干活儿。福伊是繁荣的，新的房子一直在造，建到了海王星海岬的边缘，但是，码头、老城和港湾依然如故，还是同样满地淤泥、鱼头和内脏……小老鼠立刻与福伊（奎勒-库奇）交上了朋友，两人经常一起喝茶、散步，远足至一派繁荣的农场——那里有普利安酒窖。一个周日，我们带着很大的午餐篮，一起去那里野餐。除了猪肉布丁和别的好东西之外，那里的黄水仙和报春花开得正欢，还有三艘外国船只——是丹麦和挪威的船，正好停泊在我们下方。船来船往，一派热闹繁忙的景象。（查莫斯，《肯尼斯·格雷厄姆传》）

格雷厄姆提到的农场是福伊河东岸延伸出来的一片河滨地区，为奎勒-库奇所有，并由他耕作。“普利安酒窖”或“普赖姆斯酒窖”是一家可追溯到1600年的老酒馆，只有乘船才能到达这个地方。

51 关于瘟疫是由寄居在老鼠身上的跳蚤传播的这一实情，格雷厄姆从来不谈。

大量黑家鼠——即屋顶鼠，随着商船来到了英国，造成了好几波灾难性的瘟疫。然而，航海鼠很可能是褐鼠，即褐家鼠，也叫挪威鼠，常被称作码头鼠。褐鼠并不是鼠疫杆菌的携带者。细菌经跳蚤叮咬传播后会导致三种瘟疫：腺鼠疫、肺鼠疫和败血型鼠疫。

发源于亚洲中部的腺鼠疫，于1347年踏过君士坦丁堡之前，已导致大约2500万人死亡。该瘟疫由黑家鼠携带着蔓延至地中海，黑家鼠经由诸如那不勒斯、威尼斯等港口到了船上。1348年的6月，巴黎被瘟疫侵袭。人口过度拥挤、卫生设施贫乏，加上温暖的夏季气候，使得城市地区十分适于疫情的传播。第一波瘟疫被称为黑死病。1348年，当一名来自布里斯托的水手在多赛特海岸上岸时，黑死病来到了英国。1349年，英国有四分之一至三分之一的人口死于第一波传染。伦敦的贫民窟是疫情最为严重的地方。当瘟疫盛行时，城门被关闭了。只有那些拥有市长大人签发的健康证明的人才被允许离开。在当地教堂墓地看到多达100人的大规模葬礼并非罕见。

英国鼠疫最终衰退有两个因素：1666年的那场大火。在那场大火中，伦敦大部分地方都被彻底焚毁——包括贫民窟和其他老鼠出没之地，不得不进行重建；另一个因素是体型更大的褐家鼠的最终入侵（挪威鼠，或者说褐鼠，天生会霸凌黑家鼠，最终取而代之，占领它们的栖息地）。

52 绞盘：船舶甲板上的一种垂直轮轴机械装置，用于起锚和吊起沉重的帆。绞盘是一种手动装置，由一群人来转动——为了将缆绳缠绕在绞盘的圆柱体上，他们要绕着这个装置走。

53 三角帆：三角形的船帆，一般从大型船只的第二斜桅的外端拉至前中桅顶端，用较细的缆绳从船首斜桅拉到桅顶。前桅帆：是设置在前桅的最主要的船帆。在横帆式帆船上，是指前桅上最下面的正方形船帆；在纵帆式帆船上，是指桅杆前的三角形船帆。(《牛津英语词典》)

54 另外的版本，e. 247：海港旁边白色的房子将会~~开始~~慢慢滑过视线。

哈文馆旁颜色鲜艳的白宫之所以如此命名，是因为进入福伊港时，它是视野内的第一座房子。

55 贺拉斯的《颂诗集》第一部第十一首第七、八行：“时间，从闲聊中溜走；活在当下，勿寄望于明天。”

航海鼠是在告诉河鼠，人生苦短，马上行动，“活在当下”。

——J. J.

56 原文为“blithesome”，令人愉悦的意思。

57 “戏收场了”（Acta est fabula 或 the play is over），是希腊或罗马戏剧表演的通知，也是奥古斯都大帝临终前吐露的话。威廉·莎士比亚笔下的福斯塔夫也在《亨利四世·上篇》第二幕第四场第四百八十四行里说道：“把戏演完!”

58 河鼠被南方的召唤所迷住，与蟾蜍为汽车的魔力而倾倒，二者如出一辙。

59 原文中的“ricks”，是指成堆收割的干草、玉米、豌豆、小麦等。

60 另外的版本，e.247：和（酿制）~~制作~~甜酒。

甜酒是一种甜味蒸馏酒。甜酒一向被认为是药用的，通常由葡萄酒或白兰地制成，并加以香草和糖调味。《牛津英语词典》将其描述为“强健心脏并促进血液循环的药物、食物或饮料；一种令人宽慰、使人兴奋的饮料”。

61 鼹鼠明白过来了——诗歌可以治愈河鼠的旅行癖。鼹鼠鼓励河鼠写诗，是为了让河鼠重回河岸生活。

第十章　蟾蜍历险后记[1]

树洞口正朝向东方，所以蟾蜍很早就醒了。部分原因是明亮的阳光洒进来，照到了他的身上；部分原因是他的脚指头[2]被冻疼了。因为脚冷，他梦见在一个寒冷冬夜，自己睡在漂亮的家里，那个家装有都铎式的窗子。他的被褥从床上跑掉了，抱怨说太冷了，他们再也受不了啦，全都跑到楼下的厨房烤火取暖了。蟾蜍光着脚[3]跟在后面，穿过好几里长冰凉的石头路面，又是劝说又是恳求，要被褥长点脑子。要不是他好几个礼拜都睡在石板上面的干草堆里，[4]几乎忘记厚厚的毯子拉到脖子的美妙感觉，他或许还会醒得更早。

坐起身后，他先揉揉眼睛，再揉揉抱怨连天的脚指头。他四处张望，想要看那熟悉的石墙和装了铁栅栏的小窗，有那么一会儿，他不清楚自己这是身在何处。接着，他心头一跳，一切都想起来了，他越狱、逃跑，遭人追捕，最重要的是，他自由了！

自由！光是想想这个字眼，就值五十条毯子。想到外面的欢乐世界，他从头到脚都暖乎乎的。外面的世界正热切地等待他凯旋，准备好了款待他、讨好他，急于要帮他的忙、陪伴着他，就像他遇到不幸之前的那些好日子一样。他抖抖身子，用手指梳理掉头发上的枯叶。[5]梳好之后，他开步走进清晨舒适的阳光里，虽然寒冷，但是满怀信心，虽然饥饿，但是充满希望。歇过了，睡过了，加之阳光明媚喜人，昨天的紧张与恐惧彻底散去了。

在那个初夏的早上，整个世界都属于他。穿过挂着露水的林地时，里面一派孤独静谧的气息；林地外面，绿色的田野也都属于他，随他怎么撒欢儿；他走上大路，到处一片凄清，大路像是一条迷途的老狗，急于找个同伴。[6]然而，蟾蜍要寻觅的是个会说话的，好告诉他该往哪里走。一个人如果心情愉快，没干亏心事，口袋里装着钱，不被人四处追捕，不会再被丢进监狱，那么随便走哪条路，管他去哪里，一切都好说。但是，现实摆在面前，他不能不在乎。每一分钟对他都非常重要，可是这条路却沉默不语，根本都帮不上忙，蟾蜍恨不得朝它踢上几脚。

这条乡间的路静默不语。很快，它羞涩的运河小兄弟就来跟它会合了。[7]运河小弟对大路充满信赖，牵着大路的手，在它身畔缓步而行，但对陌生人则拙口笨舌、拒绝沟通。“该死！”蟾蜍自言自语道，“不过，不管怎么说，有一点是清晰的。它们一定都是从某个地方来，再到某个地方去。你想得通吗，蟾蜍好小伙？”于是，蟾蜍耐下性子，顺着河边大步朝前走。

拐过一个河湾，一匹孤单的马走了过来。那马弓着身子，像是焦虑地想什么心事。马项圈的缰绳连着一根长绳，绷得紧紧的，马朝前迈步的时候，绳子就会浸湿，[8]绳子另一头，珍珠般的水滴一滴一滴地掉落下来。蟾蜍站住脚让马先过，一边等着看命运会给他带来什么。

一艘驳船从蟾蜍身边滑过，钝钝的船头在平静的水面上激起一个可爱的漩涡。[9]船舷上沿漆得分外鲜艳，与纤道齐平。[10]船上只有一个大胖子女人。她头戴着一顶亚麻布遮阳帽，一条健壮的手臂搭在舵柄上。[11]

“多美的早晨啊，太太！”她开船过来，与蟾蜍平行，打着招呼。

“我敢说，没错，太太！”蟾蜍沿着纤道与她并排前行，礼貌地回答，“我敢说，对于那些没遇上烦心事的人来说，的确是个美好的早晨，而我却遇上了大麻烦。我跟你说啊，我那出嫁的女儿寄来一封信，十万火急，让我马上去她那里一趟。我就这样出来了，不知道她出了什么事，或是要出什么事，就怕出最坏的事。要是你也是当妈的，你肯定明白我的心情，太太。我丢下自己的活计不管——你想必知道，我是个洗衣工，我丢下几个小不点儿在家，让他们自己照料自己，没有比那几个小淘气包更顽皮更能惹事的了，太太。我钱丢了个精光，又迷了路。至于我那出嫁的女儿会出什么事，太太，我连想都不敢想啊。”

“太太，你那出嫁的女儿住在哪里啊？”[12] 船妇问。

“她就住在河边，太太。”蟾蜍回答，“离一个叫作蟾府的地方不远。就在这附近的一个地方。你兴许听说过？”

“蟾府？哎呀，我就是要去那边。”船妇回答，“再走几里路，这条运河就与一条河交汇了，到了那里，蟾府也就不远了，路也就好走了。上船吧，我捎你一程。”

她把船靠近河岸，蟾蜍再三致谢，轻快地跳上船，心满意足地坐了下来。“蟾蜍又走运啦！”他想，“我总是会有出头之日的。”

“这么说，你是做洗衣服的营生，太太？”船向前滑行，船妇礼貌地说，“你干这一行可真不错，我敢说。我这么说不过分吧？”

“是全国最好的营生！”蟾蜍得意扬扬地说，“所有上流人物都去找我，别人就是倒贴，他们也不会去。他们太了解我啦。要知道，我可是个大行家，清洗、熨烫、上浆，打理绅士晚宴穿的上好衬衫，全靠我自己，一切都得在我眼皮子底下进行。”[13]

“不过，你肯定不亲自做那些活计吧，太太？”船妇毕恭毕敬地问。

“噢，我有女工，”蟾蜍轻快地说，“一直在干活儿的，大约二十个。不过，太太啊，你懂的，她们那种姑娘！下流的小贱人，我就这么叫她们的。”[14]

“我也这么叫她们！”船妇发自肺腑地说，“但是我敢说，你一定把那帮小贱人收拾得服服帖帖的。你很喜欢洗衣服吗？”

“我爱洗衣服！”蟾蜍说，“我简直爱不够。没有什么比两条胳膊泡在洗衣盆里更快活了。而且，洗衣服对我来说就是小菜一碟，一点都不麻烦。我给你打包票，太太，那是真正的享受啊。”

“遇到你可真幸运啊！”船妇带着沉思说道，“我们两个都撞大运啦！”

“啊，你这话什么意思？”蟾蜍紧张地问。

船妇回答：“嗯，你瞧瞧我，正跟你一样，我也喜欢洗衣服。说到这一点，不管喜欢不喜欢，我自己的衣服，当然都必须自己洗，走到哪里洗到哪里。[15]我丈夫那个家伙可是个懒虫，把这个船也交给我了，这么一来，我根本没工夫操自己的心了。按说，他应该在船上，或者掌个舵，或者照管马。幸亏这马够懂事，可以自己管好自己。我丈夫呢，跟狗一起出去了，指望着能在哪里抓只兔子当晚饭。[16]他说，他会在下一个船闸那里追上我。好吧，也许吧——只要他跟那只狗一起走，我就信不过他。那狗比他还不是东西。他不在，我可怎么洗衣服呢？”

“噢，何必老是在意洗衣服的事？”蟾蜍说，他不喜欢这个话题。“只管去想那只兔子吧，我相信，那兔子肯定很不错，又肥又嫩。有洋葱吗？”[17]

“除了洗衣服，我没办法想别的。”船妇说，“我就奇怪了，眼前明明有个美差，你在船舱的角落里就能找到我一大堆衣服，你怎么可以一直说什么兔子呢？要是你拿两件急需洗掉的——我不敢跟你这样的太太细说，你一眼就看得出什么该洗，[18]我们一边走，你一边把它们放进洗衣盆，哎呀，就像你说的，你喜欢洗衣服，也是帮我的大忙。你手边就是洗衣盆，还有香皂，炉子上有水壶，还有一只桶，可以从河里打水。那么，我知道，你就会快快活活的，而不是这么傻坐着，看着风景哈欠连天。”

“嘿，我来掌舵吧。”蟾蜍说，这会儿，他可吓坏了。“这样你就可以洗衣服了，想怎么洗怎么洗。我可能会洗坏你的衣服，或是洗得不如你意。我习惯洗男装。我的专长是洗男装。”

“让你掌舵？”船妇哈哈大笑着说，“要想开好驳船，那可得好好练习才行。[19]再说了，这活儿没啥意思。我想让你高高兴兴的。不行，你喜欢洗衣服，你还是去洗衣好了。掌舵我熟悉，还是我来干吧。我想让你好好享受洗衣的乐趣，你可别让我心意落空啊。”

谢泼德所画的洗衣盆旁的蟾蜍，1931年

南希·巴恩哈特所画的关于蟾蜍和船妇的钢笔画插图（1924 年）。“肥皂已经掉了五十次。”第一个画船妇的人是巴恩哈特，她画了一幅关于船妇和洗衣盆旁的蟾蜍的钢笔画插图。谢泼德画的洗衣盆旁的蟾蜍的小幅插图里，并没有出现在一旁唆使的船妇。他设法表达蟾蜍极度悲惨的境遇，这样画反而更能达到预期的效果。不像巴恩哈特的插图，谢泼德的画不需要文字说明

蟾蜍彻底没辙了。他想夺路而逃，可他发现离岸太远，跳不上去。他满脸愠怒，只好听天由命。“我认为，傻瓜也会洗衣服。”

他从船舱里拿了洗衣盆、肥皂还有其他必需品，随手抓了几件衣服，拼命地回忆偶然从洗衣房的窗子瞥到的景象照葫芦画瓢。

半个小时过去了。这半个小时耗时太久了。每过一分钟，蟾蜍的怒火就蹿升几分。无论怎么做，他好像都无法取悦那些衣物，无论怎么做，他好像都伺候不好他们。他拼命哄拼命拍，接着又拼命捶，可他们在盆子里面冲他微笑，还是那副老样子。有一两回，他紧张兮兮地回头去看船妇，可她似乎一直看向前方，一门心思都用在掌舵上。蟾蜍腰酸背痛，他沮丧地看到他的两只爪子都泡得皱巴巴的了。[20] 蟾蜍其实很为他的爪子感到骄傲。他低声嘟囔着一些不该是洗衣妇也不该是蟾蜍说的话。肥皂已经掉了五十次。

一阵笑声响起，蟾蜍不由得直起身子，扭头一看，只见船妇正无法控制地仰天大笑，笑得眼泪都从腮上滚了下来。

“我一直都在观察你，”她喘息着说，“看你说话那副自高自大的架势，我就想，你肯定是个骗子[21]。你这个洗衣妇可真是好样的！我敢打赌，你这辈子连块抹布[22]都没洗过。”

蟾蜍的怒气早就噌噌噌往上蹿，现在彻底爆发了。他完全失控了。

“你这平庸下贱的胖船妇！”他大喊，“竟敢跟老子这么说话。我告诉你，我是大名鼎鼎的蟾蜍，人人尊敬的高贵的蟾蜍！眼下，我可能有点倒霉，可我不会让一个船妇嘲笑我的。”

那女人凑近他，朝着他的遮阳帽下细细打量。“哎呀，真的是只蟾蜍！”她喊道，“真想不到！在我漂亮干净的船上，[23] 竟然有

佩恩画的船妇，1927 年

只又吓人又恶心的蟾蜍！我可不能让蟾蜍待在我的船上。”

她放下手里的舵柄。一只长满斑点的粗大的胳膊闪电出击，抓住了蟾蜍的一条前腿，另一只胳膊紧紧攥住他的一条后腿。接着，世界突然颠倒了。驳船好像轻快地划过天空，风在他耳边嗖

谢泼德画的船妇，1953 年

嗖响。蟾蜍发现自己“嗖”地飞上半空，一边飞，一边快速打转。[24]

他“扑通”一声掉进水里，溅起巨大的水花。河水很冷，但还没冷得足以浇灭他的傲气、平息他的盛怒，不过倒也合他口味。他噼里啪啦地拍打着浮出水面。他抹掉眼睛上的浮萍，一眼看到的就是那个胖船妇。她正回头看他，放声大笑。蟾蜍呛咳不止，发誓要报仇雪恨。

蟾蜍拍打着水面向岸边游去，可那棉布袍子却束手束脚。[25]终于摸到河岸的时候，他却发现，如果无人相助，得费大力气才能爬上陡峭的河岸。他上岸后稍微歇上一两分钟，这才喘过气来。他随即把湿漉漉的袍子抱在臂间，撒开两腿就去追那驳船。他气疯了，一心盼着报仇。

蟾蜍追到与船并排时，船妇仍在哈哈大笑。她大喊道：“洗衣

谢泼德画的偷马贼和船妇，1931 年。

婆，把自己塞进轧布机[26]里，再拿熨斗熨熨你的脸，熨出褶子来，你就是个得体的蟾蜍啦。”

蟾蜍没有停下来答话。他一心只想好好报仇，而不是毫无价值的轻飘飘的口头胜利，虽然他也有一两句话可以回敬过去。该怎么做他已经心中有数。他飞奔向前追上那匹马，解开纤绳丢到一旁，轻快地跳上马背，两脚猛地朝马肚子踢去，催那马儿快跑。他离开纤道，策马朝旷野奔去，跑上一条布满车辙的小道。待他回头再看，驳船已在运河的对岸搁浅了。船妇疯了一般打着手势，狂叫道：“站住，站住，站住！”[27]蟾蜍哈哈大笑：“我以前听过这首歌。”他说着，继续不顾一切地策马狂奔。

拉船的马匹缺乏持久力，不久就从快跑变为慢跑，从慢跑变成缓缓散步。[28]但是蟾蜍对此非常满意，他知道不管怎样自己都是在前行，而驳船却寸步难行。他的怒气平息了。他觉得自己实在是干了一件聪明的事。阳光照耀下，走在偏僻的小径和马道上，他感到心满意足，只想忘掉好长时间都没好好吃上一顿饱饭了。运河被远远甩在了身后。

他和马儿一直走了好几里路，阳光灼热，他感到昏昏欲睡。马儿突然停下脚步，低头啃起草来。蟾蜍这才醒过神，差点就掉下马去。他四下里一看，发现自己正在一片开阔的公地上。一眼望去，地面上点缀着一丛丛的金雀花和荆棘。不远处，停着一辆破旧的吉卜赛人大篷车[29]，车旁有个男人坐在倒扣着的桶上，正忙着抽烟，眼睛盯着辽阔的世界。[30]旁边生着一堆火，枝条在燃烧，火上吊着一只铁罐，铁罐子咕嘟咕嘟地冒着泡。一股淡淡的蒸汽，令人浮想联翩。香味温暖、浓郁，变幻不已，种种味道混合杂糅在一起，最后汇成一种完美而诱人的香味，闻起来就像是

拉克姆画的马和吉卜赛人，1940 年

把大自然的魂魄赋了形，在自然之子面前出现了真正的女神——一个带给孩子抚慰的妈妈。[31] 蟾蜍现在才彻底明白，他以前从不曾真正地饿过。白天他感觉到的饥饿，只不过是微不足道的眩晕罢了。这下，真正的饥饿感终于来了。没错，而且要快快开吃，不然会出事的。蟾蜍仔细打量了一下吉卜赛人，吃不准武力解决与甜言蜜语哪个更好些。于是他坐在马上，不停地吸着鼻子，看着吉卜赛人；吉卜赛人坐着抽烟，看着他。

过了一会儿，吉卜赛人把烟斗从嘴里拿了出来，漫不经心地说："你那马是要卖吗？"[32]

蟾蜍大吃一惊。他不知道吉卜赛人喜欢买卖马匹，从不错过任何机会。他也从没想过大篷车要一直走动，需要马儿拉着。他从没动过拿马换钱的念头，但吉卜赛人的提议，似乎为他渴盼的两样东西排除了障碍。他想要现金，还有一顿不错的早餐。

"什么？"他说，"要我卖了我这匹年轻漂亮的马儿？噢，不卖，绝对不卖。卖了它，谁给我的主顾送洗好的衣服呀？再说了，我很喜欢这匹马，他也特别喜欢我。"

"试着去爱一头驴吧，"吉卜赛人如此建议道，"有些人就是喜欢驴。"[33]

蟾蜍继续说道："你好像没看出来我这马有多好，纯种马，部分是，当然不是你看到的那部分，是另外一部分。他还得过哈克尼表演奖呢。[34]那时你还没见过他呢。不过，你如果懂马，一眼就能看出来。不，你想买马？想都不要想。话虽这么说，想买我这么年轻这么漂亮的马，你能出什么价？"

吉卜赛人把马儿仔仔细细地打量一遍，又仔仔细细地把蟾蜍打量一遍，然后看向那匹马。"一先令一条腿。"他简短地说了一句，就转身走开，继续抽他的烟，继续盯着那辽阔的世界，好像要看得它不好意思起来。[35]

"一先令一条腿？"蟾蜍大喊，"请稍等一下，我先算算，看看一共是多少钱。"

他爬下马，随它去吃草，自己则坐到吉卜赛人身边，扳着手指算起来。他终于开口了："一先令一条腿？天哪，一共只有四先令，再没更多了。不行，四先令买我这么漂亮这么年轻的马，我接受不了。”

“好吧，”吉卜赛人说，“这样好了，我给你五先令，比起这牲口的价值，我还多出了三先令六便士。这就是我最终的出价。”

而后，蟾蜍坐着苦苦想了老半天。他身无分文，饥肠辘辘，回家还有一段路——他不知道还有多远，敌人可能还在搜寻他。对于一个陷入这种境地的人而言，五先令或许看起来就是一大笔钱。可从另一方面说，五先令卖一匹马委实太便宜了。再转念一想，这马又没花他什么本钱，所以到手的是净利润。最后，他坚定地说：“听我说，吉卜赛人！我说一下我的想法，也就是我的底价。你给我六先令六便士，现金；另外，还有一点要说，[36]你应该再管我一顿早饭，我想吃多少就吃多少，当然是一口气吃完。就是你那个铁罐里一直冒着香气的馋人的东西。我呢，就把我的又年轻又欢腾的马儿给你，所有漂亮的马具、装饰也免费送给你。如果你还觉得不行，恕我直言，那我就要走啦。我认识附近的一个男人，他几年前就想买我的马了。”

吉卜赛人吓人地咕哝着，宣称如果再多干一笔这样的生意，他就要破产啦。不过，他还是从裤袋最里面掏出了一个脏兮兮的帆布包，数了六先令六便士出来，放到蟾蜍的爪子里。然后，他钻进了大篷车。过了一会儿，他拿出了一个大铁盘，还有一套刀、叉、勺。他歪起铁罐，美妙的杂烩汤便咕嘟嘟地流到了铁盘里，热腾腾，油汪汪。这真是世界上最美的杂烩汤，汤里有松鸡、野鸡、家鸡、野兔、家兔、雌孔雀、珍珠鸡，还有一两样别的。[37]蟾蜍把铁盘放在膝盖上，差点哭出来。他拼命地塞，不停地要。吉卜赛人也不小气。蟾蜍觉得，他这一辈子都没吃过这么好吃的早饭。

吃饱喝足之后，蟾蜍起身向吉卜赛人道再见，并充满深情地跟马儿告了别。吉卜赛人对沿河地段非常熟悉，给蟾蜍指了路。蟾蜍再次出发，心情好到无以言表。和一个小时之前相比，他真的是脱胎换骨。明媚的阳光照耀在身上，他湿漉漉的衣服差不多干了。他口袋里又有了钱[38]，离家和朋友越来越近，也越来越安全。最重要也最棒的是，大吃一顿热乎乎的营养餐之后，他觉得身强力壮起来，不发愁了，也有信心了。

他高高兴兴地往前走，回想自己的冒险和逃生，好像每次都能绝处逢生。想到这里，骄傲自大又开始在体内膨胀。“嗬！嗬！”他朝前走着，下巴高高扬起，对自己说，“蟾蜍我好聪明啊！整个世界上，没有任何动物能跟我比！敌人把我关进监狱，四周设满岗哨，卫兵日夜看守，我勇敢，有本领，从他们眼皮底下逃了。他们开着火车追我，警察和手枪呃，我朝他们弹着响指，哈哈大笑，突然不见了踪影。不幸的是，我被一个又肥又坏的女人扔进了河里。那又怎样？我游到岸上，抢了她的马，得意扬扬地骑跑了。我卖了马，换了满满一口袋钱，吃了美美一顿早饭。嗬！嗬！我是蟾蜍，英俊的蟾蜍，功成名就的蟾蜍！”他自高自大，膨胀极了，一路走一路唱着赞美自己的歌。虽然除了他自己，没有一个人会听到，但他还是飙着最高音。这首歌，或许是动物界所创作的最能自吹自擂的一首歌：

世上许多大英雄，
史书上面留影踪。
说到名声永流传，
蟾蜍当为第一名。

牛津学子真聪明，
无所不知传美名，[39]
比起才子蟾先生，
人人都得处下风。

动物方舟里面哭，
泪如泉涌哗哗流。
一声“前面就是岸”，
鼓舞人心是蟾蜍。

军队迈步街上行，
忽然齐齐把礼敬。[40]
国王还是基钦纳？
是我蟾蜍大先生。[41]

王后带着众侍女，
安坐窗前密密缝。
她喊：“美男是何人？”
众人答曰蟾先生。

诸如此类的歌编了很多，但是都太过骄傲自大，不好写出来。这些还算是比较克制的了。

蟾蜍边唱边走，边走边唱，时时刻刻都在自我膨胀。不过，他的骄傲很快就遭到了沉重的打击。

在乡间小路走了几公里后，蟾蜍上了公路。他一脚踏上公路，看向白色路面时，就看到了一个小点，小点越来越近，变成圆点，接着变成一大团，然后变成他非常熟悉的一样东西。只听耳边两声鸣响，如此熟悉，如此悦耳。

“就是这感觉！”蟾蜍大叫，“这才是真正的生活。我又回到了这个伟大世界。我失去太久了。我要跟他们打招呼，跟我那些开车的哥们儿打招呼。我要跟他们编个故事，就像我一直编的那种让我畅通无阻的故事一样。他们自然会捎我一程；我呢，再给他们多讲几个故事。幸运的话，也许我最终会开着汽车回到蟾府。在獾的眼里，我可就是个人物了。”

他满怀自信，走到路中间去喊住那辆汽车。车子轻松驶来，在靠近小道的时候放慢速度。突然，蟾蜍的脸变得苍白，心一下子凉了，膝盖抖抖索索，站立不稳，五脏六腑都恶心绞痛。他弯下身子，整个人都瘫软了。不幸的家伙，他怎么能不吓成这样，因为开过来的正是他从红狮饭店偷走的那辆车！正是那倒霉的一天，惹来一连串的倒霉事。车上坐着的，正是他在咖啡室吃午饭时看到的那帮人。

蟾蜍瘫倒在路上，成了可怜兮兮的一堆破烂。[42] 他绝望地喃喃自语道：“一切全完啦！现在一切都结束了。又是镣铐、警察和监狱！吃干面包，喝冷水。天哪，我可真蠢哪。我干吗要在乡下走得大摇大摆？我干吗要得意扬扬地唱歌？我干吗要大白天上公路拦车？我本该藏起来，等天黑以后走僻静的小道悄悄溜回家！天哪，倒霉的蟾蜍！不幸的家伙！”

那辆可怕的汽车越开越近，最后他听到车子就在他身边停了下来。两位绅士走下车子，绕着路上哆哆嗦嗦、缩成一团的可怜东西打转。其中一个说："天哪，真够可怜的。原来是个可怜的老太太，[43]看得出她是个洗衣妇。她昏倒在路上啦！可能中暑了，真可怜。也许她今天没吃东西。我们把她抬上车，送到最近的村子去吧，那里一定有她的朋友。"

他们把蟾蜍轻轻地抬上车，让他靠在柔软的垫子上，又继续上路了。[44]

蟾蜍听他们说话那么和善，富有同情心，知道自己没有被认出来。于是，他的勇气又回来了。他小心翼翼地先睁开一只眼睛，然后睁开了另一只。

其中一个绅士说："瞧，她已经好些了。新鲜空气对她有好处。太太，你感觉怎么样？"

"谢谢你们，好心的先生，"蟾蜍声音虚弱地说，"我感觉好多啦。"

"那就好，"绅士说，"现在不要动，关键是不要说话。"

"我不说话，"蟾蜍说，"我只不过在想，我能不能坐在前面的座位上，司机旁边的位子，坐在那里，新鲜空气可以吹个满脸，我很快就会好啦。"

"这女人脑子真好使！"绅士说，"你当然可以坐前面。"于是，他们小心地帮着蟾蜍挪到司机旁边的位子上，又继续上路了。

蟾蜍这会儿差不多已经恢复如常。他坐直身子，朝四下里看看，拼命抑制住战栗的感觉。一种渴望——以前对汽车的渴望——升腾而起，将他包围，并彻底将他占据。[45]

"这就是命！"他对自己说，"何必要苦苦挣扎？"他向身边的司机转过脸去。

他说："先生，请你行行好，让我开一会儿车。我一直仔细观

E.H. 谢波德画的解救扮成年长洗衣妇的蟾蜍，1931 年

察你开车，看起来很简单，很有趣。我真想告诉我的朋友们，我也开过汽车。”

听了这个提议，司机哈哈大笑。他笑得那么开心，刚才那位绅士不由得问他是怎么回事。绅士听了以后，说了句让蟾蜍大为欢喜的话：“好哇，太太！我喜欢你这股劲儿。让她试试。你关照一下。没什么坏处。”

蟾蜍迫不及待爬进司机让出的座位上，手握方向盘，假装虚心聆听司机的指教，开动了汽车。起初，他开得很慢，很小心。他决定谨慎行事。

后面的绅士“啪啪啪”鼓起掌。蟾蜍听到他们说：“她开得多好啊！没想到一个洗衣妇第一次开车，能开这么好。”

蟾蜍开得快了一些，又快了些，再快了些。

他听到绅士大声提醒：“当心啊，洗衣妇！”这触怒了他，他开始丧失理智。

司机打算进行干涉，但他用胳膊肘把他挡在座位上，然后全速前进。风呼呼地吹到脸上，马达声嗡嗡响，身下的汽车轻微地颠簸着，这一切让他软弱的大脑陶醉不已。他满不在乎地大喊：“洗衣妇？才不是呢！嗬，嗬，我是蟾蜍。偷车贼，越狱犯，总能逃脱的蟾蜍。坐好了，你们会知道，开车到底是怎么回事，因为你们现在是在我蟾蜍手里，我大名鼎鼎，技术超群，天不怕地不怕。”

随着一声惊叫，全车人都站起来朝蟾蜍身上扑去。“抓住他！”他们大喊，“抓住蟾蜍，这个偷我们汽车的坏家伙。把他捆起来，戴上锁链，拖到最近的警察局！拿下这只危险又不要命的蟾蜍！”

哎呀！他们本该想到应该谨慎行事，他们本该记住要先停车再这么干。蟾蜍转了半圈方向盘，汽车呼地一下穿过路边的灌木篱墙，而后猛地弹起，伴着剧烈的震动，四只轮子就掉进了饮马池，搅得烂泥飞溅。[46]

蟾蜍发现自己猛地向半空冲去，像燕子一样划过一道优美的弧线。他喜欢这个动作。他正在琢磨是不是可以一直飞，直到长出翅膀变成蟾鸟时，突然，“砰”的一声，他仰面朝天地撞到地上，摔进了柔软茂密的草丛里。他坐起身，只见池子里的那辆汽车快沉下去了，绅士和司机都被长大衣绊住，正无可奈何地在水里挣扎。

他连忙爬起来，撒开脚丫拼命跑过荒野，钻过树篱，跳过沟渠，跑过田地，直到累得上气不接下气，这才放慢步子，缓缓前行。等到喘息稍微平复，能冷静地思考了，他开始咯咯咯地笑，从咯咯咯变成哈哈哈，笑得他只好一屁股坐到树篱下。“嗬！嗬！”他无法自控地自我崇拜着，不由得大声喊着，“蟾蜍又赢了！蟾蜍蟾蜍总是顶呱呱！是谁，让他们捎一程的？是谁，想出呼吸新鲜空气的妙计，坐到了前面？是谁，说服他们让我开车试试的？是谁，把他们统统摔进了饮马池？是谁，毫发无伤腾空飞起、高高兴兴逃走了，把那帮心胸狭窄、怀恨在心、胆小如鼠的游客丢在他们本该待的烂泥里？哎呀，当然是蟾蜍啦！聪明的蟾蜍，伟大的蟾蜍，好心的蟾蜍！”

接着，他又扯着嗓门儿，放声高歌：

小汽车，噗噗响，
飞快跑在大路上。
谁人开车进池塘？
当为天才蟾蜍郎！
噢，我多聪明！
多聪明呀
多聪明
多聪——

一阵轻微的喧嚷从身后传来，蟾蜍扭头一看。哎呀好可怕！哎呀太惨啦！哎呀完蛋啦！

大约隔着两块田地，只见一个穿着长筒靴的司机和两个大块头的乡村警察，正向蟾蜍拼命追来。

可怜的蟾蜍拔脚就逃，心都提到了嗓子眼儿。“噢，老天！”

他气喘吁吁地跑着，“我可真是头蠢驴！一头自高自大的蠢驴，一头冒冒失失的蠢驴。我又吹牛了，[47] 我又大喊了，我又唱歌了！我又坐着不动瞎扯了。噢，老天！噢，老天！噢，老天！”

他回头扫了一眼，沮丧地发现，追兵就要赶上他了。他不顾一切地向前跑，不停地回头望，看到他们不断地往前赶。蟾蜍拼命跑，可他腿短身材胖，他们到底还是追上来了。现在，他听到他们就在身后。他顾不上是往哪个方向跑，只管发疯般地瞎跑。他回头望了一眼胜利在望的敌人，突然脚下踩空了，朝空中乱抓几下，随即“扑通”一声，一个倒栽葱掉进了深水里。流水湍急，以无可抗拒的力量把他带走。他这才知道，他惊慌失措地瞎跑时，竟然一头扎进了河里。

他浮出水面，想要抓住河沿长着的芦苇和灯芯草，但是水流很急，把芦苇和灯芯草从他手里冲走了。“噢，老天！”蟾蜍喘息着，

谢泼德画的蟾蜍逃跑，1931 年

佩恩画的蟾蜍逃跑，1927 年。与谢泼德插图里的紧张气氛相反，在佩恩的插图中，蟾蜍走得飞快，停在了他跌进水里的前一刻。土地是广阔世界的危险区域，河则代表动物世界的安全地带。蟾蜍的追赶者远远落在他身后——佩恩采取了折中的方式，让我们看到蟾蜍会逃跑成功

谢泼德画的河鼠的“推销员入口”标识牌（1931 年）。谢泼德为这一章画的最后一幅插图，与他在第一章画的河鼠河边的家并不一样。在后面这幅画里，他给河鼠的洞穴加了个入口，这个入口并没有出现在文章中，且旁边加了块牌子做标识：“河鼠先生家，推销员入口，不要瓶子。”（谢泼德为《小熊维尼》一书所画的插图经常包含标识）尽管这个勉强算是后门的入口没有出现在格雷厄姆的文章中，但他确实为洞穴加了个入口，与保罗 · 布兰瑟姆所画的第一张插图里的河鼠洞穴非常像

“我再也不偷汽车了！我再也不唱吹牛的歌了！”接着他沉了下去，又上气不接下气地冒出水面，“啪啪啪”击打着水面。[48] 忽然，他看到自己正靠近了岸边的一个黑洞。那洞恰好就在他头顶。水流冲

击着他，经过洞口的时候，他伸出一只爪子，抓住了洞沿，挂在了那里。他费力地把身体慢慢拉出水面，最终把胳膊肘架在了洞沿上。他就那副样子待了几分钟[49]，呼呼直喘。他确实累坏了。

他又是叹息又是喘气，往面前的洞口里面看。洞穴深处，有个晶亮的小点闪烁着，朝他移过来。当那亮晶晶的小点凑近时，一张脸也闪现出来。这是一张熟悉的脸。

一张棕色的、小小的、长着胡子的脸。

一张严肃的圆脸，好看的小耳朵，又密又柔的毛。

原来是河鼠！

南希·巴恩哈特所画的章节补白用图。河鼠从他的河岸洞穴里向外看去（1922 年）

---

1 本章章节标题可能仿效了 G. 西德尼·帕特诺斯特的《征服者巡游记》续集。尽管帕特诺斯特的书主要是在美国出版，但格雷厄姆的出版商约翰·莱恩却知道这些书。关于派特诺斯特作品的详细读者报告，见莱恩的出版档案（见第六章注释 14）；这些读者报告可在得克萨斯大学奥斯汀分校哈里·兰莎姆人文研究中心找到。

2 成年蟾蜍的每只后足各有五根脚趾。有些蟾蜍在大脚趾旁有个突起的结节，会被误认为是多余的脚趾。每个脚趾由两类骨头构成：一块跖骨和多块趾骨。（脚趾是从外部区域向内计数，通常用罗马数字 I 到 V 来指代。若以第一根，或最短的，或内侧脚趾为脚趾 I，则脚趾 IV 是最长的。）脚趾 I 和脚趾 II 各有两块趾骨，脚趾 III 和脚趾 V 各有三块趾骨，而脚趾 IV 有四块趾骨。（http：//www.nwhc.usgs.gov/research/amph_dc/sop_toeclip.html）

3 《柳林风声》中，只在第十一章提到过鞋子，也就是当獾先生出现的时候："他的鞋子上糊满了泥巴，整个人乱糟糟的。不过，就算是在最好的时候，獾的打扮也不光鲜。"而蟾蜍的确在第六章里穿了他那双长筒靴；鼹鼠和河鼠在野外林地迷路时，也都穿着靴子。

4 另外的版本，e. 247：要不是他好几个礼拜都睡在石铺地板上的干草堆里。

5 一封1942年6月26写给邻居赖特夫人的信中，就赖特夫人对于肯尼斯·格雷厄姆没有为《柳林风声》画插图表示遗憾，毕翠克丝·希利斯（旧姓波特）做了如下回复：

> 没错，肯尼斯·格雷厄姆本该是一名艺术家，所有儿童文学作家都至少应该对事物的样子有充分的认识。他没去描述蟾蜍梳理头发吗？这是完全违背自然的错误。青蛙可能会穿高筒靴，但我不能容忍蟾蜍留胡须戴假发！所以我更喜欢獾。（莱斯利·林德，《毕翠克丝·波特著作史》）

在最后一章《尤利西斯归来》中，蟾蜍也会梳理头发："再然后，他把发刷在水罐里蘸了蘸，再把头发从中间分开，刷得笔笔直，光溜溜地垂挂在面孔两侧。"

6 我们知道格雷厄姆喜爱狗，因为他太喜欢了，以至于娜奥米·斯托特恳求格雷厄姆一家收养那只库克姆当地的农场狗——她和阿拉斯泰尔下午外出散步时，经常会碰到这只狗。

> 梅菲尔德，库克姆迪恩，伯克郡
> 1908年3月3日
>
> 亲爱的格雷厄姆夫人：
>
> 早晨，我们去了平克尼绿地。小老鼠很喜欢滚着他的铁环跑，但是地上泥泞不堪，令人不悦。公园的农场狗陪着我们，小男孩和狗狗一起玩了一些好玩的游戏。午餐休息时间的时候，狗就在屋外呆呆地等着。我们一从马场的门出来，他就加入了我们，与我们一起去温特尔山。我们回来的时候要经过一片树林，那只狗会叼着一根长长的树枝，当他走上狭窄的小径，嘴里还叼着这么个障碍物，看着十分好笑。他想把树枝给我们两个中的一个，然而这更不容易。如果这只狗是拿来卖的话，他会成为小老鼠的好盆友（原文如此）。他看起来是只值得信任的动物，还特别好玩。如果小男孩不理他，他会自娱自乐，把树篱枝条拔出来当玩具。

7 运河是在工业革命期间建造的。1795年至1840年为运河运输的顶峰时期。运河与全英国的天然水路相连接，最初用来从内地运送煤、铁、盐和其他重物到英国南部。由于建造运河的开销极大，所以要在运河航行，只能造狭窄的船只，通常只有七英尺宽，而长度往往是宽度的十倍。

8 运河建成后的第一个五十年，马是驱动船只的主力军，理由很明显：一匹马可以拉动的船的载重量，大约是在草草铺就的路上的马车载重量的五十倍。P.A.L. 瓦因评论道：

> 1811年，阅读简·奥斯汀的《理智与情感》时，读到“达什伍德夫人的所有家具，包括衣服、盘子、瓷器和书，都是用船从她苏塞克斯的家运送到德文郡的”，并不奇怪。走陆运的话，将会增加不止一倍的花费。(《伦敦消失的航线》第四版)

9 由于运河是为了与内陆道路相互连接而建的，因此其中的水没有水流，而且往往浑浊不清。《牛津英语词典》将文中“barge”描述为“运载货物的平底船，主要在运河与河流上航行，有的有船帆，有的没有”。驳船的宽度通常至少是其长度的两倍。根据www.canaljunction.com，驳船是“按比例来说……更像小轮船，其适航性使其足以在波涛汹涌的深水域航行，也能在人工运河的静水中进行作业”。

随着蒸汽火车的兴起，运河的作用渐渐衰退。格雷厄姆并没有像指责其他技术一样指责运河船只，大约是因为它们是由马拉着前行，并不依赖发动机或汽油。近来，为了休闲和旅行业，现存的运河上，窄船再次流行起来。

10 船舷指的是船侧的上边缘。在这艘较小的船上，舷舷是一块围绕船体顶部延伸的木料。格雷厄姆是在向这种迅速被淘汰的英式交通工具致敬。“船舷上沿漆得分外鲜艳”，这或许是一种生动的民间艺术形式，叫作“城堡和玫瑰”。这种艺术属英式运河船特有，在有代表性的窄船上，镶板上画满了彩色图像，有马、乡间别墅、教堂、农舍、灯塔，当然还有城堡和玫瑰。最常见的图案就是画

运河小船的照片，泰晤士河畔亨利镇

得闪闪发光的钻石配饰，它使得船在狭窄的运河中航行时脱颖而出。彩绘运河船文化，勾起了格雷厄姆另外两个心头好——吉卜赛人大篷车和金丝雀笼子。

11 蟾蜍近距离接触的广阔世界里的其他人，就是火车司机了。格雷厄姆将他描述为“粗壮的”。

从格雷厄姆的论文中可以明显看出，妇女参政权运动一直挂在他的心上。1908 年 12 月 10 日，埃尔斯佩思·格雷厄姆给费城的普维斯一家写信称：

> 今天对小老鼠来说是很棒的一天（。）他的杂志《乐思》出了第一期圣诞节专号。他还收到了来自 K. 的故事以及有关猫想参政的两首诗（非常可爱）。小老鼠对妇女参政很有兴趣，并且在库克姆迪恩交了两名真正的妇女参政论者朋友。

阿拉斯泰尔对妇女获取参政权有着自己的看法，并为此创作了一首节奏简单的押韵诗。娜奥米·斯托特将这首诗誊写下来并寄给了埃尔斯佩思。斯托特还保留了男孩的铅笔画：

> 1907 年 4 月 7 日
> 亲爱的格雷厄姆夫人：
> 这是我今天听到的一首诗歌：
> “妇女参政论者
> 今天没有选举权，
> 他们生气而沮丧
> 因为他们没有赢。”
>
> A.G.（即阿拉斯泰尔·格雷厄姆）

一年多时间过去了，1908 年 5 月，《乐思》刊登了阿拉斯泰尔所写的一首诗，这首诗仍旧关注着妇女参政这一议题：

> 参政颂歌。
> 紫色，绿色和白色
> 一派壮观景象
> 昨晚
> 勇敢的妇女参政论者
> 占领议会

《乐思》上诗和页面的扫描件。埃尔斯佩思·格雷厄姆在1908年12月10日写给普维斯一家的信中曾提到过。得克萨斯大学奥斯汀分校哈里·兰莎姆人文研究中心提供

阿拉斯泰尔·格雷厄姆画的铅笔画，出自《乐思》。娜奥米·斯托特为其加上了标题：“为鼓励妇女参政权而绘”。得克萨斯大学奥斯汀分校哈里·兰莎姆人文研究中心提供

耍花招儿的议员们
晕倒在地
勇敢的妇女参政论者
破门而入

12 在格雷厄姆原先写给小老鼠的信中，船妇一角为男性，称为船夫。见“信件”部分 1907 年 6 月 7 日那封信。

莫名其妙地，蟾蜍沾了船妇而非原定的船夫的光，处于更加危险的境地。

13 阿拉斯泰尔·格雷厄姆创作了几个关于船的故事和绘画，包括这幅为《乐思》5 月刊画的插图《厨师的有用的厨房船屋》。这艘船很有可能和船妇的船一样，也是一艘工作船。

A 厨房猫坐着掌舵的地方。
B 厨师坐的地方
C 和面转台，给下面的船体留出空间
E 机械箱
F 烤箱
G 碗柜

阿拉斯泰尔·格雷厄姆画的铅笔画。“这是一张关于厨师的有用的厨房船屋的画。”
得克萨斯大学奥斯汀分校哈里·兰莎姆人文研究中心提供

机构箱按钮A使船向右行驶，B使船向左，C是反向按钮，使你的小船倒着走，船帆上下颠倒，将你甩出去。这款有用的设备可在约翰·巴克和怀特利的店购买，价格是3便士。

14 肯尼斯·格雷厄姆对女工和一般女性的态度通常是负面的。但这种态度也标志着那个时代的态度，就连娜奥米·斯托特也对女孩和妇女怀有很大的偏见。在1908年3月9日的信中，她写了阿拉斯泰尔的朋友米特·苏利文：

她最近没来找我们，可能是因为我让她不要放内比（她的狗）进屋。如果她继续对这种琐事发牢骚，那她会失去很多快乐。独生女容易过于重视自己的自尊。小老鼠过得很好，很开心，与帕西小姐和罗斯的关系也很和睦。

帕西小姐和罗斯——也曾在格雷厄姆一家的厨房里工作，都经常出现在《乐思》杂志和写给埃尔斯佩思·格雷厄姆的信中。

帕西小姐颂
作者/A.G.

蓝蓝的双眼真迷人
一展笑颜多美丽
爱人啊
始终将手放在心口
爱人啊
蜂拥而至
要看她的漂亮衣服
高顶礼帽猫儿戴
去看帕西小姐和罗斯
（《乐思》，1908年2月）

……有谁想要蛋糕吃，在梅菲尔德，请向帕西小姐的罗斯要。（《乐思》，1908年3月）

……小老鼠不能到场，对此他很失望。他身体恢复得挺好的，并且和厨房里的女士们处得很好。帕西小姐总是随时准备和他一起做游

> 戏——（娜奥米·斯托特写给埃尔斯佩思·格雷厄姆的信，1908年3月23日）

15 通常，小船要穿过运河，得两个人导引，一个人伺候马匹，另一个人控制舵柄。船妇可以一个人操纵小船，证明她技术高超。

通常，一个家族的好几代人都是在船上过着浪迹天涯的生活，从一个国家的这个地方驶往那个地方。由于一直在运河上往来，没有接受过正规的学校教育，所以船夫代代目不识丁。甚至有人表明，运河上很多船只最初是由吉卜赛人操纵的，与英国罗姆人乘坐马拉大篷车穿越乡村的方式大同小异。在《运河上的船夫，1760—1914年》里面，哈里·汉森就这一说法进行了探讨：

> 约瑟夫·费普金是"格罗斯特之花"（一艘窄船）的拥有者。他在1911年证实了坦普尔·瑟斯顿的看法。他坦言道："你会发现，这些人全都是深色的：黑色的头发、黑色的眼睛以及无论冬夏都呈褐色的皮肤。但这并非日晒而成。"最终，坦普尔·瑟斯顿似乎苦思冥想出了一个结论：船夫是西班牙裔吉卜赛人。

汉森得出的结论是，运河船仅仅由10%的罗姆人来运行。那种说法是在蒸汽机兴起之后才出现的。当靠船谋生的家庭再也养不起岸上的房屋时，他们会打包财物，搬到船上去生活。"直到铁路的竞争使运河航业变得举步维艰，船夫才被迫携家带口，一起到船上去"。（出处同上）运河船上大量的装饰也是从这个时候开始出现的，伴着这一势头，船上狭窄的生活区也非常整洁干净。货物越脏——比如说煤炭，船就越干净：漂白的白色蕾丝窗帘，至少当下看来，擦拭得一尘不染的甲板。

16 和吉卜赛人一样，船民以偷捕为食闻名。他们还会从运河附近的田间偷干草和燕麦来供养马匹。

17 格雷厄姆是在开玩笑：洋葱酱总是很配烤兔。

18 她想让蟾蜍洗她那些最私密的内衣，上面很可能污迹斑斑。

19 在第一章里，鼹鼠想要划船，最终掉进了河里。

20 事实上，蟾蜍没有爪子，他只有前腿以及有蹼有脚趾的后脚。爪子是指那些有着利爪和爪垫的动物的脚，而不是指有脚趾的动物的脚。

21 原文中的"Humbug"，指某种东西并非如它冒充出来的样子；指欺骗或骗子。

22 原文为"Dish-clout"，指洗碗布、抹布。

23 相比起用船运送肮脏的货物，船民尤其是女人，就如前面注释所提到的那样，热衷于保持生活区和甲板的干净整洁。

这些“肮脏的驳船船员”将他们的船只变成了炫耀干净习惯的典范：抛光的黄铜制品和木制品刷得雪白，肮脏的小箱式船舱摇身一变，成为挂着蕾丝边窗帘、摆着瓷盘的家庭宫殿。如果他们漂浮水上的小屋不能在量上给人留下深刻的印象，他们会以质取胜，使人眼花缭乱。只要是表面部位都画上画，精挑细选出的每个造型都色彩浓艳，每个锡制器皿都画满玫瑰和浪漫的风景。（http：//www.canaljunction.com/narrowboat/folk_art.htm）

24 佩恩画的船妇在嘲笑飞出去的蟾蜍时，双手叉腰，以非常男性的姿势站立着。虽然佩恩画的船妇已相当丑陋，但仍不及巴恩哈特画的船妇那般肥胖。巴恩哈特画的船妇前臂肌肉十分发达，裙子下面是个巨大的屁股。到目前为止，最可怕的是谢泼德于 1953 年画的另外一幅彩绘插图。画中的船妇长着肌肉发达的前臂，弓腰驼背，看起来像是能吃得下磨砂玻璃一样。她的方脸四周还包着块头巾。最糟糕的是，谢泼德给她画了只斜眼。她明明正在打量哭泣的蟾蜍，然而其中一只眼睛眼神略微飘移。

25 在本章节的结尾，由于洗衣妇的袍子碍事，蟾蜍差一点被淹死，就像《哈姆雷特》里的奥菲利娅被裙子的重量和河里的水流拖到水下一样。（见本章节注释 48）

26 原文中的“Mangle”，指将洗后的衣服和亚麻织品中的水挤压出来的机器。

27 谢泼德给船妇画了两幅非常不同的钢笔画插图。尽管两幅图都出现在了由谢泼德插图的斯克里布纳版本里，但是 1953 年版本完成后，两幅图描绘的女人却并不一样。在 1931 年的版本中，当蟾蜍骑着船妇的马离去时，下一页出现的船妇，挥舞着拳头，年轻且有活力。虽然她很强壮，也能做体力活儿，但她并不胖，也并非没有吸引力。她是很生气，但根本不像谢泼德画的眼神游离的年长船妇那般可怕。

28 拉船的马通常不会移动得很快——它们迈着沉重的步伐缓慢前行，平稳地拉着沉重的货物。它们曾经是健壮的役马，现在仍然是。本章节这一处的文字，是根据格雷厄姆 1907 年 6 月 21 日写给“最亲爱的小老鼠”系列信件修改而成的。信的全文见“信件”部分。

29 见第二章注释 26 有关“Gypsy”一词的来源和拼写的说明。吉卜赛人这个词的正确说法是罗姆人（Romani）。这个词很容易和 Romania（罗马尼亚）混淆。

格雷厄姆写给阿拉斯泰尔的信件原件中写的是帐篷而不是吉卜赛大篷车。格雷厄姆在亲笔手稿 e. 247 里将帐篷改成了大篷车。像第二章里蟾蜍先生所拥有的那辆一样，装饰性大篷车的兴起出现于维多利亚时代晚期和爱德华时期，因为在英国乡村，汽车交通变得越来越普遍。然而对于吉卜赛人或是罗姆人而言，大篷车就是他们的家，最重要的是它具有实用性，能让他们生存下去。

罗姆人被认为是于1001年左右出现在印度，当时，伽色尼王朝为了击败印度国王贾亚帕拉，向位于旁遮普的白沙瓦进攻。据他们自己所述，他们继续入侵了印度北部，并俘虏了五十万名囚犯。据说，罗姆人在16世纪冒险进入欧洲，并渐渐抵达英国。根据得克萨斯大学奥斯汀分校的一个网站“radoc.net”上发布的时间轴来看，罗姆人第一次在英国出现是在1514年。然而，到了1530年，罗姆人的财物统统被没收，并被勒令在两周内离开英国。

这条时间轴仍在继续，记录着对无土地人民的歧视，使人们了解到了继续生活在英国人中的罗姆人的边缘化生活。

埃尔斯佩思·格雷厄姆也写了住在库克姆周围采石场林里的吉卜赛人。（《〈柳林风声〉最初的低语》）

30 在《柳林风声》这复杂的阶级划分中，吉卜赛人是反常的存在。吉卜赛人来自广阔世界，但也是局外人。吉卜赛人学者伊恩·汉考克写出了吉卜赛人的游牧文化：

> 旅行是我们历史的一部分。我们的祖先长途跋涉几千英里，从印度到欧洲，再到外面的世界，所以“云游的吉卜赛人”这一老生常谈还是不无道理的。但必须做一下区分：是有目的去旅行，还是由于某个地方的当地法律禁止停留，别无选择。（汉考克，《我们是罗姆人》）

31 在《柳林风声》中，很少将女性形象或养育孩子的妈妈这个角色描述为有裨益的。这是其中一处。

32 汉考克对于吉卜赛人买卖马匹这一老生常谈进行了深入的书写：

> 我们的祖先一抵达欧洲就受制于当地的法律（特别是在欧洲北部和欧洲西部），这迫使他们继续迁移……因此，必须发展出一套谋生手段——移动式的、无须固定的重型装备。最终，诸如马匹买卖、金属加工、占卜之类的职业就成了家庭职业。即使强迫迁移不再是各个地方的必然因素，这些职业也一直延续了下去。记住，四处游历并没有“遗传”性，只不过是环境造就的罢了。（出处同上）

33 亚瑟·拉克姆没有画船妇，但是，他画了一幅蟾蜍骑着船妇的马闯进吉卜赛人营地的插图。拉克姆所画的吉卜赛人不像《柳林风声》的其他插图。他画的马低着头，借此来缩减马的尺寸，与第二章里马拉吉卜赛大篷车的那张图采用了同一种方式。

拉克姆在《天涯旅人》一章中画的航海鼠，看上去像他画的吉卜赛人。他们都瘦削结实，穿着破旧的鞋子，并且都是深肤色。这从视觉上提示了，和女人一样，他们也不能融入河堤居民这个群体。

34 一匹体型和质量皆为中等的马用于普通骑行，与战马、猎狐马或役用马并不相同。蟾蜍夸大其词了——这匹马根本不年轻，也绝对没有活力。

35 蟾蜍与吉卜赛人的互动，与《拉文格罗》的续作《罗曼·罗侬》中的一个场景相似，当时主人公被要求将他的马卖给外科医生。乔治·博罗的《拉文格罗》和《罗曼·罗侬》在维多利亚时代广受读者欢迎。这两本书记载了作者和吉卜赛人一起在英格兰和欧洲大陆度过的游牧生活。

尽管《拉文格罗》的时代背景设置在19世纪20年代，但马的价钱要比蟾蜍卖掉船妇的马时那不合理的低廉价格高多了。

> "没时间讨价还价了，"我说，"如果你愿意花100几尼买这匹马，你可以买；如果不——"
>
> "100几尼！"外科医生说道，"我的好朋友啊，你一定是昏了头；让我来给你把把脉。"他试图摸我的左手腕。
>
> "我并没有昏了头，"我答道，"我不需要谁来给我把脉。如果以低于我所要求的价格把我的马卖了的话，那才叫昏头。但我很好奇，你愿意开什么价。"
>
> "30英镑，"外科医生说，"这就是我能出得起的价了。对于一名乡村医生来说，买马是一大笔开销。"
>
> "30英镑！"我说，"凭什么？我花了近乎双倍的价钱才买到这匹马。我实话跟你说，恐怕你是看我处境不利，想占我便宜。"
>
> "才不是呢，朋友，"医生说，"丝毫不是这意思。我只是希望，关于你的马，你就安心吧。但是，既然你觉得它比我所能出的价更值钱，那就想办法把它带到霍恩卡斯尔去吧……"

36 这是真正的银行职员的语言。对于所有欠他的个人款项，格雷厄姆一直都非常细心地记在账上。1908年7月，当美国文学代理商柯蒂斯·布朗将格雷厄姆纳入委托人之列后，格雷厄姆和他的出版商约翰·莱恩闹翻了。布朗注意到的第一个细节是版税要及时收取，这让约翰·莱恩很恼火——他总是很晚才付款。1908年7月26日，即《柳林风声》出版前的两个月，格雷厄姆就拖欠版税一事写了一封长信，列出了具体拖欠金额。

> 亲爱的莱恩：
>
> 17日的长信收到。我收到的时候已经22日了。我发现信中好像

有两处牢骚，尽管并没有那么明显、那么直截了当，所以，有可能是我误会了。第一处，似乎基于我让一位代理商打理未来的业务——这一点我也很快知会您了。正如我所表明的，这对我来说很必要，这也是顺势而为（实际的+预期的）。您必定明白，这样的安排是必然的。我也是接到告知和建议后照办的，因为，我无意在有人代劳的情况下偏要亲力亲为。您似乎在暗示，要强行限制我，或是强加给我人情债，或是逼着我做个合格的农奴——不是强加于您，只是强加于我。这完全阻碍了我自由做事，一直都是。我想，或许自由自在地做事对我本人最好不过。这种处境绝对让人无法忍受。我一天都不愿意这样过下去。对此，我断然拒绝。但是，我几乎无法想象您的确是这个意思，我也不认为，这样的用意出自您的头脑，尽管，有些人可能觉得您的来信是一种唐突的侵犯……

您 23 日的另外一封信（对于其善意的表达，我很感谢）更正了英国版的版税错误，但您本该再作进一步的说明，加上："……美国的两个版本，我只付给您 10% 的版税。我'主动'降低了您的版税！"

您为我出版的 3 本书的 10 个版本，目前版税率分别为：20%，20%，15%，15%，15%，12.5%，10%，10%，10%，10%。比率并不高，也不苛刻。

上面是我目前仅有的话。

您非常忠诚的

肯尼斯·格雷厄姆

约翰·莱恩先生

这封信之后，约翰·莱恩和肯尼斯·格雷厄姆之间的书信往来间断了。这种状态一直持续到 1910 年。格雷厄姆提到的代理商是柯蒂斯·布朗。

1912 年，格雷厄姆借给弟弟罗兰一大笔钱。在肯尼斯·格雷厄姆的信中开始出现详细还款要求时，罗兰不再回信，最后，兄弟俩的关系疏远了。虽然罗兰拖欠借款是发生在《柳林风声》出版 6 年之后的 1914 年，但是，肯尼斯与他弟弟的关系或许轻易就会成为蟾蜍和獾之间那种假父子关系模式。

37 这是令人难以置信的大杂烩，"能找到所有这些材料，真的是幸运天（原文如此）。可能，但不一定"。（伊恩·汉考克写给作者的邮件，2006 年）

第十章中的相关文字，是根据格雷厄姆于 1907 年 7 月 17 日写给"我亲爱的罗宾逊"的信修改而成的。称谓的更改，与蟾蜍冒险节奏的加快相一致。冒险，包括信中提到的被挥舞着手枪的警察追赶。（信件全文见"信件”部分。）

38 反常之处：先前，当蟾蜍到达火车站的时候，他穿的裙子并没有口袋：“他突破障碍，达到了目的，手指终于伸到了平日装钱的地方。但他发现，那里不但没有钱，就连口袋也没有，甚至连背心都没有！”

39 由于肯尼斯·格雷厄姆没得到读牛津大学的机会，他便竭尽所能让阿拉斯泰尔去上了。当阿拉斯泰尔在基督教堂学院的时光悲惨地终结时，亚瑟·奎勒-库奇爵士写了封吊唁信给格雷厄姆，承认他们都痛失了爱子：15个月前，贝维尔·奎勒-库奇被西班牙大流感夺去生命。他死于回英国途中，那时，第一次世界大战已经结束。阿拉斯泰尔是一名平平无奇的学生。在牛津大学就读期间，他难以管理好自己的时间。他绝不是“牛津大学聪明人”中的一员。1920年5月15日，格雷厄姆回了一封打印信给他的船友：

> 这学期，我们亲爱的男孩去牛津读大学了——到昨天已经两个礼拜了。这件事让人特别快乐。首先，他通过了讨厌的文学学位第一次考试，这一直困扰着他，难以通过考试。最终，他得以自由选择他有可能喜欢的阅读对象……幸运加上朋友的帮助，我们在长墙街给他找到了富丽堂皇的安妮女王式巴洛克风格的房子。这栋房子属牛津新学院所有。租用这栋房子的是一个寡妇，但是，对她而言，房子太大了，在当下交通拥堵，她收留了两到三个男生一起住。女主人像母亲一样照顾着男生。但是，他们每个人仍然拥有一套独立的住房，包含两个房间，正如本科生应该……小老鼠的卧室俯瞰着莫德林学院的鹿园。（三一学院档案DD36，肯尼斯·格雷厄姆，1920年5月15日）

40 格雷厄姆指的是爱德华时期的军队，他们在第一次世界大战的这几年经历了一次转变。据军事历史学家提姆·特拉弗斯所述：

> 1900—1914年这段时间……正在实行军队改制，这次军队改制不仅从1905—1912年的霍尔登行政改革的角度进行，而且在方法和态度上也要以其为依据。爱德华时代的军队……水准介于维多利亚业余殖民军与现代正规军之间。不可避免地，试图使自身更为专业与现代的爱德华时代的军队，映照出了爱德华时代的信念与态度。爱德华时代的军队的基本要素包括：反智，拒绝“理论”与“主义”，更喜欢经验、常识、教养和古典教育……具有阶级意识，信奉社会达尔文主义，相信热爱足球的工人阶级……和上流阶层素质不同，因此，也不那么爱国与可靠。（特拉弗斯，《杀戮之地：英国陆军、西线及现代战争的

兴起》)

肯尼斯・格雷厄姆还加入过一个叫作“伦敦苏格兰人”的团体。据大卫・古德森所述,“格雷厄姆还是个年轻人的时候,就加入志愿军,成了一名教官。在维多利亚女王的庆典日,他和他所在的团一起进行了游行”。(肯尼斯・格雷厄姆,《我最亲爱的小老鼠》,大卫・古德森作序)

41 这里的国王指的是爱德华国王。基钦纳指的是霍雷肖・赫伯特・基钦纳勋爵(1850—1916)。肯尼斯・格雷厄姆写《柳林风声》的时候,基钦纳勋爵是驻印度英军的总司令。

42 艾莉森・普林斯写道,阿拉斯泰尔3岁半的时候,发明了一个游戏——躺在大街中央阻断交通。在此期间,男孩被送去了布罗德斯泰斯,陪同他前去的是埃尔斯佩思的表亲梅里克夫人。当时,由于街道陡峭倾斜,海边小镇并没有汽车。(《肯尼斯・格雷厄姆:野外林地中纯真的人》)

43 谢泼德给第十章画的第一幅插图,呈现出的是好心人把处境艰难的蟾蜍带上他们的汽车。无论是插图还是格雷厄姆的文本都模仿了狄更斯《我们共同的朋友》中的一个场景:当时路人协助了老贝蒂・希格登,她唯一的愿望就是不要死在这个破房子里。格雷厄姆和谢泼德戏仿了这伤感的狄更斯式瞬间。谢泼德将蟾蜍画得看起来像是一个病恹恹的小老妇人。而且,《我们共同的朋友》一书中没有汽车,因为其时代背景为1865年。

44 1908年的汽车里面没有安全带或是其他安全装备。在英国,直到1983年1月,法律才强制规定要系安全带。

45 汽车发出了汽笛声,听到这声音,蟾蜍就像一个水手,无法自控地想要毁掉船只。

46 在一封简短的写给H.R.H.的邀请信中(信笺来自坎普顿山西部的杜伦别墅16号,格雷厄姆伦敦的家),格雷厄姆在信末附言里写道:“小老鼠掉进了一个池子里,还十分自得其乐。他焦虑的母亲坚信这一定是个意外!”

47 另外的版本,e. 247:又~~瞎扯~~(吹牛)了!

格雷厄姆划掉了“瞎扯”(gassing)这个词,但接着,在下一个句子里面,到底还是决定用它。“gassing”这个词起源于美国,是个俚语,用来给同伴留下深刻印象、令其激动。

48 不幸的是,这条裙子来自广阔世界。这累赘的衣服碍手碍脚,害得蟾蜍差点被淹死。这个场景令人想起《哈姆雷特》第四幕第七场中王后乔特鲁德讲述奥菲利娅溺死的情节。

她连人连花跌入呜咽的溪水。
衣服铺展开来,

一时间，她就像水面的美人鱼，
她断断续续唱着古老的小曲，
仿佛感觉不到伤悲，
又像天生就是水中物。
倏忽间，衣服吸饱水，
可怜的人儿小曲没离嘴，
已被拖进污泥里。

49 格雷厄姆参考了《奥德赛》第五卷中奥德修斯挣扎着游向岸边并上岸的情节：“全身胀鼓鼓 / 海水涌出口，流出鼻。他躺倒在地 / 不能呼吸，力气耗尽如死去。”

第十一章 “他的眼泪像夏日暴雨”[1]

河鼠伸出一只干净的棕色小爪子，一把抓住蟾蜍的脖子，猛地往上拉去。水淋淋的蟾蜍慢慢上来了，稳稳当当地爬上洞沿，最后完好无损、安安全全地站在客厅里。他身上自然是糊满泥巴，披着杂草，水从身上蜿蜒而下，但他又像过去那么快活、那么精神了。如今，他发现自己身处朋友家中，再也不用躲躲藏藏，那套有失身份的装束也可以扔掉，好去大显身手了。

“噢，河鼠！”他叫道，“自从上次见过你后，你都想象不出我经历了些什么。审判，折磨，我都勇敢承受。逃跑，乔装，花招儿，统统设妙计搞定。扔进监狱，我越狱了；丢进河里，游上岸了；偷一匹马，卖了一大笔钱。我骗得大家团团转。他们都得听我的。噢，我是聪明的蟾蜍！千真万确！想知道我最后一大战功是什么吗？等等哦，我来告诉你——”

“蟾蜍，”河鼠严肃而坚定地说，“你马上上楼去，脱掉那件破棉袍，像是哪个洗衣妇穿过的。把自己彻底洗干净，换上我的衣服。如果可以，下楼的时候尽量看起来像个绅士。我这辈子都没见过比你更寒酸、肮脏、不体面的家伙！好啦，别吹了，也别争了。快去换衣服吧。”

蟾蜍一开始想站住回嘴。在监狱的时候，他受够了被人呼来喝去，现在，显然，相似的一幕又上演了，而且还是由一只河鼠

保罗·布兰瑟姆版的吹牛的蟾蜍，1913 年

下令。然而，当他在帽架上面的镜子里瞥见了自己的邋遢样，一顶黑色的破旧女帽流里流气地扣在一只眼睛上时，他马上改变主意，乖乖上楼去了河鼠的更衣室。他将自己彻底洗了一番，上上下下刷个干净，换了衣服，在镜子前面伫立良久，骄傲而欢喜地注视着自己，心想，那帮家伙竟然把他错看成洗衣妇，也真是蠢到家了。

等他下楼时，午饭已经摆在桌上了。看到午饭，蟾蜍满心欢喜，自从吃了吉卜赛人那顿丰盛的早饭后，他又历尽艰辛，耗费不少体力。吃饭的时候，蟾蜍把自己经历的险情统统告诉了河鼠，主要是吹嘘自己多么聪明，面对突发事件如何机智，[2] 遇到紧急关头何等机灵。听起来，他这一趟所经历的，简直是快意人生。但是，他说得越多，吹得越大，河鼠就越严肃，越沉默。

蟾蜍终于停顿下来。片刻的寂静过后，河鼠说道："好了，蟾蜍，我不想让你痛苦，毕竟你已经吃过苦头。但是，说真的，你真的看不出来你把自己搞成了一头可怕的蠢驴吗？你自己也承认，你被铐上扔进监狱，忍饥挨饿，被人追捕，吓得要命；受屈辱，遭嘲笑，被人扔进河里——还是被一个女人扔进去的，丢尽脸面！这有什么好玩的？哪儿来的乐子呢？都是因为你非要去偷一辆汽车。你知道，从你第一眼看到汽车，除了不停地闯祸，你什么都没得到。如果你铁了心要玩车——你总是这样，玩上五分钟就上瘾——那你干吗要偷呢？如果你觉得瘸了好玩，那你就瘸了算了；或者，如果你觉得非要破产，那你就破产好了。但你为什么要去犯罪？你什么时候才能长点脑子，想想你的朋友，试着为他们长长脸？就好比，我出门的时候，听到别人说我跟个囚犯是一伙的，我会开心吗？"

如今，蟾蜍的性格有一点非常令人欣慰，就是他心肠十分好，如果是他真正的朋友数落他时，他从不会介意[3]，即使沉湎于一件事物，也总能从另一方面看问题。所以，尽管河鼠严肃地训话时他还抗议“可是确实好玩！太好玩了”，还暗自发出古怪的声音：咔咔咔，噗噗噗，还有其他类似压抑的鼾声和开汽水瓶的声音，但当河鼠快要说完的时候，他深深叹息了一声，友好而谦卑地说：“鼠兄，你说得太对了。你总是说得那么在理。对，我是一头自高自大的蠢驴，我已经明白了这一点。不过，我现在想当一只好蟾蜍，不再那么犯浑了。至于汽车，自从我上次在你那条河里淹了以后，我对它就没那么狂热了。事实上，当我挂在你的洞口喘气时，我突然就有了个想法——这想法太妙啦，跟汽艇[4]有关……得啦，得啦，不要生气，别跺脚，莫心烦，老伙计。我就想想罢了，我们不谈这个啦。我们喝杯咖啡，抽支烟，安静地聊会儿天，然后我要溜达到蟾府，换上自己的衣服，让一切都恢复到原来的样子。我经历了太多冒险，想过那种安安静静、稳稳妥妥的体面生活了。我要从从容容地打理我的产业，并加以改进，有空就搞搞景观园艺。朋友来了总要吃上点儿东西。我还要弄一辆轻便马车到乡下兜兜风，[5]就像过去那些好日子里一样，我要安于现状，再不惹是生非了。”

“溜达到蟾府？”河鼠激动不已地大喊，“你在说什么呀？你是说，你从来没听说过……”

“听说什么？”蟾蜍脸色煞白，说道，“说呀，河鼠！快说，不要顾忌我。我没听说什么呀？”

河鼠的小拳头猛砸在桌子上，大喊道：“你是在告诉我，白鼬和黄鼠狼的事情，你什么都不知道？”[6]

“什么？野外林地的畜生？”[7]蟾蜍四肢发抖，大喊，“没听说，一个字都没听说。他们干了什么？”

“你也没听说，他们怎么霸占了蟾府？”河鼠继续说道。

蟾蜍把胳膊肘支在桌上，托着下巴，大滴的眼泪涌出来，溅到了桌面上：噗，噗！

“说下去，河鼠。”过了一会儿，他咕哝道，“把一切都告诉我。最糟糕的事情已经过去了。我又是一个好汉了。我挺得住。”

“当你……卷入……你那麻烦事后，”河鼠说得缓慢，让人印象深刻，“我是说，你知道，当你……为了汽车纠纷……好久不参与社交后……”

蟾蜍只是点点头。

“呃，自然，这一带什么说法都有，”河鼠继续说下去，“不仅是沿河一带，野外林地也不例外。动物们照常分成两派。河岸动物都维护你，说你遭到了不良对待，说如今大地上没有公正可言。可野外林地的动物说话就不中听了，说你活该，是时候终结这类事情了。他们趾高气扬，到处说你这回完蛋了，你永远都休想回来了，休想，休想。”

蟾蜍又点点头，还是一言不发。

“他们都是些小野兽，”河鼠接着说，“可是鼹鼠和獾却不顾一切，坚持说你很快就能回来；他们说不准你怎么回来，但你总会想办法回来的。”

蟾蜍重新端坐在椅子上，稍带得意地笑了一下。

“他们根据过去发生的事情判定，”河鼠继续说道，“他们说，没听说任何刑法能对付你这样的厚脸皮和小巧嘴，[8]再加上有钱能使鬼推磨，所以他们决定把自己的东西搬到蟾府，睡在那里，保持通风，把一切都准备停当，只等你回来。当然，虽说他们疑心野外林地的动物[9]，但他们也猜不到会出什么事。现在，我要讲最痛苦最悲惨的那一段了。一个黑漆漆的夜里——非常非常黑，风呼呼刮着，大雨倾盆，一帮武装到牙齿的黄鼠狼，悄悄沿着车道爬到了大门口。与此同时，一群不要命的雪貂也穿过菜园，霸占了后院和下房。还有一群打打闹闹的白鼬，不择手段地侵占了暖房和弹子房，把住了面朝草坪的落地窗。

“鼹鼠和獾当时正在吸烟室，没有戒心地坐在炉火边侃大山，因为当晚是不会有动物外出的。就在那时，那群残忍的坏蛋破门而入，从四面八方朝他们冲来。他们拼命反抗，但是又有什么用呢？他们手无寸铁，还遭到突然袭击，两只动物怎么是几百只动物的对手？那帮家伙抓住他们用棍子狠狠揍了一顿。可怜了两只忠心耿耿的动物，被他们赶到外面受冻挨淋，还被狠狠辱骂了一番。”

听到这里，没心没肺的蟾蜍居然哧哧窃笑起来，随之又控制住了自己，装出一副特别郑重的样子。

“从此，野外林地的动物就这样住在了蟾府。”河鼠接着说道，“而且要一直住下去！[10]他们白天多半窝在床上，一天里随时开早饭，听说那里到处都搞得乱糟糟的，无法正眼看。他们吃你的喝你的，还恶劣地开你玩笑，唱着流里流气的歌，关于，呃，监狱，官吏，警察……都是些让人反感的歌，一点都不幽默。他们对生意人说，对所有人说，他们要在蟾府住到底。”

“噢，住到底！”蟾蜍说着站起身来，抓起一根棍子。“我很乐意见识见识！”

“没用的，蟾蜍！”河鼠马上叫道，“你最好回来，给我坐下。

南希·巴恩哈特画的最后一张全页插图："野外林地的动物就这样住在了蟾府。"

你去了只会惹麻烦。"

但是蟾蜍不听劝阻，径直离去了。他肩上扛着棍子，顺着大路健步如飞朝前走。他气得七窍生烟，叽里咕噜骂着。他快到家门口的时候，篱笆后面忽然跳出一只带着枪的黄色雪貂。

“来者何人？”雪貂厉声喝道。

“废话！”[11] 蟾蜍说，怒不可遏，“你竟敢这么跟我说话？快快滚出来，不然我就——”

雪貂一言不发，但他把枪举到了肩上。蟾蜍小心翼翼地卧倒在地。“砰”的一声，一颗子弹呼啸着从他头上飞过。

蟾蜍大吃一惊，爬起身拔腿就跑。他顺着来路拼命地跑啊跑。他听到雪貂哈哈大笑，接着是其他可怕的尖细笑声，笑得没完没了。

他垂头丧气回来后，把事情经过告诉了河鼠。

“我怎么跟你说的？”河鼠说，“没有用的。他们布下岗哨，全副武装。你只能等待时机。”

然而，蟾蜍还是不肯马上善罢甘休。他把船开出来，向河上游划去。蟾府花园的正前方，一直通往河边。

划到能看见老家的地方，蟾蜍支在桨上，仔细观察这片地方。一切都显得平和宁静，没有人影儿。蟾蜍看到：整个蟾府正面在夕阳下闪闪发光；鸽子三三两两地在笔直的屋脊上栖成一排；花园里鲜花怒放；小溪通向船库，溪上架着小木桥；[12] 一切都静悄悄的，没有人影，显然是在等待他的归来。蟾蜍想，他要先试着进船库。他小心翼翼地将船划进溪口，正当他要从桥下穿过的时候，“咔嚓”！

一块大石头从桥上丢下来，把船底都砸碎了。船里灌满了水，沉了下去。蟾蜍发现自己在水里挣扎着。他抬头一看，只见两只白鼬趴在桥栏上，喜不自胜地看着他，朝他大喊大嚷：“老蟾儿，下次砸你的头！”蟾蜍气呼呼地向岸边游去。两只白鼬不停地哈哈大笑，笑得扶住彼此，接着又是一阵大笑，差点都笑得昏厥过去两次——也就是说，每只白鼬昏过去一次。

蟾蜍靠着两条腿疲惫地打道回府，再一次给河鼠讲了他令人失望的经历。

“哎呀，我怎么跟你说的?”河鼠非常生气地说，“现在，你给我听着。你是怎么回事?瞧你干的蠢事！丢了我心爱的船！你干的什么事呀！毁了我借给你的漂亮衣服！蟾蜍，你真的太难搞了！真不知道还有没有人愿意跟你做朋友。”

蟾蜍马上看出，他的行动错得离谱儿，愚蠢透顶。他承认自己错了、昏了头，并且为弄丢船以及毁掉衣服诚恳地向河鼠道了歉。蟾蜍乖乖认错这一点总能让批评他的朋友消气，把他们再次赢回到自己身边。最终，他这么说：“鼠兄，我明白了，我这只蟾蜍啊，就是固执又任性。从今以后，相信我，我会虚心听话，没有你的善意提醒和全力支持，我绝不轻举妄动。”

好脾气的河鼠已经息怒了，说道：“如果真是这样，时候不早了，我劝你坐下来吃晚饭。饭很快就端上来。[13]我劝你要耐心等等，我相信在见到鼹鼠和獾之前，我们什么办法都没有。先听听他们的最新消息，再开会讨论一下，事情不好办，看他们有什么妙招儿。”

“噢，啊，当然，鼹鼠和獾。”蟾蜍轻声说，“这两位亲爱的朋友，现在怎么样了?我把他们全忘了。”

“你是该好好问问了！”河鼠责备道，“你开着豪华车在乡间兜风，你骑着纯种马得意飞奔，你过着养尊处优的生活，[14]而你那两个可怜又忠心的朋友不管什么天气都在露天里扎营，白天过得苦，晚上过得难，守着你的房子，在你的地界巡逻，一直盯着白

谢泼德所画的最后一座桥应为木制的，但画中的桥是金属制的，且建在砖座上

鼬和黄鼠狼，想方设法要为你夺回财产。蟾蜍，你不配拥有这样死忠的真朋友。说实话，你不配。某一天，当一切都太晚了的时候，你会为自己拥有时不知珍惜而后悔。”

“我知道，我是个忘恩负义的畜生，”蟾蜍抽泣着，流下苦涩的泪水，“我去找他们，到寒冷漆黑的夜里，与他们一起受苦受难。我要试着证明……等等，我敢肯定，我听到碗碟在托盘里叮当响了。万岁！来来来，鼠兄。”

河鼠记得，可怜的蟾蜍在监狱里关了好长时间，因而为他备足了饭菜。他跟着蟾蜍走到桌子旁边，热情地招呼蟾蜍敞开肚皮吃，好好补一补。

他们刚吃好饭，重新坐回到扶手椅里，就听到了“砰砰”的敲门声。

蟾蜍紧张起来。河鼠神秘兮兮地朝他点点头，径自去开门了。进来的是獾。

獾一副几夜没回家过夜的样子。没了家里的舒适和便捷，他的鞋子上糊满了泥巴，整个人乱糟糟的。不过，就算是在最好的时候，獾的打扮也不光鲜。[15] 他表情严肃地走到蟾蜍面前，握了握他的手，说：“蟾蜍，欢迎回家。啊呀，我在说什么呀。说什么家啊，真是的。这次回家可真让人同情。可怜的蟾蜍！”接着，他背过身，在桌子旁边坐下，把椅子朝里拉了拉，给自己切了一大块冷馅儿饼。

面对这种严肃而不祥的问候，蟾蜍胆战心惊。但是河鼠对他耳语道：“不要紧，别在意。暂时什么都别跟他说。他缺吃少喝的时候，总是这么情绪低落。再过半小时，他就变成另一只獾了。”

他们安静地等着。过了一会儿，又传来了敲门声，这次声音比较轻。河鼠朝蟾蜍点点头，向门口走去，把鼹鼠让进屋来。鼹鼠穿得破破烂烂，没有洗澡，毛上还沾着干草和麦秆。

“万岁，蟾蜍老弟回来啦！”鼹鼠眉开眼笑地大叫，“想想看，你又回来啦！”他开始围着蟾蜍跳舞。“我们根本想不到你回来这么快。哎呦，蟾蜍，你一定是逃回来的，你点子多，脑子活。”

河鼠吃了一惊，拉了拉鼹鼠的胳膊肘。但是太晚了，蟾蜍又膨胀了起来。

“脑子活？噢，哪里哪里。”他说，“我的朋友都不认为我聪明。我只不过是从英国最牢不可破的监狱[16]逃出来了而已。只不过搭上一辆火车逃跑了而已。只不过乔装一下在乡间晃悠，骗过了所有人而已。噢，我脑子笨，我就是头蠢驴！鼹鼠，我要给你讲一两个我的历险故事，你自行判断。”

“好啊，好啊。”鼹鼠说着走向餐桌，“要我说，我一边吃饭一边听你讲吧。自从吃完早饭后，我还没有吃上一口东西呢。天哪！天哪！”说着他坐下来，随意地大口吃起冷牛肉和酸菜。

蟾蜍双腿跨站在炉旁地毯上，将爪子伸进裤子口袋，掏出一把银币。他亮给大家看，大叫着：“看看，只用几分钟啊，不坏吧？鼹鼠，想一想，我是怎么搞到手的？卖马！不然哪儿来的钱！”[17]

“继续讲，蟾蜍。”鼹鼠表现出浓厚的兴趣。

“蟾蜍，请你给我闭嘴。”河鼠说，“鼹鼠，你了解他这个人，不要鼓动他。既然蟾蜍已经回来了，请告诉我们现在情况怎么样，最好做点儿什么。”

“情况糟糕得不能再糟糕了。”鼹鼠气呼呼地说，“至于说要干什么，哎哟，我要是知道就好了。不管白天还是夜晚，我和獾一直在那里转啊转。一直都是老样子。到处都是岗哨，枪朝我们伸出来，石头朝我们砸过来。总有动物在放哨。天哪，他们看见我们就哈哈大笑。这是最让我生气的。”

“情况确实不妙。”河鼠说着，深深思索一会儿，“不过，我仔细想了想，我现在知道蟾蜍到底该怎么做了。我跟你们说啊，他应该——”

“不，他不能！”鼹鼠大喊，嘴巴塞得满满的。“他不该这么干。你不懂。他要做的是，他该——”

“我才不干呢！”蟾蜍激动地大喊，“你们不要指挥来指挥去。说的是我的家，我很清楚该怎么办。我告诉你们，我要——”

此时，他们三个都用最大的嗓门儿争先恐后地发表意见，简直能把耳朵震聋。突然，一个干巴巴的尖细声音轻轻传来：“你们都安静！马上！”三位立刻安静下来。

是獾。他吃完了馅儿饼，转过椅子，严厉地看着他们。看到自己把大家的注意力都吸引过来，看到大家显然都在等自己开口，他又把椅子转向餐桌，伸手去拿奶酪。獾品格高洁，令人景仰，直到他吃完饭，从膝盖上拂去碎屑，大家都没有再出声。蟾蜍一直坐立难安，但是河鼠牢牢按住了他。

獾终于吃好了饭。他从座位上起身，站到壁炉前沉思起来。最后，他开口了。

他严厉地说：“蟾蜍，你这个惹是生非的坏家伙！你不为自己感到羞耻吗？我的老朋友，你的父亲，要是今天晚上在这里，得知你的所作所为，你觉得他会说什么？”

蟾蜍正跷着腿坐在沙发上，听到此言，翻身趴下，后悔得哭了出来，哭得浑身颤抖。

“好啦，好啦，”獾继续说，声音柔和多了，“不要紧的，不哭了。过去的事就让它过去吧。不过鼹鼠说的没错，到处都是白鼬的岗哨。他们有世界上最好的哨兵。前去攻打，想都不要想。对我们来说，他们太强大了。”

“一切都完了。”蟾蜍哭倒在沙发上，“我要去从军[18]，再也看不到我那亲爱的蟾府一眼了。”

“得啦，蟾蜍，打起精神。”獾说，“夺回一个地方，比风暴摧毁一个地方容易多了。我还没下定论。现在，我要告诉你一个秘密。”

蟾蜍慢慢坐起来，擦干眼泪。秘密，深深吸引了他，因为他从来都无法保守保密。他总是在发誓会信守诺言，但总是会泄露给别的动物。他享受这种带点罪恶的战栗感。

“那里——有——一条——地下——通道。”獾一字一顿地说，“从离这里不远的河岸边，正好通向蟾府的中心地带。”

“噢，你胡说，獾。”蟾蜍漫不经心地说，“你肯定是在酒馆里听了胡编乱造的话。蟾府的每一寸土地，里里外外，我都门儿清。我敢保证，没有地下通道。”

獾极其严肃地说：“我的小朋友，你父亲是个值得尊敬的动物——比我认识的其他动物更值得尊敬。他是我的知己。[19]他跟我说了很多不打算告诉你的事情。他发现了那个通道——当然，不是他挖的。在他住到那里之前几百年就有啦。[20]他修了修，清理清理，因为他觉得总有一天会遇到麻烦或危险，到时它就会派上用场。他带我看过。‘别让我儿子知道。’他说，‘他是个好孩子，但是性格轻浮，没长性，还管不住自己的嘴巴。如果他日后真的陷入麻烦，这个通道就派上用场了。到时你可以告诉他秘密通道的事情，但之前不要说。’”

鼹鼠与河鼠死死盯住蟾蜍，看他作何反应。蟾蜍一开始有点儿想发火，不过他马上就露出喜色，恢复了好小伙的常态。

“好吧，好吧，”他说，“也许我是个话多的人。我这么受人欢迎，朋友都围着我转，我们开开玩笑，侃侃大山，讲讲好玩的事情。有时候我是会有点饶舌。我有谈话的天赋。有人说我应该办个沙龙[21]，管他是什么样子的呢。獾，接着说，你说的那条通道对我们有什么帮助?”

“我最近发现了一两个状况。”獾继续说道，“我让水獭扮成清扫工，扛着扫帚敲开后门，说要找活儿干。[22]明天晚上那里要举办盛大的宴会。有人要过生日，我敢说是黄鼠狼头目过生日。所有黄鼠狼都会聚集在宴会厅，戒心全无，大吃大喝，说说笑笑。不带枪，不带剑，不带棍，什么武器都不带!”

“但照样设有岗哨啊。”河鼠说。

“没错，”獾说，“这正是我要说的。黄鼠狼会绝对信赖那些顶呱呱的哨兵。地道，也就派上用场了。那条好用的地道正好通向配餐室，紧挨着宴会厅。”

“啊哈，配餐室有块地板吱吱嘎嘎响。”蟾蜍说，“现在我明白了。”

“我们悄悄爬到配餐室——”鼹鼠大喊。

“拿着手枪、刀剑、木棍——”河鼠大喊。

“冲进去，冲向他们——”獾说。

“痛打他们，痛打他们，痛打他们!”蟾蜍狂喜地喊。他在房间里跑了一圈又一圈，还跳上了椅子。

“那很好啊，”獾说，又恢复了平日那副不露声色的样子，“我们的计划就这么定了，你们也不必争来吵去了。现在时候不早了，你们都快去睡觉吧。明天早上我们要做好一切必要的安排。”

尽管兴奋得无法入眠，但蟾蜍自然还是乖乖跟着别人去睡觉了——他知道最好不要拒绝。不过，他度过了漫长的白天，各种事情扎堆而来。在刮着穿堂风的地牢石板地面薄薄的稻草上睡过后，床单和毯子尤为亲切舒适。脑袋刚挨上枕头，他就幸福地呼呼大睡了。他当然也做了许许多多的梦：需要上路的时候，道路从身边消失；运河紧紧追赶他，并且抓住了他；他在大摆宴席的时候，一只拖船装载着一周要洗的衣服开进宴会厅；孤孤单单地在秘密通道前行，通道扭曲，掉转方向，又竖立起来，但最后他终究还是回到了蟾府，平平安安，得意扬扬，朋友们都围着他，由衷地赞美他真是一只聪明的蟾蜍。

第二天他起床很晚，下楼之后发现其他动物早用过早餐了。鼹鼠不声不响地独自溜出去了。獾坐在扶手椅里看报纸，对于晚上将要发生的事情漠不关心。而河鼠呢，在屋子里面跑前跑后忙个不停，怀里抱着各种各样的武器，把它们在地板上分成四小堆，一边跑，一边兴奋地念叨，上气不接下气："这把剑——给——河鼠，这把——给——鼹鼠，这把——给——蟾蜍，这把——给——獾！这支枪——给——河鼠，这支——给——鼹鼠，这支——给——蟾蜍，这支——给——獾！"如此这般，说得有规律、带节奏。那四小堆就这样渐渐地越堆越高。[23]

"干得很不错，河鼠，"过了一会儿，獾从报纸上方看向河鼠，说，"不是我说你啊，我们这回是要从扛着可恨枪支的白鼬身边溜过去，我敢说我们用不上什么刀枪。我们四个带上棍，只消进入宴会厅，五分钟就能把他们全部歼灭。我自己一个人就能搞定，只不过我不想剥夺你们几个的乐趣。"

"还是保险一点儿吧。"河鼠沉思着说。他用袖子擦亮枪管，又顺着枪管看。

蟾蜍吃完早饭，拿起一根粗棍，使劲地甩着，痛打想象中的动物。“他们偷我房子，我要学学他们！”他喊着，“我要学学他们，我要学学他们！”

“蟾蜍，不是‘学学他们’，”河鼠大惊道，“这样的英文不地道。”

“你干吗总挑蟾蜍的刺儿？”獾没好气地说，“他的英语怎么啦？我也是这么说的。如果我觉得没问题，你也应该觉得没问题。”

“对不起，”河鼠谦卑地说，“可我认为，应该是‘教训’他们，不是‘学学’他们。”[24]

“但我们不想‘教训’他们，”獾回道，“我们想学学他们——学学他们！学学他们！再说，我们就要去学学他们了！”

“噢，很好，你爱怎么说怎么说吧。”河鼠说。他自己也给搞糊涂了，过了一会儿，他退到一个角落，可以听到他一直在嘟囔“学学他们，教训他们，教训他们，学学他们！”，直到獾严厉地喝令他住口方才作罢。

不一会儿，鼹鼠连滚带爬地进来了，显得很是得意。“我玩得太嗨了！”他一进门就说，“我把白鼬惹恼了！”

“鼹鼠，但愿你没有冒冒失失。”河鼠担心地说。

“但愿如此。”鼹鼠自信地说，“早上我到厨房去看蟾蜍的早饭是不是还热着，突然想出了一个好主意。我看到了他昨天回来时穿的洗衣妇的袍子，就挂在炉火前面的毛巾架上。我就穿上袍子，戴上女帽，披上披肩，直奔蟾府而去。[25] 胆子也是够肥的吧。当然，哨兵在放哨，拿着枪，问‘来者何人’，还说了一堆废话。‘早上好，先生，’我恭恭敬敬地说，‘今天有衣服要洗吗？’

“他们看着我，表情生硬，傲慢得不得了，说：‘滚开，洗衣妇！我们在放哨，没什么衣服要洗！’‘要不我改天再来？’我说。吼吼吼！我是不是很好玩啊，蟾蜍？”

“你这愚蠢可怜的动物！”蟾蜍傲慢地说。事实上，他嫉妒极了。鼹鼠刚刚做的事情正是他本人想去做的。要是他能先想到这一点就好了，要是他没睡过头就好了。

“有些白鼬脸都红了，”鼹鼠接着说，“值班的警官简短地冲我嚷：‘快走开，我的好太太，快走开！我手下人在值班，不要让他们偷懒、讲话。’‘走开？’我说，‘过不了多长时间，该走开的人可就不是我啦！’”

“天哪，你怎么能那么说？”河鼠诧异地说。

獾放下了报纸。

“我看到他们竖起耳朵，互相看了看，”鼹鼠继续说，“那个警官跟他们说：‘别理她，她不知道自己在说什么。’”

“‘噢，我不知道？’我说，‘那好，我来告诉你吧。我女儿给獾先生洗衣服，我怎么就不知道自己说什么。你也很快就会知道的！就在今天晚上，一百只杀人不眨眼的獾就扛着来复枪，从马场[26]那边前来攻打蟾府。满满六船河鼠挎着手枪、提着短刀，[27]要从河上赶来，在花园上岸。还有一批精挑细选的蟾蜍，号称敢死队或者不成功毋宁死，他们高呼报仇，要清洗果园，见什么拿什么。等他们把这里扫荡一空，你们也没什么好洗的了，除非你们趁机滚开。’”说完我就跑了。等到他们看不见我了，我就躲了起来。然后我又沿着沟渠爬了回去，隔着树篱偷看。他们个个神色紧张，慌乱极了，立刻四下逃窜，一个绊倒另一个，每个人都朝别人下令，但没有谁听令。那个警官不停地派一批批白鼬去远处，再派一批把他们叫回来。我听到他们你一言我一语：'黄鼠狼就是这副德性，他们舒舒服服地待在宴会厅大吃大喝，又是唱歌，又是寻欢作乐。我们却必须在寒冷的黑夜里站岗放哨，到头来，还要被杀人不眨眼的獾剁成肉泥。'"

"天哪，鼹鼠，你真是个蠢驴！"蟾蜍喊，"你把一切都搞砸了！"

"鼹鼠，"獾摆出一贯干巴巴而平静的样子，说，"我看，你用一根小指头去想事情，也胜过某些动物用整个肥胖的身体去想。你做得太棒了。我很看好你啊。好鼹鼠！聪明的鼹鼠！"

蟾蜍嫉妒得发疯，尤其是鼹鼠干出了那么聪明的事情，而他一辈子都想不出来。幸运的是，对于獾的冷嘲热讽，他还没有来得及发脾气自我暴露，午饭的铃声就敲响了。

午饭简简单单，但能增强体力，[28]是咸肉蚕豆、通心粉布丁。他们吃完饭，獾坐进扶手椅里，说："好了，为了今晚的行动，我们都在全力以赴。等我们全部搞定，恐怕要很晚了。趁着还能打个盹儿，我要赶紧去眯一会儿。"他拿出手帕盖在脸上，很快就呼呼大睡了。[29]

又担心又勤快的河鼠马上接着准备去了。他一边在他那四小堆之间跑来跑去，一边咕咕哝哝："这根皮带给河鼠，这根给鼹鼠，这根给蟾蜍，这根给獾！"如此这般，新的装备好似没完没了地不断冒出来。鼹鼠则挽起蟾蜍的手臂，带他到了外面，把他推到藤椅上，要他从头到尾地把所有冒险都讲个遍。蟾蜍非常乐意。鼹鼠是个好的倾听者，而蟾蜍呢，见没人打断他或不友好地批评他，便随心所欲，大讲特讲。其实，他所讲的大多是这样的：要是我早一点想到，而不是十分钟后才想到，可能会发生什么。而那些才是最棒最地道的冒险，为什么那些冒险不能和那些真正发生过的[30]不够格的经历同样算作我们的历险呢？

南希·巴恩哈特所画的章节补白用图。是打扮成洗衣妇的鼹鼠的剪影

---

1 这一章的标题出自丁尼生的叙事诗《公主：武士的遗体被抬回家里》：

> 九十岁老保姆站起身，
> 把他的孩子放上她双膝——
> "她的眼泪像夏日暴雨——
> '亲爱的孩子，我要为你活下去'"

2 在保罗·布兰瑟姆的插图中，尽管蟾蜍看上去处于人类的环境中，但他一点都不像人类。他的左边是一件装了框的艺术品，显然，画面覆盖着玻璃，因为，画家画出了表面的反光。布兰瑟姆画的墙壁有两种风格：河鼠家的内部装饰风格不同于第一章里的外部风格。蟾蜍看起来像是准备上科学解剖课。河鼠家里的内饰变了，变成了人类的家的样子。

在谢泼德的插图中，河鼠和蟾蜍背对着读者在桌边喝茶。

3 原文中的"jaw"，指说话或唠叨；有失恭敬的争吵或顶嘴。

4 在《征服者巡游记》里，西德尼·帕特诺斯特将他对汽车的热情转向了汽艇，也许，格雷厄姆若是写续集的话，蟾蜍很可能也会以这样的方式转移注意力：

> 伴着引擎盖下发动机的震颤，以40马力或60马力的速度在陆地上行驶。当驶入直行道时，你会看到一条白色的路向前方延伸出去数

英里。给车加上一整桶汽油，你稳坐车上的时候，树篱飞快地掠过，像是一条绿色的丝绸。这足以令人兴奋。但是，当你手握摩托艇的方向盘，迎着20英里清风全速前进，此刻，激动人心的感觉无与伦比。

我最初拥有的是布鲁克游艇公司一艘14马力的小艇，当她不再能满足我的欲望时，我便买了桑尼克罗夫特造船厂一艘28制动马力的汽艇。结果却发现，你恩我爱、一派温馨的情侣们乘着小帆船或是独木舟顺流而下，彻底将世间万物视若无睹，满眼只有他们自己。我根本没有机会做到不妨碍他们而去尽情探索新船的性能。

像汽车一样，汽艇的受欢迎程度也在上升。在1908年伦敦举办的第四届奥运会上，奥林匹克汽艇竞技第一次也是唯一一次被列入赛事。比赛于8月28日至29日开始于南安普敦的大河口，后因倾盆大雨而转移到地处在河口更上游的纳特利西北部。

只有富裕的绅士（像蟾蜍先生那样）才能参加这项赛事。威斯敏斯特公爵的“Wolseley Siddeley”对战霍华德·德·沃尔登勋爵的“Dylan”。“Wolseley Siddeley”是拥有400马力的奇迹。它有8缸引擎，长39.4英尺。最终，金牌颁发给了驾驶“Gyrinus”的艾萨克·托马斯·索尼克罗夫特、伯纳德·波弗顿·雷德伍德和约翰·查尔斯·菲尔德–理查德斯。赛船水道为40海里，狂风中的速度为17.75节。（特奥多·安德列·库克，《第四届奥运会：1908年伦敦举办的奥林匹克运动会官方报告》）

5 格雷厄姆一家在库克姆迪恩为阿拉斯泰尔备着一匹小马。小马的名字为萤火虫。娜奥米·斯托特经常在她的信件和《乐思》中提到这匹马。

6 格雷厄姆写《柳林风声》时，工人阶级和穷忙族——即英国社会中的白鼬和黄鼠狼——正在通过社会改革获得权力。有利于无产阶级的新法律意味着税制逐渐开始。自由党政府（由赫伯特·阿斯奎斯领导）的财政大臣大卫·劳合–乔治提出了根除贫困的激进政策。劳合–乔治长期反对济贫法——该法迫使穷人为救济金而去济贫院里辛苦劳作。他决心“使穷人家摆脱济贫院的阴影”。其《1908年养老金法案》确保了年老无法工作的人有收入。其激进的《人民预算案》(1909年通过）对高收入者征收直接所得税，并加收附加费，开征汽车和汽油税以支付道路建设费，并在土地所有权易手时对资本收益收取20%的费用，从而提高了遗产税。彼得·格林写道：

Q（奎勒–库奇）强烈支持（大卫·）劳合–乔治，这激怒了格雷厄姆。“Q在选举中忙得不可开交，”他写信给（奥斯汀·）普维斯，“在西方国家到处传播他那有害的理论。”并且他向Q本人表明：“你

> 恶毒地意欲打我们的积蓄、地窖和花园小圆桌的鬼主意，我不希望你在这件事上走运；但我希望你能从中获得一些乐趣。”(《肯尼斯·格雷厄姆传》)

7 对于格雷厄姆来说，白鼬和黄鼠狼可能是有寓意的角色。

白鼬：指欧洲白鼬，夏天时，其毛发变成褐色。stoat 这个词，也指奸诈且有潜在的性暴力倾向者，好色之徒。在 E.M. 福斯特大约写于 1913 年的《莫瑞斯》中：“他对迪基怀有的那种感觉，需要一个非常原始的名称……他曾经是怎样一个好色之徒啊！”这本书于 1971 年出版，福斯特已经去世。

黄鼠狼：食肉动物，以其苗条的身材和凶残的嗜血性而著称。人们都知道，它们会从巢里偷走蛋，然后将其吸干。无论是这些动物的属还是种，都生活在野外林地中，这导致栖居林中的生物都非常危险，因为黄鼠狼的行为就像捕食者一样。

8 另外的版本，e. 247：“他们说，没（听说）任何刑法~~能反抗~~（能对付）你这样的厚脸皮和小巧嘴。(”)

9 彼得·格林写了英国人的紧张情绪，这是由于社会阶层开始变动，威胁到了资产阶级的感受。

> 野外林地发生的一切和攻占蟾府，具有毋庸置疑的社会象征意义。显然，格雷厄姆是将野外林地的生物，诸如白鼬、黄鼠狼和其他动物，看作每个爱德华时代上层人噩梦中的城市无政府主义暴徒的，(野外林地的动物）对何为举止得体一无所知……没有什么比这更唤起那种半是轻蔑、半是恐惧的紧张情绪了。从世纪之交开始，这种情绪越来越如影随形，渗透进整个英国资产阶级内心。(出处同上)

10 这是南希·巴恩哈特为 1924 年版插图本画的最后一张全页插图。四只黄鼠狼和白鼬从蟾府翻窗而出的场景从来没有出现在格雷厄姆的文本中，只不过是在河堤居民交谈的时候有所暗示罢了。画中情景似乎是发生在一个晴朗的白天，而不是在格雷厄姆所说的“一个黑漆漆的夜里”，“风呼呼地刮着，大雨倾盆”。然而，巴恩哈特却向格雷厄姆对建筑细节的热爱表达了敬意。她所画的蟾府体现出了格雷厄姆在第六章中对蟾府的描述：“那漂亮的都铎窗子。”

11 这是狄更斯作品中反复出现的一句话。

12 泰晤士河上横跨了许多座步行桥，特别是在较少通航的死水地带。格雷厄姆写的步行桥是木制的；谢泼德，唯一一位把桥也画进插图的插画家，画了3次步行小桥，次次都是铁制的：一座是在环衬的地图上，谢泼德将蟾府附近的这座桥戏称为“新铁桥”（译者注：应是相对巴黎塞纳河上的新桥而言）；第二座带状的步行桥作为背景图出现于第一章，当时鼹鼠在说，“鼠兄，我想划划船，现在就要划”；第三座也是最后一座桥出现在第十一章。

牛津泼特草甸的金属步行桥。无论是木制的还是金属的，布置在河流死水处的小步行桥（比如牛津附近的这一条）都具备典型的英式风情。
西摩·狂龙摄

13 晚饭可能是由仆人准备好的。仆人仍旧被故意安排在读者的视野之外。

14 蟾蜍过着挥霍无度的生活，大吃特吃最好的食物；而他的朋友——大多是有地位有姿态的乡绅，是土地和法律的管理者。“过着养尊处优的生活”（living off the fat of the land）这个说法适用于蟾蜍，因为他依靠父亲的遗产过日子。“将你们的父亲和你们的眷属都搬到我这里来，我愿赐给你们埃及地最好的物品，让你们享用本地的肥美物产（the fat of the land）。”（《创世记》45：18）

15 叙述的角度在这一章发生了转变：这种说法一定是出自蟾蜍的观点，因为獾极其聪明，他在赢回蟾府这件事上起到了重要的作用。

16 英国最牢不可破的监狱很可能指的要么是伦敦塔，要么是臭名昭著的瑞丁监狱。19世纪90年代，奥斯卡·王尔德被监禁在瑞丁监狱的时候，他的精神被公然摧毁。

前身为女皇陛下监狱的瑞丁监狱建于1844年，位于瑞丁市中心，前身为瑞丁民事监狱。这座监狱是典型的维多利亚时期监狱的建筑风格，呈十字架的形状。1913年之前，瑞丁监狱一直是公开处决的场所。

伦敦塔由从诺曼底入侵而来的威廉公爵于1066年建造而成，其血腥的监禁和处决历史持续到20世纪。在第一次世界大战期间，有11名囚犯被处决，最后一次处决发生在第二次世界大战期间。

17 蟾蜍的语法上的疏忽，可能是模仿了被他偷了马的女人和买他马的吉卜赛人。

18 见第十章注释40。

19 正如洛伊丝·库兹涅茨所写的那样，獾就是蟾蜍父亲的替身：

獾拥有不寻常的、不为蟾蜍所知的专用通道，那就是通往蟾府的重要的秘密地下通道。他拥有这样的通道，并在合适的时机供蟾蜍派用场，这明白无误地表明，他就是蟾蜍的代理父亲和监护人。蟾蜍尚未从真正意义上继承他父亲的遗产。此外，作为已经塑造成型的角色，獾是蟾蜍生活中的主要变革力量，是其尚未认可并融入自我意识的超我。在第六章中，蟾蜍的三个朋友试图通过软禁来管住他，这一章的语言充满了传教士的热情。这证实了獾在最后的危机爆发之前，长期以来都全情投入，起到了重要作用。(《再访蟾府》)

20 在格雷厄姆的信中，通道是蟾蜍的父亲挖的，而不是他发现的："他（蟾蜍的父亲）以防出现危险挖了那条通道。通道挖好之后，他给我看。'不要告诉我儿子，'他说，'他是个好孩子，但他性格轻浮，管不住自己的嘴巴。'"（来自肯尼斯·格雷厄姆的信，1907年8月21日）

21 就蟾蜍的情况而言，他的沙龙会客厅是蟾府里一个又大又高的房间，主要用来待客。有名望的社会人士和知识分子是这种社交聚会的常客。在肯尼斯·格雷厄姆还单身的时候，他在伦敦期间交往的也正是这类人。据彼得·格林所言，格雷厄姆经常去维瑞饭店参加每周一次的聚会，前去参加聚会的，都是为威廉·埃内斯特·亨利的《国家观察家》撰稿的诗人和作家，他们也为接替《国家观察家》的《新评论》撰稿。[亨利因结核病而瘫痪，并且因此而被截肢。他因成为罗伯特·路易斯·史蒂文森《金银岛》中约翰·西尔弗的原型而闻名。] 在1890年至1896年期间，维瑞饭店是伦敦的高档沙龙之一。每周日晚上，格雷厄姆都去亨利家参加特邀人士的聚会。如诗人W.B.叶芝曾经如此形容这一聚会："我们聚集在……两个中间有折叠门的房间里，我猜，里面悬挂着的是荷兰大师的照片，在其中一个房间里，有一张桌子上面总是放着冷肉……他（亨利）总是让我们感到自己的重要，我们中间没有人能做得像他这样好，没有人有任何迹象能做好，而且谁也不能没有他的赞美。"在1894年到1897年间，格雷厄姆还出席了围绕着《黄皮书》的出版而进行的聚会。（格林，《肯尼斯·格雷厄姆传》）

22 另外的版本，e. 247："我让水獭扮成清扫工，扛着扫帚敲开后门，~~寻找~~找活儿干。"

水獭就像与肯尼斯·格雷厄姆同时代的投机分子一样，能够融入社会的任一阶层。

23 那四小堆就这样渐渐地越堆越高。这个场景是模仿荷马式军事仪式。见第十二章注释2。

24 "学"意味着获取知识，而且比"教"一词更具惩罚意义。学习意味着对记忆的投入，或者是死记硬背，这在贫困阶层共用的拥挤学校中常常使用，那里的学生被教导要“用心学习，机械背诵”。“我要给你个教训”（I'll learn you）这个短语是警告会有惩罚即将发生。当讽刺地使用这个短语时，它意味着：“我会教你永远不要再这样做！”在肯尼斯·格雷厄姆的传记中，帕特里克·查莫斯就语言差异写了如下内容：

> 1930年，《泰晤士报》打算制作翻案诗。一位带头人就价格下降和鼹鼠皮布料不再流行，写了一首题为“穿丝绒的绅士”的诗，提到《哈姆雷特》里面曾称父亲的鬼魂为鼹鼠，并接着说，“但是，如果鼹鼠能阅读，他们会认为，与肯尼斯·格雷厄姆先生相比，威廉·莎士比亚并不出色”。当然，或许地下会有年轻的美男子坚持说，鼹鼠在社会阶层和智商方面比肯尼斯·格雷厄姆写的要高（至少，他们知道在“学学”和“教训”之间随意进行新的区分）。（《肯尼斯·格雷厄姆传》）

25 彼得·亨特写道：

> 妇女是如此强有力的威胁，因而尽最大可能把她们排除在书本之外。她们闯到哪里，就妨碍其体系、打乱其语言、干扰其平衡。甚至，她们的登场也是强势的：蟾蜍越狱的时候，“洗衣妇胖墩墩的身材……宛如通行证一般，所经之处，每一扇插上门闩的小门、每一道阴森森的大门都一一敞开”。那么是什么使蟾府的哨兵感到混乱？是穿着一模一样服装的鼹鼠。（《柳林风声：破碎的桃花源》）

26 一小块田地或围场，通常与房屋或农舍相邻；一块用来放牧动物的牧场。格雷厄姆在库克姆的家——梅菲尔德，配备了一个马场，并且每天都会用。娜奥米·斯托特1908年初期和格雷厄姆一家的往来书信中，无数次提到了这个马场：“我们玩足球玩得非常开心。马场是很好的游乐场。”她在3月9日这样写道。“我们一下午都在马场和花园玩耍。”（3月13日）“现在的马场非常好看，毛茛开花了。春天的气息特别美好。草坪上，金在割草，小老鼠球踢到（金）~~他~~身上，或者在旁边跑。这种自然生活方式对他很有好处。”（得克萨斯大学奥斯汀分校哈里·兰莎姆人文研究中心提供，见“信件”部分）

27 河堤居民和林地居民之间的战斗就像*Batrachomyomachia*（又名《蛙鼠之战》）里的。这是一部喜剧史诗，或是对《伊利亚特》的戏仿诗。罗马人认为《伊利亚特》出自荷马之手。“Batrachomyomachia”意为“愚蠢的争执”。摘要：

一只老鼠去湖边喝水，遇见了青蛙国王。国王邀请他到家里做客。老鼠坐在了国王的背上。他们正要游泳到湖对岸的时候，青蛙国王碰见了一条可怕的水蛇。青蛙赶紧潜下水，却忘了背上的老鼠。青蛙逃跑的时候，老鼠溺水而亡。另一只老鼠在岸边目击了这一幕后，跑去告诉了他的朋友。老鼠们认为青蛙国王故意要淹死老鼠，于是，他们全副武装，准备战斗。老鼠们向青蛙们宣战了，青蛙们转而责怪他们那位对这一事故不认账的国王。其间，宙斯看到两边都在为战争而做准备，便建议众神站队，并命雅典娜去协助老鼠。雅典娜觉得老鼠恶心，于是拒绝出战。最终，众神打定主意，与其介入战斗，不如旁观为好。接下来，战斗开始，众神坐山观虎斗。老鼠获胜的时候，宙斯才决定出面干涉。他召唤出一支螃蟹军团，以防青蛙被彻底消灭。老鼠们无力对抗披甲的螃蟹，便撤退了。一天的战争，于日落时分结束。（格林，《肯尼斯·格雷厄姆传》）

28 这是本章中的第四次正餐。

29 在第四章里，獾吃完午餐就午睡了。

30 另外的版本，e. 247，这几句话后面还接了以下的五句话。格雷厄姆一定是另开了一页，随后又将其舍弃了。整个段落写了一半就不写了，下面这些句子都被划掉了：

天快黑下来时，河鼠把大家召集到客厅，依次站在自己的那个小堆旁，为了远征，给他们装备起来。他干得认认真真。这件事花了很长时间。首先，要给每只动物扎好皮带，然后，插一把剑

格雷厄姆的信件全文，详见“信件”部分。

第十二章　尤利西斯归来[1]

天色暗下来了，河鼠的神色又兴奋又神秘。他把大家召集到客厅，依次站到自己那个小堆前面，为了即将要来的远征给他们装备起来啦。他干得认认真真，仔仔细细，花了好长时间。首先，是给每个动物扎好皮带，在皮带上插了一把剑，为了保持平衡，又在皮带另一边佩了一把弯刀。接着给每一位发了两把手枪、一根警棍、几副手铐、一些绷带和胶布，还有一个小水瓶和一盒三明治。[2]獾好脾气地笑了，说：“好吧，河鼠。你高兴就行。这也

欧内斯特·H. 谢泼德画的刻画了荷马式瞬间的高潮部分

害不了我。不过，我就用手里这根木棍，就什么都能摆平了。”[3]但是，河鼠只是说：“求你了，獾。你知道，我可不想事后挨你骂，说我忘了带什么东西！”

一切准备停当后，獾一手提着一盏遮光提灯，一手握住一根大木棍，说：“好，跟我走！[4]鼹鼠先上，因为我非常喜欢他；下一个，河鼠；蟾蜍殿后。听着，蟾蜍，今天不要像平常那样喋喋不休，要不就把你打发回去，绝不含糊！”

蟾蜍生怕被丢下，对于排在最差的位置，也只能默默接受。动物们出发了。獾带着大家沿河走了一段路，然后在河岸边一荡，钻进一个洞里。洞就在离水面不远的上方。鼹鼠与河鼠默不作声地跟在后面，看到獾进了洞，他们也身子一荡，成功进了洞。但是，轮到蟾蜍的时候，他偏偏滑了一跤，“扑通”一身掉到水里，还吓得尖叫一声。他的朋友们把他拖出水面，给他从上到下擦拭一遍，又急忙拧了拧他的湿衣服，安慰几句，扶着他站起身来。但是獾却大为光火，警告他说，如果下次他再干出类似的蠢事，非丢下他不可。

最终，他们进入了秘密通道，真正开始了这次远征，前去突击敌人。[5]

通道里面冷飕飕的，阴暗潮湿，低矮狭窄，可怜的蟾蜍开始瑟瑟发抖，部分原因在于害怕前面会出事，部分原因在于他浑身湿透了。提灯远在前方，他在黑暗中不由得落后了一段。接着，他听到河鼠警告道：“快跟上，蟾蜍！”他非常害怕被丢下，于是朝前一冲，紧跟上去，不料却撞翻了河鼠，河鼠撞上了鼹鼠，鼹鼠撞上了獾，顿时一团混乱。獾以为他们从背后遭到了攻击，不过由于通道里面空间有限，既不能使棍又不能舞刀，于是獾拔出

布兰瑟姆画的最后一张插图，关于獾在地道里带路的场景，1913 年

手枪，差点朝蟾蜍开上一枪。他明白真相后，不由得大为生气，说：“这次，讨厌的蟾蜍得留下。”

蟾蜍呜呜哭起来。另外两只动物连忙承诺，他们会负责让蟾蜍行端坐正。獾这才平息怒火。队伍继续前进。这一回换作河鼠断后，他牢牢抓着蟾蜍的肩膀。

他们就这样摸索着，一步一步朝前挪。他们竖起耳朵，爪子搭在手枪上。最后，獾说话了："现在，我们应该离蟾府下方很近了。"

突然，他们听到含混低沉的声音，似乎是在很远的地方，又显然来自头顶上方，像是有人在喊叫、欢呼、跺地板、擂桌子。蟾蜍神经兮兮地又恐惧起来，但獾只是平静地说："这帮黄鼠狼正在举办宴会！"

通道此时开始向上倾斜，他们摸索着又走上一段。突然，吵闹声再次响起。这次清楚多了，就在头顶上方很近的地方。"万岁……万岁……万岁……万岁！"他们听到小脚丫跺地板的声音，听到小拳头砸在桌子上，玻璃杯震得叮当响。"他们玩得可真起劲啊！"獾说，"走！"他们顺着通道匆匆朝前，一直走到尽头。他们发现，他们已经站在配餐室的活板门下了。

宴会厅里噪声喧天，一点都没有被听到的危险。獾说："好，伙计们，一齐来！"他们四个用肩膀顶住活板门，把它掀开。相互帮着爬上去之后，他们发现自己已站在配餐室里。在他们和宴会厅之间，只隔着一道门。他们的敌人正在纵情狂欢，对于他们的到来丝毫没有察觉。

他们从通道出来时，沸反盈天，震耳欲聋。最后，当欢呼声和敲打声渐渐平息，听得见一个声音说："好啦，我不想耽搁大家太长时间，（热烈的掌声）不过，在我坐下来之前，（呼声再起）我要替我们好心的主人蟾蜍先生说上一句话！（爆笑声）好好先生蟾蜍，谦虚的蟾蜍，诚实的蟾蜍！（开怀尖叫）"

“看我怎么对付他！”蟾蜍咬牙切齿地咕哝道。

“再忍一分钟！”獾说，好不容易才制止了他，“大家都做好准备！”

“我给你们唱个小曲儿，”那个声音继续道，“是我为蟾蜍创作的。（掌声不绝）”

接着，黄鼠狼头目——正是这一位，吱吱吱地尖声开唱了——

蟾蜍找乐子

上街乐开花

獾挺直身子，两只爪子紧紧握住木棍，环视一下小伙伴，喊道：

“到时候了！跟我来！”

他一把推开门。

老天爷！

一屋子尖叫声，吱吱吱，喳喳喳。

当四位英雄好汉怒气冲冲破门而入时，那一刻多么可怕啊！宴会厅里一片恐慌。黄鼠狼吓得纷纷钻到桌下，发疯般地跳上窗台；白鼬失控地奔向壁炉，毫无指望地在烟囱里挤作一团；桌子翻了，椅子倒了，玻璃杯和瓷器掉到地板上摔得粉碎；大力士獾的胡子根根竖起，大棒在空中虎虎生风；阴沉沉的鼹鼠挥舞着大棒，高呼着可怕的战斗口号：“鼹鼠来也！鼹鼠来也！”[6]不顾一切的河鼠铁了心，皮带上塞满不同年代各式各样的武器。激动得发狂的蟾蜍，带着受伤的自尊心，一下子涨到平日的两倍大，他跳到空中呱呱大叫，吓得敌人冷入骨髓。“蟾蜍找乐子！”他大声喝道，“我要叫你们乐一乐！”他径直朝黄鼠狼头目扑过去。他们不过四个人，但是对于吓破胆的黄鼠狼来说，整个宴会厅好像怪物密布，灰色的，黑色的，褐色的，黄色的，杀声震天，棍棒齐飞。他们吓得吱吱乱叫，惊慌四窜，跳出窗子，蹿上烟囱，不管逃到哪里，只求躲开那些可怕的棍棒。

战斗很快就结束了。四个朋友迈开大步，在宴会厅里来来回回，但凡有谁露头，就狠狠敲上一棒。五分钟之内，屋里就清理干净了。失魂落魄的黄鼠狼蹿过草地时发出的尖叫，透过打破的窗子隐隐传来。几十个敌人躺倒在地，鼹鼠忙着给他们戴上手铐。獾打斗一通后，一边靠着他的木棍歇息，一边擦着他忠厚的脑门。

“鼹鼠，”他说，“你是我们几个中顶呱呱的。你快去外面看看那些白鼬哨兵，瞧瞧他们在干什么。我知道，多亏了你，他们今天晚上才没给我们添乱。”

鼹鼠马上跳窗而出。獾吩咐其他两位扶起一张桌子，从一地碎片中捡出一些刀叉杯盘，看能不能找到点吃的当晚饭。“我想弄点吃的，我真的想。”他用平素说话时的普通口吻说，“腿脚动起来，蟾蜍，打起精神！我们把你的房子夺回来了，你连块三明治都不招待我们。”

蟾蜍心里很受伤，獾没有像对鼹鼠那样对他说好话，没有跟他说他也是好样儿的，没有夸他打起仗来多漂亮。他对自己特别满意，对于自己扑向黄鼠狼头目、一棍打得他飞过桌子特别满意。不过，他还是四下搜寻起来，河鼠也一起忙前忙后地找起来。不一会儿，他们就找到一玻璃盘番石榴酱、一只白斩鸡、一根没怎么碰过的口条、一些水果布丁蛋糕[7]，还有一些龙虾沙拉[8]。在配餐室里，他们还找到一篮法式面包卷、好多奶酪、黄油和芹菜。正当他们要坐下来的时候，鼹鼠从窗户爬了进来。他咯咯笑着，怀抱一捆来复枪。

“就我所知，统统结束啦！”他报告说，“那些白鼬本来就紧张兮兮，提心吊胆，听到大厅里传出尖叫声、喊杀声、喧闹声，有些白鼬扔下来复枪就逃，其他坚守岗位的看到黄鼠狼朝他们冲过来，以为自己被出卖了，他们抓住黄鼠狼，黄鼠狼拼命要挣脱。他们扭作一团，互相捶打，满地乱滚，差不多都滚到了河里。现在，不管怎么样，一个都不剩啦。我把他们的枪都拿回来了。所以，没事儿啦。”

“太棒了，你太了不起了！”獾嘴里塞满鸡肉和水果布丁蛋糕，说道，“鼹鼠，眼下，在你坐下来跟我们一起吃饭之前，我还想让你办一件事。我本来不想麻烦你了，但我知道，你办事，我放心。我希望我能对每一个我认识的人都这么说。如果河鼠不是个诗人，我会派他去。我想让你把地板上那帮家伙带到楼上，让他们把几间卧室打扫干净，收拾整齐、舒服。盯着他们清理床下，换上干净的床单枕套，把被子折一个角，你知道怎么做。每间卧室都备上一罐热水、干净的毛巾，还有一块新开封的香皂。如果能让你感到满足，你还可以每个家伙胖揍一顿，再从后门将他们赶走。我想，我们不会再见到他们了。事情办完后，过来吃点凉口条，一流的口条。鼹鼠，我对你非常满意。”

好脾气的鼹鼠捡起一根棍子，让地上的俘虏排成一排，喊着“齐步走”的口令，带着这队人马上了楼。过了一会儿，他又出现了，微笑着说，每个房间都准备好了，打扫得干干净净。“我也没必要再揍他们一顿了，”他补充道，“总而言之，我觉得他们今天晚上挨揍挨得够多了。当我向黄鼠狼点明这一点后，他们都纷纷表示赞同，说他们再也不会打扰我们了。他们非常后悔，并为他们的所作所为感到非常抱歉，说都是黄鼠狼头目和白鼬的错，还说不管什么时候，如果他们有什么能为我们做的，我们尽管说，他们会将功补过。我给他们每人一个面包卷，把他们从后门放了出去。他们全都一溜烟跑啦。”

说完，鼹鼠把椅子拉到餐桌前，对着冷口条大吃起来。蟾蜍丢下嫉妒，拿出以往的绅士风度，由衷地说：“亲爱的鼹鼠，你今天晚上劳心劳力，真心谢谢你，特别感谢你今天早上的好点子。”獾听了很高兴，说：“说得好，我勇敢的蟾蜍。”他们怀着巨大的喜悦和满足吃好晚饭后，马上离开餐桌，钻到干净的被窝，安然睡在蟾蜍祖传的房子里。这个房子，是他们凭着无比的勇气、完美的策略以及恰如其分的耍棍夺回来的。

第二天早上，蟾蜍照例又睡过了头。下楼吃早饭的时候，已经迟得丢人现眼了。他看到桌子上一堆鸡蛋壳、几片凉掉的硬邦邦的吐司，咖啡壶空了四分之三，[9] 基本没别的什么了。这让他有点生气。他想，这里毕竟是他自己的家啊。从餐厅的落地窗朝外望去，他看到鼹鼠与河鼠坐在草坪里面的藤椅上，显然是在讲故事。他们爆发出阵阵大笑，小短腿在空中乱踢。獾坐在扶手椅里，埋头读晨报，看到蟾蜍进来，只不过抬起眼皮点个头。蟾蜍知道獾的脾性，只得坐下来，尽可能乖乖地吃起早饭。他只是暗自告诉自己，早晚要跟他们算账。当他快要吃完的时候，獾抬起眼睛，简短地说：“抱歉啊，蟾蜍，恐怕你要干一上午的活儿了。你瞧，我们应该马上举办一次宴会庆祝庆祝。这事看你的啦——事实上，这是规矩。”

“噢，没问题，乐意之至。”蟾蜍欣然答道，“可我不明白，你究竟为什么要在上午举办宴会。不过，我亲爱的老獾，你知道的，

南希·巴恩哈特画的插图（1922 年），用作了她的版本的卷首插图。所配文字说明删减自文中：“在草坪上发出阵阵大笑。”

我活着不是为了取悦我自己，而是尽量发现朋友的需求，进而设法做出安排。”

“别装傻了，”獾生气地答道，“还有，不要一边说话一边咯咯笑，还把咖啡喝得咕嘟响，这不礼貌。我的意思是，宴会当然是晚上举办，但是请柬得马上写了发出去，你要着手写了。现在就坐到那张桌子旁，桌上有一摞信纸，信纸顶部印有蓝色和金色的‘蟾府’字样，写信给我们所有的朋友。如果你能一直写，午饭前我们就能发出去。我也搭把手分担一部分工作。我来操办宴会。”

“什么？”蟾蜍诧异地喊道，“这么愉快的早上，让我待在屋里写一堆破信！我正要到我的庄园里四处转转，打理妥当一切事情，安排到位所有的人，大摇大摆地走走，痛痛快快地玩玩！我不写，我要——回头见——等一等，我当然会写的，亲爱的獾！与给别人快乐和方便想比，我的快乐方便算什么呀。你让我写我就写。去吧，獾，定制宴会去吧。你喜欢什么就订什么，然后去外面跟我们年轻的朋友们一起欢乐欢乐，别在意我，别在意我的担忧，别在意我的劳苦。为了责任和友谊，我就牺牲这个美好的上午吧。”[10]

獾狐疑地看着他，可是蟾蜍一脸坦率，表情开诚布公，很难让人认为他态度的转变存有任何不纯动机。于是，獾离开餐厅去了厨房。他身后的门刚一关上，蟾蜍就急忙冲到书桌那里。他说话的时候就已经有了鬼点子。他会写请柬的；他要强调自己在战斗中的主导地位，写他如何把黄鼠狼头目放倒；他会透露一下自己的历险，必须提到自己旗开得胜的经历；在空白页，他还要列出晚宴的助兴节目。他脑子里勾勒出来的节目单大致是这样的：

发言　　蟾蜍

（晚宴期间蟾蜍还有几次发言。）

致辞　　蟾蜍

概要—我们的监狱制度—古老英国的水路—马匹交易以及如何交易—财产及其权利和义务—归田园居[11]—典型的英国乡绅[12]。

歌曲　　蟾蜍演唱

（本人编曲。）

其他曲目　　蟾蜍

在晚宴期间由创作者本人演唱。

这个点子大大鼓舞了他。他卖力地写啊写，中午之前就写完了所有请柬。此刻，有人通报，门口有只穿得破破烂烂的小黄鼠狼，腼腆地询问能不能为绅士们效劳。蟾蜍一个箭步冲了出去。他发现，这只黄鼠狼就是头天晚上俘虏的其中一个。他毕恭毕敬，一副讨好的模样。蟾蜍拍了拍黄鼠狼的脑袋，把一沓请柬往他爪子里面一塞，嘱咐他抄近路把请柬送出去，能多快就多快。如果他愿意晚上再来一趟，或许他能拿到一先令，或许没有。可怜的黄鼠狼好似感激涕零的样子，匆匆忙忙地跑腿去了。

别的小伙伴在河上热热闹闹、开开心心地玩了一上午。当他们回来吃午饭的时候，鼹鼠的良心有点不安，狐疑地看看蟾蜍，指望看出他生气或沮丧的样子，恰恰相反，蟾蜍一副趾高气扬的得意模样。这让鼹鼠不由得生了疑。河鼠与獾意味深长地交换了一下眼神。

吃完午饭，蟾蜍两只爪子深深插进裤兜，漫不经心地说：“好吧，伙计们，好好照顾自己，需要什么尽管说。”然后，他大摇大摆地朝花园走去。他要去那里琢磨琢磨即将到来的演说。此时，河鼠抓住了他的胳膊。

蟾蜍非常怀疑他的用意，拼命要逃开。但是，当獾紧紧地抓住他的另一条胳膊时，他开始明白一切都玩儿完了。两只动物挟持着他走进对着门廊的吸烟室，关上门，把他按到椅子里。他们两个都站到蟾蜍面前，而蟾蜍则一言不发地坐在那里盯着他们，满腹狐疑，心情恶劣。

“喂，你听着，蟾蜍，”河鼠说，“事关宴会，抱歉我得这么跟你讲话。但是，我们想要你彻底明白，宴会上绝对没有演讲，也绝对不能唱歌。你要放明白点儿，这一次没的商量，我们是在通知你。”

蟾蜍看到自己无路可退了。他们了解他，他们看透了他，他们赶在了他的前头。他的美梦破碎了。

“我不可以为大家唱一支小曲吗？”他可怜巴巴地央求。

“不行，一支小曲儿也不能唱。”河鼠坚定地说，尽管看到可怜又失望的蟾蜍颤抖的嘴唇，他也很心痛。“没什么好处，蟾蜍，你很清楚，你的歌都是自大而虚荣的自我吹嘘，你的话都是自我夸耀，还有——嗯，极尽夸张，还有——还有——”

“还有吹牛。”獾以一贯的语气插了一句。

“这是为你好呀，蟾蜍。”河鼠继续说，“你知道，你早晚都得洗心革面呀。眼下好像正是大好时机，正好是你人生的转折点。不要以为说这番话只是为了让你不痛快，我也不比你好受多少。”

蟾蜍久久地陷入沉思之中，最终抬起了头，脸上露出明显动情的神色。“你们赢了，我的朋友。”他断断续续地说，“说实话，我只是提个小小的要求，只不过是让我在今天晚上再灿烂一次，再膨胀一回，让我再听听热烈的掌声，对我来说，掌声好像不知怎的可以激发出我最好的品质。不过，你们没错。我知道是我错了。从此以后，我会改头换面。我的朋友啊，你们再也没有机会为我感到脸红了。但是，天哪，天哪，人世真苦啊。”

他用手帕捂着脸，脚步踉跄地离开了房间。

“獾，”河鼠说，“我觉得自己就像个王八蛋。不知道你是什么感受？”

“噢，我知道，我知道，”獾阴沉地说，“不过只能这么做。这个老好人得在这里住下去，他要撑得住场面，让人尊敬。你愿意让他成为大家的笑柄，被白鼬和黄鼠狼嘲笑吗？”

“当然不愿意，”河鼠说，“而且说到黄鼠狼，那只小黄鼠狼要去给蟾蜍送请柬的时候，我们幸好碰到了他。听了你跟我说的话后，我怀疑这事有猫腻，就看了一两份，写得太丢人现眼了。我统统没收了。现在，鼹鼠这个好好先生正坐在蓝色梳妆室[13]里填写简单明了的请柬。”

宴会时间终于要到了。离开大伙儿躲进卧室的蟾蜍，爪子撑着额头，仍然闷头坐着苦思冥想。渐渐地，他的脸色亮了，他缓缓地露出了笑容，那笑容久久都不曾散去。然后，他不好意思地咯咯咯笑了。他站起身，锁好房门，拉上窗帘，把所有椅子集中起来围成半圆，鼓着肚子站在了椅子前方。[14]接着，他鞠了一躬，咳嗽了两下，对着想象中切实存在的欣喜若狂的观众，扯开嗓门儿，忘乎所以地唱了起来：

蟾蜍的最后一支小曲[15]

蟾蜍——回家啦！

客厅里一派恐慌，

门厅里鬼哭狼嚎。

牛棚里哀哭一片，

马厩里尖叫连连。

蟾蜍——回家啦！

蟾蜍——回家啦！

打碎窗户冲破门，

黄鼠狼被追昏倒在地。

蟾蜍——回家啦！

锣鼓咚咚响！

号角吹响，士兵致意。

大炮轰隆隆，汽车嘀嘀嘀。

英雄——回来啦！

乌拉——欢呼响起！

人人都尽情欢呼吧，

向你们为之自豪的动物致敬吧。

因为，这可是蟾蜍的——大日子。

蟾蜍引吭高歌，唱得津津有味，陶醉不已。唱完一遍，他又从头再唱一遍。

然后，他叹了一口气。那是一声很长很长很长的叹息。

谢泼德画的吹牛的胖蟾蜍的小图画，1931 年

再然后，他把发刷在水罐里蘸了蘸，再把头发从中间分开，刷得笔笔直，光溜溜地垂挂在面孔两侧。[16] 接着，他打开门，悄悄下楼，前去迎接客人们。他知道，大伙儿一定都聚在客厅了。

当他进去的时候，所有的动物都大声欢呼。大家将他团团围住，祝贺他，说着好听的话赞扬他的勇敢、聪明，会打仗。但蟾蜍只不过淡淡一笑，咕哝一句“没什么”，有时换一句“恰恰相反”。水獭站在炉毯上，对着围成一圈的贵客说，如果他在场，他会怎么做。一看到蟾蜍，他就大叫着跑了过来，[17] 一把搂住蟾蜍的脖子，还要拉着他绕场一周，庆祝他凯旋。蟾蜍态度温和，但对此却相当冷淡。他挣脱水獭的双臂，柔声说：“獾是首脑人物，鼹鼠与河鼠是战斗主力军，我只不过是充个人数，做得很少，或者说什么都没做。”动物们都大惑不解，无不对他这种出乎意料的态度感到惊讶。当蟾蜍从客人面前一一走过，谦虚地作出回答时，他觉得，每个人都对他大感兴趣。

獾把一切都安排得很完美，宴会大获成功。动物们说说笑笑，互相打着趣。主持场面的蟾蜍却自始至终都低头看着自己的鼻尖，跟两边的动物低声说着可有可无的客气话，不时偷偷看看獾与河鼠，而獾与河鼠总在蟾蜍偷看他们的时候张大嘴巴，交换一下目光。这让蟾蜍大为满意。晚宴持续进行，一些年轻活泼的动物窃窃私语，说这次的晚宴不如以往的好玩。有的敲着桌子喊：“蟾蜍！讲话！蟾蜍讲话！蟾蜍先生唱首歌！”但是，蟾蜍只是轻轻摇

佩恩画的干净利落地穿着正装的河堤居民，1927 年

摇头，举起一只爪子，温和地表示反对。他一个劲儿地让客人多吃一些，还跟他们聊着热门的话题，关切地询问他们家里不够年龄参加社交的成员好不好，努力向他们传达出这样的信息：这次晚宴是严格按照惯例操作的。

蟾蜍确实变了！

这次巅峰之夜过后，四只动物继续过着他们的生活，其间被内战残忍地破坏过，后来再也没有受到过动乱和入侵的侵扰。蟾蜍跟朋友们商量之后，选了一条漂亮的金项链，配有镶着珍珠的盒式项链坠，再写上一封连獾都承认写得庄重、感恩又令人愉悦的信，派人送给了狱卒的女儿。火车司机呢，也因为他的辛苦付出，得到了合适的酬谢和补偿。在獾的严厉逼迫下，甚至那个船妇也好不容易被找到了，妥妥帖帖地把她的马钱赔给了她，[18] 即使蟾蜍对此极力反对，坚持说他就是老天爷派来惩罚那个胳膊上长斑的胖女人的，谁让她见到一个真正的绅士，竟然有眼无珠认

温德姆·佩恩画的章节补白用图

不出。实话说，赔偿金也并不高，当地评估人认为，那个吉卜赛人给那匹马的估值大致差不多。

在长夏的晚上，四位朋友有时候会一起去野外林地散步。[19]对他们而言，野外林地现在已经被成功地驯服了。林地居民毕恭毕敬地招呼他们。黄鼠狼妈妈把孩子们带到洞口，指着他们说："宝贝你看，那是伟大的蟾蜍先生！[20]跟他走在一起的是勇敢的河鼠，他打起仗来很可怕；那边那位是大名鼎鼎的鼹鼠先生，你们的爸爸常常说到他。"如果他们的孩子捣蛋了，不听话了，为了让他们安静下来，当妈的就会说，要是再不安静下来，再不乖乖听话，吓人的灰獾就会来抓他们。这是对獾的不道德的中伤。獾虽然不怎么关心社交，却很喜欢孩子。但是，黄鼠狼妈妈只消搬出这一条，往往就能出奇制胜。

南希·巴恩哈特画的章节补白用图。敬酒的蟾蜍

---

1 尽管很多读者怀疑了很久，但第十二章的标题证明，最终，蟾蜍得以返家去找占领蟾府的黄鼠狼和白鼬，事实上就是格雷厄姆试图在《柳林风声》中体现出《奥德赛》的情节。

《柳林风声》的章节数是《奥德赛》的一半，《奥德赛》用希腊字母来标示独属于它的章节数（24卷），根据希腊字母在其字母表中的顺序来选择字母。在《奥德修斯威镇厅堂诛戮求婚人》中，奥德赛彻底击败了求婚人，这和蟾蜍赶走黄鼠狼和白鼬可谓异曲同工。

2 原文中"cutlass"，指水手携带的一种短剑，即水手弯刀。弯刀的刀片又平又宽，而且是弯曲的，用来割而不是刺。原文中的"Policeman's truncheon"，俚语，指警棍（billy club），警员携带的一种短且粗的棒子。

这个场景是彼得·格林所提到的"是对老一套的荷马式军事仪式不敬

的模仿”。(《肯尼斯·格雷厄姆传》) 下文是一个武装场景的例子，出现于《奥德赛》第二十二卷：

> “这样吧，让我从藏室里拿出盔甲武装你们——我知道，它们存放在屋里，别处没有，是奥德修斯和他大名鼎鼎的儿子搬进去的。”言罢，放牧山羊的墨兰提俄斯爬上大厅的天窗，进入奥德修斯的藏室，取出十二面粗重的盾牌以及同样数量的枪矛、同样数量嵌缀着茂密马鬃的铜盔，而后迅速搬出房间，交给了求婚者。奥德修斯腿脚软了，心也化掉了，眼见对手盔甲身上穿，长矛手中舞，他明白这是一场恶战。

3 彼得·亨特写了獾的木棍与河鼠的武器之间的差异：

> 最难以置信的是，夺回蟾府用的是最简单的、最有男子气概的方式：就像格雷厄姆童年时代的通俗文学中写的那样，一个英国人顶十个外国人，所以英国人会用拳头而不是武器来战斗［在《飞行的小客栈》以及《布朗神父》系列故事中，写到英国人用剑对战未开化之人的短弯刀时的短兵相接，G.K. 切斯特顿发挥高超］……他们一清除蟾府里的下流家伙，就去睡觉了：“安然睡在蟾蜍祖传的房子里。这个房子，是他们凭着无比的勇气……以及恰如其分的耍棍夺回来的。”(《柳林风声：破碎的桃花源》)

4 獾的“大木棍”这一灵感，可能来自西奥多·罗斯福，1901 年至 1909 年间任职的美国总统。1901 年 9 月 2 日，罗斯福在明尼苏达州博览会上发表了关于外交事务的演讲，提到他的政策为“温言在口，大棒在手”。这段演讲被广泛引用，甚至在英国也是如此，这可能对格雷厄姆产生了影响。罗斯福是格雷厄姆作品的忠实粉丝，包括《柳林风声》。他邀请格雷厄姆一家前去白宫，但是他们从来没去过。格雷厄姆和罗斯福反而于 1910 年在牛津见了面。

5 原文中的“a cutting-out expedtion”是一种海上的表达方式，指在海上动作迅速地抓捕敌人。

6 “A Mole! A Mole!”这个奇怪的战斗口号与莎士比亚的作品《理查三世》(第五幕第四场) 里面最著名的一句相似：“一匹马！一匹马！用我的王位换一匹马！”

7 一种英式甜点，盛在深碗或深碟中，由一层层的蛋糕、奶油、切成薄片的香蕉、草莓 (或当季的任何浆果)、布丁、吉利丁、雪利酒、果酱、冰淇淋和蛋奶沙司组成，上面覆以鲜奶油。

8 见之前关于贝类以及格雷厄姆偏爱海鲜的注释。

9 另外的版本，e.247：咖啡壶空了~~一半~~四分之三。

肯尼斯·格雷厄姆很喜欢咖啡，当他在库克姆迪恩的家里时，他更喜欢喝咖啡。在一个人人饮茶的国家里，这是一种不寻常的偏爱。格雷厄姆回去修改《柳林风声》的手稿，将更让人感到乐观的空了一半的咖啡壶，改成了几乎快空了的咖啡壶。这意味着要召唤仆人，精心制作出符合他口味的咖啡。

每当格雷厄姆在家里的时候，厨师都要根据这张破破烂烂的配方制作咖啡：

格雷厄姆先生的咖啡

> 将刚磨好的满满一勺咖啡粉放入绝对干燥又干净的耐火瓷锅中—使其慢慢变温—在另一个瓷锅中（这两个瓷锅只用于制作咖啡）将一品脱牛奶煮至接近沸腾，在正要沸腾之际，小心翼翼地将其倒入盛有温热干燥咖啡粉的锅中，然后轻轻地使其起泡并朝上飞溅，沸腾四分钟后，用平纹细布过滤，倒入温热干燥的锅中。（得克萨斯大学奥斯汀分校哈里·兰莎姆人文研究中心提供）

10 为了某个特别的念头或某种存在而牺牲（或是宣布计划好的牺牲），是表明你坚持该想法或存在的一种常见方式。忠诚祭坛始于提庇留大帝统治时期（公元 14—37 年），结束于克劳狄一世执政期间（公元 41—54 年）。在提庇留大帝统治时期，为了响应对德边境战，罗马元老院还建立了友谊祭坛。

——J.J.

11 见第十一章注释 6。

原文中的“back to the land”，《牛津英语词典》的释义是让城市失业者和未被充分利用的公民到农村定居时的标语。大卫·劳合·乔治认为，特别是失业的矿工、磨坊主和劳工，都应该安排到农村去。他写道：“这是一种犯罪，后代会难以置信地发现，我们多达数百万计身体健壮的人不情不愿地为失业所困，而我们的土地却高呼着让人们前去耕耘。”乔治还因说了以下的话而闻名：“是谁规定的少数人才能拥有（英国的）土地；是谁指定了 10000 名土地所有者，而我们剩下的人，却是出生的大地上的不速之客？”

12 这是乡绅或是土地所有人的头衔。在文中情形下，蟾蜍是一名乡绅，因为他是这个村子以及河堤片区最主要的土地拥有者。

13 布置典雅的小房间，在那里，妇女可以一个人躲着或是接待她的亲密朋友；以前，有些男性私人公寓里也用得上。（《牛津英语词典》）

14 这种椅子摆放的方式，与前面在第六章出现的场景相似——蟾蜍用他卧室里的椅子摆出了一辆汽车。

15 汉弗莱·卡彭特在《秘密花园：儿童文学黄金时代的研究》中指出：

蟾蜍也是个诗人，只是他的颂歌都是自恋的赞美诗。也许并非没有可取之处，有点像古代文学中大英雄的夸夸其谈，但终归还是放纵和自我陶醉的诗作……然而，蟾蜍增长了才智，在全书的结尾，他学会了将那些自吹自擂的诗留给自己。他在卧室私下里吟诵了《蟾蜍的最后一支小曲》，然后，等他下楼参加庆祝他回归蟾府的宴会时，他谨慎地保持了沉默。

谢泼德画了一幅蟾蜍的小画。画上的蟾蜍穿着正装，正在使尽力气放声歌唱，就像他本真的吹牛大王面目一样。与温德姆·佩恩不同，谢泼德省略了蟾府的一切背景细节。因此，在后面的版本里，这幅画有时候会被放错位置。

16 蟾蜍并没有头发。见第十章注释5里引用的毕翠克丝·波特的信。

17 自从第七章里面水獭与小胖子重聚之后，这是我们第一次见到他。

温德姆·佩恩既没有画备战的过程，也没有画驱逐黄鼠狼和白鼬的场景，而是直接切入河堤居民复得蟾府后的庆祝活动。河堤居民们打着白色的领结，小口抿着香槟，他们看起来更像是晚宴上衣冠楚楚的健壮年轻人，而不是林地里的动物。格雷厄姆从未提及过这个场景里有壁炉，只提到了水獭站在炉边的地毯上。

佩恩所画的河堤居民们聚集在生火的壁炉前——这是他那个《柳林风声》版本里出现的第二个壁炉。第一个出现在卷首插图里，来自鼹鼠与河鼠抵达蟾府那一幕。两个壁炉的罩子并不一样，这意味着后者是在蟾府的另一个地方。两个壁炉位于何处，这在格雷厄姆的文字里并没有提过。插图里的两个壁炉，全然是出自插画家的润色。

18 很难找出船妇的确切位置，因为，她本人也勉强算是吉卜赛人，顺着英国的运河四处流浪。

19 在温德姆·佩恩所画的补白图上，五名河堤居民个个着装独特，手挽着手走着，并向读者挥舞着帽子。《柳林风声》最早的评论之一出现在《星期六文学评论》上："（佩恩所画的）河鼠、蟾蜍和鼹鼠行为举止十分像人类，让我们想起热爱运动的大学生。"正是这幅画，勾起了人们的这种情感。

20 河堤居民的生活方式一直是与众不同的。他们每个人的家都要走很久才能到达，然而，黄鼠狼以及栖息于野外林地的大多数动物，就住在大路边上。黄鼠狼的家既不是"小巧精致的临水住宅"，也没有带前门的花园式前庭通道，而是洞穴。然而，尽管黄鼠狼在经济上与河堤居民并不对等，但他们仰慕河堤居民，因为河堤居民赶跑了占据蟾府的更为危险的黄鼠狼和白鼬。通过驱逐那些林地居民，河堤居民们瓦解了这个小团体，使野外林地复归和平，再次成为安全的居所。

信 件

我最亲爱的小老鼠：肯尼斯·格雷厄姆写给阿拉斯泰尔·格雷厄姆，1907年5月—1907年9月

从1907年5月到9月间，肯尼斯·格雷厄姆给儿子阿拉斯泰尔写了一系列信件，后来，他将这些信件增补进《柳林风声》里面。下面就是这些信件的全文，依照它们最终在故事的不同章节出现的顺序而呈现出来。

第六章

出现在第六章的信件见第六章注释25。

第八章

福伊，康沃尔，福伊旅馆

1907年5月31日

我亲爱的小老鼠：

希望你一切都好。听说你坐船去了美国以及其他遥远的地方，我非常高兴。现在你可能想再听听可怜的蟾蜍的故事。当蟾蜍听说他们被满满一火车头荷枪实弹的警察追赶的时候，他跪倒在煤堆上呼喊："好心的火车司机先生，救救我吧，救救我吧。我会向

你坦白一切。我看似一个普普通通的洗衣妇，其实不是。我是一只蟾蜍——蟾府大名鼎鼎的蟾蜍先生。我从监狱逃了出来。那些警察是来抓我的。”然后，火车司机表情严肃地说：“你是怎么进监狱的，蟾蜍?”蟾蜍涨红了脸说：“我只不过在那些人吃饭的时候借用了一下他们的汽车。我并不是真的要偷。”

“嗯，”火车司机说，“显然你就是一只坏蟾蜍嘛。但是如果可以，我会救你的。”于是，他往火上加了更多的煤，火车沿着轨道呼啸前进。但是后面的火车一直追啊追。过了一会儿，火车司机叹了一口气说：“恐怕没用了。他们肯定马上就能追上我们。他们追上我们的火车后，一定会爬上来。如果我们想抵抗，他们会开枪打死我们的。”蟾蜍说：“亲爱的火车司机先生，一定要想办法救救我啊。”火车司机想了一下，说道：“我只能这么做了。这是你唯一的机会。我们马上开到一条长长的隧道，隧道的那一头是一片茂密的林子。过隧道的时候，我会能开多快开多快。一过隧道，我会减速几秒钟，你必须跳下去，跑进林子里，在追赶的火车到来前藏到林子里去。然后我会全速前进，他们以为你还在火车上面，会一直不停地追我。”

接下来，他们箭一般地钻进隧道，火车司机又加了更多的煤，火星飞溅，火车向前直冲，轰隆隆、哐当当，最后冲到月光下的隧道另一端。然后火车司机来个急刹车，火车慢得跟步行的速度差不多。蟾蜍走到踏板上，火车司机说：“现在就跳!”蟾蜍跳了下去，滚下了路堤，爬进林子藏了起来。然后他偷偷望出去，看到火车再次提速，飞快地开走了。随后，追击的火车从隧道冲出来，轰隆隆呼啸而过。他们紧追不舍，警察挥舞着手枪，大喊：“停车，停车，停车!”蟾蜍开怀大笑，这是他被投进监狱以后第一次大笑。

但是现在天色很晚了，黑黢黢，冷飕飕，他身在一片野外林子里，没有钱，没有朋友。一些小动物从洞里偷偷打量他，对着他指指点点，取笑他。一只狐狸悄悄经过，说："喂，洗衣妇！洗衣妇的生意怎么样啊？"说完偷偷笑了。蟾蜍想找一块石头砸他，却没有找到，这让他很难过。过了一会儿，他找到一个树洞，里面都是干燥的叶子。他蜷着身子，舒舒服服地一觉睡到了天亮。

下一封信，我争取给你讲蟾蜍的历险，讲讲驳船的船夫，讲讲吉卜赛人，还有蟾蜍是怎么卖马的。

永远爱你的

爸爸

第十章

福伊，康沃尔，福伊旅馆

1907 年 6 月 7 日

我亲爱的小老鼠：

希望你那边的天气比我们这边的好。这里湿漉漉的，还刮着风，我们不能出去划船，也不能去放风筝或者出海什么的。

你或许想听听蟾蜍从追赶他、想再次把他投进监狱的警察那里逃回家后又发生了什么事情。好吧，第二天早晨，明亮的太阳照进树洞里，蟾蜍醒来了。经过头一天的辛苦逃亡，他睡得特别香。他起床，抖了抖身子，用手指清理掉头上的叶子。他快步离开了，因为他又冷又饿。他走啊走，一直走到运河边。他想，这条河一定通往城镇。所以他就沿着纤道走，不一会儿就遇到一匹马，拖着长长的绳子，拉着一艘驳船。他等着船过来。船上有个男人在掌舵。他点点头，说："早上好，洗衣妇。你在这里干什么？"蟾蜍装出一脸可怜巴巴的样子，说："求你了，好心的先生，我要去看我结了婚的女儿，她住在一栋漂亮的叫'蟾府'的房子附近，可我的钱花光了，我很累。"男人说："蟾府？哎呀，我也是朝那个方向走。跳上来，我捎你一程。"他把船开到岸边，蟾蜍跳上船，沾沾自喜地坐下来。过了一会儿，男人又说："我不明白，我为什么要捎你一程，还什么都不图。那边有一桶水，你提着那桶水，拿着这块黄色的肥皂，这里有几件衬衫，我们开着船，你可以洗一洗衬衫。"蟾蜍吓坏了，因为他一辈子都没有洗过一件衬衫。他把衬衫按到水里，涂上肥皂，但是好像怎么都洗不干净。他手指冰冷，不由得生起气来。不久，男人来看他洗得怎么样了。但是一看到他就笑出声来，说："你说你是洗衣妇？你这个愚蠢的老太婆，衬衫不是这么洗的！"蟾蜍也大发雷霆，忘乎所以地说："你竟敢这么跟一个比你强的人说话！不要叫我愚蠢的老太婆！你这平凡低等下流的船夫，我不是什么老太婆，你才是老太婆。"船夫仔细看了看他，喊道："天哪！不会吧。看得出，你不是一个真正的洗衣妇！你只不过是一只蟾蜍罢了！"然后，他抓起蟾蜍的一只后腿和一只前腿，抡圆了一挥，朝空中扔去——

哗啦！（插画）

他发现自己一头插进了水里。

露出水面后，蟾蜍抹去眼睛上的水，扑打着上岸，但是那件女士长袍缠住了他的腿，游起来非常困难。最终，当他安全地再次踏上纤道，他看到驳船消失在远方。男人回过头，对着他哈哈大笑。蟾蜍气得发疯。他卷起裙子夹在胳膊下面，沿着纤道拼命跑，超过了驳船，继续跑，追上那匹拉船的马，松开纤绳，跳上马背，双脚朝马肚子踢去。他们飞驰而去。他们一边跑，蟾蜍一边回头看，只见那艘驳船已经在运河对岸搁浅了。船夫朝他挥着拳头，大喊："停下，停下，停下！"但是蟾蜍才不会停下来呢。他只管哈哈大笑，一边策马飞奔，穿过乡村，越过田野和树篱，直到把运河、驳船和船夫甩了好几里路。

恐怕下一封信，吉卜赛人就等在那里了。

永远爱你的

爸爸

维多利亚州，坎普顿山，杜伦别墅 16 号

1907 年 6 月 21 日

我亲爱的小老鼠：

你肯定有兴趣听听蟾蜍先生接下来的历险，在他骑着船夫的马飞奔过乡野、船夫徒劳地在他身后叫喊过后的故事。一路飞奔，那马儿很快就累了，从飞奔变成慢跑，然后从慢跑变成散步，再然后彻底不走了，开始啃草吃。蟾蜍四下望了望，发现自己置身一片公地。公地上支着一个吉卜赛帐篷，一个吉卜赛人坐在旁边倒扣着的一只桶上面，抽着烟。帐篷前面，一堆柴火正在燃烧，火的上方吊着一个铁罐，从铁罐里飘出蒸汽，咕嘟咕嘟，你从来没有闻过那么美妙的香味。

蟾蜍觉得饿极了，那天早上他没有吃早饭，头天晚上也没有吃。他吸着鼻子闻啊闻，看看铁锅，看看吉卜赛人。吉卜赛人仍然坐着抽烟，也回看着他。

过了一会儿，吉卜赛人把烟斗从嘴巴里取出来，说："你要卖那匹马吗？"（现在你一定明白了，吉卜赛人很喜欢买卖马匹，从来

不会错过任何一个机会。）

对于蟾蜍而言，这可真是个特别新鲜的主意。他从来没有想过要卖掉这匹马。不过，眼下，他发现了一个弄点儿钱的办法。他太需要钱了。他说："什么，卖掉我这匹年轻漂亮的马？不卖。我从来没有想过要卖掉我这匹年轻漂亮的马。你看，这马儿多年轻多漂亮啊。半是阿拉伯马，半是赛马，还得过哈克尼表演奖。不过，你愿意为我这年轻漂亮的马儿出多少钱呢？"

吉卜赛人看了看这匹马，看了看蟾蜍，接着又看看这匹马。然后他说："一先令一条腿。"说完，转过脸去继续抽烟。

"一先令一条腿？"蟾蜍说，"我要花点儿时间算一算，加起来，看看一共多少。"他爬下马背，让马儿吃草，自己坐到了吉卜赛人身边，扳着手指，脑袋里做着加法。过了一会儿，他说："一先令一条腿？那正好是四先令。噢，这么年轻漂亮的马，只卖四先令，我想都不敢想。"

"好啦，"吉卜赛人说，"我来告诉你我会怎么做。我会给你五先令。比它的实际价值多给了一先令。一口价。"

蟾蜍陷入了沉思。他身上一个便士都没有，五先令听上去是一大笔钱。可是从另一方面考虑，五先令卖一匹马，也不算多。可是，这匹马又没花费他什么，所以这是净赚。最终，他说："吉卜赛人，你听着，你得给我六先令六便士。现金。还要让我吃一顿早饭，就是你那铁锅里不停飘出香味的饭，能吃多少吃多少。我会把我年轻漂亮的马给你，外加马身上所有漂亮的马具。"吉卜赛人咕哝了几句，最后也同意了。他数了六先令六便士，放到蟾蜍的爪子里，然后从帐篷里拿出盘子，从铁罐里把热乎乎的杂烩汤倒进盘子。这是最美味的杂烩汤，里面有松鸡、野鸡、家鸡、野兔、家兔、雌孔雀、珍珠鸡。蟾蜍不停地塞啊塞，不停地要啊要，心想，他这辈子都没吃过这么好吃的早饭。

爱你的

爸爸

维多利亚州，坎普顿山，杜伦别墅16号

1907年7月17日

我亲爱的罗宾逊：

好吧！

所以，蟾蜍往肚子里塞了很多早饭，直到塞不下，这才跟吉卜赛人握手告别，也跟马儿告了别，然后朝着蟾府的方向走去。此刻他感觉非常高兴，因为明媚的阳光照耀在身上，湿漉漉的衣服差不多干了；他吃了一流的早饭；口袋里又有了钱；离家和朋友越来越近。想着自己的冒险和每次死里逃生，他开始骄傲自大、神气活现起来。“嗬！嗬！”他一边朝前走一边对自己说，“我真是一只聪明的动物！世上没有任何动物能跟我比！敌人把我关进监狱，我完美逃脱了。他们开着火车追我，警察加手枪呃，我哈哈大笑，不见了踪影。我被扔进了河里。我游到岸上，抢了马，又卖了马，换了满满一口袋钱，外加美美的一顿早饭。不论走到哪里我都受人欢迎。嗬！嗬！我是蟾蜍，英俊的蟾蜍，受人欢迎的蟾蜍，功成名就的蟾蜍！”他自高自大，膨胀极了，他编了一首歌赞美自己。这是一首自吹自擂的歌。以下是部分歌词：

世上许多大英雄，

史书上面留影踪。

说到名声永流传，~~绝妙又美好，~~

~~大名鼎鼎的~~蟾蜍当为第一名。

牛津学子真聪明，

无所不知传美名，

比起才子蟾先生，

人人都得处下风。

动物方舟里面哭，

泪如潮涌哗哗流。

一声“前面就是岸”，

鼓舞人心是蟾蜍。

军队迈步街上行，

忽然齐齐把礼敬。

——国王？——还是基钦纳？

是我蟾蜍大先生。

王后带着众侍女，

窗前坐着密密缝。

她喊：“美男是何人？”

众人答曰蟾先生。

这骄傲自大的动物唱的就是这一类的歌。不过，他的骄傲很快就遭到了打击。我们要从中吸取教训，不要像蟾蜍那样自我膨胀、自高自大。

不久，蟾蜍走到了一条乡间小路上。小路已经远离公地。他顺着小路望出去时，看到很远的地方有个小黑点，小黑点渐渐变大，又大一些，再大一些，接着他听到微弱的嗡嗡声。那声音渐渐变大，又大一些，再大一些，然后他听到了熟悉的声音，那声音是：

噗噗！

“吼吼！”蟾蜍说，“这才是生活。是我喜欢的！我会拦下他们，让他们捎我一程。我要耀武扬威地开车回蟾府！或许，我能借用一下那辆汽车。”他没有说“偷”，但是我怕他是想到了这一点。他走到路上朝汽车招手，突然，他的脸变得苍白，他的膝盖哆哆嗦嗦，他的胃绞痛了。为什么？因为他突然认出来，开过来的那辆车正是他从红狮饭店偷走的那辆！车上坐着的，正是在那要命的一天走进饭店吃饭的那帮人。

（未完待续）爸爸

维多利亚州，坎普顿山，杜伦别墅 16 号

1907 年 8 月 7 日

我亲爱的罗宾逊：

看到敌人离他越来越近时，蟾蜍的心化成了水，肌肉瘫软，他在公路上瘫成了一堆可怜兮兮的破烂，他对自己嘟囔着：“一切全完啦！现在一切都结束了。又是镣铐和警察！吃干面包，喝冷水！天哪，我可真蠢哪。我干吗要在乡下走得大摇大摆？我干吗要得意扬扬地唱歌？我本该藏起来，等天黑以后走僻静的小道

悄悄溜回家，直到一切烟消云散。天哪，倒霉的蟾蜍！不幸的家伙！”他的脑袋垂到了尘土里。

那辆可怕的汽车越开越近，然后停了下来。几位绅士走下车子，绕着躺在路上的那堆哆哆嗦嗦、可怜巴巴的东西打转。其中一位说：“天哪，这个可怜的老洗衣妇昏倒在路上了。她可能是中暑了，也可能她没有吃饱。真可怜啊。不管怎样，我们把她抬到车上，带到附近的村里去。”

于是，他们把蟾蜍轻轻地抬上车，让他靠在柔软的垫子上，继续上路了。蟾蜍听他们说话那么和善，知道自己没有被认出来。他的勇气又回来了。他睁开一只眼睛。其中一个绅士说：“瞧，她已经好些了。新鲜空气对她有好处。洗衣妇，你现在感觉怎么样？”

蟾蜍用虚弱的声音说：“谢谢你们，好心的先生，我感觉好多了。我在想，我能不能坐在前面的座位上，司机旁边的位子，坐在那里，我可以呼吸到更多空气，我很快就会好啦。”

“这女人脑子真好使！”绅士说。他们小心地帮着蟾蜍挪到前面的位子上，坐在司机旁边。车子又继续上路了。蟾蜍开始坐直身子，朝四下里张望。过了一会儿，他对司机说：“司机先生，请你行行好，让我开一会儿吧。看起来很简单。我保证我能开得挺好。”

司机哈哈大笑，笑得开心极了。不过，其中一位绅士说：“好啊，洗衣妇。我喜欢你这股劲儿。让她试试。你关照一下，没什么坏处。”

司机把位子让给蟾蜍。蟾蜍手握方向盘，把车子开走了。他们慢慢地朝前开。起初，他开得很慢，很小心。蟾蜍要谨慎行事。

绅士鼓起掌来，喊道：“好样的，洗衣妇！她开得多好啊！想一想，洗衣妇开汽车！好样儿的！”

然后，蟾蜍开得快了一些。

绅士鼓掌。蟾蜍开得更快了。

然后，当当他感到风呼呼地吹过耳畔，身下的汽车颠簸着，蟾蜍开始失去理智。他开得更快了，一直在加速。绅士警告地喊：“当心，洗衣妇！”蟾蜍彻底失去了理智。他站在座位上大喊：“嗬嗬，你叫谁洗衣妇？我是蟾蜍。大名鼎鼎的蟾蜍！开走汽车的蟾蜍，总能逃脱的蟾蜍，难倒敌人的蟾蜍，躲开警察的蟾蜍，越狱的蟾蜍，战无不胜的蟾蜍！”

于是，绅士们和司机都站起身朝蟾蜍扑去。“抓住他！”他们大喊，“抓住蟾蜍，这个偷我们汽车的坏家伙。把他捆起来，戴上锁链，拖到最近的警察局！拿下这只蟾蜍！”

哎呀！他们本该想到要先停下车子，再来玩这一套。蟾蜍转了半圈方向盘，汽车呼一下穿过了路边的灌木篱墙，猛地弹起，“扑通”一声，掉进了饮马池。

蟾蜍发现自己像燕子一样朝半空飞去。他开始琢磨，是不是可以一直飞，直到长出翅膀，变成蟾鸟，就在这时，“砰”的一声，他仰面朝天摔到地上。他马上跳起来，发现自己站在一片草地中。回头一看，只见池子里的那辆汽车快沉下去了，绅士和司机都被长大衣绊住，正无可奈何地在水里挣扎。他没有留下来帮他们。不！他马上跑掉了，跑啊跑，跑啊跑，直到累得上气不接下气，这才放慢步子，缓缓前行。走了一会儿，他开始咯咯咯地笑，从咯咯咯变成哈哈哈，笑得他只好一屁股坐到树篱下。“嗬！

嗬！”他大喊大叫，“蟾蜍又赢了！蟾蜍蟾蜍总是顶呱呱！是谁让他们捎一程的？是谁想坐到前面呼吸新鲜空气？是谁，说服司机让我开车的？是谁把他们统统摔进了饮马池？是谁，毫发无伤地逃走了，任那帮家伙在水里挣扎？是蟾蜍！聪明的蟾蜍！伟大的蟾蜍，好心的蟾蜍！”接着，他又开始唱歌了，他唱道：

小汽车，噗噗响，
飞快跑在大路上。
谁人开车进池塘？
当为天才蟾蜍郎！

噢，我多聪明啊！我多聪明啊，多聪明，多聪——”

他听到身后有轻微的喧嚷声传来，蟾蜍扭头一看，哎呀好可怕！哎呀太惨啦！哎呀完蛋啦！老天呀呀！

大约隔着两块田地，只见一个穿着长筒靴的司机和两个大块头的乡村警察，正向蟾蜍拼命追来。

可怜的蟾蜍拔脚就逃，心都提到了嗓子眼。“噢，老天！”他气喘吁吁地跑着，说着，“我可真是头蠢驴！一头自高自大的蠢驴。噢，老天！噢，老天！噢，老天！”他回头一看，看到追兵就要赶上他了。他一边跑一边不停地回头看，看到他们不断地往前赶。蟾蜍拼命跑，可他腿短身材胖，他回头看看，他们还在追。他们离他很近了。他们到底还是追上来了。现在，他听到他们就在身后。他顾不上是往哪个方向跑，只管发疯般地瞎跑。他回头看了看越来越近的敌人，突然

（插图）

扑通！

蟾蜍发现自己一头扎进了河里。他竟然跑到了河里。他浮出水面，想要抓住河沿长着的芦苇和灯芯草，但是水流很急，把芦苇和灯芯草从他手里冲走了。“噢，老天！”可怜的蟾蜍说，“我再也不偷汽车了——”接着，他沉了下去，又拍打着水面浮上来了。很快，他看到岸边的一个大黑洞，那洞就在他头顶。水流冲击着他快速向前。他伸出一只爪子，抓住了洞沿。他慢慢地把身体拉出水面，最终可以把胳膊肘架在洞沿上休息了。他就那样待了几分钟，呼呼直喘。他确实累坏了。

过了一会儿，他往大黑洞口里面看的时候，他看到有个晶亮的小点，像发光的萤火虫，也像遥远的星星。在他看的时候，那东西眨了一下，闪着光，越来越像一只小眼睛！他看呀看，看到了小点周围，是一张脸的轮廓。

一张暗色的小脸——

还有胡子——

它

是

河鼠！

（未完待续）

第十一章

维多利亚州，坎普顿山，杜伦别墅 16 号

1907年8月12日

亲爱的罗宾逊：

河鼠伸出一只干净的褐色小爪子，用力往上拉，把蟾蜍拉到洞沿上。蟾蜍最后完好无损、安安全全站在客厅里。他身上糊满泥巴，水从身上蜿蜒而下。但是，在那么多危险的冒险经历后，最终能够站在朋友家中，他很高兴。“噢，河鼠！”他叫道，“你都想不出，我经历了些什么。危险，逃跑，全凭我的聪明搞定。扔进监狱，我越狱了；丢进河里，游上岸了；偷一匹马，卖了一口袋钱。我是一只聪明的蟾蜍！从不犯错！让我告诉你我干了什么，就在刚才——”

“蟾蜍，”河鼠坚定地说，“你马上上楼去，脱掉那件破棉袍，像是哪个洗衣妇的衣服。把自己彻底洗干净，穿上我的衣服，如果可以，下楼的时候尽量看起来像个绅士。我这辈子都没见过比你更寒酸、肮脏、不体面的家伙！现在别再吹牛了，快去吧。”~~我以后再跟你谈~~

蟾蜍乖乖上楼，去了河鼠的更衣室，换了衣服，刷了刷头发。等他下楼时，午饭已经摆在桌上了。看到午饭，蟾蜍非常高兴。虽说吃了一顿丰盛的早餐，到现在他已是非常~~相当~~饿了。午饭有烤小牛肉、西葫芦和樱桃派。

当他们吃饭~~坐下~~的时候，蟾蜍把自己经历的险情统统告诉了河鼠。他没忘记吹嘘自己多么聪明，何等机智，何等机灵。但是河鼠看上去很严肃。蟾蜍吃好饭，河鼠说：“喏，蟾蜍啊，说真的，你真的不明白你是头老蠢驴吗？你被打败，受了刺激，关进监狱，~~挨饿~~，被追，~~挨打~~，~~挨骂~~，被扔到水里，这并不好玩。一切，都因为你想偷一辆汽车。你不需要偷汽车。你的钱很多。如果想要，你可以买一辆漂亮的。你什么时候长点脑子，为你的朋友长长脸？”

蟾蜍心肠很好，朋友数落他，他从来都不介意。所以河鼠训话的时候，他还一直在说“可是确实是好玩啊”，并抑制不住发出声音：咔咔咔，噗噗噗，还有其他类似压抑的鼾声和开汽水瓶的声音，然而当河鼠快要说完的时候，他深深叹息了一声，友好而谦卑地说：“鼠兄，你说得太对了。我就是一头自高自大的蠢驴，我明白这一点。不过，我现在想当一只好蟾蜍，不再犯浑了。我们喝杯咖啡，抽支烟，我要溜达到蟾府，我要去过体面生活了。朋友来看我的时候，我要让他们吃上点儿东西。我还要弄一辆轻便马车到乡下兜兜风，就像过去那些好日子里一样。”

“溜达到蟾府？”河鼠大喊，“你在说什么呀？你是说，你没听说吗？”

“听说什么？”蟾蜍脸色煞白，说道，“说呀，河鼠！我没听说什么呀？”

河鼠将小拳头猛砸在桌子上，大喊道：“你是在告诉我，你什么都不知道——”

（未完待续）

维多利亚州，坎普顿山，杜伦别墅 16 号

1907 年 8 月 16 日

亲爱的罗宾逊：

“你是在告诉我，”河鼠将小拳头猛砸在桌子上，大喊道，“你从来都没有听说那些动物的事？”~~白鼬＋黄鼠狼？~~

“不——”蟾蜍咕哝着，四肢颤抖。

“也没听说他们怎么霸占了蟾府？”河鼠继续说道。

蟾蜍把胳膊肘支在桌上，托着下巴。大滴眼泪涌出来，溅到桌面上，噗，噗！

“说下去，河鼠！”他咕哝道，“把一切都告诉我。我挺得住。”

“当你……卷入……你那麻烦事后，”河鼠说得缓慢，让人印象深刻，“我是说，当你消失以后，你知道，在那之后，你知道我是指——”

蟾蜍只是点点头。

“呃，自然，这一带说什么的都有，”河鼠继续说下去，“不仅是~~沿河一带，甚至~~村子里，野外林地也不例外。动物们说，这一回你永远都休想回来了，休想，休想。~~你这回是完蛋了~~。”

蟾蜍点点头。

~~他们都是些小野兽~~

“——可是鼹鼠和獾，”河鼠接着说，“他们坚持说，你不管怎么都能回来；他们说不准你怎么回来，但总有办法。”

蟾蜍重新端坐在椅子上，稍带得意地笑了一下。

“一个黑漆漆的夜里，”河鼠压低声音说，“一个非常黑的夜里，风也呼呼刮着，大雨倾盆，一帮武装到牙齿的黄鼠狼悄悄爬上车道。与此同时，一群不要命的雪貂也穿过菜园。还有一群肆无忌惮的白鼬，将后门团团围住。

“鼹鼠和獾当时正坐在炉火旁一边吸烟一边侃大山，当那群残忍的坏蛋破门而入、朝他们冲来时，他们拼命反抗。但是两只动物怎么是几百只动物的对手？那帮家伙抓住他们用棍子狠狠揍了一顿。两只忠心耿耿的动物可怜啊，被赶到外面受冻挨淋。”

蟾蜍哧哧窃笑起来，随之又控制了自己，装出一副郑重的样子。

“从此以后，他们就住在了~~那里~~（蟾府）。”河鼠接着说道，“而且要一直住下去！他们白天多半窝在床上，一天里随时开早饭，那里到处都搞得乱糟糟的，不能正眼瞧。他们吃你的，喝你的，还恶劣地开你玩笑，唱着跟你有关的流里流气的歌，关于监狱、地方官吏，一切的一切……他们见人就说要在蟾府住到底。”

“是吗?”蟾蜍说着站起身来，抓起一根棍子。“我很乐意见识见识!”

“没用的，蟾蜍!”河鼠追着他叫道，“你最好回来，给我坐下。你去了只会惹麻烦。”

但是蟾蜍不听劝阻，径直离去了。他肩上扛着棍，顺着大路健步如飞朝前走。快到家门口的时候，篱笆后面忽然跳出一只带着枪的黄色雪貂。

“来者何人?”雪貂厉声喝道。

“废话!”蟾蜍怒道，“你竟敢这么跟我说话？你什么意思？你什么——”

雪貂一言不发，但他把枪举到了肩上。蟾蜍卧倒在地。“砰”的一声，一颗子弹呼啸着从他头上飞过。

蟾蜍爬起身来，拔腿就跑。他顺着来路拼命地跑啊跑。他听到雪貂在哈哈大笑。

他回来后，把事情经过告诉了河鼠。“我怎么跟你说的?”河鼠说。

然而，蟾蜍还是不肯马上善罢甘休。他把船开出来，沿河而上，向蟾府的后面划去。蟾府的花园一直通往河边。

一切都显得平和宁静，没有人影。他靠着船桨歇息时，看到阳光下安静的蟾府；鸽子在屋顶咕咕叫；花园；小溪通向船库，溪上架有木桥；他小心翼翼划着船，正当他要从桥下穿过的时候，

咔嚓！

一块大石头从桥上丢下来，把船底都砸碎了。蟾蜍发现自己在水里挣扎着。他抬头一看，只见两只白鼬趴在桥栏上看着他："蟾蜍，下次砸你的头！"他们说。蟾蜍向岸边游去。白鼬不停地哈哈大笑，差点都笑得昏厥过去两次——也就是说，当然是每只白鼬昏过去一次。

蟾蜍回去跟河鼠讲了。"我怎么跟你说的？"河鼠生气地说，"瞧你，毁了我借给你的（漂亮）衣服！"

接着蟾蜍非常谦逊，为弄湿河鼠的衣服向他道了歉。他说："河鼠啊，我这只蟾蜍就是个死脑筋，又任性。从今以后，相信我，我会虚心听话，没有你的善意提醒和全力支持，我绝不轻举妄动。"

"如果真是这样，"河鼠说，"我劝你坐下来吃晚饭。耐心点儿。我相信，在见到鼹鼠和獾之前，我们什么办法都没有。先听听他们的最新消息，听听他们有什么建议。"

"哦嗬，鼹鼠和獾。"蟾蜍轻声说，"哎呀，他们怎么样了？我把他们全忘了。"

"你是该好好问问了！"河鼠责备地回答，"你开着汽车到处跑，你那两个可怜又忠心的朋友藏在野外林地，白天过得苦，晚上过得难。他们侦察、策划，想方设法要重新为你夺回蟾府。这才是真正的朋友。某一天，你会为自己拥有他们却不知道珍惜而后悔。"

蟾蜍又谦逊地懊悔起来。当然，他们坐下来吃晚饭了。

他们刚吃到一半，就听到了敲门声。河鼠神秘兮兮地朝蟾蜍点点头，前去开门。进来的是獾。他的鞋子上糊满了泥巴，整个人乱糟糟的，头发乱蓬蓬的。不过，就算是在最好的时候，獾的打扮也不光鲜。他握了握蟾蜍的手，说："蟾蜍，欢迎回家。啊呀，我在说什么呀。说什么家啊，真是的。这次见面可真让人伤心。哎呀，可怜的蟾蜍！"接着，他在桌子旁边坐下，给自己切了一大块冷馅儿饼。

这种严肃而不祥的问候，使得蟾蜍胆战心惊。不过，河鼠轻轻碰了碰他，悄声说："什么都别说。他对这件事太上心了。而且，他缺吃少喝的时候，情绪会很低落。"

过了一会儿，又传来了敲门声。河鼠朝蟾蜍点点头，向门口走去，把鼹鼠让进屋来。鼹鼠穿得破破烂烂，没有洗澡，毛上还沾着干草和麦秆。

（未完待续）

维多利亚州，坎普顿山，杜伦别墅 16 号

1907 年 8 月 21 日

亲爱的罗宾逊：

"哎呀，是蟾蜍啊！"鼹鼠眉开眼笑地大叫，"没想到在这里见到你了！"他开始围着蟾蜍跳舞。"还以为你余生都关在监狱里呢。哎哟，你一定是想办法逃出来的，你这聪明的蟾蜍。"

河鼠拉了拉鼹鼠的胳膊肘。但是太晚了，蟾蜍已经膨胀起来了。

"聪明？我比你们以为的好像还要聪明。"他说，"我当然逃

了。对我来说监狱算什么？和我的所作所为相比何足挂齿？我来告诉你们吧。”

“好啊，好啊。”鼹鼠说着，走向餐桌。“我一边吃饭一边听你讲。自从吃完早饭后，我还没有吃上一口东西呢。天哪！天哪！”说着他坐下来，随意地大口吃起冷牛肉和酸菜。

蟾蜍零零散散双腿跨站在炉旁地毯上，将爪子伸进裤子口袋，掏出一把银币。“瞧瞧，”他说，“只花几分钟，不坏吧？你以为我是怎么搞到手的？卖马！我就是那么干的！”

“继续讲，蟾蜍。”鼹鼠表现出浓厚的兴趣。

“蟾蜍，请务必安静。”河鼠说，“鼹鼠，不要煽动他。鼹鼠，请告诉我们现在情况怎么样，做点什么才最好。”

“我只能说，什么都做不了。”河鼠气呼呼地回答，“至于说要干什么，哎哟，我要是知道就好了。简直就像一个古老的谜语：谁围着屋子团团转，从来不在屋里面。獾和我日夜围着屋子团团转，一直在做同样的事情。到处都是岗哨，枪朝我们伸出来，石头朝我们砸过来。总有一个动物在放哨。天哪，他们偏要哈哈大笑。这是最让我生气的。”

“情况确实不妙。”河鼠沉思地说，“不过——仔细想了想，我想我知道蟾蜍该怎么做了。他应该——”

“我才不干呢！”蟾蜍激动地大喊，“你们不要指挥来指挥去。我要——”

此时，他们三个都用最大的嗓门儿，争先恐后地发表意见，能把耳朵震聋。一个干巴巴的尖细声音说：“你们都安静！”三位才立刻沉默下来。

是獾。他吃完了馅儿饼，转过椅子。看到大家显然都在等自己开口，他又把椅子转向餐桌，伸手去拿奶酪。獾品格高洁，令人景仰，直到他吃完饭，从腿上拂去碎屑，大家都没有再出声。蟾蜍一直坐立难安，但是河鼠牢牢按住了他。

獾终于吃好了饭。他从座位上起身，站到壁炉前沉思。“蟾蜍！”他严肃地说，“你是个小坏蛋！要是你的父亲今天晚上在这里，他会说什么？”

蟾蜍马上哭了。

“好啦，好啦，”獾继续说，声音柔和多了，“不要紧的。不哭了。过去的事就让它过去吧。~~努力翻开新的一页。~~不过鼹鼠说的没错，到处都是白鼬的岗哨。他们有世界上最好的哨兵。前去攻打这个地方没有好处。对我们来说，他们太强大了。”

“那么，一切都完了。”蟾蜍哭倒在沙发上，“我要去从军，再也不要看亲爱的蟾府一眼。”

“蟾蜍，打起精神。”獾说，“现在，我要告诉你一个秘密。”

蟾蜍马上坐起来，擦干眼泪。他喜欢听秘密，然后泄露出去。他总是发誓说不会泄密，可是转头就去告诉别的动物。

“那里——有——一条——地下——通道。”獾一字一顿地说，“正好通向蟾府的中心地带。”

“噢，你胡说，獾。”蟾蜍不无得意地说，“蟾府的每一寸土地，里里外外，我都门儿清。我敢保证，没有地下通道。”

獾极其严肃地说：“我的小朋友，你父亲是个值得尊敬的动物——比我认识的其他动物更值得尊敬。他是我的知己。~~他跟我说了很多不打算告诉你的事情。~~为防危险，他挖了那个通道。挖好之后，他带我看过。‘别告诉我儿子。’他说，‘他是个好孩子，但是性格轻浮，管不住自己的嘴巴。如果他日后真的陷入麻烦，你可以告诉他，但之前不要说。’”

鼹鼠与河鼠死死地盯住蟾蜍，看他作何反应。蟾蜍一开始有点想恼，不过他马上就露出喜色，恢复了好小伙的常态。

“好吧，好吧，”他说，“也许我是个话多的人。像我这么~~比如我~~受欢迎的人，朋友都围着我转，那么我就开始说了。獾，说下去。那条通道对我们有什么帮助？”

“明天晚上，”獾继续说，“我扮作清扫工叫开后门发现，那里要举办盛大的宴会。有人要过生日，我敢说是黄鼠狼头目要过生日。所有动物~~黄鼠狼~~都会聚集在宴会厅，戒心全无，大吃大喝，说说笑笑。不带枪，不带剑，不带棍，什么武器都不带！”

“但照样设有岗哨啊。”河鼠说。

“没错，”獾说，“~~这正是我要说的。黄鼠狼~~他们会绝对信赖那些~~顶呱呱的~~哨兵。我们的地道，也就派上了用场。那条好用的地道正好通向配餐室，紧挨着宴会厅。”

“啊哈，配餐室有块地板吱吱嘎嘎响。”蟾蜍说，“现在我明白了。”

“我们悄悄爬到配餐室——”鼹鼠大喊。

“拿着刀剑、木棍和~~我们的~~东西——”河鼠大喊。

“冲进去，冲向他们——”獾说。

“痛打他们，痛打他们，痛打他们！”蟾蜍狂喜地喊。他在房间里跑了一圈又一圈，还跳上了椅子。

“那很好啊，”獾说，表情突然间再次严肃起来，“就这么定了，你们马上去睡觉。明天~~一上午~~我们要做出安排。”

蟾蜍兴奋得无法入睡，不过，他度过了一个漫长的白天，脑袋刚挨上枕头，就呼呼大睡了。当然，他乱七八糟地做了好多梦：

吉卜赛人、汽车、警察，掉进河里，好像再也没有被捞出来，秘密通道曲曲弯弯，抖抖索索，然后竖直了。不管怎么样，他最后回了蟾府，朋友们都围着他，说他是一只聪明的蟾蜍。

第二天他起床很迟。下楼后，他发现其他动物早就吃过早餐了。鼹鼠不声不响地独自溜出去了。獾坐在扶手椅里看报纸，对于晚上将要发生的事情漠不关心。而河鼠呢，兴奋地抱着武器跑前跑后。他在把它们分成四小堆，一边跑，一边上气不接下气飞快地说："这把剑——给——河鼠，这把——给——鼹鼠，这把——给——蟾蜍，这把——给——獾！这支枪——给——河鼠，这支——给——鼹鼠。"如此这般。

（未完待续）

维多利亚州，坎普顿山，杜伦别墅16号

1907年8月26日

亲爱的罗宾逊：

"干得很不错，河鼠，"獾从报纸上方看向河鼠，说，"不是我说你啊，我们这回只是从扛着讨厌枪支的白鼬身边溜过去，我敢说，我们用不上什么刀枪。我们四个带上棍子，只消进入宴会厅，五分钟就能把他们全部歼灭。我自己一个人就能搞定，只不过，我不想剥夺你们几个的乐趣。"

"还是保险一点儿吧。"河鼠沉思着说。他用袖子擦亮枪管，又顺着枪管看。

蟾蜍拿起一根粗棍，使劲地甩着，痛打想象中的动物。"他们偷我房子，我要学学他们！"他喊着，"我要学学他们，我要学学他们！"

“蟾蜍，不是‘学学他们’，”河鼠大惊道，“这样的英文不地道。”

“你干吗总挑蟾蜍的刺？”獾没好气地说，“他的英语怎么啦？我也是这么说。如果我觉得没问题，你也应该觉得没问题。”

“对不起，”河鼠谦卑地说，“可我认为，应该是‘教训’他们，不是‘学学’他们。”

“但我们不想‘教训’他们，”獾说，“我们想学学他们——学学他们！学学他们！再说，我们就要去学学他们了！”

“噢，很好，你爱怎么说怎么说吧。”河鼠说。他自己也给搞糊涂了，过了一会儿，他退到一个角落，可以听到他一直在嘟囔：“学学他们，教训他们，教训他们，学学他们！”直到獾严厉地喝令他住口方才作罢。

不一会儿，鼹鼠连滚带爬地进来了，显得很是得意。“我骗了白鼬！”他开口道，“太好玩了！我穿上蟾蜍回来的时候穿的洗衣妇的袍子，它就挂在厨房壁炉上方。我还戴上了那顶女帽，直奔蟾府而去。哨兵拿着枪放哨。‘早上好，先生，’我说，‘今天有衣服要洗吗？’他们无比傲慢而且自大地看看我，说：‘滚开，洗衣妇！我们在放哨，没什么衣服要洗！’‘要不我换个时间再来？’我说，吼吼吼！我是不是很好玩啊，蟾蜍？”

“你这愚蠢可怜的动物！”蟾蜍傲慢地说。事实上，他嫉妒极了。鼹鼠刚刚做的事情，正是他本人想去做的。要是他能先想到这一点就好了。

“有些白鼬脸都红了，”鼹鼠接着说，“值班的警官简短地冲我嚷：‘快走开，我的好太太，快走开！’‘走开？’我说，‘过不了多长时间，该走开的人可就不是我啦！’”

“天哪，鼹鼠！”河鼠诧异地说。

獾放下了报纸。

“我看到他们竖起耳朵，”鼹鼠继续说道，“‘我女儿给獾先生洗衣服，’我说，‘我知道自己在说什么。今天晚上，一白只杀人不眨眼的獾就要扛着来复枪，从马场那边前来攻打蟾府。满满六船河鼠挎着手枪、提着短刀，要从河上赶来，在菜园上岸。还有一批精挑细选的蟾蜍，号称敢死队或者不成功毋宁死，~~他们高呼报仇，~~要清洗果园。~~他们好像一下子呆住了。~~然后我就跑了，躲了起来。过了一会儿，我又悄悄从树篱那里爬回去了。他们个个神色紧张，不安极了，四下逃窜。每个人都朝别人下令。那个警官不停地朝四面八方派出一批批白鼬，派他们到很远的地方。我听到有个白鼬说：‘黄鼠狼就是这副德性，他们舒舒服服地待在家里，举办宴会，寻欢作乐。我们却要在寒冷的夜里，被杀人不眨眼的獾剁成肉泥。’”

“你真是蠢驴！”蟾蜍喊，“你把一切都搞砸了！”

“鼹鼠，”獾摆出一贯干巴巴而平静的样子，说，“你用一根小指头去想事情，也胜过某些动物用整个肥胖的身体去想。我很看好你啊。好鼹鼠！聪明的鼹鼠！”

蟾蜍嫉妒得发疯，尤其是他看出鼹鼠做的事情有多聪明。他还没有来得及多说什么，午饭的铃声就敲响了。午饭是咸肉、蚕豆、通心粉布丁。他们吃完饭，獾坐进扶手椅里，说：“为了今晚的行动，我们都在全力以赴。我们要熬到很晚了。我要打个盹儿。”他拿出手帕盖在脸上，很快就呼呼大睡了。

不过，河鼠又接着准备去了，继续~~开始~~在他那四个小堆之间跑来跑去，一边咕咕哝哝：“这根皮带，给河鼠；这根，给鼹鼠；

这根，给蟾蜍；这根，给獾！”如此这般。鼹鼠则挽起蟾蜍的手臂，把他带到花园，按到藤椅上，要他从头到尾地把所有冒险都讲个遍。蟾蜍非常乐意。事实上，他不仅跟鼹鼠讲了全部冒险，恐怕有些没有真正发生的事，他也讲了。但是，如果时间足够，那些都是蟾蜍本打算去经历的。因而，也许他自己差不多都相信了，他真的经历了那些冒险。

天色暗下来了，河鼠把大家召集到客厅，依次站到自己那个小堆前面，继续整顿起队伍来。他干得非常认真，花了好长时间。首先，是给每个动物扎好皮带，在皮带上插一把剑，为求平衡，又在皮带另一边佩了一把弯刀。接着给每一位发了两把手枪、一个警棍、一副手铐、一些绷带和胶布，还有一盒三明治。獾好脾气地笑了，说：“好吧，河鼠。你高兴就行。这也害不了我。不过，我就用手里这根木棍，就什么都能摆平。”但是，河鼠只是说：“求你了，獾。你知道，我可不想事后挨你骂，说我忘了带什么东西！”一切准备停当后，獾说提着一盏遮光提灯，说：“好，跟我走！鼹鼠先上，因为我非常喜欢他；下一个，河鼠；蟾蜍殿后。听着，蟾蜍，不要喋喋不休。”

蟾蜍非常想开战，对于排在最差的位置，也只能默默接受。动物们出发了。獾带着大家沿河走了一段路，然后，在河岸边一荡，径自钻进了一个洞里。洞就在河岸上。其他动物不作声依次跟上。当然了，轮到蟾蜍的时候，他偏偏滑了一跤，“扑通”一声掉到水里。大伙儿把他拖出水面，给他擦了擦，再安慰几句。但是獾却大为光火，告诉他，如果下次他再出洋相，非丢下他不可。

（未完待续）

第十二章

维多利亚州，坎普顿山，杜伦别墅 16 号

1907 年 ~~7 月~~ 9 月 7 日

亲爱的罗宾逊：

最终，他们进入了秘密通道。

通道里面冷飕飕的，阴暗潮湿，低矮狭窄；可怜的蟾蜍开始瑟瑟发抖，部分原因在于他浑身湿透了。他落后了一段。别的动物不耐烦地喊：“跟上，蟾蜍！”于是，他朝前一冲，“跟上”去了，不料撞翻了河鼠，河鼠撞上鼹鼠，鼹鼠装上獾。獾以为他们从背后遭到了攻击，由于通道里面空间有限，用不了棍，他就拔出枪来，差点朝蟾蜍开上一枪。他明白真相后，不由得大为生气，说：“这次，讨厌的蟾蜍得留下。”蟾蜍呜呜哭起来。另外两只动物连忙承诺由他们负责蟾蜍，獾这才平息怒火，允许蟾蜍继续前行。这一回，换作河鼠断后，并且牢牢抓着蟾蜍的肩膀。

他们就这样摸索着一步一步往前走。他们的爪子搭在手枪上。过了一会儿，獾说：“现在，我们应该离蟾府下方很近了。”然后，他们听到含混低沉的声音，似乎是在很远的地方，又显然来自头顶上方，像是有人在喊叫、欢呼、跺地板、擂桌子。蟾蜍神经兮兮起来，但是獾只是说：“这帮黄鼠狼，正在举办宴会！”

他们摸索着又走上一段。此刻，吵闹声再次响起。这次清楚多了，就在头顶上方很近的地方。“万岁……万岁……万岁……万岁！”他们听到小脚丫跺地板的声音，听到小拳头砸在桌子上，玻璃杯震得叮当响。“他们正在举办宴会！”獾说，“走！”他们顺着通道匆匆朝前，直到发现他们站在配餐室的活板门下。

宴会厅里噪声喧天，一点都没有被听到的危险。獾说：“好，

大家一齐来!”他们四个用肩膀顶住活板门，把它掀开。片刻之后，他们已站在配餐室里。在他们和宴会厅之间，只隔着一道门。

霎时间，噪声震耳欲聋。当欢呼声和敲打声渐渐平息，他们听见一个声音说：“好啦，我不想耽搁大家太长时间，（热烈的掌声）不过，在我坐下来之前，（呼声再起）我要替我们好心的主人蟾蜍先生说上一句话，（爆笑声）好好先生蟾蜍，谦虚的蟾蜍，诚实的蟾蜍!（开怀尖叫）”

“看我怎么对付他!”蟾蜍咬牙切齿地咕哝道。

“再忍一分钟!”獾说，好不容易才制止了他。

“我给你们唱个小曲儿，”那个声音继续道，“是我为蟾蜍创作的。（掌声不绝）”

接着，黄鼠狼头目——正是这一位，吱吱吱地尖声开唱了——

蟾蜍找乐子

上街乐开花

那獾挺直身子，两只爪子紧紧握住木棍，环视一下小伙伴，喊道：

“到时候了！跟我来!”他一把推开门。

老天爷!

一屋子尖叫声，吱吱吱，喳喳喳!

当四位英雄好汉怒气冲冲破门而入时，黄鼠狼吓得纷纷钻到桌下，发疯般地跳上窗台；白鼬失控地奔向壁炉，毫无指望地在烟囱里挤作一团；桌子翻了，椅子倒了；玻璃杯和瓷器在地板上摔得粉碎。大力士獾胡子根根竖起，大棒在空中虎虎生风；阴沉沉的鼹鼠挥舞着大棒，高呼着可怕的战斗口号："鼹鼠来也！鼹鼠来也！"不要命的河鼠铁了心，皮带上塞满不同年代各式各样的武器；激动得发狂的蟾蜍，带着受伤的自尊心，一下子涨到平日的两倍大，他跳到空中，发出蟾蜍呱呱的叫声，吓得敌人冷入骨髓。"蟾蜍找乐子！"他大喝道，"我要~~他径直朝黄鼠狼头目扑过去~~让他们乐一乐！"他们不过四个人，但是对于吓破胆的黄鼠狼来说，整个宴会厅好像怪物密布，灰色的，黑色的，褐色的，黄色的，杀声震天，棍棒齐飞。他们吓得吱吱乱叫，惊慌四窜，跳出窗子，蹿上烟囱，不管逃到哪里，只求躲开那些可怕的棍棒。

战斗很快就结束了。四个朋友迈开大步，在宴会厅里来来回回，但凡有谁露头，就狠狠敲上一棒。五分钟之内，屋子里就清理干净了。失魂落魄的黄鼠狼~~扯破~~蹿过草地时发出的尖叫，透过打破的~~他们逃跑的~~窗子隐隐传来。几十个敌人躺倒在地。鼹鼠忙着给他们戴上手铐。獾打斗一通后，靠着他的木棍歇息，一边擦着他忠厚的脑门。"鼹鼠，"他说，"你是我们几个中顶呱呱的。你快去外面看看你那些白鼬哨兵在干什么。我知道，他们今天晚上没有给我们添乱。"

鼹鼠马上跳窗而出。獾吩咐其他两位扶起一张桌子，从一地碎片中捡出一些杯盘，看能不能找到点吃的当晚饭。"我要弄点吃的，真的。"他用平素说话时普通的口吻说，"腿脚动起来，蟾蜍，打起精神！我们为你做了这一切，你连块三明治都不招待我们。"

蟾蜍心里很受伤，獾没有像对鼹鼠那样对他说好话，没有告诉他他也是好样的，没有夸他打起仗来多漂亮。他对自己特别满意，对于自己扑向黄鼠狼头目、一棍打得他飞过桌子特别满意。

不过，他还是四下搜寻起来，别的动物~~河鼠~~也找起来。不一会儿，他们就找到一玻璃盘番石榴酱、一只白斩鸡、一根没怎么碰过的口条、一些水果布丁蛋糕，还有一些龙虾沙拉。配餐室里还有一篮法式面包卷、好多芹菜和奶酪。正当他们要坐下来的时候，鼹鼠从窗户爬了进来。他咯咯笑着，怀抱一捆来复枪。

“统统结束啦！”他说，“那些白鼬听到大厅里传出尖叫声、喊杀声、喧闹声，大都扔下来复枪就逃，其他坚守岗位的，看到黄鼠狼朝他们冲过来，以为自己被出卖了，他们抓住黄鼠狼，黄鼠狼拼命要挣脱。他们扭作一团，互相捶打，满地乱滚，差不多都滚到了河里面。我把他们的枪都拿回来了。所以，没事儿啦。”

“你真棒！”獾嘴里塞满鸡肉和水果布丁蛋糕，说道，“鼹鼠，眼下，在你坐下来跟我们一起吃饭之前，我还想（让你办一件事）。你办事，我放心。我希望我能对每一个我认识的人都这么说。”

（未完待续）

肯辛顿，杜伦别墅 16 号

1907 年 9 月

亲爱的罗宾逊：

“我想让你做的事情是，”獾说，“把地板上那帮家伙带到楼上，让他们把几间卧室打扫干净，收拾整齐、舒服。让他们给每张床都换上干净的床单枕套，把被子折一个角，你知道怎么做。每间卧室都备上一罐热水、干净的毛巾。如果你想的话，把每个家伙胖揍一顿，再丢出门外——我打赌，他们不会再来烦我们了。事情办完，过来吃点凉口条。很棒的口条。鼹鼠，我对你<u>非常</u>满意。”

好脾气的鼹鼠让他的俘虏在地上排成一排，喊着“齐步走”

的口令，带着这队人马去了卧室。过了一会儿，他微笑着出现了。说每个房间都准备好了，打扫得干干净净。“我也没必要再揍他们一顿了，”他补充道，“我觉得他们今天晚上挨揍挨得够多了。当我向黄鼠狼点明这一点后，他们都表示十分赞同。他们非常抱歉，非常后悔，说都是黄鼠狼头目和白鼬的错，还说不管什么时候，只要是他们能做的，他们什么都愿意为我们做，等等。我给他们每人一个面包卷，把他们从后门放了出去。他们全都一溜烟跑啦。”

说完，鼹鼠把椅子拉到餐桌前，对着冷口条大吃起来。蟾蜍努力丢下嫉妒，由衷地说：“鼹鼠，你是可靠的朋友，可靠又聪明。~~今天为我做~~我要是有你那样的头脑就好了。”獾听了很高兴，说：“真是好样的，老蟾！”他们怀着巨大的喜悦和满足吃好晚饭，马上去休息了。他们钻到干净的被窝，睡在蟾蜍祖传的房子里。这个房子，是他们凭着勇气（策略）和木棍赢回来的。

第二天早上，蟾蜍又一个人睡过了头。他下楼吃早饭的时候，已经迟得丢人现眼了。他看到桌子上一堆鸡蛋壳、几片凉掉的硬邦邦的吐司，咖啡壶空了三分之二，别的基本没什么了。这让他有点生气，他想，这里毕竟是他自己的家啊。鼹鼠与河鼠坐在草坪里面的藤椅上给对方讲故事。他们爆发出阵阵大笑，小短腿在空中乱踢。獾在埋头读晨报，很少抬头。看到蟾蜍进来，他只不过点个头。蟾蜍知道獾的脾性，只得坐下来，尽可能乖乖地吃起早饭。他告诉自己，早晚要跟他们算账。

当他（快要）吃完的时候，獾简短地说：“恐怕你要干一上午的活儿了。你瞧，我们应该马上举办一次宴会庆祝庆祝。”

“噢，没问题。”蟾蜍欣然答道，“乐意效劳，~~朋友~~！（虽然）我不明白你究竟为什么要在上午举办宴会。不过，我亲爱的老獾，你知道的，亲爱的獾，我活着不是为了取悦我自己，而是会尽我所能让朋友高兴满意。”

“别装傻了，”獾生气地答道，“不要一边说话一边咯咯笑，还把咖啡喝得咕嘟响，这样很粗鲁。我的意思是，宴会当然是晚上举办，但是请柬得马上写了发出去，你得着手写。现在就坐到那张桌子旁——桌上有一摞信纸，信纸顶部印有蓝色和金色的‘蟾府’字样——写信给你所有的朋友。如果你能一直写，午饭之前你就能完成任务。我也会帮你的。我来操办宴会。”

“什么？”蟾蜍诧异地喊道，“这么愉快的早上，让我待在屋里写一堆破信！我正要到我的庄园里四处转转，打理妥当一切事情，安排到位所有的人，痛痛快快玩玩！

“我要——回头见——等等！我当然会写的，亲爱的獾！与给别人快乐和方便相比，我的快乐方便算什么呀。你想让我写，那我就写。去吧，獾，去外面跟我们年轻的朋友们一起欢乐欢乐。别在意我，别在意我的担忧，别在意我的劳苦。为了责任和友谊，我就牺牲这个美好的上午吧。”

獾狐疑地看着他，可是蟾蜍一脸坦率，表情开诚布公，很难让人认为他态度的转变存有任何不纯动机。獾身后的门刚一关上，蟾蜍就急忙冲到书桌那里。他说话的时候就已经有了鬼点子。他会给水獭、所有的刺猬、松鼠还有别的动物写请柬。他要把自己在战斗中做了什么写进去，写他如何把黄鼠狼头目放倒。他还要在请柬的底部标注上这些：

发言　　蟾蜍

（整晚蟾蜍还有其他几次发言。）

歌曲　　蟾蜍演唱

（本人编曲。）

其他曲目　　蟾蜍

每隔一段时间由创作者本人演唱。

这个点子令他很高兴。他卖力地写啊写，中午之前就写完了所有请柬。此刻，有人通报，门口有只穿得破破烂烂的小黄鼠狼，腼腆地询问能不能为绅士们效劳。蟾蜍一个箭步冲了出去。他发现，这只黄鼠狼就是头天晚上俘虏的其中一个。他怯生生的，毕恭毕敬。蟾蜍拍了拍黄鼠狼的脑袋，把一沓请柬往他爪子里面一塞，嘱咐他马上把请柬统统送出去。如果他愿意第二天再来一趟，或许他能拿到一先令，或许没有。可怜的黄鼠狼好似感激涕零的样子，匆匆忙忙跑腿去了。

别的小伙伴在河上划了一上午船，热热闹闹、开开心心地回来吃午饭了，指望看出蟾蜍生气或沮丧的样子，恰恰相反，蟾蜍一副趾高气扬的得意模样。这自然让他们生了疑。河鼠与獾意味深长地交换了一下眼神。吃完午饭，蟾蜍两只爪子深深插进裤兜，大摇大摆地朝花园走去。他要去那里琢磨琢磨即将到来的演说。这时，河鼠抓住了他的胳膊。

（未完待续）

肯辛顿，杜伦别墅 16 号

1907 年 9 月

亲爱的罗宾逊：

蟾蜍非常怀疑他的用意，拼命要逃开。但是，当獾紧紧地抓住他的另一条胳膊时，他开始明白一切都玩儿完了。两只动物挟持着他走进对着门廊的吸烟室，关上门，把他按到椅子里。他们两个站到蟾蜍面前，而蟾蜍则一言不发地坐在那里盯着他们，满腹狐疑，心情恶劣。“喂，你听着，蟾蜍，”河鼠说，“关于宴会，我们想要你彻底明白，一定不能演讲，也不能唱歌。我们不是跟你商量，我们是在通知你。”蟾蜍看到自己落入圈套了。他们了解他，他们赶在了他的前头。他的美梦破碎了。

“我不可以为大家唱一支小曲吗？”他可怜巴巴地央求。

“不行，一支小曲也不能唱。”河鼠坚定地说，尽管看到可怜又失望的蟾蜍颤抖的嘴唇，他也很心痛。“没什么好处，蟾蜍，你很清楚，你的歌净是自大而虚荣的自我吹嘘，你的话都是自我夸耀，还有——嗯，极尽夸张，还有——还有——”

“还有吹牛。”獾以一贯的语气插了一句。“这是为你好呀，蟾蜍。”河鼠继续说，“你知道，你早晚都得洗心革面呀。眼下好像正是大好时机。不要以为说这番话只是为了让你不痛快，我也不比你好受多少。”

蟾蜍久久地陷入沉思之中，最终他抬起了头，脸上露出明显动情的神色。“你们赢了，我的朋友。”他说，“我只是提个小小的要求——只是让我再‘灿烂’一个晚上，再放松一回，听到热烈的掌声，不知怎的——可以激发出我最好的品质。不过，你们没错。我知道，是我错了。从此以后，我会改头换面。我的朋友啊，你们再也没有机会为我感到脸红了。但是，天哪，天哪，人世真苦啊。”

他用手帕捂着脸，脚步踉跄地离开了房间。

“獾，”河鼠说，“我觉得自己就像个王八蛋。不知你是什么感觉？”

“噢，我知道，我知道，”獾说，“不过只能这么做。这个老好人得在这里住下去。你愿意让他成为大笑柄，被白鼬和~~黄鼠狼~~嘲笑、~~奚落~~鄙视吗？”

（有三行模糊了）

“说到黄鼠狼，”河鼠说，“那只小黄鼠狼要去送蟾蜍的请柬，我们幸好碰到了他。我都给没收了。现在，鼹鼠这个好好先生正坐在蓝色梳妆室里填写简单明了的请柬。”……宴会时间终于要到了。蟾蜍离开大伙儿，哀伤地上楼去了自己的卧室，陷入沉思。他坐在扶手椅里，爪子撑着额头苦思冥想。渐渐地，他的脸色亮了，他慢慢露出笑容，那笑容久久不散。然后他不好意思地咯咯咯笑，他站起身，锁好房门，拉上窗帘，把屋里所有椅子集中起来围成半圆，鼓着肚子站在了椅子前方。接着，他扯开嗓门儿，忘乎所以地大声唱了起来：

蟾蜍的最后一支小曲儿

蟾蜍——回家啦！

客厅里一派恐慌，

门厅里鬼哭狼嚎。

牛棚里哀哭一片，

马厩里尖叫连连。

蟾蜍——回家啦！

蟾蜍——回家啦！

打碎窗户冲破门，

黄鼠狼被追昏倒在地。

蟾蜍——回家啦！

锣鼓咚咚响！

号角吹响，士兵致意。

大炮轰隆隆，汽车嘀嘀嘀。

英雄——回来啦！

乌拉——欢呼响起！

人人都尽情欢呼吧，

向你们~~仅仅~~为之自豪的动物致敬吧。

因为，这可是蟾蜍的大日子。

就像刚才说的，他唱得很响亮，而且唱了两遍，接着他叹了一口气。那是一声很长很长很长的叹息。然后，他把发刷在水罐里蘸了蘸，再把头发从中间分开，刷得笔笔直，光溜溜地垂挂在面孔两侧。他打开门，悄悄下了楼，前去迎接客人们。他知道，大伙儿一定都聚在客厅了。

当他进去的时候，所有的动物都~~欢呼~~喊叫起来。大家将他团团围住，祝贺他，说着好听的话赞扬他的勇敢、聪明、会打仗。但是蟾蜍只不过淡淡一笑，咕哝一句“没什么”。或者，有时候会换上一句“恰恰相反”。动物们都大惑不解，无不对他这种出人意料的态度感到惊讶。当蟾蜍从客人面前一一走过，谦虚地作出回答时，他觉得，每个人都对他大感兴趣。

獾把一切都安排得很完美，宴会大获成功。动物们说说笑笑，互相打着趣。蟾蜍自始至终都坐在椅子上，低头看着自己的鼻尖，跟两边的动物低声说着可有可无的客气话。不时地，他还偷眼看看獾与河鼠，他看到他们张大嘴巴看着对方。这让蟾蜍大为满意。

与阿拉斯泰尔生活在梅菲尔德：家庭教师娜奥米·斯托特写给埃尔斯佩思·格雷厄姆的信，1907年4月—1908年5月

把这些信件收录书中，我是希望借此能生动地呈现出库克姆迪恩及其周边小镇，在肯尼斯·格雷厄姆写作《柳林风声》这关键几年间的样子。斯托特对小镇和乡村的描写与格雷厄姆的大作及其在当时写的信件中援引的地方产生了呼应。更为重要的是，斯托特提供了年幼的阿拉斯泰尔·格雷厄姆和他们住在那里的日常生活的一手材料。由于版面有限，读者可以跳转至序言或注释中已经出现的信件那里。缺少故事性的地方，娜奥米的信偶有删节。所有的信件上方都写着“伯克郡，库克姆迪恩，梅菲尔德”，并且有“你真诚的娜奥米·斯托特”签名。

1

1907年4月7日

亲爱的格雷厄姆夫人：

今天我听到一首歌：今天，妇女参政论者没有选举权，她们闷闷不乐，惊慌失措，因为今天，她们没有赢。

A.G.（阿拉斯泰尔·格雷厄姆）

小老鼠今天和肯尼斯（娜奥米·斯托特的一位亲戚，阿拉斯泰尔的玩伴）一起，安静又快乐。他问我，星期四他是不是真的要去参加婚礼。我告诉他，能带他去我很高兴，但这个月风大，不去是明智的。我觉得冒着感冒的风险不值得。他欢快地说："那我就可以跟亲爱的路易莎在一起了……维尼和伊娃一定要来喝茶。"昨天晚上，他梦见自己跟仆人一起喝茶，桌子用小小的棕榈树装点，还有葡萄干面包，到处都是黄油，假装是林中老虎。在另外一个梦里，主角是个巨大的红色甲虫。红色甲虫轮流吃橘子。彼得是个成功的伙伴。新球很受欢迎。

2

1908年2月26日

亲爱的格雷厄姆夫人：

今天上午，我们想到梅登黑德镇去拿乔丹小姐的礼物。昨天非常冷，下着雨，我们没能出去。她过来喝茶。她和帕西小姐处得很不错。喝完茶，小老鼠给我们每个人算了命。他告诉乔丹小姐，在她的新家，会有一个心灵手巧的男人给店铺做保洁。然后，他告诉帕西小姐，她命中注定要跟这个心灵手巧的人结婚。我们都哈哈大笑。乔丹小姐说她可能不想放弃这个男人，所以她不会邀请帕西小姐去见她。眼下，这里的生活很平和，"一家之王"过得心满意足。刚才，他正忙着他的日报。希望你身体好些了。

3

见第十章注释6。

4

1908年3月3日

亲爱的格雷厄姆先生：

很高兴听到格雷厄姆夫人舒服一些了。我跟小老鼠说了彼得（阿拉斯泰尔的一只宠物兔）的情况。他想知道什么时候能再见到彼得。今天米特来喝茶了。她很安静，闷闷不乐的。她要走的时候，雪下得很大。有人希望，明天世界全白了，好多人玩雪球。星期二，我们继续进行忏悔节。在小煎锅里准备了一个特别的松饼。12点半的时候，小老鼠把饼抛过厨房里悬吊的吧台，帕西小姐和我赶紧去抢。他马上丢下煎锅，吃了一口，开心得不得了。为了他，帕西小姐和我吃掉一大半。他一次又一次地谈论这件好玩的事。他上床后，我告诉罗斯（格雷厄姆家的雇工）他有多么喜欢运动。桌布和白纸当了地毯。

5

见《阿拉斯泰尔与〈乐思〉杂志》

6

1908年3月6日

亲爱的格雷厄姆夫人：

星期天我们会留意你的。我把你的口信带给帕西小姐了。育婴室的炉火烧得好好的，天气恶劣的时候，待在室内也可以舒舒服服。今天上午我们出去玩了。采石场林看门的老人告诉我们，有人闯入他的小屋，把他的钟表给偷走了。我们拿着一袋狗骨头，正在去找他的路上。我遇到了杨夫人和她骑着驴子的男孩们。今天，从温特山看出去，景色一览无余。公园农场的狗陪伴着我们。他一看到小老鼠，就像个朋友一样走过来，真是个好玩伴。吃完饭，我们又要出去了，他就在花园等着。他从窗户往里看，一副特别懂事的样子。当他想要理解对他说的话时，会皱起眉头。小老鼠去骑他的小马萤火虫了。他想与一头小牛犊干上一架，可能会请你给他这个机会。

7

1908 年 3 月 9 日

……小老鼠说，你不能来看新《乐思》，他很难过。我们玩足球玩得非常开心。马场是很好的游乐场。小老鼠有很多话要跟爸爸说，然而他说他没有时间说完。他本想说说两个穿泳装爬山的男人。米特最近没来看我们，可能是因为，我不让内比（她的狗）进屋里来。

（见第十章注释 14；第十一章注释 26）

8

1908 年 3 月 11 日

小老鼠在唱“我的天哪，肯定是老蟾蜍砰砰砰”。他穿上了靴子。天气看上去很糟糕。昨天也是这样子。但是今天上午我们开开心心地出去郊游了。下午，苏利文小姐来了。她好像精神更好了。小老鼠很想要跟她玩；她摆脱了。后来，他一个人画了很长时间的画，画的是 4 月份的《乐思》封面。汤普森小姐的卡片装饰了 3 月份的刊物。现在，每天早晨，鸟儿都齐声欢唱。

9

1908 年 3 月 12 日

……上午大部分时间，我们都花在一条阳光很好的小路上，这条小路在采石场林附近的高地农场旁边。他说，他像云雀一样快乐。下午，帕西小姐陪着我们，我们带她去见了汉考克夫人。汉考克夫人眉开眼笑的。小老鼠拿着铁环跑出去了。回来时，经过了达比夫人的种植园。我们遇到了跟狗一起出去的吉姆和比尔。跟他们一起的还有个老仆人，要想追上这列“火车”她可是费了老鼻子劲儿了。我听见吉姆对她说：“你更像个女人，而不是卡车。”

10

1908 年 3 月 13 日

亲爱的格雷厄姆先生：

我希望我们很快能听到格雷厄姆夫人的好消息。你星期天可以来。我们充分利用了好天气，昨天高高兴兴地开车去了梅登黑德。在街上，小老鼠看一个竖琴演奏者看得津津有味。他还为自己的娱乐备了个留声机。帕西小姐去商店的时候，我们就站在那里观看。我们一下午都在马场和花园玩耍。大约 4 点的时候，我们衣衫不整地回去了。有个访客在等着我们，是卡特夫人。她停下来说了会儿话。小老鼠很好地款待了她。

11

1908年3月15日

亲爱的格雷厄姆夫人：

一天天，天气都很不错。小老鼠身心都非常活跃。他跟爸爸出去了两趟（阿拉斯泰尔在《乐思》里，画过一幅自己和爸爸在一起的画）。他喜欢跟帕西小姐讨论。他们最近直言不讳地讨论了政治话题。她支持保守党；他谴责那个党派，他借用斯宾塞的“诅咒”来描述他的敌人及其所作所为。我听到她说：“保守派并不比去教堂的人不值得信任。格莱斯顿是个邪恶的老人。”

小老鼠卷起袖子，提议用拳头干上一架。然后，她说：“自由党总是带把伞，以防下雨。”保守党更有胆识，她暗示。星期一，萤火虫出去溜达了，他的坐骑劲头十足地唱着歌。

12

1908年3月17日

亲爱的格雷厄姆夫人：

昨天下午，我们在餐厅外面的走廊下打羽毛球时，看到一辆双驾马车，原来是卢克夫人和她的新同伴维特小姐。我们走过去，在门口跟她们见面。当她告诉老鼠有兔子在花园里多么淘气时，他说，他可以去帮她抓住它，装进袋子里，给她当晚餐。[1]他告诉她，你逐渐恶化，就像温布利公园[2]的榆树阻止了更为糟糕的铁路事故一样，医生也阻止了你继续恶化。希望你很快可以下床。

13

1908 年 3 月 18 日

亲爱的格雷厄姆夫人：

天气变化多端。昨天阳光很好。上午，我们开车去了梅登黑德。平克尼绿地的金雀花还没怎么开放。下午，我们去公鸡湿地找蝌蚪。我们来得太早了。阳光下，那里特别漂亮。回去的路上，我们看到一只死掉的知更鸟，身体穿透，挂在山楂树的枝头。也许是伯劳鸟把那里当食品储藏室了。小老鼠很喜欢走路，在黑莓灌木丛里爬来爬去。幸运的是，他的外套是不容易破损的料子，经得住这番折腾。他迷上了户外这个自由自在的地方，特别喜欢在灌木丛里爬来爬去。今天上午雪下得很大。男孩说，他感觉充满活力，非常高兴。米特昨天来喝茶了。到 6 月 24 日，他们的小屋就能空出来。

14

1908 年 3 月 19 日

昨天上午我们出去的时候遇到了苏利文夫人，我们与她一起往家走。听到小老鼠说话，我回头一看，是谢泼德医生骑着自行车赶上来了。他们两个一边聊一边走。他们在山脚下停步了。小老鼠没有要走的意思。所以我与苏利文夫人告了别，去把小老鼠抓了回来……喝完茶，其中一位卡特小姐前来拜访……读了杂志中的《馅儿饼里的口哨声》，他坐在那里，听得眉开眼笑。然后，把卡特小姐带到勇敢的战马萤火虫面前。她请求今天带走他，与他们一起吃午饭。

15

1908 年 3 月 20 日

亲爱的格雷厄姆夫人：

由于寒流，目前为止，小老鼠病情加重了。好多人都感冒了。他昨天去卡特夫人家拜访了。他们出去做了园艺工作。男孩告诉卡特小姐，他想成为一名天文学家。她带他进屋，给他看星图。然后，卡特夫人把布谷鸟自鸣钟拨快半小时，好让他能看到布谷鸟播报十二点。为了看得更清楚，小老鼠站到了椅子上。他很开心。他借回来一本 G.E. 米顿的《给孩子看的星空》。给他读了两章。我们不能留下来吃午饭，卡特夫人觉得遗憾。希望有一天你能准许留下用餐。饭后，我们踢了足球。开始下雪了。我们去走廊打了羽毛球。几分钟后，太阳又出来了。我们出去走了走，去了上个星期天与格雷厄姆先生一起去的地方。小老鼠“把爱送给最亲爱的你，希望你很快就能到来”。

16

1908 年 3 月 21 日

见第八章注释 40。

回来的路上，小老鼠发现了最早的燕子草。他还打碎了一盆水面上快有一寸厚的冰。我们拜访了卢克夫人。我们看到她坐在外面的阳台上。小老鼠问她是否有脑子给他的杂志写稿子。我为了缓和气氛，问他的朋友（帕西小姐）多久在家，他说：“噢，但我没有脑子，你看，当我是个小孩的时候他们逃跑了。”总有一天他会明白，不管他脑子怎么好使，他都不是大亨。最近他总是说大话[3]。我希望他有固定的男孩同伴。我们踢了足球，下午，帕西小姐加入我们踢了一会儿。

17

1908 年 3 月 25 日

亲爱的格雷厄姆夫人：

小老鼠昨天外出玩得很开心。我们下午开车穿过库克姆。春天天气很好。小老鼠对一个警察很感兴趣。警察坐在大路旁边的栏杆上，那条路从库克姆通往梅登黑德。他在那里盯着违规驾驶的人。正是这个警察布下的陷阱吸引了小老鼠。他想坐在警察旁边的栏杆上，也盯着汽车看……他身体不错，很能吃。你会看到他长高了。每个星期洗澡的时候，好像都能从他身上搓下来更多东西。

18

1908 年 3 月 27 日

尽管天阴沉沉的，我们昨天还是出去了两趟。上午，当我们走过“契克斯”酒店（The Chequers，当地 17 世纪的酒店）的时候，我们看到了苏利文先生。小老鼠仍然热衷于他的杂志。他还要求给他一块地当花园。于是，我向金询问此事，他想要把网球场附近马场里面的地给他一块。

19

1908 年 3 月 28 日

昨天上午天气晴朗，我们去了温特山。吃完午饭，我们开车去了库克姆，回家时路过库克姆迪恩。我们经过了蒙特别墅。[4]

20

1908 年 3 月 30 日

亲爱的格雷厄姆夫人：

听说你在持续好转，我们很高兴。小老鼠开心地想，也许你能来这里过复活节。小老鼠一直很快乐。昨天梅宝·肯扬前来拜访。小老鼠显得特别快活，欢呼雀跃，还跟她聊了《乐思》，并请她寄稿件来。米特让他大失所望，因为她好像对于给杂志多加一到两页并不热心。我想，她身上的艺术家气质，使得她不喜欢别人要求她做什么……小老鼠画画进步了。他现在忙着为杂志圣诞号画一幅图。

21

1908 年 3 月 31 日

亲爱的格雷厄姆夫人：

小老鼠盼着明天的到来。因为他称之为“全是傻瓜节”。他打算跟帕西小姐开个玩笑。她经常在他睡觉之前来看他，跟他玩一玩。今天，我们想在新的园子[5]里面撒上种子。小老鼠想在园子中央种一丛冬青，再在周围种上玫瑰和天竺葵。他经常在回答这个问题时感到失望，金说：“对那先生来说，这不是一年中的好时候。”昨天，一匹迷路的马儿在花园里走来走去，很享受时不时从草坪上啃上一口。当那马朝一个方向追穿着白围裙、抱着棍子的帕西小姐的时候，是罗斯拿着扫把和铁铲帮忙把那马儿赶到路上的，而小老鼠只管骑着他的马儿萤火虫看乐子。金骑着马儿凯蒂出去了。他没有关门。

22

1908 年 4 月 3 日

亲爱的格雷厄姆夫人：

你说我可以让嘉丽和肯尼斯[6]住一两天。你真是太好了。我一边读着格雷厄姆先生的便条，一边给嘉丽写信告知她。昨天，在完成早上散步之后，我们一上午做了很多园艺工作。天晴了，小老鼠穿着他的小小的蓝色外套就足够暖和了。我给他带来一件披风。有时候他到门口休息，这件披风就派上用场了。我们有最喜欢的大门，我们会在那里休息。昨天我们在酒店（可能叫野兔与猎犬酒馆）后面的野外遇到了毕肖普先生，就在那个白垩矿场顶部的公地上面。我们是沿着穿过达比先生种植园的一条小路到达那里的。这一路走得心旷神怡。登高望远，看向梅登黑德地区，视野很好，这真是男孩最喜欢的一种徒步旅行。

23

1908 年 4 月 6 日

我们希望，肯尼斯和他妈妈今天上午能来。小老鼠特别盼望见到他们。现在的天气变幻莫测。要是格雷厄姆先生昨天来了，他现在就已经在家了。下午的天气糟透了。[7]就在午饭前，一辆马车停在了大门口。伊芙琳·利德黛尔[8]前来拜访你。她跟小老鼠聊天的时候，她妈妈也来了。他们来小屋度假，并且希望复活节过后能很快住到那里……小老鼠很好，正盼着过复活节……

24

1908年4月7日

肯尼斯和他妈妈已安全抵达，并且非常愉快地安顿下来了。小老鼠很喜欢和他们在一起，他发现肯尼斯很好玩。肯尼斯知道的一切他未必了解。他提议说小老鼠也要知道。有一次吃饭的时候，他说："小老鼠，吃完之前跳下来。""你吃饭的时候嘴巴张大。""你吃得太多，会生病的。"他还给了他其他不同方面的提点。我们走准备好出去了。小男子汉的房间就在洗澡间附近，很方便。我姐姐发现房间特别舒服。小老鼠很喜欢把那些花儿寄给你。他兴高采烈地带着箱子，在我未及到达商店门口之前，就把它寄了出去。

25

1908年4月8日

小老鼠和罗斯、帕西小姐玩了一个游戏。这让他很高兴。他们在她床上放了一把扫帚，假定她会把它想象成一只刺猬，上床睡觉的时候她会尖叫，然后在走廊过上一夜。"等我用拨火棍逮住他。"这样的信息发出去了。他爬下门前台阶来吃早饭。如果看到他小心翼翼、悄悄踮着脚尖的样子，你一定会笑的。他藏在桌子下面。帕西小姐拿着打刺猬的拨火棍在房间里转来转去，到处捅来捅去，就是没有朝桌子下面捅。刚才，她从窗外朝里看时，小老鼠“嗖”地一下钻到了桌下。

26

1908年4月8日

亲爱的格雷厄姆夫人：

今天天气真好。我们去温特山散步了。后来就在马场和花园待着。男孩们在草坪上面踢球。小老鼠对肯尼斯很慷慨。他鼓励他玩自己的玩具。肯尼斯是个快乐的小人儿。今天“彼得兔”是最爱，昨天是小汽车……

4月9日。今天早上，肯尼斯拒绝散步。他想换一条新的腿。他以前很少踢足球。昨天他踢得很开心。喝完茶，小老鼠和我一起去散步了。今天早上，他看起来很好。明天我们的客人就要走了。

27

1908年4月9日

亲爱的格雷厄姆夫人：

这封信是在外面的走廊下写的。小老鼠就在离我很近的地方，跟帕西小姐说话。他计划跟她玩更多的恶作剧……昨天，我那位来伦敦待几天的普利茅斯的哥哥前来拜访。天阴沉沉的。我们带他看了温特山，绕着花园转了转。小老鼠给他介绍了那些兔子，还给他看了足球。进屋之前我们玩了游戏。我昨天收到了格雷厄姆先生的短信。他告诉帕西小姐，星期天他会来这里吃午饭。

28

1908年4月10日

亲爱的格雷厄姆夫人：

昨天天气不错。在采石场林散好步，又在一些木料附近玩过之后，我们的户外时间都是在花园度过的。金将修剪草坪割下来的草收起来后，男孩们玩得别提多高兴了。他们从独轮车上抱出满怀的草，朝金扔过去。他非常有耐心。喝好茶，小老鼠和我一般都会去我们的花园。我会给他带个小小的浇水壶。用它给花园浇水，给他带来了很大的乐趣。最近，他喜欢上了泥巴派，那些泥巴派在他身边的坑里，正被太阳炙烤着。在马场，那里是他最喜欢去的地方。肯尼斯有一晚因为腿的原因，睡得很不好。昨天他瘸得很厉害。今天好多了。昨天晚上睡得不错。他很喜欢待在这里……

29

1908年4月11日

亲爱的格雷厄姆先生：

我已经告知帕西小姐，你星期天可能来这里。小老鼠希望见到你，给你介绍新一期《乐思》。他又有眨眼的趋势了。头发不是太长，不需要束到后面，但是在室内也对他造成了困扰。在室外，他的帽子可以帮忙，使头发离开眼睛（见第一章注释9）。

我们的访客昨天留下来了。小男孩不愿意走，表示想带走几件小老鼠的玩具给爸爸。小老鼠把玩具小汽车给了他。这辆小汽车他经常拉着走来走去。肯尼斯在这里过得很快乐。金对他很有耐心。他会抱着小铲子帮忙清理花园。他会及时停下来，或者在蜂房那里惹上麻烦。他想打开那些小房子。小老鼠很好。我忘记说了，弗劳尔小姐说过的兔子，复活节前就有可能准备好。小老鼠不知道。也许，你想把它们当作复活节的惊喜。

30

1908 年 4 月 14 日

（小老鼠）看上去不错。格雷厄姆先生能来度个长长的周末，他感到很高兴。我相信，在他的花园里，可以看到最早萌芽的种子。要是金可以让他种一些天竺葵，他会非常高兴的，因为到那时花园看起来就像有人住了。小老鼠说，他要给你最好的爱，他也为你不能来过圣诞节感到难过，他怀着微薄的希望，希望你星期天下午能来。

31

1908 年 4 月 15 日

亲爱的格雷厄姆夫人：

昨天早上花园里太冷了。小老鼠喜欢怀着目的出去散步，但是安排一系列目的去散步并不总是那么容易。昨天我们尝试了快走，还去拜访了卡特夫人，并拿回了她的关于星星的书。两个女儿和迪克都在餐厅忙着呢。一个在忙活一个船罩，另一个把蜂蜡削下来塞进罐子，又拿根棍子搅拌松节油。我们待了几分钟。小老鼠脱下大衣，接着搅拌起来。他很喜欢这次拜访。我们带回来两本书。一本是杨格小姐的《小公爵》，一本是乔治·曼维尔·芬的《男孩浪流记》。[9]小老鼠"爱上"卡特夫人了。她从某种意义上来说是非常善良的。显然，她喜爱小男孩。饭后，我们的目的是拜访汉考克夫人。亲爱的吉姆在家。这让小老鼠很开心。他盼望着彼得兔和本杰明兔的到来。金在为笼子忙乎着呢。

32

1908 年 4 月 16 日

我们昨天散步途中，去拜访了卢克夫人。她在外面打理园子。小老鼠和我帮忙为她收集石头，放到新的小路上面。然后我们去她的林子里面逛了逛，摘了一些报春花和银莲花。她也很喜欢小男孩，知道如何引起他们的兴趣。她给我们看了假山上开放的玫瑰红色的高山报春花。小老鼠跟她说，你应该去阿尔卑斯山。

33

1908 年 4 月 18 日

亲爱的格雷厄姆夫人：

我收到了小老鼠的复活节礼物，完好无损，还带点儿装饰，我觉得很漂亮。星期天他会穿一件新的工装裤，也许他褐色的新西装上有银色的扣子。昨天格雷厄姆先生来的时候，我们正打算为杰弗里举办一场灯笼表演会。他老是想着这个。我发现很容易把餐厅弄暗。那里有炉火。我打算下午就办。客人迟到了。所以表演得等到下午茶之后~~之后~~了。能让爸爸看到这场表演，小老鼠格外高兴。

我寄去一些照片给你看看。[10]如果你能好心地再还回来，我好寄给我姐姐。你特别想要的，我会很乐意随后为你印出来。肯尼斯在这里非常高兴。我相信他会记住这次来访。他喜爱小老鼠。他去他想去的地方，坐在他想坐的地方，吃他想吃的东西。格雷厄姆先生很快就能跟小老鼠一起散步了。

34

1908 年 4 月 20 日

亲爱的格雷厄姆夫人：

昨天早上，格雷厄姆先生和小老鼠一起散步了。你寄来的玩具，这孩子玩得很多。他很喜欢巧克力。兔子还没有到。也许，这样的天气，弗劳尔小姐不大出门。偶尔天也会放晴。这样的天气适合快走。毕肖普先生说："形势倒退得厉害。"马上就能看到果树开花了。外面的樱桃树很快就开花。我们星期六去采摘了银莲花。格雷厄姆先生总能最先看到它们。小老鼠和我负责采摘。回家后，我们把花放在汤盘里的苔藓里，用来装饰复活节。谢谢你把照片还回来。

35

1908 年 4 月 22 日

昨天早上，我们出去很长时间，很是起劲。在回家的路上，小老鼠想去看《汤姆叔叔的小屋》，因为呀，他计划再长大一些，就把自己的小屋建在那个小旅馆对面。

36

1908年4月24日

亲爱的格雷厄姆夫人：

昨天，我们一整天都不得不待在室内。但是我们那个共同的朋友却很高兴。帕西小姐来喝茶了。他扮作小丑供她取乐。喝完茶，为了让他本人也乐一乐，我们唱了歌。今天早上，世界一片白茫茫的。从窗口看出去，景色非常漂亮。天空湛蓝，阳光明媚，白雪闪闪发光。小老鼠喜欢打雪仗。但由于化冻太快，到处都湿漉漉的，他不能在地面上玩。

今天是他的零花钱日。他为此欢呼雀跃。兔子还没有到。等它们能离开妈妈的时候，它们就会到这里来了。我希望天气暖和起来，好让格雷厄姆先生喜欢在这里过周末。我是/你真诚的/娜奥米·斯托特。

37

1908年4月24日

亲爱的格雷厄姆夫人：

当有人问你的情况时，小老鼠说："我想，她好多了，很快就能来梅菲尔德。"汉考克夫人跟他说："你会感到高兴的，是不是亲爱的?"他回答："我能不高兴吗?"你可能不会喜欢这种天气的，湿冷湿冷的。昨天早上我们走路去了库克姆迪恩，在桥上看了看，就看到一只船开了出去。小老鼠现在走路好多了。和我一起出去的时候，他跳来跳去，就像一只小狗。他来来回回，围着垃圾堆走来走去。他经常说，他多么喜欢住在乡村，盼着见到他的朋友，不想回伦敦。

38

1908 年 4 月 25 日

亲爱的格雷厄姆夫人：

今天，这里冰天雪地。雪不停地飘落，树上，灌木丛上，都落满了雪。小老鼠骑着小马萤火虫，唱着歌。昨天，那两只小兔子到家里了，就在马厩的兔笼子里。等到天气放晴，我们会出去看看它们。天气那么糟糕的时候，金会喂它们的。我想，不知明天格雷厄姆先生是不是会来。

39

1908 年 4 月 27 日

小老鼠喜欢……到处都是雪。公园农场那条狗特别温和。每次见到小老鼠，它都会欢欢喜喜地迎接他。一天晚上，大约十点钟，它到家里来了。为了满足它，罗斯给了它一根骨头。它到了草坪上，在月光下享用起来，然后离开了。

40

1909 年 4 月 29 日

昨天下了一天雨。但是我们在家里过得很快乐。家里来了一只活刺猬，给我们带来了很大的乐趣。我看到它在前门外面的地垫上，就带它进来了。那个下午，它待在一只敞开的包装盒里。它在那里漫步，吃带作料的碎牛肉和黑麦面包。帕西小姐假装害怕刺猬，以此逗小老鼠开心。喝好茶，我们把刺猬放到花园里。小老鼠教帕西小姐跳舞。为了好玩，她摔倒了几次。他尖声大笑起来。

41

1908 年 4 月 30 日

亲爱的格雷厄姆夫人：

昨天天气很好，春天的气息扑面而来。从温特山望出去，洪水滔滔。我们到达杰弗里家的时候，得知他下午要开派对。男孩们一起痛快地玩耍一番后，我们答应还会再来，这才回去。小老鼠捉了些甲虫和蠕虫。他把这些虫子放进火柴盒，然后给了帕西小姐，吓了她一跳。小老鼠下午穿了套褐色衣服，看上去挺不错的。他认识了特里斯托拉姆和德尔芬·吉布斯。比尔·杨是唯一的客人。我们在草坪上，唱了童谣《桑树丛》，玩了摸瞎子游戏，这孩子玩得不亦乐乎。

42

1908 年 5 月 1 日

亲爱的格雷厄姆夫人：

我们这个月的头一天过得很愉快。小老鼠想花掉他的先令，买个生日礼物，所以我们乘火车去了梅登黑德。他买了几个士兵玩具，在玩具店里四处搜寻，很是开心。

当我们回到库克姆的时候，金推着婴儿车去火车站接我们，帮我把这孩子推回了家。我请求给他的小宝宝拍照片，金夫人今天下午把她带来了。希望我拍了一张好的。天很热，小老鼠和我坐在马场背阴的椅子上，看兔子蹦蹦跳跳。本杰明兔总是跳到这孩子（腿上）让抱抱；彼得兔钻到他的椅子下面。[11] 我们在户外喝的茶，有金夫人和她的宝宝，还有帕西小姐和罗斯。小老鼠实在是高兴坏了。茶点结束，帕西小姐加入到踢球的游戏中。小老鼠给花园浇了水。然后，我在《儿童百科全书》之外，给他读了一些故事。你不觉得，他的睡觉时间可以改成 6 点钟以后吗？ 6 点半可以吗？我知道他想让夜晚长一些。睡觉会花上我们一个小时的时间。如果你同意，我愿意多给他留半个小时。

43

1908 年 5 月 4 日

亲爱的格雷厄姆夫人：

我写信的时候，小老鼠和以往一样，还是忙着画画。现在，他早上试着自己穿衣服了。穿衣的时候还一边唱歌一边跳舞。星期六，他在林子里野餐。帕西小姐跟我们一起去的，把茶点用手推车推了出去。阳光在山毛榉叶子上闪着光，因而林子看上去美不胜收。我们没有找到很多鸟窝。现在，小老鼠不耐烦了。所以，在我找到一个之前，我一言不发。然后我让他过来，当作是他的发现。兔子长得很快，经常在马场里面蹦蹦跳跳。没有再见过那只叫“佩吉”的刺猬。

44

1908年5月5日

亲爱的格雷厄姆夫人：

昨天上午，我们到交易人那里去买木樨草种子。亨特先生和他儿子在买邮票。小老鼠跟他打了招呼。他问了你的情况。下午，小男孩把兔子放出来在草地上跑。现在他回到我身边，说："兔子太坏了，我把彼得留在草地上，去拿本杰明，彼得就跑掉了。"过了一会儿，它回来了。我们谈论花园的时候，它又走开了。我们去树篱下面找，我去大路上看，然后看到了金。小老鼠在网球"馆"那里找到了它。它灵敏地躲开了我们。现在下着雨，我们不能去看兔子。萤火虫正在接受操练。耳边传来大声唱歌的声音。小老鼠他正在画新一艘的飞船。这艘飞船里面有现代化豪宅拥有的各种便利设施。他对爱尔兰小精灵的样子很感兴趣，指望着很快能在采石场林见到一个。

45

1908年5月6日

亲爱的格雷厄姆夫人：

小老鼠给你寄去了他对你的爱。他希望你能来这里，想知道你5月12日是否能来。[12] 帕西小姐问她是不是要做一个蛋糕。她会做好吃的三层海绵蛋糕，有一层是纯巧克力。我告诉她，去年你订了巴克斯蛋糕，也许今年又订了。

46

1908年5月7日

亲爱的格雷厄姆夫人：

我们到外面草地上喝了茶，然后溜达着穿过林地。今天下去，我们把兔子放到了马场里。彼得让我们一番好追。抓住它的时候，它看上去很淘气。他在教本杰明逃走的伎俩。我随函给你附上一张照片。希望你感觉好多了。

47

1908年5月11日

亲爱的格雷厄姆夫人：

小老鼠刚才大笑一通，因为金踢球的时候，把靴子的脚趾处都踢掉了。草正在被修剪。还有八卦在讲，因为小老鼠要说的太多了。格雷厄姆先生问我，我在杜伦别墅的物品是不是还有很多。[13] 如果路易斯能好心地把我放在婴儿房壁橱里的书、桌子抽屉里的东西都放在一起，我觉得我的东西就在其中了。听说你很快就能来了。这真是个好消息。马场现在特别漂亮。毛茛已经长出来了。春天的气息特别美好。草坪上，金在割草，小老鼠将球踢到他身上，或者在旁边跑。这种自然生活方式对他很有好处。

48

1908年5月13日

亲爱的格雷厄姆夫人：

小老鼠生日过得非常快乐。他对你的来信表示感谢。希望你在白兔俱乐部开张的时候能够到来。他昨天忘记做这件事了。我们把茶点安排得很好。小老鼠担任主持，切了蛋糕。大白兔是旁观者。小老鼠举杯祝愿所有人身体健康。路易斯送了风筝，布朗特夫人送了银制餐巾环。所有的礼物他都非常喜欢……今天上午鲜花安然到达。所有来客都对蛋糕赞不绝口。

49

1908年5月16日

亲爱的格雷厄姆夫人：

天气又有所好转了。在屋里闷了两天后，我们今天终于出门了。小老鼠忙着画画。他想知道他爸爸还有多久回来。我希望我们今天上午能去梅登黑德理理发。头发长得让这孩子烦躁不堪。有些孩子已经到了坎贝尔家。隔着篱笆，我们就听到了叽叽喳喳的说话声。黄色的爬墙花使得花园周边美艳艳的。我想，等你能来这里并且能到户外的时候，你会喜欢这儿的变化的。如果你住在空气清新的地方，你的身体会恢复得很快。时间也会过得很快。小老鼠很不错。他以自己的方式快乐着。他想再见你一面。

寻宝记

在一封很不常见的写给阿拉斯泰尔的信中，肯尼斯·格雷厄姆写了这个——《寻宝记》。当时阿拉斯泰尔 12 岁。就像之前的每个夏天一样，父子两个又分开了。肯尼斯或许是在做补偿，因为长长的度假期间，他和埃尔斯佩思没有带上阿拉斯泰尔。这个假期与阿拉斯泰尔在拉格比学校的上学时间重叠了。

伯克郡，迪考特，布卢伯里，葆汉馆

1912 年 7 月 23 日

我亲爱的先生：

在你上个星期天的热情洋溢的信里，你传递给我们的信息是关于洞穴的发现。这个洞穴，很明显具有

巨大而深远的意义。

显然，你纯粹是凭着好运气发现了一个秘密的隐藏地点。那是一个被遗弃的暴徒＋海盗的藏身处。

基德船长，

他以致力于自己无法无天的事业而闻名。现在，只剩下两个绅士——无法无天的基德和 R.O. 亨佐先生，前去寻找

隐藏的金银财宝。

毫无疑问，金银财宝就藏在那里。威利船长的一贯做派就是，每当要埋藏金银财宝的时候，他就只带上一个船员协助他。当宝藏安安全全埋好了，他就

杀了那不行的船员，

用铲子猛击他的头部。基德是个不冒不必要风险的人。然后，他在宝藏上面或附近埋葬了尸体。因而，你第一眼看到的东西是一副

骨架。

这副骨架就在离地面不到一寸的地方，

如果胳膊放在身体两侧，

金银财宝就在下面。

如果一条胳膊伸展开去，仔细顺着食指所指的方向，从指尖沿直线量出去 15 英寸，

然后你就开挖！

如果两条手臂都是伸展出去的，或者，如果一条手臂弯曲，拇指触碰鼻尖，那么

就是骗人的。

那里根本没有金银财宝。基德喜欢那么干。他觉得他挺有趣，

不过正是在这一点上他

犯了错！

（好多人盼着基德错了）然而，如果这不是骗人的，那么你应该能看到类似下列单子一样的东西：

A. 装有金银的箱子。

B. 装有西班牙金币的箱子。

C. 装有上好埃弗顿太妃糖的箱子。据说，在休闲时刻，基德极其喜欢太妃糖。

D. 装有女款戒指的箱子，大多数戒指里面还套着手指。基德搜集戒指的时候，通常很匆忙。

E. 邮政储蓄存折。户名是 J. 基德先生。

F. 装有更多金银的箱子。

G. 有葡萄牙金币的箱子。

H. 装有水手烟盒的箱子，烟盒里面全是英国黑桃图案的金币。

I. 装有老教堂盘子样品、圣杯、生餐盘、烛台等，全都是纯金的。这首先应该感谢南肯辛顿博物馆。

J. 基德夫人和所有基德家的小孩子的相册，他在私人生活中是个顾家的好男人。

K. 装有手表、项链、玉玺、戒指、鼻烟壶、钱包、胸针和其他收藏者感兴趣的物件。

当然，你可能还会发现别的东西，但所有的基德寻宝人都告诉我，一般来说，找到的东西就在上述单子中。

最危险的是，基德后代的各个分支经常在海滨搜查，寻找祖先藏起来的金银财宝。他们都是武装到牙齿的亡命之徒。所以总是需要有个哨兵放哨。他最好是登记过的（额外费用2美元）。这是我目前要说的所有的话。

你真诚的

爸爸

---

1 联想到毕翠克丝·波特的《彼得兔》。

2 1908年3月14日，一列由1个火车头5节车厢组成的列车在温布利公园附近脱轨。虽然卧铺车厢撞得修无可修，但是被树枝挡住了，火车没有竖起来，阻止了更多乘客受到重伤。

3 就像第二章里蟾蜍的那样。

4 肯尼斯·格雷厄姆还是小男孩时与兄弟姐妹住的房子。

5 阿拉斯泰尔在花园给斯托特画像。见《阿拉斯泰尔与〈乐思〉杂志》。

6 嘉丽是娜奥米·斯托特的姐姐，肯尼斯是她的外甥。

7 阿拉斯泰尔《乐思》杂志中，有一幅画叫“四月的天气”，画中雷电穿透阳光，好像一直是暴风雨。

8 她的爸爸威廉·利德黛尔负责在英格兰银行给肯尼斯·格雷厄姆找到第一份工作。

9 夏洛特·杨格，《天不怕地不怕的小公爵理查德》，本书写的是诺曼底公爵理查德一世；《男孩浪游记》，故事发生在澳大利亚，是一本写给男孩的冒险小说，阿拉斯泰尔·格雷厄姆喜欢读也喜欢模仿的一本书。

10 可能是小老鼠拿着棒球棒和铁环的照片，《乐思》里面有这些照片。

11 可能是在5月1日这一天，斯托特拍了这张叫作“小老鼠和佩吉”的照片。

12 阿拉斯泰尔·格雷厄姆的生日。

13 格雷厄姆伦敦的家。他们最终卖掉了它，长期定居在库克姆迪恩。

附　录

附录1　阿拉斯泰尔·格雷厄姆的书架

下面是阿拉斯泰尔·格雷厄姆的书单，是阿拉斯泰尔手写的，按照他开列出的顺序呈现。拼写错误不作更正。这个单子的大致日期是1911年，根据大部分图书的出版日期而定。括号里的黑体字是编辑添加的。

Flowering Plants of Great Britain（3 vols:），Anne Pratt.

Pilgrims Progress，Bunyan.

Child's Garden of Verses R. L. Stevenson.

Twenty Tears After，Dumas.

Introductory History of England（3 vols:），Fletcher.

Every Boy's Book of Hobbies. C Bullivant.［**Cecil H. Bullivant, illustrated by John Hassall，1911**］

Legends and stories of Italy. Katherine Cameron.［**Amy Steedman，illustrated by Katha-rine Cameron，1909**］

King Arthur's Knights，Henry Gilbert.［**Henry Gilbert, illustrated by Walter Crane，1911**］

52. Sketches of Germans，Rev. F. Close.

Tumblies, Edward Lear.

World of Animal Life, Edited by F. Smith.

Two little savages, E. Thompson Seton. [**Ernest Thompson Seton, 1903**]

Treasure Island, Stevenson.

Pickwick Papers, Dickens.

Stories and Fairy Tales, Hans Anderson.

Princeess of Hearts, Sheila Braine.

Honey Bee, Anatole France.

Fairy Tales, Madame D'aulnoy.

Child's Book of Warriors, William Canton.

Jungle Book, Kipling.

Book of Knight and Barbara, Jordon.

Grim's Goblins, Grim.

Jungle Book, (Duplicate), Kipling.

Indian Fairy Tales, Joseph Jacobs.

English Fairy Tales, Joseph Jacobs.

Five Days Entertainment at Wentworth Grange, F. T. Palgrave. [**Francis Turner Palgrave, 1868**]

Six Aylmer's Heir, Everett Green. [**1890**]

Tom Sawyer Abroad, Mark Twain.

Bell's Standard Elocution, Bell.

Pontiac Chief of the Ottawas, E. S. Ellis.

Hunt of the White Elephant, E. S. Ellis.

Hyms for Children, Mrs. Alexander.

Paleface and Redskin， F. Antstey.

Prester[Pastor?]John， John Buchan.

Nine unlikely Tales. E. Nesbitt.

Bed-time Stories， Mr & Mrs. C Kirnakan.

John Halifax， Gentleman， Dr. Mr. Inulock.

Three Midshipmen. W.H.Y. Kingston.

Innocents' Day Addresses， Dean Bradley.

Don Quixote， de Cervantes.

Celtic Fairy Tales， Joseph Jacobs.

Robinson Crusoe， Defoe.

52. Nature Ramble， W. P. Westell.

Spain of Today， I. T. Shaw.

True Tilda， Quiller-Couch.

Peter the Whaler， W.H.Y. Kingston.

Parables from Nature， Mrs. Scott Gatty.

Soldiers Three， ETC. Kipling.

Gulliver's Travels， Dean Swift.

Arabian Knights Entertainment， Andrew Lang.

The Other Side of the Sun. Evlyn Sharp.

David and Jonathan， Julia Hock.

Tales of Jack and Jane， Charles Young.

Poison Island， Quiller-Couch.

The Dog Corusoe， Ballantyne.

Mr. Dormouse & Other Poems， Geraldine Seymour.

I Go A-Walking， Rev：C. A. Johns.

All the way to FairyLand (2 copies), Evelyn Sharp.

Wymps, Evelyn Sharp.

Masterman Ready, Marriot. Peterkins, Translated by Mrs. lane.

Wizards of Rye Town, Smedley & Talbot.

Well-Spent Lives, Herbert Edmonds.

With Lord Methuen in South Africa, H. S. Gaskell.

What Katy did at Schook [1], Susan Coolidge.

All Sorts of Stories Book, Andrew Lang.

Baboo Jabberjee B. A., F. Anstey [**Illustrated by J. Bernard Partridge, 1897**]

Minnows and Tritons, B. A. Clarke.

Teddy's Button, Amy Le Feuvre [**ca. 1890**] .

One of Rupert's Horse [**A story of the reign of Charles the First**], Strong and Stoad. [**Herbert Strang and Richard Stead**]

Alice's Adventures in Wonderland, and through the Looking Glass, Lewis Car-roll.

The King's pistols, Plant.

Left on the Prairie, Mr. B. Cox. [**M. B. Cox, (Noel West), illustrated by A. Pearce, 1896**]

The Gorilla Hunters, Ballantyne. [**The Gorilla Hunters: A Tale of The Wilds of Africa, 1861**]

The Captured Cruiser, Cutliffe-Ayne [**1893**] .

The Story of a Happy Home, Mary Howith.

The Coral Island, Ballantyne.

The Concise Oxford Dictionary.

The Wind in the Willows, K. Grahame.

The Olive Fairy Book, Andrew Lang.

The Holly Tree Inn, Dickens.

Chronicles of Martin Hewitt, A. Morrison.

Bofin's Heritage, Amy Le Feuvre.

Feats on the Fjord, Harriot Mortimor.

Quentin Dunword, Scott.

Tom Sawyer, Mark Twain.

Household Stories, Grimm.

Drake, Parker.

The Prisoner of Zenda, Anthony Hope, Three Men in a Boat, Jerome K. Jerome.

Adventures of Huckleberry Finn, Mark Twain.

A Mariner of England, Herbert Strang and Richard Stead.

Swiss Family Robinson, Kingston.

Tales of Ancient Greece, Cox.

Horatic Opera, Horace.

Hereward the Wake, C. Kingsley.

Masterman Ready, Marriot.

Tom Brown's School Days, T. Hughs.

Treasure Island & Kidnapped, Stevenson.

Children of the New Forest, Marriot.

Parent's Assistant, Maria Edgeworth.

Holiday House, Katherine Sinclaire.

Thrilling Stories of the Railway, Victor 1.Whilech [obscured] .

Australasia，Philip H. Gibbs.

India，Our Eastern Empire，Philip H. Gibbs.

Peoples at [obscured] Lands; Italy，J. Finni-more.

Strange Adventures in Dicky-Bird Land，R，Kestton.

Heraldry Explained，Fox-Davies.

Old Christmas Dinner，Washington Irving.

Dispensations of God with Adam，Wardle. Signalking [原文如此]

附录 2　相关评论

以下部分是《柳林风声》首次出版时的评论摘选：

我们最大的不满是，给我们的书评用书弄脏了，上面有个印迹，就像乳品商人的鸡蛋戳记一样。没有一个评论者认为可以就这样卖掉这本可爱的小书。我们依然忍不住觉得这么做不对，因为，毫无疑问，出版商为了节约成本出了一本丑陋的书。

——查莫斯，《肯尼斯 · 格雷厄姆》

《黄金时代》与《做梦的日子》的作者，书写了不朽的哈罗德史实的人，令我们大失所望，难以从这一悲哀的事实逃离出去。他写的《柳林风声》（梅休因版）是一本不苟言笑的书，我们茫然地穿过这本书的重重迷雾，对故事本身提不起兴趣，对其深层意义也无从理解。主角是一只鼹鼠，读者在第一页就撞上了他，当时他在粉刷墙壁。无疑，鼹鼠想让住所干干净净。但是粉刷墙壁？是我们蠢，还是这个玩笑比较低级？不管怎样，先不管这个了。接着写到河鼠划着小船，去往河边野餐的路上。他带着一篮子吃的，有冷口条、冷汉堡、法式面包卷和苏打水。傻瓜二号。显然，在所有的动物中，河鼠绝对是划船航行的。又一次当我们傻子吗，还是在拙劣地胡说八道？后来，我们遇到了一个有钱的蟾蜍，他坐着马拉大篷车去了一趟英格兰，就成了狂热的车手。他还对当众演讲上瘾。我们还碰到很多别的动物，无疑，都借用了人类的性格。于是，书就这么写完了。在或多或少接近普通生活的寓言之下，这本书的确既不是很有趣，又没有追根究底。从对博物志的贡献上而言，这本书不值一提。书里也有奇想规整的段落，但是并不具备说服力。令人费解的是，这本书打算给谁看？成年读者会发现它既怪异又难以捉摸。孩子们想要得到更多的乐趣，却也徒然。空有英国人“雷默斯大叔”的素材，却没有其活泼泼的元气。我们呢，则毕恭毕敬地把《柳林风声》放在一边，而后，第一百次重新捧起《黄金时代》。也许这部新著真正的内在目的，就是把读者打发到以前不朽的作品那里去。对于《黄金时代》和《做梦的日子》而言，《柳林风声》就是如此。

——爱德华·维罗尔·卢卡斯，《泰晤士报》

不过，这本书对我而言是很重要的，因为它与自然深切共情，情感表达细腻，此前我相信它是我的专有财富，这一点可能大多数人都有同感。毕竟，自吹自擂、反复无常的蟾蜍，热情友好的河鼠，害羞、智慧、孩子气的獾，带着勇敢而孩子气的冲动这一令人愉悦的习性的鼹鼠，大家都既不是动物也不是人类，而是那种左右着我们所有人深层的人性。明智地说，必须容许寓言的广泛使用，如果一个人意识不到基督徒，也包括天真、健谈和法官憎善本人，都在呼喊存于我们心中的控制力，那么读《天路历程》就没有意义。如果我可以冒险把一部作品描述为寓言——这部作品应该被更为清醒的批评家误认为是童话故事，那么可以肯定《柳林风声》是一部智慧的书。它朴素的智慧不仅吸引孩子，也吸引成年人。就像因为其故事而阅读《格列佛游记》的年轻读者，我想，他们会发现，格雷厄姆的书是令人兴奋的历险记，并且就像我们那样因此珍爱它。我们发现，这本书是个宝库，包含闪闪发光的散文、亲切的观察、精妙的幻想和生活化甚至幽默的对话。

对于习惯了喷涌而至的匿名评论者温吞评论的读者而言，显然，在为格雷厄姆这本书写这篇评论，我更多的是欣赏而不是批评。当爱意新鲜的时候，欣赏与批评这两者可能罕有同时出现在一个人身上的时候。不管是一本书还是一个女人，往往，时间会让我们看到仰慕对象身上的瑕疵。不过，我坦承，尽管距离我阅读格雷厄姆《做梦的日子》与《黄金时代》大约已有十年之久，我发现，它们仍然完美如此——它们第一次让我懂得我的少年时代意味着什么。《柳林风声》比这两部更为宽阔、更为丰富，但我相信，格雷厄姆先生完成了这个艰巨的任务，一定是胸有成竹，一定会大获成功。我想是时候放下手中的笔了，初次阅读这样一本带给我纯粹快乐的书，我得想想如何冷静评论它。

——理查德·米德尔顿，《名利场》

他的河鼠、蟾蜍和鼹鼠的行为很有人情味，让我们想起读大学时的运动癖好。

——《星期六文学评论》

每个动物都有令人激动的时刻，倘若不是形状奇特，他们绝对会被误认为是一流的人类小男孩。

——H.W. 内文森，《国家》杂志

《柳林风声》是尝试为孩子而写，而不是写孩子。但是格雷厄姆的过去对他而言太过强大。他为孩子们写动物，而不是为成年人写孩子。区别仅仅在名字上。他写动物，带着写孩子时的那种感伤，在对读者的态度上，他抵挡不了那种从梦境到了解世界的呼吁，那也正是他所有的书最有魔力的地方，得以与儿童文学区分开来。书里仅有的与育儿相关的是诗歌。那些诗写得很烂。

如果我们从这本书的目的性上进行判断，那么它是失败的，如同用中文向非洲霍屯督人发表演讲一样。然而，万一那里的听众里面碰巧有一两个中国人，演讲就相当成功。

——亚瑟·兰瑟姆，《读书人》

但是这部书注定是要被人误解的。出版者本身就宣称“或许是写给年轻人的”，对这一描述我不赞同。这么说，除了将它当成基本是对《丛林之书》的戏仿之外，什么都发现不了……作者把主要角色叫作河鼠、鼹鼠、蟾蜍——他们是人类，他们就像人类一样，不是别的什么……这部书带着讽刺意味，都市化运动以牺牲英国人固有特色和全人类为代价。它绝对是成功的。

——阿诺德·本涅特，《新纪元》

距离肯尼斯·格雷厄姆先生上次送给我们新书，已经是很长一段时间了。现在他再出新作《柳林风声》(梅休因版)。尽管这本书的诸多页面只能是作者本人写就，但是事实证明，这本书与《做梦的日子》以及《黄金时代》大相径庭。我本人把它称为一种假日故事，故事里的主角是林地动物，被描述成享受大部分文明世界里的种种冒险——购物、驾大篷车出游、开汽车、乘火车旅行等等，显然与人类世界大同小异——一些成人读者对此会吹毛求疵，另有一些人或许会看出，故事里带有作者表达出的讽刺性。但是我想，孩子们会接受格雷厄姆先生的河鼠、鼹鼠和獾作为个人的朋友，并且会喜欢蟾蜍的历险和小事故，心无挂碍，怀着一腔热心和好奇心。

——《笨拙》漫画杂志

（肯尼斯·格雷厄姆的《柳林风声》）从头到尾都令人极其愉悦。从无厘头闹剧到美丽的诗歌，这本书里样样都有。其中有一些精美的自然元素，也有对英格兰的欢快一瞥，有离奇智慧的表达，也有激动人心又滑稽可笑的冒险。

——《纽约太阳报》

有人可能称之为最胆大包天的伪自然书。这种卖弄学问自会受到惩罚。这本书不易归类——它注定是那些被翻得破破烂烂的书籍中的一本。人们对着它大笑不止，爱不释手。任何一本书得到这些就已经足够。

——《纽约时报》

附录 3　肯尼斯·格雷厄姆谈删节

埃莉诺·格雷厄姆

选自其《肯尼斯·格雷厄姆：对瓦尔克版的论述》

关于这个于 20 世纪 20 年代和 30 年代广泛进入小学的特殊版本，是应该说些什么了。彼时，伦敦东区正处于非常艰难的时代。别的许多地方也一样不好过。当时，好像几乎没有一个孩子不知道这本书，几乎没有一个孩子不喜欢这本书。那些孩子只知道一种船，就是停泊在码头的驳船，还有在港区来来去去的汽船。几乎没有人看见过一艘平底船，或许也没有见到过鼹鼠，他们知道的河鼠也与这本书没有干系，然而这个故事紧紧抓住了他们的心。

出版方首次给出的建议是，给个删减的版本。由于不是全本，也不会影响到售价更高的版本的销售。他们询问肯尼斯·格雷厄姆，他愿不愿意做必须的删减。

经过认真的思索，他严肃地回复道，对于这个想法，他并不介意。这一删节非常严重，要么删除四个完整章节，要么零敲碎打地删去等量内容。对于别的销售请求，他一概不为所动。

最终，他写道："我不在意出版这个故事的删减版，不是出于文学上的考量，比如，多出来的部分不大适合孩子们或者说对他们而言难度太大等等，而是出于纯粹的独断专行，或者商业上的理由而把它缩减在 192 页之内。不失去其固有品质而删减得尽如人意，我做不到。这就是长版本与短版本的不同。”

他的观点得到了认可。校园版《柳林风声》囊括了全部文本，销量数以千计，使得这本精心制作的小巧读本家喻户晓。否则，在公共图书馆尚未发展到当前服务水平的情况下，这本书可能永远都不会为人所知。

附录 4　乡村的潘神：四月随笔

格雷厄姆第一次写到潘神，是在 1891 年初。尽管当时他的伦敦生活牢牢扎了根——在英格兰银行秘书办公室工作，同时他也开始了他的文学生涯。格雷厄姆的作品表明，他尤为渴望的是自然的乡村生活。《乡村的潘神：四月随笔》最初以匿名的形式于 1891 年 4 月 25 日发表在《国家观察家》。后来，这篇随笔收入格雷厄姆的第一本书《异教徒外传》里面，评论不温不火。1894 年，随着一份叫作“黄皮书”的季刊的发行——格雷厄姆是其固定撰稿人——以及《黄金时代》的出版，格雷厄姆很快成为畅销作家。

以下选自格雷厄姆的《异教徒外传》：

穿过阴凉的思罗克英顿大街，漫步在契普赛幽谷，墨丘利无休无止地辗转而行，眼神鬼鬼祟祟，由于在市场叫卖，声音有点嘶哑。继续西行，沿着典雅的皮卡迪利大街，年轻的阿波罗——百发百中（缎子般光滑）弓箭的主人——正在走着。最近几年，什么都不及飘落在他完美肢体上的夫拉克男士礼服更为平庸。但是在别的地方，远远地，传来乡村隐者潘神的笛声，低低的，甜甜的，只有精挑细选的少数人才听得到。一年又无聊地过去了，在彻底清醒之前伸着懒腰，潘神也壮了胆，开始吹奏出清晰的音符。

待到终于醒转过来，夏天已经到来，神灵也会到来。神灵各有特点，各不相同。是谁乘坐当天租来的汽艇飞上泰晤士河？墨丘利简直太强壮了。河岸上点缀着鲜花，在巨大的压力冲刷下，岸向后退，滑落下去。他醒来的特征是：一排龙虾爪、金颈瓶、小牛肉派碎屑。他身穿华丽的运动夹克，甚至可以看到，他拥抱腰肢纤细的精灵、绿屋阴影下的游魂，全神贯注地凝望着惊人的太阳。与此同时，美得被动的阿波罗正在梅登黑德卫士俱乐部的草坪上歇息。噢，阿波罗，对于他们而言神出鬼没。神明主观地相信，就像墨丘利一样，阿波罗既不带个人感情，应该说也丝毫不令人反感。

追随潘神的汽艇，环抱潘神的草坪，对他而言都不是诱惑。赫利河寂静的回水湾，小船几乎贴着斜斜的河岸线划过的地方，他才念兹在兹。那里是一片被遗弃之地，无比自由，仙乐飘飘。或是在斯特雷特利山的阴影之下，“泯灭一切，惟余绿荫下的绿色遐思”，或是将探险者的船头推向泰晤士河无人涉足的水域，直到多切斯特的辽阔天穹笼罩寂静的大地。在潘神逗留的这些幽居之地，空气中到处都飘荡着他的笛音。继续向南，萨里开阔的丘陵地带风景宜人，又见人们大喊大叫，推推搡搡。干燥的灰尘伴着撩人的语言。年轻的阿波罗走了过来，一如既往地冷静与自信。他遇到了邪恶的墨丘利。墨丘利对他恭恭敬敬，称他首领和领主，继而开始剥他的皮，剥得彻头彻尾，就像阿波罗亲自剥马西亚斯的皮一样——此事发生在弗里吉亚的春天聚会上，是个时候一到有仇必报的好例子。然而，阿波罗回到城市，宣称自己的这一天过得棒棒的。他每年都要这么做。乡村的潘神并没有听到这一切喧闹，他有可能在兰默尔公地的山村舒展筋骨，在阿宾格城堡的松树下闲逛，或身在远离尘嚣的溪流，那里有扭来扭去的鼹鼠，极其友好地与他的义兄弟黑水鸭和河鼠打着招呼。

就度假而言，墨丘利爱普尔曼快车，不仅时间短，还有社交报纸；很快，褐色的靴子就踏上码头，城乡可喜地混合在一起。而阿波罗则会快马加鞭，不过，若是把社交周报留给墨丘利，他也爱看呢。他甚至会把他闪亮的团队从大地的肚脐或者说宇宙的中心带往里士满或温莎的金苹果园。不管是铁路还是平坦的高速公路，潘神都会避开，他宁愿选择步行，走在广阔无垠的丘陵地带的羊肠小道或者寸步难行的林间小路上，身边没有穿着皮草的不快乐的小伙伴。不能就此说神不参与社交。尽管不好意思与他那些爱现的众神兄弟同进同出，他却爱着不事张扬的人类，尤其爱着那些沉迷沃土醉心农耕的农奴。他们绝不完美，只是简单快乐的罪人。因为是半神，他对红土地刻骨铭心。当猛烈的风暴把徒步行走的人刮到这个遮风挡雨的小旅馆时，坐在长凳和高背椅的那群人知道，潘神往往会出现，一副丘陵地带家常的挖沟树篱者或风吹日晒的牧羊人打扮。然后，他会操着好听的苏塞克斯和莫西亚方言讲些奇闻怪谈——因为学过，说得非常自然。无须多久，你无意间与之交谈的，正是在阿卡狄亚追逐飞翔的绪任克斯和在马拉松扭转战局的潘神。

没错，如今，火车裹挟着商业主义的气息，从东到西从南到北穿梭在这个国家，而商界信奉的神灵是《猫和老鼠》，不惜用涂料粉饰小山，用大梁毁坏溪流，并将时尚与闲谈、定制礼服与眼镜带至每一个角落。令人高兴的是，仍然有个很棒的地方得以幸免——幸运的是，别人不知道这里有多棒。当最后一块公地、最后一片树林、最后一个放羊的地方都遭到入侵，乡村的潘神及其追随者尚可隐身的地方不在了，这位善良的神灵，为人们祝福的神，将被驱逐至何方？

致谢

《柳林风声》注释版的制作过程非同寻常，耗时十年之久，参与者众。1997 年，我在牛津大学的时候，就在博德利图书馆开启了对格雷厄姆文献和手稿的研究。我在英国的时候，没有过多前往环绕那伟大的学术之城的河流。我上午泡在西方手稿部，与格雷厄姆同在；下午与朋友们待在一起。所做的一切都是一种逃离，逃离现代北美生活，逃离每天令人不堪重负的上下班通勤，公路上点缀着各色商店，还有一块块土地——在格雷厄姆时期，他称之为“城市的集体宿舍”。我的项目成为大学荣誉论文，然后是毕业论文，更主要的是，我作为马萨诸塞大学波士顿分校来的访客，这个项目使得我可以在牛津大学三一学院延宕到底。

当我找到儿童文学史家彼得·亨特，谈到把《柳林风声》注释版的研究当作卡迪夫威尔士大学博士学位论文的可能性时，他令人气馁地回答道：

> 当然，你认识到了，做注释版《柳林风声》大约如同单枪匹马打造航天飞机。所以，让我看看截至目前为止，你得手的注释，第一章和第二章的，管他第几章，我会公正地评

估一下你不被当地学者推翻的机会。

幸运的是，这并非意味着我要回到英国去做研究。波士顿大学编辑学院（克里斯托弗·瑞克斯与杰弗里·希尔创办）让英国来到我面前。我永远都感谢他们接纳了我，让我探索早年儿童插画和格雷厄姆著作的历史。我也要感谢朱丽叶·普利惠特·布朗，感谢她精彩绝伦的“查理斯·狄更斯与简·奥斯汀研讨会”，以及她对特里林“文本阐释”的热爱。

与克里斯托弗·瑞克斯在一起，在寻找原始资料方面为我带来了意外的好运。我特别感激大卫·J. 霍尔姆斯慷慨分享自己持有的格雷厄姆文献。我要感谢霍尔姆斯一家：萨拉·霍尔姆斯、芭芭拉·韦尔·霍尔姆斯，还有史蒂文·马古利斯。罗杰·奥克斯就格雷厄姆手稿与版本不吝提出建议，还允许我们打印格雷厄姆·罗伯逊与他的英国牧羊犬理查德的合照。承蒙奈杰尔·麦克莫里斯和肯尼斯·格雷厄姆学会的好意，我得以重印了愚人桥以及戈伦特老锯木厂的照片。感谢大卫·帕罗西安，总是慷慨提供有关狄更斯的信息。除此之外，多谢伊丽莎白·马弗对我的关爱。是她，带我去库克姆迪恩；是她，带我走遍英国南部。她供我吃的，给我买书，并且这么多年都是我忠诚的笔友。谢谢彼得·亨特支持我做注释版《柳林风声》的想法。谢谢彼得·格林——格雷厄姆的传记作家，原来他已经在我的家乡爱荷华州的爱荷华市退休。感谢欧内斯特·霍夫，这么多年来他的梦想就是建立马萨诸塞大学阿默斯特分校，感谢他使之保持运转。谢谢安东尼·梅勒斯与科拉·梅勒斯-罗宾逊这么多年的热情支持，尤其要感谢科拉在啮齿动物本性方面不可思议的知识深度。感谢克莱尔·霍普金斯和牛津三一学院的院长及其伙伴允许我引用奎勒-库奇与肯尼斯·格雷厄姆的通信。感谢牛津大学文档室秘书准许我引用肯尼斯·格雷厄姆的信件和手稿。

感谢三一学院，它本身就是令人难以置信的庇护之地。感谢亚瑟·拉克姆的家人和布里奇曼艺术图书馆，允诺我复制亚瑟·拉克姆的插画。

在得克萨斯大学奥斯汀分校哈里·兰莎姆人文研究中心，所有有关彼得·格林的文献都一一归档。感谢迈克尔·帕特里克·赫恩的鼓励，感谢他渊博的学识。感谢玛利亚·塔塔尔对童话故事的研究。感谢迈克尔·普维斯分享格雷厄姆一家与普维斯一家在福伊和布卢伯里的故事。感谢埃德蒙·斯宾塞·普维斯说出来，在六十年前，他父亲与我祖父是建筑学方面的同行。感谢詹妮·耶茨启动了青少年轮换剧目剧院，有一次还让我演了蟾蜍先生。也要感谢贝蒂·罗斯与海伦·芬肯。从我的明尼阿波利斯儿童剧院时代，特鲁达·斯达肯斯特罗姆和亚当·山克曼找到了我：没错，就是你！

我深深感谢马萨诸塞大学波士顿分校英文系把我送到牛津大学。当我被英国迷住的时候，是玛丽·沙纳教授为引导我而为论文开篇，没有玛丽，这个项目永远都不会开始。如下几位教授也给了我巨大的帮助：阿兰玛丽·赫尔姆斯、乔治·斯洛弗与洛蕾塔·斯洛弗、莫妮卡·麦卡宾、罗伯特·克罗斯利、劳埃德·施瓦茨（即使我还是认为诗歌选集应该包含忽必烈汗立体插画）。感谢路易斯·史密斯、泰勒·斯托尔、约翰·托宾、杜肯·尼尔森、琳达·迪特玛、帕姆·安娜斯、利比·费伊、保罗·海因斯·图赫尔，感谢玛莎·柯林斯，永远都是爱荷华人。感谢詹姆斯·希金斯、珍妮特·蜜雪儿维奇，还有乔伊斯·莫里西，英语专业的守护人。最后，我要谢谢珍妮·巴特勒，还有彼得·布鲁克·巴特勒一家。谢谢约翰·凯勒和夏洛特·西蒂，他们最初的支持助我抵达了牛津。

我要感谢我的划船同伴诺埃米·赫兰德、朱丽叶·瓦恩西德勒、艾莉森·凯西以及最近的同伴让–玛丽·康纳斯，感谢他们陪我虚掷最好的下午时光。

感谢马萨诸塞大学文理学院院长翠西亚·戴维森。感谢波士顿大学艺术人文学院和儿童文学协会，感谢他们的汉娜·贝克奖学金对研究生的研究给予的支持。上面提到的三个机构使我得以于 2001 年重返牛津。感谢如下图书馆工作人员以及图书馆：玛丽·玛格丽特·皮特，波士顿公共图书馆；帕翠西亚·福克斯，得克萨斯大学奥斯汀分校哈里·兰莎姆人文研究中心；克莱夫·赫斯特，牛津大学博德利图书馆；哈佛大学霍顿图书馆；安娜李·鲍尔斯和玛格丽特·M. 雪莉，普林斯顿大学图书馆珍本书与特色藏馆；印第安纳大学助理研究员贝奇·诺里斯梳理了梅休因精细的账簿，查明了首印量以及之后的印量；苏·普雷斯内尔，参考咨询馆员助理；印第安纳布卢明顿礼来图书馆；纽约公共图书馆；马萨诸塞兰道夫的特纳·弗里图书馆；感谢其他一路帮助过我的人：弗朗西斯·惠斯勒与莱斯利·S. 克林格。感谢比尔·贝尔，马萨诸塞大学了不起的图书管理员。感谢牛津大学出版社的凯拉·扬克。感谢得克萨斯大学奥斯汀分校的伊恩·汉考克教授，感谢他建议我研究罗姆人的历史。感谢艾奥娜·奥皮成为艾奥娜·奥皮。感谢瑞秋·恩肖在伦敦为我提供食宿，并容忍我的热情。

特别荣誉要献给我的编辑罗伯特·韦尔，尤其是汤姆·梅尔，感谢他的坚持和他作为编辑的灵敏度。他对这个大项目的的友善与耐心使得一切与众不同。我欠珍妮特·伯恩的人情，是她认真地一读再读，关注细节。我也欠诺顿出版社编辑助理丹尼丝·斯卡夫的情，是她在插图上给予我帮助。没有诺顿出版社团队的无畏劳作，这本书不可能出版。这个团队的成员有：朱丽叶·德鲁斯金、安迪·玛拉西亚、唐·里夫金、南希·帕姆奎斯特、伊琳·张、苏·卡尔森和乔·罗普斯。感谢我的经纪人伊琳·盖格陪我走完全程。我要谢谢我的家人威廉、卡罗尔、大卫、马克·高杰、安·古登伯格，还有贝丝·罗伯特·高杰。我甚至还要感谢狗狗洛弗里和杜尔加每天都坚持去当地的野外林地兜兜转转。感谢村民菲利斯·皮尔科特和格里·皮尔科特源源不断地提供健力士黑啤和各类英国啤酒；感谢村民布拉德·梅茨和卡瑞·梅茨，感谢他们餐桌上深深的容器和大大的空间。感谢芬内尔之家送来割草男孩和持证上岗的小保姆。

最近，我有幸参观了康沃尔的福伊。特别要感谢奈杰尔·麦克莫里斯，他不仅开启了肯尼斯·格雷厄姆协会——当时没有这么一个协会可让他加入，还在福伊租了一处小巧玲珑的住所，把我们全部都请过去住。E. H. 谢泼德都不可能画出这么完美的地方。

感谢琳恩·古尔德和伯纳德·古尔德，是他们带我们参观了他们深爱的福伊，跟我们分享她的秘密和乐事：达夫妮·杜穆里埃文学中心，福伊旅馆，后来的爬山，福伊府旅馆——也就是蟾府了，如果曾经有蟾府的话。感谢艾米丽·威廉姆斯加入我们。感谢独一无二的彼得·亨特，感谢他多年来与我通信并给予我建议。没有你，我该怎么办？感谢锯木厂工作室的露丝·泰勒和丹尼斯·斯密斯。感谢琼·库姆斯和戈登·库姆斯，他们让我们在福伊皇家游艇俱乐部感到受到了欢迎。看着船只比赛、翻船，而后赛艇手迅速又挺起身来，好像他们可以水上行走似的，令人惊叹。我一清二楚，一个世纪以前，肯尼斯·格雷厄姆就站在那里，做过一模一样的事情。

这本书主要是献给我的妻子辛西娅以及我们的女儿麦肯齐·非凡·奥古斯特·高杰，我北天的星星。安全起见，辛西娅做了第二份工，使我得以于1997年前去牛津。她全心投入这次机会，每周要工作七天，收留交换生，每周要穿两天聚酯纤维制服。我们的女儿麦肯齐·非凡，在她渐渐长大的某一年，最喜欢的歌是《划，划，划小船》，我把它当作是吉祥的征兆。我深深希望，等她长得够大的时候，我们一起看遍布英国的河流。

向《柳林风声》读者以及喜欢肯尼斯·格雷厄姆者发出的邀请：

说到注释版《柳林风声》，彼得·亨特说像单枪匹马打造航天飞机的说法是正确的，尤其是对于一个北美人而言。我尽最大努力对文献、文本、原始资料与浩如烟海的肯尼斯·格雷厄姆及其作品研究进行分门别类。任何的疏漏和错误都纯属无意。毋庸置疑，还有更多注释可以添加（或许是删减）。我愿意敞开门户，请大家畅所欲言。当然，外面的野外林地里面还有更多的资源、更多的信件、更多的照片、更多的资料等待着为人所知。将更多的信息建档、在《注释版爱丽丝》初版出版了三十年后，马丁·加德纳于1992年出版了《详实注释版爱丽丝》。我邀请读者与我通信，将之转交给W.W.诺顿出版社，想着哪一天会出版修订版。也许，我这是因为无法做到舍弃一个历时十年之久的项目，也或许，我真正想做的是每天琢磨那褐色的大神——那浑身光滑、扭来扭去的大家伙，那条河。

安妮·高杰

普洛文斯顿，2007 年 8 月

译后记

当云也退君某一天跟我说，受人之托，问我要不要译一本书的时候，我竟然莫名其妙产生一丝抗拒。我想起了 2004 年。那一年，应贝塔斯曼编辑徐曙蕾女士的邀约，我接手了一本爱伦・坡的短篇小说集。当时，我还在一家如日中天的媒体上班。每天晚上十点下班后，我便一头扎进坡的那些离奇荒诞恐怖的故事中，要熬很晚的夜，才能敲出一千多字。哥特、暗黑、超验、恐怖、孤绝、疯狂，日日夜夜，那仿佛地狱之歌的故事，如惊涛浪般席卷了我。翻译那本书的后遗症是，在交稿后的很长一段时间里，每当夜深人静，陋室的四壁上都会出现一只黑猫。所谓走火入魔不过就是如此吧。有过这样刻骨铭心的经历后，一直到十二年后的 2016 年，我才开始重新走进翻译的世界，译了相对轻松的图像小说《我们能谈点开心的事吗》以及童书《幻影》《动物之家》等。虽然不再有译爱伦・坡之后那抓心挠肝之感，但是面对《柳林风声诺顿注释本》这么一部“天书”，我着实还是纠结了一番。

但我必须承认，这本书让我在翻译的路上走得更远了些。我此前从未想过能与这样一本书相遇。我一直偏爱儿童文学，遇上亲自翻译儿童文学名作的机会，我私心里自然是喜悦的。而注释本，除了具备前所未有的史料学上的意义，还是通往肯尼斯·格雷厄姆私人生活的秘钥。他的家人、朋友不约而同地来到这本书中，而作为译者，我仿佛有幸第一时间受邀参加了他们的大派对。我们有时候并不满足于仅仅阅读名家名作，我们对他们的人生也具有好奇心。他们驾驭生活的方式与他们驾驭文字一样娴熟吗？他们的文字世界如此与众不同，他们的生活呢？是否与普通人的人生有着天壤之别？带着这样的好奇，我捧起了这本大书，除了上班的日子，日夜孜孜不倦。这本书让我窥视到了肯尼斯·格雷厄姆的私人生活，满足了我对他的一切好奇心。

这实在是一本肯尼斯·格雷厄姆大全，也是一道端给读者的美餐。如果用美食来形容这本书，我要说，前菜的戏份很重：布赖恩·雅克的引言色香味俱佳，第一段就准确交代出 1908 年 10 月 8 日，梅休因出版公司首次出版了《柳林风声》，并点评道："肯尼斯·格雷厄姆的《柳林风声》带着逝去时代的魔力，让人如痴如醉，迷倒了一代又一代的老人和孩子。"紧接着，就讲自己十岁在图书馆与这本书初遇："我手里的《柳林风声》是本不起眼的小书，没有鲜艳的插图护封，只有绿色的布面装帧，那柔和的灰绿色封面与薄薄的书脊相映衬，经窗户透过来的阳光一照，那绿色变得淡了，成为河水一样的浅绿。"这样的句子，加上接下来的立场，让我深深折服。布赖恩·雅克就像一个心怀慈悲的大人，懂得如何站在动物的立场上："鼹鼠就不可以粉刷天花板吗？河鼠就不能划船吗？獾为什么不可以坐在扶手椅上打瞌睡？蟾蜍怎么就不该乘坐各种交通工具进行欢乐大冒险？"这篇序言以其极佳的色香味和不同凡俗的诗意诱惑了我。

接下来是序言这道前菜，来自高明的大厨安妮·高杰——本书的编、注也都出自她手，她知道怎么调味才能于瞬间勾住读者的味蕾。生活中，她一定也是一个讲故事的高手，同时长着一颗热爱八卦的心。她把肯尼斯·格雷厄姆的家庭生活扒了个底朝天，任何沾亲带故的人都不放过。我从来没有见过如此详尽的作家简历。围绕着作家本尊，人群川流不息。安妮·高杰又以不俗的史学素养开挖肯尼斯·格雷厄姆写作生涯的前世今生，其间夹杂着对作家生活的描述。这样写可真妙。比如，上一段还在说《黄皮书》发表了文章，下一段就写到作家与妻子的初相遇，顺便连他未来的岳父发明了什么、未来的岳母改嫁了谁都八卦个遍；上一句还是“看上去格雷厄姆是最完美的单身汉：地位稳固，有艺术细胞，在写作上名声大噪”，下一句便交代他在此期间的作品。这种写作浓淡两相宜，令人仰慕的大作家的神秘面纱，彻彻底底地被撩开了。

如果说我们点了三道前菜，那么第三道你无论如何都没有吃过。呈上的竟然是肯尼斯·格雷厄姆儿子小时候自娱自乐办的杂志。这一部分必须划重点的是，它表达出了肯尼斯·格雷厄姆的儿子阿拉斯泰尔·格雷厄姆对这本小说的重要性。“好的睡前故事不仅仅由讲述者所创造，它也离不开具有创造性的倾听者。《柳林风声》多亏了阿拉斯泰尔·格雷厄姆——此书的首任编辑和合著者。有了他，在一百多年前，做父亲的那个男人才得以开始讲述有关鼹鼠、河鼠、蟾蜍、水獭、獾的故事。这个故事，是他对儿子的私语。”

你见过有哪一本书把其不同版本的所有插画家一网打尽？这本书做到了。《〈柳林风声〉：不同插画家的不同版本及其他》堪称一碗美味浓汤。从为《柳林风声》梅休因版本画了三幅图的W.格雷厄姆·罗伯逊到第一个给《柳林风声》全本配插画的保罗·布兰瑟姆——为杰克·伦敦《野性的呼唤》和吉卜林《原来如此的故事》画过插图，到被误认为是首任插画家的南希·巴恩哈特，再到温德姆·佩恩、欧内斯特·谢泼德以及亚瑟·拉克姆，给读者提供了非同寻常的观看之道。这些插画家与《柳林风声》的不解之缘，在这一部分表达得淋漓尽致，比如讲到亚瑟·拉克姆的时候："为格雷厄姆的经典童书配插图，成为拉克姆的绝唱。他没能活到这本书出版的时候。对参与各方而言，这次配图都是为爱而战。"将插画家事无巨细地讲完之后，又写了 A.A. 米尔恩将《柳林风声》改编为名叫"蟾府的蟾蜍"的儿童剧、迪士尼制作了动画片以及电影改编，让人增广见闻，大开眼界。

主菜，也就是《柳林风声》主文，在各种阐释、叙述、层层分解之后终于粉墨登场。不管是孩子还是拥有童真心灵的大人，面对这道主菜都会毫不犹豫大快朵颐。布赖恩·雅克完全可以担当《柳林风声》的代言人："我要向各个时代的人推荐《柳林风声》，不管是过往的人还是未来的人。"这个肯尼斯·格雷厄姆讲给他儿子的故事，也是我每晚给孩子讲睡前故事的强心针。我的女儿自从幼儿园起，就每天晚上纠缠着我给她讲故事。我穷尽想象，为她编了一个又一个故事，可惜每次都是短短的一小段。工作上操劳了一天，再要扑棱着沉重的翅膀给她编故事，着实是一件颇具挑战性的事情。每当我编不下去、几乎开始胡言乱语甚至召来百鬼夜行时，我就会尽量从语法和修辞上克制一下自己。看看人家肯尼斯给娃讲的故事！感谢作为爸爸的肯尼斯·格雷厄姆开创了亲子故事的先河，我也鼓起勇气为自己的孩子讲起了故事，在大作家的激励下，产出了两小本晚安故事，收获了女儿的敬意与爱意，并且，她一高兴还配上了插图。《柳林风声》是儿童文学史上高山仰止的存在，同时创造了出版史上的奇迹，它纯真而诗意，充满人情味以及绵延不绝的深情，烙印在一代又一代人的心头。安妮·高杰说：“这本父亲讲给阿拉斯泰尔的不起眼的故事，不仅在大西洋两岸的英美成为流行，也在世界范围内取得了成功。”正因为“不起眼”，才愈加能够靠近心灵。

待甜品端上来的时候，已经心满意足地吃饱了。所以，初见那密密麻麻的注释，甚至会产生抗拒，有种想起身而去的冲动。怎么可以呈上如此巨无霸的甜品？不过稍微消化一番，再静下心来去看那些注释，不得不感慨编者的苦心。她简直是事无巨细，仿佛要把所有家当都点数一遍，甚至就连犄角旮旯的微末细节也不放过。比如，讲鼹鼠第一次看到大河，竟然能说到鼹鼠视力差，继而引出作家的儿子阿拉斯泰尔·格雷厄姆如何视力不佳，连手边的东西都看不清楚，十八个月就戴上了眼镜。这些有必要说吗？当你嘀咕的时候，接下来又看到传记作者迈克尔·史泰格的观点：“阿拉斯泰尔·格雷厄姆就是一个举止得当的鼹鼠与双重人格的蟾蜍的典型合体……格雷厄姆给予鼹鼠视力，从而忽略阿拉斯泰尔近乎全瞎，以此拒绝承认儿子的缺陷。”突然就觉得有意思起来。甚至，注释里还会透露肯尼斯·格雷厄姆非常喜欢喝咖啡，并原封不动奉上厨师为他秘制的咖啡配方。这些旁逸斜出的注释，带人闯入一个又一个密林，进行了一场又一场意想不到的探幽。

最后，感谢浦睿文化的编辑给予了充足的耐心和充分的时间，感谢我的小女儿让渡她享受妈妈晚安故事的福利，感谢叶忆莹花费宝贵时间审校稿件。没有你们，这本书绝无可能顺利地跟读者见面。

康华

图书在版编目（CIP）数据

柳林风声诺顿注释本 / （英）肯尼斯·格雷厄姆著；（美）安妮·高杰编著；康华译. —长沙：湖南文艺出版社，2022.1

书名原文：The Annotated Wind in The Willows

ISBN 978-7-5726-0431-7

Ⅰ. ①柳… Ⅱ. ①肯… ②安… ③康… Ⅲ. ①童话—英国—现代 Ⅳ. ①I561.88

中国版本图书馆CIP数据核字(2021)第210973号

著作权合同登记号：18–2018–188

柳 林 风 声 诺 顿 注 释 本

LIULIN FENGSHENG NUODUN ZHUSHIBEN

作　　者　［英］肯尼斯·格雷厄姆　著　［美］安妮·高杰　编著
译　　者　康　华
出 版 人　曾赛丰
出 品 人　陈　垦
出 品 方　中南出版传媒集团股份有限公司
　　　　　上海浦睿文化传播有限公司
　　　　　上海市巨鹿路417号705室（200020）
责任编辑　吕苗莉
封面设计　凌　瑛
责任印制　王　磊
出版发行　湖南文艺出版社
　　　　　（长沙市雨花区东二环一段508号　邮编：410014）
印　　刷　深圳市福圣印刷有限公司

开本：880mm × 1230mm　1/32　　印张：18.25　　字数：409千字
版次：2022年1月第1版　　印次：2023年2月第2次印刷
书号：ISBN 978-7-5726-0431-7　　定价：98.00元

出 品 人：陈　垦
策 划 人：仲召明
监　　制：余　西
出版统筹：胡　萍
编　　辑：廖玉笛　李佳晟
封面设计：凌　瑛

欢迎出版合作，请邮件联系 insightbook@prshanghai.com
新浪微博 @浦睿文化